Elizabeth Hoyt

Née à la Nouvelle-Orléans, Elizabeth Hoyt a beaucoup voyagé lorsqu'elle était enfant, de l'Écosse au Japon en passant par l'Angleterre. Diplômée d'anthropologie, c'est vers l'écriture qu'elle choisit de se tourner. Elle a très vite rencontré le succès et la reconnaissance de ses pairs. Elle compte aujourd'hui une trentaine de romans à son actif et est notamment saluée pour son style original, qui intègre très souvent dans la trame du récit des éléments du conte ou de la fable. Elle coule des jours heureux dans son jardin du Minnesota, entourée de sa famille et de ses trois chiens.

DE LA MÊME AUTRICE AUX ÉDITIONS J'AI LU

La saga des quatre soldats

1 – *Les vertiges de la passion*
2 – *Séduire un séducteur*
3 – *Le reclus*
4 – *Le revenant*

Les trois princes

1 – *Puritaine et catin*
2 – *Liaison inconvenante*
3 – *Le dernier duel*

Les Greycourt

1 – *Ma sorcière adorée*
2 – *Parce que je vous aime*

Les fantômes de Maiden Lane

1 – *Troubles intentions*
2 – *Troubles plaisirs*
3 – *Désirs enfouis*
4 – *L'homme de l'ombre*
5 – *Le lord des ténèbres*
6 – *Le duc de minuit*
7 – *Cher monstre*
8 – *Garde du cœur*
9 – *Le lion et la colombe*
10 – *Le duc de Montgomery*
11 – *L'amour de tous les dangers*
12 – *Quand tombent les masques*

ELIZABETH HOYT

LA SAGA DES QUATRE SOLDATS 1 & 2

J'AI LU

Éditeur original
Forever,
a trademark of Hachette Book Group USA, Inc., New York

Les vertiges de la passion

Traduit de l'anglais (États-Unis)
par Dany Osborne

J'AI LU

Titre original
TO TASTE TEMPTATION

Déjà paru sous le titre :
La légende des quatre soldats – 1 – Les vertiges de la passion

Pour la traduction française

Prologue

Il était une fois, il y a très, très longtemps, quatre soldats qui revenaient chez eux après de nombreuses années de guerre. Les talons de leurs cuissardes résonnaient alors qu'ils marchaient de front, tête haute, regardant droit devant eux car on leur avait appris à marcher ainsi et il leur était difficile d'oublier le rituel respecté pendant tant d'années. La guerre était terminée mais j'ignore si nos quatre soldats étaient vainqueurs ou vaincus. Peut-être cela n'a-t-il aucune importance. Leurs vêtements étaient des loques, leurs bottes avaient plus de trous que de cuir, et aucun de ces hommes n'était semblable à celui qui était parti.

Au bout d'un moment, ils arrivèrent à une intersection et, là, s'arrêtèrent pour réfléchir à la direction à prendre. Une route s'étirait vers l'ouest, droite et bien pavée. Une autre vers l'est, dans une forêt sombre et mystérieuse. La dernière, vers le nord à l'horizon barré de montagnes aux contours indistincts.

— Eh bien, mes amis, dit le plus grand des soldats après avoir ôté son chapeau pour se gratter le crâne, lançons-nous une pièce pour tirer à pile ou face ?

— Non, répondit le soldat à sa droite. Mon chemin, c'est celui-là.

Il dit adieu à ses compagnons et partit vers l'est. Pas une fois, il ne se retourna. Il disparut dans la forêt ténébreuse.

— J'opte pour ce chemin-là, déclara un autre soldat, montrant les lointaines montagnes de la main.

Le grand éclata de rire.

— Moi, je choisis la voie la plus facile, selon mon habitude. Et toi, ami ?

Le dernier soldat soupira.

— Je crois avoir un caillou dans ma botte. Je vais m'asseoir et la retirer, parce que cela fait des lieues que j'ai mal.

Il s'assit et s'adossa à un rocher. Le grand soldat remit son chapeau.

— La décision est donc prise.

Ils se serrèrent la main et partirent chacun de leur côté. Quelles aventures leur arrivèrent en route ? Réussirent-ils à rentrer chez eux ? Je ne saurais le dire, car là n'est pas leur histoire. Celle que je vais vous raconter concerne le premier soldat, celui qui s'est enfoncé dans la forêt sombre.

Il s'appelait Cœur de Fer.

Cœur de Fer tenait son nom d'une très curieuse particularité. Ses membres, son visage, en fait son corps entier, étaient absolument pareils à ceux de tout homme créé par Dieu, mais pas son cœur, qui était de fer. Il battait sous sa poitrine, fort, courageux et obstiné.

1

Londres, Angleterre, septembre 1764

— Ils disent qu'il s'est enfui comme un lâche, expliqua Mme Conrad en se rapprochant pour distiller son commérage.

Lady Emeline Gordon but une gorgée de thé et regarda par-dessus le bord de sa tasse le gentilhomme en question. Il était aussi déplacé ici qu'un jaguar dans une pièce emplie de chats de race : sauvage, vigoureux, pas tout à fait civilisé. Vraiment pas un homme auquel elle aurait associé l'adjectif « lâche ». Emeline se demanda quel était son nom et remercia le Ciel d'avoir envoyé l'inconnu : le salon de Mme Conrad était ennuyeux à périr jusqu'à ce qu'il apparaisse.

— Il a fui le massacre du 28e régiment des colonies, continua Mme Conrad, le souffle court. En 1758. C'est honteux, n'est-ce pas ?

Emeline se tourna vers son hôtesse, un sourcil levé. Elle soutint le regard de la dame et capta le moment exact où cette sotte se souvint. Le teint déjà rose de Mme Conrad vira au rouge betterave, une couleur qui ne lui seyait vraiment pas.

— C'est que je... je...

Voilà ce qui arrivait lorsque l'on acceptait l'invitation d'une personne qui ambitionnait d'intégrer la haute société sans être dotée des qualités requises. Mais Emeline ne pouvait faire de reproches qu'à elle-même. Elle soupira. Elle avait pitié de Mme Conrad.

— Ainsi, il est dans l'armée ? s'enquit-elle.

Mme Conrad mordit à l'hameçon avec reconnaissance.

— Oh, non, non ! C'est fini. Enfin, je crois.

— Ah, fit Emeline en cherchant un autre sujet de conversation.

La pièce était vaste et richement décorée. Au plafond, le dieu Hadès poursuivait Perséphone. La déesse paraissait particulièrement stupide, avec ce sourire niais qu'elle semblait adresser à l'assemblée au-dessous d'elle. Elle n'avait pas la moindre chance face au dieu des Enfers, même si celui-ci arborait de belles joues rubicondes.

La protégée d'Emeline, Jane Greenglove, était assise sur un canapé voisin et conversait avec le jeune lord Simmons, un excellent choix. Lord Simmons disposait d'un revenu de plus de huit mille livres par an et d'une ravissante maison à proximité d'Oxford. Cette union serait parfaite. Dans la mesure où la sœur aînée de Jane, Eliza, avait déjà accordé sa main à M. Hampton, les choses se mettaient en place dans un ordre tout à fait satisfaisant. Mais c'était toujours le cas lorsque Emeline se chargeait de guider une jeune fille dans la bonne société. Elle retirait un grand plaisir de ses réussites.

Du moins l'aurait-elle dû.

Elle tortilla un ruban de dentelle noué sur sa taille, puis se ressaisit et le lissa soigneusement. Pourquoi se sentait-elle morose ? C'était ridicule. Son univers était parfait. Absolument parfait.

Elle leva les yeux vers l'homme et s'aperçut qu'il la fixait d'un air vaguement amusé. Elle se détourna en hâte. Vilain personnage. Il se savait le point de mire de toutes les femmes de l'assemblée.

À côté d'elle, Mme Conrad babillait, manifestement désireuse de faire oublier sa bévue.

— Il possède une grosse entreprise commerciale aux colonies. Je crois qu'il est venu à Londres pour affaires. C'est ce que dit M. Conrad. Et aussi qu'il est riche comme Crésus, même si on ne s'en douterait pas à son allure.

Impossible de ne pas ramener les yeux sur l'homme après ces remarques. Emeline entreprit de détailler sa mise. Redingote noire et gilet taillé dans un imprimé marron et noir tout à fait corrects. En revanche, en deçà de la taille, les choses se gâtaient. Il portait un genre de jambières rustiques de cuir fauve ornées au genou d'attaches rayées rouge, blanc et noir qui retombaient sur le dessus des chaussures, lesquelles avaient des rabats aux broderies multicolores de part et d'autre du pied. Quant aux chaussures elles-mêmes, elles étaient fort bizarres car dépourvues de talon. On eût dit des pantoufles, du même cuir que les jambières, ornées de broderies de la cheville aux orteils. Mais, même sans talons, l'homme était fort grand. Il avait les cheveux bruns et, du moins le semblait-il à Emeline, vu la distance qui les séparait, des yeux foncés. Certainement pas gris ou bleus. Les paupières étaient lourdes et le regard intelligent. Une découverte qui lui arracha un frisson : les hommes intelligents étaient les plus difficiles à gérer.

Une épaule appuyée au mur, il croisait les bras et paraissait intéressé par les membres de l'assistance. Comme s'ils avaient été des spécimens exotiques, et non lui. Il avait le nez long, marqué d'une bosse en son milieu, le teint mat de celui qui arrive de contrées lointaines. Ses traits étaient durs, marqués, proéminents : pommettes, nez, menton faisaient saillie de manière très virile, ce qui n'était pas le moindre de ses charmes pervers. Par contraste, sa bouche était grande et au dessin presque doux. Une fossette creusait sa lèvre inférieure. La bouche d'un homme qui aime goûter, savourer. Une bouche dangereuse.

Emeline détourna de nouveau le regard et demanda à Mme Conrad :

— Qui est-ce ?

— Ne le savez-vous vraiment pas ?

— Non.

L'hôtesse parut ravie.

— Eh bien, très chère, il s'agit de M. Samuel Hartley ! Il n'est à Londres que depuis une quinzaine de jours et on ne parle que de lui. Il n'est pas tout à fait convenable à cause du... Enfin, il ne l'est pas. En dépit de sa fortune, faire sa connaissance n'enchante pas tout le monde.

Emeline sentit la chair de poule hérisser sa nuque. Mme Conrad continua imperturbablement :

— Je n'aurais vraiment pas dû l'inviter, mais je n'ai pas pu m'en empêcher. Cette allure, ma chère ! Tout simplement exquise. Si je ne le lui avais pas demandé, je n'aurais jamais...

Le débit de mots s'interrompit abruptement lorsqu'un homme s'éclaircit la gorge derrière les deux femmes. Emeline, qui avait détourné son regard de M. Hartley, ne l'avait pas vu se déplacer. Dans la seconde, elle sut pourtant instinctivement qu'il s'agissait de lui. Il se tenait tout près d'elle. Lentement, elle fit pivoter sa tête et rencontra des yeux bruns moqueurs.

— Madame Conrad, je vous serais très reconnaissant de faire les présentations.

Il avait l'accent américain, constata Emeline.

Leur hôtesse resta un instant le souffle suspendu, choquée par tant d'outrecuidance, mais sa curiosité de voir ce qui allait suivre l'emporta.

— Lady Emeline, voici M. Hartley. Monsieur Hartley, lady Emeline Gordon.

Emeline esquissa une courbette et faillit heurter une grande main bronzée tendue. Elle demeura interdite. Cet homme était vraiment dépourvu de toute élégance. Elle s'apprêtait à toucher du bout des doigts la main offerte quand il serra la sienne entre ses paumes, dont la chaleur troubla la jeune femme. Elle nota le frémissement de ses narines lorsqu'il accentua la pression. La humait-il ? se demanda-t-elle.

— Comment allez-vous, madame ?

— Bien, lâcha Emeline en tentant de se libérer, en vain.

Pourtant, l'homme ne serrait pas fort...

— Puis-je récupérer ma main à présent, monsieur ?

Il sourit ironiquement.

— Bien sûr, madame.

Emeline cherchait fébrilement un prétexte pour planter là ce fâcheux, mais il fut plus prompt qu'elle.

— Me permettez-vous de vous accompagner dans le jardin ?

Question posée pour la forme dans la mesure où il offrait déjà son bras, ne doutant à l'évidence pas d'obtenir le consentement d'Emeline. Qui, mon Dieu, le lui accorda. Sans mot dire, elle posa les doigts sur la manche de la redingote. Hartley fit un petit signe de tête à Mme Conrad puis, en un clin d'œil, guida sa compagne jusqu'à l'extérieur. Pour un homme à l'allure si gauche, il se comportait vraiment habilement, songea Emeline en examinant son profil avec suspicion. Il s'aperçut qu'elle l'observait et ses yeux se firent encore plus narquois.

— Nous sommes voisins, savez-vous, madame.

— Que voulez-vous dire ?

— J'ai loué la maison mitoyenne de la vôtre.

Emeline perdit de nouveau pied – une sensation très rare chez elle, et qu'elle trouvait fort désagréable. Elle connaissait les occupants de l'hôtel particulier à la droite du sien, mais ils avaient déménagé récemment. Durant une journée entière, au cours de la semaine dernière, des hommes avaient fait des allées et venues par les portes grandes ouvertes, en sueur, vociférant et jurant. Et ils avaient charrié...

— Le canapé vert petit pois ! s'exclama-t-elle.

— Pardon ?

— Vous êtes le propriétaire de cet affreux canapé vert petit pois, n'est-ce pas ?

— Je l'avoue.

— Sans honte, à ce que je constate, dit Emeline en pinçant les lèvres en une mimique de désapprobation. Y a-t-il vraiment des chouettes dorées sculptées sur les pieds ?

— Je ne l'ai pas remarqué.

— Moi, si.

— Dans ce cas, je ne discuterai pas.

— Mmm.

— J'ai une faveur à vous demander, madame.

Il l'avait conduite sur l'une des allées gravillonnées du jardin de la demeure des Conrad. Ce jardin avait été conçu sans imagination. Des rosiers et de petites haies taillées au cordeau. Les roses étaient déjà fanées. L'ensemble était donc triste et uniforme.

— J'aimerais que vous m'offriez vos services.

— Mes... services ?

Emeline inspira profondément et s'immobilisa, ce qui obligea son compagnon à l'imiter. Cet homme la prenait-il pour une sorte de courtisane ? Quelle insulte ! Elle bouillait tout à coup de colère... mais ne pouvait s'empêcher de détailler l'imposante carrure de l'offenseur. Larges épaules, taille fine, ventre plat et, ainsi que put le constater Emeline en baissant les yeux, une partie bien spécifique de son anatomie qui saillait joliment, soulignée par la culotte de laine noire qu'il portait sous ses jambières. Elle releva les yeux en hâte, le souffle court. Apparemment, l'homme n'avait pas remarqué son indiscrétion, ou bien était plus policé que son apparence et ses manières ne le laissaient supposer.

— J'ai besoin d'un mentor pour ma sœur Rebecca, poursuivit-il. Quelqu'un qui la chaperonnerait dans les soirées, les bals.

Ainsi, il ne voulait qu'un chaperon, songea Emeline, soulagée. Mais pourquoi ne l'avait-il pas dit d'emblée, afin de lui épargner tant d'embarras ?

— Je crains que ce ne soit pas possible, monsieur.

— Pourquoi donc ? demanda-t-il d'une voix douce qui cependant recelait une note d'autorité.

Emeline se raidit.

— Eh bien, je ne m'occupe que de jeunes filles de la haute société. Je ne crois pas que votre sœur entre dans cette catégorie, et vous m'en voyez désolée.

Il la regarda gravement pendant un long moment, puis riva les yeux sur le bout de l'allée, mais Emeline eut l'impression qu'il le fixait sans le voir.

— Peut-être, dit-il enfin, pourrais-je avancer un autre argument susceptible de vous convaincre.

— Oh ? Qu'est-ce à dire ?

— Je connaissais Reynaud, déclara-t-il.

Cette fois, il n'y avait plus trace d'amusement dans les prunelles sombres. Emeline entendait soudain les pulsations violentes de son cœur dans ses tympans. Reynaud. Son frère, qui avait été tué lors du massacre du 28e régiment.

Elle embaumait la citronnelle. Un parfum familier qu'il inhalait avec délices, tout en attendant la réponse de lady Emeline. Un parfum qui lui mettait les idées sens dessus dessous. Se laisser distraire lors d'une négociation était une mauvaise chose, surtout face à un opposant intelligent. Mais qu'il était étrange de sentir ce parfum simple et accueillant sur une femme sophistiquée... Sa mère, se rappela Sam, faisait pousser de la citronnelle dans leur jardin, au milieu de la forêt de Pennsylvanie, et cette odeur le ramenait très loin en arrière. Il se revoyait petit garçon, assis à une table de bois grossièrement taillé, fasciné par les gestes de sa mère qui versait de l'eau bouillante sur les feuilles vertes. Le parfum montait à ses narines quand elle versait le breuvage dans une épaisse tasse de terre cuite. La citronnelle. Le baume de l'âme, disait-elle.

— Reynaud est mort, énonça sèchement Emeline. Pourquoi pensez-vous que je devrais vous faire une faveur, simplement parce que vous l'avez connu ?

Pendant qu'elle parlait, il détaillait son visage. C'était vraiment une très belle femme, aux yeux et aux cheveux de jais, aux lèvres pleines couleur rubis. Mais cette beauté ne présentait pas que des avantages : nombre d'hommes seraient dissuadés de la courtiser à cause de son regard trop intelligent et de sa bouche à l'expression méfiante.

— Vous l'aimiez, madame, tenta-t-il.

Avec quelque succès : une lueur venait de passer dans les prunelles sombres. Il avait touché un point sensible. Elle était très attachée à son frère. La gentillesse eût impliqué qu'il ne se serve pas de ce talon d'Achille, mais la gentillesse n'avait jamais été son fort, ni en affaires ni dans sa vie personnelle.

— Je pense que vous ferez cela pour sa mémoire.

Elle n'eut pas l'air convaincue. Mais il la sentait flancher. L'un des premiers atouts pour réussir dans les affaires, c'est d'être capable de déceler l'instant où les certitudes de l'adversaire commencent à vaciller et en tirer aussitôt avantage. Ensuite, il faut assurer sa position, ce que Sam savait très bien faire.

Il lui offrit de nouveau son bras et, après une hésitation, elle posa le bout de ses doigts sur sa manche. C'était fait, il l'avait sous sa coupe. Mais il ne lui montra pas qu'il s'en était rendu compte. Il se remit à marcher, et elle accorda son pas au sien.

— Ma sœur et moi ne resterons à Londres que trois mois. Je n'attends donc pas que vous réalisiez des miracles.

Il leva son visage vers le soleil déclinant de la fin d'après-midi. Il savourait le fait d'être dehors, loin de tous ces gens.

— Rebecca n'a que dix-neuf ans, continua-t-il, et je suis souvent pris par mes affaires. J'aimerais qu'on la distraie, qu'elle rencontre peut-être quelques demoiselles de son âge.

C'était la vérité, même si elle était un peu tronquée.

— Vous n'avez pas de parente susceptible de s'en charger ?

La question manquait tellement de subtilité qu'il se retint de rire. Lady Emeline était une femme de petite taille, menue et gracieuse. Elle aurait dû sembler vulnérable, mais il pressentait qu'elle n'avait rien d'une fragile porcelaine. Il l'avait observée une bonne vingtaine de minutes durant, dans cet exécrable salon, et il avait constaté que son regard se déplaçait en permanence. Rien de ce qui se passait autour d'elle n'échappait à son œil d'aigle. Il aurait parié une jolie somme qu'elle ne perdait rien des conversations échangées dans la pièce, qui parlait à qui, et de quoi. Elle était aussi performante dans son domaine professionnel que lui dans le sien. Ce qui ne rendait que plus important le fait qu'elle accepte son offre. Elle était à même de l'introduire dans la bonne société londonienne.

— Non, ma sœur et moi n'avons aucune parente en vie. Notre mère est morte en couches, lors de la naissance de Rebecca, et mon père quelques mois plus tard. Par chance, le frère de mon père était un homme d'affaires de Boston. Sa femme et lui ont accueilli ma sœur chez eux et l'ont élevée. Mais ils sont décédés.

— Et vous ?

— Quoi, moi ?

— Eh bien, fit-elle avec impatience, que vous est-il arrivé lorsque vos parents sont morts ?

— On m'a envoyé dans un internat.

Quel choc cela avait été de quitter le chalet dans la forêt pour se retrouver cloîtré dans un univers de grisaille, entouré non plus d'arbres mais de livres, et de découvrir la discipline la plus stricte !

Leurs pas les avaient menés devant un mur de brique qui marquait la limite du jardin. Emeline s'arrêta et regarda Sam.

— Avant de prendre une décision, il faut que je rencontre votre sœur.

— Bien sûr, dit-il, savourant sa victoire.

L'image du visage du frère défunt s'imposa soudain à l'esprit de Sam et se superposa à celui de la sœur. Mêmes yeux qui s'étrécissaient quand il enfilait son uniforme de soldat, mêmes sourcils noirs qui se rejoignaient sur le front altier pour exprimer le reproche ou le désaccord.

Il frissonna et chassa le fantôme, pour se concentrer sur la femme qui lui parlait.

— Venez me rendre visite avec votre sœur demain. Je vous informerai de ma décision ensuite. Pour le thé. Vous buvez du thé, n'est-ce pas ?

— Oui.

— Parfait. Deux heures, cela vous convient-il ?

Elle lui donnait un ordre, songea-t-il en réprimant un sourire.

— Ce sera parfait, madame. C'est très aimable à vous.

Une nouvelle fois, elle eut ce regard méfiant, puis pivota sur ses talons et repartit vers la maison. Il la suivit, sans hâte, observa son dos au maintien élégant et le balancement de ses jupes tout en tapotant sa poche, écoutant le crissement familier du papier et s'interrogeant : comment pourrait-il mieux employer Emeline ?

— Je ne comprends pas, dit ce soir-là tante Cristelle au dîner. Si ce gentilhomme souhaite vraiment que tu lui fasses l'honneur de le cornaquer, pourquoi n'est-il pas passé par les canaux habituels pour sa proposition ? Il aurait pu prier un ami de faire les présentations.

Tante Cristelle était la plus jeune sœur de la mère d'Emeline. Une grande femme aux cheveux de neige qui se tenait toujours très droite et dont les yeux bleus auraient pu être candides, mais ne l'étaient pas du tout. La vieille dame ne s'était jamais mariée, et Emeline se disait que les prétendants éventuels avaient dû être terrifiés. Tante Cristelle vivait avec Emeline et son fils Daniel depuis cinq ans, depuis la mort du père de celui-ci.

— Peut-être ne connaissait-il pas la manière convenable ? Ou ne voulait-il pas perdre de temps ? Il m'a dit qu'ils ne devaient rester à Londres que trois mois.

Elle se servit une tranche de viande sur le plat que lui présentait le valet et remercia d'un signe de tête.

— Mon Dieu, mais s'il est aussi vulgaire que cela, il n'a aucune chance de se frayer un chemin dans le labyrinthe des bons usages !

Cela dit, tante Cristelle but une gorgée de vin et fit la grimace comme s'il s'agissait de vinaigre. Emeline ne releva pas la remarque. L'analyse de sa tante était correcte : M. Hartley lui avait effectivement de prime abord paru vulgaire. Mais ensuite, elle avait décelé dans ses yeux de la finesse, lu une autre histoire. Il lui avait presque ri au nez, comme si c'était elle l'innocente.

— Que feras-tu, Emeline, si la jeune fille est aussi rustre que le frère ? Imagine qu'elle porte ses cheveux nattés dans le dos ? Si elle rit trop fort ? Si elle va pieds nus ?

Tante Cristelle semblait épouvantée. Mais il était vrai que le tableau qu'elle peignait était horrible. Au point de la pousser à demander au valet un autre verre de vin pour se remettre. Emeline s'empêcha de sourire.

— Il est très riche, tante Cristelle. Je me suis discrètement renseignée auprès des autres dames. Toutes m'ont confirmé que M. Hartley est l'un des hommes les plus fortunés de Boston. Je suppose que, là-bas, il gravite dans les meilleurs cercles.

— Pff...

Pour tante Cristelle, la haute société bostonienne ne valait pas tripette. Emeline coupa tranquillement sa tranche de viande.

— Même si ce sont des rustres, tante, ne devrions-nous pas, surtout, prodiguer une éducation appropriée pour combler les lacunes ?

— Non ! s'exclama si fort tante Cristelle que le valet sursauta et faillit lâcher la carafe de vin. Je dis non ! Ce serait aller à l'encontre des fondements de notre société ! Comment discerner les gens bien nés du vulgum pecus, sinon par leurs manières ?

— Peut-être as-tu raison.

— Évidemment, j'ai raison !

— Mmm.

Emeline jeta un coup d'œil à la tranche de bœuf dans son assiette. Elle ne lui faisait plus envie.

— Tante, te rappelles-tu ce petit livre que notre nurse nous lisait lorsque nous étions petits, Reynaud et moi ?

— Quel livre ? De quoi parles-tu ?

— Un recueil de contes de fées. Nous l'adorions. J'y songe aujourd'hui pour quelque bonne raison.

La nurse leur faisait la lecture l'après-midi, après avoir pique-niqué. Reynaud et elle étaient assis sur une couverture pendant que la nurse tournait les pages du volume. Au fur et à mesure que progressait l'histoire, Reynaud s'avançait lentement en rampant, attiré par le récit, jusqu'à arriver aux genoux de la nurse, suspendu à ses lèvres, buvant chaque mot, des étincelles dans ses grands yeux noirs. Il avait été un petit garçon si vivant…

— Je me demandais où était ce livre, tante Cristelle. Dans une boîte au grenier ?

— Qui sait ? fit la vieille dame avec un haussement d'épaules qui montrait qu'elle se souciait comme d'une guigne du vieux livre de contes de fées et des souvenirs que sa nièce gardait de son frère. Emeline, je pose de nouveau la question : pourquoi envisagerais-tu d'aider à entrer dans le monde cet homme et sa sœur sans souliers ?

Emeline ne s'attarda pas sur le fait que Rebecca Hartley fût pieds nus relevait de la pure spéculation. Le seul Hartley qu'elle connût était le frère, et elle se rappelait vivement ses yeux café et son teint mat. Elle secoua lentement la tête.

— Je ne sais pas exactement, tante Cristelle. Tout ce que je sais, c'est qu'il a besoin de mon aide.

— Mais si tu accordais cette aide à tous ceux qui te la demandent, nous succomberions sous les assauts des huissiers !

— Il a dit… qu'il connaissait Reynaud.

— Pourquoi le crois-tu ?

— Je ne sais pas. Mais le fait est que je le crois. Tante, tu dois me prendre pour une sotte.

Cristelle soupira lourdement. Les commissures de ses lèvres s'affaissèrent, accusant les marques de l'âge.

— Non, mon petit. Je pense simplement que tu es une sœur qui aimait profondément son frère.

Les doigts pianotant sur le pied de son verre, Emeline hocha la tête sans regarder sa tante. Oui, elle avait aimé Reynaud, et l'aimait encore. L'amour ne mourait pas en même temps que la personne à laquelle on le vouait. Mais une autre raison l'incitait à s'occuper de la petite Hartley : elle était persuadée que Samuel Hartley ne lui avait pas dit toute la vérité quant aux motifs qui le poussaient à demander son concours. Il voulait autre chose. Quelque chose qui avait un rapport avec Reynaud.

2

Cœur de Fer marcha pendant des jours dans la forêt ténébreuse et ne rencontra âme qui vive, ni homme ni animal. Le septième jour, le mur d'arbres s'ouvrit et il sortit de la forêt. Devant lui s'étendait une riante cité. Il resta pétrifié. De sa vie, jamais il n'avait vu plus belle ville. Son ventre qui gargouillait le ramena à la réalité. Il fallait qu'il s'achète à manger, et donc trouve en priorité du travail. Il se rendit dans la ville. Mais il s'avéra que personne n'avait de travail pour un soldat revenant de la guerre. Il semblait que les gens soient contents d'avoir des soldats qui partaient au combat, mais une fois le danger éliminé, ils regardaient le soldat démobilisé de haut et avec suspicion. Cœur de Fer fut donc obligé d'accepter de basses tâches de balayeur des rues. Ce qu'il fit avec gratitude.

— Je t'ai entendu rentrer tard, la nuit dernière, remarqua Rebecca en posant des œufs cocotte dans son assiette, le lendemain matin. Il était plus de minuit.

— Vraiment ? Je suis désolé de t'avoir réveillée.

— Oh, mais tu ne m'as pas du tout dérangée. Ce n'était pas ce que je voulais dire.

Rebecca soupira et s'assit à la table, face à son frère. Elle brûlait de lui demander où il avait passé la nuit, et celle de la veille, mais la timidité la retint. Tout en se servant du thé, elle chercha un sujet de conversation.

— Quels sont tes projets pour aujourd'hui, Sam ? T'occuper de tes affaires avec M. Kitcher ? Je m'étais dit que... que si ce n'était pas le cas, nous pourrions aller nous promener dans Londres. Il paraît que la cathédrale Saint Paul est...

— Bon sang ! coupa Sam en plaquant bruyamment son couteau sur son assiette. J'avais oublié de te dire !

La déception submergea Rebecca. Elle savait son frère très occupé, mais avait quand même conçu quelque espoir qu'il ait un peu de temps libre pour elle.

— De me dire quoi ? s'enquit-elle tristement.

— Nous sommes invités à prendre le thé chez notre voisine, lady Emeline Gordon.

— Quoi ? s'exclama Rebecca en regardant par la fenêtre l'imposant hôtel particulier mitoyen du leur.

Elle avait entrevu la dame à une ou deux reprises, et sa sophistication l'avait laissée ébahie.

— Mais... quand cela s'est-il passé ? Je n'ai vu aucune invitation dans le courrier.

— Je l'ai rencontrée hier dans un salon.

— Mon Dieu..., s'émerveilla la jeune fille. Elle doit être une charmante personne, pour nous convier alors qu'elle nous connaît si peu.

Qu'allait-elle porter pour faire honneur à cette si élégante dame ?

— En fait, je lui ai demandé d'être ton chaperon lors de quelques réunions mondaines.

— Vraiment ? Je pensais que tu n'aimais ni les bals ni les réunions mondaines.

Elle était ravie qu'il ait pensé à elle, mais son intérêt soudain pour ses activités lui semblait curieux.

— Je ne les aime pas, mais nous sommes à Londres. Je me suis dit que tu aimerais sortir un peu. Voir la ville. Rencontrer des gens. Tu n'as que dix-neuf ans. Tu dois t'ennuyer à périr dans cette maison, avec moi pour seule compagnie.

Ce n'était pas tout à fait exact, songea Rebecca tout en cherchant une réponse appropriée. Elle était entourée de serviteurs. Ils étaient légion dans cette maison londonienne qu'avait louée Sam. Chaque fois qu'elle croyait les avoir tous vus, il en surgissait un nouveau. D'ailleurs, en ce moment même, deux d'entre eux étaient debout contre le mur, prêts à les servir au moindre signe de leur part. L'un, lui semblait-il, s'appelait Travers, et l'autre... Zut, elle avait oublié son nom. Mais elle était sûre de ne l'avoir jamais aperçu auparavant. Il avait des cheveux d'un noir de jais et de magnifiques yeux verts. Elle les avait remarqués, ce qui était inconvenant. On ne prêtait pas attention aux yeux d'un valet, voyons !

À Boston, il n'y avait que la cuisinière et Elsie. Enfant et adolescente, elle avait pris quasiment tous ses repas avec la cuisinière, mais devenue demoiselle, elle avait été invitée à la table de son oncle Thomas. Un homme délicieux, qu'elle aimait beaucoup, mais dîner avec lui était d'un ennui mortel. Elle avait regretté ses conversations animées avec Elsie et la cuisinière, qui cancanaient à bâtons rompus. Néanmoins, les discussions autour de la table s'étaient améliorées lorsque Samuel était venu vivre à la maison, après la mort d'oncle Thomas. Un peu. Samuel pouvait se révéler très spirituel quand il le voulait, mais la plupart du temps, il était préoccupé par ses affaires.

— Cela t'ennuie, Rebecca ?
— Pardon ?
La question l'avait arrachée à ses réflexions.
— Je te demande si cela t'ennuie que j'aie sollicité l'aide de lady Emeline.
— Oh, non ! Pas du tout ! assura-t-elle dans un sourire radieux.
Évidemment, elle aurait préféré que Sam lui consacre son temps, mais ils étaient venus à Londres pour ses affaires, après tout.
— Je suis très flattée que tu aies pensé à moi.
Il eut l'air navré.
— Rebecca, tu dis cela comme si tu te considérais comme une charge pour moi.
Rebecca baissa les yeux : c'était exactement cela. Elle se considérait comme une charge. Il n'aurait pu en aller autrement : elle était beaucoup plus jeune que lui et citadine depuis toujours. Samuel, en revanche, avait été élevé en pleine nature jusqu'à l'âge de quatorze ans.
— Je sais que tu ne tenais pas à m'emmener avec toi lors de ce voyage, Sam.
— Nous en avons déjà parlé. Dès que j'ai su que tu avais envie de venir, j'ai été ravi que tu m'accompagnes.
— Oui, et je t'en suis très reconnaissante.
Rebecca se crispa, consciente que sa réponse n'était pas tout à fait exacte. Elle regarda son frère à la dérobée. Il fronçait les sourcils.
— Rebecca, je...
L'entrée du majordome l'interrompit.
— M. Kitcher est arrivé, monsieur.
Le partenaire en affaires de Sam. Celui-ci remercia avant de se lever et de poser un baiser sur le front de Rebecca.
— Kitcher et moi devons aller visiter un entrepôt de porcelaines. Je serai de retour après le

déjeuner. Nous sommes attendus à deux heures chez notre voisine.

— Très bien, répondit Rebecca, alors que son frère était déjà à la porte.

Il sortit sans ajouter un mot et la jeune fille resta seule devant son assiette. Enfin, « seule »... les valets étaient toujours là.

Le gentilhomme des colonies était encore plus imposant dans son petit salon qu'à l'extérieur, songea Emeline cet après-midi-là en accueillant ses invités. Le contraste entre la pièce de modestes dimensions, coquette, raffinée, et l'homme grand et immobile, était impressionnant. La profusion de satin, de brocart de la décoration aurait dû le rapetisser, lui donner l'air d'un rustre dans ses vêtements de laine, mais il n'en était rien. Il paraissait occuper tout l'espace.

— Bonjour, monsieur Hartley.

Elle tendit la main, se rappelant qu'il la lui avait serrée la veille. Allait-il renouveler ce geste inapproprié ? Non. Il lui fit un baisemain très classique, un simple effleurement du bout des lèvres. Mais il ne releva pas immédiatement la tête et elle le soupçonna de humer sa peau. Lorsqu'il se redressa, elle décela une lueur d'amusement dans ses yeux. Le scélérat ! Il savait fort bien qu'hier, il aurait dû se livrer à ce cérémonial et non lui donner une virile poignée de main !

— Puis-je vous présenter ma sœur, Rebecca Hartley ?

Emeline n'eut d'autre choix que de détourner son attention de lui. La jeune fille qui avait fait un pas vers elle était charmante. Dotée des mêmes cheveux sombres que son frère, les yeux d'un brun plus chaud que les siens, marqué de paillettes vertes et dorées. Une teinte inhabituelle mais néanmoins ravissante. Elle portait une robe toute simple à l'encolure carrée, ornée d'un soupçon de dentelle aux manches et au corsage. Emeline nota mentalement que sa garde-robe méritait certainement quelques améliorations.

— Comment allez-vous, mademoiselle ?

— Je suis si heureuse de faire votre connaissance, madame, dit Rebecca en lui faisant une petite révérence.

Eh bien, elle avait de bonnes manières. Pas parfaites, mais au moins, elle en possédait les rudiments.

— Ma tante, Mlle Molyneux, reprit Emeline en s'effaçant devant tante Cristelle.

Celle-ci était assise à sa gauche, bien droite sur son siège, loin du dossier. Elle inclina la tête. Ses lèvres étaient pincées, ses yeux rivés sur la toilette de Mlle Hartley.

M. Hartley sourit et se pencha sur la main tendue de tante Cristelle.

— Comment allez-vous, madame ?

— Très bien, merci, répliqua la vieille dame d'un ton revêche.

Rebecca se posa sur le canapé tendu de damassé blanc et jaune, Sam sur la chaise à oreillettes orange. Emeline s'installa dans un fauteuil et fit signe à Crabs, le majordome, qui partit chercher le thé.

— Vous m'avez dit hier être à Londres pour affaires, monsieur Hartley. Quel genre d'affaires ?

— Achat et vente de marchandises.

— Vraiment ? murmura Emeline.

M. Hartley ne semblait pas du tout conscient qu'il reconnaissait n'être qu'un commerçant. Mais qu'attendre d'autre d'un colon qui portait des jambières de cuir ? Elle baissa les yeux sur ses jambes croisées. Le cuir doux s'adaptait parfaitement à ses mollets et en soulignait le charmant galbe viril.

— J'espère rencontrer M. Josiah Wedgwood, poursuivit Sam. Peut-être avez-vous entendu parler de lui ? Il a une merveilleuse nouvelle fabrique de céramique.

— De céramique ? releva tante Cristelle en regardant Sam derrière son face-à-main, une affectation dont elle usait quand elle souhaitait intimider ses interlocuteurs.

Elle examina d'abord le visiteur, puis passa au fascinant bas de jupe de sa sœur. M. Hartley resta imperturbable. Il lui sourit, puis adressa son sourire à Emeline.

— De la céramique, oui. C'est fou comme nous nous servons de céramique dans les colonies. J'importe déjà des terres cuites, mais je pense qu'il y a un marché pour des produits plus raffinés. Des choses que les dames qui donnent le ton aimeraient mettre sur leur table. M. Wedgwood a perfectionné un procédé qui permet de réaliser les plus fines porcelaines jamais vues. J'entends bien le persuader que Hartley Importers est la compagnie la mieux placée pour transporter ses marchandises vers les colonies.

Intriguée malgré elle, Emeline haussa les sourcils.

— Vous feriez commerce de sa porcelaine là-bas pour son compte ?

— Non. Il s'agira de l'habituel contrat. Je lui achèterai ses produits et les revendrai de l'autre côté de l'Atlantique. À cette différence près que j'espère obtenir l'exclusivité des ventes.

— Vous êtes ambitieux, monsieur Hartley, remarqua tante Cristelle d'un ton désapprobateur.

Sam hocha la tête. Il ne paraissait pas le moins du monde perturbé par cette désapprobation et

Emeline, à regret, dut convenir qu'elle admirait son sang-froid. Il était un étranger, d'une manière qui n'avait rien à voir avec le fait qu'il soit américain. Les gentilshommes de sa connaissance n'étaient pas des commerçants, et surtout ne parlaient pas commerce avec les dames. Il était intéressant d'avoir face à elle un homme qui la traitait d'égal à égal sur le plan intellectuel. Mais jamais M. Hartley ne s'intégrerait à son monde.

— Mon frère m'a dit que vous aviez fort aimablement accepté de me chaperonner, madame, risqua Rebecca après s'être éclairci la gorge.

L'entrée de trois bonnes chargées de plateaux empêcha Emeline de formuler une réponse appropriée, qui eût visé le frère et non la sœur : il considérait donc d'ores et déjà sa requête acceptée ! Et il la fixait sans vergogne. Elle soutint son regard avec défi. Il ne cilla pas. Flirtait-il avec elle ? Ignorait-il qu'elle n'était vraiment pas à son niveau ?

Le thé était prêt à être servi, ce dont elle se chargea, le dos tellement droit que même tante Cristelle ne pouvait rivaliser avec elle.

— J'envisage effectivement de vous chaperonner, mademoiselle Hartley. Mais peut-être me direz-vous pourquoi vous avez besoin de…

Une violente bouffée d'air la fit taire quand la porte du salon s'ouvrit à la volée et frappa la cloison avec fracas. Le bois du chambranle se fendilla et une nouvelle craquelure apparut sur la peinture. Dans la foulée, des bras et de longues jambes s'abattirent sur Emeline qui, avec l'aisance d'une grande habitude, mit en une fraction de seconde la théière en sûreté.

— Maman ! Maman ! cria le petit démon aux boucles blondes angéliques. La cuisinière dit qu'elle a fait des petits pains au lait ! Puis-je en avoir un ?

Emeline posa la théière en soupirant. Elle allait gronder ce... Mais Cristelle fut plus rapide :

— Bien sûr, mon chou ! Tiens, prends une assiette et tante Cristelle te la remplira des plus jolis pains.

Emeline se racla la gorge. Vieille dame et galopin lui jetèrent un coup d'œil coupable.

— Daniel, aurais-tu l'obligeance de poser ce pain que tu serres dans ton poing et de saluer nos invités ?

Daniel renonça en rechignant à sa prise de guerre, puis s'essuya les mains sur sa culotte. Emeline se retint de lever les yeux au ciel.

— Monsieur Hartley, je vous présente mon fils, Daniel Gordon, baron Eddings.

Le garçon fit une très correcte courbette qui remplit Emeline de fierté maternelle, sans toutefois qu'elle le montre. Inutile de rendre vaniteux ce petit. M. Hartley tendit la main à l'enfant de huit ans comme il l'avait fait pour elle la veille, insoucieux de leurs rangs respectifs. Gravement, Daniel prit la main tendue et la serra.

— Je suis heureux de faire votre connaissance, monsieur, dit Sam.

Daniel se détourna, s'inclina courtoisement devant la jeune fille, puis Emeline lui donna un petit pain enveloppé dans une serviette.

— Maintenant, file, mon chéri. J'ai...

— Votre fils peut rester avec nous, madame, la coupa Sam.

Emeline se raidit. Comment cet homme osait-il interférer entre elle et Daniel ? Elle s'apprêtait à le rembarrer quand elle remarqua les petites rides aux coins de ses yeux. Des rides de tristesse, et non d'amusement. M. Hartley ne connaissait même pas son fils ! Pourquoi semblait-il éprouver de la pitié à son endroit ?

— S'il te plaît, maman...

Que l'enfant profite de la situation aurait dû amplifier son mécontentement : Daniel savait fort bien que mieux valait ne pas insister lorsqu'elle avait pris une décision. Mais ce qu'elle ressentit alors fut étrange. Elle s'émut.

— Oh, très bien, maugréa-t-elle, consciente de se comporter comme une vieille dame grincheuse.

Daniel sourit largement et s'assit à côté de M. Hartley, lequel lui retourna son sourire. Emeline se sentit fondre à la vue de ce sourire – une réaction ridicule chez une dame de la bonne société, voyons !

— Je pense que, maintenant, nous devrions discuter de la mise de Mlle Hartley, remarqua tante Cristelle.

La jeune fille, qui avalait une gorgée de thé, faillit s'étouffer.

— Madame ? souffla-t-elle, éberluée.

— Votre mise est épouvantable.

— Mademoiselle Molyneux, je crois que..., commença Sam.

— Vous ne voudriez tout de même pas que l'on se gausse de votre sœur, monsieur Hartley ? Vous n'aimeriez pas que les autres jeunes demoiselles rient d'elle derrière son dos ? Que les jeunes messieurs refusent de danser avec elle ? Est-ce cela que vous souhaitez ?

— Non, évidemment. Mais qu'est-ce qui ne va pas avec la robe de Rebecca ?

— Rien du tout, s'empressa de déclarer Emeline. Tout sera parfait si Mlle Hartley se borne à vouloir visiter les parcs et les monuments de Londres. Je suis sûre que ce qu'elle porte convient à Boston.

Tout à fait à la mode dans les colonies. Mais... pour ce qui est de Londres...

— Elle doit avoir des toilettes très élégantes ! s'exclama tante Cristelle. Et aussi des gants, des châles, des chapeaux et des escarpins. Les escarpins sont très importants.

Inquiète, Rebecca regarda ses souliers.

— Je comprends, dit M. Hartley en souriant.

— Toutes ces choses vont coûter fort cher, précisa tante Cristelle.

Sans ajouter que Sam serait obligé d'habiller également Emeline de pied en cap. Il était entendu que lady Emeline serait récompensée de la sorte pour avoir été le mentor de Rebecca.

Emeline attendait les protestations de Sam. À l'évidence, il n'avait pas pris la mesure des dépenses qu'impliquerait l'entrée de sa sœur dans le monde. La plupart des familles économisaient en prévision de cet événement. Certains s'endettaient même. M. Hartley était peut-être un riche Bostonien, mais était-il capable de convertir en livres anglaises son projet ? Pouvait-il assumer une telle dépense ? Tout à coup, elle s'aperçut que s'il renonçait, elle serait très déçue.

Il mâcha une bouchée de petit pain sans mot dire. Ce fut sa sœur qui intervint.

— Oh, Samuel, c'est excessif ! Je n'ai pas besoin d'une nouvelle garde-robe ! Vraiment pas.

Quelle jolie échappatoire. Mlle Hartley venait de montrer à son frère l'issue de secours. Une issue honorable. Emeline observait les réactions de l'homme des colonies, sans que pour autant lui échappe ce que faisait son fils : s'emparer d'un petit pain comme un voleur, profitant du moment de flottement.

— Il apparaît que tu as besoin d'une nouvelle garde-robe, Rebecca, énonça tranquillement Sam.

C'est l'avis de lady Emeline et nous devons le suivre.

— Mais la dépense...

— Ne t'inquiète pas. Je peux y faire face. Lady Emeline, quand irons-nous faire nos achats ?

— Vous n'avez nul besoin de nous accompagner, monsieur. Une lettre de crédit suffira et...

— Mais j'adorerai vous accompagner, mesdames. Vous ne songez tout de même pas à me priver de ce petit plaisir ?

Emeline ne trouva aucun argument susceptible de le dissuader.

— Bien sûr, dit-elle avec un sourire contraint. Nous serons heureuses que vous nous escortiez.

Quel homme extraordinaire ! Il réussissait à paraître heureux sans qu'un seul trait de son visage ne bouge.

— Quand ferons-nous cette expédition dans les boutiques, madame ?

— Demain, répondit sèchement Emeline.

— Parfait.

Cette fois, ses lèvres sensuelles s'étaient légèrement relevées. Emeline demeura perplexe. Soit cet homme était un idiot, soit il était plus riche que Crésus.

Sam se réveilla au milieu de la nuit, baigné de transpiration à cause du cauchemar. Il resta immobile, le regard errant dans la pénombre, attendant que le gong affolé qui frappait dans sa poitrine s'apaise. Le feu s'était éteint et la chambre était glaciale. Il avait demandé aux bonnes qu'elles le garnissent généreusement pour la nuit, mais évidemment elles n'en avaient rien fait. Tous les matins, il ne subsistait que des braises. Aujourd'hui, même pas. Le feu était mort.

Il pivota sur son séant, posa les pieds par terre, se mit debout et alla tirer les rideaux. La lune brillait haut sur les toits de la ville. Il s'habilla dans sa clarté blafarde, puis sortit de la pièce. Ses mocassins rendaient ses pas presque silencieux. Mais d'autres pas, qui venaient dans sa direction, résonnaient. La lueur d'une chandelle tremblota dans le noir. Son majordome en chemise de nuit, une bouteille dans une main, le bougeoir dans l'autre, approchait. Sam se cacha dans un recoin sombre et l'homme passa devant lui sans le voir. Sam huma une odeur de whisky et sourit. Il fut tenté de se manifester, juste pour voir sursauter l'homme pris sur le fait, mais il s'en abstint.

Il attendit que le majordome ait disparu pour bouger. Il traversa alors la maison, les cuisines et se dirigea vers l'entrée de service. La clé en était posée sur le manteau de l'immense cheminée, mais il en possédait un double. Il sortit avant de refermer la porte derrière lui. Il faisait froid, dehors. Il réprima un frisson et pendant un moment demeura dans l'ombre, écoutant, scrutant la nuit, humant les odeurs. Tout ce qu'il entendit fut la course précipitée d'un rongeur dans la haie et le miaulement d'un chat. Pas d'humain à proximité. Bien. Il se glissa dans le jardin, frôlant les herbes aromatiques qui dégagèrent aussitôt leur parfum. Persil, menthe et autres dont il ignorait le nom.

Il gagna les écuries, où il attendit une bonne minute pour s'assurer que personne ne le voyait, puis se mit à courir le long de leurs hauts murs, dans l'ombre, aussi silencieux qu'un chat. Il détestait être pris sur le fait lors de ses sorties nocturnes. Il franchit une porte et une odeur d'urine lui monta aussitôt aux narines. Il n'avait pas vu de ville avant l'âge de dix ans. Et encore, elle était minuscule. Cela s'était passé vingt-trois ans plus tôt et il conservait le souvenir du choc des odeurs. Celle, terrible, de centaines de gens vivant dans une trop grande promiscuité, sans endroit où se débarrasser de leurs excréments. Il avait failli vomir en se rendant compte que la tranchée qui fendait le pavage des voies était en fait un égout à ciel ouvert. L'un des premiers enseignements prodigués par son père avait été de lui apprendre à dissimuler ses propres déjections. Les animaux étaient prudents. S'ils percevaient l'odeur des humains, ils passaient au large. Or sans animaux à chasser, pas de nourriture. L'existence était aussi simple que cela, dans les forêts de Pennsylvanie.

Mais ici, les gens vivaient les uns sur les autres et se soulageaient dans les angles de rues. La vie était bien plus compliquée que dans la forêt. Il y avait aussi des proies et des prédateurs, mais leurs silhouettes étaient tellement indistinctes qu'il était difficile de déterminer qui était proie et qui prédateur. La ville était infiniment plus dangereuse que les bois avec les Indiens et les bêtes sauvages.

Il longea les bâtiments des écuries et arriva à une intersection. S'engageant dans la rue, il la descendit. Un jeune homme franchissait la grille d'un hôtel particulier. Un valet de retour d'un rendez-vous secret ? Il passa à côté de lui. Le jeune homme ne se retourna pas. Sam sentit le remugle qui émanait de sa personne : bière et fumée de pipe.

Lady Emeline, elle, embaumait la citronnelle. Il avait de nouveau pu s'en gorger en se penchant sur sa main cet après-midi. Ce n'était pas normal, cette fragrance. Une femme aussi sophistiquée aurait dû porter du musc ou du patchouli. Souvent, la tête lui avait tourné à cause des parfums – non, des odeurs des dames de la haute société, qui flottaient autour d'elles comme une invisible fumée, et il avait eu envie de se boucher le nez, nauséeux. Mais lady Emeline mettait de la citronnelle, le parfum du jardin de sa mère. Ce choix l'intriguait.

Il dut sauter par-dessus une grande flaque nauséabonde à l'entrée d'une allée. Quelqu'un était tapi là, en embuscade, mais Sam passa si vite que l'autre n'eut pas le temps de réagir. En s'éloignant, il regarda derrière lui. Le malandrin le suivait des yeux mais ne bougeait pas. Sam sourit et accéléra le pas. Ses mocassins ne faisaient aucun bruit sur le pavé. C'était le seul moment où il aimait presque la ville, lorsque les rues étaient désertes et qu'il pouvait marcher sans crainte de bousculer quelqu'un.

Il n'avait pas loué par hasard la maison voisine de celle de lady Emeline. Il avait besoin de savoir comment allait la sœur de Reynaud. C'était le moins qu'il pût faire pour l'officier vis-à-vis duquel il avait failli. Quand il avait découvert que la dame prenait du plaisir à faire débuter les jeunes filles dans la haute société, lui demander son aide pour Rebecca lui avait paru couler de source. Bien sûr, il ne lui avait pas révélé la véritable raison qui le poussait à s'intéresser à la société londonienne. Mais c'était sans importance. L'essentiel, c'était qu'il eût fait la connaissance de la dame.

Lady Emeline se révélait différente de ce qu'il imaginait. Il l'avait imaginée aussi grande que son frère, d'allure aussi aristocratique. Une allure qui était là, et pourtant il avait du mal à ne pas sourire lorsqu'elle s'efforçait de le regarder de haut. Elle mesurait à peine un mètre soixante. Sa silhouette était joliment galbée, tout en rondeurs parfaites pour la main d'un homme. Ses cheveux étaient couleur de nuit, ses yeux aussi. Avec ses pommettes roses et sa voix sèche, elle aurait pu être une coquine petite bonne irlandaise à point pour un flirt.

Sauf qu'elle n'en était pas une.

Sam jura entre ses dents et s'arrêta. Il se pencha et, les mains posées sur les genoux, s'efforça de reprendre sa respiration. Lady Emeline évoquait peut-être une bonne irlandaise, mais avec ses élégants vêtements et ses intonations coupantes, personne ne se serait mépris.

L'aube approchait. Il était temps de rentrer à la maison.

Il regarda autour de lui. De petites boutiques bordaient la rue, leur façade protégée par l'étage supérieur en encorbellement. Il n'était encore jamais venu dans cette partie de Londres, mais cela était sans importance : il retrouverait son chemin.

Il repartit à petites foulées. Le retour était toujours le plus difficile. L'énergie et la fraîcheur initiales s'étaient dissipées et ses muscles l'élançaient. Les endroits où il avait été blessé se rappelaient à son souvenir. Souviens-toi, lui disaient les cicatrices, rappelle-toi où le tomahawk a sectionné ta chair, où la balle a creusé jusqu'à l'os. Souviens-toi que tu es marqué à jamais, que tu es le rescapé, le survivant, celui qui a été laissé pour témoigner.

En dépit des douleurs et des souvenirs, Sam courait. Il avait atteint le point de rupture, là où se séparent ceux qui vont de l'avant et ceux qui restent sur le bord de la route. Le secret, c'était d'apprivoiser la douleur, de la nourrir. La douleur garde vigilant. Elle signifie que vous êtes toujours en vie.

Il ne savait plus depuis combien de temps il courait, mais lorsqu'il arriva derrière les écuries, la lune avait disparu. Il était tellement épuisé qu'il faillit ne pas voir l'homme embusqué à temps. Un gaillard grand et solide, dissimulé à l'angle des bâtiments. Sam se bloqua à l'ultime seconde et se glissa dans l'ombre de l'écurie de la maison voisine. Puis il observa l'homme. Il était bâti comme une barrique, portait une redingote rouge et un tricorne ruiné aux bords élimés. Sam l'avait déjà remarqué auparavant. Une fois aujourd'hui quand, avec Rebecca, il traversait la rue en sortant de chez lady Emeline, et la veille, alors qu'il montait dans sa voiture de louage. Oui, c'était bien le même homme. Et cet homme le suivait.

Il attendit quelques instants, stabilisant son souffle, puis sortit deux billes de plomb de sa poche de gilet. De petites choses, pas plus grosses que son pouce, mais très utiles pour qui aimait arpenter seul les rues de Londres la nuit. Il serra le poing autour des billes.

En silence, il fondit sur le gros homme et lui empoigna les cheveux par-derrière, avant de le cogner sur la tempe droite.

— Qui t'a envoyé ?

L'homme pivota sur ses talons et essaya de frapper Sam au ventre, mais celui-ci lui donna un nouveau coup sur la tempe, puis un troisième.

— Merde alors ! hoqueta l'homme.

Son accent était si prononcé que Sam eut du mal à comprendre les deux mots. L'homme tenta de lui expédier un horion en pleine figure, mais Sam esquiva et dans la foulée lui bourra l'épaule de coups. L'homme grogna et s'inclina. Lorsqu'il se redressa, il serrait un couteau dans sa main. Sam recula et entreprit de lui tourner autour, poings serrés, cherchant une nouvelle ouverture. L'homme se fendit, bras tendu, lame brandie. Sam repoussa le bras si violemment que le couteau tomba par terre. Le manche d'os blanc luisait sur le pavé. Sam réussit à passer derrière son adversaire. Il lui agrippa le bras et lui fit une clé dans le dos, l'immobilisant.

— Qui t'emploie ?

L'homme se débattit et parvint à frapper Sam au menton. Il chancela, et c'était tout ce dont avait besoin l'agresseur. Libre de toute emprise, il fila à toutes jambes le long des écuries. Au passage, il avait ramassé son couteau. Il disparut à l'angle du bâtiment.

Instinctivement, Sam s'élança à ses trousses : le prédateur poursuit toujours la proie qui s'enfuit. Mais il s'arrêta là où les écuries rejoignaient la rue. Il avait couru des heures durant. Il n'était plus au zénith de sa forme.

Il soupira, rempocha les billes de plomb et revint vers la maison.

L'aube se levait.

3

Un jour, alors que Cœur de Fer balayait une rue, un défilé vint à passer. Il y avait les fantassins en uniforme brodé d'or, quelques cavaliers sur des chevaux blancs, et enfin un carrosse doré avec deux valets à l'arrière. Cœur de Fer resta bouche bée quand le carrosse fut à sa hauteur. Le rideau de la fenêtre se souleva et il vit le visage de la passagère. Quel visage ! Une perfection à la carnation opalescente. Cœur de Fer la fixait lorsqu'une voix s'éleva dans son dos.

— Ne penses-tu pas que la princesse Solace est belle ?

Cœur de Fer se retourna et découvrit un vieillard à l'air sage. Il ne put qu'admettre que, oui, la princesse était ravissante.

— Dans ce cas, dit le vieil homme en se rapprochant au point que Cœur de Fer put sentir son haleine chargée, aimerais-tu l'épouser ?

Le soleil d'après-midi brillait. Emeline soupira de plaisir.

— Voilà une fort satisfaisante escapade dans les boutiques.

— Mais, madame, geignit Rebecca Hartley, ai-je vraiment besoin de toutes ces toilettes ? Une ou deux robes de bal ne suffiraient-elles pas ?

— Mademoiselle Hartley…

— Oh, je vous en prie, appelez-moi Rebecca !

Cette jeune fille était vraiment adorable, songea Emeline.

— Oui, bien sûr. Rebecca. Il est très important que vous soyez bien habillée et…

— Couverte de feuilles d'or si possible, coupa une voix masculine.

— Samuel ! s'exclama Rebecca. Ton menton est encore en plus piteux état que ce matin !

Emeline se retourna lentement. Elle ne voulait pas que Sam voie à quel point elle avait été vexée qu'il l'interrompe, ni qu'il s'aperçoive combien le seul fait de l'entendre la troublait. Ce tumulte qui agitait son ventre était indécent chez une femme de son âge !

Le menton de M. Hartley présentait indéniablement une pointe plus foncée que la veille. Apparemment, il était rentré dans une porte cette nuit. Un accident inattendu chez un homme qui se mouvait avec tant de grâce et de fluidité. En cet instant, il était appuyé à un lampadaire, un pied croisé sur la cheville, comme s'il attendait là depuis longtemps. Trois heures, en fait. Le temps passé par ces dames dans la boutique. Était-il resté là sans bouger ? Incroyable.

— Monsieur Hartley, savez-vous que cela n'aurait rien d'inconvenant que vous nous laissiez ?

Il haussa les sourcils en une expression sardonique.

— Je ne songerais même pas à vous abandonner, mesdames. Si ma présence vous pèse, je vous prie de m'en excuser.

Tante Cristelle produisit un petit claquement de langue.

— Vous vous exprimez comme un courtisan, monsieur. Cela ne vous ressemble pas.

— Me voilà réprimandé comme il convenait, madame, railla Sam en s'inclinant devant la vieille dame.

— Bien, intervint Emeline, le gantier est tout à côté. À un jet de pierre, il y a la plus charmante boutique de...

— Un rafraîchissement ne vous tenterait-il pas, mesdames ? coupa Sam. S'il vous arrivait de défaillir à cause de la fatigue due à tous ces achats, je ne me le pardonnerais jamais.

— Un thé serait le bienvenu, admit tante Cristelle, brisant dans son élan Emeline qui s'apprêtait à répliquer vertement.

Impossible d'envoyer le monsieur aux pelotes maintenant, songea Emeline rageusement. Et il le savait pertinemment, ce maudit colon ! Il dardait sur elle un regard moqueur qui l'agaçait.

— Merci, monsieur Hartley, fit-elle, les lèvres pincées. Vous êtes très aimable.

Il s'écarta du lampadaire et lui offrit son bras. Pourquoi cet homme ne faisait-il montre de manières convenables que lorsque cela l'arrangeait ? se demanda Emeline en dissimulant son irritation. Elle plaça le bout des doigts sur sa manche et tressaillit légèrement en sentant le muscle sous l'étoffe. Il lui lança un coup d'œil entendu. À son grand dam, elle en déduisit qu'elle avait tressailli de façon plus perceptible qu'elle ne l'avait imaginé. Elle haussa le menton et commença à marcher. Tante Cristelle et la jeune fille leur emboîtèrent le pas. Tout autour d'eux, la foule dans le quartier à la mode de Mayfair se déplaçait comme la houle. Des jeunes gens s'attardaient devant des portes cochères pour bavarder tout en regardant passer les élégantes. Les demoiselles Stevens les croisèrent. Emeline les salua d'un hochement de tête. L'aîné rendit le salut comme il convenait.

La cadette, une jolie petite rouquine en robe à paniers démesurés, agita cavalièrement sa main gantée. Emeline tança la fillette du regard, avant de demander à Sam :

— Alors ? Comment trouvez-vous notre capitale, monsieur Hartley ?

— Trop de monde, dit-il en inclinant la tête vers elle.

— Avez-vous l'habitude d'une plus petite ville ? questionna Emeline en soulevant ses jupes car ils approchaient d'une grande flaque putride.

Sam se rapprocha d'elle quand ils la franchirent et elle sentit la chaleur de son corps contre le sien.

— Boston est plus petit que Londres, mais il y a autant de monde dans les rues. Je ne suis pas habitué aux villes en général.

Il s'écarta et elle se prit à regretter sa chaleur.

— Avez-vous grandi à la campagne ?

— Plutôt dans des contrées sauvages.

Étonnée, elle leva la tête, à la seconde où de nouveau il se penchait vers elle. Leurs visages ne furent plus séparés que par quelques centimètres. Elle eut le temps de noter que les fines rides qui marquaient les coins de ses yeux couleur café s'accentuaient car il souriait. Elle vit aussi une petite cicatrice sous son œil gauche.

Elle se détourna.

— Avez-vous été élevé par des loups, monsieur Hartley ?

— Pas tout à fait, dit-il, amusé. Mon père était trappeur, sur la frontière de Pennsylvanie. Nous habitions dans un chalet de rondins encore couverts de leur écorce. Il l'avait construit lui-même.

Voilà qui était primitif, songea Emeline. Elle ne parvenait pas à concevoir l'aspect de cette maison, qui appartenait à un monde totalement étranger au sien.

— Comment avez-vous été éduqué, avant d'entrer au pensionnat ?

— Ma mère m'a appris à lire et à écrire. Mon père, à pister et chasser dans la forêt. Il était un formidable homme des bois.

Ils passèrent devant une librairie dont l'enseigne rouge pendait si bas que le tricorne de Sam la frôla.

— Je vois, fit Emeline, qui ne voyait rien.

— Vraiment ? Le monde d'où je viens n'a rien en commun avec celui-ci. Pouvez-vous imaginer une forêt si tranquille que l'on entend tomber les feuilles des arbres ? Où ces arbres sont si gros qu'un homme ne peut ceindre leur tronc à deux bras ?

— Il m'est effectivement difficile de l'imaginer. Pour moi, vos forêts appartiennent à un univers inconnu. Mais vous les avez quittées, ces forêts, n'est-ce pas ?

Au lieu de répondre, il porta son attention sur la foule qui les cernait.

— Cela a dû être un grand changement, d'abandonner la liberté des bois pour un pensionnat, insista Emeline.

— Oui. Mais les jeunes garçons s'adaptent facilement. J'ai appris à me plier aux règles et à rester loin des mauvais compagnons. Déjà, à l'époque, j'étais grand et fort. Cela m'a beaucoup aidé.

— Ils sont tellement sauvages, dans les pensionnats ! dit Emeline en frissonnant.

— Les garçons sont de petites bêtes sauvages.

— Et les professeurs ?

— Oh, la plupart sont compétents. Quelques-uns sont des hommes malheureux qui détestent les enfants. Mais d'autres aiment profondément leur métier.

— Mon Dieu, quelles enfances différentes vous avez vécues, votre sœur et vous ! Elle a grandi à Boston, m'avez-vous dit.

— Oui. Et parfois je me prends à penser que nos enfances ont, précisément, été trop différentes.

Emeline avait perçu un certain trouble dans son intonation. Intriguée, elle le regarda mais il affichait une expression insondable.

— Je regrette de ne pas lui donner tout ce dont elle a besoin, reprit-il en réponse à son interrogation muette.

Voilà qui était déconcertant. Parmi les hommes qu'elle connaissait, y en avait-il qui se souciaient des femmes comme le faisait M. Hartley ? Son propre frère s'était-il inquiété de ses besoins, de ses désirs ? Non.

— Votre fils est un enfant plein de fougue, remarqua-t-il soudain.

— Trop fougueux, diraient certains.

— Quel âge a-t-il ?

— Il aura huit ans cet été.

— Avez-vous engagé un tuteur pour lui ?

— Oui. M. Smythe-Jones vient tous les jours. Mais… tante Cristelle estime que je devrais envoyer Daniel dans un pensionnat comme celui que vous avez fréquenté.

— Il me paraît trop jeune pour quitter la maison.

— Oh, beaucoup de familles à la mode envoient des enfants bien plus jeunes que Daniel en pension. Ma tante se désole. D'après elle, Daniel est trop dans mes jupons et ne s'en libérera pas. Elle croit que mon fils n'apprendra pas à devenir un homme, s'il reste dans une maison où il n'y a que des femmes.

Mais pourquoi lui faisait-elle ces confidences ? Il était un parfait étranger. Il allait la prendre pour une sotte.

Il n'eut pourtant pas l'air de se moquer. Il hocha pensivement la tête.

— Votre mari est mort.

— Oui. Daniel... nous avons donné son prénom à notre fils... Daniel est parti il y a cinq ans.

Il se pencha derechef vers elle, et elle identifia le parfum de son haleine. Persil. Comme c'était étrange que cette odeur si ordinaire devienne exotique sur lui.

— Je ne comprends pas pourquoi une dame aussi séduisante que vous s'est condamnée à se languir seule pendant tant d'années.

Éberluée par tant d'audace, Emeline bredouilla :

— En fait...

— Voilà un salon de thé ! clama tante Cristelle. Tout cet exercice m'a harassée. Pourrions-nous nous reposer un moment ?

— Je suis navré de n'avoir pas renouvelé ma proposition, s'excusa Sam. Oui, nous allons faire une pause ici.

— Parfait, approuva tante Cristelle.

M. Hartley tint ouverte la jolie porte de bois et de verre pour les dames. Elles entrèrent dans le salon de thé. De petites tables rondes étaient dispersées dans la salle. Les trois femmes s'assirent à l'une d'elles pendant que Sam allait passer la commande. Tante Cristelle se pencha vers Rebecca et lui tapota le genou.

— Votre frère est plein de sollicitude envers vous, ma chère. Soyez-en reconnaissante : peu d'hommes sont ainsi. Et ceux qui le sont partent hélas toujours les premiers.

La dernière remarque de la vieille dame fit froncer les sourcils à Rebecca, qui choisit de ne répondre qu'à la première.

— Je suis très reconnaissante. Sam a toujours été extrêmement gentil avec moi.

— M. Hartley m'a expliqué que vous aviez été élevée par votre oncle, dit Emeline.

— Oui. Je ne voyais Sam qu'une ou deux fois par an, lorsqu'il venait nous rendre visite. Il me paraissait toujours si grand, si fort ! Et pourtant, il devait être plus jeune que je le suis maintenant. Plus tard, il s'est engagé et il a porté un magnifique uniforme. J'éprouvais un respect mêlé de crainte. Il ne marche comme aucun autre homme de ma connaissance. Il a de si longues et régulières foulées qu'on a l'impression qu'il pourrait marcher sans s'arrêter pendant des jours.

Rebecca eut un petit sourire gêné.

— Je le décris mal.

Cependant, Emeline comprenait parfaitement ce que voulait dire la jeune fille. M. Hartley bougeait avec une grâce pleine d'assurance qui donnait l'impression qu'il savait tout de son corps et comment l'utiliser au mieux.

Elle le regarda. Il attendait son tour pour commander le thé. Devant lui, un autre gentilhomme perdait patience, piétinant le carrelage. D'autres clients se balançaient d'un pied sur l'autre. Seul Sam restait absolument immobile. Il ne semblait ni irrité ni pressé, comme s'il était prêt à rester là, bras croisés, des heures durant. Il se rendit compte qu'elle le fixait. Il haussa les sourcils, interrogateur. Ou provoquant, elle ne savait. Le rouge aux joues, elle détourna le regard.

— En dépit de votre enfance chacun de votre côté, votre frère et vous semblez très proches, dit-elle à Rebecca.

La jeune fille sourit, mais il y avait de l'incertitude dans ses yeux.

— J'espère que nous sommes proches. J'admire infiniment mon frère.

Emeline analysa la formulation. La phrase de Rebecca sonnait comme une interrogation.

— Madame.

Sam était là. Emeline sursauta. Elle ne l'avait pas vu revenir vers la table. S'était-il glissé en tapinois derrière son dos pour le seul plaisir de la surprendre ? Il lui décocha ce sourire énigmatique dont il était coutumier, tout en posant sur la table une assiette de sucreries roses. Une serveuse l'accompagnait, chargée d'un plateau avec le thé.

— Eh bien, merci, monsieur Hartley, dit Emeline après avoir pris une profonde inspiration.

— Tout le plaisir est pour moi, madame.

Emeline goûta une friandise. Acide et doux en même temps. Un mélange parfait. Elle attendit la réaction de tante Cristelle, mais la vieille dame parlait avec animation à l'oreille de Rebecca.

— J'espère que ma tante n'est pas en train de faire un cours à votre sœur, commenta-t-elle en servant le thé.

— Ne vous inquiétez pas, Rebecca est d'une autre trempe qu'il n'y paraît. Elle survivra.

Toutes les chaises étant occupées, il s'était nonchalamment appuyé au mur à cinquante centimètres d'Emeline, laquelle baissa les yeux vers ses drôles de souliers. Sans réfléchir, elle s'enquit :

— Où diable avez-vous trouvé ces... chaussons ?

Sam étendit une jambe.

— Ce sont des mocassins en peau de daim, fabriqués aux Amériques par les femmes de la tribu des Indiens mohicans.

Les dames de la table voisine se levèrent, prêtes à partir, mais Sam ne fit aucun effort pour prendre une chaise. Emeline regarda d'un air contrarié les mocassins de Sam et les jambières. Il avait noué au-dessous du genou des rubans brodés.

— Tous les hommes s'habillent-ils ainsi dans les colonies ?

— Non, pas du tout. La plupart portent les mêmes souliers qu'ici.

— Alors pourquoi avoir choisi ces étranges mocassins ?

Emeline était consciente de la sécheresse de son intonation, mais l'obstination de M. Hartley à se vêtir avec autant d'excentricité l'agaçait. Pourquoi ce parti pris ? S'il avait porté des bas et des chaussures à boucle comme tous les messieurs de Londres, il n'aurait pas attiré l'attention sur lui. Vu sa fortune, il aurait pu devenir un respectable gentilhomme et être accepté dans les meilleurs cercles.

Il haussa les épaules.

— Les chasseurs portent ces mocassins dans les forêts d'Amérique. Ils sont très confortables et beaucoup plus pratiques que les souliers anglais. Quant aux jambières, elles protègent des épines et des branchages. J'y suis habitué.

Emeline lut dans ses yeux qu'il comprenait qu'elle aurait aimé qu'il soit plus conventionnel, qu'il ressemble davantage au gentilhomme anglais classique. Oui, il le comprenait et cela visiblement l'attristait.

— Caporal Hartley ! tonna soudain une voix derrière eux. Que faites-vous à Londres ?

Sam se raidit. L'homme qui le hélait était quasiment de sa taille et de sa corpulence. Il portait une redingote verte et un gilet marron. Il était tout à fait semblable aux autres gentilshommes de Londres, mis à part, peut-être, ses cheveux d'un orange éclatant attachés en catogan.

Il essaya de situer l'homme, sans résultat. Le régiment avait compté plusieurs rouquins.

— Thornton, dit l'homme en tendant la main. Dick Thornton. Cela fait combien de temps que je ne vous ai vu ? Six ans au moins. Qu'est-ce qui vous amène à Londres ?

Sam prit la main et la serra. Voilà. Il avait remis l'homme. L'un des soldats du 28e régiment.

— Je suis ici pour affaires, monsieur Thornton.

— Vraiment ? Londres est bien loin des forêts des colonies !

— Mon oncle est mort en 1760. J'ai quitté l'armée et ai repris son commerce à Boston.

— Ah.

Thornton pivota sur ses hauts talons pour poser sur Emeline un regard intrigué. Sam éprouva de la répugnance à l'idée de la lui présenter, mais il n'avait pas le choix.

— Madame, voici M. Richard Thornton, un vieux camarade. Thornton, lady Emeline Gordon, la sœur du capitaine Saint Aubyn. Et voici ma sœur, Rebecca Hartley, et la tante de lady Emeline, Mlle Molyneux.

Thornton salua avec emphase.

— Mesdames…

Emeline lui offrit sa main.

— Comment allez-vous, monsieur Thornton ?

— C'est un honneur de faire votre connaissance, madame. Nous avons tous été très affectés quand nous avons appris la mort de votre frère.

L'expression d'Emeline resta de marbre, mais Sam la sentit se crisper. Pourtant, un bon mètre les séparait. Par quel prodige pouvait-il percevoir ses émotions à une telle distance ? C'était incroyable et néanmoins indubitable. Comme s'il y avait brusquement une modification dans l'air.

— Merci, monsieur. Vous connaissiez donc Reynaud ?

— Bien sûr. Nous connaissions et aimions le capitaine Saint Aubyn. Un élégant gentilhomme et un grand meneur d'hommes, n'est-ce pas, Hartley ? Toujours un mot gentil aux lèvres, toujours des paroles d'encouragement pendant que nous marchions dans l'enfer de ces forêts... Et lorsque les sauvages nous attaquaient, madame, si vous aviez vu comment il faisait face ! Certains avaient peur, d'autres brisaient les rangs et fuyaient et...

Thornton s'interrompit abruptement, affecta de tousser pour cacher son embarras tout en regardant Sam d'un air coupable.

Il lui rendit son regard sans ciller. Nombreux étaient ceux qui avaient cru qu'il avait déserté à Spinner's Falls. Sam ne s'était pas donné la peine de s'expliquer à ce moment-là, et il n'allait pas davantage le faire maintenant. Il savait que lady Emeline l'observait. Qu'elle le voue donc au diable comme les autres, si cela lui chantait.

— Vos souvenirs de mon neveu sont les bienvenus, monsieur, dit tante Cristelle, brisant le pénible silence.

— Eh bien, fit Thornton en rajustant son gilet, tout cela s'est passé il y a longtemps. Le capitaine Saint Aubyn est mort en héros, et c'est cela que vous devez vous rappeler.

— Savez-vous s'il y a d'autres vétérans du 28e régiment à Londres ? demanda Sam.

— Pas tant que cela, déclara Thornton après réflexion. Bien sûr, il y a eu quelques survivants. Le lieutenant Horn, le capitaine Renshaw, qui est devenu lord Vale, mais je ne fréquente pas les mêmes cercles qu'eux.

Il sourit à Emeline, comme pour lui signifier qu'il était conscient de son rang social, puis il reprit :

— Il y a aussi Wembley et Ford, le sergent Allen également, le pauvre gars. Il ne s'est jamais remis de la perte de sa jambe.

Sam avait déjà interrogé Wembley et Ford. Le sergent Allen était plus difficile à localiser. Mentalement, il hissa son nom en haut de la liste de ceux auxquels il devait parler.

— Et vos camarades de régiment, Thornton ? Je me rappelle que vous vous réunissiez toujours autour du feu le soir avec cinq ou six hommes. Il me semble que vous aviez un chef, un autre rouquin...

— McDonald. Andy McDonald. C'est vrai qu'il était difficile de nous distinguer l'un de l'autre. À cause de la couleur des cheveux. Le pauvre McDonald a pris une balle dans la tête à Spinner's Falls. Il est tombé raide mort juste à côté de moi.

Sam sentit la sueur couler le long de son dos. Il détestait se remémorer cet abominable jour.

— Et les autres, Thornton ?

— Morts. Tous morts, je crois. Tombés à Spinner's Falls. Ridley a survécu quelques mois, mais la gangrène a fini par l'emporter.

— Savez-vous si...

— Monsieur Hartley, coupa tante Cristelle, nous devons encore aller chez le bottier.

Sam se détourna de Thornton et regarda les trois femmes. Les yeux de Rebecca trahissaient la confusion, le visage d'Emeline était impavide et la vieille dame ne contenait plus son impatience.

— Je vous présente mes excuses, mesdames. Je n'avais pas l'intention de vous ennuyer avec l'évocation de vieux souvenirs.

— Moi aussi, je vous prie de m'excuser, dit Thornton en s'inclinant. Mesdames, ce fut un plaisir de vous rencontrer.

— Thornton, puis-je avoir votre adresse ? demanda précipitamment Sam. J'aimerais vous parler de nouveau.

— Oui, naturellement. Vous pourrez me trouver sur mon lieu de travail. Ce n'est pas loin d'ici. Vous descendez jusqu'à Piccadilly, continuez sur Dover Street et là vous verrez l'enseigne. *Georges Thornton & Son, bottiers.* Une entreprise fondée par mon père.

Sam le remercia, puis Thornton salua encore les trois femmes et s'en alla. Ses cheveux carotte demeurèrent visibles dans la foule un long moment. Quand il eut disparu, Sam offrit son bras à Emeline. Et commit l'erreur de la regarder dans les yeux.

Elle avait écouté la conversation. Elle était une femme intelligente. Elle avait tout compris.

Ainsi, M. Hartley était à Londres à cause du massacre de Spinner's Falls. Ses questions à M. Thornton étaient trop précises, son attention aux réponses trop intense pour que ce ne fût pas cela. Quelque chose le perturbait.

Reynaud était mort à Spinner's Falls.

Emeline posa les doigts sur la manche de Sam, mais fut incapable de les laisser à plat, immobiles. Elle les crispa.

— Pourquoi ne m'avoir rien dit, monsieur Hartley ?

Ils avaient repris leur marche et elle ne distinguait que le profil de Sam. Un petit muscle tressautait sur sa joue.

— Je ne vois vraiment pas, madame…

— Ne me prenez pas pour une sotte, coupa Emeline à voix basse afin que ni sa tante ni Rebecca l'entendent.

— Jamais je ne vous prendrai pour une sotte.

— Dans ce cas, ne me traitez pas comme telle. Vous avez servi dans le même régiment que Reynaud. Vous connaissiez mon frère. Que cherchez-vous ?

— Je...

Il hésitait. Que lui cachait-il ?

— Je ne voudrais pas ranimer de déplaisants souvenirs, vous obliger à vous rappeler...

— Me *rappeler* ! Mon Dieu, imaginez-vous que j'aie pu oublier la mort de mon unique frère ? Que j'aie besoin que vous me parliez de lui pour y penser ? Mais sa mémoire m'accompagne chaque jour ! Chaque jour, entendez-vous ?

Elle s'interrompit, consciente que sa voix devenait rauque.

— Je suis désolé. Je vous en prie, créditez-moi de quelque sensibilité. Je ne savais comment vous parler de votre frère, de ce jour terrible. Si j'ai commis un péché, c'est de stupidité, non de malice. Pardonnez-moi.

Quel beau discours..., songea Emeline en se mordant la lèvre, tout en suivant des yeux deux jeunes aristocrates qui passaient, habillées à la dernière mode. Des flots de dentelle s'échappaient de leurs manches, leurs manteaux étaient de velours et leur perruque frisée avec extravagance. Elles n'avaient manifestement même pas vingt ans, mais marchaient avec l'arrogance que donnent l'argent et les privilèges, conscientes d'occuper une haute position dans la société. Autrefois, Reynaud avait la même démarche.

— Il m'a parlé de vous dans ses lettres, monsieur Hartley.

Elle le vit se raidir, sa pomme d'Adam monter et descendre nerveusement.

— Que disait-il ?

Elle haussa les épaules et affecta de s'intéresser à la vitrine d'un marchand de dentelles. Cela faisait des années qu'elle n'avait pas relu les lettres de son frère, mais elle connaissait par cœur chaque mot qu'elles contenaient.

— Il m'a dit qu'un caporal américain avait été affecté à son régiment, qu'il admirait ses talents de pisteur. Qu'il lui faisait confiance comme à nul autre. Cet homme, c'était vous. Reynaud m'a rapporté que vous lui aviez appris à discerner les différences entre les tribus d'Indiens. Par exemple, que les Mohicans portaient les cheveux hérissés en crête sur le sommet de la tête et que les Wy... Wy...

— Wyandots.

— C'est cela, les Wyandots adoraient le rouge et le noir et se couvraient d'un vieux morceau de tissu devant et derrière... Et il me disait qu'il vous appréciait beaucoup.

— Merci.

— Combien de temps avez-vous côtoyé mon frère ?

— Pas longtemps. Après la bataille de Québec, j'ai été rattaché au 28e régiment à titre non officiel. J'étais simplement censé l'accompagner jusqu'à Fort Edward, à servir d'éclaireur. Je connaissais votre frère depuis environ deux mois.

Un temps, puis :

— Nous sommes arrivés à Spinner's Falls.

Inutile d'en dire davantage. Spinner's Falls était l'endroit où ils avaient pratiquement tous été tués, pris en tenaille entre deux groupes d'Indiens wyandots. Emeline avait lu les rapports dans les journaux. Peu de survivants du massacre souhaitaient en parler. Encore moins à une femme.

— L'avez-vous vu mourir, monsieur Hartley ?

Il se tourna vers elle.

— Madame...

Elle tortilla l'un des rubans de sa ceinture jusqu'à ce qu'elle sente la soie se déchirer.

— L'avez-vous vu mourir ? répéta-t-elle.

Il inspira profondément, relâcha lentement son souffle puis énonça :

— Non.

Elle abandonna le ruban. Était-ce du soulagement qu'elle ressentait soudain ?

— Pourquoi me demandez-vous cela, madame ? Ce ne sont pas des choses plaisantes à entendre.

— Parce que je veux... non, j'ai *besoin* de savoir comment cela s'est passé pour lui au dernier instant.

Elle regarda Sam. Son expression était claire : il était très ému.

— Si je parviens à comprendre, monsieur Hartley, à ressentir ne fût-ce qu'un peu ce qu'il a éprouvé, je serai plus proche de lui.

Le froncement de sourcils de Sam s'était accentué.

— Il est mort, madame. Et je doute qu'il aimerait que vous sombriez dans la mélancolie à force de penser à lui.

— Mais ainsi que vous le dites, monsieur Hartley, il est mort et donc ce qu'il aimerait ou n'aimerait pas n'a plus d'importance.

Elle l'avait choqué, elle s'en rendit compte. Les hommes étaient tous convaincus que les dames devaient être protégées des cruautés de la vie. Les hommes, pauvres chers hommes... Ils étaient si naïfs. S'imaginaient-ils que mettre un enfant au monde était une partie de plaisir ?

— Expliquez-moi, je vous prie, madame.

Ah, l'étrange colon se ravisait vite.

— Je fais cela pour moi, non pour Reynaud.

Pourquoi se donnait-elle la peine de se justifier ? De toute façon, il ne comprendrait pas.

— Mon frère était tellement jeune quand il est mort. Vingt-huit ans seulement. Il a laissé tant de choses inachevées dans sa vie. J'ai si peu de souvenirs de lui. Et il n'y en aura plus d'autres.

Elle marqua une pause. Sam garda le silence. Ce qu'elle exposait lui était très personnel, et elle n'aurait pas dû le faire. M. Hartley était pratiquement un inconnu. Mais il avait été présent dans ce lieu lointain et sauvage où Reynaud avait trouvé la mort. D'une certaine manière, M. Hartley était relié à lui.

— Il y avait un recueil de contes de fées que nous lisions ensemble étant petits. Reynaud adorait ces histoires. J'ai oublié ce qu'elles racontaient, mais je me dis que si je pouvais les relire... Hélas, je ne parviens pas à mettre la main dessus. Pas plus que je n'arrive à me figurer ce qu'ont été les derniers instants de Reynaud. Si j'y parvenais, il vivrait un peu plus longtemps dans ma mémoire. Peu importe que ce soient de terribles instants, comprenez-vous ? Ce sont ceux de mon frère, et donc ils sont extrêmement précieux.

— Oui, je crois que je comprends.

— Vraiment ?

Si c'était vrai, alors il serait le premier. Pas même tante Cristelle ne comprenait pourquoi elle avait tant besoin de découvrir ce qui était arrivé à Reynaud.

Elle regarda Sam avec émerveillement. Peut-être, en définitive, était-il différent des autres hommes. C'était étonnant.

Il chercha son regard. Ses lèvres sensuelles dessinèrent un sourire.

— Vous êtes une femme terrifiante.

Emeline prit alors conscience avec horreur qu'elle pouvait aimer M. Hartley. L'aimer beaucoup trop.

— Dites-moi, lui souffla-t-elle.

— Je m'efforce de découvrir ce qui s'est passé à Spinner's Falls, madame. Les Wyandots ne sont pas tombés sur notre régiment par hasard.

Il détacha son regard du sien et Emeline vit une lueur de détermination, de force, de férocité même, dans ses yeux.

— Je pense que nous avons été trahis, madame.

4

Le vieil homme était vêtu de loques. Cœur de Fer songea qu'il n'avait pas l'allure de quelqu'un susceptible de détenir la clé du mariage d'une princesse. Il se détournait lorsque l'homme le retint par le bras.

— Écoute-moi ! Tu vivras dans un château de marbre avec la princesse Solace, devenue ton épouse. Tu porteras des habits de soie et des serviteurs seront à ta disposition, prêts à satisfaire le moindre de tes désirs. Tout ce qu'il te suffit de faire, c'est de suivre mes instructions.

— Et quelles sont ces instructions ? demanda Cœur de Fer.

Le vieux sorcier – car pour en savoir autant il était évidemment un sorcier – répliqua :

— Tu ne devras pas parler pendant sept ans.

Cœur de Fer resta interdit.

— Qu'adviendra-t-il si je ne puis le faire ?

— Si tu prononces un seul mot, même un simple son, tu seras renvoyé à la misère et la princesse Solace mourra.

Ce marché peut vous sembler, comme à moi, tout à fait aberrant, mais rappelez-vous que Cœur de Fer était balayeur des rues. Il regarda ses pieds chaussés de cuir déchiré, puis le caniveau où il devrait dormir la nuit prochaine. Et il finit par accepter le marché proposé par le sorcier.

Ce soir, des nuages voilaient la lune. Sam s'immobilisa sur le perron et leva les yeux vers le ciel. Ces nuages lui convenaient. Ils rendaient la nuit parfaite pour la chasse.

Il se glissa dans une ruelle, se déplaçant à pas de loup, passa devant une silhouette indistincte appuyée contre un mur. La silhouette ne bougea pas, mais un chat occupé à sa toilette darda sur l'intrus des prunelles étincelantes. Un peu plus loin se dressaient de belles écuries d'à peu près deux fois les dimensions de celles derrière son hôtel particulier. Comment pouvait-on avoir besoin d'autant de chevaux ? se demanda Sam.

Une lumière apparut à la porte et un homme courtaud tenant une lanterne émergea. Sam se réfugia dans l'ombre. L'homme posa sa lanterne sur le pavé et fouilla dans sa poche, d'où il sortit une longue pipe de terre cuite, qu'il alluma à la flamme de la lanterne. Puis il tira dessus avec satisfaction, ramassa sa lanterne et disparut à l'angle du bâtiment.

Sam patienta quelques instants puis suivit l'homme. Il arriva devant un mur percé d'une grille. Celui-ci séparait les écuries du jardin à l'arrière de la maison. Son but. Il continua son chemin dans l'ombre d'un arbre qui surplombait le mur. Puis il recula et calcula que la hauteur des briques atteignait bien les trois mètres. Il prit son élan, bondit et réussit à s'accrocher au faîte du mur. De là, il se hissa par-dessus et se laissa retomber à quatre pattes de l'autre côté. Immédiatement il repartit, courbé en deux, courant le long du mur jusqu'à des buissons. Là, il s'allongea à plat ventre et scruta le jardin sombre.

Il était vaste, rectangulaire, planté d'arbustes ornementaux et de buissons, le tout selon un schéma géométrique. Une allée de gravier reliait les écuries et la maison. Nul doute qu'il y avait deux entrées : une pour les maîtres et une pour les serviteurs. Pour l'instant, le calme régnait dans le jardin.

Sam se remit debout et se dirigea vers la maison, en évitant de marcher sur le gravillon qui aurait crissé. Il approchait de la bâtisse quand il constata que l'entrée de service était partiellement en sous-sol. Une volée de marches descendait vers la porte, surmontée d'une sorte de balcon ou de terrasse bordée d'un garde-fou ornementé. Une porte-fenêtre s'ouvrait sur ce balcon. Une lumière tremblotait derrière les vitres. Sam se rapprocha. L'homme à l'intérieur ne s'était pas donné la peine de tirer les rideaux.

Jasper Renshaw, vicomte Vale, installé dans un fauteuil à oreillettes tendu de velours rouge. Une jambe par-dessus l'accoudoir, il feuilletait d'un air absent un grand livre posé sur ses genoux. Un soulier à boucle gisait sur le tapis à côté du siège. Vale s'était déchaussé.

Sam s'accroupit devant la fenêtre, savourant le plaisir d'espionner l'homme qui ne se doutait de rien. Vale avait commandé la brigade légère du 28e régiment. Alors que les vétérans auxquels avait parlé Sam avaient beaucoup changé en six ans, Renshaw, maintenant vicomte Vale, était le même. Visage long et maigre, profondes rides autour d'une grande bouche, et trop grand nez. Ses yeux tombants comme ceux d'un chien de chasse semblaient constamment tristes, même quand il était gai. Quant à sa silhouette, elle était celle d'un adolescent qui n'aurait jamais grandi. Bras et jambes démesurément longs et osseux, pieds et mains surdimensionnés. Vale avait le même âge que Sam. Pendant que celui-ci l'observait, Vale se lécha le pouce et tourna une page, puis attrapa un verre qui contenait un liquide rubis.

Sam se souvenait de Vale comme d'un bon officier, néanmoins pas aussi autoritaire que Reynaud. Il était trop décontracté pour se soucier de vouloir inspirer le respect à ses hommes. Mais c'était à lui que les hommes allaient rapporter leurs problèmes, à lui qu'ils demandaient de régler leurs querelles. Vale était aussi à l'aise avec les simples soldats qu'avec les officiers, et prenait indifférement ses repas avec les uns ou les autres. Il était toujours de bonne humeur, toujours prêt à plaisanter ou faire des farces. Tout cela avait fait de lui le préféré des troupes. Il n'avait rien d'un traître.

Mais si les renseignements de Sam étaient exacts, quelqu'un avait trahi. Il tapota sa poche. Le morceau de papier était là. On y lisait que quelqu'un avait prévenu les Français et leurs alliés, les Indiens wyandots. Et leur avait dit où se trouvait exactement le 28e régiment. Oui, quelqu'un avait conspiré pour faire massacrer un régiment entier. Une hypothèse, encore, mais qui paraissait si avérée que Sam était venu à Londres. Il fallait qu'il découvre la vérité. Qu'il apprenne pourquoi tant d'hommes étaient morts six ans auparavant. Lorsqu'il aurait démasqué le responsable, peut-être retrouverait-il la paix de l'âme et le goût de vivre qu'il avait perdus à Spinner's Falls.

Vale était-il celui qu'il cherchait ? Le vicomte avait été le débiteur de Clemmons, et Clemmons était mort lors du massacre. Mais Vale s'était battu bravement à Spinner's Falls. Un si courageux officier aurait-il pu faire anéantir un régiment entier pour se débarrasser d'un seul homme ? N'aurait-il pas été marqué à jamais par une telle ignominie ? Son visage n'aurait-il pas porté les stigmates de la dépravation ? Aurait-il pu être tranquillement assis six ans plus tard dans sa bibliothèque, à lire un livre ?

Sam secoua la tête. L'officier qu'il avait connu à l'époque n'aurait jamais commis ce crime. Mais il n'était avec le 28e que depuis un mois. Peut-être pas assez longtemps pour bien cerner la personnalité de Vale. Son instinct lui dictait d'organiser une confrontation, mais il doutait qu'elle lui apporte des réponses. Mieux valait aborder Vale par la tangente, c'est-à-dire par le biais des relations sociales. C'était dans ce but qu'il avait demandé ses services à lady Emeline. L'ennui, c'est que maintenant qu'il connaissait la jeune femme, il avait scrupule à l'utiliser de cette façon. Comment réagirait-elle si elle apprenait la véritable raison de sa démarche ? Elle souffrait toujours de la perte de son frère, oui, mais était-elle prête à mettre en péril son rang dans la haute société en accusant un pair ?

Il fit la grimace et repartit vers les écuries. Il pressentait que lady Emeline serait très mécontente du rôle qu'il lui faisait jouer à son insu.

— Non, non, non ! s'écria Emeline.

Rebecca se crispa, un pied à moitié levé. Elle se trouvait dans la salle de bal d'Emeline, laquelle essayait d'inculquer à l'Américaine quelques rudiments des nouvelles danses de salon. Tante Cristelle tenait la harpe qui avait été spécialement apportée dans la salle par deux solides valets. Le sol de la vaste pièce était de parquet ciré et un mur entièrement couvert de miroirs renvoyait le reflet de Rebecca, avec son pied en l'air et son expression terrorisée. Emeline prit une profonde inspiration et s'efforça d'afficher un sourire. Mais Rebecca ne parut pas rassurée pour autant.

— Vous devez bouger avec fluidité, grâce. Pas comme un… un…

Elle chercha un autre mot que celui qui lui était venu à l'esprit, à savoir « éléphant ».

— … marin ivre ! lança Sam depuis le seuil d'un ton amusé.

Rebecca abaissa son pied et pivota vers son frère.

— Merci beaucoup !

Sam haussa les épaules et entra dans la pièce. Il était élégamment habillé de noir et marron, mais l'hématome sur son menton était jaunâtre et il avait des cernes sombres sous les yeux. Intriguée, Emeline se demanda quelles activités lui faisaient passer des nuits blanches.

— Avez-vous besoin de quelque chose, monsieur Hartley ?

— Oui. Superviser les leçons de danse de ma sœur.

Rebecca manifesta son mécontentement en soufflant, mais ne put retenir un petit sourire. Sam en déduisit qu'elle était heureuse que son frère s'intéresse à elle.

Ce qui n'était pas le cas d'Emeline. La présence d'un homme dans la salle de bal la déconcentrait.

— Nous sommes très occupées, monsieur Hartley. Il ne reste que deux jours avant le premier bal de Rebecca.

— Je comprends la gravité de la situation, fit-il ironiquement avec une courbette.

— Vraiment ?

Tante Cristelle s'éclaircit bruyamment la gorge. Emeline et Sam se retournèrent pour la regarder. La vieille dame se leva et tendit la main à Rebecca.

— Cette enfant et moi avons besoin de souffler un peu après tous ces exercices. Une promenade dans le jardin, peut-être ? Venez, mon petit, je vais vous enseigner l'art de la conversation élégante tout en marchant.

— Oh, merci, madame ! lança Rebecca avec reconnaissance en suivant tante Cristelle.

Emeline attendit que sa tante et la jeune fille soient sorties, puis fit face à Sam.

— Vous avez interrompu la leçon de ce matin ! Que faites-vous ici ?

Il haussa les sourcils et se rapprocha d'elle, si près que son souffle effleura sa joue.

— Pourquoi vous en inquiétez-vous ?

Emeline était ébahie.

— Pourquoi je m'en inquiète ? Mais ce n'est pas que je m'inquiète ! C'est simplement que...

— Vous êtes de mauvaise humeur, coupa Sam.

Il pinça les lèvres et inclina la tête, comme pour examiner un fruit suspect.

— Vous êtes souvent de mauvaise humeur, répéta-t-il.

— C'est faux.

— Vous l'étiez hier.

— Mais...

— Vous l'étiez également lors de notre première rencontre dans le salon de Mme Conrad.

— Je n'étais pas...

— Votre humeur n'était pas particulièrement mauvaise lorsque nous sommes allés au salon de thé, mais ne pouvait certainement pas être qualifiée de « bonne », continua Sam en lui souriant gentiment. Mais peut-être fais-je une mauvaise analyse. Peut-être êtes-vous d'ordinaire une femme rayonnante et est-ce mon irruption dans votre existence qui vous a rendue amère.

Emeline demeura bouche bée, aussi décontenancée qu'une gamine. Comment osait-il ? Personne ne lui parlait de cette manière ! Il s'était détourné pour s'approcher de la harpe, dont il tirait des sons discordants en pinçant les cordes au petit bonheur. Sans pour autant cesser de l'observer, avec sur les lèvres ce sourire ironique qui semblait ne jamais le quitter.

Emeline prit une profonde inspiration et lissa ses jupes.

— Je ne m'étais pas rendu compte que ma voix était si sèche, monsieur Hartley. Si j'avais su que ma sévérité vous gênait, j'aurais préféré mourir mille morts plutôt que de me comporter ainsi. Veuillez accepter mes excuses.

Elle se tut, baissa les yeux et attendit. À lui, maintenant. Il allait être honteux et bourrelé de remords d'avoir incité une dame à s'excuser. Peut-être même se mettrait-il à bégayer, songea-t-elle en se retenant d'afficher un sourire supérieur.

Mais non. Il ne lui opposait que le silence, tout en continuant à arracher d'horribles grincements à la harpe. S'il poursuivait ce manège, elle allait devenir folle.

Elle se résigna à lever les yeux.

M. Hartley ne regardait pas ce que faisaient ses doigts sur les cordes. C'était elle qui retenait son attention. Et qui l'amusait, manifestement.

— À quand remonte la dernière fois où vous avez présenté des excuses à un homme, madame ?

Oh, quel goujat ! Il la provoquait !

— Je ne sais pas, répondit-elle tristement. Des années, sans doute.

Elle se rapprocha et posa la main sur les cordes pour les bloquer.

— Mais ce que je sais, monsieur Hartley, c'est que celui à qui j'en ai fait a été fort satisfait.

Il immobilisa ses doigts et un subit silence tomba sur la salle. Il riva ses yeux à ceux de la jeune femme. Leur intensité était telle qu'elle avait quelque chose d'effrayant. Emeline se découvrit incapable de détacher son regard du sien. Ce fut lui qui rompit là, pour se focaliser sur sa bouche. Sans réfléchir, Emeline sourit. Il étrécit les yeux et fit un pas vers elle, leva les bras...

La porte de la salle de bal s'ouvrit.

— Nous sommes prêtes, annonça tante Cristelle. Une autre heure d'entraînement, je pense, mais pas davantage. Mes doigts seront en lambeaux si je joue plus longtemps de cet instrument.

Emeline était sûre que ses joues étaient écarlates. Du coin de l'œil, elle constata que Sam s'était réfugié derrière la harpe. Désormais, une distance de bon aloi les séparait. Mais quand avait-il fait ce mouvement de retrait ? Elle ne l'avait pas vu bouger.

— Vous allez bien, lady Emeline ? s'enquit Rebecca. Vous avez l'air d'avoir chaud.

Oh, ces colons et leurs manières directes ! D'ailleurs, ce terrible M. Hartley riait sous cape, mais apparemment, elle était la seule à s'en être aperçue.

— Je vais très bien, Rebecca. Pouvons-nous revenir à ce pas de danse ? Monsieur Hartley, cela va vous ennuyer mortellement. Nous vous autorisons à aller vous occuper de vos affaires.

— Je le ferais volontiers, lady Emeline, si j'avais des affaires en cours. Mais j'ai bien peur d'être libre comme l'air, dit Sam en s'asseyant.

Il s'installa confortablement, croisa les jambes, comme s'il était prêt à rester là toute la nuit.

— Ah, fit Emeline désappointée. Dans ce cas, nous apprécierons votre compagnie.

Tante Cristelle la considéra d'un air de reproche. Emeline carra les épaules, puis attendit que sa tante recommence à jouer. Les notes s'élevèrent et Rebecca se mit à répéter ses pas. Emeline l'observa quelques instants puis ses pensées, son attention dérivèrent vers M. Hartley et leur embarrassant échange. Mon Dieu, quelle mouche l'avait donc piquée pour qu'elle lui parle comme elle l'avait fait ? Tout le monde savait que les messieurs attendaient des dames qu'elles s'expriment avec douceur, mesure et gentillesse. C'était la première leçon enseignée aux fillettes dès le berceau, avec l'antienne selon laquelle il fallait qu'elles restent vierges jusqu'au mariage. Ce dernier point ne la concernant d'ailleurs plus. Quel prétexte pouvait-elle invoquer pour justifier son écart ? Certainement pas le vin bu au déjeuner.

Mais la réflexion qu'elle lui avait décochée en dernier lieu... Ce souvenir lui faisait monter le rouge aux joues. Peut-être n'avait-il pas perçu le double sens ? se demanda-t-elle avec espoir. Elle le regarda. Il la fixait, paupières mi-closes, sourire ironique flottant sur les lèvres. Quand il se rendit compte qu'elle l'observait, il haussa un sourcil interrogateur. Elle se hâta de regarder ailleurs. Manifestement, il avait parfaitement perçu le double sens.

— Oh, je n'y arrive pas ! s'écria Rebecca en s'immobilisant au beau milieu d'une figure. Ces pas sont si lents. J'ai l'impression que je perds l'équilibre et que je vais tomber.

— Peut-être as-tu besoin d'un partenaire, suggéra Sam.

Il se leva et vint vers sa sœur.

— Puis-je ?

— C'est vrai ? Cela ne t'ennuie pas ?

— Non, dans la mesure où tu ne m'écrases pas les orteils.

Emeline battit des paupières. Comment avait-elle pu ne pas se rendre compte jusqu'à maintenant combien M. Hartley était séduisant lorsqu'il souriait ?

— Le seul problème, enchaîna-t-il, c'est que j'ai autant besoin de leçons que toi, ma chérie.

Cela dit à l'intention d'Emeline.

Le sournois... Elle n'avait pas le choix. Elle se plaça donc en ligne, Sam entre Rebecca et elle, et lui tendit la main. Il lui prit le bout des doigts, comme il convenait, mais elle sentit aussi vivement la chaleur de sa main que s'il avait enveloppé la sienne de toute sa paume. Elle leva leurs mains à hauteur des épaules et lui fit face avant de pointer son pied droit.

— Bien. Nous commençons à trois. Un, deux et... trois !

Au cours du quart d'heure suivant, ils s'entraînèrent à plusieurs danses. Sam était selon les figures le partenaire de Rebecca ou celui d'Emeline, laquelle, même si elle ne l'aurait pas avoué la tête sur le billot, prenait beaucoup de plaisir à l'exercice. Qu'un homme aussi grand et imposant pût être aussi gracieux et léger l'émerveillait.

Puis Rebecca fit un faux pas, qui mit Sam en décalage. Ils chancelèrent. Sam rattrapa sa sœur par la taille et Emeline recula vivement.

— Fais attention, Becca, sinon tu ficheras ton partenaire par terre, dit Sam.

— Je suis vraiment nulle, geignit la jeune fille. Ce n'est pas juste ! Tu n'as jamais dansé comme cela quand tu étais jeune, et pourtant tu parviens à suivre sans te tromper !

— Et comment M. Hartley a-t-il dansé étant jeune ? s'enquit Emeline.

— Mal, lâcha Sam.

— Il dansait la gigue, expliqua Rebecca.

— La gigue ? répéta Emeline, incrédule : elle ne parvenait pas à imaginer ce colosse sautillant au rythme d'une gigue campagnarde.

— Les manants qui vivaient près du château où j'ai grandi dansaient la gigue, remarqua tante Cristelle.

— Monsieur Hartley, j'aimerais vraiment vous voir danser la gigue, dit Emeline.

Il lui décocha un coup d'œil railleur. Elle le lui rendit.

— Il était merveilleusement rapide, précisa Rebecca, et puis il est devenu vieux et tout raide et il ne danse plus la gigue.

— Sœurette, je sais reconnaître un défi lorsqu'on m'en lance un !

Il ôta sa redingote et, en gilet et manches de chemise, les mains sur la taille, il se mit en position.

— Vas-tu vraiment le faire ? demanda Rebecca, médusée.

Il hocha solennellement la tête.

— Si tu bats la mesure.

Rebecca se mit à taper dans ses mains et Sam à sautiller. Emeline avait déjà vu des gens danser la gigue, des paysans lors de fêtes, des marins... D'ordinaire, cette danse était caractérisée par des mouvements maladroits, jambes battant l'air n'importe comment, talons frappant le sol au hasard, cheveux et vêtements qui se soulevaient comme des marionnettes au bout d'une ficelle. Mais quand M. Hartley dansait la gigue, c'était différent. D'abord il se maîtrisait, ensuite ses mouvements étaient précis et calculés. Et il était gracieux. Il faisait de petits bonds, ses mocassins déclenchant des sons assourdis sur le parquet, et il faisait néanmoins montre d'une extrême vivacité empreinte d'élégance. Il lui souriait, un sourire vraiment joyeux, sans arrière-pensée, et l'éclat de ses dents blanches contrastait joliment avec son teint mat.

Emeline et tante Cristelle tapaient maintenant de concert dans leurs mains en cadence. Sam attrapa

Rebecca et l'entraîna dans une danse échevelée jusqu'à ce qu'elle crie grâce, hors d'haleine, riant aux éclats. Alors Sam happa Emeline, qui se retrouva en train de virevolter entre des mains puissantes et sûres. Leurs reflets sur les miroirs défilaient à toute vitesse, ainsi que les visages de Rebecca et de tante Cristelle debout au milieu de la salle. Elle avait la sensation que son cœur était au bord de l'explosion, tant il battait vite.

Lorsque Sam lui ceignit la taille à deux mains et la souleva au-dessus de son visage, elle se rendit compte qu'elle riait aussi fort que lui.

Cette nuit-là, Sam portait du noir, une couleur idéale pour se fondre dans l'ombre entre les maisons. Il était plus de minuit et la lune baignait la terre de sa clarté argentée. Il rentrait chez lui après avoir vu Ned Allen, du moins ce qui restait de l'homme. L'ex-sergent, pris de boisson, avait été incohérent et Sam n'avait pu lui soutirer le moindre renseignement. Il ferait une nouvelle tentative. Peut-être en pleine journée. Essayer d'interroger Allen s'était révélé une perte de temps, mais de toute façon, sortir dans la nuit était revigorant.

Il examina la rue. Une voiture approchait. En dehors de ce véhicule, aucun signe de vie. L'homme à la redingote rouge avait-il renoncé à le suivre ? Il ne l'avait pas revu, et trouvait cela étrange.

— Monsieur Hartley !

Sam ferma les yeux et soupira. Il connaissait cette voix.

— Monsieur Hartley ? Que faites-vous ?

Il avait été le meilleur éclaireur des colonies durant la guerre. Ce n'était pas une assertion de pure vanité, mais un fait indiscutable. Ses supérieurs le lui avaient dit. Un jour, il s'était glissé dans un camp de guerriers wyandots endormis et aucun d'eux n'avait décelé sa présence. Et voilà qu'une petite femme l'avait repéré ! Était-elle nyctalope ?

— Monsieur Hartley, je...

— Oui, oui, souffla-t-il en émergeant de la porte cochère sous laquelle il se dissimulait.

Il s'approcha de la voiture arrêtée au milieu de la rue, les chevaux raclant impatiemment le pavé du bout de leurs sabots. La tête de lady Emeline semblait séparée de son corps. On ne voyait qu'elle par la fenêtre, dont elle avait écarté les rideaux sombres...

— Bonsoir, lady Emeline. Quelle étonnante rencontre !

— Montez. Je ne veux pas savoir ce que vous faites ici à cette heure ! Mais ignorez-vous combien Londres est dangereux pour un homme isolé ? Sans doute êtes-vous habitué aux rues inoffensives de Boston...

— Oui, ce doit être cela, répliqua-t-il sèchement tout en montant dans l'élégante voiture. Mais, et moi, puis-je vous demander ce que vous faites dehors si tard, madame ?

Sa tête heurta le plafond avant qu'il s'assoie sur la banquette en face d'Emeline.

— Je rentre d'une soirée, naturellement.

La voiture repartit. La seule lumière provenait d'une lanterne accrochée à hauteur du visage de la jeune femme, aussi Sam pouvait-il voir qu'elle était en grande toilette. Elle portait une robe rouge flamme rebrodée de jaune. La jupe était relevée d'un côté sur un jupon jaune et vert. Le corsage à encolure carrée était très décolleté et remontait les seins qui formaient deux globes parfaits à la carnation opalescente.

— Une soirée ennuyeuse, aussi suis-je partie tôt. Vous ne le croirez pas, monsieur Hartley, et c'est pourtant vrai : il n'y avait plus de punch à dix heures ! Quant au souper de minuit, il se réduisait à quelques tourtes à la viande et des fruits. Tout à fait scandaleux. Je n'arrive pas à imaginer ce qui a pu passer par la tête de Mme Turner, pour servir d'aussi pauvres rafraîchissements et une nourriture aussi chiche à d'importants invités. Mais cette personne a toujours été pingre. Je n'assiste à ses soirées que pour une raison : l'espoir de voir son frère, lord Downing, qui est une terrifiante commère.

Elle s'interrompit, sans doute pour reprendre son souffle, et Sam la regarda, intriguée : pourquoi se croyait-elle obligée de parler si vite ? Avait-elle bu quelque liqueur à son ennuyeuse soirée ? Ou alors... Non, c'était impossible. Et pourtant... Lady Emeline était peut-être nerveuse ! Jamais il n'aurait imaginé voir cette lady sophistiquée mal à l'aise.

— Mais, et vous ? Pourquoi étiez-vous dans la rue ?

Elle suspendit le manège de ses mains qui jouaient avec les rubans de son corsage.

— Quoique, cela ne me regarde en rien, ajouta-t-elle.

En dépit de la faiblesse de la lumière, il distinguait le rose qui lui était monté aux joues.

— Effectivement, cela ne vous regarde pas, madame. Mais pas pour les raisons que vous imaginez.

— Je ne saisis pas ce que vous insinuez, monsieur Hartley. Vous êtes...

— ... allé voir une prostituée, acheva Sam en souriant. C'est cela que vous pensez.

Il étendit ses longues jambes et les croisa, puis glissa les pouces dans les poches de son gilet, l'air réjoui.

— Jamais je ne penserais une chose pareille ! s'offusqua Emeline.

— Ce rouge à vos joues affirme le contraire.

— Mais je... je...

— Tss, tss... Vos pensées sont très égrillardes, madame. Je suis choqué. Infiniment choqué.

Il se délectait du spectacle de son malaise. Mon Dieu, qu'il aimait ces échanges verbaux avec elle !

— Je me moque comme d'une guigne de la façon dont vous vous occupez après le coucher du soleil, monsieur Hartley. Vos activités me laissent de glace. Quel mensonge ! Elle était sens dessus dessous, il le voyait bien. S'il avait été un vrai gentilhomme, il aurait fait marche arrière, changé de sujet de conversation. Le problème, c'est qu'une fois qu'il serrait une proie entre ses griffes, il avait un mal fou à la lâcher.

Et puis, les sujets de conversation anodins l'ennuyaient à périr.

Il enfonça donc le clou.

— Mes activités devraient vous laisser de glace, mais ce n'est pas le cas, n'est-ce pas ?

Elle se renfrogna, ouvrit la bouche mais il la prit de vitesse.

— Ah, ah ! lança-t-il en levant un doigt, anticipant ses protestations. Il est minuit passé et nous sommes seuls dans une voiture. Ce qui sera dit entre ces quatre cloisons capitonnées n'en sortira pas. Alors s'il vous plaît, madame, soyez franche.

Elle inspira profondément et s'adossa à la banquette, dissimulant son visage dans l'ombre.

— En quoi cela vous importe-t-il que je m'intéresse à vos activités, monsieur Hartley ?

Il esquissa un sourire narquois.

— Touché, madame. Je suis sûr qu'un gentilhomme policé nierait énergiquement que votre intérêt le touche, mais moi, je suis un type simple.

— Vraiment ?

— Oui. Et l'intérêt que vous me portez m'émeut.

— Vous êtes direct.

— Seriez-vous capable de faire le même aveu ?

Elle émit un petit hoquet de surprise et il songea qu'il était allé trop loin, qu'elle allait battre en retraite, renoncer à ce périlleux jeu de la vérité. Elle était une dame de la haute société, après tout, et dans son monde il y avait des règles et des carcans.

Mais elle se pencha lentement en avant, son visage sortit de l'ombre. Elle le regarda droit dans les yeux, un sourcil en accent circonflexe.

— Que se passerait-il si je le faisais ?

Il sentit son cœur faire une embardée. Elle relevait le gant. Et il en était follement heureux.

— Eh bien, madame, cela signifierait que nous avons un intérêt commun qui implique que nous en discutions plus avant.

Elle s'adossa de nouveau à la banquette.

— C'est possible, monsieur Hartley. Alors, revenons au point de départ : quelle activité vous a conduit dans les rues à cette heure tardive ?

Il secoua la tête en souriant.

— Ainsi, vous n'allez pas me le dire, monsieur ?

La voiture ralentissait. Du trot, les chevaux étaient passés au pas. Sam jeta un coup d'œil par la fenêtre. Ils longeaient l'hôtel particulier de lady Emeline. Le perron était éclairé par deux lanternes. La voiture s'arrêta.

— Non, je ne vous le dirai pas, madame, mais je puis vous jurer que je n'étais pas en galante compagnie.

— Cela devrait m'indifférer.

— Mais ce n'est pas le cas.

— Je crois que vous extrapolez un peu trop, monsieur Hartley.

— Je ne crois pas, non.

Un valet ouvrit la portière. Sam descendit et tendit la main à Emeline qui hésita quelques instants, comme si elle n'était pas certaine de vouloir de son aide. L'ombre de la cabine l'environnait mais son visage et son décolleté en jaillissaient, d'une blancheur lumineuse. On l'eût dite éclairée de l'intérieur par un feu ardent. Finalement, elle posa sa petite main gantée dans celle de Sam et se laissa escorter jusqu'aux marches du perron.

— Merci, dit-elle en tentant de retirer sa main.

Il la retint. Il n'avait pas envie de la laisser partir. Toutefois, faute d'autre choix possible, il se résigna à desserrer les doigts.

— Bonne nuit, madame, dit-il en s'inclinant.

Et il s'éloigna dans la nuit.

5

Le sorcier cligna des yeux et Cœur de Fer se retrouva à l'intérieur du château. Il était vêtu comme les gardes du roi, lequel était assis à quelques pas de lui sur un trône d'or. Vous imaginez quelle fut la surprise de Cœur de Fer ! Il ouvrait la bouche pour pousser une exclamation quand il se rappela les paroles du sorcier : il ne devait pas parler, sous peine de réendosser ses haillons, et la princesse mourrait. Il ferma donc la bouche et renouvela le serment de ne pas laisser un seul son en sortir.

Serment qui fut très vite mis à l'épreuve, car quelques instants plus tard, sept félons solidement bâtis déboulèrent par la porte et se ruèrent sur le roi pour le tuer. Cœur de Fer se jeta dans l'échauffourée, jouant frénétiquement de l'épée. Les autres gardes crièrent, mais le temps qu'ils sortent leurs armes des fourreaux, les sept assassins gisaient sur le sol, morts, abattus par Cœur de Fer.

— Samuel Hartley est le plus agaçant des hommes, déclara Emeline le lendemain matin.

Il était tard et elle se trouvait avec Melisande Fleming dans le petit salon. Cette pièce était l'une de ses préférées, avec ses murs tendus de papier rayé jaune et blanc ponctué d'un fin liséré rouge. Le mobilier n'était pas aussi neuf que dans le grand salon de réception, mais elle aimait les sofas et fauteuils tendus de damas et de velours rouge et orange. Une pièce chaleureuse et confortable où l'on avait envie de ronronner comme un chat, allongé et languide. Non qu'elle fût capable de faire quelque chose d'aussi impudique, mais l'envie était néanmoins là. Faute d'oser y céder, elle faisait les cent pas pendant que Melisande buvait calmement son thé.

— Agaçant, répéta Emeline en se penchant pour lisser le coussin d'un siège.

— Tu l'as déjà dit. Quatre fois depuis que je suis arrivée.

— Vraiment ? Mais c'est la vérité. Il ne semble pas avoir la moindre idée des bonnes manières. Il a dansé la gigue dans mon salon ! Et il arbore constamment un petit sourire narquois... Et ses souliers n'ont pas de talons !

— Quelle horreur.

Emeline décocha à Melisande, son amie depuis toujours, un coup d'œil exaspéré. La jeune femme avait adopté son immuable posture, comme si elle s'efforçait d'occuper le moins d'espace possible, dos bien droit, l'air compassé, les bras collés au corps et les mains croisées sur les genoux, lorsqu'elle ne buvait pas de thé. Ses pieds sur le tapis étaient placés côte à côte au millimètre près. Vraisemblablement, elle n'éprouvait jamais le besoin de se laisser aller sur les coussins d'un canapé. De surcroît, et c'était la pierre d'achoppement entre les deux amies, Melisande ne s'habillait qu'en marron. Rarement en gris, mais il était difficile de qualifier cela d'amélioration. Aujourd'hui, par exemple, elle portait une robe d'une coupe parfaite... d'un brun sinistre.

— Pourquoi as-tu fait tailler cette robe dans ce tissu ? lui demanda Emeline.

— Parce que ce n'est pas salissant.

— Mais avec tes jolis cheveux blonds…

— D'un blond terne, poussiéreux, qui va avec la robe.

— Oh, allons, Melisande, tes cheveux sont d'un blond subtil qui…

— Non. Cheveux couleur poussière, yeux également, ainsi que le teint.

— Ton teint n'est pas couleur poussière, bonté divine !

Emeline aurait aimé ne pas avoir lancé cette dénégation qui impliquait que si le teint n'était pas couleur poussière, en revanche, les cheveux et les yeux l'étaient.

Melisande lui décocha un coup d'œil ironique.

— Si seulement tu portais des teintes plus soutenues…, reprit courageusement Emeline. Par exemple du prune, ou du cramoisi. Oui, j'aimerais bien te voir en cramoisi.

— Dans ce cas, tu vas devoir faire montre de patience, parce que ce n'est pas pour demain. Mais nous parlions de ton voisin.

— Qui est très agaçant.

— Il me semble avoir déjà entendu cela.

— Mmm. Et je ne sais pas ce qu'il fait la nuit.

L'expression de son amie l'alarma.

— Non, non ! Je n'insinuais pas *cela* !

— Me voilà soulagée. Mais je me demande ce que lord Vale pense de ce colon.

— Lord Vale ? Jasper n'entretient aucun rapport avec M. Hartley.

— En es-tu sûre ? Approuverait-il tes rapports avec cet homme ?

— Je ne veux pas discuter de Jasper, fit Emeline en fronçant le nez.

— Je dois dire que je suis outragée par la conduite de lord Vale, déclara froidement Melisande en ajoutant une cuillerée de sucre dans son thé.

— Je ne doute pas qu'il serait flatté s'il était au courant.

Emeline se posa au bord d'une belle chaise recouverte de velours doré. Ses pensées revinrent immédiatement au sujet antérieur.

— C'est juste que j'ai rencontré M. Hartley la nuit dernière, fort tard. Je rentrais d'une soirée chez Emily Turner. À ce propos, tu avais raison, je n'aurais pas dû y aller, et...

— Je t'avais prévenue.

— C'est ce que je viens de dire ! Bref, M. Hartley était là, il rôdait de façon plutôt suspecte dans une allée sombre.

— Peut-être gagne-t-il sa vie en détroussant les passants, suggéra Melisande qui examinait le plateau de friandises déposé par la bonne.

Emeline fronça les sourcils, contrariée. Il était parfois difficile de déterminer si son amie plaisantait ou si elle était sérieuse.

— Je ne crois pas, non.

— Voilà qui est rassurant, approuva Melisande en prenant un petit-four jaune.

— Il faut dire qu'il se déplace d'une manière silencieuse qui serait fort utile à un détrousseur. Mais non, non, il n'en est pas un. Ce qui laisse sans réponse la question : que faisait-il dehors si tard ?

— La réponse la plus logique est : il avait un rendez-vous galant.

— Non.

— Non ?

— Non !

Emeline s'étonnait de sa propre irritation.

— Je le lui ai demandé, précisa-t-elle, et il m'a assuré ne pas rentrer d'une soirée avec une femme.

— Quoi ? Tu as *demandé* à un homme s'il revenait d'un rendez-vous avec une femme ?

— Melisande, tu as l'art de donner aux mots une connotation affreuse.

— Je me suis bornée à répéter ce que tu as dit.

— Je ne l'ai pas dit du tout comme cela. J'ai posé une question, et il m'a répondu simplement.

— Mais, ma chérie, ne te rends-tu pas compte que de toute façon, il ne t'aurait pas avoué avoir eu un rendez-vous ?

— Il ne m'a pas menti, répliqua Emeline, consciente d'être trop véhémente. Non, il ne m'a pas menti.

Melisande posa sur elle un regard soudain las. Le sujet abordé lui faisait mal. Elle allait avoir vingt-huit ans et ne s'était jamais mariée, en dépit de sa dot plus qu'intéressante. Dix ans auparavant, elle avait été fiancée à un jeune aristocrate qu'Emeline n'appréciait pas. Et ses raisons de ne pas l'aimer s'étaient révélées fondées. Cette canaille avait quitté Melisande pour une fringante petite veuve titrée. Avec pour conséquence de rendre la jeune fille extrêmement cynique dans les jugements qu'elle portait sur les hommes.

Toutefois, malgré l'opinion qu'elle avait de la gent masculine, Melisande concéda d'un signe de tête que, oui, elle admettait qu'un homme qu'Emeline connaissait à peine ait pu lui répondre sincèrement sur un point relevant de la vie très privée. Emeline la remercia d'un sourire. Tout en marron ou pas, Melisande était décidément la meilleure des amies.

— S'il ne revenait pas d'un rendez-vous galant, fit Melisande pensivement, alors peut-être était-il allé dans un cercle de jeu. Lui as-tu demandé où il était ?

— Il ne me le dirait pas, mais je ne crois pas qu'il ait passé sa soirée aussi prosaïquement.

Melisande se tourna vers la fenêtre. Le petit salon se trouvait à l'arrière de la maison et donnait sur le jardin.

— Qu'est-ce que ta tante pense de lui ?

— Oh, tu connais tante Cristelle. Elle se désole que la sœur de M. Hartley ne porte pas de chaussures.

— Elle ne porte vraiment pas de chaussures ?

— Mais bien sûr que si.

— Quel soulagement ! Dis-moi, ton M. Hartley est-il grand, avec de beaux cheveux châtains, non poudrés et attachés en catogan ?

— Oui. Comment le sais-tu ?

Melisande montra la fenêtre.

— Parce que je crois qu'il se livre à quelque occupation dans son jardin.

Emeline sursauta quand elle vit la silhouette de M. Hartley par-dessus le mur qui séparait son jardin du sien. Il tenait une très longue arme. Dans la seconde qui suivit, une autre silhouette, de petite taille, déboula dans l'allée. Daniel était sorti prendre l'air.

— À ton avis, que fait-il avec cette arme ? s'enquit Melisande.

M. Hartley avait posé le canon par terre et en scrutait l'intérieur, ce qui semblait particulièrement dangereux.

— Dieu seul le sait, répondit Emeline qui brûlait d'envie de planter là son amie et d'aller dans le jardin. Quelque chose qui ne concerne que les messieurs, je suppose.

— Mmm. Et Daniel le rejoint. Il me semble qu'une mère vigilante devrait sortir pour voir ce que fait son voisin avec son fils.

Sam perçut la présence du petit garçon bien avant qu'il soit devant lui. Le mur de séparation mesurait presque deux mètres, mais cela ne suffisait pas pour étouffer le son des pas d'un enfant. Il y eut d'abord le craquement des feuilles mortes sous ses semelles, puis le grattement des mêmes semelles sur le tronc d'arbre auquel Daniel grimpait, et enfin un silence, lorsqu'il fut installé sur une grosse branche qui passait par-dessus le mur.

Sam s'assit sur un banc de marbre, son fusil du Kentucky sur les genoux. Il sortit un long câble de sa poche, le fit passer dans la mire et glisser dans les deux sens pour nettoyer d'éventuelles traces de corrosion. Puis il souffla dans le trou et abaissa le canon.

— Que faites-vous ? demanda l'enfant.

Sam ne leva pas les yeux.

— Je nettoie mon fusil.

— J'ai une arme !

— Ah bon ?

— Elle appartenait à mon oncle Reynaud. Mais maman dit que je ne dois pas la toucher.

— Ah.

— Puis-je vous aider à nettoyer la vôtre ?

Sam regarda le petit garçon. Daniel était à cheval sur la branche, bras et jambes dans le vide. Il avait une joue égratignée et une traînée de saleté sur sa chemise blanche. Ses cheveux blonds pendaient sur son front, ses yeux bleus scintillaient d'excitation.

— Cela n'ennuierait-il pas ta maman que tu m'aides ?

— Oh, non, assura Daniel en faisant ployer la branche, se rapprochant ainsi de Sam.

Sam se plaça sous l'enfant, prêt à le recevoir s'il tombait.

— Très bien. Mais, et ton précepteur ?

— Il est assis sur le banc, sous la tonnelle. Il s'endort toujours quand nous sortons pour la promenade.

Il pesa sur la branche, en accentuant l'inclinaison.

— Ne bouge plus, lui dit Sam.

Les yeux écarquillés d'inquiétude, Daniel se pétrifia.

— Si tu avances encore, la branche va céder. Fais passer tes jambes par-dessus et je t'aiderai.

Daniel sourit, soulagé, fit ce que lui disait Sam et atterrit dans ses bras. Un instant plus tard, Sam le posait par terre. Immédiatement, Daniel se précipita sur le fusil, sous l'œil vigilant de Sam, mais il ne toucha pas l'arme. Il se contenta de l'examiner attentivement.

— Bon sang, souffla-t-il enfin, c'est le fusil le plus long que j'aie jamais vu !

Sam sourit et s'agenouilla à côté de l'enfant.

— C'est un fusil du Kentucky. Les colons aux frontières de la Pennsylvanie s'en servent.

— Mais pourquoi est-il si long ? Cela ne le rend-il pas difficile à porter ?

— Pas vraiment. Il n'est pas si lourd que cela. Et sa forme permet de mieux viser, de mieux assurer son tir. Regarde.

Prudemment, Daniel se plaça derrière Sam qui épaula l'arme.

— Pourrais-je essayer, monsieur Hartley ?

— Pas ici, répondit Sam en abaissant le fusil. Monte sur le banc et donne-moi un coup de main.

L'enfant obéit. Sam lui tendit un épais chiffon.

— Bien. Maintenant, tiens bien le fusil. L'eau est chaude. Prêt ?

Daniel saisit le canon à deux mains, lesquelles étaient protégées de la chaleur par le chiffon. Il était tellement concentré que ses sourcils se rejoignaient au ras de son nez.

— Prêt, monsieur Hartley.

Sam ramassa par terre une bouilloire fumante et fit couler avec soin de l'eau bouillante dans le canon. De l'eau noire d'huile sortit par l'embouchure. Ensuite, il enfonça un écouvillon entouré d'un chiffon et le fit glisser jusqu'à mi-longueur.

— Veux-tu le faire, Daniel ?

— Oh, oui !

Un grand sourire sur les lèvres, le petit garçon hocha vigoureusement la tête. Sam songea qu'il devait tenir ses cheveux blonds de son père, mais son sourire lui venait indéniablement de sa mère.

— Alors vas-y.

Sam tint le fusil pendant que Daniel faisait aller et venir l'écouvillon.

— Pousse bien fort. Il faut enlever tout reliquat de poudre.

— Pourquoi ?

— Parce qu'un fusil sale est dangereux, expliqua Sam qui constata que le garçon exécutait scrupuleusement sa tâche. Il risque de ne pas partir, ou d'exploser et arracher le nez du tireur. Un homme doit toujours garder son arme propre.

— D'accord. Que chassez-vous avec ça ? Des aigles ?

— Non. Il est d'un trop gros calibre pour les oiseaux, même de la taille d'un aigle. On s'en sert pour le daim, mais il se révèle très performant quand on se retrouve face à un ours ou un puma.

— Vous avez déjà rencontré un puma ?

— Une seule fois. Je suivais une piste et soudain il est apparu, en plein milieu du chemin.

Daniel écarquilla les yeux.

— Qu'avez-vous fait ? L'avez-vous tiré ?

— Il ne m'en a pas laissé le temps. Cet énorme chat m'a regardé puis a filé sans demander son reste.

Daniel parut déçu par la réponse.

— C'est bon, maintenant, pour le fusil. On va le rincer. Daniel hocha de nouveau la tête, l'air très sérieux et concentré. Sam retira l'écouvillon. Le chiffon était tout noir. Puis il reprit la bouilloire.

— Prêt, Daniel ?

— Prêt.

Cette fois, l'eau ressortit grise.

— Combien de fois faut-il faire passer de l'eau, monsieur Hartley ?

— Jusqu'à ce qu'elle sorte propre, dit Sam en tendant au petit garçon l'écouvillon muni d'un nouveau chiffon. N'oublie jamais qu'il faut de l'eau bouillante : ainsi, le canon sèche, il n'y a pas de risque de rouille.

Daniel se remit au travail et Sam l'observa en souriant. Ce qui pour lui était si facile devenait un dur labeur pour un enfant, mais Daniel ne se plaignait pas. Il s'activait méthodiquement lorsque Sam entendit un froissement de l'autre côté du mur. Un parfum de citronnelle flottait soudain dans l'air. Il ne leva pas les yeux mais son corps tout entier se mit en alerte, anticipant le moment où Emeline se manifesterait.

— Combien de fois encore ? s'enquit Daniel.

— Cela devrait suffire, dit Sam en l'aidant à retirer l'écouvillon.

— Vous êtes-vous battu à la guerre, monsieur Hartley ?

Sam hésita.

— Oui. J'ai combattu les Français dans les colonies.

Il se prépara à verser un peu plus d'eau bouillante. Daniel maintenait toujours le fusil vertical. Sam fit couler l'eau dans le canon.

— Avez-vous tué quelqu'un, monsieur ?

Sam regarda l'enfant qui fixait la vapeur s'échappant du canon. Il avait vraisemblablement posé cette question en toute innocence.

— Oui.

— Ah. Avez-vous tué avec cette arme ?

Le bruissement de l'autre côté du mur avait cessé. Emeline était peut-être repartie chez elle, mais Sam en doutait. Retenant son souffle, elle écoutait.

— Oui, concéda Sam en soupirant. Lors de la bataille de Québec. Un soldat français s'est rué sur moi. Sa baïonnette était fixée au canon de son fusil. Elle était déjà rouge de sang.

Daniel se figea.

— Alors j'ai tiré et je l'ai tué net, acheva Sam, les yeux rivés dans ceux de l'enfant.

— Oh...

— Enlève pour de bon l'écouvillon. On va graisser le canon.

La voix d'Emeline s'éleva.

— Daniel ?

Sam veilla à ne pas faire rejaillir l'huile qu'il versait sur un chiffon propre. Que pensait Emeline de son histoire ? Celle-ci ne recelait rien des accents de fierté ou de triomphe que la plupart des gens s'attendaient à entendre dans les récits de guerre. Mais les bruits qui couraient sur Samuel Hartley avaient dû déjà lui parvenir aux oreilles. Le prenait-elle pour un lâche à cause de ce qui était arrivé à Spinner's Falls ?

— Maman, viens voir ! cria Daniel en se retournant. M. Hartley a le plus long fusil du monde et je l'aide à le nettoyer !

— C'est ce que je constate, fit Emeline dont la tête dépassait maintenant du mur.

Elle devait avoir grimpé sur un banc. Elle ne regarda pas Sam, qui s'essuya les doigts sur le chiffon.

— Madame, je vous salue, dit-il, tout en songeant que la tâche salissante qu'il accomplissait devait la dégoûter.

Mais sa repartie l'étonna.

— Je ne vois pas comment je pourrais admirer ce magnifique fusil, dans la mesure où il n'y a pas de porte dans le mur.

— Escalade, maman. Je t'aiderai.

— Que je... Mmm, non, je ne crois pas...

— Daniel, me permets-tu ? demanda gravement Sam à l'enfant, qui acquiesça d'un hochement de tête.

Sam pivota vers Emeline, qui maintenant dardait sur lui un regard indéchiffrable.

— Pouvez-vous monter plus haut, madame ?

— Oui.

Et elle apparut jusqu'à la taille. Elle avait dû trouver une encoche dans le mur où glisser son pied. Sam sauta sur le banc situé de son côté et chercha des yeux sur quoi elle se tenait. Une branche ! Elle était en équilibre instable sur une branche d'arbre ! Il réprima un sourire et tendit les bras. À l'instant où il refermait les mains autour de sa taille, elle écarquilla les yeux.

— Puis-je, madame ?

Elle lui signifia son accord d'un mouvement nerveux de la tête.

Il la hissa au-dessus du mur. La vieille blessure sur son flanc se rappela aussitôt à son souvenir, mais il n'en montra rien. Il amena doucement Emeline jusqu'au sol, la faisant glisser contre son torse. Il tirait avantage de la situation, il le savait, mais il prenait tant de plaisir à sentir la chaleur de cette femme, à humer le parfum de citronnelle, qu'il fit taire ses scrupules. Son regard croisa celui d'Emeline une fraction de seconde, au cours du bref instant où leurs visages furent à la même hauteur. Il nota une légère brillance dans les prunelles sombres, comme si la jeune femme était tout à coup fébrile. Il remarqua aussi son souffle court.

Il la posa par terre. Elle se pencha pour remettre de l'ordre dans ses jupes.

— Merci, monsieur Hartley, dit-elle d'une voix enrouée.

— Je vous en prie, madame.

Il l'observait à la dérobée. Elle s'était empourprée et se mordillait la lèvre. Il ressentit un frisson en imaginant ces petites dents sur sa peau nue. C'était une femme de caractère. Elle devait aimer mordre.

— Viens voir, maman, lança Daniel impatiemment.

Emeline s'approcha du fusil et l'examina.

— Très beau, vraiment.

— Aimeriez-vous nous aider, pour l'huile ? demanda Sam, l'air faussement naïf.

— Je crois que je vais me contenter de regarder.

Sam entortilla le chiffon huilé autour de l'écouvillon.

— Enfonce-le dans le canon, Danny. Pas un seul millimètre ne doit être laissé de côté.

— Oui, monsieur.

Tandis que Daniel s'activait, Sam imbiba un autre chiffon d'huile et entreprit d'oindre le canon.

— Ma sœur m'a dit que vous nous accompagneriez à un bal demain, madame.

— Oui. La soirée des Westerton. En principe, un grand événement. Cela m'a été assez difficile d'obtenir une invitation pour Mlle Rebecca et vous, mais vous avez de la chance, monsieur Hartley :

vous êtes une nouveauté, ici. Plusieurs hôtesses m'ont fait savoir leur intérêt, basé sur ce seul fait.

Sam ne releva pas.

— D'après vous, Rebecca est-elle prête pour ce bal ?

— Bien sûr, répliqua Emeline en affectant de détailler la crosse du fusil. Mais un événement de moindre importance eût été préférable pour ses premiers pas dans la haute société londonienne.

Sam garda le silence, simulant une intense concentration sur ce qu'il faisait.

— Rebecca a mentionné votre insistance quant à ce bal chez les Westerton. Je me demande pourquoi vous y teniez tellement...

Emeline vit le dos de Sam se raidir. Il était agenouillé devant elle et passait délicatement un chiffon sur son extraordinaire fusil. L'arme était incroyablement longue mais semblait légère. Le canon en était étroit. Le beau bois clair de la crosse paraissait très dur. Seul un homme était capable de rendre une arme mortelle aussi jolie. Sur la base de la crosse était encastrée une plaque de cuivre ornementée et polie comme un miroir. Les grandes et brunes mains de M. Hartley contrastaient sur le blanc du chiffon. Elles bougeaient avec délicatesse, à une cadence presque amoureuse.

Emeline détourna le regard. Elle éprouvait une déroutante sensation, comme si quelque chose lui irritait la peau. Le phénomène avait commencé à l'instant où elle avait entendu la voix de Sam, et s'était amplifié lorsqu'elle l'avait vu par-dessus le mur. Il avait enlevé manteau et gilet, ce qui était tout à fait inconvenant, même dans son propre jardin : un gentilhomme ne retirait *jamais* l'un de ses vêtements, sauf en des circonstances très particulières. Le savoir-vivre était-il différent dans les colonies ?

Le linon blanc de sa chemise tranchait avec le brun de sa peau. Il avait roulé les manches, révélant des avant-bras musclés. Emeline se jugeait ridicule d'être aussi émue à la vue de ces avant-bras nus. Elle brûlait d'envie d'en toucher la peau du bout des doigts. Elle devait être délicieusement satinée...

— Une raison particulière vous a-t-elle poussé à choisir la soirée des Westerton ? insista-t-elle d'une voix aigre qui la choqua.

— Non, répondit-il sans lever les yeux.

Ses cheveux réunis en catogan ondulaient alors qu'il polissait le métal du fusil. Cela aussi était fort agaçant. Le soleil jouait sur quelques mèches claires.

Après avoir entendu sa dénégation, elle fronça les sourcils. Il lui mentait, c'était évident.

— Cela suffit, dit-il, et pendant un instant, elle crut qu'il s'adressait à elle.

— C'est propre ? demanda Daniel.

— Tout ce qu'il y a de plus propre.

Sam se remit debout, si près d'Emeline qu'elle crut qu'ils allaient se toucher. Elle refréna l'impulsion de reculer.

— Puis-je l'essayer, maintenant, monsieur Hartley ?

Emeline n'eut pas le temps de crier « non » à son fils. M. Hartley la prit de vitesse.

— L'endroit ne convient pas au tir, mon garçon. Il y a trop de choses, et de gens, que nous pourrions atteindre accidentellement.

— Mais..., commença à arguer le petit garçon.

— Daniel, le coupa Emeline, tu ne dois pas importuner M. Hartley alors qu'il a été si gentil de te laisser jouer avec son beau fusil.

Sam fronça les sourcils, et Emeline se demanda ce qu'elle avait dit de mal.

— Je suis très heureux que Danny m'ait aidé, madame.

— Il s'appelle Daniel, rétorqua Emeline d'un ton sec qu'elle se reprocha aussitôt.

— Daniel a très bien travaillé aujourd'hui, reprit calmement Sam. Et il ne m'importune absolument pas.

Le visage du petit garçon s'éclaira comme s'il venait de recevoir le plus beau des compliments. Emeline songea qu'elle aurait dû être reconnaissante envers M. Hartley d'avoir été aussi gentil avec son fils. Au lieu de cela, elle ressentait une vague colère.

Sam sourit à Daniel, puis se pencha pour ramasser les chiffons et l'huile.

— Vous serez certainement très occupée demain matin à vous préparer pour le bal.

Emeline cilla, déconcertée par le changement de sujet.

— Mais non. La personne qui organise un bal est très occupée, mais pas ses invités.

— Parfait.

Il releva les yeux. Emeline vit sa mine joyeuse et comprit qu'elle était tombée dans un piège.

— Dans ce cas, madame, enchaîna-t-il, rien ne vous empêchera de m'accompagner lorsque j'irai visiter l'entrepôt de céramique de M. Wedgwood. Un point de vue féminin sur ses produits m'intéresserait beaucoup.

La voix de M. Smythe-Jones, le précepteur, sauva Emeline.

— Monsieur ? Lord Eddings ?

Daniel se replia sur lui-même et murmura :

— Ne lui dites pas que je suis là !

— Sottises. Va immédiatement retrouver M. Smythe-Jones, Daniel !

— Mais...

— Mieux vaut que tu obéisses à ta mère, dit Sam à l'enfant.

Qui renonça à discuter dans la seconde.

— Oui, monsieur ! cria-t-il. Je suis là !

— Et que faites-vous donc chez le voisin ? Revenez immédiatement, lord Eddings !

— Je...

Sam sauta sur le banc de pierre et Emeline songea une nouvelle fois que pour un homme aussi grand et aussi fort, il bougeait avec une aisance étonnante.

— Danny m'a rendu visite, lança-t-il au précepteur. J'espère que cela ne vous dérange pas.

Smythe-Jones marmonna quelques mots inintelligibles.

— Allez, Danny, je vais te donner un coup de main pour franchir le mur.

Il joignit les mains et l'enfant prit appui dessus d'un pied bien assuré. Sam le hissa jusqu'à la crête du mur et, de là, sur la branche du gros pommier. Un instant plus tard, Daniel avait disparu. On entendit le précepteur le sermonner, sa voix décroissant au fur et à mesure que l'homme et l'enfant se rapprochaient de la maison. Emeline fixait ses pieds tout en tortillant un ruban de sa ceinture. Puis elle se décida à lever les yeux.

Perché sur le banc, Sam la regardait. Il sauta par terre, atterrissant un peu trop près d'elle.

— Pourquoi ne voulez-vous pas que l'on appelle votre fils Danny ?

— Parce qu'il s'appelle Daniel.

— Et Danny est le diminutif de Daniel.

— Mon fils est un baron. Un jour, il siégera à la Chambre des lords. Il n'a nul besoin de diminutif.

— Besoin, non, mais quel mal un diminutif peut-il faire à un petit garçon ?

Emeline prit une profonde inspiration et se rendit aussitôt compte que c'était dans le but d'inhaler le parfum de Sam – un cocktail de poudre, d'amidon et d'huile d'armes. L'odeur aurait dû la faire fuir mais au lieu de cela, elle la trouvait exquise et excitante. Comme c'était bizarre...

— C'était le prénom de son père.

— Votre mari ?

— Évidemment.

— Ce prénom vous rappelle votre mari.

— Oui. Enfin, non. Je ne sais pas.

Sam se mit à marcher lentement autour d'elle.

— Votre mari vous manque.

Elle haussa les épaules, luttant contre l'envie de pivoter sur ses talons et de lui faire face.

— Il a été mon mari pendant six années. Ce ne serait pas normal qu'il ne me manque pas.

— Six ans, oui, mais cela n'implique pas pour autant qu'il vous manque.

Il était derrière elle. Il s'adressait à elle pardessus son épaule. Elle eut l'impression de sentir son souffle sur son oreille.

— Que voulez-vous dire, monsieur Hartley ?

— L'aimiez-vous ?

— L'amour ne doit pas être pris en compte dans un mariage de convenance.

— Non ? Alors votre mari ne vous manque pas.

Emeline ferma les yeux et se remémora ceux de son époux, rieurs, bleus, taquins. Ses mains blanches à l'incomparable douceur. Sa voix de ténor quand il parlait de chiens, de chevaux, de phaétons. Puis son visage livide, sa tête qui reposait sur le satin blanc du cercueil. Elle ne voulait plus de ces souvenirs. Ils étaient trop douloureux.

— Non, murmura-t-elle en se tournant vers sa maison, de l'autre côté du mur, s'écartant de cet homme qui venait de lui faire si mal. Non, mon mari ne me manque pas.

6

Le roi fut très reconnaissant envers le garde qui, à lui tout seul, avait sauvé sa vie. Tous rendirent hommage à Cœur de Fer, le héros, qui fut immédiatement nommé capitaine de la garde du roi. Mais lorsque les gens demandèrent son nom au vaillant capitaine, il resta muet. Son obstination à garder le silence indisposa le roi, qui avait l'habitude d'être obéi. Mais ce petit problème fut oublié le jour où, alors que le roi chevauchait, un redoutable troll décida de dévorer le monarque pour son déjeuner. Cœur de Fer fondit sur le vilain troll et, d'un seul coup de lame, le décapita.

Emeline se réveilla lorsque l'on tira les rideaux de son lit et, un peu hagarde, cilla devant le visage de Harris, sa camériste. Harris était une femme d'une cinquantaine d'années au visage fermé et au nez en forme de bulbe. On ne voyait que cet appendice sur ses traits par ailleurs fins. Emeline connaissait des dames qui se plaignaient que leur bonne personnelle passe trop de temps à cancaner et flirter avec les serviteurs masculins de la maison. Ce n'était pas le cas de Harris.

— Il y a un M. Hartley qui vous attend dans le vestibule, madame.

Emeline regarda le ciel à peine teinté.

— Quoi ?

— Il dit que vous avez rendez-vous avec lui, et qu'il ne partira pas tant qu'il ne vous aura pas vue.

— Quelle heure est-il ? demanda Emeline en s'asseyant.

— Huit heures et quart, madame.

— Mon Dieu ! Mais que me veut-il ? s'écria Emeline en enfilant ses chaussons. Il doit être fou ! Personne ne vient rendre une visite à huit heures du matin !

— Non, madame, admit platement Harris en l'aidant à se chausser.

— Pas même à neuf heures, continua Emeline à laquelle Harris présentait son peignoir. Vraiment, quoi que ce soit avant onze heures est suspect et de toute façon, je ne m'occupe de rien avant deux heures. C'est tout à fait aberrant.

— Oui, madame.

Emeline prit soudain conscience d'un sifflotement en provenance du rez-de-chaussée.

— Quel est ce bruit ?

— M. Hartley siffle dans le hall, madame.

Emeline resta bouche bée. Le sifflement était monté dans les aigus, pour se figer sur une très désagréable tonalité. Elle quitta la chambre et s'avança jusqu'au palier. De là, elle se pencha par-dessus la rampe et regarda en bas. M. Hartley était là, mains croisées dans le dos, coiffé de son tricorne. Il se balançait sur ses talons tout en sifflotant.

— Monsieur Hartley !

Il leva les yeux. Il semblait au mieux de sa forme, malgré l'heure matinale.

— Bonjour, madame !

— Auriez-vous perdu la tête, monsieur ? Que faites-vous dans mon vestibule aussi tôt ?

— Je suis venu vous chercher pour vous amener chez Wedgwood afin que vous m'aidiez à choisir des porcelaines.

— Je n'ai jamais...

Il laissa errer son regard sur le décolleté d'Emeline, avant de remarquer :

— Il serait souhaitable que vous vous habilliez, même si votre toilette actuelle n'a rien de déplaisant.

Emeline plaqua la main, doigts écartés, sur sa poitrine.

— Comment osez-vous...

— Je vous attends ici, d'accord ?

Et il recommença à siffloter, cette fois plus fort. Emeline ouvrit la bouche, puis se rendit compte qu'il n'entendrait rien vu le volume sonore qu'il émettait, et donc la referma. Elle retroussa ses jupes et regagna sa chambre en toute hâte.

Harris avait déjà sorti de l'armoire une robe de soie orange. Emeline fut coiffée et habillée en un clin d'œil mais, même si elle avait fait incroyablement vite, elle trouva Sam les yeux rivés sur l'horloge du vestibule.

— Vous avez mis un certain temps, remarqua-t-il négligemment. Allons-y. Je ne veux pas être en retard à mon rendez-vous avec M. Bentley, l'associé de M. Wedgwood.

— Et à quelle heure est ce rendez-vous ?

— Neuf heures.

Emeline crut avoir mal entendu. À grands pas, Sam se dirigeait vers la porte. Elle adopta son rythme avec peine jusqu'à la voiture qui attendait dans la rue.

— Quoi ? Neuf heures ? Et vous êtes venu me chercher à huit heures, monsieur Hartley ?

Il l'aida à monter dans la voiture, puis se laissa lourdement tomber sur la banquette en face d'elle.

— Eh bien, je pensais qu'il vous faudrait davantage de temps pour vous préparer, dit-il avec un sourire narquois avant de taper sur le toit pour indiquer au cocher de démarrer.

— Vous êtes vraiment trop généreux, répliqua aigrement Emeline.

— Seulement avec vous, madame. Seulement avec vous.

Cette repartie faite sur un ton bas et doux troubla Emeline. Elle se tourna vers la fenêtre de façon à ne pas croiser le regard de Sam.

— Pourquoi ? ne put-elle s'empêcher de demander après un long silence.

Une question qu'elle n'aurait pas dû poser...

— J'ignore pourquoi vous me faites autant d'effet, madame. Je crois que vous pourriez tout aussi bien chercher à savoir pourquoi un jaguar court après un daim. Je suis le jaguar et lorsque je vous vois, mon cœur bat plus vite sous l'effet de l'excitation.

La réponse la surprit tellement qu'elle le dévisagea. Les yeux qu'il riva aux siens étaient francs, virils et interrogateurs. Elle aurait dû se sentir mal à l'aise d'être scrutée aussi intensément. Au lieu de cela, elle se découvrit frissonnante.

— Ainsi, vous le reconnaissez...

— Pourquoi ne le ferais-je pas, madame ? Ma réaction est purement instinctive, je vous l'assure.

— Vous devez avoir de gros problèmes, si vos *instincts* se manifestent dès que vous êtes près d'une dame.

— Je vous l'ai déjà dit, l'auriez-vous oublié ? Ce phénomène ne m'affecte qu'en votre présence.

Il se pencha, posa la main sur celle d'Emeline et noua ses doigts aux siens. Elle baissa les yeux sur leurs doigts entrelacés. Il fallait donner une tape à cet homme trop audacieux ! Il allait trop loin dans la familiarité ! Mais la vision des longs doigts bronzés la fascinait et elle était incapable de réagir comme il convenait. Un cahot sur la voie la sauva : la voiture fit une embardée et Sam retira sa main.

— N'avez-vous pas un fondé de pouvoir ?

— Si. M. Kitcher. Mais il est vieux et sévère. J'ai pensé que vous seriez de meilleure compagnie que lui.

— Mmm. Où sont les bureaux de la compagnie Wedgwood ?

— Pas très loin. Ils ont loué une section d'un entrepôt.

Elle se rendit compte que ses mains tremblaient. Elle les enfouit entre ses genoux.

— M. Wedgwood et M. Bentley n'ont donc pas de salon d'exposition ?

— Non. Ils sont relativement nouveaux dans leur domaine, et c'est en partie à cause de cela que je veux faire affaire avec eux.

Les yeux de Sam pétillaient.

— Vous aimez cela ! s'exclama Emeline.

— Quoi donc ?

— Faire du commerce, des affaires, chasser la bonne occasion.

— Bien sûr.

La voiture s'arrêta le long d'un entrepôt. Dès que le marchepied fut sorti, Sam descendit puis aida Emeline. Elle regarda avec méfiance le grand bâtiment de bois et brique.

— Qu'attendez-vous que je fasse, monsieur Hartley ?

— Simplement me donner votre avis, dit-il après lui avoir offert son bras.

Ils marchèrent jusqu'au portail. Un homme en perruque frisée et redingote couleur rouille apparut.

— Monsieur Hartley ? s'écria-t-il avec un accent du Nord très prononcé. C'est un honneur, monsieur, un vrai honneur que de faire votre connaissance. Je suis Thomas Bentley.

M. Bentley serra chaleureusement la main de Sam. Emeline se rendit compte que l'homme était plus jeune qu'elle ne l'avait d'abord pensé. À peine la trentaine. Il avait le teint fleuri et était de corpulence un peu replète. M. Hartley la présenta et Bentley parut très impressionné en entendant son titre.

— *Lady* Emeline. Eh bien, voilà un autre grand honneur, vraiment. Puis-je vous offrir le thé ? Je viens d'en acheter des Indes qui est excellent.

Emeline accepta en souriant et Bentley les conduisit à l'intérieur de l'entrepôt. Le bâtiment était haut de plafond, sombre et froid. Une odeur de sciure planait dans l'air. La moitié de l'espace était encombrée de caisses et de barriques. M. Bentley les fit entrer dans une petite pièce à peine assez large pour contenir un grand bureau, quelques sièges et des boîtes empilées contre un mur. Dans un coin, un minuscule foyer, une bouilloire fumante posée dessus. M. Bentley présenta une chaise à Emeline.

— M. Wedgwood va-t-il se joindre à nous ? s'enquit Sam, qui avait choisi de rester debout.

— Ah, non, répondit M. Bentley en prenant la théière.

M. Wedgwood est le maître porcelainier, mois je suis le commercial. En ce moment, il contrôle la fabrication à Burslem.

Il servit le thé, puis posa plusieurs gros registres par terre pour faire de la place tout en regardant Sam avec nervosité, lequel hocha légèrement la tête sans mot dire. Emeline s'interrogeait. Il lui semblait sentir des tensions sous-jacentes et elle ne voulait pas fragiliser la position de Sam. En même temps, elle était intriguée : comment allait-il se comporter, alors qu'il était dans son monde ? Il était immobile, son expression était décontractée mais ne révélait rien. À la différence de M. Bentley, qui commençait à paraître mal à l'aise. Elle retint un sourire : elle avait l'impression que M. Hartley faisait en sorte de troubler M. Bentley. Au cours des minutes suivantes, ils burent leur thé en échangeant quelques rares paroles. Emeline savait que Sam devait être impatient de voir les céramiques, mais il n'en montrait rien. Il paraissait être en visite chez une vieille tante. M. Bentley lui décocha plusieurs coups d'œil, puis proposa finalement :

— Aimeriez-vous voir quelques-unes de nos pièces, monsieur ?

Sam hocha la tête et posa sa tasse. Le marchand prit l'une des boîtes de bois placées contre le mur et retira le couvercle, révélant une masse de paille. Emeline ne put s'empêcher de se pencher. Jamais elle n'avait accordé grande attention à la vaisselle dont elle se servait, et voilà que tout à coup la porcelaine lui semblait de la plus haute importance. Sam la regarda à la dérobée et secoua la tête. Emeline se renfrogna. Elle se faisait l'effet d'être une enfant réprimandée. Elle se redressa et plaqua sur son visage une expression d'ennui. Sam esquissa un sourire devant cette absence d'enthousiasme et lui fit un clin d'œil. Emeline afficha un air hautain. Elle remettrait cet homme à sa place. Plus tard.

Pendant ce temps, M. Bentley avait délicatement enlevé une couche de paille. En dessous se trouvait un pot avec un couvercle, en forme d'ananas, d'un vert foncé brillant. Il le prit et le tendit à Sam, qui l'examina en silence. Puis il le posa sur le bureau devant Emeline et l'observa alors qu'elle se penchait pour examiner l'objet.

M. Bentley sortait d'autres pièces : des théières, des plats, des tasses, des bols et des soupières, toutes d'un brillant éclatant et en forme d'ananas ou de chou-fleur.

Profitant de ce que M. Bentley lui tournait le dos, Sam leva à l'intention d'Emeline un sourcil interrogateur. Elle fit de même en retour. Toutes ces céramiques étaient jolies et bien faites, mais n'avaient rien d'extraordinaire.

— Eh bien, monsieur Bentley, j'imagine que M. Wedgwood a quelques nouvelles pièces ?

— Je ne suis pas certain...

— On m'a dit qu'il travaillait sur de superbes porcelaines.

M. Bentley s'éclaircit la gorge.

— Ah, oui... Effectivement, M. Wedgwood procède à des essais de porcelaine, mais il n'est pas encore prêt à dévoiler ses créations au public. En fait, il compte les montrer en priorité à la reine.

— Mon Dieu, comme c'est excitant, monsieur Bentley ! s'exclama Emeline en frappant dans ses mains.

Le marchand s'empourpra de plaisir.

— Merci, madame. C'est vraiment excitant, oui.

— Ne nous permettrez-vous pas d'admirer ces magnifiques nouveautés, monsieur Bentley ? s'enquit Emeline en se penchant un peu plus, ce qui eut pour effet de faire saillir la naissance de ses seins par-dessus son décolleté carré. Je vous en prie, monsieur...

Le visage de l'homme vira carrément à l'écarlate. La situation réjouissait Emeline. Jamais elle ne l'admettrait, mais elle appréciait infiniment la scène qui se jouait. Qui se serait douté que le commerce exigeait des tactiques aussi subtiles ?

M. Bentley épongea son visage moite avec un grand mouchoir, puis haussa les épaules.

— Eh bien… Mon Dieu, pourquoi pas ? Si cela vous fait plaisir, madame…

— Cela me ferait extrêmement plaisir.

Ayant pris sa décision, le marchand alla ouvrir une petite boîte posée dans un coin, glissa la main à l'intérieur avec d'infinies précautions et en sortit une théière qu'il présenta à Emeline. La jeune femme retint sa respiration. La théière était d'une teinte très claire, d'un crème tirant sur le jaune. Sa forme était droite, classique, et elle arborait un ravissant petit bec.

Emeline tendit les mains.

— Puis-je ?

Le marchand plaça la théière dans ses paumes et sa légèreté stupéfia Emeline. La porcelaine était bien plus fine que celle à laquelle elle était habituée. Elle la retourna. *Wedgwood* était inscrit sur la base.

— C'est tout à fait élégant, commenta-t-elle.

Elle leva les yeux vers Sam et son expression la prit au dépourvu : yeux mi-clos, lèvres serrées, il y avait quelque chose de possessif dans sa mine. Elle comprit. Il était heureux qu'elle découvre avec lui la théière de porcelaine. Lady Emeline et M. Hartley formaient un attelage fort bien assorti. Une pensée qui la troubla. Elle n'aurait pas dû prendre autant de plaisir à ce marchandage. Et encore moins se délecter que son opinion comptât autant pour M. Hartley.

Cela aurait dû la laisser de glace.

Les yeux de M. Hartley qui la fixaient s'étaient étrécis. Le jaguar montrait son vrai visage. Et elle était sa proie.

Il se tourna vers M. Bentley. Le chasseur civilisé avait remplacé le fauve en un éclair, mais le marchand avait du mal à se ressaisir face à l'âpreté du client américain. Les sommes que mentionnait M. Hartley et qu'il était prêt à mettre dans l'affaire lui coupaient le souffle, comme à Emeline. Elle avait devant elle l'homme qui avait fait prospérer l'héritage de son oncle d'une manière exponentielle en seulement quatre ans.

Elle fit courir son doigt sur les contours de la délicate théière, songeant aux dames des colonies qui serviraient le thé avec cet exquis petit bec. Et elle se demanda pourquoi M. Hartley avait tenu à l'amener ici. Qu'avait-il voulu lui montrer, ou lui démontrer ?

— C'est simplement que je ne suis pas tout à fait sûre, en ce qui concerne le décolleté, dit Rebecca en s'examinant dans le miroir et essayant sans succès de remonter le tissu de son corsage.

Indéniablement, la robe révélait beaucoup de peau nue.

— C'est parfait, mademoiselle, assura Evans, la bonne.

Elle traversa la chambre pour récupérer les effets abandonnés çà et là par la jeune fille. Rebecca tira encore une fois, mais l'étoffe ne céda pas. Evans lui avait été personnellement recommandée par lady Emeline. Si la bonne affirmait qu'elle devait se présenter nue à son premier bal londonien, Rebecca se plierait à ses recommandations. Elle avait participé à nombre de soirées, et beaucoup dansé à Boston, mais lady Emeline lui avait expliqué qu'à Londres, un bal était un événement tout à fait différent.

Toutes ces complications n'aboutissaient qu'à un résultat : plonger Rebecca dans la culpabilité. C'était elle qui avait insisté pour accompagner Sam en Angleterre. Maintenant, il se trouvait contraint de dépenser des fortunes pour la distraire. Ce n'était pas ce qu'elle avait eu à l'esprit lorsqu'elle l'avait supplié de l'amener. Peut-être aurait-elle dû essayer de mieux connaître son frère, se dit-elle en s'approchant d'une chaise.

— Non ! cria Evans. Nous ne voudrions pas froisser nos jupes, n'est-ce pas ?

— Mais... quand je serai assise dans la voiture, elles...

— On ne peut l'éviter, hélas. Et c'est bien dommage. Je ne sais pas pourquoi les messieurs sont incapables d'élaborer une méthode pour qu'une dame puisse se rendre à un bal debout.

— Ah bon ? murmura Rebecca.

Evans était une petite femme brune intimidante qui suivait scrupuleusement les canons de la mode. Les paniers de ses jupes étaient si larges qu'elle avait du mal à accomplir son travail de camériste. Elle terrifiait Rebecca. Pourtant, Evans essayait de se montrer amicale.

— Peut-être pourrions-nous descendre et aller nous détendre dans le petit salon, mademoiselle ? Pas dans le vestibule, bien entendu. Une dame ne doit jamais attendre l'arrivée de sa voiture.

— Naturellement, concéda Rebecca en marchant vers la porte.

— Rappelez-vous, mademoiselle ! Nous ne devons pas nous asseoir, s'écria Evans en s'élançant à sa suite.

— Je me demande si *nous* aurons le droit d'aller aux toilettes, marmonna Rebecca entre ses dents tout en négociant avec peine la descente des marches de l'escalier, empêtrée dans ses jupons.

Elle regarda autour d'elle, inquiète d'avoir été entendue. La seule personne en vue était un valet dans le vestibule, et il regardait droit devant lui, apparemment sourd. Rebecca lâcha un soupir, allégée d'un poids. Elle réussit à atteindre le pied de l'escalier sans encombre, mais là, elle accrocha son talon à quelque chose et chancela maladroitement avant de se raccrocher à la rampe.

Le valet la fixait ! Il avait avancé un pied, comme s'il s'apprêtait à voler à sa rescousse ! Lorsque leurs regards se croisèrent, il ramena son pied en arrière et ses yeux se perdirent de nouveau sur quelque lointain et invisible horizon.

Mon Dieu, comme c'était embarrassant ! Elle n'était même pas capable de marcher, avec ces jupes. Elle avait failli choir devant un serviteur.

Elle lâcha prudemment la rampe et avança un pied devant l'autre sur le sol de marbre, aussi peu assurée qu'un bambin. Elle prit le temps de lisser ses jupes avant de se décider à traverser le vestibule en direction de la porte, sur sa droite. Dans cette maison, les portes étaient grandes et de bois sombre. Les poignées, énormes. Rebecca posa la main sur l'une d'elles et tira.

Rien ne se passa.

Elle sentit sa nuque se mouiller de transpiration. Le valet allait penser qu'elle était la dernière des gourdes. Pourquoi fallait-il qu'il soit aussi mignon ? C'était une chose de se montrer ridicule devant un vieil homme empoté, c'en était une autre devant un jeune et charmant garçon.

Lequel, après s'être éclairci la gorge, venait vers elle.

— Si vous me permettez, mademoiselle...

Ses yeux verts firent frissonner Rebecca. Il la contourna et ouvrit la porte. Rebecca s'avança... et entra dans la bibliothèque. Oh, non...

— Euh... j'ai changé d'avis. Je préférerais aller dans le salon. S'il vous plaît.

Il pivota sur ses talons et alla ouvrir une autre porte. Rebecca traversa le vestibule sous l'œil du valet qui, sans vergogne, était rivé sur une partie de son anatomie qu'il aurait dû feindre de ne pas voir. Rebecca s'immobilisa et masqua son décolleté de ses mains ouvertes.

— L'échancrure est trop basse, n'est-ce pas ? Je savais bien que j'avais tort d'écouter cette camériste. Cela ne la gêne peut-être pas d'avoir la poitrine exposée comme une marchandise sur un étal, mais moi, je ne peux pas...

Elle s'interrompit, effarée. Mais que disait-elle là ! Ses mains quittèrent son décolleté pour se plaquer sur sa bouche. Sa vilaine bouche qui laissait échapper de si vilaines paroles.

Puis elle resta figée, les yeux rivés sur le joli valet, qui la fixait toujours aussi intensément. Il n'y avait rien à faire pour réparer les dégâts, sauf à tomber raide morte sur place, dans le vestibule de l'hôtel particulier londonien de son frère, une solution malheureusement à exclure dans l'immédiat.

Il s'éclaircit de nouveau la gorge.

— Vous êtes la plus jolie dame que j'aie jamais vue et... dans cette robe, vous avez tout d'une princesse. Vraiment.

— Vraiment ? murmura Rebecca en abaissant ses mains.

— Je vous le jure sur la tombe de ma mère.

— Oh. Votre maman à vous aussi est morte ?

— Oui.

— C'est bien triste, n'est-ce pas ? La mienne est partie quand je suis née. Je ne l'ai pas connue.

— Ma mère est morte il y a deux ans, à la Saint-Michel.

— Je suis désolée.

— Après la naissance de ma plus jeune sœur. Je suis l'aîné de dix.

— Vous ne ressemblez pas aux autres serviteurs, dit Rebecca en souriant.

— C'est parce que je suis irlandais.

— Mais alors, pourquoi…

La voix de Sam fit taire Rebecca.

— Es-tu prête à partir ? lança-t-il.

La jeune fille sursauta. Son frère se dressait trois marches au-dessus d'elle dans l'escalier.

— J'aimerais bien que tu fasses un peu de bruit quand tu te déplaces, Sam.

Il regarda le valet. Rebecca suivit son regard et constata que le joli garçon se tenait de nouveau bien droit contre le mur. On eût dit une créature magique qui serait devenue de bois.

— Voulez-vous nous ouvrir ?

Un bref instant, Rebecca se demanda à qui s'adressait son frère. Elle comprit lorsque le valet brun aux yeux verts s'empressa vers la porte, qu'il ouvrit et tint pendant que le maître de maison et sa sœur sortaient. Quand elle passa devant lui, elle le regarda, mais il arborait une expression totalement neutre et l'éclat dans ses prunelles de jade avait disparu. Elle soupira et posa la main sur le bras de Sam, le temps de descendre les marches du perron et de rejoindre la voiture. Cette conversation avec le valet, l'avait-elle rêvée ?

Elle s'installa sur la banquette et remarqua alors la tenue de Sam. Il portait une redingote verte pleine de classe, et un gilet de brocart doré. Hélas, cette belle mise était gâchée par ses jambières habituelles, enfilées par-dessus la culotte, et ses mocassins indiens.

— Lady Emeline n'appréciera pas que tu aies mis tes jambières.

Il examina ses mollets et sourit.

— Je ne doute pas qu'elle m'informera de sa désapprobation.

Lady Emeline se contint une bonne minute après être montée dans la voiture. C'est-à-dire une minute de plus que les estimations de Sam.

— Que vous est-il passé par la tête pour porter de pareilles choses ? demanda-t-elle en détaillant ses jambes et ses pieds.

— Je crois vous avoir déjà dit que c'était confortable.

Peut-être se renfrognerait-elle davantage si elle savait combien il la trouvait jolie avec cette expression bougonne. Elle arborait une robe très travaillée, rouge clair, brodée, avec une sous-jupe jaune. Des couleurs moins vives que celles qu'elle privilégiait d'ordinaire. Même si elles lui allaient à la perfection, il la préférait en rouge éclatant et orange vif.

Ce soir, elle était une élégante dame londonienne à la pointe de la mode, à mille lieues de la femme qui l'avait accompagné à l'entrepôt de céramique. Qu'avait-elle pensé de leur sortie ? Les transactions commerciales avaient semblé l'intéresser. À moins que ce ne soit simplement la nouveauté de la situation. Mais... et si elle avait ressenti le même plaisir intellectuel que le sien ? Si leurs esprits avaient été sur la même longueur d'onde ?

Elle le regardait en secouant la tête. Sans doute commençait-elle à se rendre compte de la futilité d'une dispute à propos de ses jambières. Preuve qu'elle y renonçait, elle se tourna vers Rebecca.

— Rappelez-vous que vous ne devrez danser qu'avec les cavaliers que j'aurai approuvés. Ni parler à quiconque à qui je ne vous aurai pas présentée. Il y aura des hommes, que je n'appellerai pas des gentilshommes, qui sont connus pour bafouer les règles en vigueur. Vous ne les laisserez pas faire.

Sam se demanda si, d'après elle, il entrait dans cette dernière catégorie. Oui, s'il en jugeait par le coup d'œil critique qu'elle lui lança, et auquel il répondit par un sourire.

Lady Emeline était assise, le dos bien droit, à côté de sa tante, tout aussi raide. Dans un virage, la voiture se balança et tous les passagers suivirent involontairement le mouvement. À côté de Sam se trouvait Rebecca, les bras noués autour du buste. Il se pencha vers elle.

— Je te trouve splendide.

Rebecca se mordillait la lèvre et le regardait d'un air inquiet et égaré. Il eut l'impression d'être à nouveau face à la petite fille d'autrefois. Elle l'avait regardé de la même façon quand il était allé lui rendre visite chez son oncle à Boston. Il se la rappelait coiffée d'un bonnet blanc, portant un tablier de même couleur, debout à côté de son oncle dans le vestibule de la maison, toute timide. Jamais il n'avait su quoi lui dire à l'époque. Il venait à Boston une ou deux fois par an, et sa sœur restait pour lui une enfant qui grandissait dans la civilisation encore balbutiante de la société bostonienne. Sa vie à lui se passait dans la forêt, et éventuellement dans l'armée, un monde dont elle ignorait tout.

— Quoi ? dit-il, se rendant tout à coup compte que Rebecca lui avait parlé.

— Crois-tu que quelqu'un dansera avec moi ? chuchota-t-elle.

— Ils seront tellement nombreux que je serai obligé de les chasser à coup de badine.

Rebecca soupira de plaisir.

— Nous sommes presque arrivés, mon petit, annonça tante Cristelle. Calmez-vous, ainsi vous présenterez bien.

Elle baissa les yeux vers les pieds de Rebecca, cachés sous ses jupes.

— Vous n'avez pas oublié de mettre des souliers, n'est-ce pas ?

— Non, madame.

— Bien. Ah, voilà la maison.

Sam regarda par la fenêtre et vit une longue file de voitures qui avançaient vers l'entrée de l'hôtel particulier du comte de Westerton. Lady Emeline avait raison : le bal qui allait avoir lieu était trop grand pour les débuts de Rebecca. Mais que sa sœur fasse ses premiers pas dans la haute société n'était qu'une des raisons pour lesquelles il avait choisi ce bal. La raison principale, c'était sa quête de la vérité.

Il patienta, le temps que la voiture atteigne le perron, n'accordant qu'une vague attention aux bavardages des dames. Même en cet instant, où il focalisait ses pensées sur son but, il demeurait conscient de la présence d'Emeline. Il entendait les intonations de sa voix, ses inspirations, savait quand elle posait les yeux sur lui et les détournait, et percevait la curiosité qui l'animait. Elle se demandait pourquoi il avait tenu à être invité chez les Westerton. Pourquoi ne pas tout lui dire ? Cela concernait son frère, après tout. Mais il répugnait, sans s'expliquer pourquoi, à révéler la vérité.

Un valet ouvrit la portière. Sam étrécit les yeux à la vue de l'homme. Il allait devoir se montrer vigilant : le moment d'intimité entre sa sœur et O'Hare, tout à l'heure dans le vestibule, ne lui avait pas échappé. Le valet baissa les yeux, ce que n'avait pas fait O'Hare. Sam admirait le courage. Mais un valet orgueilleux ne faisait pas long feu dans le métier.

Il descendit puis se retourna pour aider Rebecca et tante Cristelle. Lady Emeline se tenait dans l'embrasure de la portière et le fixait d'un air soupçonneux. Il sourit et lui tendit la main.

— Madame.

— Monsieur Hartley, dit-elle en pinçant les lèvres.

Néanmoins, elle lui donna sa main et Sam eut le plaisir de presser ses doigts entre les siens. Elle descendit, altière, puis voulut retirer sa main. Sam résista, s'inclina et la porta à ses lèvres. Un parfum de citronnelle lui monta aux narines.

Il se redressa.

— Y allons-nous, madame ?

L'expression d'Emeline s'était adoucie. Ses lèvres n'étaient plus serrées mais entrouvertes, bien rouges et humides, comme si elle venait de les humecter. S'ils avaient été seuls, songea Sam, il l'aurait prise dans ses bras et embrassée.

— Samuel ?

Il sursauta. Rebecca ? Ah, oui.

— Samuel, tu vas bien ?

— Oui, oui.

Il offrit son bras à tante Cristelle, qui lui jeta un coup d'œil acéré, puis se tourna vers Emeline.

— Y allons-nous, madame ?

Les mêmes mots que tout à l'heure, mais leur sens avait profondément changé. Emeline ne s'y trompa pas.

— Bien sûr, dit-elle en levant fièrement le menton.

Réponse qui le laissa perplexe. Elle avait par l'affirmative répondu à sa question, mais quel sens lui avait-elle donné ?

De l'autre côté de la porte à doubles vantaux, Westerton House scintillait. Des centaines de chandelles, peut-être des milliers, brûlaient. Il régnait dans le vestibule une chaleur pénible qui faisait craindre le pire dans la salle de bal. Pourquoi tant de gens tenaient-ils à participer à cette soirée : voilà une énigme qui laissait Sam pantois. Il transpirait déjà. Il haïssait les foules. Depuis toujours. Mais depuis Spinner's Falls…

Il chassa cette pensée de son esprit et se concentra sur les raisons qui l'avaient amené ici.

Les dames remirent leurs capes à un valet. Puis ils entrèrent dans la salle de bal où un autre valet, coiffé d'une magnifique perruque, les annonça. La salle était gigantesque mais une affreuse chaleur y régnait car elle était bondée. Les gens étaient épaule contre épaule. Il fallait attendre que quelqu'un bouge pour se frayer un chemin dans cette marée humaine en suivant le flot. Pour Sam, cet endroit était l'équivalent de l'enfer. La touffeur, les corps qui se touchaient, le brouhaha de voix, les rires… Tout cela était effroyable. Pas pour la tante Cristelle, qui avait déjà trouvé une connaissance et s'éloignait avec elle dans la cohue. Quelqu'un heurta Emeline. Elle s'accrocha au bras de Sam, qui montra littéralement les dents au fâcheux.

Il se sentait au bord de la panique. S'il ne se ressaisissait pas tout de suite… Il ferma les yeux, espérant un soulagement, mais ce fut pire car son odorat prit le pas sur ses autres sens.

Mon Dieu, ces odeurs… Cire en fusion, haleines chargées, corps qui transpiraient. Odeur de sueur d'hommes, acide. Elles l'enveloppaient comme un voile gluant, répugnant. Les gens essayaient de le dépasser, de le pousser, de le contourner, de le bloquer sur place… Certains assez vieux pour être des grands-pères, d'autres à peine en âge de se raser, tous craignant pour leur vie, tous avides de survivre à cette nuit, tous effrayés car pris dans une nasse de chair et d'os. Sam identifia alors la nature de l'odeur. Celle de la peur de la mort. Il se mit à respirer en haletant, mais l'air qui emplit ses poumons était souillé par la crainte de la bataille imminente et la puanteur de la transpiration mêlée de sang putride.

— Monsieur Hartley... *Samuel !*

La voix était toute proche. Une main lui effleurait la joue. Au prix d'un immense effort, il ouvrit les yeux. Ceux d'Emeline, noirs, intenses, le fixaient. Il parvint à accommoder sa vision.

— Vous allez bien ?

Il articula avec peine :

— Non.

Il dut se retenir à l'épaule d'Emeline pour ne pas perdre l'équilibre.

— Que se passe-t-il, Rebecca ? Savez-vous ce qu'il a ?

— Non, répondit la jeune fille. Je ne l'ai jamais vu comme cela.

Emeline ramena son regard sur lui et il se sentit mieux.

— Venez avec moi, monsieur Hartley.

Il hocha la tête et la suivit comme un homme ivre. Leur progression à travers la foule était laborieuse et lente. Des gouttes de transpiration coulaient sur son front. Il ne quittait pas Emeline des yeux. Emeline, son guide vers la santé mentale. Puis tout à coup ils franchirent une porte et débouchèrent dans la nuit froide. Ils se trouvaient sous une véranda bordée d'une rambarde basse. Il marcha jusqu'à l'ouverture qui donnait sur le jardin en se retenant à la rambarde et se précipita dans une haie pour vomir.

— Il est malade, entendit-il dire Rebecca. Peut-être a-t-il mangé quelque chose de mauvais. Nous devrions envoyer chercher un médecin.

— Non, non, pas de médecin, bredouilla Sam entre deux accès de nausée.

Derrière lui, Rebecca émit un claquement de langue réprobateur. Il aurait aimé se tourner vers elle et lui assurer que tout allait bien.

— Monsieur Hartley, murmura Emeline en posant une main sur son épaule, vous êtes malade. Je vous en prie, accédez au souhait de votre sœur qui s'inquiète. Permettez-nous d'aller quérir un médecin.

La honte accablait Sam. Qu'une femme le voie dans cet état abominable, surtout lady Emeline, le consternait. Il fit appel à toute son énergie pour faire cesser ses tremblements et chasser les fantômes.

— Non.

La main quitta son épaule.

— Rebecca, pouvez-vous rester auprès de lui, le temps que j'aille chercher un peu de vin ? Peut-être cela le revigorera-t-il.

— Bien sûr, madame.

Lady Emeline s'éloigna et il perçut un grognement, puis se rendit compte que c'était lui qui le poussait. Sans parvenir à l'arrêter. Il ne voulait pas qu'elle s'en aille ! Il la chercha des yeux, déterminé à lui crier de ne pas partir, mais en quelques secondes elle fut avalée par la foule.

Au même instant, il vit une silhouette qui le tétanisa.

Lord Vale se tenait sur le seuil de l'une des portes-fenêtres de la salle de bal.

Jasper referma la porte-fenêtre derrière lui, et un sourire se dessina sur ses lèvres.

— Emmie ! Mon Dieu, je n'aurais jamais imaginé te voir ici !

La seule pensée qui traversa l'esprit d'Emeline fut une question : comment empêcher Jasper Vale d'aller plus loin ? À aucun prix il ne devait découvrir combien Sam était mal. Que Jasper reste où il était ! Une pensée peu charitable pour cet homme qu'elle connaissait depuis toujours, mais tant pis. Elle devinait que Sam détesterait qu'on le voie en aussi piteux état.

Tout s'était passé tellement vite, dans la salle de bal. Dès leur entrée, elle s'était aperçue qu'il se crispait, mais ne s'était pas attardée sur cette anomalie. Après tout, beaucoup de gens devenaient nerveux dans une foule aussi compacte. Cependant, au fur et à mesure qu'ils avaient avancé, Sam avait ralenti le pas. Un pas instable. Elle avait alors levé les yeux vers son visage et vu qu'il souffrait. Quelle était la source de cette souffrance ? Mentale ou physique ? Elle l'ignorait. Tout ce qu'elle savait, c'était que son expression torturée, son visage en sueur et la façon dont il avait agrippé sa main trahissaient une intense détresse. Que cet homme si fort pût souffrir ainsi l'avait abasourdie. Elle avait eu l'impression que sa douleur la pénétrait. Aussi vite que possible, elle l'avait conduit sur la véranda et de là dans le jardin.

Et voilà que maintenant, elle devait gérer le problème que représentait Jasper.

Elle carra les épaules et afficha sa plus hautaine expression. Celle qu'on lui avait enseignée dès la nursery où, fille de comte, elle avait grandi. Mais apparemment, elle n'avait nul besoin d'user de stratagème : Jasper ne la regardait même pas. Ses yeux étaient fixés sur un point derrière elle. Sam, évidemment.

— Hartley ? C'est vous, caporal Hartley, n'est-ce pas ? s'écria Jasper.

— Oui.

Emeline se retourna. Sam se tenait bien droit, le visage encore pâle et luisant de sueur, mais il n'était plus penché sur la haie. Il ne bougeait pas, comme s'il attendait quelque chose. À côté de lui, Rebecca se balançait d'un pied sur l'autre, mal à l'aise, son regard empreint de confusion allant de son frère à Jasper. Lequel se rapprocha.

— Je ne vous ai pas revu depuis...

Il s'interrompit, comme incapable de prononcer le nom fatidique. Ce fut Sam qui l'énonça.

— Spinner's Falls.

— Oui, c'est cela.

Toute trace de gaieté avait disparu de l'expression de Jasper. On n'en remarquait que davantage les profondes rides qui creusaient son visage, de son long nez à sa trop large bouche.

— Saviez-vous que nous avons été trahis ? demanda Sam à mi-voix.

Jasper tressaillit. Ses sourcils ne formèrent soudain plus qu'une ligne continue, tant il les fronçait.

— Quoi ?

— Quelqu'un a trahi le régiment. Êtes-vous au courant de quelque chose ?

— Pourquoi le serais-je ?

— Vous étiez le débiteur de Clemmons.

— Je vous demande pardon ?

— Vous lui deviez une fortune. Tous les anciens du régiment auxquels j'ai parlé depuis mon arrivée en Angleterre se rappellent très bien ce fait. Vous étiez menacé d'expulsion de l'armée, déchéance de votre rang, mise en disgrâce.

Jasper recula aussi vivement la tête que si on l'avait frappé.

— C'est...

— Le massacre de Spinner's Falls vous a épargné l'obligation de rembourser vos dettes, poursuivit imperturbablement Sam.

Jasper ferma lentement le poing. Emeline sentit la chair de poule hérisser sa nuque.

— Qu'insinuez-vous exactement, Hartley ?

— Que vous aviez une excellente raison de nous trahir.

— Vous imaginez que j'aurais vendu mes hommes aux Français ?

La voix de Jasper était presque normale, mais son expression était sombre.

— Peut-être, dit Sam dans ce qui n'était guère plus qu'un murmure, tout en oscillant légèrement sur place, preuve qu'il n'était pas tout à fait remis. Oui, peut-être. Ou aux Indiens wyandots. Dans un cas comme dans l'autre, le résultat était le même. Ils savaient que nous serions à Spinner's Falls. Ils nous y ont précédés et attendus, et lorsque nous sommes arrivés, ils nous ont massacrés.

Poing en avant, Jasper s'avança vers Sam. Emeline comprit qu'elle devait intervenir dans la seconde, sinon les deux hommes allaient en venir aux mains.

— Cessez, Samuel ! Cessez de dire pareilles insanités !

— Pourquoi ? s'enquit Sam sans quitter Jasper des yeux.

— Je vous en prie, Samuel, laissez Jasper tranquille !

— Pourquoi devrais-je...

Il regarda Emeline.

— Qu'est-il pour vous, madame ?

— Un... un ami. Il est...

— Son fiancé. Je suis le fiancé de lady Emeline.

7

Tous félicitèrent le capitaine des gardes pour son courage, sa force et sa loyauté. Toutefois, nombreux étaient ceux qui se demandaient pourquoi un tel homme s'entêtait à ne prononcer ne fût-ce qu'un mot. Mais ce qui paracheva sa gloire, ce fut qu'il sauva la vie du roi une troisième fois. Le château était attaqué par un dragon qui crachait le feu et Cœur de Fer mit le monstre en pièces à grands coups d'épée. Après cet épisode, le roi déclara qu'il n'existait qu'une récompense à la hauteur d'un tel guerrier. Il devait assurer la protection de la plus précieuse de ses possessions : la princesse elle-même.

— Fiancé ? répéta Sam, le souffle coupé, comme s'il venait de recevoir un horion au plexus.

Incrédule, il dévisagea lady Emeline.

— Nous n'avons pas encore fait d'annonce officielle, murmura-t-elle, mais nous nous sommes mis d'accord depuis une éternité.

Comment cette femme pouvait-elle être fiancée à un autre sans qu'il le sût ? C'était comme s'il avait soudain perdu une chose à laquelle il n'était jusque-là pas conscient de tenir autant. Une aberration, toutefois. Lady Emeline était une aristocrate, fille, sœur, mère et veuve d'aristocrates titrés. Son univers se trouvait à des lieues du sien. Aussi hors de la portée de Sam que la lune des mains d'un enfant.

Inutile de songer davantage à Emeline. Cet endroit, ce bal, il devait les quitter. S'il n'avait pas été rendu malade par les odeurs de tous ces gens, si cette foule ne lui avait pas rappelé le massacre, jamais il n'aurait accusé Vale ici. Mais il l'avait fait, et cela n'aurait servi à rien de le regretter.

— Je n'ai pas trahi, déclara le vicomte qui s'était ressaisi.

Plus rien ne transparaissait de son agressivité. Il n'allait pas l'attaquer, se dit Sam alors que lady Emeline lui touchait l'épaule.

— Partons, Samuel, partons.

Il se rendit compte qu'elle était au bord des larmes. Mon Dieu, qu'avait-il fait ?

— Vous étiez tout à fait sain d'esprit, il y a six ans, remarqua tranquillement Vale. Qu'est-ce qui vous amène à croire que j'aie pu trahir ?

Le vicomte avait tout de l'homme en lequel on avait confiance. Ouvert, souriant, aimable. Mais Sam avait connu des hommes qui souriaient en tuant.

— Vous deviez de l'argent au lieutenant Clemmons, tout le monde était au courant.

— Et alors ?

— Alors, Clemmons a perdu la vie dans le massacre. Ce qui a annulé vos dettes.

Vale eut un rire empreint d'incrédulité.

— Vous imaginez que j'aurais pu faire tuer deux cent quarante-six hommes pour ne pas payer ce que je devais à Clemmons ? Vous êtes fou !

Peut-être l'était-il. Lady Emeline le fixait d'un air horrifié. Rebecca pleurait. Et Vale ne semblait plus du tout avoir peur de lui.

Il se souvenait du jour funeste. Vale galopait sur son cheval à bride abattue à travers les hommes qui combattaient. Il essayait de rejoindre le colonel Darby. Sa jument avait tout à coup été fauchée par une balle. Sam était accouru pour sauver le cavalier tombé sous la bête. Il avait ferraillé comme un dément et vu Darby lui aussi à terre, parce que sa monture avait été également touchée. Vale avait continué à se battre même lorsque la bataille était irrémédiablement perdue.

Ce soir, il aurait dû présenter ses excuses au vicomte et se retirer. Cet homme ne pouvait être un traître. Mais des mots persistaient à tourner dans sa tête. *Un homme courageux n'est pas nécessairement un honnête homme.*

À n'importe quel prix, il devait découvrir la vérité. Savoir ce qui s'était passé à Spinner's Falls.

Lady Emeline lui tourna le dos et se dirigea, hiératique, vers la porte-fenêtre. Un valet se trouvait là, qui n'avait sans doute pas perdu une miette de la scène.

— Vous, dit Emeline en pointant l'index sur l'homme, apportez des biscuits et du vin, je vous prie.

Elle attendit qu'il soit rentré dans la salle et referma la porte-fenêtre.

— C'est tout ce que vous avez ? demanda Vale à Sam. Mes dettes de jeu qui vous font croire que j'aurais trahi le régiment ? que je me serais laissé capturer par les Indiens et que j'aurais laissé Reynaud se faire tuer ?

Lady Emeline tressaillit, mais Vale ne parut pas s'en apercevoir. Sam n'avait pas voulu parler de tout cela devant elle, mais désormais c'était fait. Impossible de revenir en arrière.

— Il y avait une lettre qui détaillait vos plans pour marcher sur Fort Edward, ainsi qu'une carte susceptible d'être comprise par les Indiens.

— Comment se fait-il que vous soyez au courant, pour cette lettre ?

— Elle est en ma possession.

Rebecca cessa de pleurer et s'écria :

— C'est à cause de cela que tu voulais que j'assiste à ce bal, n'est-ce pas, Sam ? Cela n'avait rien à voir avec moi. Tu cherchais à rencontrer lord Vale !

Sacrebleu !

— Je...

— Pourquoi m'as-tu caché la vérité, Sam ?

— Et à moi ? ajouta Emeline d'un ton plat qui n'impliquait cependant pas qu'elle ne fût pas en colère. Reynaud a été tué lors de cette bataille. Ne pensez-vous pas que j'avais le droit de savoir, monsieur Hartley ?

Sam baissa la tête. Il avait des élancements dans les tempes, un goût de bile dans la bouche. Il ne voulait à aucun prix se disputer avec les deux femmes qui comptaient dans sa vie. Cette affaire ne concernait que les hommes !

Apparemment, Vale partageait ce point de vue.

— Emmie, tout cela va rouvrir en vous de douloureuses blessures. Pourquoi Mlle Hartley et vous n'allez-vous pas profiter du bal ?

— Je crois que je préfère rester ici, repartit Emeline, le visage sévère.

— Je reste aussi, dit Rebecca, rougissante mais manifestement déterminée.

— Eh bien, nous allons nous asseoir, conclut Emeline.

Elle alla se poser sur un banc et Rebecca l'imita. Les deux jeunes femmes croisèrent les bras. Leurs expressions de défi et d'impatience, en d'autres circonstances, eussent été amusantes.

Sam adressa un coup d'œil interrogateur à Vale, qui haussa les épaules d'un air fataliste. Le valet revint à ce moment-là avec un verre de vin sur un plateau. Sam le prit, but une gorgée, la recracha dans les buissons puis avala le reste d'un trait. Il se sentit aussitôt mieux. Dès que le valet fut reparti, Vale se racla la gorge.

— Bien. Je vous demandais donc d'où vous teniez cette lettre. Comment savoir s'il ne s'agit pas d'un faux ?

— Ce n'en est pas un, assura Sam.

La mine austère d'Emeline le troublait : elle le jugeait... Comment osait-elle ?

— Je l'ai reçue d'un Indien delaware, poursuivit-il, à moitié anglais par sa mère. Cet homme est un ami. Je le connais depuis des années.

— Cet étrange petit Indien qui est venu te voir au siège de ta société au printemps dernier ! s'exclama Rebecca. Je me rappelle, maintenant. Il était dans ton bureau quand je suis entrée pour te donner ton déjeuner.

Sam acquiesça d'un hochement de tête. Sa société était installée près des docks de Boston, un endroit où d'ordinaire sa sœur ne s'aventurait pas. Mais ce jour-là, il avait oublié le panier que la cuisinière avait préparé pour son déjeuner, et Rebecca était venue le lui apporter.

— Tu t'es montré tellement distrait, ensuite..., reprit-elle en le regardant comme si elle le voyait pour la première fois. Et en colère. Ensuite, tu as été de mauvaise humeur pendant des jours. Maintenant, je sais pourquoi.

Sam était consterné, mais il n'était plus temps de dire à Rebecca qu'il était désolé.

— Coshocton, l'Indien, a obtenu cette lettre d'un commerçant français qui avait vécu parmi les Wyandots. Ces mêmes Wyandots qui nous ont attaqués.

— Cela, je le sais, dit Vale. Mais vous, comment savez-vous que c'est l'un des nôtres qui a écrit cette abomination ? Cela aurait pu être un Français ou...

— Non. La missive est rédigée en anglais, et puis son auteur en savait beaucoup trop pour appartenir à l'autre camp. Notre marche sur Fort Edwards était secrète. Seuls les officiers et quelques éclaireurs savaient que nous allions suivre un chemin terrestre plutôt que de descendre le lac Champlain en canoë.

— Le lac Champlain était le trajet le plus classique, en effet.

— Donc, tous ceux qui ont entendu parler de notre destination en ont déduit que nous irions par la voie des eaux et non à pied.

— Réfléchissons, Hartley. Mes dettes étaient très élevées, je ne le nie pas. Mais j'étais tout à fait en mesure de les rembourser.

— Vraiment ? s'enquit Sam, méfiant.

— Oui. Et je l'ai fait.

— Quoi ?

— Eh oui. J'ai remboursé la succession de Clemmons. C'était le moins que je pouvais faire, déclara Vale en détournant le regard comme s'il était embarrassé. Compte tenu des circonstances, je me devais de rendre les fonds à ses héritiers. Je doute que les hommes auxquels vous avez parlé aient été au courant de cela. Mais si vous le souhaitez, vous pouvez contacter mes chargés d'affaires. Et j'ai les documents qui le prouvent.

Sam ferma les yeux. Son cœur battait comme un gong dans ses tympans. Il se sentait totalement stupide.

— Mais alors, à part Jasper, qui d'autre avait intérêt à trahir tout un régiment ? demanda Emeline. Je connais Jasper depuis toujours. Je ne puis le penser capable d'avoir commis un acte qui aurait entraîné la mort de Reynaud.

— Merci, Emeline, dit Vale en souriant. Toutefois, je note que tu n'exclus pas totalement la possibilité que j'aie trahi.

Emeline haussa les épaules.

— C'est la vérité, Hartley, reprit le vicomte. Je n'ai pas trahi.

Sam regarda l'aristocrate. Il avait traversé l'océan pour venir chercher la vérité en Angleterre, espérant que Vale détenait la clé du mystère. Qu'après l'avoir acculé dans ses retranchements, il obtiendrait des réponses et pourrait ensuite oublier Spinner's Falls. Mais les raisons susceptibles de pousser Vale à la trahison s'étaient évaporées. De surcroît, au fond de lui, il sentait bien que le vicomte n'était pas le traître. Et Emeline lui faisait confiance. Quel cauchemar.

Celle-ci se leva et remit ses jupes en ordre.

— Je déduis de tout cela que quelqu'un d'autre est le traître, n'est-ce pas ?

— Tu devrais rejoindre les festivités, Jasper, dit Emeline. Rebecca et moi allons rentrer à la maison.

Elle avait omis de citer Sam, et pourtant il était celui pour lequel elle se faisait le plus de souci. Il semblait ferme sur ses jambes, mais son visage était toujours pâle et luisant de transpiration. Néanmoins, elle ne lui accorda même pas un regard. Elle ne s'adressa qu'à Jasper. Elle pressentait que Sam n'apprécierait pas qu'elle lui montre de la sollicitude devant un autre homme.

— Je ne pense pas qu'en ce qui nous concerne, il soit raisonnable de revenir dans la salle de bal, continua-t-elle. Rebecca a eu assez d'émotions pour ce soir. Je vais faire dire à tante Cristelle de nous retrouver devant la maison. Nous pouvons rentrer à pied, en passant par les écuries.

— Non !

Emeline sursauta et pivota sur ses talons. Ses nerfs étaient manifestement plus éprouvés qu'elle ne l'avait cru.

Tante Cristelle émergea de l'ombre, près de la porte-fenêtre.

— À l'intérieur, on parle d'une querelle entre deux gentilshommes, dit-elle en fixant successivement Sam et Jasper, lequel eut le bon goût de paraître honteux. Je vais rester, Emeline. Je tiens à faire cesser ces vilains bruits.

— Mais comment rentreras-tu à la maison, tante Cristelle ?

— Oh, j'ai beaucoup d'amis. Cela ne me sera pas difficile de me faire raccompagner.

Elle se tourna vers Rebecca.

— Allez, et remettez-vous tranquillement, mon petit.

Emeline sourit avec gratitude à la vieille dame.

— Merci, tante Cristelle.

— C'est toi qui as le rôle le plus difficile, ma chérie. Tu es obligée de calmer ces deux taureaux.

Sur ces mots, elle regagna la salle de bal. Emeline redressa les épaules et fit face aux « taureaux ».

— Je vais t'escorter jusqu'à ta voiture, Emeline, dit Jasper.

Il lui offrit son bras, et elle l'accepta en s'exhortant à ne pas regretter que ce ne fût pas celui de Sam. Elle garda le silence alors que Jasper lui faisait traverser les jardins des Westerton et, de là, sortir par les écuries, consciente que Sam la suivait avec sa sœur. Lorsqu'ils passèrent sous un lampadaire, elle regarda Jasper.

— Merci. Ne rentre pas trop tard.

— Oui, madame. Promis, je serai au lit avant minuit, répliqua Jasper en souriant. Je ne voudrais pas être changé en citrouille.

Cette insouciance irrita Emeline. Il dut le voir à son expression car son sourire s'effaça. La voiture tourna le coin à ce moment-là.

— J'aimerais que les Hartley et toi, Jasper, veniez prendre le thé demain. Ainsi nous pourrons discuter.

Une invitation un peu cavalière puisqu'elle n'avait même pas été adressée directement à Sam et Rebecca. Jasper décocha à Emeline un coup d'œil agacé.

— Naturellement. Dors bien, ma douce.

Il se pencha et lui effleura la tempe du bout des lèvres. Jasper l'avait embrassée ainsi des douzaines, peut-être des centaines de fois depuis qu'ils se connaissaient. Mais ce soir, Sam était quelque part derrière elle dans le noir et la fixait. Elle éprouva un fort désagréable trouble, et se jugea ridicule. Elle ne devait rien à ce colon. D'autant que depuis le début, c'était Jasper qui l'intéressait, et non elle, comme elle venait de le découvrir...

— Bonne nuit, Jasper.

Il hocha la tête avant de pivoter vers Sam.

— À demain, donc ?

— À demain.

Jasper fit un ironique salut de la main puis descendit la rue. Apparemment, il n'avait pas l'intention de revenir au bal. Cela ne la regardait pas, se dit Emeline. Elle se retourna et fut aussitôt face à Sam. Il était beaucoup plus près d'elle qu'elle ne l'avait imaginé.

— Pouvons-nous partir, maintenant ?

— Si tel est votre souhait, madame…

Il appela la voiture en agitant le bras. Puis il se posta au ras du marchepied, de façon qu'Emeline soit obligée de le frôler en gravissant les trois marches. Il s'était placé là à dessein, évidemment.

Elle se glissa sur la banquette. Il s'assit à côté de Rebecca puis tapa sur le toit. La voiture s'ébranla. Emeline regarda l'hématome sur le menton de son compagnon.

— Vous vous êtes battu récemment, monsieur Hartley.

Il feignit de ne pas comprendre.

— Ces marques sur votre mâchoire. Quelqu'un vous a frappé.

— Est-ce vrai, Samuel ? s'inquiéta Rebecca.

— Ce n'est rien du tout.

— Tu me caches beaucoup de choses sur toi, Sam. Presque tout, en fait, énonça la jeune fille d'un ton empreint de reproche.

— Becca…

— Non, je suis trop fatiguée pour me quereller.

Elle se tourna vers la fenêtre.

— Je suis désolé.

Rebecca poussa un lourd soupir, comme si tout le poids du monde reposait sur ses épaules.

— Je n'ai même pas eu l'occasion de danser.

Sam chercha du regard l'aide d'Emeline, mais elle aussi s'était tournée vers la fenêtre, fixant son propre reflet. Et elle se fit une réflexion : les petites rides aux angles de sa bouche lui donnaient l'air bien vieux, ce soir.

Le trajet se poursuivit dans le silence. Puis la voiture s'immobilisa, la portière s'ouvrit et le valet déplia le marchepied. Sam descendit le premier, prêt à aider Rebecca, mais la jeune fille négligea la main offerte. Elle fonça vers le perron et en un clin d'œil disparut dans la maison. Les sourcils froncés,

Sam la suivit des yeux mais ne bougea pas. Puis il tendit la main à Emeline. Elle lui accorda à peine le bout de ses doigts. Il ne se laissa pas impressionner. Il les saisit fermement et une fois qu'Emeline fut sur le pavé, il l'attira vers lui.

— Invitez-moi à entrer, murmura-t-il.

Elle se crispa, tenta de retirer sa main. Il tint bon. Elle leva alors la tête et riva ses yeux aux siens.

— Monsieur Hartley, énonça-t-elle froidement, voulez-vous entrer un instant ? J'ai dans mon salon un tableau à propos duquel j'aimerais avoir votre avis.

Il lui emboîta le pas alors qu'elle gravissait les marches du perron, presque plaqué contre elle, comme s'il craignait qu'au dernier moment elle ne lui joue un mauvais tour. Qu'elle lui claque la porte au nez, par exemple.

Dans le vestibule, Emeline tendit sa cape à Crabs.

— Préparez le salon, je vous prie.

Crabs était à son service depuis bien avant son mariage, et jamais elle ne l'avait vu s'étonner de quoi que ce soit. Ce soir ne faisait pas exception.

— Oui, madame, dit-il avant de claquer des doigts.

Deux valets accoururent, chandeliers à la main. Ils allumèrent le feu dans la cheminée. Le temps qu'ils rendent la pièce confortable, Emeline demeura devant la fenêtre, à fixer son reflet fantomatique. Dès qu'elle entendit la porte se refermer, elle se retourna. Elle était seule avec Sam, qui attaqua tout de go.

— Pourquoi Vale ?

— Pardon ?

Il s'approcha.

— Vale. Pourquoi voulez-vous l'épouser ?

— Pourquoi ne l'épouserais-je pas ? répliqua-t-elle en levant le menton d'un air de défi. Je le connais depuis mon enfance.

Sam s'immobilisa devant elle, trop près, comme à son habitude.

— L'aimez-vous ? questionna-t-il, de la colère dans les yeux.

— En quoi cela vous concerne-t-il ?

Elle vit frémir ses narines.

— L'aimez-vous, madame ?

— Bien sûr, je l'aime ! Jasper est comme un frère pour moi et...

Il ricana.

— Feriez-vous l'amour avec votre frère ?

Elle le gifla. Le claquement résonna dans la pièce. Éberluée par sa propre violence, elle recula, mais avant qu'elle ait le loisir de prononcer un mot, Sam l'avait enlacée et attirée contre lui.

— Il vous embrasse comme un frère, chuchota-t-il à son oreille. Vous ne semblez avoir guère plus d'importance pour lui que la bonne qui lui apporte son thé le matin. Est-ce cela que vous attendez d'un mariage ?

Elle ne savait où poser ses mains, à part sur les épaules de Sam. Elle s'y agrippa donc.

— Oui, c'est ce que j'attends, rétorqua-t-elle. Un homme civilisé. Un Anglais au fait des règles qui régissent notre société, un aristocrate qui m'aidera dans la gestion de mes domaines et l'éducation de mon fils. Nous sommes parfaitement assortis, Jasper et moi.

Elle distingua de la douleur dans les yeux de Sam. Alors autant infliger le coup de grâce.

— Nous serons très bientôt mariés et je serai heureuse. Très heureuse.

— Soyez maudite, gronda-t-il avant de presser sa bouche sur la sienne.

Il mit tant d'ardeur dans son baiser qu'elle sentit le choc de ses dents contre les siennes. Elle essaya de se dérober, mais il l'étreignit avec une ferveur renouvelée puis la souleva, ne lui laissant plus la moindre chance de lui échapper. Ses pieds battaient le vide quand il la porta jusqu'au mur où il l'adossa. Elle était piégée, dans l'incapacité absolue de se libérer, mais n'était pas effrayée. Elle savait que jamais il ne la molesterait. Pourtant, elle s'obstinait à lutter. Par principe. Parce qu'il n'était pas dans sa nature de s'avouer vaincue. Une parade lui vint alors à l'esprit. Elle ouvrit la bouche. Il la crut prête à accueillir sa langue.

Elle le mordit.

Il recula vivement la tête et lui sourit. Ses belles lèvres pleines étaient rouges de sang.

— Chatte !

Elle tenta de le gifler de nouveau, mais il lui immobilisa les bras.

Ensuite, ce fut trop tard pour trouver une autre parade. D'autant qu'elle n'en avait plus envie. Il caressait ses lèvres des siennes, langoureusement, diaboliquement tentateur, sans hâte, comme s'il disposait de tout le temps du monde. Subjuguée, elle voulut prendre sa bouche, aspirant à un vrai baiser, mais il se déroba, peut-être par crainte d'être mordu une nouvelle fois. Quoique, non, il s'amusait. Et elle aurait dû s'en formaliser. Mais elle était désormais incapable de penser avec cohérence. Peu lui importait qu'il jouât avec elle. Elle fondait entre ses bras.

Il recommença à effleurer ses lèvres, du bout de la langue, aussi délicatement que si elle avait été de cristal. Il ne semblait plus la considérer comme une chatte toutes griffes dehors, mais comme une créature délicate et fragile. Jusqu'à ce qu'elle n'y tînt plus. Elle entrouvrit les lèvres, aussi timidement qu'une vierge. Ce qu'elle était peut-être, d'une certaine façon : aucun homme ne l'avait embrassée ainsi, l'attisant, l'excitant. Il insinua enfin sa langue dans sa bouche et, avidement, elle darda la sienne à sa rencontre. Le contact l'électrisa. Ces saveurs qu'il distillait la chaviraient. Il pesait contre elle de tout le poids de son corps, et elle se prit à rêver qu'il n'y eût pas toutes ces couches d'étoffe entre eux. Mais en dépit de cela, elle sentait son sexe pressé contre son ventre, et elle geignit.

Il s'arrêta net. La posa doucement par terre, veillant à ce qu'une distance respectable les sépare.

Puis il fit une courbette, lui souhaita bonne nuit et quitta le salon.

Les jambes flageolantes, Emeline resta un long moment appuyée au mur. Elle avait l'impression qu'elle n'arriverait pas à marcher jusqu'au canapé. Lorsqu'elle se ressaisit finalement, elle alla s'allonger sur les coussins et lécha le sang sur ses lèvres. Était-ce celui de Sam ? Le sien ? Elle l'ignorait.

Un homme civilisé, se répétait Sam en passant devant le valet. Un homme civilisé…

Il sortit de la maison, dévala les marches du perron et s'élança en courant dans la rue, à longues foulées puissantes, cherchant dans l'effort chaleur et réconfort.

Un homme civilisé.

De tous les qualificatifs que l'on pût employer le concernant, « civilisé » était celui qui convenait le moins. Personne ne songerait jamais à l'utiliser, Emeline pas davantage qu'un autre. Il tourna au coin du bâtiment et fendit en deux un groupe de fêtards. Les hommes s'éparpillèrent dans la rue, surpris par sa subite apparition, puis lui lancèrent des insultes. Mais Sam était déjà loin. Ses pieds martelaient le pavé en un staccato régulier, assourdi par les semelles lisses des mocassins. L'adrénaline affluait dans ses veines, rendant chaque foulée plus facile, plus grisante. Il avait l'impression qu'il aurait pu courir ainsi des heures, voire des jours.

À quoi bon désirer une femme qui ne voulait pas de lui ? À Boston, il était un personnage respecté, l'un des hommes qui comptaient le plus dans le monde du commerce. Grâce soit rendue à l'héritage de son oncle, et à la fortune qu'il avait réussi à accumuler ensuite. L'année précédente, il avait été approché à deux reprises par des pères qui l'avaient informé qu'ils seraient heureux de l'avoir pour gendre. Dans les deux cas, les demoiselles étaient fort plaisantes, mais il n'avait pas ressenti l'étincelle décisive. Peut-être plaçait-il la barre trop haut. Un homme comme lui aurait sans doute dû fonder une gentille petite famille en se contentant d'une épouse au joli minois.

Il sauta par-dessus un tas d'immondices. Il se sentait stupide, à se consumer de désir pour une femme qu'il ne pouvait avoir. Une femme qui voulait un *homme civilisé.* Pourquoi elle, nom d'un chien ? Pourquoi cette snobinarde qui ne l'appréciait même pas un peu ?

Il marqua une halte, mains sur les hanches, et s'étira. Le sort lui jouait un sale tour, sinon comment expliquer que tout soit arrivé en même temps ? La vision de Spinner's Falls, si réaliste au cours de ce fichu bal, sa confrontation avec Vale, puis l'horrible révélation : Emeline était fiancée à ce benêt d'aristocrate…

La tête en arrière, il lança un grand rire à la lune : son univers menaçait de s'écrouler autour de lui. Un chat effrayé par le bruit détala en miaulant.

Sam se remit à courir.

Emeline fit glisser son doigt sur la couverture de feutrine verte du livre. Un petit amas de poussière tomba sur la table basse. Elle avait trouvé le recueil de contes de fées que Reynaud et elle, enfants, avaient passé tant de temps à lire. Au prix d'une fouille acharnée du grenier, toute la matinée durant. Elle avait éternué et dû prendre un bain ensuite, mais elle avait déniché le livre. Maintenant, il se trouvait sur la table de son petit salon.

Elle n'avait pas imaginé qu'il pût être en aussi mauvais état. Dans son souvenir, le livre était tout beau et tout neuf. Elle revoyait les doigts fins de son frère tournant les pages. Mais les souris et l'humidité avaient fait leurs ravages. La reliure était gondolée et les pages jaunies se détachaient.

Elle fronça les sourcils en lissant un angle de la couverture écorné. La gravure représentait un bâton appuyé à un paquetage de militaire en piteux état, comme si un soldat de retour de guerre avait posé ses affaires devant la porte de sa maison.

Elle soupira et retourna le livre pour regarder la quatrième de couverture, ce qui lui causa une désagréable surprise : le livre était en allemand. Elle avait oublié ce détail. À l'époque où Reynaud et elle se passionnaient pour ces contes, elle lisait à peine et n'avait fait qu'examiner les illustrations.

En fait, elle n'était même pas sûre que le texte fût en allemand. Le titre était calligraphié en lettres ornementées au point d'en être presque illisibles. En dessous, une gravure représentait quatre soldats portant de hauts chapeaux et des guêtres. Ils marchaient de front. Nanny était une émigrée prussienne arrivée en Angleterre étant enfant. Le livre devait lui avoir appartenu. Nanny avait-elle raconté l'histoire de mémoire, ou l'avait-elle traduite au fur et à mesure qu'elle tournait les pages ?

Des voix en provenance du vestibule arrachèrent Emeline à ses réflexions. Elle s'éloigna de la table. Pour une raison qui lui échappait, elle n'avait pas envie de partager sa trouvaille avec des visiteurs.

Crabs ouvrit la porte.

— Madame, lord Vale et M. Hartley sont là.

— Faites-les entrer.

Elle était étonnée. Elle les avait conviés à venir prendre le thé mais pas un instant, après le mouvementé épisode de la soirée, elle n'avait envisagé qu'ils puissent arriver ensemble. Et pourtant, ils étaient là. Jasper en redingote écarlate soutachée de jaune et gilet bleu cobalt qui rehaussait la couleur de ses yeux. Ses cheveux sombres étaient attachés sur la nuque en une queue non poudrée qui laissait échapper des boucles. Emeline connaissait des femmes qui auraient tué père et mère pour avoir une chevelure comme celle de Jasper.

— Ma douce, dit-il en lui effleurant distraitement l'oreille gauche d'un baiser.

En jetant un coup d'œil par-dessus l'épaule de Jasper, elle capta le regard énigmatique de Sam. Le colon portait du marron. À côté de Jasper, à la mise tellement colorée, il avait tout d'une corneille dans l'ombre d'un faisan. Le vicomte alla s'asseoir dans l'un des fauteuils tendus de tissu orange foncé.

— Hartley et moi arrivons chapeau à la main comme des solliciteurs devant une reine. Qu'attends-tu de nous, très chère ? Vas-tu nous proposer une trêve ?

— Peut-être, fit Emeline en souriant à Jasper avant de se tourner vers Sam.

Elle se crispa dans l'attente d'un contact entre eux, fût-il aussi léger qu'un baisemain. Mais Sam posa les doigts sur le dossier d'une chaise.

— Votre sœur va-t-elle se joindre à nous, monsieur Hartley ? demanda Emeline.

— Non. Elle vous prie de l'excuser : elle a la migraine.

— Oh, je suis désolée. Prenez donc un siège, monsieur Hartley.

Sam s'assit. Aujourd'hui, il était coiffé en tresse militaire dont pas un cheveu ne dépassait. Emeline ressentit l'envie de passer brusquement la main sur sa tête et d'ébouriffer ce bel ordonnancement.

Les bonnes pénétrèrent dans le salon, l'arrachant à sa rêverie. Elle s'assit et surveilla le service. Ainsi, elle avait une raison de garder les yeux baissés et d'éviter le regard de Sam. De cet homme qui l'avait embrassée la veille dans cette même pièce, et auquel elle avait mordu la lèvre. Le goût métallique du sang perdurait sur sa langue.

Elle fit fondre du sucre dans sa tasse et la cuiller produisit de désagréables tintements contre la porcelaine. Elle tremblait, se rendit-elle compte. Elle se résigna à lever les yeux sur Sam et lui vit un visage de marbre. Gênée, elle toussota puis se tourna vers Jasper.

— Du thé, très cher ?

— Avec plaisir, merci.

Était-il totalement inconscient des ondes qui passaient entre Sam et elle ? Peut-être. À moins qu'il ne feignît de ne rien remarquer. Un comportement très civilisé, en somme. Elle n'attendait pas de Jasper qu'il menât une existence de moine avant leur mariage – ni même après, d'ailleurs. Il le savait et de ce fait était probablement aussi tolérant vis-à-vis d'elle.

— Monsieur Hartley ? s'enquit-elle, théière en l'air, sans regarder Sam.

Sam ne répondit pas. On n'entendait que l'horripilant crissement de la cuiller de Jasper dans sa tasse.

— Monsieur Hartley ? répéta Emeline.

Face à ce silence, elle se fit violence et le regarda. Il la fixait.

— Oui, j'aimerais bien un peu de thé, dit-il enfin.

Mais l'intonation ne cadrait pas avec les mots. Il aurait aimé autre chose que du thé, perçut Emeline qui s'agita sur sa chaise, affreusement mal à l'aise. Elle rougit. Et s'étonna de réussir à remplir la tasse que lui tendait Sam sans éclabousser le tapis. Quel homme abominable ! Cherchait-il à l'humilier ?

Jasper avait posé tasse et sous-tasse en équilibre sur ses genoux.

— Sam a dit quelque chose tout à l'heure à propos de Dick Thornton, Emmie. Je ne me souviens pas de lui. Évidemment, au départ, le régiment comptait quatre cents hommes et je suis loin de tous les avoir connus par leur nom. Je me rappelle les visages, pas les noms.

— Après la bataille de Québec, ils étaient bien moins nombreux que cela, remarqua Sam.

— M. Thornton était-il un simple soldat ? demanda Emeline. Après l'avoir rencontré l'autre soir, je n'aurais jamais imaginé cela. Il s'exprimait très bien.

— Lorsque nous l'avons connu pendant la guerre, expliqua Sam, Thornton était un soldat de deuxième classe. Il était très ami avec un autre soldat, McDonald.

— Les jumeaux rouquins ! s'exclama Jasper. Toujours ensemble, toujours prêts à chercher la bagarre !

— C'est cela, approuva Sam.

Les yeux d'Emeline allaient de l'un à l'autre. Les deux hommes semblaient avoir conclu quelque viril accord qui la mettait hors jeu.

— Tu connais donc ce McDonald, Jasper ?

— Sacrebleu, maintenant, je me le rappelle, oui. Sale affaire. McDonald et son ami Brown ont été accusés de meurtre et...

Tout en jetant un coup d'œil embarrassé à Emeline, il affecta une subite quinte de toux pour ne pas poursuivre. Elle haussa les sourcils. Si elle se basait sur les regards qu'échangeaient les deux hommes, la sale affaire devait être trop horrible pour qu'ils l'exposent devant elle. Elle poussa un soupir de frustration. Les hommes étaient vraiment sots, parfois.

— McDonald a-t-il réchappé du massacre ? s'enquit Jasper.

— Non. Thornton m'a dit avoir vu tomber McDonald. Brown a dû être tué lui aussi. S'il avait survécu, nous aurions entendu parler de son passage en cour martiale.

— Mais nous ne sommes pas certains, pour Brown.

— Non.

— Nous devrions interroger Thornton. Peut-être sait-il quelque chose.

— *Nous* ?

Jasper eut soudain l'air d'un petit garçon gêné. Emeline lui avait souvent vu cette mine lorsqu'ils étaient enfants. Il l'adoptait pour esquiver les affrontements.

— Je pensais que, n'étant pas le traître, je pourrais vous seconder dans votre enquête, Sam.

— Je suis heureux de constater que vous vous êtes acquitté vous-même, répliqua Sam sèchement, mais je ne suis pas confiant au point de...

— Oh, allons, Samuel ! s'écria Emeline. Vous savez que Jasper n'est pas le traître, alors reconnaissez-le !

Elle avait employé son prénom ! Confuse, elle battit nerveusement des cils. Sam s'inclina cérémonieusement devant elle.

— Comme il plaira à madame.

Puis il se tourna vers Jasper.

— Si cela doit calmer votre fiancée, monsieur, je reconnais votre innocence.

— C'est très gentil à vous, dit Jasper en souriant de toutes ses dents.

Sam lui sourit en retour.

— Voilà qui est réglé, déclara Emeline. Vous allez enquêter ensemble sur les causes de ce massacre.

Jasper interrogea Sam du regard, lequel hocha la tête avec une solennité exagérée.

— Ensemble, répéta-t-il.

8

Jour après jour, nuit après nuit, Cœur de Fer veilla sur la princesse Solace. Il se tenait derrière elle pendant qu'elle prenait ses repas. Il la suivait quand elle marchait dans les jardins du palais. Il chevauchait à son côté lorsqu'elle pratiquait la chasse au faucon. Et il l'écoutait, le visage grave, quand elle lui révélait ses pensées, ses émotions et les secrets qu'elle gardait dans son cœur. Bien qu'étrange, c'est un fait patent : une dame peut tomber amoureuse d'un homme qui ne prononce pas un seul mot.

Rebecca entrouvrit la porte de sa chambre et scruta le couloir. Personne, apparemment. Elle sortit sur la pointe des pieds et referma la porte derrière elle. Elle était censée être couchée avec la migraine. Evans lui avait apporté des linges parfumés et indiqué qu'elle devait les garder sur le front pendant trente minutes. Mais dans la mesure où ce mal de tête n'était qu'un prétexte, Rebecca ne se sentait pas coupable de ne pas obéir aux consignes. Ce qui ne l'empêchait pas de craindre la gouvernante.

Elle descendit sans bruit l'escalier puis se dirigea vers l'arrière de la maison et, de là, vers la porte qui donnait sur le jardin. Elle avait eu si peur, la veille, lorsque Sam avait été à deux doigts de se battre ! Son grand frère lui paraissait toujours si solide, si fort, doté d'un impressionnant sang-froid... Le voir soudain blême et tremblant l'avait terrifiée. Sam était le roc sur lequel elle s'appuyait.

Des voix montaient du salon. Elle s'arrêta et écouta. Deux bonnes se disputaient à propos du nettoyage des cheminées. Elle s'apaisa. Le corridor était sombre mais la porte était juste devant elle. Elle songea qu'elle était ridicule de se sentir trahie par Sam maintenant qu'il avait avoué les vraies raisons de ce voyage à Londres. C'était elle qui l'avait supplié de l'emmener. Elle avait été si heureuse, si reconnaissante qu'il accepte ! Et voilà que sa déception était à la hauteur de sa joie initiale.

Elle ouvrit la porte et déboucha dans le soleil. Peut-être était-ce parce que les propriétaires mettaient leur maison en location qu'ils ne se souciaient pas de l'entretien du jardin. Il était négligé. Pas de fleurs, mais des allées gravillonnées bordées de haies qui lui arrivaient à l'épaule. Çà et là, des arbustes ornementaux, ou des massifs taillés dessinant des motifs compliqués. Des bancs rompaient l'alignement des haies, pour accueillir le promeneur las de tant de monotonie.

Elle suivit d'un pas lent l'une des allées, la main tendue frôlant les feuillages au passage. Elle savait que les émotions qu'elle ressentait vis-à-vis de son frère étaient excessives. Il lui semblait qu'elle cherchait sans cesse à retenir son attention, comme une gamine et non une femme adulte. D'où lui venait ce besoin ? Peut-être...

— Bonjour.

Rebecca se retourna. La haie se scindait en deux sur sa droite, révélant un petit espace avec un banc en son centre. L'homme assis dessus se leva. Il était roux et pendant quelques instants, elle ne le situa pas. Il s'avança et elle reconnut alors l'ancien compagnon de Sam à l'armée. Celui qu'ils avaient croisé dans le salon de thé. Elle ne se souvenait pas de son nom.

— Je n'avais pas remarqué votre présence, monsieur.

— Je suis désolé. Je ne voulais pas vous faire peur, dit l'homme en souriant.

Il avait de superbes dents blanches.

— Il n'y a pas de problème. Mais... euh... pourquoi...

— Vous vous demandez ce que je fais dans votre jardin, n'est-ce pas ?

— Effectivement.

— Eh bien, je suis venu voir votre frère, mais il n'est pas là, alors j'attends son retour. J'espérais parler avec lui un moment. Je ne vois plus beaucoup d'anciens du régiment. La plupart sont morts lors du massacre.

— Spinner's Falls...

Le nom de la bataille était désormais gravé dans l'esprit de Rebecca. Sam ne l'avait jamais mentionné auparavant. Jusqu'au bal des Westerton, elle n'avait pas imaginé l'importance de cet événement.

Elle se pencha vers le rouquin.

— Pourriez-vous me raconter ce qui s'est passé là-bas ? Sam n'en parle jamais.

L'homme parut étonné, mais acquiesça néanmoins.

— Bien sûr. Je comprends.

Il croisa les mains derrière son dos et commença :

— Le régiment rentrait de Québec, après avoir repris le fort aux Français. Le siège avait été très long. Tout l'été. Mais nous avons fini par vaincre. Puis ce fut l'automne, et les officiers ont jugé sage un retrait avant l'hiver, tellement rude dans ces contrées. Nous avons donc marché vers le sud. Vers Fort Edward. Personne à part nos officiers ne savait quel chemin nous allions emprunter. Les Indiens se cachaient dans les forêts tout autour de nous. Notre commandant, le colonel Darby, espérait rejoindre le fort sans que les Indiens se rendent compte de notre présence.

— Mais ce n'est pas ce qui se passa.

— Non, hélas. Le régiment a été attaqué la deuxième semaine. Nous avancions en file, deux par deux, et tout à coup...

Il s'interrompit. Rebecca attendit, mais il resta silencieux. Ils avaient marché jusqu'au fond du jardin, et étaient arrivés devant la grille qui s'ouvrait sur les écuries. La jeune fille s'arrêta et regarda l'ami de Sam. Comment s'appelait-il ? Elle oubliait toujours les noms des gens !

— Qu'est-il arrivé alors ? demanda-t-elle.

Il lui décocha un coup d'œil.

— Ils nous ont pris en tenaille et la plupart des hommes ont été tués. Vous savez que les Indiens coupent d'un coup de hachette les scalps de leurs victimes et les exhibent comme trophées. Imaginez ma détresse quand j'ai entendu un Indien lancer à un autre qu'il voulait mon scalp parce qu'il était joli !

Il se tapota le crâne. Rebecca riva son regard sur la pointe de ses chaussures. Elle n'était plus du tout sûre d'être heureuse de connaître enfin quelques éléments des épreuves endurées par son frère. Peut-être eût-il mieux valu qu'elle reste dans l'ignorance.

— McDonald n'a pas eu autant de chance que moi, reprit l'homme.

— Pardon ?

— McDonald. Un autre soldat, un ami, qui était aussi roux que moi. Les Indiens lui ont pris son scalp.

— Vous ne lui avez jamais dit comment Saint Aubyn est mort, n'est-ce pas ? demanda Sam cet après-midi-là.

Ils roulaient dans la voiture de Vale, en direction de l'East End. Thornton n'étant pas à son bureau, ils avaient décidé d'aller voir Ned Allen, le sergent survivant. Sam espérait le trouver sobre.

— À Emmie ?

Sam hocha la tête.

— Non, bien sûr que non, répondit Vale. Je me suis bien gardé de lui apprendre que son frère avait été accroché à une croix et brûlé vif. L'auriez-vous fait, vous ?

— Non, admit Sam en soutenant son regard.

À contrecœur, il ressentait de la gratitude envers Vale. Il appréciait qu'il eût résisté aux multiples interrogatoires auxquels Emeline n'avait pas dû manquer de le soumettre. Il avait vu la jeune femme à l'œuvre. Une fois qu'elle avait une idée en tête, seul un homme très volontaire était à même de faire front sans céder. Manifestement, Vale était ce genre d'homme. Maudit soit-il !

— Nous n'avons donc pas de problème, remarqua le vicomte.

— Mais nous allons peut-être en avoir un.

— Ah bon ?

La voiture négocia un virage, et Sam dut agripper la poignée de cuir qui pendait au-dessus de sa tête.

— Lady Emeline veut savoir ce qui s'est passé, comment Reynaud est mort.

— Mon Dieu..., souffla Vale douloureusement.

Sam sentit sa gorge se serrer. Il s'était persuadé que cet homme ne tenait pas à Emeline, qu'il s'apprêtait à faire un mariage de convenance. Apparemment, ce n'était pas le cas.

— Vous ne devez pas le lui dire, Hartley ! Elle n'a pas besoin de vivre avec cette image dans la tête !

— Je le sais bien.

— Alors nous sommes d'accord ?

— Oui.

Vale le regardait, prêt à reprendre la parole, quand la voiture s'immobilisa. Il jeta un coup d'œil par la fenêtre.

— Dans quel ravissant quartier de Londres vous m'avez amené, Hartley !

Ils se trouvaient au cœur de l'East End. Les immeubles décrépis étaient si proches les uns des autres que les venelles les séparant ne pouvaient laisser passer qu'un homme. Ils allaient devoir continuer à pied.

— Vous pouvez rester dans la voiture si vous avez peur, Vale.

Le vicomte émit un petit bruit réprobateur. La portière s'ouvrit, un valet déplia le marchepied puis demanda, inquiet, à lord Vale :

— Voulez-vous que je vous accompagne, monsieur ? Ce n'est pas un endroit sûr, par ici.

— Tout ira bien, ne vous en faites pas, dit Vale en donnant au valet une tape amicale sur l'épaule. Restez ici et gardez la voiture.

— Bien, monsieur.

Sans plus attendre, Sam s'engagea dans une venelle sombre. Vale lui emboîta le pas.

— Allons-nous vraiment voir Ned Allen, Hartley ?

— Je n'en ai guère d'autres à interroger. Les survivants ne sont qu'une poignée, vous le savez. Et Allen était officier.

Vale marcha dans une flaque et jura entre ses dents. Sam cacha son sourire.

— Qu'est-il arrivé à votre lieutenant, Vale ? Il s'appelait Horn, si ma mémoire est bonne.

— Matthew Horn. Il voyage sur le continent, d'après ce que j'ai appris récemment.

— Et le naturaliste ?

— Munroe ?

Ils entrèrent dans une courette et Sam regarda autour de lui. Les maisons semblaient avoir été édifiées à la hâte après le grand incendie et commençaient déjà à se dégrader. La pestilence qui régnait dans la courette indiquait clairement qu'elle servait de lieux d'aisances aux habitants.

— Je parle de l'homme qui s'en est sorti avec vous, Vale.

Un civil, naturaliste de profession, attaché au 28e régiment. Un Écossais que les Wyandots avaient fait prisonnier.

— D'après ce que l'on m'a dit, Alistair Munroe est en Écosse. Il vit dans un château et sort très peu.

— À cause de ses blessures ? questionna Sam.

Vale n'ayant pas répondu, Sam se retourna. Il avait fallu quinze jours pour repousser les Wyandots jusqu'à leur camp et les y piéger, et pendant ce temps, les soldats capturés avaient été torturés. Les blessures de Munroe étaient particulièrement graves. Ses mains... Sam chassa cette pensée et continua à marcher, tout en surveillant les portes devant lesquelles ils passaient.

— Je ne l'ai pas vu depuis des années, dit Vale.

— Nous devrions lui écrire.

— J'ai déjà essayé. Il ne répond jamais.

Vale accéléra le pas jusqu'à se rapprocher de Sam à le toucher.

— Qu'est-ce que vous surveillez ?

— J'ai été suivi, plusieurs fois.

— Vraiment ? Pourquoi vous aurait-on suivi ?

— Je l'ignore.

Vale émit un sifflement.

— Vous devez avoir mis le doigt sur quelque chose. À qui êtes-vous allé rendre visite ?

Sam s'arrêta devant une porte basse.

— Ned Allen vit ici.

Vale examina brièvement l'immeuble, puis haussa les sourcils.

— Je l'ai appris de trois soldats, expliqua Sam impatiemment. Barrows et Douglas.

— Aucun souvenir.

— Cela ne m'étonne pas. Ce n'étaient que de simples soldats qui sont probablement restés cachés sous un chariot pendant tout le massacre. Ils n'ont quasiment rien vu. La troisième était un sapeur...

— L'un de ceux qui taillaient les arbres et préparaient le chemin pour la colonne.

— C'est cela. Il m'a raconté comment il s'est servi de sa hache pour décapiter un Indien. Il était fier de lui. Mais à part cela, il ne m'a pas dit grand-chose. Quant à Allen, j'ai essayé de lui parler, mais il était saoul. Je doute qu'Allen ou le sapeur m'aient collé quelqu'un aux basques.

Il entra dans le bâtiment. À l'intérieur, il faisait sombre et froid. Il se dirigea grâce à ses souvenirs. Derrière lui, Vale pestait.

— Ça va ? lui demanda Sam sans se retourner.

— Merveilleusement. J'apprécie énormément le charme de l'endroit.

Sam sourit. Ils gravirent quelques volées de marches puis se trouvèrent devant la porte de la chambre d'Allen. Comme précédemment, elle était ouverte et la petite pièce empestait. Allen, recroquevillé dans un coin, semblait se réduire à un tas de chiffons. Sam soupira et s'approcha de lui. De près, l'homme sentait effroyablement mauvais.

— Bon Dieu..., souffla Vale en poussant Allen du bout du pied. Quel ivrogne puant.

— Je ne crois pas, dit Sam en faisant pivoter l'homme sur lui-même.

Il bascula comme un morceau de bois. Le manche en os blanc d'un couteau dépassait de sa poitrine. L'homme était mort. Vale s'accroupit à côté de lui et l'examina.

— Bon Dieu..., répéta-t-il.

Sam essuya ses mains sur sa culotte. La pièce semblait tout à coup encore plus exiguë et malodorante. Incapable d'en supporter davantage, il partit en courant, dévala l'escalier et déboucha à l'air libre. Même la courette sale était plus agréable que cette chambre. Il prit plusieurs profondes inspirations, essayant de refouler la nausée qui grondait dans son estomac, puis reprit la venelle en sens inverse, conscient de la présence de Vale derrière lui.

— Vivant dans un tel taudis, il peut avoir été tué par n'importe qui, commenta le vicomte qui lui aussi respirait avec peine.

Sam lui fut reconnaissant de s'abstenir de toute réflexion quant à sa fuite.

— Peut-être. Ou alors, j'ai été suivi jusqu'ici, l'autre jour. L'homme qui était sur mes talons avait un couteau au manche en os.

— Donc le sergent Allen savait quelque chose.

— Seigneur... Si seulement j'étais revenu voir Allen plus tôt...

Vale leva les yeux vers le carré de ciel bleu.

— Ils étaient si nombreux...

— Quoi ?

— Vous rappelez-vous Tommy Pace ?

Le souvenir d'un jeune garçon, trop jeune pour avoir dit la vérité sur son âge en s'engageant, s'imposa à la mémoire de Sam. Joues constellées de taches de rousseur, cheveux sombres, petite corpulence...

— Il prétendait se raser, le saviez-vous ? enchaîna Vale d'un ton rêveur. Il avait à peine trois poils au menton et pourtant chaque matin, il se rasait avec orgueil.

— Il avait gagné ce rasoir en jouant aux cartes avec Ted Barnes.

— Je l'ignorais.

— C'est pour cela qu'il était si fier de ce rasoir.

— Barnes avait une barbe tellement épaisse... Quelle ironie.

Il y eut un long silence. Chacun des deux hommes était plongé dans ses souvenirs. Un rat passa dans l'ombre près d'une porte cochère.

— Ils sont tous deux retournés à la poussière, dit enfin Vale à voix basse. Ils ont rejoint les autres.

Il n'y avait rien à ajouter, songea Sam. Il repartit donc vers la voiture, suivi de Vale. La venelle était trop étroite pour qu'ils marchent de front.

— S'ils ont été trahis, nous les vengerons, Hartley. Tous.

Sam acquiesça d'un hochement de tête.

— Où allons-nous maintenant, Hartley ?

— Chez Dick Thornton. Il est peut-être revenu à son bureau. Il faut absolument qu'on le questionne.

— Je suis content que vous soyez de cet avis, dit Vale. Avez-vous vu le cadavre de McDonald ?

— Non.

Ils tournèrent au coin de l'immeuble et la voiture fut en vue, entourée des valets et du cocher à l'air nerveux.

— Je ne suis pas revenu en arrière, poursuivit Sam. J'avais trop à faire. J'ai filé à Fort Edward, puis j'ai guidé le détachement avec la rançon. C'est l'une des questions que j'aurais aimé poser à Allen : qui exactement, parmi les membres du régiment, a survécu ?

Les valets parurent infiniment soulagés quand leur maître et son ami les rejoignirent. Vale les salua d'un signe de tête puis entra dans la voiture, où il s'assit face à Sam. Le cocher fouetta les chevaux qui s'ébranlèrent.

— Vous ai-je jamais remercié, Hartley ? demanda Vale en regardant par la fenêtre, fasciné par le spectacle de ce quartier pouilleux.

— Oui.

Un mensonge. En fait, Vale était en état de choc lorsque le détachement avait apporté la rançon au camp wyandot pour acheter la liberté des survivants. D'après ce qu'on avait rapporté à Sam, Vale avait été contraint d'assister à la torture ou à l'exécution de Saint Aubyn, de Munroe et des autres. Quand il avait été secouru, Vale était bien incapable de remercier qui que ce soit.

— Nous n'avons donc que la parole de Thornton, pour accréditer la mort de McDonald.

— Oui.

— Écoutez, s'il est quelqu'un qui avait de bonnes raisons de s'assurer que le régiment ne rejoindrait jamais Fort Edward, c'est bien McDonald. Il marchait enchaîné !

— Et il aurait été pendu une fois arrivé au fort. Viol et meurtre. Son passage devant la cour martiale aurait été bref.

McDonald avait été un mauvais élément. Avec un autre soldat du nom de Brown, il avait pillé la maison d'un colon français, violé et tué sa femme. Coup de malchance pour McDonald et son complice, il s'était révélé que l'épouse du Français était anglaise, et sœur d'un colonel. Le pillage et le viol étaient passibles de la pendaison, mais certains officiers détournaient le regard lorsqu'ils n'étaient pas directement concernés. Mais là, la victime étant anglaise, le crime ne pouvait être ignoré. Il y avait eu une enquête au sein de l'armée et très vite des soldats étaient venus dénoncer Brown. Une fois arrêté, celui-ci avait impliqué McDonald. Les deux hommes marchaient enchaînés quand le régiment avait été attaqué.

— Brown pourrait bien être le traître, énonça Sam après réflexion.

— Oui. McDonald semblait être le chef, mais vous avez raison, Hartley, Brown avait autant de raisons que McDonald d'arrêter la progression du régiment.

— Ou alors ils sont coupables tous les deux. Mais cela n'explique pas comment ils auraient pu savoir quel chemin le 28e emprunterait.

— Brown n'était-il pas ami avec Allen ?

— Si.

— En tant qu'officier, Allen connaissait la route choisie.

— Il a pu faire passer un message.

— Si Allen a parlé à quelqu'un du chemin que prendrait le régiment, c'est un bon mobile pour le tuer.

Sam songea au pathétique tas d'os et de hardes qu'ils venaient de trouver et fit la grimace.

— Oui, c'en est un.

— Mais il y a des manques dans cette théorie, remarqua Vale. Il nous faut impérativement rencontrer Thornton et voir ce qu'il se rappelle.

Sam fronça les sourcils. D'emblée, Thornton l'avait mis mal à l'aise.

— Pensez-vous que ce soit sage, Vale ? D'amener Thornton sur ce sujet, je veux dire. Le traître, c'est peut-être lui.

— Nous jouerons finement la partie. S'il croit que nous lui faisons confiance, il laissera sans doute échapper quelque chose.

Vale sourit et ajouta :

— Il faut rester proche de ses amis, mais plus encore de ses ennemis.

Dans le jardin de la maison de Sam, Emeline se figea. Que faisait Rebecca seule avec M. Thornton ?

— Vous pouvez disposer, dit-elle au majordome qui l'avait escortée.

Elle était venue voir si Rebecca allait mieux. Peut-être accepterait-elle de l'accompagner dans les boutiques pour y trouver des souliers de danse. De nouveaux souliers remontaient toujours le moral d'Emeline quand il était en berne. Après les événements de la veille, la sœur de Sam avait besoin de quelque chose qui lui rendrait sa gaieté.

Une gaieté qu'elle avait apparemment retrouvée.

— Bonjour, lança Emeline en s'approchant.

Rebecca sursauta et tourna vers la visiteuse un visage à l'expression coupable. M. Thornton, en revanche, pivota lentement sur ses talons, l'air tout à fait décontracté.

— Lady Emeline, quel plaisir de vous revoir.

Emeline étrécit les yeux. Cet homme avait été présenté dans les règles à Rebecca, mais cela n'excusait pas qu'il fût seul avec elle. Et puis, c'était tout de même bizarre de le trouver dans ce jardin si peu de temps après qu'elle eut parlé de lui avec Sam et Jasper. Oui, très bizarre.

— Monsieur Thornton, je ne m'attendais vraiment pas à vous voir ici. Cherchez-vous M. Hartley ?

Il eut un grand sourire.

— Oui, mais il semble que M. Hartley ne soit pas chez lui. Je patientais dans le jardin quand Mlle Hartley s'est jointe à moi et a rendu mon attente infiniment plaisante.

Il conclut sa déclaration par une courbette à l'adresse de Rebecca. Emeline glissa son bras sous celui de la jeune fille et l'entraîna dans l'allée. Thornton suivit.

— Ne vous ai-je pas entendu dire que vous faisiez du commerce, monsieur Thornton ?

L'allée était étroite. Thornton était donc obligé de rester derrière les deux femmes.

— Oui. Je suis fabricant de bottes.

— De bottes, répéta Emeline.

— Les bottes, c'est très important, assura Rebecca, volant au secours de Thornton.

— Je fournis l'armée de Sa Majesté.

Il vint à l'esprit d'Emeline que ce Thornton était peut-être fortuné. Elle en savait bien peu sur les équipements militaires, mais elle pouvait imaginer que des monceaux de bottes soient nécessaires à l'armée.

— Sont-elles fabriquées à Londres, monsieur Thornton ? demanda Rebecca en tournant la tête vers le marchand.

— Oh, oui. J'ai un atelier sur Dover Street et j'emploie trente-deux ouvriers.

— Alors vous ne fabriquez pas ces bottes vous-même ? s'enquit Emeline d'un ton faussement ingénu.

Rebecca parut choquée, mais Thornton répondit avec chaleur :

— Non, madame. J'ai bien peur d'en être incapable. Mon père savait, lui. Il a commencé son commerce ainsi, puis il a rapidement embauché des gens qui ont travaillé pour lui. J'aurais pu apprendre, étant jeune, mais j'ai eu quelques dissensions avec mon père...

— Est-ce pour cela que vous vous êtes engagé dans l'armée ? questionna Rebecca.

Elle s'était arrêtée pour regarder Thornton en face, et Emeline n'eut d'autre choix que de l'imiter. Thornton souriait, et elle dut convenir qu'il était séduisant.

— Oui, mademoiselle Hartley. J'ai laissé mon père et ma femme, et...

— Vous êtes donc marié ? coupa Emeline.

— Non, répondit Thornton d'un ton affligé. Ma pauvre Marie est morte peu après mon retour à la maison.

— Oh... Je suis désolée.

Emeline scruta l'allée. Quelqu'un venait.

— Ce fut un terrible choc, reprit Thornton. Elle...

— Emmie ! Tu es là ! s'écria Jasper qui arrivait à grands pas.

Thornton s'était tu. Découvrant Jasper, il blêmit. Emeline était déçue. Ce n'était pas Jasper qu'elle avait espéré voir. Mais... Oui, Sam était là aussi, derrière le vicomte, yeux mi-clos, expression neutre.

— Eh bien, mon cher Jasper, dit Emeline en tendant sa main, tes recherches ont-elles été fructueuses ?

Jasper lui fit un baisemain, puis expliqua :

— Nous avons hélas perdu la piste, alors nous sommes partis en quête de M. Thornton. Il n'était pas à son bureau. Nous sommes donc rentrés bredouilles et voilà que M. Thornton est ici !

Sam salua Emeline et Rebecca, puis son invité inattendu.

— Monsieur Thornton, je suis heureux de vous voir, bien que je sois fort étonné de vous trouver chez moi.

— Je n'entendais pas abuser de votre hospitalité, mais j'étais dans le quartier et mes pieds m'ont amené d'eux-mêmes jusqu'à votre maison.

— Vraiment ?

— Vraiment. Je n'avais rien prévu de la sorte. Peut-être sont-ce ces souvenirs de la guerre que vous avez évoqués l'autre jour qui...

Il marqua une pause, hésitant. Il fixait ses chaussures. Puis il se décida à lever les yeux et regarder Sam en face.

— Vous allez penser que j'ai une imagination débordante, monsieur Hartley, mais j'ai eu l'impression que vous subodoriez que ce qui s'est passé à Spinner's Falls n'était pas dû au hasard.

Il y eut un silence. Les deux hommes s'affrontaient du regard. Sam dépassait Thornton d'une tête, mais par ailleurs, il y avait entre eux certaines similitudes. Tous deux étaient des commerçants qui s'étaient faits tout seuls. Ils avaient grimpé l'échelle sociale à la force du poignet, affichaient une évidente confiance en eux, la capacité à paraître des gentilshommes, à regarder ces derniers de haut. Ils savaient saisir leur chance au passage, même si le jeu était risqué.

— Peut-être, si ces dames le permettent, dit Sam, pourrions-nous nous retirer dans mon bureau pour discuter.

Emeline n'en crut pas ses oreilles. Croyait-il pouvoir l'écarter aussi cavalièrement ?

— Je suis très intéressée par ce qu'a à dire M. Thornton.

— Emmie..., fit Jasper nerveusement.

Elle ne lui accorda pas un regard. Ses yeux étaient rivés sur Sam. Elle vit tressauter un muscle de sa mâchoire. Il ne paraissait pas du tout content. Néanmoins, il hocha la tête avant de pivoter vers Thornton.

— Nous avons été trahis, lâcha-t-il tout de go.

Emeline se rengorgea. Sam la traitait d'égal à égal, et la confiance qu'il lui manifestait la grisait.

— Je le savais, répliqua Thornton dans un souffle.

— Vraiment ?

— Sur le moment, non, monsieur Hartley. Mais il aurait fallu un tel nombre de coïncidences pour que nous soyons attaqués à cet endroit précis, et qu'en plus les Indiens soient si nombreux, que l'hypothèse du hasard ne tenait pas debout. C'est ce que je me suis dit après réflexion. Quelqu'un avait élaboré un plan parfait de toute l'attaque.

— C'est ce qu'il semble, approuva Jasper. Thornton, la question que nous voulions vous poser est la suivante : êtes-vous certain que McDonald et Brown sont morts ?

Pendant un moment, Thornton parut en pleine confusion.

— McDonald ? répéta-t-il finalement. Oh, oui. Je vois où vous voulez en venir, mais vous faites fausse route. Tous les deux sont morts. J'ai aidé à les enterrer.

Emeline s'interrogeait : qu'insinuaient les trois hommes à propos de ce McDonald ? Elle interrogerait Sam en privé.

— Bon sang, si le coupable avait été McDonald, on aurait pu clôturer proprement et nettement cette affaire. Mais nous avons quand même d'autres questions à vous poser, Thornton.

— Peut-être devrions-nous aller à l'intérieur, proposa Sam.

Il offrit son bras à sa sœur, mais à son grand dam, ce fut celui de Thornton qu'elle prit. Emeline vit à son expression qu'il était blessé. Elle posa la main sur sa manche.

— Quelle bonne idée, monsieur Hartley. J'apprécierais un thé.

Sam regarda sa main, et ses sourcils se haussèrent légèrement. Enfin, il se résolut à suivre les autres qui se dirigeaient vers la maison.

— Je ne sais pas si je puis vous être utile en quoi que ce soit, disait Thornton. L'homme auquel vous devriez parler, c'est le caporal Craddock.

— Pourquoi cela ? demanda Sam d'une voix forte pour s'assurer d'être entendu.

Thornton se tourna vers lui.

— Il s'est occupé de ramasser les blessés après la bataille, après que vous... que vous êtes parti en courant dans la forêt. Craddock était l'officier en charge.

Emeline sentit le bras de Sam se crisper. Jasper, remarqua-t-elle, ne paraissait pas avoir noté que Thornton venait quasiment de traiter Sam de lâche.

— Est-il à Londres ? s'enquit Jasper.

— Non. Je crois qu'il s'est retiré à la campagne après la guerre. Quoique, je me trompe peut-être. On entend tellement de choses. Mais je pense qu'il est dans le Sussex, près de Portsmouth.

Emeline s'était efforcée de réprimer un sursaut, mais Sam lui chuchota :

— Qu'y a-t-il ?

Elle hésita. Ce matin, elle avait fait le tri parmi toutes les invitations reçues, afin de décider lesquelles elle accepterait au cours du mois à venir.

— Dites-moi, madame, insista Sam.

— Nous sommes invités chez les Hasselthorpe, dans le Sussex.

— De quoi parles-tu, Emmie ? lança Jasper par-dessus son épaule.

— Lord et lady Hasselthorpe, très cher. T'en souviens-tu ? Ils nous ont invités il y a des semaines et leur maison est très proche de Portsmouth.

— Bon sang, mais tu as raison ! Quel coup de chance ! Nous pouvons tous aller à ce raout, rendre visite à Craddock et...

Jasper s'arrêta net. Il jeta un coup d'œil désolé à Thornton. Sam et Rebecca pouvaient être conviés, au titre d'amis d'Emeline. Mais un fabricant de bottes, si riche soit-il, c'était autre chose.

Thornton ne parut pas se formaliser. Il sourit et haussa les épaules.

— Ne vous en faites pas, je peux continuer à enquêter à Londres pendant que vous discuterez avec Craddock.

Emeline comprit que la décision était prise. Oh, bien sûr, il faudrait débattre de quelques détails, solliciter des invitations pour les Hartley auprès de lady Hasselthorpe, mais ces menus problèmes seraient vite réglés. Elle se rendrait à une partie de campagne avec Sam.

Elle leva les yeux vers lui, sachant qu'il la fixait. Les prunelles couleur café étaient effectivement dardées sur elle. Une angoissante question lui vint alors à l'esprit : avait-il la moindre idée de la façon dont se déroulaient les parties de campagne ?

9

Le roi aimait sa fille par-dessus tout. Il veillait à ce que, quoi qu'elle sollicitât, elle l'obtînt incontinent. Ce qui explique que lorsque la princesse lui demanda la permission de se marier avec son garde personnel, au lieu de rechigner comme n'importe quel autre souverain l'eût fait, le roi accepta, en soupirant toutefois. C'est ainsi que Cœur de Fer épousa la plus belle femme du royaume, princesse de surcroît.

— Seras-tu partie *très* longtemps, maman ? demanda Daniel une semaine plus tard.

Il était allongé sur le lit d'Emeline, la tête pendant dans le vide, les pieds en l'air, gênant Harris qui faisait les bagages.

— Probablement quinze jours, mon chéri.

Assise devant sa coiffeuse, Emeline essayait de décider quels bijoux elle porterait chez les Hasselthorpe.

— Quinze jours ! Mais c'est terriblement long ! s'écria Daniel en calant son pied dans les rideaux du lit.

— Lord Eddings ! protesta Harris.

Un enfant ne devait pas manquer à sa mère, songea Emeline. Nombre de femmes ne voyaient quasiment jamais les leurs. Pourtant, elle détestait laisser Daniel. À chacune de ses absences, lui dire au revoir lui brisait le cœur.

— Vous pouvez disposer, Harris.

— Mais, madame, je n'ai pas terminé.

— Je sais. Mais vous avez travaillé dur. Vous avez certainement besoin d'un rafraîchissement. Pourquoi n'iriez-vous pas prendre un peu de thé dans la cuisine ?

Harris n'était pas d'accord, cela se voyait à sa mine, mais elle savait qu'il valait mieux ne pas contrarier sa maîtresse. Elle posa donc la pile de vêtements qu'elle portait et sortit de la chambre, dont elle referma la porte derrière elle.

Emeline se leva, s'approcha du lit, repoussa la montagne de jupons sur le côté de façon à se ménager un espace puis s'assit, dos contre la grande tête de lit en chêne, jambes étendues sur la courtepointe.

— Viens ici, jeune homme.

Daniel rampa jusqu'à elle.

— Je ne veux pas que tu partes, maman.

Il se nicha sur ses genoux. Elle fourragea dans ses boucles blondes.

— Je sais, mon chéri. Mais je ne serai pas longtemps absente et je t'écrirai tous les jours.

La peine de l'enfant était profonde. Le visage caché, il frissonnait, pleurant sans doute en silence.

— Tante Cristelle va rester avec toi, mon ange. Et tu ne toucheras pas aux beignets, bonbons ou gâteaux, n'est-ce pas ? Tu vas perdre du poids et à mon retour, je ne te reconnaîtrai pas tellement tu seras maigre.

Le petit garçon s'agita, puis leva ses grands yeux bleus sur sa mère.

— C'est bête, ce que tu dis. Tante Cristelle me donnera plein de sucreries.

— Oh ! Vraiment ? Elle était pourtant très sévère avec moi.

— Je serai une grosse boule quand tu reviendras, assura Daniel.

Et il gonfla les joues pour montrer le résultat à attendre d'une orgie quotidienne de friandises. Emeline éclata de rire.

— Et puis, je discuterai avec M. Hartley, continua l'enfant.

Prise au dépourvu, Emeline cilla.

— Je... je suis désolée, mon chéri, mais M. Hartley et sa sœur m'accompagnent.

Daniel fit la moue.

— As-tu souvent bavardé avec M. Hartley, Daniel ?

— Oui. Je lui parle par-dessus le mur, et parfois, je vais lui rendre visite dans son jardin. Mais cela ne l'ennuie pas, tu sais. Pas du tout.

Emeline n'en était pas certaine. Mais elle devait convenir que Sam et son fils semblaient s'être liés d'amitié à son insu. Et elle ne savait trop que penser de cet état de fait.

— Maman, peux-tu me chanter ma chanson ? s'enquit Daniel d'une toute petite voix.

Emeline prit une inspiration puis commença à chanter *Billy Boy,* en remplaçant comme elle le faisait toujours « Billy » par « Danny ».

— « Oh, mais où es-tu allé,
« Danny Boy, Danny Boy ?
« Oh, mais où es-tu allé,
« Charmant Danny ? »

Et tout en chantant, Emeline se demandait ce qui allait se passer au cours des quinze jours suivants.

La voiture de location n'était pas aussi bien suspendue que celle d'Emeline, et Sam commençait à regretter d'avoir choisi de voyager auprès de sa sœur dans ce véhicule plutôt que d'avoir loué un cheval. Mais il avait si peu communiqué avec Rebecca depuis le désastreux bal des Westerton. Il espérait que le temps qu'ils passeraient ensemble pendant le voyage arrangerait la situation.

Pour l'instant, il n'en était rien.

Assise en face de lui, Rebecca regardait par la fenêtre comme si la vue des haies et des champs était la plus fascinante du monde. Le visage de la jeune fille n'avait pas un profil académique, mais Sam le trouvait ravissant. Il lui rappelait celui de leur mère.

Il s'éclaircit la gorge, puis déclara :

— Je crois qu'il y aura un bal.

Rebecca se tourna vers lui, sourcils froncés.

— Pardon ?

— Je dis : je crois qu'il y aura un bal.

— Ah bon ?

Rebecca ne semblait pas particulièrement intéressée. Or il aurait parié qu'elle serait ravie.

— Je suis navré d'avoir gâché celui des Westerton.

La jeune fille exhala une longue bouffée d'air, comme si elle était exaspérée.

— Pourquoi ne m'as-tu rien dit, Sam ?

— Te dire quoi ?

— Tu le sais fort bien, rétorqua-t-elle sèchement. Tu ne me parles jamais. Tu ne...

— Nous parlons en ce moment, Becca.

— Oui, mais tu ne vas rien me révéler ! Tu ne me dis jamais rien. Même quand des gens profèrent d'horribles accusations à ton encontre ! M. Thornton t'a quasiment traité de lâche dans le jardin, l'autre jour. Et tu es resté muet ! Pourquoi ne t'es-tu pas défendu ?

Il sentit sa bouche former une moue méprisante.

— Ce que les gens de l'espèce de Thornton disent ne mérite pas d'être relevé.

— Alors, tu as préféré garder le silence et te laisser condamner ?

Il secoua la tête. Il lui était impossible d'expliquer et faire comprendre ses actes à Rebecca.

— Sam, je ne fais pas partie de « ces gens ». Même si tu refuses de te justifier, tu dois me parler. Nous sommes les deux seuls membres de la famille encore vivants. Oncle Thomas est mort, papa et maman aussi, je ne les ai même pas connus, alors en quoi est-ce anormal que je veuille me rapprocher de toi ? Que je sache ce que mon frère a dû affronter pendant la guerre ?

Ce fut au tour de Sam de se tourner vers la fenêtre. Il avait l'impression de sentir une odeur de transpiration dans la voiture. Son cerveau lui jouait d'abominables tours.

— Il n'est pas facile de parler de la guerre, Becca.

— Et pourtant, j'ai entendu d'anciens soldats le faire, des officiers de cavalerie raconter leurs charges, des marins, leurs batailles navales.

— Ils n'étaient pas...

— Pas quoi, Sam ?

Rebecca se pencha.

— Dis-moi, Sam.

Il réussit à soutenir le regard de la jeune fille, mais avec peine.

— Les soldats qui ont été au cœur de l'action, qui ont vu leurs compagnons rendre le dernier souffle... ces soldats-là parlent difficilement de la guerre. Ce n'est pas quelque chose dont on veut se souvenir. Cela fait trop mal.

Un silence, puis Rebecca murmura :

— Alors de quoi peux-tu parler ? Il doit bien y avoir…

Il la coupa, un sourire sans joie sur les lèvres.

— De la pluie.

— Quoi ?

— La pluie. Quand il pleut pendant qu'on marche, on ne peut s'abriter nulle part. On est transi, les provisions sont trempées, la piste n'est que boue qui colle aux bottes et les hommes glissent. Et lorsque l'un d'eux tombe, on dirait qu'il y a une règle : une douzaine d'autres l'imitent involontairement, et leurs vêtements, leurs cheveux sont englués de fange.

— Mais vous pouvez dresser une tente pour la nuit, non ?

— Oui, mais la toile est gorgée d'eau et le sol n'est que boue. Résultat, on se demande s'il ne serait pas mieux de dormir à l'air libre, sous la pluie.

Maintenant, c'était Rebecca qui souriait. Un vrai sourire, qui fit chaud au cœur de Sam.

— Pauvre Samuel ! Je n'avais jamais songé que, soldat, tu passerais autant de temps dans la boue. Je t'ai toujours imaginé réalisant des actes héroïques.

— Mes actes héroïques concernent pour la plupart une bouilloire.

— Une bouilloire ?

Il hocha la tête et s'adossa à son siège. Il commençait à se détendre.

— Après une journée de marche sous des trombes d'eau, nos provisions étaient trempées, comme je te l'ai dit. Y compris les légumes secs ! Tout le stock de nourriture était poisseux. Et parfois, il devait tenir une semaine.

— Ne moisissait-il pas ?

— Si. À la fin de la semaine, toutes les provisions étaient vertes.

— Oh… Que faisais-tu alors ? s'enquit Rebecca en se pinçant le nez.

— C'est presque un secret, murmura Sam. Ils étaient nombreux, dans l'armée, à vouloir savoir ce que je fabriquais avec ma petite bouilloire.

— Dis-moi !

— Je nourrissais toute la compagnie avec des aliments pourris. Je m'étais aperçu que si je les rinçais trois fois et ensuite les faisais bouillir, le résultat était une bonne soupe. Bien sûr, elle était meilleure quand j'attrapais un lapin ou un écureuil.

— Quelle horreur !

— C'est toi qui as tenu à savoir, Becca.

Si elle prenait plaisir à entendre des histoires affreuses, il allait la satisfaire. Raconter jusqu'à ce qu'elle crie grâce.

— Sam…

— Oui, ma chérie ?

Son cœur se serra lorsqu'il la regarda. Elle avait raison, ils formaient une famille – minuscule, mais une famille quand même. À aucun prix il ne devait la laisser s'éloigner de lui. Il la vit se mordiller la lèvre, une mimique qui trahissait son extrême jeunesse.

— Crois-tu qu'elles me parleront, toutes ces Anglaises titrées ?

Il aurait tant aimé paver de roses le chemin qui s'étirait devant elle… S'assurer que toute sa vie durant, jamais elle ne serait blessée. Hélas, il ne pouvait que lui dire la vérité

— Je crois que la plupart le feront. Mais quelques-unes garderont le nez en l'air, seront hautaines. De toute façon, cela ne vaudrait pas la peine de faire l'effort de leur parler.

— Je me doutais bien que cela se passerait ainsi. C'est juste que je me sens très nerveuse. Je ne sais jamais que faire de mes mains, je me demande si mes cheveux sont bien coiffés...

— Tu as cette bonne que t'a trouvée lady Emeline. Et puis je serai là, et lady Emeline aussi. Crois-moi, elle ne te laissera pas sortir les cheveux en désordre. D'ailleurs, je te trouve toujours parfaite.

— C'est vrai ? insista Rebecca, rougissante.

— C'est vrai.

— Bien. Il faut que je me rappelle que mon frère était le meilleur de toute l'armée de Sa Majesté pour préparer de la soupe pourrie, et je garderai la tête haute.

Sam éclata de rire.

La voiture cahota en roulant sur un obstacle. Il regarda par la fenêtre et constata qu'ils franchissaient un pont étroit. Les côtés de la voiture frôlaient les parapets.

— Arrivons-nous dans une ville ? questionna Rebecca.

Sam laissa retomber le rideau.

— Non, mais il n'y en a plus pour longtemps, je pense.

— Je l'espère. Je suis tout endolorie.

Un temps, puis :

— Quel dommage que le pauvre M. Thornton n'ait pas pu venir.

— Je crois que cela lui est égal.

— Mais... cela me semble injuste ! Il n'a pu être invité parce qu'il fabrique des bottes ! Toi aussi, tu es un commerçant.

— Exact.

— Dans les colonies, je ne pense pas que l'on ferait une telle distinction.

Sam resta coi. Elle avait raison. Ce genre de distinction entre les classes sociales lui déplaisait aussi.

— On dirait que c'est bien plus difficile en Angleterre pour un homme de s'élever dans l'échelle sociale grâce à son mérite personnel qu'en Amérique, continua Rebecca. M. Thornton a hérité de l'affaire de son père, même si elle était toute petite. Un homme qui n'aurait pas ne fût-ce que cela, qui serait par exemple simple serviteur, a-t-il une chance de devenir respectable, ici ?

La question troubla Sam. À qui songeait-elle ? Au valet aux yeux verts ?

— Non, admit-il. En Angleterre, un domestique n'a aucun espoir de s'élever socialement. La plupart d'entre eux vivent et meurent serviteurs.

Rebecca ouvrit la bouche, puis la referma et se tourna vers la fenêtre. Le silence s'installa de nouveau. Mais maintenant, il n'avait rien de lourd, de déplaisant. Il était empreint d'amitié. Rasséréné, Sam s'adossa à la banquette et ferma les yeux. Tout en somnolant, il s'interrogea : le valet O'Hare était-il à l'origine des questions de Rebecca ?

Il finit par s'assoupir. Lorsqu'il se réveilla, la voiture s'engageait dans une large allée.

— Mon Dieu, qu'elle est grande ! s'exclama Rebecca.

Elle était penchée à la fenêtre. Sam l'imita, et dut convenir qu'effectivement, la demeure des Hasselthorpe était impressionnante. Elle s'élevait au bout de l'interminable allée, au milieu d'une vaste pelouse soigneusement tondue. Un bijou sur le velours d'un écrin. Manifestement, plusieurs générations de Hasselthorpe avaient apposé leur marque sur le château de pierre grise. Ici, il y avait des fenêtres gothiques, là des cheminées Tudor. Les différents styles s'entremêlaient, preuve que la famille vivait là depuis des siècles. Devant le perron, l'allée devenait circulaire et quatre voitures étaient déjà garées, déposant leurs passagers, des messieurs et dames de la haute société.

Sam adressa un sourire rassurant à sa sœur.

— Nous sommes arrivés.

Une journée parfaite pour un pique-nique, se dit Emeline le lendemain matin : soleil radieux, ciel bleu parsemé de quelques petits nuages duveteux, légère brise qui faisait voleter les rubans sur les chapeaux des dames. Les gentilshommes paraissaient charmants et virils, les dames, ravissantes et délicates. La pelouse était encore verte et la vue délicieuse, avec ses collines douces sur lesquelles paissaient des brebis. Que demander de plus ?

Enfin, personne n'aurait dû avoir à demander davantage, si lady Hasselthorpe n'avait pas oublié le vin. Bon, c'était la faute de la gouvernante, d'accord, mais toutes les dames savaient que les serviteurs étaient le reflet de leurs maîtres. Une bonne châtelaine engageait une gouvernante compétente. Une châtelaine irresponsable, une gouvernante qui oubliait le vin.

Emeline soupira. C'était amusant. Dès que les invités s'étaient aperçus qu'il n'y avait rien à boire, ils s'étaient immédiatement découverts morts de soif. Le premier valet avait déjà envoyé plusieurs de ses garçons chercher du vin, mais le pique-nique avait commencé depuis une bonne demi-heure, et il en faudrait encore une autre avant que le problème soit réglé.

Lady Hasselthorpe passait d'invité en invité, les joues roses, agitant les mains. Elle était très belle avec ses cheveux dorés, son grand front altier et sa petite bouche en bouton de rose.

Malheureusement, son intelligence était en totale inadéquation avec son apparence. Emeline se rappelait avoir passé vingt éprouvantes minutes lors d'un bal en compagnie de cette dame, à essayer d'entretenir une conversation, pour finir par se rendre compte que son interlocutrice était incapable d'aller au bout de la moindre idée ni de faire montre de la moindre logique.

Elle aurait bien aimé que Melisande soit là, mais celle-ci n'arriverait que le lendemain.

De grands éclats de rire lui firent tourner la tête. Jasper se tenait au milieu d'un groupe de messieurs et avait déclenché leur hilarité en racontant quelque histoire. Par contraste, lord Hasselthorpe discutait très sérieusement avec l'invité le plus illustre, le duc de Lister. Hasselthorpe et Lister étaient d'importants membres du Parlement, et Emeline suspectait son hôte de nourrir de hautes ambitions politiques. Elle vit Lister lancer un coup d'œil irrité à Jasper, que ce dernier ne remarqua pas. Le duc était grand, ventripotent, entre deux âges, bien connu pour son caractère ombrageux.

La jeune femme entendit tout à coup :

— Accepteriez-vous de faire quelques pas avec moi, madame ?

La voix grave de Sam. Elle se retourna, mais ne fut toutefois pas surprise. Par quelque mystérieuse magie, elle l'avait senti approcher. C'était vraiment étrange : elle paraissait toujours anticiper ses mouvements, être consciente de ses faits et gestes lorsqu'il était dans les parages.

— Je vous croyais fâché, monsieur Hartley.

Un autre homme eût éludé. Pas Sam. Il répondit sans détour.

— Moins fâché que déçu par votre projet de mariage de convenance au lieu d'un mariage d'amour.

— Dans ce cas, si mon choix vous choque tellement, je ne comprends pas pourquoi vous voulez faire quelques pas en ma compagnie.

C'était la première fois qu'ils avaient l'occasion de parler en tête à tête depuis la dispute avec Jasper, une semaine plus tôt... et le désastreux baiser qui avait suivi. Emeline regarda Jasper. Son fiancé racontait une autre histoire avec animation et ne lui prêtait aucune attention.

— Je vous crois assez raffinée, madame, pour comprendre ces raisons, ajouta Sam en inclinant la tête.

— C'est sans importance. Ce qui me dérange, c'est de me promener en compagnie d'un gentilhomme incapable de garder son sang-froid.

Il s'inclina davantage, un sourire flottant sur les lèvres, pour donner le change au cas où les autres invités l'auraient regardé. Emeline devinait qu'il ne ressentait aucune gaieté.

— Cessez de me chercher noise et marchez avec moi.

À ce moment, lady Hasselthorpe les aperçut. Pour quelque inexplicable raison, la dame avait jeté son dévolu sur une robe aux paniers démesurés drapés de satin orange et violet, une toilette vraiment peu adéquate pour une garden-party. Bien que parfaitement à la mode, elle était incongrue.

Lady Hasselthorpe s'approcha.

— Lady Emeline, ne me dites pas que je vous ai déçue ! Je ne comprends pas ce qui a pu se passer avec le vin. Je vais renvoyer Mme Leaping. Enfin, je le devrais, mais... je ne sais où trouver une autre gouvernante. C'est si difficile d'en engager une compétente !

Elle se tordait convulsivement les mains, en proie à un intense embarras.

— Trouver une bonne gouvernante est toujours un problème, marmonna Emeline sans conviction.

— Et regardez cette dame toute seule ! poursuivit lady Hasselthorpe en montrant du menton une jolie blonde en robe verte au décolleté incroyablement généreux. Elle est l'*amie* du duc, comprenez-vous. Il a insisté pour que je l'invite, et bien entendu aucune dame ne lui parle ! Pas de vin, mon Dieu... Que vais-je faire ?

— Voulez-vous que nous nous renseignions sur l'avancée de cette fourniture en vin, madame ? proposa Sam.

— Oh, vous feriez vraiment cela, monsieur Hartley, Emeline ? Je vous en serais éternellement reconnaissante.

Lady Hasselthorpe balaya les alentours d'un regard vague.

— Je suppose que je vais être obligée d'aller bavarder avec Mme Fitzwilliams, reprit-elle.

— Pendant ce temps, nous nous occuperons du vin, assura Sam. N'est-ce pas, lady Emeline ?

Comment refuser ?

— Évidemment, confirma Emeline qui plaça ses doigts sur la manche de Sam.

Elle sentait la chaleur de son corps. Ils s'éloignèrent, abandonnant les pique-niqueurs derrière eux. Maintenant que Sam avait atteint son but, à savoir être seule avec elle, Emeline s'attendait à ce qu'il lui parle, mais il gardait le silence. Elle épia son expression du coin de l'œil. Il semblait soucieux. À quoi réfléchissait-il ? Et de toute façon, pourquoi s'en préoccupait-elle ? Elle lâcha une longue expiration, puis se concentra sur ce qui l'entourait. Quelle belle journée. Il n'y avait aucune raison pour laisser un compagnon d'humeur sombre la gâcher et...

— Qui est ce jeune homme qui bavarde avec Rebecca et les autres jeunes filles ?

Emeline fut déçue. Le sujet de conversation que voulait aborder Sam était donc sa sœur ? Avait-il oublié le baiser qu'ils avaient échangé la semaine précédente ? Oui, peut-être. Eh bien, dans ce cas, elle allait l'oublier aussi.

— Lequel, monsieur Hartley ?

— Celui qui a un rire idiot.

Emeline ne put s'empêcher de sourire. La description lapidaire et cruelle ne correspondait que trop bien au jeune homme en question.

— M. Théodore Green. Il a un revenu annuel qui n'est pas négligeable et un domaine à Oxford.

— Que savez-vous d'autre sur lui ?

Elle haussa les épaules.

— Qu'y a-t-il d'autre à savoir ? Je ne crois pas qu'il joue.

Il lui décocha un regard froid.

— Est-ce là votre seul critère pour juger un homme ? Son revenu ?

— Son rang aussi, bien sûr.

— Bien sûr.

— Il est le neveu d'un baron. Il serait un bon parti pour Rebecca, si elle est capable d'oublier ce rire idiot, déclara Emeline d'un ton pensif, comme si elle se penchait vraiment sur cette possibilité : quelque chose la poussait à provoquer Sam. Sincèrement, je ne pense pas que nous puissions aspirer à mieux pour elle, monsieur Hartley. Votre fortune coloniale ne lui achètera qu'un certain niveau social, pas très élevé.

— Madame, vous n'êtes pas aussi superficielle que vous l'affectez, dit Sam en souriant.

— Je ne comprends pas ce que vous insinuez, répliqua Emeline.

Le vent souleva soudain ses jupes. Elle les rabattit en hâte.

— Votre discours sur l'argent et le rang, expliqua Sam. Comme si c'était là tout ce qui compte chez un homme.

— Nous sommes en train de parler de votre sœur et de ses espérances matrimoniales, me semble-t-il. Alors sur quels critères voudriez-vous que je me base pour juger un homme ?

— Caractère, intelligence, gentillesse par exemple...

Ils venaient d'arriver au sommet d'une petite éminence, et des champs dorés bordés de haies et de murets de pierre sèche s'étendaient devant eux.

— Comment il assume ses responsabilités, poursuivit Sam, veille sur ceux qui dépendent de lui. Il y a une multitude de critères que je placerais avant la fortune et le rang d'un homme, pour estimer s'il convient à Rebecca.

Emeline fit la moue.

— Donc, en résumé, si je trouvais un gentil et intelligent mendiant dans la rue, vous voudriez immédiatement conclure un contrat de mariage ?

— Ne jouez pas les sottes, madame. Vous n'en êtes pas une et vous avez parfaitement compris ce que je voulais dire.

— Vraiment ? Je vous prie de m'en excuser, mais peut-être suis-je effectivement très sotte. Voyez-vous, ici, en Angleterre, nous aimons marier nos filles et sœurs à des gentilshommes qui sont en mesure de leur assurer un train de vie qui...

— Même si l'homme est un débauché, un simple d'esprit, un...

— Oui ! s'exclama Emeline en essayant de rester à la hauteur de Sam qui avait accéléré le pas. Nous ne pensons qu'à l'argent et au rang parce que nous sommes de misérables êtres cupides !

Si je trouvais un comte ayant une rente de vingt mille livres par an, je l'épouserais, même s'il était malade et sénile !

Sam s'arrêta net et lui saisit le bras. Lorsqu'il la regarda bien en face, elle se dit qu'elle aurait dû avoir peur. Il était blême de colère, un sourire féroce sur les lèvres. Pourtant, la peur était bien la dernière émotion qui l'assaillait.

— Chatte..., souffla-t-il avant de l'attirer contre lui et de presser sa bouche sur la sienne.

Le mot « baiser » n'était certainement pas approprié. Ce contact recelait trop de fougue. Il l'embrassait avec avidité, lui écartant sans douceur les lèvres d'une langue exigeante. Emeline ne put que céder, et il insinua alors cette langue profondément dans sa bouche, en quête de la sienne. Il y avait de la rage en lui, à laquelle elle opposa sa propre fureur. Son corps s'était embrasé, elle avait l'impression que de la lave coulait dans ses veines. Frénétiquement, elle s'agrippa à ses épaules, enfonça les ongles dans l'étoffe de sa redingote. S'il s'était agi de sa peau nue, elle l'aurait ravagée de coups de griffes, elle l'aurait marquée profondément, et en aurait conçu un plaisir fou. Pantelante, elle gémissait. La violence du baiser prenait des proportions hallucinantes. Dents crissant les unes contre les autres, lèvres meurtries... Il n'y avait ni beauté ni délicatesse dans ce baiser. Seulement de la frénésie sexuelle et de la colère.

Elle sentait l'odeur de la peau de Sam. Elle n'était pas faite de parfum ou d'onguents. C'était son odeur à lui, brute, et Emeline s'en enivrait à en perdre toute retenue, voire la raison. Elle voulait lui arracher son manteau, déchirer sa chemise, sa lavallière, et enfouir son nez au creux de son cou. Le désir qui l'animait avait quelque chose de primitif, d'animal.

Elle était à deux doigts de perdre le contrôle d'elle-même quand Sam l'arrêta. Il la repoussa et la maintint devant lui, bras tendus. Elle se rendit compte qu'il l'examinait, la détaillait, avec un regard calme d'entomologiste. Alors qu'elle était en ébullition ! Maudit soit cet homme ! Comment pouvait-il ne pas être aussi affecté qu'elle ?

Il dut voir la fureur dans ses yeux, car il esquissa un sourire sans joie.

— Vous le faites exprès, n'est-ce pas, madame ?

— Pardon ?

Elle était en pleine confusion. Il scruta longuement son visage, puis répondit :

— Vous me cherchez querelle, vous me mettez en colère jusqu'à ce que je n'y tienne plus et que je vous embrasse.

— D'après vous, j'aurais tout planifié pour que vous m'embrassiez ? s'exclama-t-elle en essayant vainement de se défaire de son emprise.

— Ce n'est donc pas le cas, madame ?

— Bien sûr que non !

— Moi, je crois que si, murmura-t-il. Je crois que vous vous imaginez ne pouvoir accepter mes caresses que si je vous y contrains.

— C'est faux !

— Alors prouvez-le-moi.

Il pencha la tête vers elle, et ajouta :

— Détachez vos griffes et embrassez-moi.

Lentement, avec une infinie douceur, il effleura ses lèvres des siennes. Elle s'empressa de répondre, lui offrant sa bouche mais cette fois sans hâte ni brutalité. Le baiser n'était plus qu'étourdissante sensualité. Un baiser à faire tout oublier. Un baiser qui incitait à faire l'amour. Un baiser bien plus dangereux que le précédent. Celui-ci parlait de désir, de besoin. Au fond d'elle tintait une sonnette d'alarme. Elle ne devait pas se livrer aussi ouvertement. Sam allait comprendre à quel point elle avait envie de lui, désespérément. Il fallait qu'elle...

Il releva brusquement la tête. Elle ouvrit les yeux, hébétée. Pourquoi ne l'embrassait-il plus ?

Il regardait par-dessus son épaule.

— Les valets envoyés par lady Hasselthorpe approchent. Vous allez bien ?

— Oui, assura Emeline en dépit de ses mains qui tremblaient.

Elle les enfouit dans ses jupes et plaqua une expression d'ennui sur son visage. Les valets gravissaient la petite colline en charriant à deux un panier chargé de bouteilles de vin. Ils ne paraissaient pas particulièrement intéressés par le couple isolé.

— Puis-je vous offrir mon bras ? dit Sam.

Emeline acquiesça, et s'efforça de maintenir un équilibre parfait sur ses deux jambes qui ne demandaient qu'à flageoler. Samuel Hartley exerçait sur elle un effet qu'elle n'appréciait guère. Il semblait avoir le don de la dépouiller de son vernis de civilisation. Il l'avait laissée exposée, vulnérable. Contrairement à ce qu'il pensait, elle n'était pas une créature sophistiquée. Elle était toute en nerfs et en émotions. Prête à se coucher à ses pieds, incapable de contrôler ses impulsions les plus primaires.

Elle aurait dû refuser son bras et partir en courant aussi vite que ses jambes le lui permettaient. Elle avait besoin de se retrouver, de se calmer.

Au lieu de cela, elle avait posé les doigts sur les bras de Sam. Elle sentit le regard triomphant qu'il lui lança. Comme si elle avait reconnu sa défaite.

Le contact de la main de lady Emeline l'apaisait, même si elle ne le lui avait accordé qu'avec répugnance. Son parfum de citronnelle lui chatouillait délicieusement les narines. Pendant quelques secondes, il ferma les yeux et s'exhorta à se ressaisir, le temps que les valets les rejoignent. Il avait été un soldat capable de faire face à des guerriers sauvages et n'avait pas reculé d'un pouce. Pourtant, auprès de lady Emeline, il transpirait. Il jura entre ses dents. Il était impératif de mettre un terme à cette histoire : elle était une aristocrate, pas une femme pour lui.

Il héla les valets.

— On nous a envoyés à votre rencontre. Puis-je vous aider à porter ce panier ?

— Non, monsieur, merci, répondit le plus âgé des deux.

Il avait le souffle court, son compagnon était écarlate, mais dans son intonation transparaissait ce qu'il ressentait : il était choqué. Un gentilhomme n'était pas censé proposer son aide à un serviteur.

Sam soupira et rebroussa chemin avec Emeline, direction le pique-nique devant le château.

— Votre peuple adore diviser les hommes, madame.

— Pardon ?

— Regardez ces deux-là. Ils sont épuisés. Mais tout est fait pour les isoler de nous. Les Anglais raffolent des barrières, même les plus ténues, entre les humains.

— Qu'essayez-vous de me dire ? Qu'il n'y a pas de différence de classes dans les colonies ? Parce que si c'est le cas, sachez que je ne vous crois pas.

— Si, il existe des différences, mais je vous donne ma parole qu'elles sont loin d'être aussi strictes, que ces barrières sont à des lieues d'être aussi infranchissables qu'ici. En Amérique, un homme peut s'élever au-dessus de sa condition à la seule force de ses mains. Sa naissance ne le bloque pas à jamais dans un carcan.

— Comme votre ami, M. Thornton.

— Thornton n'a pas été convié à cette garden-party, n'est-ce pas ?

Emeline dut convenir qu'elle venait de perdre un point.

— Il a peut-être gagné de l'argent, continua Sam, mais il n'est manifestement pas considéré comme acceptable parmi la petite noblesse et encore moins la grande aristocratie.

— Allons, monsieur Hartley, vous avez servi dans l'armée. Ne me dites pas qu'il n'y avait pas de différences de rang et de classe !

— Oui, nous en avions, repartit Sam aigrement, et quelques parfaits idiots se sont retrouvés nommés généraux, parfois. Simplement à cause de leur naissance.

— Mon frère était-il un mauvais soldat ?

Sam réprima un juron. Quel manque de doigté de sa part ! Il était évident qu'elle allait penser à son frère. Comment avait-il pu ne pas y songer ?

— Non, madame. Le capitaine Saint Aubyn était l'un des meilleurs soldats que j'aie connus.

Il la vit baisser la tête, serrer les lèvres. Pour une femme aussi prompte à discuter et argumenter, elle se montrait par moments très vulnérable. L'avoir blessée lui fit mal. Seigneur, comme c'était étrange ! Sa langue acérée aux reparties souvent venimeuses lui donnait la sensation de déborder de vie, et l'envie de l'embrasser jusqu'à ce qu'elle geigne de plaisir. Et pourtant, lorsqu'elle montrait quelque faiblesse, il était bouleversé. Et se prenait à souhaiter qu'elle ne révélât ces faiblesses qu'à lui seul. L'idée qu'elle apparût fragile devant un autre homme lui était insupportable. Il tenait à ce qu'il n'y eût que lui pour protéger cette douceur.

— Et Jasper ? demanda-t-elle. Était-il un bon officier, lui aussi ? Je n'arrive pas à l'imaginer commandant des hommes. Jouant aux cartes et plaisantant avec eux, oui, leur donnant des ordres, non.

— Peut-être, alors, ne connaissez-vous pas bien votre fiancé.

— Je connais Jasper depuis l'enfance.

— Je crois qu'on ne connaît pas un homme tant que l'on n'a pas vu comment il fait face à la mort.

Ils approchaient des pique-niqueurs. Lady Emeline regarda Jasper qui se tenait au centre d'un groupe d'hommes hilares. Il avait ôté sa redingote – une entorse aux bonnes manières – et gesticulait en bras de chemise. Les rires montèrent en intensité.

— Lord Vale est l'homme le plus courageux au combat que j'aie jamais vu, dit Sam.

Emeline se tourna vers lui, incrédule.

— Oui, madame, je l'ai vu tomber de cheval. L'ennemi avait tiré sur la bête. Vale s'est relevé, couvert de sang, et a continué à se battre alors que tous les autres autour de lui mouraient. Il a affronté le combat, affronté la mort, comme s'il n'éprouvait aucune peur. Il lui arrivait même de sourire en se battant.

Emeline eut l'air sceptique.

— Peut-être Jasper ne connaît-il pas la peur.

— Non. Ce n'est pas cela. Seuls les fous ne craignent rien ni personne. Or lord Vale n'est pas fou.

— Dans ce cas, il est un acteur accompli.

— C'est possible.

— Nos sauveurs ! s'exclama lady Hasselthorpe en accourant vers eux, ses mains blanches voletant dans l'air. Oh, merci, lady Emeline, monsieur Hartley. Vous avez permis à ma petite partie de campagne de ne pas tourner au désastre !

Sam sourit et s'inclina. L'hôtesse s'éloigna avec les valets chargés du vin.

— Et vous ? s'enquit Emeline quand lady Hasselthorpe ne fut plus à portée de voix. Comment faites-vous face à la mort ?

— Aussi bien que je le peux, répondit Sam, le visage soudain fermé.

— Je pense que lors des combats, vous vous êtes comporté aussi héroïquement que Jasper, dit gentiment Emeline.

Il se détourna. Il se sentait incapable de regarder la jeune femme droit dans les yeux.

— Il n'y a pas de héros sur les champs de bataille, madame. Il n'y a que des survivants.

— Vous êtes trop modeste.

— Non, répliqua-t-il, conscient de parler trop fort, d'attirer l'attention. Je ne suis pas un héros.

— Emmie ! appela lord Vale. Viens goûter un peu de tourte au pigeon avant qu'il n'y en ait plus ! J'ai risqué ma vie pour t'en garder une part. Quant au poulet rôti, il a déjà disparu !

Sam adressa un signe de tête à Vale, mais avant de laisser partir Emeline, il lui souffla à l'oreille, car il lui semblait vital qu'elle ne se fasse pas d'illusions sur lui :

— Ne pensez jamais que je suis un héros.

10

Ainsi, toutes les prédictions du vieux sorcier se réalisèrent. Cœur de Fer vivait dans un magnifique château avec la princesse Solace, devenue sa femme. Il portait des vêtements tout de pourpre et de cramoisi, entouré d'une foule de serviteurs prêts à satisfaire ses moindres caprices. Évidemment, il ne pouvait toujours pas parler, sinon il eût brisé le serment fait au sorcier, mais il estimait que ce n'était pas si difficile. Après tout, on demande rarement son avis à un soldat.

— Cette expression bougonne ne te ressemble pas, Emeline, remarqua Melisande le lendemain matin.

Emeline avait l'impression d'être incapable de dissimuler son irritation. Elle observait Sam.

— J'aurais préféré que tu viennes hier plutôt qu'aujourd'hui.

Melisande montra son étonnement.

— Si j'avais su que tu te languissais de moi, je l'aurais fait, ma chérie. Est-ce à cause de cela que tu es d'humeur aussi peu amène ?

Emeline soupira et passa le bras sous celui de son amie.

— Non. Mon humeur n'a rien à voir avec toi, excepté que tu m'aides à me sentir plus calme.

Les deux jeunes femmes se trouvaient sur la grande pelouse à l'arrière de Hasselthorpe House. La moitié des invités s'étaient réunis là pour tirer à la cible, l'autre moitié ayant choisi d'aller se promener dans la ville voisine. Des cibles peintes avaient été dressées à l'extrémité de la pelouse par des valets. Derrière les cibles, des balles de paille étaient amoncelées pour recevoir les bottes. Les messieurs qui désiraient participer paradaient, arme à la main, sous le regard admiratif des dames – car bien entendu le public serait essentiellement féminin.

— Le fusil de M. Hartley est incroyablement long, commenta Melisande. Je suppose que c'est à cause de cela que tu le dévores des yeux.

— Pourquoi faut-il qu'il se tienne à part ? marmonna Emeline en soulevant ses jupes aux rayures roses et vertes. On dirait qu'il se considère différent des autres messieurs. Je suis sûre qu'il fait cela pour m'agacer.

— Oui, bien sûr. Il ne songe qu'à cela le matin en se réveillant. Il se dit : « Comment vais-je agacer lady Emeline aujourd'hui ? »

Emeline fronça les sourcils.

— Je deviens stupide, n'est-ce pas ?

— Non, ma chérie, je n'ai pas dit cela, mais...

— Tu ne l'as pas dit car c'eût été superflu.

Un soupir, puis :

— J'ai apporté quelque chose que j'aimerais te montrer.

— Oui ?

— C'est un recueil de contes de fées que Nanny nous lisait. Je l'ai retrouvé récemment, et je crois qu'il est écrit en allemand. Pourrais-tu me le traduire ?

— Je peux essayer, mais je ne te promets rien. Mon allemand est très limité et il y a beaucoup de mots que je ne connais pas, parce que je l'ai appris de ma mère, oralement, et non dans un livre.

La mère de Melisande était une Prussienne qui n'avait jamais parfaitement possédé l'anglais, bien que s'étant mariée à seize ans. Melisande avait grandi en parlant indifféremment anglais et allemand.

Les valets, maintenant que les cibles étaient installées, revenaient vers la zone de tir. Les messieurs se consultèrent gravement pour décider dans quel ordre ils allaient tirer.

— Je ne sais pas pourquoi il a le don de chasser toute pensée intelligente de mon esprit, reprit Emeline en regardant de nouveau Sam.

À la différence des autres messieurs, il ne faisait aucun geste théâtral avec son fusil. Il le tenait droit, par le canon, crosse posée par terre, et attendait calmement. Il s'aperçut qu'Emeline le fixait. Il hocha la tête, sans sourire. Emeline détourna les yeux en hâte, mais sur ses rétines resta imprimée l'image de sa redingote marron, les désormais familières jambières de cuir et ses cheveux libres que le vent soulevait. Rien dans sa tenue ne jouait en sa faveur. Même parmi des hommes habillés pour la chasse, Sam aurait pu passer pour un serviteur. Ce qui ne l'empêchait pas de bouleverser Emeline.

— Hier, il m'a embrassée.

Melisande se figea.

— Quoi ? M. Hartley ?

— Oui.

— Et lui as-tu rendu son baiser ? s'enquit Melisande du ton décontracté qu'elle eût employé pour s'enquérir du coût d'un ruban.

— Mon Dieu... oui.

— Mmm. C'est un homme charmant. Très attirant, dans son genre, mais jamais je n'aurais imaginé qu'il t'attirerait, toi.

— Mais ce n'est pas le cas !

Quel mensonge ! Elle avait l'impression de souffrir de quelque horrible fièvre. Il suffisait que Samuel s'approche pour qu'elle s'empourpre. Elle se découvrait incapable de dominer les pulsions de son corps. Jamais elle n'avait vécu cela. Pas même avec Daniel, pourtant si gai, et à une époque où elle était si jeune... Ressentir d'aussi intenses émotions avec un homme qui n'était pas son mari lui semblait indécent.

— Donc, dans l'avenir, tu vas fuir ce monsieur, n'est-ce pas ? demanda Melisande.

Emeline tourna la tête. Ainsi, M. Hartley n'était plus dans son champ de vision. Elle se mit à contempler un bassin derrière les cibles. Il était rempli de roseaux. Lady Hasselthorpe aurait dû le faire nettoyer avant de donner sa garden-party. Mme Fitzwilliams se tenait à côté, toute seule. Pauvre femme.

— Je ne sais pas ce que je vais faire, Melisande.

— Eh bien, une dame rechercherait la compagnie de son fiancé, c'est évident.

Jasper faisait partie des tireurs, bien sûr. Il adorait tout ce qui avait trait à l'exercice physique. À la différence de Sam, il était en constant mouvement. Il se couchait sur le sol, fusil pointé, puis bondissait sur ses pieds. Emeline se rappela soudain ce qu'avait dit Sam à propos de Jasper : qu'il se battait comme si la peur lui était inconnue. Ce n'était certainement pas là l'homme qu'elle connaissait. Mais peut-être une femme ne connaissait-elle jamais les hommes de sa vie...

— Melisande, ce qui se passe n'a rien à voir avec Jasper.

— Tu as conclu un accord avec lui.

— Exact. Un accord. Les sentiments de Jasper ne sont pas impliqués.

— Vraiment ? Je pense qu'il éprouve de la tendresse envers toi.

— Il me considère comme une sœur.

— Ce qui peut être une excellente base pour un mariage.

— Il voit d'autres femmes !

Cette fois, Melisande resta coite. Emeline se demanda si elle avait choqué son amie. Il n'y avait rien d'anormal à ce qu'un gentilhomme entretienne des relations tant avant le mariage qu'après, mais en parler à haute voix ne se faisait pas.

— Cela ne t'a pas créé de problème auparavant, remarqua Melisande alors que les hommes se mettaient en ordre de tir. Viens, allons regarder.

— Melisande, je n'ai aucun problème quant aux sentiments que me porte Jasper. En fait, je pense qu'une tendre amitié est le secret d'un mariage réussi. Bien plus qu'une folle passion.

Melisande lui jeta un regard acéré, mais s'abstint de tout commentaire. Elles avaient rejoint le groupe de messieurs. Le duc de Lister fit tout un spectacle de sa préparation au tir. Son rang lui avait valu la première place, évidemment.

— Vilain monsieur, chuchota Melisande.

— Le duc ? s'étonna Emeline.

— Oui. Il traîne sa maîtresse comme un petit chien au bout d'une laisse.

— Elle ne semble pas s'en formaliser, répliqua Emeline en regardant Mme Fitzwilliams qui, la main protégeant ses yeux du soleil, observait les tireurs.

Ses cheveux blonds luisaient, et elle avait l'air très décontractée.

— Si elle ne veut pas perdre son statut de favorite numéro un, elle ne peut pas se montrer vexée, argua Melisande. Mais sa situation n'a rien d'amusant. Aucune des dames ne lui adresse la parole et lui, pendant ce temps, il ne perd pas une once de respectabilité.

Le duc épaula son fusil. Melisande se plaqua les mains sur les oreilles quand il appuya sur la détente. L'écho de la détonation se répercuta sur tout le domaine.

— Pourquoi faut-il que les armes à feu soient aussi bruyantes ? se plaignit Emeline.

Un valet s'avança vers la cible et dessina un cercle noir autour du trou creusé par la balle de Lister afin que tout le monde vît l'impact. C'est-à-dire près du bord de la cible. Le duc paraissait déçu, mais les dames l'acclamèrent avec enthousiasme.

Mme Fitzwilliams vint vers lui, sans doute pour le féliciter. Il ne remarqua même pas la jeune femme et lui tourna le dos pour discuter avec lord Hasselthorpe. Emeline vit Mme Fitzwilliams s'arrêter, affichant un sourire sans conviction destiné à personne en particulier, puis pivoter sur ses talons et repartir vers le bassin. Melisande avait raison, songea-t-elle. Maîtresse n'était pas un emploi facile.

— Est-ce que ces messieurs ne sont pas extrêmement virils ? s'extasia lady Hasselthorpe en passant derrière elles.

Aujourd'hui, leur hôtesse portait une robe de coton à pois roses par-dessus de grands paniers. Une multitude de rubans roses et verts ornaient les jupes drapées avec art. Elle tenait une houlette de berger blanche à la main. Apparemment, elle jouait à la bergère. Emeline songea que rares devaient être les bergères qui s'encombraient de robes à paniers pour garder leurs brebis.

— J'aime tellement regarder les messieurs faire la démonstration de leurs prouesses !

Une nouvelle détonation l'interrompit. Melisande sursauta et lâcha dans un sourire contraint :

— Superbe.

— M. Hartley est le prochain, avec son drôle de fusil, reprit lady Hasselthorpe en clignant des yeux.

Tout le monde la savait myope. Elle refusait de porter des lunettes.

— Pensez-vous qu'il va réussir à viser correctement, avec un si long canon ? demanda l'hôtesse. Peut-être va-t-il exploser ! Voilà qui serait excitant !

— Indéniablement, confirma Emeline d'un ton morne.

Sam s'avança jusqu'à la marque au sol puis resta un moment immobile, à fixer la cible. Emeline s'interrogea : que faisait-il ? Puis, à la vitesse de l'éclair, il épaula, visa et tira.

Un silence empreint de stupéfaction s'abattit sur l'assemblée. Le valet muni d'un pinceau s'avança vers la cible. Sam, lui, s'était déjà détourné alors que tout le monde attendait de voir quelle partie de la cible avait atteint la balle. Solennellement, le valet peignit en noir le centre.

— Mon Dieu, il a touché le cœur..., murmura l'un des hommes.

Les femmes applaudirent, les messieurs se groupèrent autour du fusil pour l'examiner.

— Seigneur, ce que je peux détester le bruit d'une arme à feu ! gémit Melisande.

— Tu aurais dû te munir de coton pour tes oreilles.

La détonation n'avait même pas fait ciller Sam. Ni le recul de l'arme et pas davantage la fumée qui sortait du canon. Tous les hommes présents maniaient les fusils avec aisance. Ils participaient à des chasses ou tiraient à la cible lors de garden-parties comme aujourd'hui. Mais aucun d'eux n'avait fait montre de l'incroyable familiarité de Sam avec les armes.

— Cela améliorerait indéniablement mon apparence, si j'avais du coton qui sortait des oreilles, dit Melisande. J'aurais l'air d'un lapin.

L'image fit rire Emeline. Sam se tourna aussitôt dans sa direction. Elle était trop loin de lui pour qu'il l'ait entendue. Il avait donc perçu son amusement. Elle accrocha son regard et le temps parut suspendu, jusqu'au moment où lord Hasselthorpe détourna l'attention de Sam en lui parlant. Emeline baissa la tête. Son cœur battait trop fort.

— Mon Dieu, que vais-je faire ? murmura-t-elle.

— Sacré bon coup, marmonna Jasper qui se tenait derrière Sam.

— Merci.

Sam observait leur hôte qui se préparait à tirer. Hasselthorpe avait les pieds trop rapprochés. Il risquait de perdre l'équilibre, ou au minimum de chanceler quand il ferait feu.

— Mais vous avez toujours été un excellent tireur, continua Jasper. Vous rappelez-vous la fois où vous avez eu cinq écureuils pour notre dîner ?

— Mmm. Cela n'a pas servi à grand-chose. Ils n'ont pas fait un bon ragoût. Trop décharnés.

Il était conscient de la présence d'Emeline à une petite dizaine de mètres de lui. Elle bavardait avec son amie, fuyant son regard. De quoi parlaient les deux jeunes femmes ?

— Décharnés ou pas, nous avons été bien contents d'avoir de la viande fraîche. Hasselthorpe va perdre l'équilibre, n'est-ce pas ?

— Possible.

Ils firent silence lorsque leur hôte visa, pressa sur la détente et comme prévu ne parvint pas à garder son fusil droit quand le coup partit. La balle alla se perdre dans la paille, très loin de la cible.

— Au moins, il n'est pas tombé, remarqua Jasper d'un ton qui trahissait la déception.

Sam se tourna vers lui.

— Avez-vous demandé autour de vous, à propos du caporal Craddock ?

— J'ai eu l'adresse que Thornton nous a donnée, et j'ai situé Honey Lane. C'est là qu'habite Craddock.

— Ah. Bien. Nous ne devrions pas avoir de problème pour le trouver demain, donc.

— Aucun. Je me souviens de Craddock comme d'un gars du genre sensible. S'il est quelqu'un susceptible de nous aider, c'est bien lui.

Sam hocha la tête. Il espérait de tout son cœur que Vale avait raison, que Craddock pourrait les aider. Car ils commençaient à manquer de survivants à interroger.

Ce soir-là, tout en entrant dans la salle de bal, Emeline lissa la soie corail drapée autour de ses paniers. D'après lady Hasselthorpe, la vase pièce avait été récemment redécorée, et manifestement, l'argent avait été dépensé sans compter. Murs peints en rose avec des frises de vigne soulignant plafond, pilastres, fenêtres, porte, bref, tous les endroits possibles et imaginables. Les médaillons sur les panneaux muraux, également entourés de frises, représentaient des scènes pastorales de nymphes et de satyres. L'ensemble donnait une écœurante impression de douceur suave.

Pour l'instant, ce n'était pas la salle de bal des Hasselthorpe qui intéressait Emeline, mais Sam. Elle ne l'avait pas revu depuis la partie de tir de l'après-midi. Participerait-il aux danses, après son problème lors du bal des Westerton ? Renouvellerait-il l'expérience ? C'était stupide de se faire du souci pour un sujet qui ne la concernait pas, se morigénait-elle, mais elle ne pouvait s'empêcher d'espérer que Sam déciderait de rester dans sa chambre.

— Lady Emeline !

Ayant reconnu la voix chantante, elle se retourna. Son hôtesse approchait. Lady Hasselthorpe portait une robe taillée dans un tissu rose, doré et vert pomme, aux paniers tellement amples qu'elle devait se déplacer de biais pour se frayer un chemin parmi ses invités. Le rose de la robe était exactement le même que celui des murs.

— Lady Emeline, je suis tellement contente de vous voir ! s'exclama la dame, comme si elle n'avait pas été en compagnie d'Emeline deux heures plus tôt. Que pensez-vous des paons ?

— Eh bien... ce sont, me semble-t-il, de ravissants oiseaux.

— Oui, mais en sculpture de sucre ? Je veux dire, le sucre, c'est *blanc,* n'est-ce pas ? Or les paons sont tout sauf blancs ! Ce sont les couleurs de leurs plumes qui les rendent si beaux. Un paon en sucre ne peut donc ressembler à un vrai paon, n'est-ce pas ?

Emeline tapota gentiment le bras de son hôtesse.

— Non, mais je suis sûre qu'ils seront néanmoins merveilleux.

Lady Hasselthorpe ne parut pas convaincue, mais elle oubliait déjà son souci. Un groupe de dames derrière Emeline avait accroché son attention.

— Avez-vous vu M. Hartley ? lui demanda précipitamment celle-ci avant qu'elle ne s'éloigne.

— Oui. Sa sœur est très jolie et excellente danseuse. À mon sens, deux qualités qui aident, ne croyez-vous pas ?

Lady Hasselthorpe fila. Emeline soupira de frustration. Maintenant, elle voyait Rebecca, qui dansait avec grâce. Mais où était Sam ? Elle traversa la salle, passa à côté de Jasper qui murmurait à l'oreille d'une toute jeune fille, laquelle rougit, puis se trouva bloquée par un groupe d'hommes assez âgés qui bavardaient.

— J'ai vu le recueil de contes que tu as laissé dans ma chambre.

Emeline se retourna. Melisande était derrière elle, en robe gris terne qui lui donnait l'air d'une corneille poussiéreuse. Toutefois, Emeline s'abstint de tout commentaire. Elles avaient déjà parlé de cela à maintes reprises, et son amie n'avait pas amélioré d'un iota ses tenues.

— Alors ? Peux-tu me le traduire ?

— Je pense que oui, répondit Melisande en ouvrant son éventail. Je n'ai regardé qu'une page ou deux, mais je suis arrivée à déchiffrer la plupart des mots.

— Oh, bien !

Elle avait cru mettre de l'enthousiasme dans sa voix mais, manifestement, avait échoué car son amie lui lança un regard aigu.

— L'as-tu vu ?

Inutile de préciser à qui elle faisait allusion...

— Non.

— Il m'a semblé l'apercevoir sur la terrasse.

Emeline pivota vers les portes-fenêtres que l'on avait ouvertes pour laisser entrer la brise nocturne. Elle toucha le bras de Melisande.

— Merci.

— Mmm. Sois prudente.

— Bien sûr, répliqua Emeline en s'éloignant.

Elle franchit le seuil de l'une des portes-fenêtres, et passa sur la terrasse. La déception s'abattit aussitôt sur elle. Plusieurs couples se trouvaient là, mais elle ne distinguait pas la silhouette si caractéristique de Sam. Elle s'avança et, soudain, perçut sa présence.

— Vous êtes ravissante ce soir, madame..., chuchota-t-il.

Il était derrière elle et son souffle caressait délicieusement son épaule nue.

— Merci.

Elle voulut se retourner, mais il s'était emparé de sa main pour la caler au creux de son coude.

— Faisons-nous quelques pas, madame ?

Question de pure rhétorique. Néanmoins, Emeline acquiesça d'un hochement de tête. La fraîcheur de la nuit était un vrai bonheur après la touffeur de la salle de bal. Le son des voix des invités s'assourdit alors qu'ils descendaient les larges marches de la terrasse. Ils empruntèrent une allée gravillonnée. De petites lanternes pendaient aux branches des arbres fruitiers. Elles scintillaient comme des lucioles.

Emeline frissonna. C'était l'automne, il ne faisait guère chaud. La grande main de Sam enveloppa la sienne.

— Si vous avez froid, nous pouvons rentrer.

— Non, je vais bien, assura-t-elle en regardant son profil qui se dessinait en ombre chinoise sur la douce clarté des lanternes. Et vous ?

— Plus ou moins. Vous devez me prendre pour un idiot.

— Pas du tout.

Pendant quelques instants, ils marchèrent en silence. On n'entendait que le crissement de leurs pas sur le gravier. Emeline l'avait soupçonné de projeter une incursion vers le noir du sous-bois, mais non. Il ne s'écartait pas de l'allée éclairée.

— Daniel vous manque-t-il, madame ?

Dans un premier temps, elle se méprit, crut qu'il parlait de son défunt mari. Puis elle comprit.

— Oui. J'ai peur qu'il ne continue à faire des cauchemars, la nuit. Parfois, ils le perturbent beaucoup. Son père aussi était sujet aux cauchemars.

— Comment était votre mari ?

Elle sentait son regard sur elle. Elle s'obligea à garder les yeux rivés sur l'allée.

— Il était jeune. Très jeune. Vous devez penser que c'est sot de dire cela, mais c'est la vérité. À l'époque, je ne m'en suis pas rendu compte parce que j'étais jeune aussi. Daniel n'était qu'un tout jeune homme quand nous nous sommes mariés.

— Mais vous l'aimiez.

— Oui. Désespérément.

C'était un soulagement que de le reconnaître, d'admettre avoir été follement amoureuse de Daniel, et accablée de chagrin à sa mort.

— Lui, vous aimait-il ?

— Oh, oui ! Il m'a dit être tombé amoureux de moi au premier regard. C'était lors d'un bal comme celui-ci, et tante Cristelle nous a présentés l'un à l'autre. Elle connaissait la mère de Daniel. Ensuite, il m'a envoyé des fleurs, m'a emmenée en promenade, bref, il a fait tout ce qui est prévu dans ces cas-là. Nos familles ont presque été surprises lorsque nous avons annoncé nos fiançailles. Dans leur esprit, nous étions déjà fiancés de longue date.

Cette époque avait été merveilleuse, mais un peu floue dans sa mémoire maintenant. Avait-elle vraiment été aussi jeune ?

— Était-il un bon mari ?

— Oui, dit Emeline en souriant. Il lui arrivait de jouer et de boire, mais tous les hommes font cela. Et il me faisait des cadeaux et de jolis compliments.

— Un mariage idéal, en somme, remarqua Sam d'un ton plat.

— C'en était un, accorda Emeline en se demandant s'il était jaloux.

Il s'immobilisa et lui fit face. Elle constata alors que ses yeux ne recelaient pas une once de jalousie.

— Alors pourquoi, après un premier mariage parfait, voulez-vous en contracter un second de convenance ?

Emeline sursauta comme s'il l'avait souffletée. Elle leva instinctivement la main, pour se défendre ou le frapper, elle l'ignorait. Il lui saisit le poignet.

— Pourquoi, Emeline ? insista-t-il en usant de son prénom.

— Cela ne vous regarde en rien, rétorqua-t-elle d'une voix tremblée.

— Je crois que si, madame.

— Quelqu'un va venir, lâchez-moi !

Pour l'instant, il n'y avait personne dans l'allée, mais Emeline savait que cela ne durerait pas.

— Vous l'aimiez, insista Sam en scrutant son expression. Vous l'aimiez vraiment.

— Oui, je l'aimais, et il est mort et m'a laissée seule !

Il la fixait. On eût dit qu'il essayait de lire jusqu'au fond de son âme.

— Emeline…

— Non ! cria-t-elle en dégageant son bras.

Elle partit en courant dans le jardin, fuyant Sam comme elle aurait fui un démon.

Quand Sam et Vale partirent à cheval l'après-midi suivant, le ciel s'assombrit. Sam espérait qu'il ne pleuvrait pas avant qu'ils aient regagné la maison. Il n'avait pas eu l'opportunité de parler à Emeline de toute la matinée. Elle s'était arrangée pour être en permanence avec quelqu'un. Son refus de toute discussion avec lui le perturbait au plus haut point. La veille, dans le jardin, il avait mis le doigt sur un point très sensible, il le savait. Elle avait aimé son mari. Sam avait désormais la certitude qu'Emeline était capable d'aimer profondément, sans restriction.

Et peut-être était-ce là le problème : combien de fois serait-elle à même d'aimer ainsi sans en subir les conséquences ? Il l'imaginait sous la forme d'un feu qui, après avoir brûlé ardemment, serait devenu cendres incandescentes, que seul un homme déterminé pourrait ranimer jusqu'à ce qu'elles redeviennent flammes.

Le cheval de Sam secoua la tête, faisant cliqueter la bride. Ils se rendaient à Dryer's Green, la ville voisine où habitait le caporal Craddock. Vale était anormalement silencieux alors qu'ils engageaient leurs montures dans l'allée qui conduisait à la route principale.

Lorsqu'ils atteignirent la grille de fer forgé qui fermait l'allée, Vale parla enfin.

— Votre tir a vraiment été impressionnant, hier. Je pense que vous devez toucher le cœur d'une cible à chaque coup.

Sam regarda son compagnon. Quel curieux sujet de conversation il avait choisi là. Mais peut-être Vale ne cherchait-il qu'à bavarder pour passer le temps.

— Merci. Finalement, vous, vous n'avez pas tiré.

Un petit muscle tressauta sur la joue de Vale.

— J'ai eu ma dose pendant la guerre.

Sam hocha la tête. Il comprenait. Aristocrates ou simples soldats avaient vécu des expériences qu'ils souhaitaient oublier.

— J'espère que vous ne me prenez pas pour un lâche, Hartley.

— Loin de moi cette idée.

— Ah, merci.

Un temps, puis :

— C'est curieux, savez-vous. Cela m'est égal d'entendre tirer ou de sentir l'odeur de la poudre. Mais pas de tenir un fusil entre les mains. Il se passe alors quelque chose dans ma tête. La guerre redevient réelle. Trop réelle.

Sam acquiesça. Ils étaient maintenant sur la route, bordée d'un côté par une vieille haie et de l'autre par un mur de pierre sèche. Derrière ces barrières, les champs bruns et dorés s'étendaient à perte de vue. Un groupe de faneurs s'activait dans l'un d'eux. Les femmes avaient retroussé leurs jupes jusqu'aux genoux, les hommes étaient en sarrau.

— Saviez-vous que Hasselthorpe a aussi fait la guerre, Hartley ?

— Vraiment ? s'étonna Sam.

Le lord n'avait rien d'un militaire.

— Il était aide de camp de l'un des généraux. Je ne me rappelle plus lequel.

— Était-il à Québec ?

— Non. Je ne suis pas sûr qu'il ait participé à la moindre action. De toute façon, je crois qu'il n'est pas resté longtemps dans l'armée avant d'hériter.

Beaucoup d'aristocrates obtenaient des sinécures dans l'armée de Sa Majesté. Qu'ils soient ou non adaptés à la vie militaire n'entrait guère en ligne de compte dans leur choix de carrière.

La conversation entre les deux hommes mourut. Elle n'avait pas repris lorsqu'ils entrèrent dans les faubourgs de Dryer's Green quelques minutes plus tard. C'était une petite ville animée, le genre à avoir un marché florissant chaque semaine. Les deux cavaliers passèrent devant l'atelier du maréchal-ferrant, celui du cordonnier, puis approchèrent d'une auberge.

— On m'a dit que Honey Lane était juste là, expliqua Vale en montrant du doigt une ruelle après l'auberge.

Sam fit pivoter son cheval en direction de la ruelle, dans laquelle ne se trouvait qu'une maison, un vilain petit cottage au toit de chaume noirci par le temps. Sam interrogea Vale du regard. Celui-ci lui répondit par un haussement d'épaules.

Ils mirent pied à terre et attachèrent les chevaux à des branches basses qui dépassaient du mur séparant le cottage de la rue, puis Vale ouvrit le portillon de bois et ils remontèrent l'allée dallée. L'endroit avait sans doute été charmant autrefois. Les vestiges d'un jardin demeuraient et le cottage, bien que petit, avait jolie allure. Manifestement, Craddock avait été écrasé par la dureté de l'existence. Ou bien il était devenu incapable d'entretenir la maison.

Perturbé par ces réflexions, Sam frappa à la porte au linteau bas.

Personne ne répondit. Il attendit un moment, frappa de nouveau, cette fois avec vigueur.

— Il est peut-être sorti, suggéra Vale.

— Avez-vous appris où il était employé ?

— Non. Je...

La porte s'entrouvrit. Une femme entre deux âges les examina par l'entrebâillement. Elle portait un bonnet blanc, mais le reste de sa tenue était noir. Un châle croisé sur sa poitrine était attaché à sa taille.

— Oui ?

— Excusez-nous, madame. Nous cherchons M. Craddock. On nous a dit qu'il habitait ici.

La femme émit un petit hoquet.

— Il habitait ici, oui. Mais il n'y est plus. Il est mort. Il s'est pendu il y a un mois.

11

Six ans s'écoulèrent dans une parfaite entente conjugale. Mais quel homme n'aurait pas été heureux d'être riche et époux d'une femme superbe qui l'adorait ? Au cours de la sixième année, le bonheur de Cœur de Fer atteignit son point d'orgue lorsque la princesse lui apprit qu'elle attendait un enfant. Oh, l'allégresse qui s'empara de la Ville brillante ! Les gens dansaient dans les rues, et la nuit où naquit le bébé, un garçon, le roi inonda la population de pièces d'or. Ce petit enfant était l'héritier du trône et porterait un jour une couronne royale sur la tête. Cette nuit-là, Cœur de Fer sourit en regardant sa femme et son fils. Il savait que très bientôt, il pourrait prononcer leurs noms à haute voix. Car il ne restait plus que trois jours avant la fin de ses sept années de silence.

— Les câpres..., dit lady Hasselthorpe.

Emeline avala un morceau d'oie et leva les yeux sur son hôtesse.

— Oui ?

— Eh bien...

Lady Hasselthorpe balaya du regard les élégants convives assis autour de sa table magnifiquement dressée. Tous la fixaient.

— ... d'où viennent-elles ?

— Des cuisines ! s'écria un jeune homme.

Personne ne rit, excepté la demoiselle à côté de lui. Lord Boodle, un gentilhomme plus âgé à la figure pâle sous une perruque un peu filandreuse, s'éclaircit la gorge puis énonça :

— Je crois que ce sont des bourgeons.

— Vraiment ? dit lady Hasselthorpe. Voilà qui me paraît un peu fantaisiste. Je les aurais plutôt crues de la famille des pois, simplement un peu plus acides, si vous voyez ce que je veux dire.

— Tout à fait, tout à fait, ma chère, lança lord Hasselthorpe de l'autre extrémité de la table.

Nombreux étaient ceux qui se demandaient comment le lord, mince, austère, totalement dépourvu d'humour, avait pu épouser lady Hasselthorpe.

— Comme je le disais..., reprit-il après un inquiétant raclement de gorge.

— De très, très acides pois, le coupa sa femme.

Les sourcils froncés, elle fixait la sauce qui entourait son émincé d'oie sur son assiette. Quelques câpres nageaient dedans.

— Je ne sais pas si je les aime vraiment, ces petites choses aigres, continua-t-elle. Elles se cachent dans une excellente sauce, et lorsque je mords l'une d'elles, je sursaute. Cela vous fait-il le même effet ?

Cette question s'adressait au duc de Lister, assis à sa droite.

Le duc était connu pour ses dons d'orateur au Parlement, mais lady Hasselthorpe semblait avoir le don de lui faire perdre son éloquence.

— Ah...

Emeline vola au secours de la conversation mourante.

— Faut-il demander aux valets de retirer votre assiette ?

— Oh, non ! s'exclama lady Hasselthorpe dans un sourire charmant.

Le bleu de sa robe était exactement assorti à celui de ses yeux. Elle arborait un collier de perles qui mettait en valeur son cou fin et long. Elle était d'une exceptionnelle beauté.

— Je vais simplement faire attention aux câpres, voilà tout.

Et elle prit une bouchée d'oie.

— Courageuse femme, murmura le duc.

— Je le suis, n'est-ce pas ? fit lady Hasselthorpe, ravie. Plus courageuse que lord Vale et M. Hartley, je crois : ils ne sont même pas rentrés de leur promenade au village pour le dîner. À moins qu'ils ne se cachent dans leurs chambres ?

Elle avait regardé Emeline.

Celle-ci ignorait où Jasper et Sam avaient bien pu aller. Ils étaient partis immédiatement après le déjeuner.

Elle afficha à l'intention de son hôtesse un sourire décontracté.

— Ils se sont certainement arrêtés à la taverne du village. Vous savez comment sont les messieurs...

Lady Hasselthorpe écarquilla les yeux, comme si elle n'était pas sûre de savoir comment étaient les messieurs.

— En fait, intervint Lister, je pense que lord Vale est dans la véranda.

— Quoi ? Mais que fait-il donc là ? Le dîner n'est pas servi dans la véranda !

— Je crois qu'il a... euh... une indisposition.

— Sottises ! répliqua lady Hasselthorpe. La véranda est un très mauvais endroit lorsque l'on est indisposé. Il devrait aller dans la bibliothèque.

Emeline demeura interloquée. Jasper, dans la véranda et *indisposé* ? Donc il était rentré depuis longtemps déjà, à son insu. Mais, et Sam ? Où se trouvait-il, lui ?

— Avez-vous vu M. Hartley ? demanda-t-elle à Sa Grâce, ce qui obligea le duc à interrompre ses explications embrouillées sur ce qui pouvait amener un homme à se réfugier dans une véranda s'il souffrait d'une indisposition.

— Je suis désolé, non, madame.

— Eh bien, ils auront tous les deux manqué le dîner et iront se coucher le ventre vide, conclut gaiement lady Hasselthorpe.

Emeline essaya de sourire, sans résultat. Le dîner s'éternisa encore une heure et elle s'étonna de parvenir à entretenir la conversation avec ses voisins immédiats : elle avait l'esprit ailleurs. Enfin, après la poire et le fromage, le repas s'acheva. Elle ne s'attarda pas davantage que la politesse l'exigeait. Elle partit vers la véranda, longeant toute une série de couloirs jusqu'à ce que, enfin, ses talons claquent sur le sol d'ardoise du seuil. Une jolie porte vitrée gardait la chaleur humide à l'intérieur. Elle la poussa et appela :

— Jasper ?

Tout ce qu'elle entendait était un bruit de gouttes d'eau qui tombaient. Agacée, elle ferma la porte derrière elle et appela de nouveau.

— Jasper ?

Quelque chose cliqueta vers le fond de la véranda, puis il y eut un juron lancé par une voix d'homme. Jasper.

L'endroit était tout en longueur, avec des murs et un toit de verre. Quelques plantes en pots justifiaient la destination de la pièce, mais manifestement elle n'avait été construite qu'à titre ornemental. Emeline souleva ses jupes et s'approcha. Elle contourna une statue de Vénus et trouva

Jasper allongé sur un banc. Derrière lui, il y avait une fontaine, au centre d'un espace circulaire.

— Ah, tu es là, Jasper !

— Vraiment ?

Il avait les yeux clos, ses vêtements et ses cheveux étaient en désordre. Il se tenait en équilibre précaire sur le flanc. Elle lui attrapa l'épaule et le secoua.

— Où est Sam ?

— Arrête ! Je me sens tout bizarre.

Il essaya de repousser le bras d'Emeline mais le manqua, tant ses mouvements étaient désordonnés. Il était complètement ivre, constata Emeline avec consternation. Jamais elle ne l'avait vu aussi saoul. Éméché et joyeux, oui, carrément saoul, non. Et jamais en public. Mon Dieu, que s'était-il passé ?

— Jasper ! Qu'est-il arrivé, au village ? Où est Sam ?

— Il est mort.

L'épouvante saisit Emeline, jusqu'à ce qu'elle se rende compte que Jasper ne pouvait dire vrai. Si Sam avait été victime d'un accident, les Hasselthorpe en auraient été informés.

La tête de Jasper était retombée. Il avait maintenant le menton appuyé sur la poitrine. Emeline s'agenouilla.

— Jasper, mon chéri, dis-moi ce qui s'est passé.

— Ce vieux pote... s'est suicidé... Oh, Emmie, cela ne finira donc jamais ?

Elle n'avait qu'une vague idée de ce dont il parlait, mais il était patent que quelque chose de grave était survenu.

— Sam ! Où est allé Sam, Jasper ?

Il battit l'air d'un bras et faillit basculer dans la fontaine. Emeline l'attrapa par la taille pour le stabiliser.

— Là, dehors. A filé dès qu'on est descendus de cheval. En courant. Sacré coureur, Sam. L'as-tu déjà vu courir, Emmie ?

— Non, jamais. Viens, très cher. Je vais te mettre au lit. Tu ne devrais pas rester ici tout seul.

Sam était sain et sauf, Dieu merci.

— Mais je ne suis pas tout seul. Je suis avec toi, Emmie.

— Oui, mais n'empêche : tu serais mieux au lit.

Emeline vit avec surprise Jasper se redresser sans difficulté. Une fois debout, il se pencha vers elle, se balançant sur ses talons. Seigneur, pourvu qu'il parvienne à regagner sa chambre par ses propres moyens...

Il posa la main sur son épaule.

— Tout ce qui te ferait plaisir, Emmie. Tiens, que Sam soit là. On pourrait faire une petite java.

— Mais oui, ce serait charmant, assura Emeline en l'aidant à marcher.

Il chavirait et faillit tomber sur un oranger, dont il cassa une branche.

— C'est un merrrrveilleux pote, sais-tu cela, Emmie ?

— Oui, oui...

Ils avaient atteint la porte et elle eut quelque difficulté à l'ouvrir sans lâcher Jasper. Il résolut le problème en l'ouvrant lui-même.

— Il m'a sauvé, marmonna-t-il en passant dans le couloir. M'a ramené en lieu sûr au moment où je pensais que les sauvages allaient me couper les roupettes et... Ooooh... Je ne devrais pas dire cela devant toi, Emmie. Sais-tu que j'ai un sacré coup dans le nez ?

— Vraiment ? Je ne m'en serais jamais doutée. Ainsi, Sam t'a sauvé ?

— Il a couru pendant trois jours. Couru, couru, couru... et pourtant, l'avait une blessure à l'arme blanche au flanc. C'est un grand coureur, oh oui.

Ils étaient arrivés au pied de l'escalier. Emeline raffermit son emprise. S'il chutait pendant qu'ils gravissaient les marches, il l'entraînerait. Personne, jusqu'à maintenant, ne les avait vus. Pourvu que leur chance dure...

— Cela les a mis en sang, Emmie.

— Quoi donc ?

— Courir. Le temps qu'il rejoigne le fort, il avait les pieds en sang.

Mon Dieu, quelle image horrible...

— Comment remercier un homme qui a fait cela, hein, Emmie ? Il a couru jusqu'à ce que ses pieds ne soient plus que des plaies. Et même alors, il a continué à courir.

Ils étaient maintenant dans la chambre de Jasper. Qu'elle y entre était inconvenant, mais elle ne pouvait tout de même pas l'abandonner dans le couloir. Et puis, il s'agissait de Jasper, n'est-ce pas ? L'être qui pour elle se rapprochait le plus d'un frère, qui remplaçait celui qu'elle avait perdu. Et accessoirement, son fiancé.

Elle tendit la main vers la poignée mais la vit tourner, puis la porte s'ouvrit. Le valet de Jasper s'inscrivit dans l'ouverture, impavide.

— Puis-je vous aider, madame ?

— Oh, merci, Pynch. Pouvez-vous vous occuper de lui ?

Elle se délesta de sa charge, qu'assuma aussitôt le valet.

— Naturellement, madame.

— Merci, dit-elle, soulagée de laisser Jasper aux bons soins de Pynch, à qui elle sourit avant de repartir en hâte vers l'escalier.

Il fallait absolument qu'elle trouve Sam.

La nuit tombait. Le ciel avait pris cette teinte étain qui précédait la fin du jour.

Et Sam courait.

Il courait depuis des heures. Depuis assez longtemps pour être épuisé. Assez longtemps pour avoir, précisément, transcendé l'épuisement et trouvé son second souffle. Son corps bougeait au rythme régulier d'une machine. Excepté que les machines ne connaissent pas le désespoir. Il avait beau courir, il ne parvenait pas à aller plus vite que ses pensées, les dépasser, les laisser derrière lui.

Un soldat qui s'était suicidé. Un soldat qui avait survécu aux batailles, à la nourriture pourrie, au froid de l'hiver dans des vêtements inadaptés, aux maladies qui décimaient régulièrement le régiment. Il était sorti vivant de toutes ces épreuves, un miracle. Il avait été l'un des rares à en réchapper, et pour quoi ? Pour rentrer chez lui, dans un joli petit cottage auprès d'une épouse aimante. Cela aurait dû être l'épilogue. Le soldat de retour au bercail, la guerre renvoyée au passé, et dont il aurait raconté des anecdotes au coin du feu en hiver. Mais non. Craddock s'était juché sur un tabouret, avait passé un nœud coulant autour de son cou et fait tomber le tabouret d'un coup de pied.

Pourquoi ? Cette question hantait Sam. Pourquoi, après avoir fait un pied de nez à la mort, se jeter dans ses bras ? Pourquoi maintenant ?

Il gravit une colline, le souffle court, les jambes tremblantes de fatigue, de terribles élancements dans les pieds à chaque foulée. L'obscurité baignait les champs et il n'aimait pas cela. Il risquait de se rompre le cou en faisant un faux pas. Mettre le pied dans un terrier de lapin ou heurter un gros caillou et tomber. Mais il devait continuer à courir parce que les autres dépendaient de lui. S'il s'arrêtait, il serait un lâche fuyant le champ de bataille. Or il n'était pas un lâche. Il avait survécu aux batailles, tué des hommes, Blancs et Indiens. Il était en vie à la fin de la guerre et était devenu un homme sage et respectable. Oui, les autres dépendaient de lui, ils écoutaient avec gravité ses avis. Désormais, plus personne ne l'accusait de lâcheté. Du moins, pas en face.

Il trébucha, vacilla, mais tint bon.

Continue à courir, ne tombe pas...

Craddock avait baissé les bras. Il avait succombé à l'attrait des ténèbres qui envahissaient l'esprit aux moments où l'on s'y attendait le moins, aux cauchemars qui hantaient le sommeil. Désormais, Craddock dormait en paix. Sans cauchemars ni peur pour son âme. Craddock reposait du sommeil du juste.

N'abandonne pas...

Emeline ne savait pas ce qui l'avait réveillée en pleine nuit. Sam se déplaçait toujours dans un silence total, tel un chat. Et pourtant, lorsqu'il entra dans la chambre, il la réveilla.

Elle se redressa sur le fauteuil où elle s'était assoupie devant la cheminée.

— Où étiez-vous ?

Il ne parut pas étonné de la trouver dans sa chambre. Dans la lumière des candélabres, son visage était pâle, son expression indéchiffrable. Il s'avançait vers Emeline, d'une démarche étrangement raide. Elle baissa les yeux. Ses pieds marquaient le tapis de taches sombres. Elle faillit lui reprocher de ne pas nettoyer la boue qu'il laissait derrière lui, puis elle comprit. Et se réveilla alors complètement.

— Ô mon Dieu, qu'avez-vous fait ?

Elle se mit debout et lui agrippa le bras, puis l'attira doucement vers le fauteuil qu'elle occupait jusque-là.

— Vous êtes un homme stupide ! Qu'avez-vous fait ? Que vous est-il passé par la tête ?

Elle rajouta du charbon dans la cheminée, puis rapprocha une chandelle. Ce qu'elle découvrit à la clarté de la flamme la laissa sans voix. Ses mocassins étaient déchiquetés, se réduisaient à des lambeaux de cuir accrochés à ses pieds... Ses pieds qui... Seigneur ! Ils n'étaient plus que des moignons sanguinolents. Tels que Jasper les avait décrits quelques heures plus tôt. Maintenant, l'horrible description était devenue réalité.

Y avait-il de l'eau dans la chambre ? Oui, mais froide. Et où trouver des linges pour nettoyer et faire des bandages ? Elle bondit vers la porte. Une main jaillit et la retint.

— Restez là.

La voix de Sam était gutturale, enrouée de fatigue, mais ses yeux étaient dardés sur la jeune femme et il ne cillait pas.

— Restez là, répéta-t-il.

— Il faut que je trouve de l'eau et des linges.

— Non. Je ne veux pas que vous partiez.

Elle repoussa fermement sa main.

— Et moi, je ne veux pas que vous mouriez d'une infection !

Elle s'était exprimée abruptement, son expression était sévère, mais il lui sourit.

— Très bien. Mais revenez-moi.

— Ne dites pas de sottises, marmonna-t-elle en se dirigeant vers la porte. Bien sûr que je vais revenir.

Sans attendre, elle prit une chandelle et s'élança en courant dans le couloir. Elle marqua toutefois une brève pause, le temps de s'assurer que personne ne la voyait, puis gagna aussi vite et aussi discrètement que possible les cuisines. Les parties de campagne comme celle organisée par les Hasselthorpe étaient connues pour leurs rendez-vous clandestins. La plupart des invités feindraient la cécité s'ils l'apercevaient traversant la maison en pleine nuit, mais ensuite, les ragots iraient bon train. Une affreuse perspective, dans la mesure où elle était parfaitement innocente.

Les cuisines des Hasselthorpe étaient vastes, avec une salle principale voûtée, datant probablement de l'époque médiévale. Emeline constata avec satisfaction que la cuisinière était une femme compétente : elle gardait le feu couvert la nuit.

Elle traversa la salle, vers l'immense cheminée. Et faillit tomber sur un petit garçon qui dormait là. Il se redressa, au milieu de son nid de couvertures comme une petite souris.

— Je suis désolée, murmura Emeline, je ne voulais pas te réveiller.

Une énorme jarre de terre cuite était posée dans un angle de l'âtre. Elle la souleva et regarda son contenu. De l'eau tiède ! Alors qu'elle en vidait dans une bouilloire, elle entendit le garçon bouger derrière elle.

— Je peux vous aider, m'dame ?

Elle posa la bouilloire sur le feu, ranima les braises, puis se retourna. Il était assis sur les couvertures, ses cheveux noirs hérissés. Il avait probablement l'âge de Daniel.

— Est-ce que la cuisinière a un baume pour les brûlures et les coupures ?

— Oui.

Il se mit debout et se dirigea vers une grande armoire, dont il ouvrit un tiroir. Il fouilla à l'intérieur, puis rapporta à Emeline un petit pot. Il contenait une substance graisseuse de couleur sombre. Elle en huma l'odeur. Herbes et miel.

— Cela fera parfaitement l'affaire. Merci. Va te recoucher, maintenant.

— Oui, m'dame.

Le gamin regagna sa couche de fortune et observa Emeline pendant qu'elle prenait une pile de linges dans l'armoire puis, la pile dans une main, la bouilloire dans l'autre, gagnait la porte. Elle le remercia d'un sourire et lui souhaita bonne nuit.

Elle repartit vers la chambre, sans la chandelle qu'elle n'aurait pu tenir. Mais elle connaissait bien le chemin, désormais. Sam devait s'être endormi, se dit-elle en entrant dans la pièce. Non. Il tourna aussitôt la tête vers elle et ne la quitta pas des yeux quand elle versa l'eau chaude dans une cuvette, ajouta un peu d'eau froide, puis apporta le tout à côté de lui. Elle s'agenouilla et fronça les sourcils.

— Avez-vous un couteau ?

Il extirpa un canif de sa poche de gilet et le lui tendit. Elle fit sortir la lame du manche et entreprit de taillader les lambeaux de cuir des mocassins. Quelques-uns étaient collés à la peau de ses pieds par du sang coagulé. Lorsqu'elle les arracha, le sang se remit à couler. Ce devait être extrêmement douloureux, songea-t-elle, mais Sam n'émit pas un son. Elle enroula les jambières le long de ses mollets et approcha la cuvette.

— Mettez vos pieds dedans, monsieur Hartley.

Il obéit et, cette fois, laissa échapper un petit sifflement en plongeant ses pieds dans l'eau chaude.

— Combien de temps avez-vous couru ? demanda Emeline.

— Je ne sais pas.

L'eau de la cuvette était écarlate.

— Vale vous a dit, madame ?

— Jasper m'a dit quelque chose à propos d'un homme que vous êtes allés voir et qui est mort, oui, répondit-elle distraitement.

Si ses semelles s'étaient désagrégées pendant qu'il courait, de la terre et des petits cailloux avaient dû pénétrer dans sa chair. Il fallait nettoyer soigneusement, sinon il y aurait une infection. Retirer un à un chaque débris serait très douloureux.

— Où est Vale ? s'enquit soudain Sam.

— Dans sa chambre, je pense. Je l'ai laissé aux bons soins de son valet. Il a bu plus que de raison.

— Ah.

Emeline étala un linge sur ses genoux, qu'elle tapota.

— Levez les pieds et posez-les là.

Il s'exécuta, tendant ses pieds nus, et elle examina la plante et les talons. Rouges, mâchurés, profondément écorchés, mais en meilleur état qu'elle ne l'avait imaginé. En fait, il n'y avait qu'une seule entaille profonde.

Des pieds élégants. Elle ne s'était pas attendue à les voir si bien faits. Et se reprocha aussitôt cette pensée incongrue.

— Il s'est pendu, lâcha Sam.

Emeline le regarda. Il avait fermé les yeux, sa tête reposait contre le dossier du fauteuil. La clarté du feu de cheminée jouait sur les méplats de son visage, qui luisait encore de sueur. Il était épuisé.

Elle revint au pied qu'elle soignait.

— Le soldat que vous êtes allé voir avec Jasper ?

— Oui. Sa femme était là, dans son petit cottage. Elle a raconté qu'il était revenu après la guerre et que, pendant un moment, il avait semblé aller bien.

— Et ensuite ?

Emeline prit un linge et le froissa jusqu'à le réduire aux dimensions de sa paume. Puis elle le plongea dans l'eau chaude, l'essora, et entreprit de nettoyer le pied blessé et souillé, regrettant de n'avoir pas pris une petite brosse dans les cuisines.

— Il a cessé de vivre.

De nouveau, elle le regarda. Il souffrait, c'était certain, et pourtant ses traits n'étaient pas crispés.

— Qu'entendez-vous par « il a cessé de vivre » ?

— Il est sorti de moins en moins souvent, jusqu'à ne plus quitter le cottage du tout. À ce moment-là, il avait perdu son poste d'employé à l'épicerie du village. Puis il a cessé de parler. Sa femme nous a dit qu'il s'asseyait devant le feu et le fixait des heures durant, comme hypnotisé.

Emeline posa le pied droit propre par terre.

— L'autre, je vous prie.

Il plaça le pied dégoulinant d'eau pourpre sur ses genoux. Elle ne voulait pas entendre cette histoire de soldat incapable de recommencer à vivre normalement une fois rentré de la guerre. Reynaud se serait-il comporté comme M. Craddock, s'il avait été épargné ? Aurait-elle été obligée de le regarder mourir à petit feu, consumé par son enfer intérieur ? Mais, et Sam ?

— Et… ?

— Et il n'a plus dormi.

Elle releva la tête.

— Comment est-ce possible ? Tout le monde dort. On ne contrôle pas le sommeil.

Il ouvrit les yeux et les fixa sur elle, tristes, si tristes qu'elle résista avec peine à l'envie de fuir ce regard vibrant de détresse. De quitter cette chambre à toutes jambes. De trouver un endroit où plus jamais elle ne penserait à la guerre et aux hommes qui l'avaient faite.

— Il avait des cauchemars.

Elle se tourna vers le feu et inspira profondément. Elle ne voulait pas savoir. Il existait des choses trop pénibles à imaginer, trop horribles. Reynaud était mort, mais elle ne se sentait pas mal. Elle avait réussi à faire son deuil, même si au début elle avait maudit le destin. Elle s'était résignée à l'accepter car il n'y avait pas d'autre alternative. Apprendre en détail ce qu'avait été la guerre, ce qu'enduraient ceux qui en étaient revenus, vivants mais pas intacts, c'était plus qu'elle n'en pouvait supporter.

— Et vous, monsieur Hartley, faites-vous des cauchemars ?

— Oui.

— De... de quoi rêvez-vous ?

Les rides autour de sa bouche se creusèrent. Des plis de profonde amertume.

— Je rêve de l'odeur de la sueur des hommes. De l'odeur des cadavres aux blessures béantes, aux chairs rouges et luisantes même après la mort. Je rêve que je suis mort, moi aussi. Qu'être en vie n'est qu'une illusion, et lorsque je baisse les yeux sur mes mains, elles sont en putréfaction, les os saillent à travers la peau qui tombe en lambeaux.

— Ô mon Dieu...

— Mais ce n'est pas le pire, murmura Sam, si bas qu'elle l'entendit à peine.

— Et... qu'est-ce qui est le pire ? demanda Emeline avec appréhension.

— Que j'aie abandonné mes camarades, que je sois parti en courant dans les forêts d'Amérique du Nord, mais pas pour aller chercher de l'aide, dans un premier temps. Je me suis enfui, c'est tout. C'est pour cela qu'ils me considèrent comme un lâche.

Dieu du ciel, quel affreux aveu ! Trop incongru et déplacé pour être l'expression de la vérité.

Tellement choquant qu'Emeline ne put s'empêcher d'éclater de rire. Aussitôt, comme une enfant, elle mit son poing sur sa bouche pour retenir cette inconvenante hilarité, mais ce fut plus fort qu'elle : son rire continua à résonner dans la chambre.

— Je suis désolée, bredouilla-t-elle entre deux hoquets. Je suis désolée…

Éberluée, elle vit Sam esquisser un sourire. Il se pencha et l'attira contre ses genoux. Le bas de ses jupes glissa dans l'eau rougie de sang de la cuvette. Elle n'en eut cure. Rien ne la touchait, hormis la souffrance de cet homme et ses atroces cauchemars. Elle tendit la main et la posa sur sa joue. Elle aurait aimé par ce seul geste aspirer la douleur qui était en lui, la faire sienne, le soulager. Il lui caressa les cheveux.

— Je sais que vous êtes désolée. Pourquoi riez-vous ?

Sa voix recelait tant de tendresse que, du rire, elle faillit passer aux larmes.

— Parce que l'idée que vous puissiez être un lâche est ridicule. Tellement ridicule qu'elle en est risible.

— Madame… Emeline… cette idée n'est pas ridicule. Vous ne me connaissez pas.

— Mais si, je…

Elle s'apprêtait à dire qu'elle le connaissait comme jamais elle n'avait connu un homme, pas même Jasper, mais il bloqua les mots sur ses lèvres en l'embrassant.

Un baiser tout de douceur, de tendresse, qui la bouleversa. Pourquoi lui ? Pourquoi cet homme et non un autre de sa condition sociale ? De son pays ?

Elle prit son visage entre ses mains et pressa sa bouche contre la sienne, avec une ardeur fébrile. Elle avait apprécié la douceur et la tendresse, mais elle voulait que ce baiser devienne torride. Alors elle insinua sa langue, et chercha les saveurs qui l'enivraient, les sucs ensorcelants que seulement Sam était à même de lui offrir. Elle se dressa sur ses genoux et plaqua sa poitrine contre la sienne, chavirée par la sensation que lui prodiguait le contact étroit de ses seins sur les pectoraux à la dureté de marbre. Il résista le temps de quelques battements de cœur puis l'enlaça, écartant les cuisses afin qu'elle puisse se serrer tout contre lui, son sexe durci contre le ventre d'Emeline.

Elle frissonna. Son corps de femme chaste réagit avec une exaltation qui lui coupa le souffle.

Elle approfondissait le baiser, lorsqu'il la repoussa. Elle dut se retenir à ses épaules pour ne pas basculer.

— Que se… ?

— Partez, madame.

Effarée, elle le regarda. Il avait tout à coup la mine sombre. S'était-elle méprise sur ce qu'il souhaitait ? Impossible. Son sexe en érection le trahissait. Alors ?

— Partez !

Il glissa les mains sous ses aisselles et la releva. Puis il la fit pivoter sur ses talons et la poussa sans cérémonie vers la porte.

— Partez.

Sans vraiment savoir comment, Emeline se retrouva dans le couloir, désorientée, les jupes dégoulinantes, le cœur gonflé de chagrin.

Elle courut jusqu'à sa chambre.

12

Cette nuit-là, alors que tout était calme dans le château, Cœur de Fer se réveilla sur le coup de minuit. Il ressentit soudain une peur sans nom. Il sortit du lit conjugal et laissa la princesse endormie. Il prit son épée et partit voir son fils. Arrivé devant la chambre de l'enfant, il trouva les gardes qui ronflaient devant la porte. Sans bruit, il l'ouvrit en grand et ce qu'il découvrit à l'intérieur glaça son sang dans ses veines : un loup gigantesque, crocs luisant dans la pénombre, était penché sur le berceau du bébé.

Curieusement, Sam avait bien dormi. Ce fut sa première pensée à son réveil le lendemain matin. À croire qu'Emeline lui avait passé du baume non seulement sur les pieds mais également sur l'âme.

Si elle avait pu l'entendre, elle aurait ri. Elle était une si ravissante petite créature malicieuse…

Sa seconde pensée fut que ses pieds l'élançaient affreusement. Il grogna, puis s'assit dans le grand lit. La chambre, à l'instar du reste de la maison, était somptueuse. Des rideaux de velours rouge pendaient du baldaquin, les murs étaient couverts de panneaux de bois sombre travaillé, un épais tapis ornait le sol. Le chalet dans lequel il avait grandi aurait tenu dans cette pièce. Si les Hasselthorpe l'avaient installé dans une chambre pareille, lui, le moins important de leurs invités, que devait-il en être de celles données aux hôtes de marque !

Il fit la grimace. Il n'était pas chez lui, dans ce genre de demeure toute de velours et de boiseries anciennes. Ce n'était pas son monde. Le sien, c'était le Nouveau Monde, où l'on jugeait les hommes sur ce qu'ils réalisaient au cours de leur vie, et non en fonction de leurs ancêtres. Néanmoins, il ne pouvait rejeter l'Angleterre en bloc. C'était le pays de lady Emeline et elle y tenait une place précise et prépondérante, aussi bien adaptée qu'une pièce dans un puzzle. Seules la naissance et la classe sociale généraient cette situation. Un fait qui aurait dû l'inciter à rester le plus loin possible d'elle. Leurs univers, leurs expériences, leurs vies étaient aussi différentes que le jour et la nuit.

Mais ce n'était pas pour cette raison qu'il l'avait repoussée la veille. Il s'était agi d'un geste instinctif qui allait à l'encontre des désirs de son corps. Il était dans un tel état d'excitation qu'il ne songeait qu'à la posséder. Et soudain, il s'était rendu compte qu'il se sentirait trop mal s'il cédait à ses pulsions, car il était persuadé qu'Emeline allait vers lui par pitié. La pitié était la dernière des émotions qu'il voulait susciter en elle. Elle l'avait étreint et il s'était enflammé. Mais quel homme serait resté de glace ? Son corps avait réagi avec enthousiasme parce que Emeline avait paru tout à fait consentante, prenant même des initiatives. Tel un chien flairant une proie facile, il s'était en un clin d'œil mis en chasse.

Un chien... Quelle image ! Mais il empestait comme un chien crotté. Le résultat de sa course effrénée. Il avait couru jusqu'à ce que son corps soit couvert de transpiration, exsudant la détresse par tous les pores.

Il boitilla jusqu'à la porte et appela pour demander de l'eau chaude. Puis il se rassit sur le lit et examina ses pieds. Emeline avait fait du bon travail. Les éraflures et coupures étaient propres. Il guérirait sans problème, il le savait par expérience.

Le tub se révéla à peine assez grand pour lui, mais la chaleur et la vapeur firent du bien à ses muscles noués. Lorsque, plus tard, il s'habilla et dut se pencher pour lacer ses mocassins – une vieille paire mise dans son sac de voyage par prudence –, il eut vraiment très mal. Il se redressa en hâte, puis descendit prendre son petit déjeuner. Pour lui, il était tard, mais pour un aristocrate anglais, il était tôt, aussi ne trouva-t-il qu'une poignée d'invités dans la salle à manger du matin.

La pièce sur l'arrière de la maison était toute en longueur. Des fenêtres à vitraux donnaient sur le jardin, laissant largement pénétrer la lumière. Il n'y avait pas de grande table ovale comme dans l'autre salle à manger, mais plusieurs petites tables rondes. Sam salua d'un hochement de tête un gentilhomme dont le nom lui échappait, et s'efforça de marcher sans claudiquer jusqu'au buffet au fond de la pièce. Rebecca était déjà là, examinant un plat de jambon frit.

— Ah, te voilà ! dit-elle à voix basse.

— Bonjour à toi aussi.

— Ne fais pas cela, lui intima-t-elle en se rendant compte que lady Hopedale les observait.

— Que je ne fasse pas quoi ? s'enquit Sam en plaçant une tranche de jambon sur son assiette : il avait remarqué que dans cette maison, le jambon frit était particulièrement bon.

— Feindre de ne pas savoir de quoi je parle.

Rebecca semblait fort irritée. Le problème, c'était que Sam n'avait pas la moindre idée de ce qui l'irritait. La jeune fille émit un long soupir, puis expliqua lentement comme si elle s'adressait à un tout petit enfant :

— Tu es parti toute la journée, hier. Personne ne sait où Vale et toi êtes allés. Vous aviez purement et simplement disparu.

Sam s'apprêtait à répondre, mais elle continua dans un murmure :

— Je m'inquiétais pour toi ! Je m'inquiète quand mon frère disparaît dans la nature, et que les gens commencent à se demander s'il n'est pas tombé dans un fossé et y gît, mort !

Sam cilla. Il n'avait pas l'habitude de rendre compte de ses mouvements à quiconque. Il était un adulte en pleine possession de ses moyens. Pourquoi quelqu'un se serait-il fait du souci pour lui ?

— Rien ne justifie cette inquiétude, Becca. Je suis tout à fait capable de veiller sur moi.

— Ce n'est pas le problème ! s'écria Rebecca, si fort qu'une dame aux bajoues pendantes se retourna. Tu pourrais être le plus fort, le mieux armé des hommes que je me ferais quand même du souci pour toi si tu disparaissais mystérieusement !

— Cela n'a aucun sens.

Rebecca plaqua un hareng salé sur son assiette.

— Je me demande ce qui a du sens pour toi !

Sam cherchait toujours à comprendre ce qui n'allait pas, lorsque Vale apparut à son côté.

— Votre sœur me semble avoir les plumes bien ébouriffées.

Sam le regarda et fit la grimace. La figure de Vale était gris cendre, et il oscillait légèrement tout en scrutant le plat de jambon.

— Vous avez vraiment un air de déterré, Vale.
— Merci, c'est trop gentil.
Son teint verdit soudain et il ajouta :
— Je ne crois pas que je vais manger quoi que ce soit maintenant.
— Bonne idée, approuva Sam en se servant une portion de rognons. Mais peut-être un café vous ferait-il du bien.
— Non. Juste de la tisane d'orge.
Sam appela un valet et lui commanda un verre d'infusion.
— Je vais aller m'asseoir dans un coin tranquille, annonça Vale.
Sam le suivit. Il se sentait obligé de faire montre de sympathie : Vale était la proie des mêmes démons que lui, sauf que sa réaction différait de la sienne.
— Avez-vous vu Emmie ce matin, Hartley ?
Sam se crispa. Il supportait mal cette familiarité, ce diminutif ridicule. Emmie... Chaque fois que Vale le prononçait, il avait envie de le frapper.
— J'ai bien peur d'avoir été vraiment minable avec elle hier soir, ajouta-t-il.
Sourcils froncés, Sam le dévisagea.
— Vous étiez avec elle ?
— Pas longtemps. Enfin, il me semble. J'étais un peu éméché.
Sam taillada sauvagement sa tranche de jambon. Lady Emeline avait-elle accompagné Vale dans sa chambre ? L'avait-elle déshabillé et mis au lit ? Soigné avec autant de tendresse et de douceur qu'elle l'avait soigné, lui ? Mû par la colère, il trancha avec tant de vigueur son jambon que la lame ripa sur l'assiette. Le jambon fut propulsé sur la table.
— Oups ! fit Vale en souriant bêtement.

Lady Emeline entra à cet instant-là dans la salle. Sam étrécit les yeux et l'examina. Elle portait une robe toute simple rose et blanc. Il vécut ce rose comme une offense. Cette couleur lui donnait l'air d'une dinde de la haute société, incapable de prendre la moindre décision. Ce qui n'était pas son cas, il le savait. Elle était une femme forte, la plus forte qu'il eût rencontrée.

— Voilà Emmie ! s'écria Vale.

Le vicomte avait-il jamais fréquenté une vraie femme ? Certainement pas, sinon il n'aurait pas employé ce nom de gamine.

Sam était conscient de l'ampleur que prenait peu à peu son hostilité. Elle n'était qu'une sœur pour Vale, rien de plus ! On pouvait aimer une sœur profondément, sincèrement. Mais cet amour-là n'avait rien à voir avec la passion. Emeline était une femme forte aux émotions intenses. Elle avait besoin de bien davantage qu'un amour fraternel.

Elle parlait à son hôtesse, feignant de n'avoir pas remarqué les deux hommes, mais elle ne dupait pas Sam : il avait noté que sa présence n'échappait jamais à Emeline. Était-ce un signe ? Il avait l'impression que même s'il le désirait, il ne pourrait se cacher d'elle.

— Emmie ! appela Vale. Bon sang, Hartley, pourquoi ne nous voit-elle pas ?

Elle se tourna enfin vers eux, évitant soigneusement le regard de Sam. Elle échangea encore quelques mots avec lady Hasselthorpe, puis carra les épaules et marcha vers leur table.

— Bonjour, Jasper. Monsieur Hartley.

Vale tendit la main vers celle de la jeune femme, et Sam serra le poing sous la table.

— Me pardonneras-tu, Emmie ? J'ai vraiment honte d'avoir été ivre à ce point, hier soir.

Elle adressa un sourire tellement sirupeux à Vale, que Sam douta de sa sincérité quand elle assura :

— Bien sûr, je te pardonne, Jasper. *Tu* es toujours si gentil.

Sam était sûr de n'avoir pas imaginé l'accent mis sur le « tu ». Il s'éclaircit la gorge dans l'espoir d'attirer son attention, mais manifestement, elle avait décidé de l'ignorer.

— Je vous en prie, asseyez-vous avec nous, se résigna-t-il à dire.

Lui parler directement impliquait qu'elle lui réponde. Elle lui décocha une esquisse de sourire crispé.

— Je ne pense pas que...

— Mais oui, mais oui, assieds-toi, Emmie ! Je vais te chercher une assiette.

L'espace d'un instant, l'expression d'Emeline montra à quel point elle était excédée.

— Jasper, je ne...

Trop tard. Vale était déjà debout et chaloupait vers le buffet. Ravi, Sam tira la chaise entre Vale et lui.

— Il ne vous a pas laissé le choix, madame.

— Mmm.

Elle s'assit donc, mais n'offrit à Sam que son profil. Nullement découragé, il se pencha vers elle pour humer son parfum et, dans la seconde, crut sa culotte devenue trop petite à cause d'une érection aussi impressionnante qu'inattendue.

Emeline s'empourpra lorsqu'il chuchota :

— Je regrette de vous avoir repoussée, la nuit dernière.

— Je ne sais pas à quoi vous faites allusion, monsieur Hartley.

— À vous, assise sur mes genoux, qui aviez glissé votre langue dans ma bouche.

— Auriez-vous perdu l'esprit, monsieur ? Vous ne pouvez pas parler de cela ici !

— Oh, je ne puis dire n'avoir pas apprécié les saveurs de votre langue, continua Sam imperturbablement.

— Samuel, je vous en prie..., murmura-t-elle en fixant sa bouche.

Mon Dieu, cette femme avait l'art de le rendre débordant de vie ! Il la voulait. Au diable leurs différences sociales, au diable Vale, au diable ce fichu pays ! La veille, la noble dame s'était montrée d'une sensualité ébouriffante.

— J'ai également adoré que vous vous pressiez sur mon sexe.

Elle écarquilla les yeux, au bord de la panique.

— Arrêtez, monsieur Hartley. C'est trop dangereux. Je ne...

— Voilà ! lança gaiement Vale en posant une assiette bien garnie devant Emeline et un grand verre de tisane d'orge pour lui. Je ne savais pas ce qui te tentait, Emmie, alors j'ai mis un peu de tout.

— Tu es trop gentil, répondit la jeune femme d'une voix mourante.

— Quelle galanterie, commenta Sam d'un ton railleur. Il va falloir qu'il me donne des leçons, n'est-ce pas, lady Emeline ?

— Vous n'avez nul besoin de...

— Oh, mais si ! répliqua Sam, qui se contenait de plus en plus difficilement.

Assister au manège de Vale, qui était aux petits soins pour Emeline, ce Vale qui ne connaissait rien d'elle, le mettait hors de lui. Il se rendait compte que sa colère, son dépit devaient se lire sur son visage, mais était incapable de se maîtriser.

— Mes manières sont trop grossières, ma façon de m'exprimer trop brutale. Il faut que j'apprenne à être policé, de façon à être en mesure d'avoir des rapports avec une dame.

L'expression fit sursauter Emeline si vivement qu'elle en lâcha sa fourchette. Vale avala de travers sa tisane. Sam lui demanda :

— N'êtes-vous pas d'accord avec moi, Vale ?

Le teint d'Emeline avait pâli de colère.

— Je suis désolée, mais j'ai oublié...

Elle s'interrompit, cherchant une excuse.

— ... je ne sais plus ce que c'est, mais je dois m'en aller.

Elle repoussa sa chaise et sortit précipitamment de la salle à manger.

— « Avoir des rapports », mon vieux, n'est certainement pas la formule que vous cherchiez, remarqua Vale. « Converser », peut-être, ou...

Sam se leva.

— Excusez-moi... mon vieux.

Sans attendre la réponse de Vale, Sam s'en alla. Qu'importaient ces singeries de bonnes manières ? Emeline était partie, et désormais elle savait ce qui mettait en appétit un prédateur.

La jeune femme remonta ses jupes pour marcher plus vite alors qu'elle traversait le vestibule. Quel horrible homme ! Il avait osé la repousser la veille, et maintenant il se comportait comme si c'était lui la dupe de l'histoire !

Tout à sa colère, elle faillit bousculer le duc de Lister. Elle marmonna quelques mots d'excuses et continua son chemin. Le pire, c'était cette attirance qu'elle éprouvait pour cet individu, attirance que rien n'entamait. Une honte. Elle s'était offerte, il l'avait rejetée, et pourtant elle ne parvenait pas à occire la bête sauvage en elle, qui était affamée de Samuel Hartley.

En entrant dans la salle à manger, elle avait été émue de l'y trouver. Comment allaient ses pieds ? Les avait-elle bien nettoyés ? Avait-il marché sans trop de peine ce matin ? Ah, quelle sottise que cet attendrissement… Dès qu'elle s'était tenue devant lui, il l'avait agressée verbalement, insoucieux des oreilles indiscrètes. À cause de Jasper, c'était certain. Sam réagissait comme un mâle dominant sur son territoire. Ou devant une proie fraîchement chassée. Eh bien, elle n'était pas une proie !

L'escalier était devant elle, mais sa vision se brouilla sous l'effet de la rage et de la frustration. Elle se moquait totalement de cet homme ! Il la laissait de glace ! Elle refusait qu'il en soit autrement ! Il n'était qu'un colon dépourvu de bonnes manières, d'élégance. Elle le détestait et… Seigneur, elle avait failli trébucher sur une marche. Pourvu qu'elle réussisse à gagner sa chambre sans s'affaler dans l'escalier. C'eût été l'ultime honte : lady Emeline perdant la tête chez les Hasselthorpe à cause d'un homme !

Les derniers mètres qui la séparaient encore de sa chambre, elle les fit en courant, ouvrit la porte à la volée, s'engouffra dans la pièce et claqua la porte derrière elle. Du moins essaya-t-elle : quelque chose résistait, empêchait le battant de se fermer. Elle se retourna et, horrifiée, constata que la main de Sam bloquait la porte.

— Non ! cria-t-elle en poussant de toutes ses forces. Partez ! Partez, espèce de malappris, fils de chien, salopard !

— Chuut…, souffla Sam en l'écartant de la porte.

Il referma, sans lâcher Emeline qu'il avait attrapée par l'épaule, et elle vit rouge, perdant toute mesure. Elle tenta de le griffer, de le mordre, de lui donner des coups de pied. Sans réussir à l'atteindre. Lui, en revanche, n'eut aucune peine à se saisir d'elle. Il l'attira contre lui et plaqua la bouche sur la sienne. Elle voulut le mordre, mais échoua car Sam rejeta la tête en arrière. Incrédule, elle le vit sourire.

— Vous ne m'aurez pas deux fois, madame. Je n'ai pas oublié votre vilain petit tour.

— Bâtard !

Elle leva la main. Il lui crocheta le poignet, l'entraîna vers le mur et l'y adossa si brutalement qu'elle en eut le souffle coupé. Et il la maintint là, comme un papillon épinglé. Il la contempla quelques instants, un sourire narquois flottant sur les lèvres, puis se pencha vers elle, en évitant soigneusement de lui faire face. Et il la mordit dans le cou, juste sous l'oreille. Consternée, elle se sentit réagir... mais pas comme il l'aurait fallu. Son corps, son stupide et traître corps fondit de plaisir ! Apparemment conscient du phénomène, Sam entreprit de lui lécher la naissance de l'épaule. Elle renversa la tête en arrière et geignit. À sa grande honte, mais incapable de s'en empêcher.

Sam tressauta. Riait-il ?

— Ne vous moquez pas de moi ! cria-t-elle, à bout de nerfs.

— Mais non, je ne me moque pas...

En bougeant, ses lèvres caressaient la peau d'Emeline, qui se hérissa de chair de poule. La sensation était exquisément troublante.

— Non, je ne me moque pas et ne me moquerai jamais de vous, madame.

Il tira sur le corsage, faisant jaillir l'arrondi d'un sein, qu'il se mit à lécher. Emeline frissonna, transportée. Maudit soit-il !

— Ne vous avisez pas de faire cela par jalousie, monsieur Hartley !

Il la regarda, à distance prudente, prêt à parer à toute tentative de morsure, et répliqua :

— Il n'y a aucune jalousie vis-à-vis de qui que ce soit dans ce qui me motive, madame. Ce qui se passe là est purement entre vous et moi.

Pour ponctuer son affirmation, il la saisit par les hanches et la plaqua contre lui, de façon qu'elle prenne la mesure de son excitation. Elle ne s'y trompa pas. En dépit des épaisseurs d'étoffe, elle sentit son sexe d'une dureté d'acier, long, vigoureux. Elle en perçut même la chaleur. C'était bien elle qu'il voulait, elle qu'il attendait, et elle éprouva un sentiment de triomphe en songeant qu'elle détenait le pouvoir de le mettre dans cet état. Mais ce désir n'était pas à sens unique. Elle avait autant envie de lui ! Ce sexe, elle aspirait à l'accueillir en elle, et afin de préciser ses intentions, elle posa la main dessus et le caressa.

Il émit un grondement sourd et la fit pivoter, face vers le mur. Elle s'y appuya à deux mains, hanches arquées afin de maintenir le contact avec le sexe de Sam, maintenant contre sa chute de reins. Il entreprit de délacer les rubans de son corsage, s'activant à l'aveuglette pendant qu'il lui embrassait la nuque. Chavirée, elle enfonça les ongles dans la peinture du mur, et appuya sa joue enfiévrée sur le revêtement frais. Ce qui était en train de se passer relevait de la pure folie, mais elle n'en avait cure.

Il abaissa les manches du corsage le long de ses bras. De l'air froid courut sur ses épaules, vite chassé par le souffle brûlant de Sam. Il continua à faire glisser l'étoffe et dénuda son dos. Ses paumes calleuses sur sa peau délicate déclenchaient des sensations étourdissantes. Incrédule, elle s'entendit pousser de petits cris très doux, comme des roucoulements.

Elle ferma les yeux, l'esprit traversé par l'idée qu'elle fondait, que son corps était prêt, qu'il allait se mouler à celui de cet homme, que nul besoin n'était de poursuivre ces préliminaires. Mais il ne semblait pas pressé. Il prenait plaisir à la faire languir. À moins qu'il ne se gorgeât de la satisfaction de l'avoir à sa merci, à moitié nue et vulnérable ? Il lui constellait le dos de petits coups de langue. Elle geignit.

Soudain, il agrippa sa taille, là où son corsage était fixé à ses jupes. Il tira brusquement et Emeline pressentit que les dégâts causés à sa robe devaient être impressionnants car en un éclair et un crissement, elle fut nue jusqu'au nombril. Dans un friselis, coton, soie et dentelle tombèrent à ses chevilles. Sans aucun scrupule, Sam les piétina et acheva le saccage en arrachant les tissus qui protégeaient encore sa pudeur. Jupes et jupons allèrent rejoindre l'amas de délicates étoffes malmenées.

Il s'écarta d'elle. Elle faillit protester quand elle sentit sa langue sur... Ô Seigneur ! Sur ses fesses ! Il les léchait mais aussi les mordillait, assez vivement, et elle songea que ce n'était pas là une caresse d'homme sophistiqué, mais celle d'un être primaire, mal dégrossi, voire une caresse animale. Elle aurait dû ne pas aimer cela du tout.

Elle l'aurait dû.

Mais... mais elle adorait !

Il lui écarta les jambes et elle eut une pensée : la position qu'il lui avait fait adopter ne la mettait certainement pas à son avantage. Elle ne devait guère être séduisante sous cet angle, et... Quel délice, ce pouce qui suivait l'arc de sa colonne vertébrale, descendait le long de ses fesses, poursuivait audacieusement son chemin entre ses cuisses, s'enhardissait, stimulait son intimité, son... son sexe – elle devait appeler un chat un chat. Foin de la pudeur, désormais. Les exigences de son corps faisaient taire les rares reliquats de réticence qui essayaient d'agiter son esprit.

Elle cria, un long feulement extatique, lorsque la langue de Sam remplaça son pouce. Il l'avait d'une poussée ferme incitée à se pencher en avant et, accroupi derrière elle, il embrassait son sexe moite et palpitant. Elle se croyait sur le point de défaillir de plaisir quand il se redressa. Il jouait le chaud et le froid, cherchait sans doute à la forcer à supplier. Et elle le fit, reculant jusqu'à s'exposer crûment. Mon Dieu, elle aurait dû être mortifiée...

De nouveau, cette déplaisante pensée s'évapora de son esprit : ce n'était plus la langue ou le pouce de Sam qui éveillait ses sens, mais ses doigts, tous ses doigts. Ils étaient entrés en elle et bougeaient avec un art consommé. Sam savait exactement ce qu'il fallait toucher, à quel rythme, exerçant des rotations, des pressions qui lui arrachèrent des cris. Elle s'imaginait sur le point de mourir de plaisir, persuadée que les spasmes qui électrisaient son corps ne pouvaient s'amplifier, qu'elle avait atteint le sommet de la jouissance.

Mais il s'accroupit de nouveau et joignit sa langue à ses doigts. La sensation fut tellement puissante que ses jambes ne la portèrent plus. Sam la soutint d'une main sous les reins pendant que de l'autre, il se livrait à d'ensorcelantes caresses. Incapable de garder la tête droite, elle l'inclina et découvrit alors le spectacle le plus érotique qui existât : les doigts de Sam dans sa toison et, au-dessus de son ventre nu, ses seins qui se balançaient lascivement. Soudain agitée d'incoercibles tremblements, elle râla longuement, haletante, rayant le mur de ses ongles, les hanches qui oscillaient comme animées d'une vie propre. Sur ses rétines jaillissaient des éclats lumineux, la puissance de l'orgasme était d'une telle intensité qu'elle tressautait, bouche ouverte, le cœur battant à bondir hors de sa poitrine. La fulgurance des spasmes de plaisir qui paraissaient ne devoir jamais s'arrêter décrut enfin, après que Sam eut retiré sa main pour la recueillir contre lui, moite, puisque ses jambes ne la portaient plus.

Mais un corps, découvrit-elle très vite, recèle d'incroyables capacités de récupération : elle sentit ses jambes se raffermir et voulut se retourner, faire face à son amant et l'embrasser.

Il l'en empêcha. Il la força même à se pencher davantage. Elle perçut un froissement de tissu et, un instant plus tard, son pénis à la dureté de marbre entrait en elle. Lentement, par à-coups à la fois violents et doux, déclenchant, à chaque coup de boutoir, un geignement tremblé qui sonnait comme un sanglot mais était en fait la pure expression du plaisir absolu. Emeline avait l'impression que leurs identités se réduisaient à un fait : elle était une femme qui recevait un homme. Le reste du monde se réduisait à néant. Ils étaient le centre d'un univers qu'ils découvraient ensemble.

Elle sentit chaque centimètre de son sexe entrer en elle, perçut l'instant où il fut là, tout entier, et poussa un long soupir. Elle aurait pu rester ainsi éternellement, maintenue par ses bras puissants, empalée sur son sexe d'airain, dans cette étreinte si étroite que leurs corps se fondaient l'un dans l'autre.

Mais Sam se retira, aussi lentement qu'il était venu. Elle se crispa, essayant de le retenir. Alors il renonça à la douceur au profit de la vigueur et, en une fraction de seconde, il fut hors d'elle. Elle chancela, car le choc décolla ses bras du mur.

— Ne bouge pas, dit-il.

Elle plaqua les coudes contre ses flancs et attendit, haletante. Il la prit par les hanches et la pénétra de nouveau, cette fois sans ménagement. Ahanant, il se livra à de frénétiques va-et-vient, et le paradis qu'elle avait cru atteindre précédemment se révéla n'avoir été qu'un palier vers le vrai, l'unique, celui que même dans ses fantasmes les plus brûlants elle n'avait jamais imaginé. Un cri monta en elle, roula dans sa gorge, arriva à ses lèvres. À peine avait-elle commencé à le pousser que Sam la bâillonnait de sa main qui portait le goût salé de ses sucs intimes. Pour s'empêcher de crier, elle lui mordit la paume et entendit Sam souffler :

— Petite chatte...

Elle vécut en silence les ultimes moments de plaisir, attentive à ce qu'elle ressentait mais aussi à la jouissance de Sam, qui grondait comme un fauve. Elle croyait le voyage sur le point de s'achever quand il s'arracha une nouvelle fois à elle, la souleva et la porta jusqu'au lit, où il la coucha sur le dos. Il se laissa tomber sur elle, se reçut au dernier moment sur les coudes et, d'une main autoritaire, lui rouvrit les cuisses. Mais au lieu de la chevaucher, il glissa le long de ses jambes et ce fut avec sa langue qu'il la fit jouir.

Il ne s'était même pas déshabillé, songea-t-elle lors d'un bref accès de lucidité. Il portait toujours sa redingote, ses jambières, son gilet... et sans doute aussi ses affreux mocassins ! Les boutons de métal du gilet lui meurtrissaient les seins, l'étoffe était froide et rugueuse, et par contraste, son pénis extrait de la culotte, brûlant et satiné.

Il glissa en sens inverse sur elle, l'agrippa par les épaules et le sexe frémissant, toujours aussi dur, retrouva le chemin de cette partie d'elle-même qu'elle considérait désormais comme propriété exclusive de Samuel Hartley. Il l'avait pénétrée lorsqu'on frappa à la porte.

Emeline se pétrifia. Sam redressa la tête.

— Vous allez bien, madame ?

Harris. Mon Dieu.

Sam l'interrogea du regard. Emeline s'éclaircit la gorge.

— Très bien, Harris. Vous pouvez disposer.

— Comme il plaira à madame.

Le son des pas de la gouvernante décrut rapidement. Elle avait rejoint le palier. Parfait. Mais il était temps d'arrêter ces jeux dangereux. Harris aurait pu entrer d'autorité.

— Retire-toi, intima Emeline à Sam en le poussant.

— Pourquoi ? Je me sens bien, là.

Un début de panique commençait à la faire suffoquer.

— Ma gouvernante va revenir.

— J'en doute. Je suis sûre que tu n'engages que du personnel parfait.

Elle lui donna une bourrade, et cette fois, il se retira et roula sur le flanc. Elle jaillit hors du lit. Si elle avait attendu quelques secondes de plus, elle n'en aurait pas eu la force.

Une fois debout, elle se rendit compte combien il était difficile d'être nue devant un amant. Si Sam avait eu deux doigts d'élégance, un comportement policé de gentilhomme, il se serait esquivé en un éclair. Mais non. Il restait allongé, très décontracté, et l'observait pendant que, penchée en avant, seins ballants, elle fourrageait dans ses vêtements en quête d'une pièce intacte susceptible de protéger sa pudeur. Sa camisole. C'était sans doute le seul élément de sa toilette qui… Oh, non ! La camisole n'était plus qu'un vilain chiffon déchiré !

Furieuse, elle pivota vers Sam.

— Va-t'en !

Paresseusement, il s'appuya sur son avant-bras. Sa chevelure était toujours nette, ses habits en désordre mais lui, au moins, il les portait ! Néanmoins, quelques éléments trahissaient ses activités récentes : le pli sensuel que dessinait sa bouche, ses paupières lourdes, qui voilaient à demi ses yeux somnolents. Et surtout, les pans ouverts de sa culotte. Il aurait pu avoir le tact de les rabattre, tout de même ! Mais non. Il semblait satisfait d'exhiber son sexe, toujours tendu, toujours arrogant. Comme s'il attendait qu'elle vienne finir ce qu'ils avaient commencé.

— Pourquoi n'es-tu pas parti ? demanda-t-elle d'un ton cinglant.

Il soupira et s'assit.

— J'avais espéré rester un moment allongé auprès de toi, ma chérie, mais il est évident que cette idée ne te plaît pas.

Emeline baissa les yeux, consciente de s'empourprer. Oh, si, cette idée lui plaisait. Et elle se sentait stupide de se montrer aussi agressive.

— Je t'en prie, va-t'en, dit-elle en croisant les bras sur ses seins nus.

Il se leva et rajusta sa culotte sans hâte.

— Très bien, je m'en vais. Mais rien n'est fini.

Horrifiée, elle écarquilla les yeux.

— Bien sûr que si, c'est fini ! Tu... Non, *vous* avez eu ce que vous vouliez, alors il n'est nul besoin de... de...

Elle s'interrompit, incapable d'exprimer ses pensées. Si seulement elle avait été l'une de ces veuves sophistiquées ! Celles qui prennent des amants discrets et ont des liaisons où chacun des deux partenaires connaît les règles du bon aloi ! Hélas, tout s'était passé trop vite, elle n'avait pas eu le temps de s'organiser une agréable vie clandestine. Il lui avait fallu s'occuper de Daniel et de tante

Cristelle, puis Reynaud était mort. De surcroît, jamais auparavant la chasteté ne l'avait perturbée.

Elle sursauta : tout à ses réflexions, alors qu'elle se tenait raide, sévère, elle n'avait pas pris garde à Sam qui s'était approché d'elle, penché sur son cou, et l'effleurait du bout des lèvres, si délicatement, si tendrement qu'elle faillit en pleurer.

Il recula. Son regard était pensif.

— Oui, j'ai eu ce que je voulais, que tu voulais d'ailleurs aussi. Mais je ne suis pas rassasié. Alors je reviendrai vers toi. Tu auras le choix de me recevoir calmement, ou bien de me laisser frapper à ta porte jusqu'à ce que je la brise et alerte toute la maisonnée.

Il eut un sourire sans joie.

— Je ne suis peut-être pas très au fait de toutes les élégances de ta société, Emeline, mais je ne pense pas que tu voudras cela.

Emeline avait écouté Sam dévider son arrogant petit discours bouche bée, mais lorsqu'il tourna les talons, elle retrouva sa voix.

— Comment osez-vous présumer que...

Il la saisit par les épaules, interrompant sa protestation indignée. Il approcha la tête de la sienne et lui souffla à l'oreille :

— J'ose, parce que ton corps m'a accueilli avec enthousiasme il y a à peine un quart d'heure. Tu ruisselais de plaisir sur mon pénis et je veux que cela recommence.

Elle allait de nouveau protester. Il l'en empêcha d'un baiser qui cette fois n'était ni tendre ni doux, qui exprimait le désir viril à l'état pur. Il glissa sa langue dans la bouche d'Emeline et la força à incliner la tête de façon que ses lèvres recouvrent entièrement les siennes. Consternée, elle se rendit compte que son corps la trahissait une nouvelle fois, qu'il s'arquait contre celui de Sam. Oui, elle voulait recommencer. Son intelligence, sa raison ne pouvaient rien contre ce désir qui la tenaillait.

Il recula, si promptement qu'elle faillit tomber. Il avait le visage rouge, les traits durs.

— Laisse-moi venir ce soir, Emeline.

Sur ces mots, il sortit de la chambre sans lui laisser le temps de répondre. Quelques instants plus tard, assise sur la pile de vêtements déchirés, elle prit conscience d'une épouvantable évidence : elle avait perdu le peu de contrôle qu'elle avait jamais eu sur le déroulement de cette inconvenante liaison.

— Craddock s'est pendu il y a un mois, dit lord Vale.

L'après-midi était déjà bien avancé. Sam luttait constamment contre les images et les réflexions qui lui assaillaient l'esprit : la peau d'Emeline, ses seins… et le fait qu'elle ne souhaitât pas le revoir. Il s'obligea à se concentrer sur ce qui avait trait au 28e régiment.

— Thornton aurait dû savoir que Craddock était mort, remarqua-t-il.

— Il n'en a rien dit lorsque nous l'avons rencontré. Qui est le prochain sur votre liste, Hartley ?

— Personne, avoua Sam dans une grimace.

Il pleuvait, ce qui plongeait leur hôtesse dans le désespoir. Apparemment, lady Hasselthorpe avait organisé une promenade jusqu'aux ruines d'une abbaye, un lieu touristique célèbre. À part lui, Sam se réjouissait qu'il pleuve. Jamais il n'aurait été capable de gravir des collines aujourd'hui, ou alors au prix de térébrantes douleurs dans les pieds. Il aurait pu invoquer une excuse pour ne pas participer à l'escapade, mais cela aurait attiré l'attention de Rebecca. Il commençait à se rendre compte que sa sœur était bien plus observatrice qu'il ne l'avait imaginé. Devoir lui expliquer pourquoi il avait les pieds en capilotade lui aurait posé un gros problème.

La majorité des invités s'étaient donc regroupés dans un grand salon à l'arrière de la maison. Emeline n'en faisait pas partie. Évidemment. Elle l'évitait. Certains jouaient aux cartes, d'autres lisaient ou bavardaient. Par exemple, Sam et Vale.

— Vous ne voyez vraiment personne d'autre à interroger, Hartley ?

Vale paraissait incrédule. Sam répliqua entre ses dents serrées :

— Je suis ouvert à toute suggestion.

— Ah...

— En avez-vous à faire, Vale ?

— Eh bien..., commença le vicomte avant de s'abîmer dans la contemplation de la pluie par l'une des fenêtres.

— Je me doutais bien que non, marmonna Sam.

À son tour, il se tourna vers la fenêtre. Vale pianotait sur l'accoudoir de son fauteuil, ce qui horripilait Sam.

— Pour que Thornton soit le traître, dit finalement le vicomte, il faudrait qu'il ait eu une excellente raison.

Que le cheminement de pensée de Vale ait suivi le sien, curieusement, n'étonna pas Sam. Sans détourner les yeux de la fenêtre, il demanda :

— Vous le soupçonnez donc ?

— Pas vous ?

Sam se rappelait le malaise éprouvé en revoyant Thornton à Londres. Il soupira.

— Je le soupçonne, oui, mais je n'arrive pas à croire qu'il ait pu trahir tout le régiment. Et vous ? Une hypothèse ?

— Pas la moindre. Peut-être était-il las du porridge aux pois qui nous était servi à chaque repas lors de cette épouvantable marche.

Le vicomte semblait l'apprécier, songea Sam, et cela le troublait de feindre l'amitié face à un homme dont il avait fait de la fiancée sa maîtresse. Il aurait préféré éviter sa compagnie, mais Vale s'était précipité vers lui dès son entrée dans le salon.

— Il y a toujours l'argent, Hartley. Mais je ne vois pas comment Thornton aurait pu tirer bénéfice de faire massacrer tout un régiment. Sauf s'il a été payé par les Français.

— Thornton parle-t-il français ?

— Je n'en sais rien, répondit Vale en continuant à pianoter sur l'accoudoir. Mais ce n'est pas important : le message était écrit en anglais, m'avez-vous dit. Et de toute façon, nombreux sont les Français qui parlent anglais.

— Devait-il de l'argent à quelqu'un ? s'enquit Sam tout en regardant sa sœur qui s'entretenait avec une autre jeune fille : elle avait enfin trouvé une demoiselle encline à lui parler.

— Nous devrions essayer de le découvrir, dit Vale. Ou plutôt, moi. Je vais m'occuper de cela. Mais il faudrait qu'il ait emprunté davantage que quelques livres.

Sam se tourna vers le vicomte, lequel dardait sur lui des yeux innocents. Quel genre d'homme serait capable de trahir un ami comme lui ?

— Merci, Vale.

L'expression du vicomte s'illumina. Il sourit et son visage irradia, ses yeux bleus scintillèrent.

— De rien, mon vieux.

Sam se détourna, incapable de soutenir ce regard franc et gai. L'honneur exigeait qu'il renonce à tout jamais à Emeline. Ce qui ferait de lui l'homme loyal le plus malheureux du monde.

Non. Il était et resterait déloyal.

Car il entendait bien la revoir et lui faire l'amour. Ce soir.

13

Le loup géant plongea sur le berceau du bébé, tous crocs dehors. Mais Cœur de Fer fondit sur la bête, épée brandie, pour protéger son fils. S'ensuivit un combat dantesque. Car si Cœur de Fer devait garder le silence, ne pouvait donc appeler à l'aide, le monstre mettait à l'épreuve sa force et son adresse. Les deux combattants allaient d'un côté à l'autre de la chambre, mettant les meubles en pièces. Le berceau du bébé fut retourné, et le nourrisson se mit à pleurer. Cœur de Fer réussit un bon coup. Il atteignit l'une des pattes arrière du loup. La bête hurla de douleur et frappa l'homme, qui fut projeté contre le mur. Le choc ébranla le château. La tête de Cœur de Fer heurta la pierre, et il perdit connaissance.

Toute la journée, Emeline s'était disputée avec elle-même. Prudemment, elle était restée dans sa chambre, de peur de rencontrer Sam. Et maintenant, elle était enfin arrivée au bout de son âpre combat intérieur : elle savait précisément pourquoi elle n'aurait pas dû revoir Samuel Hartley.

Ils appartenaient à des classes différentes, à des univers différents. Elle devait songer à son fils, à sa famille. Sam était trop entier, trop difficile à manœuvrer. Avec lui, elle ne réussirait pas à garder la main. Et pourtant…

Et pourtant.

Peut-être était-ce parce qu'elle avait passé la journée à débattre sur ce sujet, mais aucun de ses arguments ne semblait plus avoir la moindre efficacité. Elle les écarta donc. Comparés à ses désirs, ils étaient vraiment trop minces. Elle avait besoin de cet homme, conclut-elle. C'était choquant, bestial. Jamais elle n'avait fait cela auparavant, à savoir rejeter la raison au profit d'exigences physiques. Laisser la chair l'emporter sur l'esprit. Elle trouvait effrayant d'être l'esclave de ses sens. Et en même temps, elle exultait. Depuis toujours, elle se maîtrisait, gardait ses émotions sous un étroit contrôle. Il avait bien fallu qu'elle se montre forte. Comme un homme, puisque tous les hommes censés s'occuper de la famille avaient disparu. D'abord Reynaud, ensuite Daniel, et six mois plus tard, son père. Ils l'avaient laissée seule.

Si affreusement seule.

Elle se tendit en entendant des pas dans le couloir. Elle était prête. Nue, dans le lit de Sam. Elle sentit aussitôt l'excitation monter en elle.

Il ouvrit la porte, la referma derrière lui. Avant qu'il ne se rende compte qu'elle était couchée, elle eut le temps d'observer les sillons qui marquaient sa bouche, la façon dont il voûtait ses larges épaules. Il était fatigué, elle le voyait bien. Sans doute ne s'était-il pas encore remis de sa course folle de la veille. Peu importait. Elle allait l'avoir auprès d'elle ce soir, et se servirait de lui comme il s'était servi d'elle.

Il remarqua enfin sa présence dans le lit. Il se figea, redingote à moitié enlevée. Elle s'assit. Le drap glissa jusqu'à sa taille, et ce faisant révéla ses seins nus.

— Je t'attendais.
— Vraiment ?
Il acheva de retirer sa redingote. Il s'était exprimé d'un ton urbain, mais ses yeux étaient rivés sur la poitrine offerte. Emeline se laissa aller contre les oreillers, ce qui eut pour effet de faire bomber ses seins dont les pointes se dardèrent lorsque l'air froid les frôla. Quoique, ce n'était pas seulement l'air qui était en cause. Le phénomène était surtout dû à la présence de Sam.
— Je t'attends depuis des heures.
— Je suis désolé, dit-il sans la quitter des yeux, en déboutonnant son gilet avec des doigts qui semblaient gourds. Si j'avais su, je me serais dépêché.
— En fait, je préfère que tu ne te dépêches pas, répliqua Emeline en faisant une petite moue.
Les doigts s'immobilisèrent sur un bouton.
— Je tâcherai de ne pas l'oublier.
Mais ce fut en hâte qu'il ôta son gilet, puis sa chemise, et s'avança vers Emeline torse nu. Il avait un torse superbe, large, musclé, marqué d'un fin triangle de toison sombre dont la pointe inférieure s'étirait jusqu'au nombril. Le seul fait de le voir à demi nu émut la jeune femme. Mais elle ne le lui montra pas, pour ne pas perdre l'avantage.
— Non, tu ne dois pas l'oublier, Sam.
Elle fit descendre son regard le long de la culotte, des jambières, et l'arrêta sur les mocassins.
— Ce qui implique, poursuivit-elle, que tu ne viennes pas trop vite près de moi.
Il étrécit les yeux et, le temps de quelques battements de cœur, elle eut peur d'être allée trop loin. Il pinçait les lèvres, manifestement contrarié. Puis il soupira et attrapa une chaise par le dossier, la posa à un mètre du lit et s'assit dessus à califourchon. Avant de se raviser, de la retourner et de s'asseoir face à Emeline. Il releva une

jambe, plaça le pied sur l'assise et commença à délacer un mocassin. Les muscles longilignes de ses avant-bras jouaient, pour le plus grand plaisir de la jeune femme. Il se débarrassa d'un mocassin, la regarda, puis s'activa sur le second. Elle déglutit. Il ne faisait que se déchausser ! Mais c'était le début d'un déshabillage destiné à elle seule. Sous les vêtements se cachait un corps qui lui était destiné. Quant au sien, il était déjà prêt. Brûlant, moite, frémissant.

Lorsque le mocassin tomba, Emeline découvrit qu'il avait enveloppé son pied de bandelettes. Néanmoins, un peu de peau nue apparaissait, qui lui sembla en bonne voie de guérison.

Sam se redressa et détacha les lacets de cuir accrochés à sa taille, qui maintenaient les jambières. Il les fit glisser et, quand elles furent par terre, entreprit de déboutonner sa culotte, les yeux rivés à ceux d'Emeline. Son pouce et son majeur bougeaient avec précision sur les boutons, et elle songea que bientôt, ce serait en elle qu'ils bougeraient, avec la même précision. Elle retint un gémissement. Il ne fallait à aucun prix rompre le silence qui régnait. Ce moment était magique. Le seul bruit qu'elle voulait entendre était celui des étoffes froissées, et le son sourd qu'elles produisirent en tombant sur le tapis lorsque Sam se mit debout. Puis il se tint devant elle, bien droit, dans toute la splendeur de sa nudité.

Il était grand, mince, tout en muscles déliés, et bronzé là où le soleil avait touché sa peau. Ses jambes étaient impressionnantes de beauté, de puissance. Des jambes de statues grecques, celles des athlètes d'Olympie sculptées par Phidias. Elle avait l'impression de pouvoir l'admirer éternellement. Elle remarqua une fine cicatrice blanche en travers de son ventre. Précédemment, elle en avait noté une autre sur le pectoral. Jasper lui avait dit que Sam avait couru des jours durant alors qu'il avait été blessé au couteau. Comme cela avait dû être difficile… Et comme elle était fière qu'un homme aussi brave la désire…

Elle se décida, ayant gardé ce plaisir pour la fin, à laisser descendre ses yeux vers son sexe, qui se dressait, fier, arrogant, épais et si blanc par contraste avec la toison pubienne sombre. Dans les petites boucles noires se cachaient à demi les bourses bien rondes, vigoureuses, symboles de vie.

Le souffle court, Emeline détaillait avec délectation ce corps d'homme et jugulait avec peine son envie de se précipiter dessus pour le caresser.

— Puis-je, madame ? demanda tranquillement Sam.

Il ne cherchait pas à la presser, la laissait patiemment jouir de son examen attentif.

— Je pense que oui.

Il haussa les sourcils, affichant soudain la mine arrogante d'un mâle offensé.

— Tu *penses* ? Si tu n'es pas sûre, permets-moi de t'aider à te forger une opinion définitive !

En un clin d'œil, il fut dans le lit. Une vraie bourrasque. Il se rua sur elle à quatre pattes, tel un animal, et lorsqu'elle le crut sur le point de l'embrasser, il plongea la tête sur son sein gauche et se mit à en sucer avidement la pointe. Il ne la toucha nulle part ailleurs, se limitant à ce bout de sein, et Emeline s'émerveilla qu'une caresse sur une petite partie de son corps puisse déclencher des sensations dans l'intégralité de ce dernier. Elle se redressa et enlaça le buste de Sam. Enfin, elle touchait sa peau, tâtait ses muscles, faisait glisser ses paumes le long du dos lisse, satiné. Elle voulait explorer la moindre parcelle de peau, faire courir sa langue, ses doigts jusque dans le plus secret repli, tout connaître de ce corps, qu'il lui devienne aussi familier que le sien.

Il releva la tête, mais garda les yeux rivés sur les seins tendus.

— J'ai pensé à cela toute la journée. Une vraie obsession. Je ne songeais qu'à ces mamelons, ces pointes, et à tout ce que je désirais leur faire. J'avais du mal à marcher, tellement j'étais excité !

Il la regarda et elle distingua comme une lueur de colère dans les prunelles couleur café.

— C'est l'effet que tu me fais ! Tu me métamorphoses en obsédé sexuel. Soulève tes seins, présente-les-moi comme une offrande. Je veux les sucer jusqu'à ce que tu jouisses.

Ô Seigneur ! Jamais elle n'aurait dû lui permettre de lui parler ainsi ! En termes si crus, si explicites. Si elle obéissait à ses ordres, il allait abuser de son pouvoir sur elle. Mais comment refuser alors qu'elle sentait son propre corps déjà dominé ? Même son esprit y mettait du sien. Les pensées qui l'habitaient se résumaient à ceci : elle voulait que Sam exerce sa volonté, elle voulait qu'il se gorge de plaisir, un plaisir qu'elle partagerait avec exaltation.

Elle plaça les mains sous ses seins et les souleva, comme une offrande, sacrifice librement consenti à un dieu lubrique.

Sam émit un grondement d'approbation et le monde d'Emeline bascula, se muant en orgie de délices : il mordillait, suçait, léchait, passant d'un sein à l'autre. Sa barbe naissante meurtrissait sa peau tendre, et c'était exquis. Il pinçait aussi, de deux doigts trop énergiques. Elle cria. Il allait la blesser ! Mais il adoucit ses gestes dans la seconde et une vague de volupté déferla en elle, la laissant moite. Maintenant, il se limitait à de doux baisers. Cependant, ses yeux ne recelaient aucune gentillesse. Une inquiétante intensité, oui, mais pas de tendresse. Cet homme semblait affamé et féroce.

— Je ne peux plus attendre, murmura-t-il.

Et il arracha le drap tendu sur les jambes d'Emeline, qu'il écarta sans ménagement avant de plaquer son ventre contre le sien. D'une main, il guida son pénis vers son sexe et l'y enfonça. En deux poussées, il fut entièrement en elle. De nouveau, il grogna. Mais ses yeux étaient maintenant fermés, et l'expression de son visage toute de félicité, de satisfaction. Voyant cela, Emeline sourit, heureuse. Comment eût-elle pu ne pas l'être, alors qu'elle était la maîtresse du jeu ? Il paraissait incapable de dominer l'attraction qu'elle exerçait sur lui. Elle détenait le pouvoir de lui faire perdre sang-froid et raison.

Elle lui caressa la joue. Il souleva les paupières et fronça les sourcils.

— Tu te moques de moi !

Elle secoua la tête, ouvrit la bouche pour répondre, mais il pesa soudain lourdement sur elle, la plaquant contre le matelas, puis se mit à aller et venir, se coulant en elle de plus en plus vite, de plus en plus sauvagement, et la fulgurance de ce qu'elle ressentit lui fit oublier ce qu'elle s'apprêtait à dire. Tant pis s'il était offensé, en colère, cela lui était égal du moment qu'il poursuivait cet assaut divin ! Son sexe emplissait entièrement le sien, comme s'ils avaient été faits l'un pour l'autre, pour leur plaisir réciproque.

— Cela te convient-il, ma dame ?

Perdue dans son océan de bonheur, elle ne répondit pas. Sam se figea.

— Cela te convient-il, ma dame ?

L'intonation était agressive, la voix rauque.

— Oui, oui ! Mais n'arrête pas, sacrebleu ! s'écria Emeline en ouvrant tout grand les yeux.

Et elle lui agrippa les fesses, essayant de le faire bouger.

Il s'exécuta, tout en poussant des grondements de félin, de profonds bruits de gorge. Était-il encore irrité ? Elle avait clos les paupières sans se donner la peine de vérifier son expression. Aucune importance, pourvu qu'il n'interrompe pas ces coups de boutoir qui la faisaient monter de plus en plus haut, la rapprochaient de plus en plus de l'orgasme. Si seulement cela avait pu durer encore longtemps... Que cela ne cesse jamais, en fait... Grands dieux, ce qu'elle vivait tout à coup dépassait en intensité tout ce qu'elle avait ressenti jusque-là ! Elle se mit à trembler, possédée par un plaisir inouï.

Elle cria, longuement, et quand la folie de ses sens s'affaiblit un peu, elle rouvrit les yeux pour observer les traits de son amant au moment où il jouissait à son tour.

Il était hors d'haleine. Bien plus qu'après l'une de ses courses de plusieurs heures. Emeline l'avait anéanti, et c'était merveilleux.

Il s'effondra sur elle, veillant à ce que son poids ne la fasse pas suffoquer, mais également attentif à la garder entièrement sous lui. Ses seins contre sa poitrine, son ventre sous ses hanches, ses jambes nouées aux siennes. Quelque part dans le tréfonds de son cerveau, une petite voix lui disait qu'il agissait en dominateur vis-à-vis de cette femme, *sa* femme, et qu'il n'y avait pas lieu d'en tirer fierté, loin s'en fallait. Mais il fit taire la petite voix, trop fatigué pour raisonner. Et puis, il était si bien. Cette position était idéale.

Pas pour Emeline, apparemment.

— Enlève-toi, grommela-t-elle entre ses dents.

Jamais il n'aurait imaginé entendre la si parfaite lady Emeline grommeler entre ses dents.

— Est-ce que je t'écrase ?

Elle ne répondit pas et, pendant un moment, garda le silence. Il la soupçonnait de s'être endormie lorsqu'elle reprit :

— Tu ne m'écrases pas, mais enlève-toi quand même.

— Pourquoi ? s'enquit-il en se redressant un peu, une main appuyée sur l'oreiller derrière la tête de la jeune femme.

Ce face-à-face en forme de défi le réjouissait. Elle plissa le nez sans ouvrir les yeux.

— Parce que la politesse l'exige.

— Ah. L'ennui, c'est que je suis très bien comme cela, et que la politesse ne m'intéresse guère en cet instant.

Les yeux s'ouvrirent si vivement qu'il eut l'impression d'avoir entendu un déclic. Elle le fixa d'un air menaçant qu'il trouva absolument adorable. Il s'abstint de l'en informer, mais sa colère l'excitait.

— Mon confort est-il dénué d'importance, monsieur Hartley ?

Son élocution avait retrouvé sa netteté et ses intonations affectées.

— Oui, totalement, ma dame.

— Tu es vraiment sûr de toi.

— C'est parce que je suis toujours en toi, lui souffla-t-il à l'oreille après avoir effleuré sa joue d'un baiser.

— Pff... Dors, homme vaniteux.

Elle ne voyait plus son visage, donc il s'autorisa à sourire et tira la couverture sur eux. Puis, toujours en elle, il suivit les ordres de son aimée et s'endormit.

Le lendemain matin, Emeline se réveilla en sursaut et comprit tout de suite qu'elle avait passé la nuit dans la chambre de Sam. Il était toujours allongé à côté d'elle. Non. *Sur* elle, et *en* elle. Ce qui rendait toute fuite difficile.

Elle le contempla. Son bassin était plaqué contre le sien, mais son torse avait basculé. Ne demeurait en travers de son buste qu'un bras possessif. Les rides autour de sa bouche s'étaient effacées. Il semblait avoir rajeuni, d'autant que ses cheveux étaient ébouriffés comme ceux d'un gamin. Avait-il cette apparence, avant la guerre ?

Il ouvrit les yeux, mais garda le silence. Et il détailla ses traits. Elle se sentait fort peu à son avantage, à cette heure matinale. Que voyait-il sur ce visage chiffonné ? C'était la première fois de sa vie d'adulte qu'elle se laissait examiner de la sorte, alors qu'elle n'était pas apprêtée. Mais elle n'allait pas laisser sa vulnérabilité gâcher ce moment rare. Celui d'une intimité émouvante.

Il leva la main, la posa sur sa nuque et attira son visage vers le sien. Lentement. Puis il l'embrassa, sans hâte, avec tendresse. Il n'insinua pas la langue dans sa bouche mais bougea les lèvres sur les siennes, manège érotique qui la troubla jusqu'au fond de l'âme. En elle, il était excité. L'érection du matin. Pourtant, il prenait tout son temps.

Il se redressa, en appui sur les coudes. Sans cesser de l'embrasser, les mains en conque autour de son visage, des mains viriles, fortes, protectrices. Jamais elle ne s'était sentie autant chérie, désirée. Il s'était ancré profondément en elle. La toison de son buste frôlait ses seins. Il avait plongé les yeux dans les siens. Elle frissonna, gênée. Elle était à la merci de Sam, livrée à ses fantasmes, obligée de plier sous sa volonté, et elle avait peur de se dévoiler totalement, de révéler des secrets qu'elle aurait souhaité garder celés. Mais elle était subjuguée, incapable de se rebeller.

La main de Sam glissa de son visage à sa gorge, puis vers la naissance de l'épaule et de là descendit le long du flanc, jusqu'à la hanche où elle s'arrêta, comme si, distrait par le baiser qu'ils échangeaient, il ne parvenait pas à se concentrer sur les caresses à prodiguer ensuite. Elle resta quelques instants immobile, bougea enfin de nouveau et gagna la cuisse, le genou qu'elle enserra, remonta vers ses reins, affermit sa pression. Cela fait, il oscilla doucement.

Emeline ne put réprimer un frisson de plaisir lorsque le ventre de Sam se frotta langoureusement contre le sien. Mais elle était prisonnière de ce corps d'homme, aussi impuissante qu'un papillon qu'on aurait maintenu par les ailes. Elle n'était pas du tout certaine d'aimer cela. Et puis ce calme la troublait, cette façon de faire l'amour au ralenti la déstabilisait. La tendresse, la délicatesse de Sam, même s'il n'en était pas conscient, mettaient son âme à découvert. Elle songeait à le repousser quand il s'anima et, en une fraction de seconde, la passion la posséda tout entière.

Sans cesser d'aller et venir en elle, il rompit le baiser, releva la tête et contempla son corps nu. Elle lui en voulut. Elle était piégée sous lui, sa peau luisait de transpiration, ses seins étaient gonflés et elle était sûre qu'il voyait son ventre palpiter. Il examinait sa chair possédée par la luxure, sans se rendre compte que cela ne se faisait pas, que c'était indécent. Il observait les conséquences du plaisir physique sur son corps de femme. Car il ne s'agissait que de plaisir physique, rien d'autre !

Rien d'autre ?

Elle accorda le mouvement de ses reins au sien et soudain perçut autre chose derrière le bonheur des sens. Il y avait bien davantage entre eux. Découverte qui la terrifia. Aussitôt, elle essaya de détourner la tête, de dégager ses bras, mais il lui attrapa prestement les poignets et les bloqua sur l'oreiller.

Elle ne put retenir un sanglot, impuissante, en colère. D'autant plus en colère qu'elle dévoilait ce qu'il y avait dans son cœur.

— Arrête, Sam !

Il n'arrêta pas, bien au contraire. Il accentua la pression de son sexe en elle et obtint ce qu'il voulait : elle crut défaillir de plaisir. Mais lorsque la vague de sensations s'apaisa, elle le regarda droit dans les yeux et dit :

— Non.

Peine perdue. Il se mit à lécher les gouttes de sueur sur son front. Une main tenant toujours ses poignets, il souleva de l'autre ses fesses et redoubla d'ardeur. Devinant qu'elle perdait pied, il lâcha ses poignets et sa main s'aventura sur son mont de Vénus, puis plus bas, là où se nichait la minuscule perle secrète, source d'incommensurable plaisir. Il la massa doucement tout en imprimant des rotations à son pénis.

Emportée par une succession de bourrasques de jouissance, Emeline s'abandonna. Tout ce qu'elle protégeait si farouchement depuis toujours lui échappait et se révélait à Sam.

Bien que sa vision fût brouillée par les émotions qui bouleversaient son corps et son âme, elle vit à son expression, au moment où il déversait sa semence en elle, que le même miracle s'exerçait sur lui.

Un peu plus tard, Emeline se rendit compte que la tasse de thé qu'elle portait à ses lèvres tremblait.

Elle fronça les sourcils. Cette manifestation de son trouble intérieur lui déplut. Elle raffermit l'emprise de ses doigts et la tasse cessa de trembler. Par chance, personne autour d'elle dans la salle à manger du matin ne semblait avoir remarqué le phénomène. Sauf peut-être Melisande, assise en face d'elle à la petite table ronde qu'elles partageaient : elle lui lança un regard aigu.

Emeline se détourna de sa meilleure amie et essaya de se concentrer sur autre chose que les effarantes relations sexuelles qu'elle avait eues ce matin, la veille au soir, et le matin précédent. Elle baissa les yeux sur sa tasse. Qui ne tremblotait plus. Et se demanda si l'excès de sexe ne lui abîmait pas le cerveau. Cela aurait expliqué qu'elle fût incapable de penser à autre chose. Ce ne pouvait être sain de songer sans relâche, une vraie obsession, à un homme et ses longues jambes, sa large poitrine, et son membre magnifique !

Mon Dieu…

Elle toussota, consciente d'être rouge d'embarras, puis ramena les yeux sur Melisande, laquelle annonça :

— J'ai traduit le titre du premier conte de ce recueil que tu m'as confié. C'est *Cœur de Fer.*

— Ah, oui !

Emeline se souvenait de ce conte. *Cœur de Fer.* L'histoire d'un homme brave, fort et sincère. Et silencieux. Un homme de la même espèce que Sam. Comme c'était étrange…

— Lord Vale te cherchait, hier soir.

Emeline faillit renverser sa tasse. En hâte, elle la posa sur la table. Manifestement, ses nerfs la trahissaient.

— Que lui as-tu dit, Melisande ?

— Rien. De toute façon, il me remarque à peine.

— Ne sois pas sotte. Bien sûr qu'il te remarque.

Emeline jeta un coup d'œil à son fiancé assis au milieu de tout un groupe de jeunes filles. Il pérorait en faisant de grands gestes, à l'évidence en pleine narration d'une passionnante histoire, et sa main droite manqua de peu la capeline de la demoiselle la plus proche de lui.

Elle aurait voulu répéter à Melisande que si, Jasper la remarquait, mais son amie avait raison : il n'accordait son attention qu'aux plus belles femmes. Mais qu'y avait-il d'étonnant à cela ? Les hommes accordaient plus d'intérêt aux atouts physiques des femmes qu'à leur intelligence. Enfin, la plupart.

Sam était assis dans l'angle opposé, flanqué de sa sœur et de Mme Ives, une matrone qui n'était plus de première jeunesse. La tête penchée vers la dame, il lui disait quelque chose, mais c'était sur Emeline qu'étaient posés ses yeux.

Elle s'empressa de regarder ailleurs. Maudit homme. Ce n'était donc pas suffisant qu'il ait joué avec son corps jusqu'à ce qu'il soit délicieusement moulu ? Il fallait aussi qu'il envahisse ses pensées ?

— ... et j'espère que tu as pris des précautions.

Quoi ? Que venait de dire Melisande ?

— Pardon ? s'enquit Emeline trop sèchement.

Melisande soupira.

— J'ai dit : j'espère que tu as pris des précautions hier soir.

— Mais de quoi parles-tu ?

— Quelque chose pour ne pas avoir de bébé.

Emeline sursauta.

— Tu vas bien ? s'étonna Melisande comme si elle ne venait pas de lancer un coup de canon en plein milieu de la conversation.

Emeline reprit sa tasse pour se donner une contenance, tout en réfléchissant : allait-elle nier avoir passé la nuit avec Sam ? Dénégation superflue, semblait-il.

— Eh bien… mais oui, je vais bien, assura-t-elle.

Melisande la regarda sévèrement.

— Je n'arrive pas à croire que tu te sois engagée dans une liaison sans prendre les mesures appropriées. Des éponges, qu'il faut introduire dans le corps de la femme et…

— Mon Dieu, Melisande, comment se fait-il que tu saches cela ?

Melisande inclina la tête.

— Il y a des livres…

— Des livres ? Sur ce… sujet ?

— Oui.

— Seigneur…

— J'insiste donc, Emeline : as-tu pris ces précautions, ou non ?

— Eh bien, je crois qu'il est un peu tard pour y songer, avoua piteusement Emeline.

Sa main se porta instinctivement à son ventre. Comment avait-elle pu ne pas penser à quelque chose d'aussi fondamental ? Même emportée par la passion, elle aurait dû réfléchir ! La possibilité d'attendre un bébé était un souci dont elle ne voulait pas. Jasper avait beau être très délicat, jamais il n'accepterait que son héritier soit l'enfant d'un autre. Si elle était enceinte, elle serait obligée d'épouser Sam. Grands dieux… Il n'y aurait pas d'autre solution. Or vivre avec un homme tel que Sam serait un enfer. Elle ne pourrait rien lui cacher. Il découvrirait en un clin d'œil ses travers, ses faiblesses. Il la voyait telle qu'elle était, comme nul homme avant lui, et elle n'aimait pas cela. Il exigerait trop d'elle, déclencherait des émotions refoulées qu'il l'obligerait à mettre au jour. Elle n'aurait pas la possibilité de se dissimuler derrière une façade.

Son épouvante devait apparaître sur son visage, car Melisande se pencha vers elle et posa la main sur la sienne.

— Pas de panique. Il est trop tôt pour savoir. Et tu t'alarmes peut-être inutilement. Sauf... sauf si cette affaire dure depuis plus longtemps que je ne le suppose.

— Non, oh non... Elle a seulement commencé...

Elle n'acheva pas. Qu'allait penser d'elle Melisande ? Qu'elle avait forniqué avec un inconnu lors d'une réception où elle était venue avec son fiancé !

Melisande lui tapota la main.

— Il n'y a aucune raison de t'inquiéter. Profite de ton temps ici et ne va le retrouver que bien protégée.

— Je ne veux même plus le revoir ! Je vais l'éviter comme la peste. Cet écart ne se renouvellera pas.

— Mmm.

Melisande était sceptique, et Emeline songea qu'elle ne pouvait lui en vouloir : sa voix sonnait faux à ses propres oreilles. Comme mû par une volonté propre, son regard se coula en direction du coin de la salle où était installé Sam. Il la fixait, yeux étrécis. N'importe qui eût jugé son expression neutre, mais pas elle. Elle le connaissait trop bien, désormais. Le désir le dévorait. Il avait un air de propriétaire, l'air de ne pas douter une seconde de sa puissance. Cet homme ne renoncerait pas à elle sans lutter.

Seigneur, dans quel guêpier s'était-elle fourrée ?

14

Cœur de Fer reprit conscience le lendemain à l'aube, quand une femme cria. C'était la veille du jour où il serait libéré de son vœu de silence. La nourrice en larmes se tenait sur le seuil de la nursery et gémissait à fendre l'âme car le mobilier était brisé, les murs constellés de taches écarlates et, pire, bien pire, le bébé avait disparu.

En quelques minutes, la nursery fut pleine de gens : gardes, serviteurs, cuisiniers et bonnes. Tous regardaient Cœur de Fer, couvert de sang, qui se tenait dans la pièce où avait dormi son fils jusqu'à aujourd'hui. Son cœur se brisa lorsque la princesse Solace fendit la foule et se dressa devant lui, les yeux lourds de chagrin.

Sam se rendit compte qu'Emeline l'évitait. Ils se livraient à un étrange manège. Dès qu'il entrait dans une pièce, elle en sortait, ou lui tournait le dos. Ou alors, il s'approchait d'elle en catimini, mais elle n'était pas longue à percevoir sa présence, énonçait alors quelque futile excuse et s'esquivait. Ils jouaient à ce jeu depuis des heures et il se sentait de plus en plus frustré. Et furieux. Il ne se souciait plus que les invités remarquent son attitude insistante. Son seul souci, c'était de réussir à coincer Emeline. Plus elle se dérobait, plus il s'acharnait.

Ils se trouvaient maintenant dans la bibliothèque : la pluie obligeait tous les hôtes à rester confinés dans la maison. Il attendait donc son moment, s'abstenant d'avancer vers elle tant qu'il ne serait pas sûr du résultat. Elle était assise avec son amie, Mlle Fleming. Comparée à la radieuse beauté d'Emeline, celle de Mlle Fleming était fade, mais elle avait un regard d'aigle auquel aucun des mouvements de Sam n'échappait. Soit Emeline lui avait tout révélé, soit elle avait deviné. Aucune importance. Mlle Fleming était peut-être un courageux chien de garde, il ne la laisserait pas s'interposer entre sa proie et lui.

Il songea que jamais il n'avait éprouvé envers une femme d'émotions aussi primitives et aussi profondes. Il était conscient de perdre peu à peu son sang-froid, et pourtant ne parvenait pas à se ressaisir. Il voulait cette femme ! Qu'elle le rejette lui faisait l'effet d'un bloc de glace appliqué sur sa peau nue. Cela brûlait. Une insupportable torture. Elle avait souhaité qu'il lui fasse l'amour. Il ne l'avait contrainte en rien. Donc il n'était pas question qu'elle le repousse maintenant.

Sous-jacents, il y avait d'autres éléments qui entraient en ligne de compte et entraînaient des souffrances qui le désorientaient. Emeline le blessait dans son orgueil, dans son être le plus profond. Il en concevait de la honte, s'accusait de mal placer sa fierté, mais c'était plus fort que lui : le tourment était intolérable. Il avait besoin qu'il cesse.

Il avait besoin de cette femme.

— Ne veux-tu pas venir jouer aux cartes, Sam ? demanda Rebecca.

Il ne l'avait même pas entendue approcher.

— Non, répondit-il distraitement.

— Bien. Mais arrête de fixer lady Emeline comme un chien fixe une saucisse.

— Est-ce ce que je fais ?

— Oh, oui ! Je m'attends à te voir baver d'un instant à l'autre ! C'est très vilain, Sam.

Il sourit.

— Vraiment si vilain que cela ?

— Peut-être que les autres ne le remarquent pas, mais je suis ta sœur, et il y a des choses qui ne m'échappent pas.

— Manifestement, accorda Sam en observant la jeune fille.

Le jaune de sa robe illuminait son teint. Parmi toutes les demoiselles présentes, Rebecca était certainement la plus jolie.

— Prends-tu du plaisir à cette réception ? Je ne te l'ai pas encore demandé.

— Eh bien, c'est... intéressant, dit-elle en baissant les yeux. Au début, j'ai eu peur que personne ne me parle, mais cela n'a pas été le cas. Les autres dames se sont montrées aimables. Enfin, la plupart.

— Qui ne l'a pas été ?

Elle agita impatiemment la main.

— Personne. Cela n'a aucune importance. Inutile d'en faire toute une histoire.

— Je suis ton frère, donc à ce titre censé faire une histoire de tout ce qui te concerne, répliqua Sam sur le ton de la plaisanterie.

Plaisanterie qui tomba dans le vide : Rebecca ne sourit même pas. Mais elle l'examina d'un œil interrogateur. Il prit une longue inspiration, puis fit une nouvelle tentative.

— J'ai noté que tu passais beaucoup de temps avec M. Green.

— Mmm. Oui, admit prudemment la jeune fille tout en regardant ledit M. Green à la dérobée : il jouait aux cartes dans un coin.

Sam se sentit stupide. Rebecca lui avait proposé de jouer aux cartes. Sans doute cherchait-elle un prétexte pour s'approcher de M. Green.

Il sourit et lui offrit son bras.

— Allons nous joindre à la partie.

Elle secoua la tête comme s'il avait énoncé une énorme sottise.

— Je croyais que tu ne voulais pas jouer !

— Apparemment, j'ai changé d'avis.

— Sam, tu n'as pas envie de jouer aux cartes !

— Non, mais je pensais que toi, oui.

Il avait l'impression de tâtonner dans le noir.

— J'en avais envie, mais pas pour la raison que tu imagines. As-tu entendu rire M. Green ?

— Oui.

— Alors tu vois, dit-elle comme si cela expliquait tout.

Puis elle noua les bras autour de son buste et enchaîna :

— J'ai appris que M. Craddock, que tu voulais interroger, était mort.

— Effectivement.

— Je suis désolée. Je suppose que sa veuve ne savait rien ?

— Non. Nous devrons attendre d'être rentrés à Londres pour continuer l'enquête.

Et là, il mettrait la pression sur Thornton.

Par-dessus l'épaule de Rebecca, il vit Emeline quitter la pièce. Bon sang !

— Excuse-moi, Becca.

— Elle est de nouveau partie, je présume, commenta la jeune fille sans même se retourner.

Sam se pencha, l'embrassa sur la tempe, là où ses cheveux sombres étaient tirés en arrière.

— Tu es une sœur beaucoup trop intuitive.

— Je t'aime aussi, chuchota-t-elle.

Il la regarda, étonné. Elle était une femme, sa petite sœur. Il ne la comprenait pas toujours, mais il l'aimait de tout son cœur. Il lui sourit.

Puis il se mit en chasse à grandes enjambées.

Là résidait toute la difficulté de s'engager dans une liaison avec un colon au style fruste : quand celle-ci s'achevait, il ne comprenait manifestement pas.

Tout en longeant à pas pressés un couloir de service, Emeline jeta un coup d'œil derrière elle. Elle ne vit pas Sam, mais sentit sa présence à proximité. N'importe quel gentilhomme eût déjà accepté l'évidence : elle lui avait signifié son congé. Elle s'était évertuée à ne pas le regarder, à ne pas lui dire un seul mot depuis ce matin. Il aurait dû renoncer à la harceler. Mais non. Sam n'était pas fait de ce bois-là. Il n'abandonnait pas. Le pire, c'était que sa détermination la touchait. Pour la poursuivre de la sorte, fallait-il qu'il la désirât ! C'était finalement très flatteur.

Quoique exaspérant.

Elle bifurquait dans un autre couloir, complètement perdue à présent, quand elle poussa un cri : une grande main, comme surgie de nulle part, se ferma sur son épaule. Une fraction de seconde plus tard, elle était attirée derrière le rideau poussiéreux où s'était dissimulé Sam. Ce rideau masquait une petite alcôve qui servait de rangement : des barriques étaient empilées le long du mur. L'espace était minuscule et elle n'avait d'autre possibilité que rester plaquée contre la poitrine de Sam, lequel raffermit son étreinte. Elle gémit.

— Chut..., souffla-t-il dans ses cheveux. Tu fais trop de bruit.

— Tu... Vous avez failli me faire avoir une crise d'apoplexie !

Elle essaya de le repousser, sans résultat. Elle renonça donc à se fatiguer inutilement et le regarda.

— Qu'envisagez-vous de faire ?

— Te parler.

Elle entendait comme une fêlure dans sa voix et, en dépit des épaisseurs d'étoffe de leurs vêtements respectifs, elle constata qu'il était très excité. Il était sur les nerfs, c'était évident, et aussi frustré – ce qui, et elle aurait dû en avoir honte, la réjouissait.

— Cela n'a pas été facile d'arriver enfin à te parler, Emeline.

— C'est parce que je ne voulais pas vous parler !

— Tu es une petite chose pleine d'épines, ma chère.

— Je ne veux plus vous voir, monsieur Hartley. Ni vous adresser la parole. Lâchez-moi !

La colère l'avait gagnée. Elle lui martela la poitrine à petits coups de poing, ce qui le laissa de glace.

— Lâchez-moi ! répéta-t-elle.

— Non.

— Nous ne pouvons continuer ainsi, voyons. Nous avons passé de plaisants moments, mais c'est terminé.

— Je ne le crois pas.

— Oh, allons, ce n'était qu'un petit intermède à l'occasion d'une partie de campagne. Nous n'allons pas tarder à rentrer en ville et tout redeviendra comme avant. Comme s'il ne s'était rien passé.

— Cela marche-t-il souvent ? demanda Sam d'un ton amusé.

Elle ne s'était pas attendue à cette réaction.

— Quoi donc ? s'enquit-elle sèchement.

— Donner des ordres à un homme. Je pense que oui, et que tu es obéie à chaque fois au doigt et à l'œil. Ils doivent tous filer la queue entre les jambes pour aller panser les blessures causées par tes petites dents pointues, seuls dans un coin sombre.

— Vous êtes infernal !

— Et toi, tu es devenue capricieuse à force de toujours obtenir ce que tu désires. Tu es une enfant gâtée.

— C'est faux ! Vous ne me connaissez absolument pas !

Elle le sentit se figer contre elle. Tout à coup, le silence envahit l'alcôve. Lorsque Sam parla de nouveau, ce fut du ton troublant de la confidence. Une intimité dérangeante régnait dans la pénombre.

— Je sais que tu as la langue acérée et que tu nourris des pensées souvent peu avouables. Je sais aussi que tu caches soigneusement cela, afin de ressembler aux autres dames. Une jolie petite chose semblable à une meringue : beaucoup de sucre et d'air.

— Une dame se doit d'être douce.

Elle avait émis cette protestation dans un murmure. C'était troublant qu'il en sût autant sur elle. Elle s'était fabriqué une façade, qu'elle espérait sans fissure. Une dame se devait d'être douce, oui, ne pas avoir la langue acérée ni de vilaines pensées. Sam l'avait percée à jour : en réalité, elle était trop forte, trop indépendante, trop... masculine. Il ne pouvait que la trouver détestable.

— Y a-t-il des règles disant comment doit être une dame ? questionna-t-il, la bouche contre sa tempe. Il y a tant d'obligations à respecter, dans ce pays… Je me demande comment tu supportes cela.

— Je…

Il glissa la langue dans son oreille et elle tressaillit.

— J'aime les vraies femmes, pas les meringues. J'aime le goût acide, comme celui des pommes vertes.

— Les pommes vertes donnent mal au ventre.

Elle n'essayait plus de se dégager de l'étreinte de Sam. Elle était nichée contre sa poitrine et sentait sa gorge contractée par des larmes qui menaçaient. Cet homme avait détruit ses défenses, il avait abattu en quelques jours les murs dont elle s'était entourée.

— Les pommes vertes ne me donnent jamais mal au ventre, et ce sont celles qui font les meilleures tartes. Leur saveur me réjouit la langue.

Tout en parlant, Sam lui avait soulevé les jupes et sa main s'activait pour atteindre la peau nue. Il captura la bouche d'Emeline et une nouvelle fois, elle se découvrit subjuguée. Peut-être lui trouvait-il une saveur acide qu'il aimait, mais pour elle, il évoquait un café fort, riche, sucré à en faire tourner la tête – bref, un breuvage viril. Elle goûta avidement son baiser, songeant que ce serait la dernière fois, car elle devait mettre immédiatement un terme à cette folie. Résolution qu'elle balaya aussitôt pour s'abandonner à la délectation de l'instant.

Jusqu'à ce qu'un bruit de pas résonne dans le couloir.

Emeline rompit l'étreinte et eût poussé une exclamation si Sam ne l'avait pas bâillonnée de la main.

— Elle a perdu l'esprit, non ? lança une voix.

Quelqu'un se trouvait exactement de l'autre côté du rideau !

— Essayer de jouer à la paume dans le vestibule, Seigneur !

Emeline baissa les yeux et vit une paire de chaussures à boucle au ras de l'ourlet. Elle releva la tête et fixa Sam, horrifiée. Et s'aperçut qu'il riait en silence. Ce maudit homme s'amusait ! Si elle avait pu le frapper, elle l'aurait fait.

— Peut-être parce qu'ils ont pas grand-chose pour se distraire ? dit un autre homme.

Deux serviteurs, déduisit Emeline à leur mauvaise syntaxe et leur accent de la campagne.

— Oui, mais quand même, la paume ! Dans la maison ! Pourquoi ils se contentent pas de jouer aux cartes ou aux dés ?

— Aux dés ? T'es cinglé ! Les aristos jouent pas aux dés !

— Ah bon ? Et pourquoi pas ? Qu'est-ce qui va pas avec les dés ?

Emeline sentait Sam tressauter de rire contre elle. Qu'il trouve la situation hilarante la consternait. Elle était pétrifiée de peur à l'idée d'être découverte ! Furieuse, elle leva le pied et abattit son talon sur un mocassin. Au temps pour son espoir de lui écraser douloureusement les orteils ! Il rit de plus belle. Ses yeux brillaient, il était heureux.

Il retira la main qui la bâillonnait et la remplaça par sa bouche. Il l'embrassa profondément, passionnément, mais en silence.

Un lourd soupir monta de derrière le rideau.

— T'aurais pas un peu de bon tabac ?

— Oui, tiens.

— Ah, merci.

Mon Dieu ! Les deux valets s'apprêtaient à fumer la pipe ! Cet intermède pouvait s'éterniser et... Le frisson d'effroi qui courait le long de son échine se mua en frisson de plaisir : la langue de Sam redoublait d'ardeur dans sa bouche et il recommençait à fouiller sous ses jupes. Mais les étoffes crissèrent légèrement et elle se figea.

De l'autre côté du rideau, l'un des hommes éclata de rire. L'odeur de fumée passait à travers la lourde toile. Ils devaient fumer tous les deux.

— Pourquoi la paume, à ton avis ? demanda celui qui avait la voix la plus grave.

Les doigts de Samuel caressaient son mont de Vénus et Emeline, soudain instable sur ses jambes, dut s'accrocher à ses épaules.

— Je sais pas, répondit l'autre. Peut-être que c'est plus drôle que le croquet ? En tout cas, sûr qu'à l'intérieur, ça l'est.

Sam recula la tête, un sourire démoniaque aux lèvres, pour regarder Emeline, puis il glissa les doigts dans son sexe. Elle serra les mâchoires à en avoir mal pour s'empêcher de gémir de plaisir.

— Et les fenêtres ?

— Quelles fenêtres ?

— Les fenêtres du grand vestibule.

— Ouais, eh bien ?

Sam se mordit la lèvre pour bloquer son rire. Quant à Emeline, elle subissait à la fois les assauts de la peur d'être surprise et de son excitation qui allait grandissante. Les doigts experts de Sam la plongeaient dans un émoi indescriptible. Enfoncés dans son sexe, ils montaient, descendaient, tournaient, engendrant des sensations inouïes.

— Les balles de paume vont les casser, non ?

Mais de quoi diable parlaient ces deux hommes ? Aucune importance. Ils appartenaient à un autre univers. Celui dans lequel elle gravitait était irréel, édénique.

Elle sursauta lorsque Sam retira ses doigts, puis il les glissa de nouveau en elle. Elle n'allait pas parvenir à se contenir longtemps. Des gémissements d'extase mouraient sur ses lèvres. Alors elle fit la seule chose possible pour s'empêcher de geindre : elle embrassa Sam à pleine bouche. Une initiative qui lui permit de se rendre compte que même dans ces conditions particulières, elle avait faim de lui à en hurler. Pourquoi cet homme avait-il tant de pouvoir sur elle ? D'où tenait-il ce sortilège qui la réduisait à l'état de femme lubrique ? Elle n'avait qu'une envie : chevaucher son corps, le lécher jusqu'à ce qu'il crie grâce, le mettre à genoux comme il l'avait mise à genoux, elle. Que n'eût-elle donné pour comprendre d'où lui venait ce pouvoir qu'il exerçait sur elle !

En quelques jours, il était devenu le pivot de sa vie. Tout tournait autour de lui. Plus rien ni personne ne l'intéressait. Pour preuve, ces indécentes caresses auxquelles il la soumettait en ce moment, alors que deux personnes se trouvaient à moins d'un mètre d'eux. La crainte d'être surprise en si compromettante position ne suffisait pas à lui enjoindre d'arrêter. Le plaisir balayait tout.

— On ferait mieux de retourner travailler, dit l'homme à la voix grave. On n'a pas encore regardé dans la cave.

— Sois pas bête. Pourquoi voudrais-tu que ces trucs de paume soient dans la cave ?

— Alors puisque t'es si malin, dis-moi où ils sont.

Les deux hommes s'en allaient. Le son de leur pas décroissait au fur et à mesure qu'ils s'éloignaient dans le couloir.

Et Sam, pendant tout ce temps, n'avait pas cessé de bouger ses doigts et de l'embrasser ! songea Emeline que les spasmes de la jouissance électrisaient. Accrochée à ses épaules, elle oscillait, tremblait, mais sans bruit. Se mordre cruellement la lèvre était le seul moyen efficace qu'elle eût trouvé pour garder le silence.

Il retira soudain sa main, saisit la jeune femme par la taille, remonta ses jupes, la souleva et l'appuya à la pile de barriques. Instinctivement, elle noua les jambes autour de ses hanches. Elle le sentit agiter les doigts sous ses fesses. Elle comprit qu'il ouvrait sa culotte. Le temps d'un battement de cœur, son membre tendu à craquer fut là, pressé contre le sien, moite et brûlant.

— Mon Dieu, chuchota Sam. Mon Dieu...

Elle noua les bras derrière son cou et suspendit son souffle, impatiente, vibrante. Il la pénétra sans autre forme de procès et se livra à des va-et-vient saccadés, presque brutaux, mais la position précaire qu'ils avaient adoptée n'autorisait guère la délicatesse. Et Emeline se surprit à savourer cette ardeur sauvage, cette transgression des interdits, cette clandestinité, au point d'avoir presque immédiatement un orgasme qui lui fit voir des étoiles. Elle dut mordre l'étoffe de la redingote de Sam pour ne pas crier, car un autre orgasme la traversa de la tête aux pieds, la faisant trembler si fort qu'elle crut s'évanouir. Sam l'embrassait avec tant de ferveur qu'on eût dit que sa vie dépendait de ce baiser. Une ultime poussée, un dernier ahan, et Emeline sentit la chaleur de son sperme se répandre en elle.

Il fallait que ce soit la dernière fois, se dit-elle dans un accès de lucidité avant qu'une nouvelle vague de jouissance la submerge. Il fallait que ce soit la dernière fois...

— Pourrais-je te parler, Jasper ? demanda Emeline à son fiancé cet après-midi-là.

Elle l'avait trouvé dans un couloir, à l'étage.

— Bien sûr, répondit-il en souriant largement.

Elle le connaissait trop bien pour ne pas se rendre compte qu'il lui accordait à peine son attention.

— Jasper !

Elle le tira par la manche. Il se tourna vers elle, les sourcils froncés.

— Qu'y a-t-il ?

— C'est important.

Il la regarda enfin en face. Il avait la plupart du temps les yeux dans le vague. Un camouflage. Il était difficile de cerner l'homme qu'il était réellement, dans la mesure où il portait constamment un masque, celui d'un être futile et joyeux. Mais en cet instant, il la regardait vraiment. Sérieusement.

— Tu vas bien, Emmie ?

Elle prit une profonde inspiration et s'étonna elle-même de répliquer spontanément :

— Non.

Il cilla, puis leva la tête pour scruter le couloir. Ils étaient à l'arrière de la maison mais il y avait encore des serviteurs, des invités qui se rassemblaient dans la salle voisine pour un déjeuner tardif. Il prit la main d'Emeline et l'entraîna vers un autre corridor sur lequel s'ouvraient plusieurs portes. Il en poussa une au hasard et passa la tête par l'entrebâillement.

— Cela devrait aller, dit-il en faisant entrer Emeline dans un petit salon ou un bureau manifestement délaissé, car l'âtre était vide et les meubles sous des housses.

Il croisa les bras.

— Dis-moi, Emmie.

Mon Dieu, comme elle aurait voulu tout lui dire ! Le besoin de lui révéler son secret était presque insoutenable. Quel soulagement c'eût été de tout lui raconter ! Il lui aurait gentiment tapoté l'épaule en assurant que ce n'était rien, que tout irait bien...

Mais elle n'allait pas faire cet aveu. Jasper était peut-être aussi proche d'elle qu'un frère, c'était un libertin scandaleux et un homme très libéral à propos des affaires de sexe, mais au fond de lui, il était un authentique vicomte. Duquel on attendait qu'il eût un héritier pour que la lignée de son ancienne et respectable famille perdure. Apprendre que sa fiancée avait eu une liaison avec un autre ne lui ferait vraiment pas plaisir. Il dissimulerait peut-être son dépit, mais en réalité, il serait mortifié.

Elle dessina donc un sourire sur ses lèvres et mentit.

— J'en ai assez d'être ici. Je sais bien que je devrais faire montre de patience et supporter lady Hasselthorpe et sa conversation inepte, ainsi que cette assommante partie de campagne, mais j'en suis incapable. Penses-tu que tu pourrais me ramener à Londres, Jasper ?

Elle s'étonna qu'en l'écoutant, il affichât une expression insondable. C'était étrange que cet homme au visage d'ordinaire si animé et gai fût, lorsqu'il le désirait, impossible à décrypter. Et elle s'étonna encore plus, quand elle eut achevé, qu'il garde le silence.

Ce mutisme sembla à Emeline durer une éternité. Puis soudain, comme un jouet dont on aurait tourné la clé, les traits de Jasper reprirent vie.

— Mais naturellement, ma chère Emmie ! Je vais demander que l'on fasse mes bagages tout de suite. Notre évasion peut-elle attendre jusqu'à demain matin, ou... ?

— Aujourd'hui, si tu n'y vois pas d'inconvénient. Maintenant. Je t'en prie.

Il se pencha et l'embrassa sur la joue.

— Je vais prévenir Pynch.
Et il quitta la pièce.
Emeline ne le suivit pas. Elle voulait se ressaisir. C'était vraiment affreux, cette perte de contrôle sur ses émotions qu'elle subissait depuis peu. Elle s'était toujours considérée comme une femme de tête, dotée de sang-froid, le genre de femmes sur lesquelles s'appuyaient les autres. À la mort de son père, elle avait à peine pleuré. Elle avait été trop occupée à tout organiser pour tante Cristelle, à régler les problèmes de la succession pour le prochain comte et installer la famille à Londres. Les gens avaient été admiratifs, épatés par son bon sens et son stoïcisme. Et voilà que maintenant, elle était comme une enfant qu'un rien bouleversait.

Elle regagna sa chambre, toujours vigilante, à la façon d'un animal sauvage qui flaire le chasseur. Sam était un chasseur, et un bon. Ce matin, il l'avait traquée, acculée, et il avait obtenu d'elle ce qu'il voulait. Mmm... non, pas exactement. Sam l'avait effectivement traquée, prise au piège, mais ensuite elle avait obtenu de lui ce qu'elle voulait, et toute l'ambiguïté du problème était là. Même si elle était plus que consentante, capable de prendre des initiatives, elle était sans défense vis-à-vis de cet homme. Jamais elle ne s'était considérée comme une esclave du sexe, mais le fait était là : maintenant, elle fuyait un amant dont elle était incapable de repousser les avances. À l'évidence, au cours des années passées, elle avait été une femme à la sensualité refoulée, une sensualité qui ne demandait qu'à se libérer... et elle l'ignorait. Ou alors Sam s'était révélé un catalyseur, le seul, l'unique homme susceptible d'amener sa nature profonde au grand jour.

Elle entra dans sa chambre. Harris faisait ses bagages avec l'aide de deux bonnes de la maison.

— Tout sera prêt dans une demi-heure, madame.

— Merci, Harris.

Emeline ressortit de la chambre. Elle aurait pu y rester, en sécurité, pendant les trente minutes à venir, mais sa présence aurait encombré Harris. Et puis, elle ne voulait pas partir sans avoir parlé à Melisande.

La chambre de son amie se trouvait au même étage, à quelques portes de la sienne. Melisande aurait déjà dû être au rez-de-chaussée avec les autres invités, mais elle avait l'habitude d'arriver en retard à n'importe quelle réunion. Emeline la soupçonnait d'agir ainsi par ruse, pour éviter d'avoir à engager la conversation avec qui que ce soit. Elle se cachait sous une carapace faite de sarcasme et de réserve.

Elle gratta le battant, entendit un bruissement à l'intérieur, et Melisande ouvrit, l'air surpris. Puis elle s'effaça pour laisser entrer Emeline, qui lui dit vivement en s'engouffrant dans la chambre :

— Referme ! Vite !

— Oh ? Jouerions-nous à cache-cache ?

— Oui.

Emeline s'approcha de la cheminée et tendit les mains devant le feu.

— Je crois qu'il s'agit d'un dialecte allemand, déclara son amie.

— Pardon ?

Melisande était allée s'asseoir dans un fauteuil à oreillettes.

— Ton recueil de contes. Je crois qu'il est écrit dans un dialecte parlé dans quelque région reculée, peut-être même seulement dans un ou deux villages. Je peux essayer de le traduire quand même.

Emeline regarda le petit livre. Il n'avait plus du tout la même importance qu'auparavant.

— Cela m'est égal.

— Vraiment, Emeline ? fit Melisande en feuilletant le recueil. J'ai déjà compris qu'il s'agit de quatre soldats revenant de la guerre.

— Ah. J'imaginais que c'étaient des contes de fées.

— Et tu avais raison. Ces quatre soldats ont tous d'étranges noms, comme celui dont je t'ai parlé, Cœur de Fer, et…

— Cela m'indiffère, désormais.

L'expression de désappointement de son amie l'émut.

— Melisande, je suis désolée ! Je suis une vilaine bêtasse. Continue, je t'en prie.

— Non. Je crois que ce que tu as à me dire est infiniment plus important. Je t'écoute.

Melisande avait refermé le livre.

— Je pars, annonça Emeline en s'asseyant en face d'elle. Aujourd'hui.

Melisande ferma à demi les yeux.

— Mmm. T'a-t-il fait du mal ?

— Sam ? Non !

— Alors pourquoi tant de hâte ?

Emeline leva les mains, puis les laissa retomber.

— Je suis incapable de lui résister ! gémit-elle.

— Vraiment incapable ?

— Totalement !

— Voilà qui est intéressant. Tu as un tel contrôle sur toi-même, d'ordinaire. Ce doit être un très…

— Oui, c'en est un, coupa Emeline. Mais toi, que sais-tu de ce sujet si spécial ? Tu es censée être vierge !

— Exact. Mais c'est de toi que nous parlons, chérie. As-tu pensé à ce que tu feras si tu tombes enceinte ?

Emeline sentit son cœur manquer plusieurs battements.

— Je ne le suis pas.
— En es-tu sûre ?
— Non.
— Donc, si tu l'es...
— ... je serai obligée de l'épouser.
Elle avait prononcé ces mots d'un ton sinistre, mais dans sa poitrine, quelque chose avait tressauté sous l'effet d'une joie interdite. Si elle était enceinte, elle n'aurait pas le choix, n'est-ce pas ? En dépit de ses doutes et craintes, elle serait obligée de régler le problème.
— Et si tu ne l'es pas ?
Emeline fit taire ses émotions traîtresses. Elle ne pouvait épouser ce colon mal dégrossi sans une bonne raison !
— Alors je ferai ce que j'avais prévu.
— Mmm. Révéleras-tu à lord Vale ce qui s'est passé au cours de cette partie de campagne ?
— Non.
Melisande détourna le regard, l'expression indéchiffrable.
— C'est probablement le plus sage, si tu envisages de faire ta vie avec lui. Les hommes supportent mal la vérité.
— Me trouves-tu épouvantable ?
— Non, mais non, ma chérie, assura Melisande en ramenant des yeux étonnés sur elle. Pourquoi penses-tu que je te juge ?
— Eh bien... tant de gens auraient cette réaction... Moi-même, je crois que si j'entendais une histoire pareille sans connaître les personnes impliquées, je le ferais.
— Alors je suis moins puritaine que toi, énonça Melisande d'un ton empreint de pragmatisme. Néanmoins, j'ai une question : en quoi le fait de partir d'ici réglera-t-il ton problème avec M. Hartley ?

— La distance. Si je ne suis plus ici, dans cette maison, j'imagine que je serai moins susceptible de... de... Enfin, tu vois ce que je veux dire.

Melisande ne paraissait pas du tout convaincue.

— Et lorsqu'il rentrera lui aussi à Londres ?

— Cette affaire sera terminée. Je suis sûre que le temps et l'éloignement feront une grande différence.

Emeline avait mis beaucoup de conviction dans ses paroles, pourtant au fond d'elle-même, elle doutait. Un doute qu'avait dû percevoir Melisande, sans toutefois l'exprimer. Mais sa mine la trahissait. Elle se leva et serra Emeline dans ses bras, une rare marque d'affection de sa part.

— Alors bonne chance, ma chérie. J'espère de tout mon cœur que ton plan marchera.

Emeline posa la tête sur l'épaule de son amie et se mit à prier pour que, oui, son plan marche. Car dans le cas contraire, elle n'en avait pas de rechange et n'avait nulle part ailleurs où aller.

15

— Au meurtre ! crièrent les gardes.

— Au meurtre ! crièrent les courtisans.

— Au meurtre ! crièrent les habitants de la Ville brillante.

Et tout ce que pouvait faire Cœur de Fer, c'était de prendre sa tête ensanglantée entre ses mains. La princesse pleurait, suppliait. Tout d'abord, elle enjoignit son mari de rompre son silence et de lui raconter pourquoi il avait commis ce crime. Puis elle supplia son père, en vain : il demeura inflexible. Le roi n'avait d'autre choix que de condamner Cœur de Fer à périr par le feu. L'exécution aurait lieu le lendemain à l'aube.

— C'était une charmante partie de campagne, n'est-ce pas ?

Rebecca tentait de briser un silence qui durait depuis une heure. Sam détourna le regard du paysage brumeux qui défilait et s'efforça de le focaliser sur sa sœur. Elle était assise face à lui dans leur voiture de location. Elle paraissait triste. Par sa faute, il le savait.

Emeline avait brusquement quitté la maison des Hasselthorpe trois jours plus tôt. Il ne s'en était aperçu que longtemps après le déjeuner, le jour où ils avaient fait l'amour dans l'alcôve. Le temps qu'il s'en rende compte, elle était déjà loin.

Il se serait lancé à sa poursuite si Rebecca n'avait pas fait appel à son bon sens. Elle l'avait supplié de rester, lui avait fait valoir quel scandale il créerait s'il suivait lady Emeline. En ce qui le concernait, il se moquait de ce que pensaient les gens. Mais il y avait Rebecca. Elle avait passé du temps avec plusieurs jeunes dames d'excellentes familles anglaises. Un scandale aurait ruiné ces amitiés naissantes.

Il avait donc bridé ses élans, et était resté avec sa sœur. Pourtant, l'envie de pourchasser lady Emeline, de la rattraper et de l'enlacer jusqu'à ce que ses sens fassent valoir leurs droits, l'avait ravagé. Il avait néanmoins réussi à garder son calme, à faire la conversation à d'insipides jeunes filles et d'ennuyeuses matrones. Il avait endossé ses plus beaux vêtements, joué à des jeux idiots et mangé de la nourriture trop riche. Et la nuit, il avait rêvé des baisers de feu d'Emeline, de ses seins doux et chauds. Trois jours durant, il s'était contenu, jusqu'au moment où, enfin, des invités avaient commencé à quitter les lieux. Partir maintenant n'allait pas gâcher les chances de Rebecca. Il avait alors donné le signal du départ. Après trois journées infernales, mais il ne pouvait rien reprocher à sa sœur. Et à présent, il se révélait le plus désagréable des compagnons de voyage.

Il essaya de se ressaisir.

— As-tu aimé ce séjour ? s'enquit-il gentiment.

— Oui, dit-elle en souriant, soulagée qu'il ouvrît la bouche. Vers la fin, beaucoup de demoiselles me parlaient, et les sœurs Hopedale m'ont invitée à prendre le thé chez elles, à Londres.

— Elles auraient dû te parler dès le début.

— Mais il fallait d'abord qu'elles me connaissent ! Elles ne sont pas très différentes des gens de chez nous, tu sais.

— Te plais-tu en Angleterre ?

La jeune fille hésita, puis haussa les épaules.

— Je crois. Et toi ? Aimes-tu assez l'Angleterre pour y rester avec lady Emeline ?

Il ne s'était pas attendu à cette question. Pourtant, il savait que Rebecca était très perspicace. Au départ, il avait projeté de ne rester à Londres que le temps de conclure un marché avec M. Wedgwood et d'enquêter sur le massacre de Spinner's Falls. Le marché était conclu, il allait s'entretenir avec Thornton et sans doute résoudre rapidement l'énigme de Spinner's Falls.

— Je ne sais pas, Becca.

— Pourquoi ?

— Eh bien, en premier lieu, lady Emeline n'a pas passé assez de temps chez les Hasselthorpe pour que j'aie le loisir de parler avec elle.

Une nouvelle hésitation, puis Rebecca demanda :

— L'aimes-tu ?

— Oui.

La réponse avait fusé sans qu'il y réfléchisse, mais il se rendit compte qu'elle exprimait la vérité. Dieu seul savait comment, sans même s'en apercevoir, il était tombé amoureux de la piquante Emeline. Une pensée étrange et en même temps qui coulait de source, comme s'il avait su depuis le début qu'elle était la femme de sa vie. Elle avait surgi dans son existence telle une tornade. Une tornade de bonheur.

— Tu devrais le lui dire, Sam.

— Merci pour tes conseils en amour, rétorqua-t-il rudement. Je le lui dirai dès que j'aurai réussi à mettre la main sur elle.

— Et ensuite, que feras-tu ?

Sam songea à Emeline qui appartenait à un milieu si éloigné du sien. À sa peur profonde, qu'elle cachait si bien aux autres mais qu'elle n'avait pu lui dissimuler. À son air étonné quand elle fondait dans ses bras, comme si elle ne parvenait pas à croire qu'elle ne contrôlait plus tout ce qui l'entourait, et pas davantage son propre corps. À la tristesse qu'il lisait parfois dans ses yeux. Il aspirait à chasser ces peurs, cette tristesse, la bercer contre lui jusqu'à ce qu'elle n'éprouve plus que de la joie. Il voulait sentir ses mains sur lui comme le soir où elle l'avait soigné, avait apaisé ses douleurs physiques ainsi que celles de son âme, l'avait réchauffé, soulagé.

Il savait ce qu'il devait faire.

— Je l'épouserai, bien sûr, déclara-t-il en souriant.

— Pourquoi M. Hartley n'est-il pas encore rentré ? s'enquit Daniel.

Emeline leva les yeux sur son fils, à temps pour le voir tendre une feuille de papier vers les flammes qui s'élevaient dans la cheminée de sa chambre. Le papier s'enflamma et le petit garçon le lâcha à l'instant où le feu allait toucher ses doigts. Le feuillet voleta puis tomba, par chance, dans le foyer et non sur le tapis.

Elle interrompit la rédaction des instructions de dernière minute pour la réception du soir.

— Mon chéri, cela t'ennuierait-il de ne pas essayer d'incendier la chambre de ta maman ? Je ne crois pas que Harris serait très contente.

— Mmm.

— Et puis, je préférerais que tu ne te brûles pas les doigts. Ils te sont utiles, tu sais. Tu auras besoin d'eux plus tard, dans la vie.

Une boutade qui fit sourire Daniel. Il s'approcha d'Emeline et se jucha sur un siège. Elle fit la grimace en voyant ses chaussures sur le coussin de satin, mais s'abstint de tout reproche. C'était si bon d'avoir l'enfant auprès d'elle après son absence.

Il se pencha sur le bureau et cala son menton sur ses bras croisés.

— Il va revenir bientôt, n'est-ce pas ?

Emeline ramena son regard sur ses notes et s'efforça de garder une expression sereine. Inutile de demander à Daniel de qui il parlait. C'était un enfant tenace et, manifestement, il n'abandonnerait pas le sujet – à savoir le voisin et accessoirement amant de sa mère – facilement.

— Je ne sais pas, mon chéri. Je ne suis pas au courant des projets de M. Hartley.

Du bout de l'ongle, Daniel gratta le buvard et fronça le nez en constatant qu'il l'avait éraflé.

— Mais il va revenir, maman ?

— Je le suppose, dit Emeline dans un soupir. Daniel, je crois que la cuisinière a fait des tartes aux poires. Peut-être devrais-tu aller demander si elles sont cuites.

Habituellement, la seule mention de « tartes » distrayait Daniel de toute autre pensée.

Mais pas aujourd'hui.

— J'espère qu'il va revenir. Je l'aime beaucoup.

Emeline sentit son cœur se serrer. Depuis peu de temps, quelques mots simples suffisaient à l'amener au bord des larmes. Elle posa lentement sa plume sur le bureau.

— Moi aussi, je l'aime beaucoup, Daniel. Mais il a sa propre vie. Il ne peut pas être constamment ici pour te divertir, pour *nous* divertir.

Daniel continuait à fixer son ongle, faisant la moue. Emeline reprit, d'un ton qu'elle espérait enjoué :

— Il y a toujours lord Vale. Tu l'aimes bien aussi, n'est-ce pas ? Je vais lui demander s'il peut nous accompagner à Hyde Park…

La moue de Daniel s'accentua.

— … ou à la foire, ou bien à la pêche.

Le petit garçon releva la tête et la considéra d'un air sceptique.

— À la pêche ?

Emeline essaya d'imaginer Jasper une canne à la main, au bord d'un torrent. Non, décidément, cela ne marchait pas : Jasper glissait tout de suite, battait des bras et tombait dans l'eau.

— Peut-être pas à la pêche, non.

Daniel recommença à creuser des croissants du bout de l'ongle dans le buvard.

— Lord Vale est bien, mais il n'a pas un grand fusil.

— Je suis navrée, chéri.

Elle regarda les feuillets éparpillés sur son bureau, puis les instructions qu'elle avait notées et sa vision s'embua. Elle avait l'impression que son cœur se fissurait. Maudit soit Sam pour être entré dans leur existence ! Pour l'avoir poursuivie de ses assiduités dans le salon de Mme Conrad, le premier jour, pour avoir parlé si gentiment à son fils, et l'avoir rendue si vivante !

C'était là que résidait le problème. Il lui avait fait retrouver toute sa sensibilité, avait brisé la coquille dont elle avait entouré ses émotions, et l'avait laissée sans défense, infiniment vulnérable. Elle était désormais à vif. Combien de temps se sentirait-elle ainsi ? Quand réussirait-elle à se fabriquer une nouvelle coquille ? Elle observa Daniel, son beau petit garçon. Il grandissait si vite. Elle avait l'impression qu'hier encore, il n'était qu'un bébé. Et voilà qu'aujourd'hui, elle se désolait qu'il abîme son mobilier avec ses chaussures.

Impulsivement, elle se pencha en avant jusqu'à ce que sa tête touche presque celle de Daniel.

— Cela ira, mon chéri. Vraiment. Nous allons faire en sorte que tout aille bien.

— Mais est-ce que cela ira avec M. Hartley ?

Emeline se redressa et se retourna de façon que son fils ne voie pas la tristesse dans ses yeux.

— Non, mon chéri. Je ne crois pas que ce soit possible.

— Mais...

Ils sursautèrent : la porte venait de s'ouvrir. Tante Cristelle entra et son regard trop aigu passa de l'un à l'autre.

— Daniel, il faut que je parle à tante Cristelle, dit Emeline. Pourquoi n'irais-tu pas aux renseignements concernant ces tartes aux poires ? Peut-être la cuisinière te les fera-t-elle goûter.

— Bien, maman.

Daniel ne semblait pas satisfait d'être renvoyé, mais il allait obéir : il avait toujours été un enfant adorable. Il salua tante Cristelle d'une courbette et s'en fut.

— Tu lui as beaucoup manqué pendant ton absence, mon petit, dit la vieille dame.

Elle plissa les lèvres, marquant sa désapprobation, et ajouta :

— Je ne pense pas que ce soit une bonne chose qu'il soit si proche de toi.

Cette conversation était récurrente, songea Emeline. Normalement, elle aurait discuté pied à pied, mais aujourd'hui elle n'avait pas le cœur à cela. Elle reprit ses feuillets, mais sa tante clopina en s'aidant de sa canne jusqu'à son fauteuil et lui posa la main sur l'épaule.

— Tu fais ce qu'il convient, ce soir, ma chérie.

La main frêle pressa doucement son épaule, une manifestation d'affection exacerbée compte tenu de la réserve coutumière de tante Cristelle, puis le staccato de la canne sur le tapis persan décrut et la porte fut refermée.

Emeline resta devant son bureau, les yeux une nouvelle fois pleins de larmes.

Lorsque la voiture de Sam s'immobilisa devant son hôtel particulier, il faisait nuit depuis des heures. Un départ tardif, l'attente de chevaux frais lors d'un arrêt dans une auberge avaient éternisé le voyage de retour à Londres. Pour ne rien arranger, au moment où la voiture s'engageait dans la rue, elle était tombée dans un embouteillage. Quelqu'un devait donner un bal, en conclut Sam, avant de se rendre compte que les lumières brillaient dans la maison voisine de la sienne, celle d'Emeline.

— Lady Emeline donne-t-elle une soirée ? s'enquit Rebecca en gravissant les marches du perron. Je n'en savais rien. Et toi ?

— Manifestement, nous ne sommes pas invités.

— Peut-être l'avait-elle projeté avant de nous connaître ? Ou... ou pensait-elle que nous ne serions pas de retour si tôt...

— Oui, ce doit être cela.

La petite garce de lady..., songea Sam. Elle se moquait de lui, lui montrait qu'il n'avait pas sa place dans sa vie sociale londonienne. Il savait qu'il ne fallait pas qu'il relève le défi, mais il serrait déjà les poings, déterminé à débouler dans la maison pour l'affronter.

Il se ravisa. Le moment était mal choisi.

— Voyons si la cuisinière peut nous préparer un souper.

— Parfait, Sam.

Il entra chez lui, non sans avoir remarqué les invités élégants qui se bousculaient sur le perron de lady Emeline. Puis il s'installa avec Rebecca dans la salle à manger et réussit à entretenir une conversation plaisante pendant le repas. Mais son esprit était ailleurs. Il imaginait Emeline en robe de soirée, ses seins jaillissant du décolleté, d'un blanc d'albâtre que faisait luire la lumière de milliers de chandelles.

Le repas achevé, Rebecca s'excusa et se retira en bâillant. Sam se rendit dans la bibliothèque où il se servit un verre de cognac. Il leva le verre vers la flamme d'une bougie. Le liquide était ambré et translucide. Lorsqu'il était adolescent, son père buvait des alcools distillés chez des voisins. Il allait les acheter dans des maisons en pleine forêt. Un jour, Sam avait avalé une gorgée. Le liquide était clair et brûlant, et lui avait fait mal à la gorge. Son père avait-il jamais eu l'occasion de goûter un vrai cognac français ? Peut-être une fois, lors d'une visite à l'oncle Thomas à Boston. Une expérience inoubliable, sans doute, parce que exceptionnelle.

Il se laissa aller dans un fauteuil à la structure en bois doré. Il n'était pas chez lui, ici. Les différences étaient trop grandes entre sa vie outre-Atlantique et celle qu'il menait en Angleterre. Jamais il ne s'adapterait à la société anglaise et, de toute façon, il n'en avait nulle envie. Cette existence que menait Emeline ne le séduisait pas. Bals, cognac, somptueux hôtels particuliers… L'océan qui les séparait, au propre comme au figuré, était trop large. Il savait tout cela, y avait réfléchi maintes et maintes fois.

Et pourtant, cela ne comptait pas.

Il vida son verre puis se mit debout. Il fallait qu'il voie Emeline. Même si leurs mondes étaient différents, elle était une femme, il était un homme. Un élément basique, incontournable.

Il sortit de chez lui. Les lumières brillaient toujours dans la maison d'à côté. Les cochers attendaient, perchés sur leurs sièges, des valets patientaient par petits groupes en se passant des bouteilles. Il marcha jusqu'à l'entrée de l'hôtel particulier, et un portier solidement bâti lui barra le chemin. Sam le toisa durement.

— Je suis le voisin de lady Emeline.

Il n'avait pas de carton d'invitation à montrer, mais son autorité fit office de laissez-passer. L'homme s'écarta.

— Oui, monsieur, dit-il en tenant la porte ouverte.

Sam traversa le vestibule et prit immédiatement la mesure du péril : le grand escalier était noir de monde. Il entreprit de se frayer un chemin, louvoyant entre des gens agglutinés qui bavardaient bruyamment. La salle de bal était au premier étage. Lorsqu'il s'en approcha, le brouhaha s'amplifia, ainsi que la chaleur. Il sentit son cou se mouiller de sueur. Il ne s'était pas trouvé au milieu d'une telle foule depuis le bal des Westerton, et ce soir-là, il avait été victime de ses démons. Mon Dieu, pourvu que cela ne recommence pas, pria-t-il.

Mais le temps qu'il entre dans la salle, sa respiration était devenue saccadée, comme s'il venait de courir des miles et des miles. Il envisagea de faire demi-tour. Emeline avait fait allumer des centaines de chandelles dans la salle de bal. L'endroit étincelait de tous leurs feux. C'était féerique. Des panneaux de soie écarlate étaient accrochés aux murs et au plafond, des bouquets de fleurs orange et rouge pris dans les nœuds. La pièce était belle, élégante, mais Sam s'en moquait. Ce qui l'intéressait, c'était sa femme, qui se trouvait quelque part dans cette cohue. Il voulait la serrer contre lui.

Il prit une longue inspiration par la bouche, puis se coula dans la masse humaine. Il entendait des violons jouer, noyés dans la cacophonie de voix et de rires. Un gentilhomme en velours pourpre pivota brusquement sur ses talons et heurta sa poitrine. *Sang et cris, yeux écarquillés dans des faces livides sous les crânes sanguinolents...* Il ferma les yeux et repoussa l'homme. Devant lui, un passage était possible entre deux groupes de danseurs. Il longea le bord de la piste de danse, cherchant désespérément de l'air. Une dame en soie jaune le regarda, puis murmura derrière son éventail à l'intention de son compagnon. Qu'ils aillent tous au diable, ces aristocrates anglais trop apprêtés ! Avaient-ils jamais senti la peur, été éclaboussés du sang d'un camarade, vu l'étonnement se peindre sur le visage d'un jeune soldat à l'instant où la moitié de sa tête est arrachée ?

Les danseurs firent une pause. Ils affichaient des mines ennuyées. Ils étaient pâles, comme s'ils avaient du mal à tenir debout. La foule, telle une houle, déferla sur Sam et il dut de nouveau fermer les paupières. Pour ne pas perdre pied, il s'obligea à penser aux yeux d'Emeline. Il les vit étrécis sous l'effet de la colère et en sourit presque.

Il rouvrit les siens et découvrit lord Vale au milieu de la piste de danse, maintenant à moitié vide.

— Mes amis ! Mes amis ! Voulez-vous avoir la gentillesse de m'écouter ?

Le niveau sonore des conversations baissa de plusieurs crans.

— Mes amis, j'ai quelque chose à vous dire !

Un groupe de jeunes hommes se déplaça devant Sam, empiétant sur son champ de vision. Ils semblaient à peine en âge de se raser.

— Mes amis ! cria de nouveau Vale.

Sam entrevit un éclair écarlate. Son pouls s'emballa. D'une main sur l'épaule, il poussa l'un des jeunes gens, qui se retourna. Sam inhala une odeur de transpiration, un remugle âcre. Le même que celui de la peur. *Le prisonnier McDonald tapi sous un chariot alors que la bataille faisait rage autour de lui. McDonald qui, de sa cachette, croisait le regard de Sam. McDonald qui souriait et lui adressait un clin d'œil.*

— J'ai une annonce à vous faire, qui me comble de plaisir !

Sam s'avança, méprisant la puanteur, méprisant ses démons, méprisant l'évidence qu'il était déjà trop tard.

— Lady Emeline Gordon a accepté de devenir ma femme !

La foule applaudit. Sam la fendit, franchit le mur d'hommes, morts et vivants, qui le séparait d'Emeline. Il surgit sur la piste de danse. Emeline se tenait derrière Vale, un sourire de circonstances sur les lèvres. Vale levait les bras, triomphant. Emeline tourna la tête, vit Sam, et son sourire s'évapora.

Il fondit sur le couple, animé par une pulsion meurtrière.

Vale l'aperçut. Ses yeux se plissèrent. Il fit un signe de tête à l'intention de quelqu'un qui se trouvait derrière Sam, lequel sentit des bras se fermer autour de son buste et l'obliger à reculer.

En un éclair, traîné par deux solides valets, un troisième ouvrant le chemin, il fut expulsé de la salle de bal. Tout s'était passé si vite qu'il n'avait même pas eu le temps d'appeler Emeline. Mais il se ressaisit dès la porte franchie et se débattit avcc violence, prenant les valets par surprise. Il se dégagea de leur emprise et s'apprêta à frapper. Trop tard. On le poussa dans le dos et il alla choir sur le palier. Il se releva, pivota sur lui-même.

Et le poing de Vale lui écrasa la mâchoire.

Il recula en chancelant, puis tomba sur les fesses. Vale se tenait au-dessus de lui, les poings serrés.

— Ça, c'était pour Emmie, fils de pute !

Puis, aux valets derrière lui :

— Flanquez-moi cette ordure dehors et...

Vale n'acheva pas. Sam s'était à moitié redressé. Il chargea, s'abattit sur les genoux du vicomte. Vale s'effondra dans un fracas de tonnerre, Sam au-dessus de lui. Des femmes crièrent, la foule s'écarta. Sam tenta de maintenir Vale cloué au sol mais celui-ci réussit, en se contorsionnant, à se dégager. Sam le rattrapa et ensemble ils roulèrent vers l'escalier. Une dame hurla et dévala les marches, bousculant sans ménagement d'autres dames, agglutinées un peu plus bas.

Sam agrippa la rampe pour bloquer sa chute, la tête et les épaules dans le vide. Vale en profita pour le frapper à l'estomac. Sam ne put que lâcher la rampe et commença à glisser, tête en bas, mais il happa le bras du vicomte au passage, l'entraînant dans sa chute. Ils roulèrent pêle-mêle le long de l'escalier, le dos de Sam heurtant violemment chaque marche. Il ne se souciait plus de savoir s'il sortirait vivant de cette bagarre. Tout ce qu'il voulait, c'était que son ennemi soit aussi mal en point que lui. À mi-chemin, ils se projetèrent contre la rampe, ce qui ralentit leur descente. Sam s'accrocha à un pilastre et cogna brutalement Vale au flanc. Celui-ci encaissa le coup, jura, se contorsionna et écrasa sous son avant-bras le cou de

Sam, qui perdit la respiration. Vale pencha son visage vers le sien, le touchant presque et, blême, lui souffla d'une voix rauque :

— Stupide colon ! Comment as-tu osé poser tes sales pattes sur…

Sam lâcha le pilastre et cogna à deux mains les oreilles de Vale, qui recula, libérant la gorge de Sam, lequel aspira une longue goulée d'air. Mais il avait perdu son point d'ancrage, et la gravité fit son œuvre : ils recommencèrent à glisser, de plus en plus vite. Vale en profita pour le rouer de coups, avec les poings, les pieds. Sam tressautait à chaque impact mais, curieusement, il ne ressentait aucune douleur. La rage et l'adrénaline anesthésiaient ses sensations. Dans la nuée de horions qu'il donnait, il se rendit compte que le nez de son adversaire venait d'émettre un inquiétant craquement. Il le lui avait cassé. Une fraction de seconde plus tard, tous deux atterrirent sur le sol du vestibule. Vale sur lui. Il avait pris l'avantage. Sam n'y songea que le temps d'un effréné battement de cœur. Il avait tout perdu, et maintenant il réglait ses comptes avec l'homme responsable de la situation. Vale avait peut-être droit à la colère, mais Sam avait la fureur chevillée au corps. Il n'était pas question de renoncer maintenant.

Les poings du vicomte martelaient sa face. Il n'en avait cure. Tuer… Il allait tuer ce salaud. L'énergie du désespoir lui permit de faire basculer Vale. Il le chevaucha instantanément et entreprit de cogner sans répit, en pleine figure. Il entendit craquer des os, vit le sang jaillir. Cela ne l'arrêta pas.

Rien ne pourrait l'arrêter.

Sauf ce qu'il capta du coin de l'œil : Emeline. Inclinée vers lui.

Il resta le poing en l'air.

— Non, Sam. Je vous en prie.

Il regarda la femme à laquelle il avait fait l'amour avec passion, la femme qu'il aimait. Elle avait les yeux pleins de larmes.

— Non, répéta-t-elle.

Elle tendit sa délicate main blanche et enserra le poignet de Sam. En dessous de lui, Vale avait la respiration sifflante.

— Non, Sam, dit-elle encore une fois.

Les larmes roulaient sur ses joues alors qu'elle fixait son fiancé.

Sam abaissa lentement le bras et en un éclair la douleur surgit, dans son corps meurtri et son cœur brisé.

— Soyez maudite, grommela-t-il en se relevant.

Il traversa le vestibule d'une démarche d'ivrogne et sortit sur le perron, avide d'air frais.

16

Cette nuit-là, Cœur de Fer gisait, enchaîné, dans un cachot glacial du donjon. Il savait avoir tout perdu. Son fils avait disparu, sa princesse était au désespoir, le royaume était sans défense et avant l'aube, il serait mis à mort. Un seul mot sorti de ses lèvres aurait pu l'innocenter. Mais ce mot, prononcé avant l'expiration du délai de son serment, l'aurait renvoyé au balayage de rues et aurait causé la mort de la princesse Solace. Mourir lui était égal, mais il ne pouvait envisager que la princesse mourût aussi. Car quelque chose de merveilleux était intervenu au cours de ces six années : il était tombé amoureux de sa femme.

Le lendemain matin, lorsque Rebecca descendit le grand escalier, elle fit sursauter deux bonnes qui se tenaient là, chuchotant. Elles s'écartèrent l'une de l'autre et la regardèrent.

— Bonjour, lança la jeune fille en relevant fièrement le menton.

— Bonjour, mademoiselle, dit la plus âgée, qui s'était ressaisie la première.

Puis elle s'éloigna précipitamment avec sa compagne. Rebecca soupira. Les événements de la nuit précédente faisaient jaser les serviteurs, ce qui était normal. À son retour, Sam avait réveillé toute la maisonnée : il avait frappé comme un dément à la porte, et tout le monde avait pu voir son visage ensanglanté et sa démarche chancelante. Il n'avait pas voulu de médecin, mais Rebecca, pour la première fois, avait désobéi à son frère : l'apparence de Sam l'avait terrifiée. Elle n'avait pas vu lord Vale, mais d'après ce que lui avait rapporté le personnel, le vicomte était encore en plus piteux état.

Si seulement elle avait pu se glisser discrètement dans la maison d'à côté et parler à lady Emeline... Celle-ci semblait savoir en toutes circonstances ce qu'il convenait de faire, être à même de trouver une solution à tous les problèmes. Hélas, Rebecca avait peur que la jeune femme ne lui adresse plus jamais la parole. Comment approcher une dame dont le fiancé avait presque été battu à mort par un frère enragé ?

Elle entra dans la salle à manger, sourcils froncés, et se mit à aller et venir sans but. Sam n'avait quasiment rien raconté de ce qui s'était passé, et elle savait par les serviteurs qu'il était encore dans sa chambre. Elle n'avait personne avec qui partager ses soucis. Et elle se sentait seule comme jamais depuis son arrivée en Angleterre. Elle aurait tellement aimé avoir quelqu'un auprès de qui s'épancher.

Elle s'approcha finalement d'une chaise, et vit une main la tirer pour elle. Elle leva les yeux et découvrit O'Hare, le valet.

— Oh... Je ne vous avais pas vu.

— Oui, mademoiselle.

Il avait répondu d'un ton aussi formel que s'il ne lui avait jamais adressé la parole. Bien sûr, un autre valet était là, qui les observait. Rebecca s'assit, puis baissa les yeux sur la nappe, luttant contre les larmes qui menaçaient. Mon Dieu, qu'elle était puérile ! Prête à pleurer comme une gamine simplement parce qu'un valet ne lui témoignait aucune amitié !

La grande main d'O'Hare s'inscrivit dans son champ de vision. Il lui servait le thé.

— Je me demandais si...

Elle n'acheva pas. O'Hare la relança d'une voix douce et plaisante :

— Oui, mademoiselle ?

Il avait vraiment de beaux yeux verts, constata-t-elle en relevant la tête.

— La confiture préférée de mon frère entre toutes est celle de pommes vertes. Il n'en a pas mangé depuis une éternité. Pensez-vous qu'il soit possible d'en acheter ?

O'Hare battit des paupières et Rebecca songea qu'il avait des cils noirs fabuleux, aussi longs que ceux d'une fille.

— J'ignore s'il y a de la confiture de pommes vertes à l'épicerie, mademoiselle, mais si vous voulez, je peux aller demander et...

— Non, non, pas vous, coupa Rebecca. Elle se tourna vers le deuxième valet :

— *Vous,* monsieur, allez-y.

L'homme eut l'air désorienté mais, en bon serviteur bien formé, il hocha la tête et quitta la salle à manger. Rebecca était seule avec O'Hare. Elle but une gorgée de thé sans attendre qu'il ait un peu refroidi, fit la grimace parce que le breuvage lui brûla la langue et reposa la tasse sur la soucoupe.

— Je ne vous avais pas vu depuis un moment, O'Hare.

— Non, mademoiselle.

— Je ne sais même pas votre nom.

— O'Hare, mademoiselle.

— Non, cela, je le sais. Votre prénom.

— Gil, mademoiselle. Gil O’Hare, pour vous servir.

— Merci, Gil O’Harc.

Elle croisa les mains sur son giron. En valet bien stylé, il se tenait derrière elle, prêt à répondre à toutes ses attentes. Le problème, c’était que ce qu’elle souhaitait ne se trouvait ni sur la table ni sur la desserte.

— Avez-vous vu mon… mon frère, hier soir ?

— Oui, mademoiselle.

Elle regarda le panier garni de beignets. Non, décidément, elle n’avait pas faim du tout.

— Je suppose que tout le monde parle de cela, à l’office.

Il s’éclaircit la gorge, mais demeura muet, ce que Rebecca interpréta comme un acquiescement. Elle soupira.

— C’était assez spectaculaire, son entrée en chancelant, et puis quand il est tombé dans le vestibule. Je ne crois pas avoir vu autant de sang de ma vie. Je suis sûre que sa chemise est perdue.

La main réapparut, saisit la corbeille de beignets et la rapprocha de Rebecca.

— En voulez-vous un, mademoiselle ? La cuisinière les a faits ce matin.

D’autorité, il en posa un sur son assiette.

— Merci, Gil O’Hare.

— Je vous en prie, mademoiselle.

— Cela m’ennuie de n’avoir personne avec qui parler de ce qui s’est passé. Que mon frère se soit battu comme un chiffonnier avec lord Vale… me déconcerte énormément.

Gil marcha jusqu’à la desserte, puis revint avec le plat d’œufs cocotte.

— Vous vous êtes fait des amis charmants pendant cette partie de campagne, n’est-ce pas, mademoiselle ?

Il la servit sans attendre son approbation.

— Comment savez-vous cela, Gil ?

Il haussa les épaules. Tout à coup, il avait le rouge aux joues.

— J'ai entendu des commentaires dans les cuisines.

Il lui tendit une fourchette.

— Je pense que l'on faisait référence aux sœurs Hopedale, expliqua-t-elle. Qui ne voudront jamais plus me revoir après les événements de cette nuit.

— En êtes-vous sûre ?

Rebecca prit une bouchée d'œufs cocotte, mâcha et déglutit avec peine, puis répondit :

— Je doute que quiconque, dans la bonne société, veuille nous recevoir désormais.

— Ils auraient tort de se priver du plaisir de vous avoir lors d'une de leurs soirées, mademoiselle...

Un temps, celui de croiser le regard étonné de Rebecca, puis :

— Si je ne vous fais pas offense en disant cela, mademoiselle.

— Non, pas du tout, assura-t-elle en souriant. Je trouve votre réflexion très gentille.

— Merci, mademoiselle.

Elle revint à son thé, qui avait refroidi.

— Le problème, O'Hare, c'est que même si les demoiselles Hopedale me reçoivent, je ne sais pas si j'oserai leur parler de ce qui s'est passé. Lorsque nous bavardons, c'est de la pluie et du beau temps, des chapeaux à la mode – dont je n'ai pas la moindre idée, mais qui semblent les passionner. De temps à autre, nous nous attachons à comparer la crème anglaise et le pudding, afin de déterminer ce qui est le plus savoureux. Je vois mal comment passer des entremets à la tentative de meurtre de mon frère sur un pair du royaume.

— Oui, mademoiselle.

Il se dirigea derechef vers la desserte.

— Nous avons du délicieux jambon et des harengs.

— Peut-être sont-ce là les seuls sujets de conversation des demoiselles londoniennes ? continua Rebecca, l'air songeur. Je l'ignore. Je viens des colonies et nous vivons différemment, là-bas.

— Vraiment ? fit O'Hare en posant un hareng dans l'assiette de Rebecca.

— Oh, oui ! Chez nous, la naissance d'un homme n'est pas très importante.

— Non ?

— Attention, je ne veux pas dire que les gens ne portent pas de jugements les uns sur les autres. C'est la norme partout. Mais dans les colonies, on regarde surtout ce qu'un homme a accompli dans sa vie et s'il a de l'argent. Or n'importe qui peut gagner de l'argent en travaillant beaucoup ! Ce hareng est excellent.

— Je rapporterai votre compliment à la cuisinière. N'importe qui, mademoiselle ?

— Pardon ?

— Vous venez de dire que n'importe qui peut réussir, dans les colonies.

Rebecca posa sa fourchette et regarda le valet. Son expression était intense, comme si la réponse qu'elle allait lui donner était vitale.

— Oui, je le pense. Après tout, mon frère a grandi dans un tout petit chalet d'une seule pièce, le saviez-vous ?

Il secoua la tête.

— C'est la vérité. Et maintenant, il est très respecté à Boston. Toutes les dames veulent l'inviter à leurs réceptions, et nombre de messieurs prennent conseil auprès de lui pour leurs affaires. Il faut néanmoins préciser qu'il a commencé avec oncle

Thomas, qui avait une grosse société de négoce. Mais à sa mort, lorsque Sam en a hérité, elle s'était réduite comme peau de chagrin. Mon frère en a fait la plus importante société de Boston. En travaillant très dur. Je connais d'autres messieurs qui ont démarré humblement et ont eu de spectaculaires réussites.

— Je vois.

— Je n'ai pas l'habitude de gens comme les aristocrates d'ici. Je les trouve arc-boutés sur leur nom, leur passé, et je cerne mal leurs aspirations. Ainsi, je ne comprends pas pourquoi lady Emeline a décidé d'épouser lord Vale.

— Précisément parce que ce sont un lord et une lady, mademoiselle. Une excellente raison pour s'unir.

— Oui, mais s'ils tombent amoureux de quelqu'un qui n'est ni un lord ni une lady ? L'amour ne peut être contrôlé ! Et c'est cela qui le rend merveilleux. On peut tomber amoureux de la personne la plus inattendue. Voyez *Roméo et Juliette,* par exemple.

— Qui, mademoiselle ?

— Vous savez bien. Shakespeare.

— J'ai bien peur de n'avoir jamais entendu parler de ce monsieur.

— Oh, quel dommage, Gil... Évidemment, il y a la fin qui... Mais il s'agit d'une très belle pièce : Roméo tombe amoureux de Juliette, qui est la fille de son ennemi, ou plutôt, de l'ennemi de sa famille.

— Cela ne me semble pas très malin de la part de ce Roméo.

— Eh bien, voilà où je voulais en venir : il n'a pas choisi qui aimer. Malin ou pas, l'amour l'a possédé.

O'Hare ne semblait pas très convaincu par le pouvoir suprême de l'amour sur la raison.

— Et alors ? Qu'est-il arrivé ?

— Il y a plusieurs duels, un mariage secret, et puis ils meurent.

Les sourcils du valet firent un bond sur son front.

— Ils meurent ?

— Je vous ai dit que la fin n'était pas idéale. Quoi qu'il en soit, tout cela est très romantique.

— D'après moi, il vaut mieux être vivant que mort et romantique.

— Peut-être avez-vous raison, Gil : l'amour ne semble pas avoir rendu mon frère très heureux.

— Est-ce pour cela qu'il a attaqué lord Vale ?

— À mon avis, oui. Sam aime lady Emeline. Mais je vous en prie, ne le répétez à personne !

— Je ne dirai rien, mademoiselle.

Elle lui sourit, et il lui rendit son sourire, ses yeux verts se plissant joliment. Rebecca songea qu'elle se sentait bien avec lui. Depuis son arrivée à Londres, elle prenait constamment garde aux paroles qu'elle prononçait, aux gestes qu'elle faisait, s'inquiétait de ce que les gens pensaient d'elle. Mais avec Gil, elle pouvait s'exprimer naturellement et spontanément.

Rassérénée, elle revint à son assiette : Gil allait rester derrière elle et c'était très réconfortant.

Emeline se trouvait dans le petit salon de son hôtel particulier. Elle prenait le thé en écoutant tante Cristelle. Si seulement elle avait pu être ailleurs, n'importe où ailleurs...

— Tu as de la chance, proclama la vieille dame. Beaucoup de chance. Je ne sais pas comment cet homme a réussi à dissimuler aussi bien ses tendances criminelles !

Tante Cristelle avait décidé, avec sa logique bien à elle, que le terrible combat dans l'escalier la veille était la conséquence de la violence naturelle de Sam, qu'il n'avait su dominer.

— Les fous sont très rusés, paraît-il. Et je dois ajouter qu'il porte de fort étranges souliers.

— Je ne pense pas que ses souliers aient un rapport avec tout cela.

— Mais bien sûr que si ! Les souliers de quelqu'un sont révélateurs de sa personnalité ! L'ivrogne en porte de ruinés et sales, la dame de mauvaise vie, d'exagérément ornementés, et le meurtrier en puissance porte des bizarreries, comme ces mocassins de sauvages.

Emeline cacha ses pieds sous ses jupes : les escarpins qu'elle arborait aujourd'hui étaient richement brodés de fils d'or.

Prudemment, elle se hâta de changer de sujet.

— Je ne sais pas comment nous allons faire face aux ragots. La moitié des invités étaient regroupés sur le palier du premier étage, hier soir : la meilleure place pour voir M. Hartley jeter Jasper dans l'escalier.

— Oui, et cela aussi est étrange.

— Quoi donc, tante Cristelle ? Que tout le monde regarde ?

— Mais non ! Que lord Vale se laisse aussi facilement écharper !

— Je ne crois pas que...

— M. Hartley n'est ni aussi grand ni aussi solidement bâti que lord Vale, et pourtant le colon a eu le dessus. C'est à se demander où il a puisé sa force.

— Peut-être était-ce la force de la folie, remarqua Emeline dans un accès d'humour noir.

Elle ne voulait pas penser au combat, ne voulait pas revoir en esprit ces deux hommes qu'elle aimait cherchant à s'entretuer, et encore moins se rappeler le regard de Sam, à la fin de l'affrontement.

— La cérémonie et la réception du mariage seront un désastre, lâcha-t-elle dans un soupir. Nous aurons de la chance si nous avons plus de deux invités.

Immédiatement, la vieille dame adopta un point de vue opposé.

— Ce n'est pas vraiment dommageable, que les gens parlent. Ce qui est arrivé crée une excitation générale. Contrairement à ce que tu dis, je suis persuadée que les invités se presseront à ton mariage.

Emeline haussa les épaules, puis baissa les yeux sur sa tasse de thé. La perspective de recevoir une foule d'invités à son mariage lui donnait la nausée. Ils seraient tous là dans l'espoir que Sam déboulerait au beau milieu de la réception, voire plus tôt, pour interrompre la cérémonie. Une éventualité extrêmement déplaisante. Mais qui se révélerait certainement sans objet : Sam devait désormais l'avoir exclue de sa vie.

Son regard empreint de désillusion, voire d'écœurement la nuit dernière, l'avait frappée comme une gifle. Jamais il ne chercherait à la revoir. Ce qui était parfait, bien entendu. Mieux valait une coupure nette et définitive. L'ennui, c'est qu'elle ne parvenait pas à se résigner à cette idée.

Pourtant, elle n'avait pas le choix. Son avenir avait été écrit lors de sa naissance. Elle était une aristocrate, fille et sœur de comte. À ce titre, tout ce que l'on attendait d'elle, c'était qu'elle contracte un beau mariage, ait des enfants et se conforme aux règles en vigueur dans sa classe sociale. Une tâche que jusque-là elle n'avait jamais remise en question. Elle avait été bonne épouse et bonne mère : n'avait-elle pas réussi à maintenir sa famille soudée contre vents et marées ? N'avait-elle pas trouvé un futur deuxième mari aussi estimable que le premier ? Et si la fidélité n'était pas de mise dans cette union, si l'amour était fraternel et non passionné, il n'y avait là rien de choquant. Seul un fou pouvait prétendre le contraire.

Oui, seul un fou.

Dont elle se languissait. Cet homme qui n'était pas de son monde hantait son esprit. Il était le premier à avoir réalisé ce prodige, et serait probablement le dernier. Encore plus extraordinaire, il refusait de reculer d'un pouce. Pourtant, il avait été témoin de son caractère impérieux, de son intransigeance si peu féminine. Et il avait aimé ces particularités ! Rien d'étonnant, donc, à ce qu'elle pleure sa perte. Il l'avait acceptée telle qu'elle était, sans fard, et cela était grisant.

Ce qui n'empêchait pas qu'il soit un fou.

Les gens regardaient Sam alors qu'il marchait dans les rues de Londres, cet après-midi-là. Du coin de l'œil, puis se détournaient en hâte, d'autant plus vite quand ils avaient croisé son regard. Il s'était vu dans un miroir, ce matin. Il savait ce qui attirait l'attention : un œil au beurre noir, une lèvre entaillée et enflée, des hématomes sur la joue et la mâchoire. Il n'était donc pas anormal qu'il attirât la curiosité, mais il détestait cela. Toutefois, même sans ces stigmates, il n'aurait pas été anonyme parmi la foule à cause de ses mocassins. Mais aujourd'hui, il y avait quelque chose de différent dans les regards qu'on lui lançait. Les gens semblaient penser qu'il était fou.

Cela l'irritait. Également, et c'était plus surprenant, autre chose l'irritait : que Vale ne marche pas auprès de lui. Stupide, vraiment. Mais il s'était habitué à avoir le vicomte à son côté dans son enquête, à l'écouter babiller, émettre des réflexions sardoniques. Il exécrait cet homme, et pourtant il lui manquait. Et puis, cela n'aurait pas été superflu d'avoir quelqu'un pour protéger ses arrières.

Il se retourna pour vérifier si on le suivait. Il se réfugia dans une ruelle. Il fallait qu'il se repose quelques instants, s'appuie à un mur. Il avait certainement des côtes cassées. Si Rebecca avait su qu'il était sorti, elle aurait été furieuse. Hier, son insistance à appeler un médecin l'avait étonné. Las d'argumenter, il avait fini par céder.

Les élancements un peu calmés, il reprit sa marche. Il devait absolument mener sa mission à bien, et ensuite il quitterait ce fichu pays et rentrerait chez lui.

Cette partie de Londres était paisible et assez propre, les odeurs qui planaient dans l'air ne le dérangeaient pas vraiment. Il s'engagea dans Starling Lane. Les bâtiments qui bordaient la rue étaient de facture récente. Probablement reconstruits après le grand incendie, ils abritaient de petites boutiques en rez-de-chaussée. Les appartements au-dessus étaient sans doute ceux des commerçants.

Il poussa la porte d'une échoppe de tailleur. L'intérieur était sombre, bas de plafond, et sentait la poussière. Il n'y avait personne. Sam referma la porte derrière lui et tourna la clé.

— Un moment, s'il vous plaît, monsieur ! lança une voix d'homme depuis l'arrière-boutique.

Vu les dimensions réduites de l'endroit, Sam déduisit que la plupart de l'espace était réservé à l'atelier, au-delà de la cloison. Des piles de vêtements étaient rangées sur des étagères. Un unique gilet était placé sur un portant. Le gilet était bien cousu, un bon ouvrage, mais le tissu n'était pas de grande qualité. Sam en déduisit que le tailleur avait pour clients des marchands, des médecins, des hommes de loi plutôt que de riches gentilshommes. Il y avait un grand comptoir et, derrière, une ouverture. Sam contourna le comptoir. Comme il le soupçonnait, l'atelier était assez vaste. Une longue table de travail couverte de pièces d'étoffe, de craies, de bobines de fil et de patrons de papier. Deux jeunes hommes étaient assis en tailleur sur la table et cousaient pendant qu'un troisième, plus âgé et pansu, était penché sur un rouleau d'étoffe dont il coupait un morceau avec des ciseaux. Il regarda Sam sans cesser de tailler.

— Un instant, monsieur.

— Je peux parler pendant que vous travaillez.

L'homme parut déconcerté, mais sa main continua à bouger comme si elle était animée d'une vie propre.

— J'aimerais vous poser quelques questions, expliqua Sam. Au sujet de l'un de vos anciens voisins.

Le tailleur marqua une hésitation et leva les yeux sur Sam, qui serra les dents : son visage ravagé n'allait pas l'aider.

— Autrefois, il y avait un bottier, à côté.

— Oui, monsieur, acquiesça le tailleur en jouant de nouveau des ciseaux.

— Connaissiez-vous le propriétaire, Dick Thornton ?

— Ça se pourrait, répondit le tailleur en baissant la tête comme s'il voulait dissimuler son expression.

— Le père de Thornton tenait ce commerce avant lui, si je ne m'abuse.

— Oui, monsieur. Le vieux Georges Thornton.

Le tailleur étala sur la table la pièce de tissu qu'il avait taillée.

— Un brave homme. Il y avait à peine un an qu'il avait ouvert sa boutique quand il est mort. Tout le monde l'a regretté, dans la rue.

Une soudaine tension s'empara de Sam.

— Le vieux Thornton venait d'ouvrir ? Il n'était pas ici auparavant ?

— Non, monsieur. Il arrivait d'un autre endroit.

— Dogleg Lane, jeta l'un des jeunes tailleurs.

Son patron lui adressa un coup d'œil acéré et l'employé baissa précipitamment la tête sur son travail. Sam s'appuya à un angle de la table et croisa les bras.

— Dick était-il rentré de la guerre dans les colonies, lorsque son père est mort ?

Le tailleur répliqua aussitôt :

— Non, monsieur. Le vieux Thornton est mort à peu près un an avant le retour de Dick. La femme de Dick a tenu la boutique jusqu'au retour de son mari. C'était une femme bien, mais pas très avisée. Elle gérait mal son affaire. Heureusement, Dick a tout remis d'aplomb. En quelques années, il a pu s'acheter un commerce plus grand ailleurs.

— Connaissiez-vous Dick avant qu'il revienne de la guerre ?

— Non, monsieur. Mais... ne pas connaître Dick Thornton n'était pas une grande perte.

— On dirait que vous ne l'aimiez pas beaucoup.

— Ils ne sont pas nombreux, dans le coin, ceux qui l'aimaient, chuchota le jeune employé.

Le tailleur haussa les épaules.

— Il faisait toujours bonne figure, il était souriant, mais je ne lui faisais pas confiance. Et sa femme avait peur de lui.

— Vraiment ? dit Sam, qui songeait que si ses soupçons s'avéraient fondés, Mme Thornton avait dû carrément être terrifiée. Arrivait-il à sa femme de se comporter bizarrement ?

— Non, mais de toute façon, on ne l'a pas vue longtemps après le retour de Dick.

— Que voulez-vous dire ?

— Elle est morte. Elle est tombée dans l'escalier et s'est rompu le cou. Enfin, c'est ce qu'a raconté son mari.

Les deux jeunes secouèrent la tête à l'unisson, montrant ainsi ce qu'ils pensaient. Sam ressentit un frisson de triomphe. Voilà, ça y était, il ne se trompait pas : Dick Thornton n'était pas celui qu'il prétendait être. *Le prisonnier McDonald tapi sous un chariot pendant que la bataille faisait rage tout autour de lui. McDonald, de sa cachette, lançant un regard à Sam. McDonald souriant et clignant de l'œil.* C'était ce que Sam s'était rappelé la veille, lors de la réception d'Emeline. La façon dont McDonald avait cligné de l'œil, son sourire mauvais… Exactement les mêmes mimiques que celles de Thornton. Par quelque habile subterfuge, le prisonnier McDonald avait usurpé l'identité de Thornton.

Et maintenant, il vivait la vie de Thornton.

Dix minutes plus tard, Sam déverrouillait la porte de l'atelier du tailleur et sortait. L'épilogue n'était pas loin. Il lui suffisait de confondre le soi-disant Thornton et ensuite de rentrer à Boston. L'année passée à chercher des réponses serait arrivée à son terme. Les morts de Spinner's Falls reposeraient enfin en paix.

Mais lui, non, comprit-il en regagnant son hôtel particulier. Il ne connaîtrait plus jamais la paix. Son cœur resterait à Londres.

Il atteignit les écuries derrière l'hôtel particulier. Il hésita, puis passa devant la grille de sa maison et marcha jusqu'à celle qui s'ouvrait sur le jardin d'Emeline. Elle était fermée à clé, bien sûr. Il escalada donc le mur, avec lenteur et prudence à cause de ses côtes cassées, et retomba dans le jardin désert. Des asters en fleur bordaient l'allée, les arbres ornementaux commençaient à changer de couleur. Il voyait l'arrière de la maison et les fenêtres du premier étage. L'une d'elles était celle de la chambre d'Emeline, qui peut-être en cet instant regardait dehors.

Il était conscient d'agir comme un irresponsable : quelle folie que de s'introduire dans le jardin de la femme qui l'avait rejeté ! Il se sentait mal à l'aise, et en colère. Très bientôt, il lui faudrait rentrer chez lui et se préparer pour dîner avec Rebecca. Il resta un moment sur la pelouse, à fixer les fenêtres d'Emeline, le cœur battant sur un tempo qui martelait : *si seulement... si seulement... si seulement...*

Il ferma les yeux et, après un temps, prit une décision. Il ne pouvait partir sur cet échec. Il lui fallait parler à la jeune femme. Mais pas maintenant. Attendre la tombée de la nuit s'imposait.

Il tourna les talons et quitta le jardin. Il saurait patienter.

Jusqu'au crépuscule.

17

Juste après minuit, Cœur de Fer fut extrait de sa geôle dans le donjon. Des gardes le traînèrent dans les escaliers du château, puis de là dans la rue vers la place centrale de la Ville brillante. Il y avait foule dans les rues. Les gens tenaient des torches pour éclairer la voie. Ils étaient silencieux, à l'exception du sorcier, qui fit tout le chemin jusqu'à la place en dansant, enchanté que Cœur de Fer fût condamné à mort. Sur le poignet du sorcier était perchée une colombe, attachée par une chaîne d'or.

Il était tard et Emeline était fatiguée, mais cela ne l'empêcha pas de percevoir la présence de Sam bien avant de le voir. Son cœur bondit dans sa poitrine, joyeusement, et elle se découvrit incapable de dominer cette allégresse. Il était là ! Sam était là ! Elle fit pivoter le tabouret sur lequel elle était assise devant sa coiffeuse, où elle brossait ses cheveux pour la nuit.

Il se tenait sur le seuil de la porte de communication entre sa chambre et le petit vestiaire, maintenant le rideau soulevé. Son visage était meurtri, son œil gauche tuméfié, et il plaquait une main sur son flanc comme pour contenir une douleur.

Elle se mit à le fixer sans ciller, sans respirer, de peur qu'il ne soit une illusion qui allait disparaître, n'osant croire qu'il fût vraiment là.

— Tes cheveux sont magnifiques, souffla-t-il.

C'était la dernière chose qu'elle s'était attendue à l'entendre dire. L'incongruité de la remarque lui permit de se ressaisir mais, étrangement, elle se sentit très intimidée. Jamais il ne l'avait vue les cheveux défaits. Ni dans une situation banale comme celle-ci.

— Merci, murmura-t-elle.

Elle posa la brosse sur la coiffeuse. Ses mains tremblaient.

— Je suis venu te dire au revoir.

— Tu pars donc déjà ?

À cette annonce non plus, elle ne s'était pas attendue. Elle avait pensé que ce serait elle qui partirait la première, après son mariage avec Jasper. Une idée stupide : il était évident que Sam devait regagner les colonies à un moment ou à un autre.

Il hocha lentement la tête.

— Dès que j'aurai réglé toutes mes affaires, Rebecca et moi prendrons la mer.

— Oh…

Elle avait mille questions à lui poser, des milliers d'aveux à lui faire, mais elle ne parvenait pas à s'exprimer à haute voix. Elle était engluée dans une conversation maladroite et formelle. Elle s'éclaircit la gorge.

— Ces affaires, sont-ce celles en rapport avec le commerce, ou ta recherche de celui qui a trahi ton régiment ?

— Les deux.

Il traversa la pièce, attrapa au passage une assiette en porcelaine sur une table et la retourna pour regarder la marque de fabrique au verso.

— Mais cela te prendra sûrement des semaines, peut-être des mois, pour retrouver qui…

— Thornton est le traître, coupa Sam en remettant l'assiette en place.

— Comment le sais-tu ?

Il haussa les épaules. Le sujet ne semblait pas l'intéresser particulièrement.

— Il n'est pas Thornton, mais un imposteur. Un soldat du nom de McDonald. Il était aux arrêts quand nous avons été attaqués. À l'issue du massacre dont il est sorti indemne, il s'est débrouillé pour se faire passer pour Thornton.

Emeline fronça les sourcils en tiraillant sur les pans de son peignoir. Elle ne portait qu'une camisole sous le peignoir de soie. Ses pieds étaient nus. Sam se trouvait dans ses appartements privés. Elle se sentait vulnérable. Mais n'avait pas peur. Elle n'était pas non plus surprise. Elle avait toujours su au fond d'elle-même qu'un jour, Sam s'introduirait chez elle. Maintenant qu'il était là, elle n'aspirait qu'à une chose : qu'il reste.

Elle baissa les yeux sur ses mains tremblantes serrées sur ses genoux puis, afin de retarder l'inéluctable, posa une autre question.

— Comment se fait-il que les amis ou les membres de la famille de Thornton n'aient pas démasqué l'imposteur ?

— La plupart des amis de Thornton sont morts à Spinner's Falls. Tous, peut-être. Quant aux membres de sa famille, ils avaient tous déjà quitté ce monde, à l'exception de sa femme, qui est morte peu après le retour à Londres de Thornton – McDonald, plutôt. Je pense qu'il l'a tuée.

— Pourquoi fais-tu cela, Sam ?

— Quoi donc ?

— Pourquoi t'acharnes-tu à suivre cette piste ?

Elle se pencha en avant, désireuse de lever ses défenses comme il avait levé les siennes. Il leur restait si peu de temps.

— Pourquoi consacrer tant d'efforts et d'argent à poursuivre cet homme ? Pourquoi, après toutes ces années ?

— Parce que je puis le faire, ce qui n'est pas le cas des autres.

— Que veux-tu dire ?

Il se tourna carrément vers elle. Sur son visage, nul masque destiné à cacher sa tristesse.

— Parce qu'ils sont morts. Ils sont tous morts.

— Jasper...

— Même ceux qui ont survécu sont morts, ne t'en rends-tu pas compte ? s'enquit-il dans un rire amer. Vale peut plaisanter, boire, faire l'idiot, mais c'est un cadavre que tu vas épouser, sache-le bien.

Emeline se leva.

— J'en doute. Jasper a peut-être ses démons personnels, mais il est *vivant* ! Tu l'as sauvé, Sam.

— Non. Je n'étais pas là.

— Tu es parti en courant chercher de l'aide.

— Je suis parti en courant, oui. Au plus fort de la bataille, quand j'ai compris que nous allions la perdre, quand j'ai vu que les Indiens prenaient le dessus et scalperaient vivants les vaincus. Je me suis dit que continuer à combattre était vain, qu'il ne restait plus d'espoir. Je me suis donc caché. Lorsqu'ils ont capturé Vale, Munroe, ton frère et les autres, j'ai fui en courant.

Emeline vint à lui et agrippa les pans de sa redingote. Elle se dressa sur la pointe des pieds et approcha son visage du sien à le toucher.

— Tu t'es caché parce que tu avais compris que mourir ne servirait à rien. Puis tu as couru pour sauver la vie des hommes capturés.

— Vraiment ? En es-tu sûre ? C'est ce que je me suis répété, que je courais pour sauver les autres, mais peut-être me suis-je menti. Peut-être n'ai-je couru que pour sauver ma peau.

— Non, Sam, non ! Je te connais. *Je te connais !* Tu as couru pour les sauver ! Et je t'admire d'avoir fait cela.

— Ton frère est mort avant mon retour avec la rançon, Emeline. J'ai failli à tous mes devoirs. Envers lui, envers toi.

— Cesse de penser cela, Sam, dit-elle avant d'attirer sa tête vers la sienne.

Elle l'embrassa, essayant d'instiller en lui toutes les émotions qu'elle ressentait, tous les espoirs qui l'animaient. Bouche contre bouche, lèvres bougeant à l'unisson. Un baiser était tellement simple, si facile à donner. Mais elle tenait à mettre dans celui-là une infinité de choses. En premier lieu, que Sam sache que jamais elle ne le considérerait comme un lâche.

Et qu'il sache qu'elle l'aimait.

Oui, elle l'aimait. Peu importait qu'elle en épouse un autre, peu importait qu'elle ne le revoie jamais, elle l'aimerait toujours. Cet amour qui la possédait se révélait incontrôlable. Même s'il était le dernier homme qui lui convînt comme époux, elle ne pouvait s'empêcher de l'aimer.

Elle l'embrassa intensément mais avec douceur, insistance, le pressant de la langue à répondre à son baiser. Ainsi, elle put goûter les saveurs de sa bouche, et faire provision de souvenirs pour plus tard, quand il ne serait plus là. Sa vie durant, elle garderait ces moments dans le cœur, dans le corps. Il ne lui resterait que cela.

Tout à coup, il lui attrapa les avant-bras, et elle se demanda s'il allait l'attirer ou la repousser contre lui. Elle eut peur de cette seconde éventualité. Tout en elle regimba : il ne pouvait pas s'en aller avant qu'elle lui ait montré combien elle l'aimait !

— S'il te plaît, murmura-t-elle contre ses lèvres.

Les doigts de Sam affermirent leur pression sur ses avant-bras. Emeline recula légèrement, de façon à le regarder dans les yeux.

— S'il te plaît, laisse-moi faire.

Il fronça les sourcils et elle lut l'indécision dans ses belles prunelles couleur café. Elle appuya ses paumes contre sa poitrine et pesa sur lui. Il se déroba. Elle recommença son manège. Il se déroba de nouveau, mais le lit l'arrêta, ses mollets heurtant le matelas. Il se retourna, jeta un coup d'œil au lit.

— Emeline...

Elle lui barra les lèvres de son index.

— Chuuut...

Il demeura un instant immobile, manifestement en plein désarroi, puis céda à son insistance. Il hocha la tête. Emeline lui sourit, un sourire incertain, à peine esquissé. Cette nuit, elle allait oublier toutes ses angoisses concernant l'avenir, toutes ses craintes concernant les conséquences de ses actes. Elle allait tout oublier pendant quelques précieuses heures. Faire le vide des pensées, de la réalité.

Lentement, elle lui ôta sa redingote, prenant garde à ne pas lui faire mal : elle le savait blessé ailleurs qu'au visage. Puis elle entreprit de déboutonner le gilet marron. Elle était consciente de respirer à petits coups bruyants. Sam, lui, exhalait un souffle court mais profond. Il l'observait tandis qu'elle le déshabillait, ne bougeait pas, ne l'aidait pas. Il restait les bras ballants le long de ses flancs.

La gorge nouée d'émotion, elle songea que dévêtir un homme était l'un des actes les plus intimes.

Elle le débarrassa du gilet et passa à la chemise. Il leva les mains pour les poser sur sa taille et elle perçut leur chaleur à travers la soie du peignoir. La sensation était tellement grisante qu'elle eut du mal à maîtriser ses doigts qui soudain tremblaient. Détacher les boutons de la chemise relevait tout à coup de la prouesse. Sam lui embrassa le dessus de la tête. Elle huma le parfum de son corps, un cocktail de laine, de cuir et de persil. Puis elle écarta les pans de la chemise, dénudant le torse.

Elle recula un peu pour l'admirer. Sa peau était si belle... Elle caressa les pectoraux, immobilisa quelques instants la main à hauteur du cœur. Sam était là, avec elle, à elle. Comment allait-elle supporter qu'il parte ? Comment survivrait-elle lorsqu'un océan les séparerait ?

Elle chassa cette sinistre pensée pour se consacrer à l'instant présent. Elle le poussa et il tomba sur le lit. Assis, il la fixa, attendant la suite, attendant qu'elle prenne l'initiative.

Elle s'agenouilla pour délacer les mocassins. Les lacets étaient de cuir. Elle eut du mal à comprendre comment ils étaient attachés. Tête penchée et appuyée contre les jambes de Sam, elle songea qu'elle avait adopté une position de suppliante. Une position d'humilité, mais empreinte d'érotisme.

Elle lui déchaussa un pied. Elle s'occupait de l'autre quand il se mit à lui caresser les cheveux. Elle ne dit mot, s'interrogeant : dans quel état d'esprit était-il ? La veille, il était tellement en colère... Elle le regarda avec un peu de crainte et ne lut dans ses yeux que du désir.

Il se pencha, lui prit le menton entre deux doigts et l'embrassa. La magie de sa langue qui fouillait sa bouche l'étourdit. Elle ne savait plus où elle était, ni ce qu'elle faisait une seconde auparavant. Chavirée, elle puisait la vie dans ce baiser enflammé, l'énergie, le bonheur. Mon Dieu, comme elle voulait cet homme. Pour une heure, une nuit, pour toujours. Elle laissa glisser les mains le long de ses cuisses, remontant vers les hanches, franchit la limite entre la jambière de cuir et la culotte d'étoffe. Sous le tissu, elle sentait la peau brûlante. Elle s'enhardit, chercha le sexe qui formait une exaltante protubérance.

Il lui bloqua la main.

Elle détacha sa bouche de la sienne.

— S'il te plaît, Sam.

Il affichait une expression d'avidité torride, mais, en même temps, de détermination. Il n'entendait pas faire la moindre concession, comprit-elle.

— S'il te plaît, dit-elle encore une fois.

Le temps sembla suspendu. Elle suivit sur les traits de Sam la lente modification de son humeur. Elle laissa échapper un soupir de soulagement quand il écarta les mains en un geste de démission. Elle lui pressa doucement le sexe, puis ouvrit la culotte pour l'en extraire. Elle le garda quelques instants dans sa paume, frémissant, et le regarda. Ce sexe d'homme était sien. Cet homme était à elle.

— Déshabille-toi, ordonna-t-elle plus sèchement qu'elle ne l'aurait voulu.

Il eut un petit sourire ironique, mais obtempéra. Elle voulait le voir nu pour imprimer l'image de son corps dans son esprit. Il se leva et en un tournemain se défit de ses vêtements, sans cesser de la fixer d'un air de défi. Satisfaite, Emeline le renversa sur le lit avant d'ôter son peignoir. Elle garda sa camisole. Allongé sur le dos, Sam lui ouvrit les bras, mais elle lui échappa, glissa le long de son flanc et s'immobilisa à hauteur de son bas-ventre.

— Emeline...
— Chuuut...
Ce sexe dressé la fascinait. Du bout de l'index, elle en dessina les contours, suivit la veine palpitante. Elle savait que nombre de femmes trouvaient le sexe masculin laid et choquant. Pas elle. Jamais elle n'avait éprouvé de répulsion, loin s'en fallait. Si Daniel avait vécu plus longtemps, si elle avait eu plus d'expérience à l'époque, elle aurait exploré son intimité. Elle n'en avait pas eu le temps. Aujourd'hui, l'opportunité se présentait et elle n'allait pas la laisser passer.

Elle le dévorait des yeux, n'omettant aucun détail de son anatomie, lorsqu'elle s'aperçut qu'il ne la quittait pas du regard. Une pensée lui traversa alors l'esprit. Une idée qu'elle n'aurait jamais osé exprimer à voix haute. Ils ne disposaient pas d'années devant eux pour surmonter la timidité, les inhibitions et les convenances. Seulement de l'instant présent. Ils n'avaient que ce soir, et il n'était pas question de perdre une seule précieuse minute.

Elle décida donc de faire montre d'audace. Elle inclina la tête, tout en enserrant la base du sexe de Sam, et posa ses lèvres dessus. Elle l'entendit exhaler un lourd soupir, puis murmurer :
— Continue.
Elle ne fut pas longue à comprendre ce qui plaisait à Sam dans ce jeu érotique : ses lèvres devaient aller et venir en même temps que sa main. La peau satinée coulissait sur le membre d'airain. Elle sentait un goût salé sur sa langue, qu'elle trouvait exquis. Le goût de Sam. Pas davantage que l'image de son corps nu, elle n'oublierait ce goût. Ni le mouvement de ses hanches qui se soulevaient, s'arquaient, et les doux râles qu'il émettait. Elle

se rendait compte qu'elle lui donnait un plaisir vertigineux et en vibrait d'excitation.

Tout à coup, il poussa un long feulement, prononça son prénom, puis cria, un cri rauque, primitif, et des spasmes agitèrent ses jambes.

— Emeline... Emeline...

Elle ferma les yeux pour écraser sous ses paupières les larmes qui perlaient. Sans succès. Plusieurs roulèrent sur sa joue et allèrent s'écraser sur la jambe de Sam. Elle comprenait mal pourquoi elle pleurait. Sam lui souleva la tête et la regarda, inquiet et interrogateur, mais elle ne parvint pas à lui expliquer ce qui la bouleversait. C'était bien étrange, les émotions. Sans doute la perspective de le perdre dans quelques heures était-elle à l'origine de ses larmes. Le regret, aussi, que Sam ne fût pas en mesure de rester en Angleterre.

Elle se redressa et s'installa sur lui. Sam la stabilisa en plaquant les deux mains sur les globes de ses fesses.

— Tu vas bien, Emeline ? demanda-t-il anxieusement.

— Bien sûr, assura-t-elle entre deux sanglots étouffés.

Mieux valait mentir. Et fermer les yeux pour ne plus voir l'expression navrée de Sam. Elle fit passer la camisole par-dessus sa tête et, à présent aussi nue que lui, se prit à songer que Dieu les avait ainsi faits. Un homme, une femme, sans vêtements. Adam et Ève, les premiers humains dont la descendance peuplait la Terre.

Elle posa la main à hauteur du cœur de Sam.

— Tu es mien.

— Comme tu es mienne.

Elle attendit qu'il poursuive, qu'il se livre, mais il garda le silence. L'espoir ténu qu'elle nourrissait encore mourut. Il avait abandonné l'idée de bâtir un avenir avec elle. Qu'ils ne puissent continuer le chemin ensemble était depuis le début une évidence. Que Sam s'y résigne sans combattre lui dévastait l'âme.

Elle ne montra rien de sa déception, se pencha pour embrasser l'endroit où elle avait posé la main, puis lécha à petits coups de langue son buste mouillé par ses larmes. Il soupira, enfouit les doigts dans ses cheveux, et cette caresse si intime acheva de la bouleverser alors qu'elle se gorgeait des saveurs de sa peau, à laquelle les larmes et la transpiration donnaient un goût salé semblable à celui de son sexe. Lequel n'était pas en érection totale, momentanément fatigué par les caresses qu'elle lui avait prodiguées, supposa-t-elle. Il reposait sur le bas-ventre de Sam. Allait-il retrouver sa splendeur ? Seigneur, oui… Elle voulait tant une dernière fois vivre cette communion sensuelle et mentale qui faisait d'eux un seul être… Elle avait tellement envie qu'il vienne en elle…

Elle se coula sur le membre et l'enveloppa de son sexe moite, brûlant. Et le miracle se reproduisit. Sam lui souleva les hanches à deux mains et l'empala sur son pénis triomphant. Puis il lui prit les pointes des seins entre deux doigts et les pinça, les fit rouler. Emeline geignit, avant de se pencher sur lui pour chercher sa bouche. Mais ce mouvement libéra le pénis qu'elle avait espéré emprisonné, et elle gémit de frustration. De la main, elle le remit en place, à *sa* place.

Ils se figèrent, se regardant dans les yeux. Emeline secoua la tête pour chasser d'autres larmes. Elle aurait aimé qu'ils restent ainsi soudés l'un à l'autre pour l'éternité. Sam bougea enfin. Il embrassa les seins qui oscillaient doucement audessus de son buste, puis chercha sa bouche et lui donna un baiser qui la transporta. Elle contracta son sexe autour du sien et une vague de plaisir la fit frissonner. Penchée sur lui, ses longs cheveux balayant sa poitrine qui se soulevait à un rythme effréné, les sensations qui électrisaient son corps étaient ensorcelantes.

Il lui murmura quelques mots qu'elle ne comprit pas avant de soulever les hanches, signal de départ du voyage vers le paradis. Elle accorda ses mouvements aux siens et, comme s'ils volaient sur un tapis magique, ils gagnèrent à la même seconde la porte de l'Éden. L'orgasme d'Emeline fut si violent qu'elle tomba en avant, seins pressés sur le torse de Sam, cheveux étalés tel un voile de mariée, bouche contre l'oreille de l'homme aimé.

Il lui parla de nouveau, et cette fois elle entendit.

— Je t'aime.

Le feu dans la cheminée était mort depuis longtemps, probablement au milieu de la nuit, alors qu'elle dormait dans les bras de Sam.

Il songea à aller le ranimer. La chambre était glaciale, en ces petites heures du matin. Mais d'épaisses couvertures protégeaient Emeline du froid. Quant à lui, assis sur une chaise pour enfiler ses jambières, il n'allait pas rester assez longtemps pour qu'une flambée le réchauffe. D'ailleurs, rien ne saurait le réchauffer. Il renonça donc à rajouter du charbon, mais resta assis, maintenant habillé de pied en cap. Il devait s'en aller. Les serviteurs ne tarderaient plus à entrer et Emeline serait très embarrassée s'ils le découvraient dans sa chambre. Pourtant, il s'attardait.

Il la regardait, gravant dans sa mémoire l'image de ces deux doigts qui serraient le drap sous son menton. Elle était allongée sur le flanc, face à lui, visage serein dans le sommeil, lèvres entrouvertes, yeux clos. Elle paraissait extrêmement jeune et douce.

Il sourit. Elle n'apprécierait pas cette remarque s'il la faisait à haute voix. Ils n'avaient jamais eu le temps d'en discuter, mais il la percevait très susceptible à propos de son âge. Il aurait aimé s'offrir une petite querelle à ce sujet, l'amener à admettre qu'une femme de trente ans était à son avis infiniment plus belle qu'une gamine de vingt ans. Elle aurait alors continué à argumenter, car elle était entêtée. Il aurait fini par clore la discussion en l'embrassant et en lui faisant l'amour.

Mais tout cela appartenait désormais au passé. Il n'y aurait plus de délicieuses chamailleries, de baisers, d'amour. Ils ne pourraient plus régler dans les rires et les caresses leurs petites dissensions.

Le compte à rebours était parvenu à son terme.

Il la vit soupirer et tirer le drap sur sa bouche. Il engrangea aussi ce geste dans sa mémoire. Se mettre debout, marcher vers la porte… Il fallait qu'il le fasse. Qu'il trouve le courage de partir. De traverser la maison silencieuse, de sortir dans l'aube naissante et regagner son hôtel particulier, qui n'était pas son foyer. Dans deux jours, il embarquerait sur un navire et passerait un mois à regarder les vagues au cours de la traversée de l'océan. Un beau matin, il arriverait chez lui.

Et une fois là-bas ? Eh bien, il reprendrait sa vie au point où il l'avait laissée.

Aux yeux d'autrui, son existence ne serait en rien différente de celle qu'il menait avant ce voyage en Angleterre, mais en réalité, pour lui, rien ne serait jamais pareil. Il vivrait avec ses souvenirs, son chagrin, sa sensation de manque. Dût-il rester sur cette terre encore quarante années, il n'oublierait pas sa merveilleuse et bouillante lady. Assis en cet instant à côté du feu éteint, il savait qu'Emeline serait dans son esprit et son cœur chaque jour que Dieu lui accorderait, jusqu'au dernier. Il marcherait dans les rues de Boston, gérerait ses affaires, discuterait avec ses clients, ses amis, mais un fantôme l'accompagnerait partout, tout le temps. Il serait près de lui quand il prendrait ses repas, dormirait. Lorsqu'il rendrait le dernier soupir, son ultime pensée s'envolerait vers Emeline.

Le parfum de la citronnelle le hanterait jusqu'à sa mort.

Il s'octroya encore quelques instants, immobile près de l'âtre sombre, contemplant la femme qui dormait. Des semaines, des mois, des années de solitude l'attendaient.

18

Les gardes attachèrent Cœur de Fer à un grand pieu, puis empilèrent des branchages autour de ses pieds et de ses jambes. Il regarda autour de lui et vit sa tendre épouse debout à côté de son père. Elle pleurait. Cœur de Fer ferma les yeux. On mit le feu aux branchages, qui s'embrasèrent comme des torches. De hautes flammes s'élevèrent vers le ciel. Des étincelles jaillirent et se confondirent avec les étoiles. Le méchant sorcier glapit sa joie.

Mais un étrange phénomène survint. Alors que les vêtements de Cœur de Fer brûlaient, commençaient à se réduire en cendres, son corps demeurait intact. On voyait par transparence son cœur de fer battre sous la peau de sa puissante poitrine nue. Un cœur de fer chauffé à blanc.

Le lendemain matin, lorsque Emeline se réveilla, Sam était parti. Une bonne s'activait devant la cheminée pour rallumer le feu. Emeline ferma les yeux pendant un moment, incapable d'affronter la lumière de cette nouvelle journée. D'affronter la vie sans Sam. Elle soupirait quand elle sentit une moiteur chaude entre ses jambes. La semence de Sam qui s'échappait d'elle ? Elle souleva le drap et regarda. Non. Hélas, il ne s'agissait que du phénomène naturel qui l'affectait chaque mois.

Au lieu d'être soulagée que plus rien ne s'oppose à son mariage avec Jasper, elle ressentit une immense déception. Et s'accusa de stupidité, d'inconscience : vouloir porter l'enfant de Sam, quelle folie ! Désirer n'avoir pas d'autre choix que de l'épouser, quelle absurdité ! Cette union eût été désastreuse, voyons ! Le problème, c'était que son cœur était convaincu du contraire.

— Avez-vous besoin de quoi que ce soit, madame ? demanda la bonne qui s'était redressée, tisonnier à la main, et fixait sa maîtresse d'un air inquisiteur.

Emeline comprit qu'elle avait dû laisser échapper une plainte.

— Non, rien, merci.

La jeune fille revint à son feu.

— Je suis désolée que ça prenne tant de temps aujourd'hui, madame. Je ne comprends pas pourquoi ça met si longtemps à prendre.

Emeline récupéra son peignoir au pied du lit et l'enfila.

— C'est sans doute à cause du courant d'air, dit-elle. Laissez-moi essayer.

Mais les efforts d'Emeline se révélèrent aussi vains que ceux de la bonne.

— Bon, tant pis. Je vais prendre un bain chaud dans mon petit salon. Faites apporter le tub. Il y a du feu dans cette pièce, n'est-ce pas ?

— Oui, madame.

— Ensuite, je m'habillerai là-bas.

Une heure plus tard, l'eau du bain d'Emeline était froide. Qu'elle en ait envie ou pas, elle devait sortir du tub et affronter l'avenir et les choix qu'elle avait faits.

— Serviette, s'il vous plaît.

Elle se mit debout et la bonne lui présenta une immense serviette. Ils n'avaient certainement pas d'aussi grandes serviettes, dans les colonies. Avoir repoussé Sam était une chance : elle ne serait pas condamnée à s'essuyer avec de minuscules bouts d'étoffe.

Morne, elle laissa ses caméristes l'habiller, sans accorder le moindre intérêt à sa nouvelle robe de soie bordeaux commandée quelques semaines auparavant, quand elle aidait Rebecca à élaborer sa garde-robe. Aujourd'hui, elle aurait tout aussi bien pu se vêtir de toile grossière et se couvrir la tête de cendres. Son inertie se dissipa lorsque Harris voulut la coiffer. Soudain rétive, elle repoussa la main qui tenait la brosse.

— Cela ira bien ainsi. Je ne recevrai pas de visiteurs. Je vais seulement marcher dans le jardin.

Harris jeta un coup d'œil par la fenêtre.

— Il pleut, madame.

— Vraiment ?

Le coup de grâce, songea Emeline, au bord du désespoir. Même les éléments conspiraient contre elle. Elle alla à la fenêtre pour s'en assurer. Son petit salon donnait sur la rue.

Et Sam achevait de descendre les marches de son perron pour se diriger vers un cheval sellé.

Elle retint son souffle. Cette vision inattendue la frappa aussi douloureusement qu'un coup de couteau. Ses mains plaquées contre la vitre tremblaient. Pourquoi ne levait-il pas la tête en direction de ses fenêtres ? Il aurait dû songer qu'elle le regarderait. Mais non. Il se mit en selle et s'en fut.

Ses mains retombèrent.

Derrière elle, Harris continuait à parler comme si de rien n'était.

— Je vais donc mettre la nouvelle robe de côté, madame. Avez-vous encore besoin de moi ?

— Non. Mais… Un instant, Harris, dit Emeline en se détournant de la fenêtre. Attendez.

— Oui, madame ?

— Donnez-moi ma cape, je vous prie. J'aimerais aller rendre visite à Mlle Hartley.

Ce serait l'unique occasion qu'elle aurait de dire au revoir à la jeune fille. Il ne lui semblait pas correct de la laisser regagner les Amériques sans lui avoir souhaité bon voyage.

Elle jeta la cape sur ses épaules et dévala l'escalier. Elle ignorait combien de temps Sam serait absent, et ne voulait pas prendre le risque de se trouver face à lui.

Le ciel était gris et bas, et il pleuvait, effectivement. Elle courut jusqu'à la porte de l'hôtel particulier voisin et frappa. Le majordome afficha une mine étonnée après avoir ouvert. L'heure n'était pas convenable pour une visite, mais lady Emeline était fille de comte, n'est-ce pas ? Il s'inclina donc puis s'effaça sur le seuil. Emeline entra dans le vestibule, puis passa dans le salon. Le majordome alla prévenir Rebecca. En l'attendant, Emeline ne cessa de regarder avec anxiété par la fenêtre.

— Madame ? s'écria la jeune fille en pénétrant dans la pièce.

Manifestement, elle aussi était étonnée. Emeline lui tendit les mains.

— Je n'avais pas le cœur de vous voir partir sans vous avoir dit adieu.

Rebecca éclata en sanglots. Éperdue, Emeline se demanda que faire. Jamais elle n'avait su quel comportement adopter face aux larmes d'autrui. En fait, elle estimait que les dames ne pleuraient en public que pour attirer l'attention. Elle-même pleurait rarement, et jamais devant quelqu'un. Enfin, cela avait été le cas jusqu'à la veille, devant Sam. Une réflexion qui la mit mal à l'aise.

Elle s'avança vers Rebecca, la prit dans ses bras et la serra contre elle.

— Allons, allons, murmura-t-elle en lui tapotant maladroitement le dos.

— Je suis désolée, madame, hoqueta Rebecca.

— Il ne faut pas, répondit Emeline en lui glissant un mouchoir dans la main.

Que dire ? Elle était presque sûre que la jeune fille était en larmes à cause d'elle.

— Voulez-vous que je sonne pour demander du thé ?

Rebecca hocha la tête. Emeline l'amena vers un fauteuil et la fit asseoir, puis appela la bonne.

— J'aimerais tellement que les choses soient différentes, geignit Rebecca quand la servante se fut retirée.

Elle tordait convulsivement le mouchoir.

— Moi aussi, avoua Emeline qui s'était posée sur le canapé et arrangeait ses jupes avec un excès de soin, songeant que peut-être, si elle ne regardait pas la jeune fille, celle-ci se ressaisirait. Avez-vous décidé d'une date pour votre départ ?

— Demain.

Emeline releva la tête.

— Si tôt ?

— Sam a trouvé un navire en partance. Nos bagages suivront sur un autre bateau.

Manifestement, songea Emeline, Sam était pressé de quitter l'Angleterre, et de la quitter, elle.

— Est-ce parce que vous ne l'aimez pas ? s'enquit Rebecca à brûle-pourpoint.

La question tétanisa Emeline, qui répliqua sans réfléchir :

— Non. Il y a tellement de problèmes…

— Dites-moi.

Emeline se leva et se mit à faire les cent pas devant la cheminée.

— D'abord, il y a le rang, le niveau social, bien sûr.

— Mais ce n'est pas tout.

— Non, ce n'est pas tout. Vous venez d'un pays différent, tellement lointain... Je ne crois pas que Sam voudrait s'établir en Angleterre. Et puis, il y a ma famille. Elle se résume à Daniel et tante Cristelle désormais, toutefois ils dépendent de moi.

— Et vous pensez que votre fils et votre tante refuseraient d'aller en Amérique ?

Oui, la vieille dame n'accepterait pas de quitter l'Angleterre. Quant à Daniel, il serait probablement enchanté et très excité de découvrir le Nouveau Monde.

— Eh bien, Rebecca... je ne sais pas. Ils m'ont tous abandonnée, comprenez-vous. Reynaud, mon mari, mon père... Je ne me sens pas capable de revivre cela. C'est-à-dire de confier à quelqu'un la charge de veiller sur moi.

— Je ne comprends pas. Sam ne permettrait pas à quiconque de vous faire du mal.

Emeline eut un rire amer.

— C'est ce que j'ai pensé aussi. Que les hommes de ma famille me chériraient et ne me laisseraient jamais seule face aux épreuves. Que je n'aurais jamais peur car ils me protégeraient. Qu'ils s'occuperaient de mes affaires et que je n'aurais comme charge que l'obligation d'être de bonne compagnie et de m'occuper de la maison. Mais cela ne s'est pas passé ainsi. D'abord, Reynaud est mort lors de la guerre dans les colonies, puis Daniel alors que nous étions encore très jeunes, et ensuite mon père...

Elle prit une profonde inspiration pour se donner du courage : jamais elle n'avait parlé de cela à personne.

— Père parti, j'étais seule. Et j'ai tout perdu. Le titre, les domaines : tout est allé à un cousin.

— Ils vous ont laissée sans argent ?

— Non. J'ai une fortune assez considérable. Mais je n'ai pas auprès de moi un seul être sur lequel me reposer.

Emeline s'interrompit, secoua la tête, consciente de la difficulté à se faire comprendre.

— Je ne parviens pas à me détendre. Je ne puis... qu'*être*.

Comme c'était bizarre de se dévoiler devant Rebecca alors qu'elle avait été incapable de se confier à Sam.

— Je crois que je comprends, dit Rebecca. Vous ne pouvez jamais vous laisser porter car nul n'est en mesure de prendre, même momentanément, votre place.

— Oui, c'est cela, accorda Emeline, soulagée.

— Mais, et c'est là où je me sens égarée, vous allez épouser lord Vale.

— Cela sera sans incidence. J'aime Jasper comme un frère et ce mariage ne changera rien à la situation que je viens de vous décrire. C'est-à-dire que je continuerai à mener ma vie de la même façon. Si Jasper me quitte ou meurt comme les autres, tout sera exactement pareil.

Rebecca la fixait en silence. On entendait des voix dans le vestibule.

— Vous avez peur que Sam meure, dit-elle finalement. Vous l'aimez et vous avez peur de vous engager, par crainte de le perdre.

Emeline cilla. Ainsi, d'après Rebecca, elle rejetait Sam parce qu'elle était une femme infantile et couarde. Non, il fallait qu'elle s'explique mieux.

Mais la porte du salon s'ouvrit sur une bonne portant le plateau du thé, suivie de M. Thornton. Seigneur, que faisait cet homme ici ? Il s'avança dans la pièce, souriant. Elle se rappela que chaque fois qu'elle l'avait vu, il souriait. Excepté qu'aujourd'hui son sourire semblait contraint, factice. Il l'affichait comme un masque destiné à cacher de noires pensées. À mieux y réfléchir, cela avait toujours été le cas. Étrange qu'elle ne l'ait pas remarqué auparavant.

— J'espère que ma visite impromptue ne vous dérange pas, mademoiselle ? Je suis venu voir M. Hartley.

— Mon frère est absent, monsieur. Le plus curieux, c'est que je crois qu'il s'est rendu à votre boutique de Starling Lane, monsieur Thornton. Euh, non… C'est là qu'il est allé hier. Aujourd'hui, il est allé à Dover Street.

Emeline scruta l'expression de la jeune fille. Détendue, ouverte. Soit Rebecca était une excellente actrice, soit Sam lui avait tu ses soupçons à propos de M. Thornton. Lequel s'était pétrifié.

— Starling Lane, avez-vous dit, mademoiselle ? Voilà qui est fort intéressant. Je me demande pourquoi M. Hartley est allé là-bas hier. Je ne possède plus cette boutique depuis mon retour de la guerre, il y a six ans.

— Vraiment ? Peut-être Sam pensait-il que vous aviez deux boutiques.

— Peut-être, oui. Quoi qu'il en soit, je suis désolé de l'avoir manqué.

— Nous le sommes également que vous vous soyez dérangé pour rien. Mais si vous vous dépêchez, probablement le trouverez-vous dans votre établissement.

— Oui, mais nous pourrions également nous croiser. Cela serait fort dommage.

— Dans ce cas, restez donc avec nous pour le thé et attendez ici que mon frère revienne.

— Parfait. Absolument parfait. Vous êtes charmante, mademoiselle Hartley.

— Je vous en prie. Je ne fais que vous offrir du thé.

— Oui, mais peu de personnes se montreraient aussi charmantes envers un humble commerçant, insista Thornton en jetant un coup d'œil entendu à Emeline. Je ne suis qu'un simple bottier.

— Mais vous êtes propriétaire de votre affaire.

— Oui, oui, bien sûr. J'ai un grand atelier. Ce commerce, je l'ai bâti à la sueur de mon front. Celui de mon père était minuscule.

— Ah bon ? Je l'ignorais.

L'intérêt de Rebecca était de pure forme. Thornton secoua vivement la tête, comme pour chasser le souvenir du petit commerce de son père.

— J'ai repris l'affaire à mon retour de la guerre il y a six ans. Six longues années de dur labeur et de soucis, pour enfin atteindre le niveau où je suis maintenant. Je tuerais quiconque essaierait de ruiner mes efforts, de me voler mon affaire !

Rebecca regarda Thornton avec curiosité : il avait employé un vocabulaire trop fort dans le cadre d'une banale conversation. Quant à Emeline, elle retenait son souffle tout en observant l'homme, et elle le vit faire quelque chose d'étrange : il pencha la tête vers elle, sourit largement et cligna de l'œil.

Elle frissonna, horrifiée.

Sam parcourait les rues de Londres en colère et frustré. Thornton n'était ni à sa boutique ni chez lui. Les quelques renseignements glanés l'inquiétaient : il soupçonnait l'oiseau de s'être envolé. Ou sur le point de le faire. Son instinct lui dictait donc de le trouver au plus vite. De longues années de pratique de la chasse lui faisaient pressentir que sa proie était sur le point de lui échapper. S'il ne trouvait pas Thornton aujourd'hui, il serait contraint d'annuler sa place et celle de Rebecca sur le *Hopper* qui larguait les amarres demain.

Mais prolonger son séjour à Londres signifierait passer plus de temps près d'Emeline, et il craignait de n'être pas capable de rester dans les parages sans aller la voir. L'envie de courir vers elle le dévorerait. Elle serait plus forte que sa volonté.

Un gosse des rues déboula devant les naseaux de son cheval, qui fit un brusque écart. Il dut tenir les rênes serrées pendant un moment après ce petit épisode. Le gosse, lui, s'était éclipsé aussi vite qu'il était apparu. Il avait dû, au cours de sa courte vie, frôler l'accident mille fois. Les rues de Londres n'avaient rien d'un fleuve tranquille. Les colporteurs vantaient leur marchandise à tue-tête à chaque coin de rue, et parfois même en plein milieu. Des files de voitures avançaient comme des troupeaux d'éléphants, bloquant tout passage. Des porteurs de chaises louvoyaient entre les obstacles, au milieu d'une foule grouillante d'hommes, de femmes, d'enfants. Cela allait des nourrissons aux vieillards appuyés sur leur canne. Tous semblaient affairés, pressés. Il paraissait impossible qu'il restât de l'air à respirer, tant des milliers de poumons l'aspiraient.

Sam sentait les siens oppressés. Il avait l'impression que l'atmosphère le polluait jusqu'au fond de l'âme. Il se concentra sur le pas de son cheval et ce qui se trouvait immédiatement devant lui, s'obligeant à fermer son esprit et ses sensations à l'humanité qui l'entourait. Ainsi, il pouvait respirer. Il y avait bel et bien de l'oxygène, même s'il était mêlé d'odeurs d'égouts, de pourriture et de fumée. Ses poumons fonctionnaient normalement.

Il se répéta cela comme un mantra jusqu'au moment où son hôtel particulier s'inscrivit dans son champ de vision. Rebecca devait être en train de faire les bagages, mais peut-être pourrait-il la persuader de faire une pause, le temps de déjeuner avec lui.

Il descendit de cheval à l'instant où une massive voiture s'arrêtait devant la maison voisine. Celle d'Emeline. La portière d'un noir luisant portait les armoiries de lord Vale. Sam se hâta de monter les marches de son perron. Hors de question de rencontrer de nouveau Vale. Tout ce qui pouvait être dit l'avait déjà été.

Une fois à l'intérieur, il confia son chapeau et sa cape au majordome et lui demanda où se trouvait sa sœur.

— Mlle Hartley vient juste de sortir, monsieur.

— Ah bon ? Il y a combien de temps exactement ?

Rebecca était-elle allée faire un dernier tour dans les boutiques ?

— Une demi-heure, monsieur.

— Toute seule ? Est-elle partie à pied ou a-t-elle pris la voiture ?

— Elle est partie dans une voiture, monsieur, avec lady Emeline et M. Thornton.

Le majordome alla accrocher à une patère chapeau et cape, sans se rendre compte de l'effet produit par ces mots sur Sam qui, tout à coup, était glacé. Sa sœur était montée dans une voiture avec un homme qui était peut-être un violeur et un assassin ! Contre sa volonté, c'était certain. Il n'avait rien dit à Rebecca des soupçons qu'il nourrissait à l'encontre de Thornton, mais il les avait évoqués auprès d'Emeline. Pourquoi cette dernière aurait-elle suivi cet homme alors qu'elle savait...

— Qu'avez-vous fait d'elle ? tonna une voix familière.

Sam se retourna et, dans la seconde, fut projeté contre le mur. Un tableau se décrocha et s'écrasa sur le sol. Vale approcha du sien son visage horriblement marqué.

— Emmie est venue ici il y a une heure, Hartley ! Où est-elle ?

Sam résista à l'envie d'envoyer son poing dans la figure du vicomte. L'important en cet instant, c'était Rebecca. Et Emeline. Or Vale s'inquiétait autant que lui pour cette dernière.

— Emeline et ma sœur sont parties avec Thornton.

— Foutaises ! Pourquoi Emeline serait-elle allée quelque part avec ce freluquet ? Vous l'avez cachée !

Il s'écarta de Sam, se planta au milieu du vestibule, jambes écartées, leva la tête et cria :

— Emmie ! Emmie ! Viens ici tout de suite !

Formidable. Son seul allié était un imbécile, se dit Sam, consterné, avant de se diriger vers la porte. Il n'avait pas le temps de faire entrer dans le crâne de Vale ce qui se passait réellement.

Mais une autre voix l'arrêta.

— C'est vrai, monsieur.

Sam pivota sur ses talons et découvrit O'Hare, le valet.

— Qui diable êtes-vous ? demanda Vale au jeune homme.

O'Hare esquissa une insolente parodie de courbette.

— Mlle Hartley et lady Emeline sont parties ensemble dans la voiture de M. Thornton.

Le valet se tourna vers Sam.

— Je n'ai pas aimé la façon dont il restait si près de Mlle Hartley, monsieur. Je pense que quelque chose n'allait pas.

Sam ne prit pas la peine de demander à O'Hare pourquoi il n'était pas intervenu, n'avait pas arrêté Thornton. Dans ce pays, un serviteur pouvait être renvoyé sans références, voire pire, pour un tel acte.

— Avez-vous une idée de leur destination, O'Hare ?

— Oui. J'ai entendu M. Thornton donner ses directives au cocher. Quai de la Princesse à Wapping.

— Wapping ? répéta Vale. Un quai à Wapping ? Pourquoi M. Thornton les aurait-il amenées là ?

— Quai égale bateaux, énonça succinctement Sam.

— Oh ? Il essaie donc de les enlever ?

— Dieu seul le sait, mais nous n'avons pas le temps d'examiner cette question sous tous les angles. Venez. Prenons votre voiture, Vale.

— Attendez ! Où est l'urgence ? Je ne suis pas certain que vous ne cachiez pas Emmie et…

— Thornton est le traître ! tonna Sam. Et il a dû comprendre que je l'avais démasqué !

Vale vacilla légèrement, désorienté.

— Mais comment…

— Je viens de vous dire que nous n'avions pas le temps d'en discuter ! O'Hare, acceptez-vous de nous aider ?

— Oui, monsieur, répondit le valet sans hésitation.

— Allons-y.

Sam n'attendit pas l'approbation de Vale. Il fonça vers la voiture armoriée. Si le vicomte tenait à décortiquer les tenants et aboutissants de cette affaire, il resterait sur le trottoir.

Apparemment, il se décida car il courut derrière Sam et lança au cocher :

— Au quai de la Princesse. Aussi vite que possible.

Les trois hommes s'engouffrèrent dans la voiture.

— Maintenant, racontez-moi tout, Hartley, dit Vale.

Sam regardait par la fenêtre. L'équipage de Thornton avait quitté l'hôtel particulier depuis longtemps, mais il ne pouvait s'empêcher d'essayer de l'apercevoir, ce qui était aberrant.

— McDonald a usurpé l'identité de Thornton pendant, ou après, la bataille de Spinner's Falls.

— En avez-vous la preuve ?

— Quelle preuve ? Qu'un soldat qui se trouvait en Amérique il y a six ans a pris la place d'un autre, qui est mort ? Non. Il les a probablement toutes détruites.

Sam continua en s'adressant à O'Hare :

— Il y avait deux soldats rouquins. L'un était McDonald, l'autre Thornton. McDonald a été mis aux fers et emmené pour passer en cour martiale.

— Qu'avait-il fait ?

Sam regarda Vale, qui se mordit la lèvre et opina.

— Il a violé et tué une femme.

Le valet blêmit.

— Je vois comment McDonald a pu échanger son identité avec celle de Thornton dans le chaos qui régnait après Spinner's Falls, dit Vale, mais une fois rentré en Angleterre ? Thornton devait avoir de la famille !

— Une épouse. Qui est morte peu après son retour.

— Ah.

— Mais que veut-il de Mlle Hartley et de lady Emeline, maintenant ? demanda O'Hare.

— Je l'ignore, marmonna Sam.

Thornton était-il fou ? Selon toute vraisemblance, il avait déjà tué deux femmes.

— Chantage ? fit Vale. Peut-être espère-t-il vous empêcher de parler, Hartley. Emmie et votre sœur sont ses otages.

— Thornton est trop malin pour avoir monté un plan aussi insensé.

— Même les hommes intelligents peuvent céder à la panique et commettre des actes insensés.

— Sommes-nous encore loin, Vale ?

— De Wapping ? Le quartier est après la Tour de Londres.

Sam soupira. Ils étaient encore dans le secteur élégant de la ville. Presque deux kilomètres les séparaient de la Tour de Londres, et la voiture avançait lentement.

— Je viens de me souvenir de quelque chose, déclara soudain Vale.

Sam s'aperçut que le vicomte avait pâli.

— Quand nous avons vu Thornton dans votre jardin, poursuivit le vicomte, il m'a parlé d'une importante livraison qu'il préparait pour l'armée anglaise.

— Quelle destination ?

— Les Indes.

Sam sentit son cœur manquer quelques battements. Si Thornton faisait embarquer Emeline et Rebecca sur un navire marchand en partance pour les Indes...

La voiture ralentit, puis s'arrêta. Un coup d'œil par la fenêtre apprit à Sam que la charrette d'un brasseur obstruait la rue, l'axe d'une de ses roues brisé. Il ouvrit la portière.

— Où allez-vous ? lui cria Vale.

— J'irai plus vite à pied ! Continuez avec la voiture, vous arriverez peut-être avant moi.

Il sauta à terre et fila comme une flèche.

19

À la vue du cœur chauffé à blanc de Cœur de Fer, la princesse Solace hurla de désespoir. L'agonie de son mari était plus qu'elle n'en pouvait supporter. Elle ramassa un baquet d'eau et courut le jeter sur lui pour apaiser ses souffrances. Mais, hélas, il est bien connu que si l'eau éteint les flammes, le métal brutalement refroidi réagit mal.

Le cœur de Cœur de Fer se brisa dans un grand craquement.

Le canon de l'arme était fermement pressé contre la poitrine de Rebecca, et ne bougea pas d'un millimètre quand la voiture cahota en passant dans des fondrières ou en prenant des virages. Emeline se mordit la lèvre. Deux brutes l'encadraient, les hommes de main de Thornton. Elle n'avait découvert leur présence qu'en grimpant dans la voiture, où ils attendaient. Thornton leur avait ordonné de monter et Emeline n'avait pas regimbé. Le risque de voir Rebecca tuée sous ses yeux était trop grand.

Maintenant qu'elle se trouvait prisonnière de Thornton et de ses sbires malodorants, elle craignait de n'avoir pas pris la bonne décision. Rien ne l'empêcherait de la tuer, ainsi que Rebecca, une fois qu'ils seraient arrivés au quai. Au cours des dernières minutes, elle avait envisagé d'essayer de s'échapper, et renoncé : il lui aurait fallu se défaire des deux brutes d'abord. Sans compter le pistolet rivé sur Rebecca. Sans l'ombre d'un doute, Thornton actionnerait la détente. Cet homme était un fou dangereux. Comment il avait réussi à dissimuler sa folie jusqu'ici était un mystère. Subitement, il s'était montré sous son vrai jour. Il affichait tous les signes de la démence : grimaces, tics nerveux, clignements d'yeux...

— On y est presque, mesdames, annonça-t-il. Êtes-vous déjà allées aux Indes ? Non ? La plupart des gens non plus, j'imagine. Quelle extraordinaire aventure nous allons vivre !

L'homme à la droite d'Emeline bougea et un remugle de sueur s'échappa de sa redingote rouge. La voiture roulait dans l'East End, longeant des entrepôts au-dessus desquels le ciel s'assombrissait de plus en plus.

Emeline croisa les mains sur son giron et s'efforça de s'exprimer d'une voix calme.

— Vous pouvez nous laisser ici, monsieur Thornton. Il n'est vraiment pas nécessaire d'aller plus loin.

— Oh, mais je prends tant de plaisir à votre compagnie !

— Notre présence va inciter Jasper et Samuel à vous poursuivre. Libérez-nous et vous pourrez vous enfuir.

— Comme c'est gentil à vous de vous soucier de mon bien-être, madame... Mais je pense que votre fiancé et Samuel Hartley me pourchasseront, que je vous libère ou non. M. Hartley en particulier me semble bien obsédé. Je me suis méfié de lui dès que j'ai appris qu'il interrogeait tous les survivants de notre régiment.

Emeline et Rebecca se regardèrent. Depuis que Thornton les avait forcées à monter dans la voiture, la jeune fille n'avait pas dit un mot. Emeline lisait dans ses yeux la même anxiété que celle qui l'habitait. Que Thornton les ait enlevées n'avait aucun sens. La crainte de ce qui les attendait l'oppressait.

La bruine se mua soudain en pluie drue, comme un rideau qui serait tombé à la fin d'une pièce.

Réfléchir... Il fallait réfléchir et il ne restait guère de temps pour cela.

Thornton projetait de les tuer, cela ne faisait pas l'ombre d'un doute.

Le ciel se déchira et une pluie diluvienne s'abattit dans la rue. Sam ralentit lorsqu'il reçut le premier assaut des éléments en pleine face, puis reprit son rythme. En fait, cette pluie l'aidait : les gens allaient se mettre en hâte à l'abri, libérant le chemin. Mais il demeurait tout de même quelques véhicules sur la chaussée. La charrette du brasseur avec sa roue cassée, par exemple, qui bloquait certainement encore l'attelage de Vale. Sam contourna tous les obstacles, courant à perdre haleine.

Quand elle s'était retrouvée coincée, la voiture de Vale était quelque part dans Fleet Street. Sam était sorti de ce secteur et longeait maintenant la Tamise. Il sentait les muscles de ses jambes protester. Il n'avait pas couru aussi vite, aussi désespérément depuis Spinner's Falls. Et il était arrivé trop tard pour alerter les secours : Reynaud était mort.

Il évita une jeune fille qui portait un bébé, heurta un homme bedonnant en tablier de cuir. L'homme jura, essaya de l'attraper au passage, mais Sam esquiva et continua sa folle course. Il avait mal aux pieds, des élancements dans les tibias. Les blessures de ses pieds s'étaient-elles rouvertes ?

Il se posait la question sans pour autant ralentir, quand l'odeur l'agressa.

Peut-être émanait-elle de l'homme en tablier de cuir, ou bien n'était-elle que le produit de son imagination, mais il la sentait : de la sueur. De la sueur d'homme. Oh non, pas maintenant...

Il s'empêcha de plaquer la main sur son nez et continua à courir, mais le remugle des cadavres de Spinner's Falls le poursuivait. Des corps qui exhalaient un relent de sueur et de sang putride. Des mains invisibles s'agrippaient à lui, suppliant, l'implorant de s'arrêter et de les aider. Le contact de ces mains l'avait harcelé pendant toute la traversée des forêts jusqu'à Fort Edwards. Par instants, il avait revu les soldats scalpés aux yeux écarquillés d'horreur et de souffrance. Il avait couru, possédé par ces visions de cauchemar. Sans faire une halte, sans reprendre son souffle. Et les années passant, où qu'il aille, lorsqu'il était en état de détresse, il les avait revus, ces hommes torturés à l'agonie. Ils faisaient partie de lui. Il ne parvenait pas à les extirper de sa mémoire.

Il traversa une grande flaque d'eau, se mouilla jusqu'aux genoux, sans y prêter attention. De toute façon, ses vêtements étaient déjà trempés. Il approchait des quais et l'odeur du fleuve commençait à couvrir celle des cadavres. Des entrepôts bordaient la voie. Il ne savait pas combien de temps il avait couru, ni sur quelle distance. Une unique question passait en boucle dans son esprit : que ferait-il si Rebecca et Emeline étaient déjà à bord d'un navire ? Si Thornton les avait déjà tuées ? Emeline allongée par terre, nue et en sang, le visage livide et figé...

L'image parut si réelle qu'il perdit l'équilibre, tomba à genoux sur le pavé. Une voix rugit :

— Hé, attention, vous !

Des sabots de cheval s'agitaient à quelques centimètres de sa figure. À quatre pattes, il s'écarta. La voiture passa. Le cocher l'agonit d'injures.

Il avait mal au genou, mais il réussit à se relever. Ignorant la douleur dans ses poumons martyrisés par l'effort, il se remit à courir.

Emeline...

La voiture négocia un grand virage. Par la fenêtre, Emeline put voir les docks. Il pleuvait toujours à verse. Un voile grisâtre semblait être tombé sur les grands vaisseaux ancrés le long de la Tamise. De plus petits bâtiments étaient insérés entre eux, chargés de marchandises. De loin en loin, on apercevait des manutentionnaires qui charriaient la cargaison à bord. D'ordinaire, les quais grouillaient de dockers, prostituées, voleurs à l'affût des passagers descendant des navires. Mais le déluge les avait chassés.

La voiture s'immobilisa. Thornton pressa le canon de son arme dans le flanc de Rebecca.

— Il est temps de descendre, mademoiselle Hartley.

Rebecca ne bougea pas. Elle fit bravement face à son ravisseur.

— Qu'allez-vous faire de nous ?

Thornton lui décocha l'un de ses sourires grimaçants et un clin d'œil.

— Rien de terrible, je vous l'assure. Mon projet, c'est de vous faire découvrir le vaste monde. Venez.

Qu'il plaisante conforta Emeline dans ses pires craintes. Si elles montaient sur un navire avec

Thornton, elles ne survivraient pas au voyage. Mais dans l'immédiat, elles n'avaient aucune alternative.

Thornton fit un signe de tête à l'intention des deux brutes.

— Bougez ! ordonna l'homme en redingote rouge à Emeline.

Il ferma des doigts gros comme des saucisses sur son avant-bras. Ils allaient laisser des marques noires, songea Emeline. Il était le plus petit des deux, et coiffé d'un tricorne effrangé. Thornton ne devait pas bien le payer, car ses bottes étaient pleines de trous et un gros orteil crasseux traversait le cuir.

Elle adressa un petit sourire à Rebecca, espérant ainsi lui donner du courage. Puis elle retroussa ses jupes et descendit de voiture. La pluie la flagella aussitôt. Les doigts de l'homme serrèrent plus fort. Son acolyte suivait. Celui-ci était grand, maigre, doté de longs bras épais comme des colonnes et d'une chevelure grise clairsemée. Thornton mit pied à terre derrière Rebecca.

— Maintenant, déclara-t-il avec ce sourire qui semblait figé sur ses lèvres, dépêchons-nous. Un canot devrait nous amener au *Sea Tiger*. Je suis sûr, mesdames, que vous avez hâte d'être à l'abri de la pluie. Si nous...

Il n'acheva pas. Rebecca se libéra brutalement de son emprise et se rua sur le grand homme de main, le déséquilibrant. Pendant une fraction de seconde, Thornton ne sut plus dans quelle direction pointer son pistolet. Puis son affreux sourire s'épanouit et il visa le ventre d'Emeline, qui s'immobilisa.

Il allait tirer, et la tuer.

Ce ne fut pas ce qu'il advint. Sam jaillit de nulle part et se précipita sur Thornton, faisant dévier le bras armé. Le coup partit et la balle se perdit sur le pavé, dont de menus éclats s'éparpillèrent. L'homme de main saisit Sam par-derrière, son acolyte l'imita, et les trois hommes s'abattirent sur le sol en un inextricable nœud de bras et de jambes. Rebecca cria et tira de toutes ses forces sur le manteau du grand malfrat pour essayer de le faire reculer. Il tenta, pour se retenir, d'agripper Emeline par le bras. D'un féroce coup de talon, elle lui écrasa un orteil. L'homme hurla et la lâcha, mais sa main partit à toute volée pour la frapper au visage. La vision soudain brouillée, elle tomba dans une flaque d'eau.

— Vous allez bien ? entendit-elle Rebecca lui demander.

— Sam..., murmura Emeline.

Il était maintenant sous les trois hommes et cognait désespérément, à l'aveuglette, mais certains horions portaient quand même. Toutefois, il en recevait aussi, appliqués avec une violence inouïe. Emeline comprit que le trio ne serait pas long à le battre à mort si elle n'intervenait pas.

Pas de caillou, pas de morceau de bois, se rendit-elle compte en regardant autour d'elle dès que sa vision se fut éclaircie. Alors elle se remit debout, avec peine, puis plongea sur les trois agresseurs qui formaient une masse compacte. Elle empoigna des cheveux et tira, mais l'adversaire la repoussa sans difficulté d'un coup d'épaule. Elle faillit tomber de nouveau, se récupéra à temps et revint à la charge, griffant, mordant, cognant des pieds et des poings. Rebecca se joignit à elle et entreprit de marteler de ses petits poings le dos de l'un des hommes. La pluie lavait les larmes de rage et de désespoir qui ruisselaient sur les joues d'Emeline, mais elle l'aveuglait aussi. Avec un acharnement de harpie, elle continua à se battre. Elle ne laisserait pas Sam se faire tuer. Ou alors, elle se ferait tuer aussi.

Elle décocha un coup de pied au postérieur de Thornton, qui se retourna brièvement, l'air étonné. Sam tira avantage de cet instant de distraction et cogna le marchand en pleine figure. La tête de Thornton partit en arrière, son corps pivota. Il roula sur le pavé, une main tendue pour amortir sa chute. Ravie, Emeline l'écrasa du talon.

Une détonation éclata.

— Mon Dieu, Emmie, j'ignorais que tu étais aussi assoiffée de sang ! lança une voix d'homme familière.

Emeline leva les yeux et vit Jasper descendre de sa voiture, suivi d'un valet qui tenait un pistolet dans chaque main, dont un fumant.

— Nom d'un chien, Jasper, ne sois pas idiot ! Viens tout de suite aider Sam !

Vale parut étonné.

— Moi ?

Il se tourna vers les valets.

— Vous deux, allez aider M. Hartley.

Les hommes de main de Thornton se consultèrent du regard. Puis, d'un même mouvement, ils se relevèrent et filèrent à toutes jambes. Sam était désormais seul sur le pavé trempé, inerte. Emeline se précipita vers lui, s'agenouilla.

— Sam ! gémit-elle en lui touchant la joue du bout des doigts.

Il ouvrit les yeux.

— Emeline...

Dieu merci ! Il vivait ! Emeline caressa sa bouche et il lui embrassa la paume. Elle se retint à grand-peine de crier de joie.

— Ont-ils eu Thornton ? demanda Sam lentement, handicapé par ses lèvres tuméfiées.

Il se redressa. Emeline le soutint jusqu'à ce qu'il soit assis.

— Oui. Jasper contrôle la situation.

Les valets avaient rattrapé et ramené les hommes de main. Ils étaient en train de les ligoter à la voiture de Thornton. Rebecca tenait les pistolets, et Vale s'occupait de Thornton.

— Qu'allons-nous faire de lui ? s'enquit Jasper, qui semblait aussi écœuré que s'il avait tenu un morceau de viande avariée.

— On le jette dans le fleuve, suggéra l'un des valets.

Rebecca approuva d'un sourire. Quant à Sam, il déclara :

— Ce n'est pas une mauvaise idée.

Jamais Emeline ne lui avait entendu une intonation aussi glaciale.

— Et pour quelle raison feriez-vous cela ? lança Thornton en ricanant.

— Pour avoir fait du mal à lady Emeline et Mlle Hartley, canaille ! répliqua Vale.

— Mais je ne leur ai fait aucun mal !

— Vous les avez menacées d'une arme !

— Foutaises ! Croyez-vous qu'un juge prendra cela en compte ?

Thornton semblait réjoui. Comme s'il ne se rendait pas compte du pétrin dans lequel il se trouvait.

— Vous avez tué une femme aux Amériques, dit Sam. On vous pendra pour cela.

— Je ne vois pas de quoi vous parlez, rétorqua l'autre sans s'émouvoir.

— Cessez de jouer les innocents ! lança Vale. Nous savons que vous êtes McDonald, que vous avez tué cette femme et nous avez trahis, donnés aux Indiens et aux Français !

— Ah bon ? Et comment le prouverez-vous ?

— Peut-être n'en aurons-nous pas besoin, énonça Sam. Peut-être vous jetterons-nous dans la Tamise sans autre forme de procès. Je doute que quelqu'un vous pleure.

— Sam..., souffla Rebecca.

Il regarda sa sœur. Son expression dure ne se modifia pas, mais sa voix fut plus douce lorsqu'il reprit :

— Je ne pense pas que nous ayons du mal à convaincre la cour. Il existe probablement quelques survivants qui se souviennent de McDonald et de Thornton. Et de toute façon, nous pouvons demander à votre beau-père.

Une pause, puis :

— Eh oui. C'est l'un des renseignements que j'ai obtenus aujourd'hui. Thornton a un beau-père âgé qui ne l'a pas revu depuis qu'il a épousé sa fille. Il habite en Cornouailles. Il est en mauvaise santé, mais il est rongé par les soupçons depuis que sa fille est soi-disant tombée dans l'escalier. Il a contacté plusieurs hommes de loi pour qu'ils enquêtent sur sa mort. J'ai discuté avec l'un d'eux. Si nous envoyons une voiture au vieil homme, il viendra à Londres témoigner que vous n'êtes pas celui qui a épousé sa fille.

De plus en plus réjoui, Thornton s'écria :

— Essayez donc ! Oui, essayez donc ! Le vieux est tellement décati qu'il ne survivra pas au voyage !

— Laissez-nous gérer ce problème-là, dit Vale en secouant Thornton. À votre place, je me ferais du souci pour mon propre sort.

Il se tourna vers Sam et continua :

— Verriez-vous un inconvénient à ce que j'emprunte votre valet pour escorter ces trois vauriens à Newgate ?

— Je vous en prie, faites. Je raccompagnerai les dames dans votre voiture.

— Hartley, attendez ! cria Thornton. Vous pouvez me faire coincer pour le meurtre de la femme en Amérique, mais pas pour la trahison à Spinner's Falls ! Je n'ai pas donné le régiment à l'ennemi ! Je ne suis pas le traître !

Sam regarda Thornton, impavide, et cette absence de réaction enflamma l'homme.

— Vous êtes un lâche, Hartley ! Vous avez détalé comme un lapin à Spinner's Falls ! Tout le monde le sait ! Oui, vous êtes un lâche.

Vale s'empourpra et Emeline entendit Rebecca pousser un petit cri d'horreur. Mais, curieusement, Sam sourit.

— Non, je n'en suis pas un, dit-il calmement.

20

La princesse Solace serra son mari agonisant dans ses bras, ses larmes salées inondant son pauvre visage. Alors qu'elle pleurait, penchée sur lui, l'aube se leva et les rayons dorés du soleil baignèrent la terre. Cœur de Fer souleva les paupières et, regardant sa femme droit dans les yeux, prononça ses premiers mots après sept longues années de mutisme.

— Il a besoin d'un médecin, dit Rebecca en aidant Emeline à faire monter Sam dans la voiture.

Emeline songea qu'elle avait raison. Sam était d'une pâleur inquiétante, une entaille sur l'arcade sourcilière saignait abondamment.

— Pas de médecin, marmonna-t-il.

Emeline regarda Rebecca qui secoua la tête. Bien. Un médecin, quoi qu'en dise Sam.

La lenteur avec laquelle progressait la voiture dans les rues encombrées rendit le trajet de retour cauchemardesque. Le temps qu'ils arrivent, Sam avait cessé de parler depuis une demi-heure et ses yeux étaient clos.

— S'est-il évanoui ? demanda anxieusement Emeline.

— Je crois qu'il s'est endormi, répondit Rebecca.

Transporter Sam à l'intérieur de l'hôtel particulier, puis jusqu'à sa chambre, exigea deux valets athlétiques. Une fois qu'il fut dans son lit, Emeline envoya l'un d'eux chercher le médecin.

Une heure plus tard, Rebecca entrait dans la bibliothèque où patientait Emeline, qui avait fini par somnoler.

— Le médecin dit qu'il est surtout épuisé. Et vous-même me semblez bien fatiguée, déclara la jeune fille.

Emeline commença à secouer la tête. Elle ne voulait pas quitter Sam, mais elle se sentait si faible qu'elle soupira.

— Rentrez chez vous et reposez-vous, lady Emeline. Sam dort.

— Vous êtes une adorable enfant, mais fort autoritaire, remarqua Emeline.

Rebecca sourit.

— J'ai été à bonne école.

Elle tendait la main pour aider Emeline à se lever, quand des pas résonnèrent dans le vestibule. Un instant plus tard, Vale déboulait dans la bibliothèque.

— Emmie, tu vas bien ? Je suis allé chez toi et tu n'y étais pas...

Éberluée, Emeline songea que, vraiment, Jasper ne la connaissait pas le moins du monde.

— Je vais bien, mais ne fais pas de bruit, sinon tu réveilleras Sam.

Vale leva les yeux au plafond comme s'il pouvait voir à travers le plâtre et les poutres.

— C'est sûr qu'il a passé une sacrée journée, admit-il.

— Jasper, je...

— Me permettez-vous de vous laisser seuls ? fit brusquement Rebecca. Il faut que je... euh...

Manifestement, elle cherchait un prétexte pour se retirer.

— … que je prenne des nouvelles d'O'Hare.

— Qui est O'Hare ? s'enquit Emeline.

— Mon valet.

Rebecca sortit de la pièce sous le regard interloqué d'Emeline. Pourquoi la jeune fille se souciait-elle du sort de son valet ?

Vale l'arracha à ses interrogations.

— Emmie ?

Elle se tourna vers lui, surprise par la gravité inhabituelle de son intonation. Sa mine sérieuse et résignée acheva de la déconcerter.

— Emmie, nous n'allons pas nous marier, n'est-ce pas ?

— Non, très cher, nous n'allons pas nous marier.

Il se laissa tomber dans un fauteuil.

— C'est aussi bien, je suppose. Tu n'aurais jamais pu t'accommoder de mes faiblesses. Aucune femme ne le pourrait, j'en ai peur.

— Ce n'est pas vrai, Jasper. Tu n'es peut-être pas très facile à vivre, mais je suis sûre que, quelque part, la femme qui te convient t'attend.

Il eut un sourire triste.

— J'ai trente-trois ans, Emmie. S'il existait une femme susceptible de m'aimer et, encore plus important, de me supporter, ne crois-tu pas que je l'aurais déjà rencontrée ?

— Cela aiderait peut-être que tu cesses de la chercher dans des maisons de passe, des cercles de jeu. Que tu fréquentes enfin des endroits respectables.

Des paroles un brin acerbes, mais qui perdirent de leur intensité lorsqu'elle bâilla à se décrocher la mâchoire. Vale se mit debout.

— Permets-moi de te raccompagner chez toi. Tu dois te reposer. Tu recommenceras à me réprimander demain.

Emeline constata avec tristesse qu'elle était incapable de protester. Elle laissa Jasper l'escorter jusqu'à sa porte. Là, il lui effleura la joue du bout des lèvres – le même baiser qu'il lui donnait depuis qu'elle avait quatre ans – puis il s'apprêta à s'en aller.

— Jasper ?

Il s'arrêta sur les marches du perron et la regarda par-dessus son épaule. Il avait de sublimes yeux turquoise, il était grand, bien découplé. Son visage arborait une mine tragique. Le cœur d'Emeline se serra. Cet homme avait été le meilleur ami de Reynaud, et elle le connaissait depuis toujours.

— Je t'aime beaucoup, Jasper.

— Je sais, Emmie, je sais, et c'est cela le plus terrible.

Emeline ne sut que répondre. Il semblait sincèrement bouleversé. Il lui fit au revoir de la main et s'en alla. Emeline entra chez elle, songeant qu'elle aurait donné n'importe quoi pour apaiser Jasper.

Tante Cristelle surgit immédiatement, suivie de Melisande.

— Que fais-tu ici ? s'étonna Emeline en voyant son amie.

— J'étais venue te rapporter ton recueil de contes de fées, mais quand je suis arrivée, le majordome de M. Hartley était là pour informer ta tante de ce que quelque chose n'allait pas. J'ai donc décidé de rester pour lui tenir compagnie en t'attendant. Mais personne ne nous a dit ce qui s'était exactement passé.

Emeline fut donc obligée, en buvant du thé et grignotant des biscuits, de tout raconter à tante Cristelle et Melisande, qui l'interrompirent sans cesse pour poser des questions. À la fin, Emeline était vraiment au bord de l'épuisement. Ce que Melisande dut remarquer, car elle déclara :

— Je crois qu'il faut que tu te mettes au lit.

Emeline hocha la tête, et nota que sa tante et son amie échangeaient un regard navré.

— Dans un petit moment, dit-elle, simplement pour garder l'illusion de contrôler la situation.

— Bon. Voilà ton livre.

Melisande posa le recueil sur la table basse. Emeline lui jeta un coup d'œil. Il n'avait plus guère d'importance, désormais, même s'il faisait partie des souvenirs rattachés à Reynaud.

— Pourquoi me l'as-tu rapporté, Melisande ?

— Je pensais que tu voulais que je le traduise.

— Oh. Je le considérais comme un lien entre Reynaud et moi, mais il me semble moins vital maintenant d'avoir une réminiscence tangible de mon frère. Mais... je ne l'oublierai jamais, n'est-ce pas ?

Melisande garda le silence. Elle dardait sur son amie des yeux tristes. Emeline prit le livre et le lui tendit.

— Garde-le pour moi, veux-tu ?

— Pardon ?

— Traduis-le intégralement. Peut-être trouveras-tu ce qui m'échappe.

— Si tu penses que c'est le mieux...

— Oui. Mon Dieu, il faut vraiment que je me couche.

Melisande l'accompagna jusqu'au pied de l'escalier, puis lui souhaita bonne nuit. Elle ouvrait la porte quand Emeline la rappela.

— Melisande ?

— Oui ?

— Te serait-il possible de veiller sur Jasper à ma place ? Je sais que c'est une étrange requête que je fais là, mais je m'inquiète pour lui. Alors accepterais-tu de parler avec lui ?

— Bien sûr, dit la jeune femme, surprise.

— Parfait.

Emeline gravit l'escalier, l'esprit allégé d'un souci. Elle pouvait à présent aller dormir.

— Crois-tu que M. Thornton était le traître ? demanda Rebecca à Sam cette nuit-là.

Elle était somnolente et, devant la cheminée, luttait pour garder les yeux ouverts. Sam était sorti de son lit pour prendre un dîner froid avec elle, après quoi ils s'étaient retirés dans le salon. Elle aurait dû être endormie depuis longtemps : les péripéties de la journée l'avaient vidée de toute énergie. En face d'elle, Sam tenait un verre de cognac et regardait le feu à travers le cristal. Son visage était tuméfié, de nouveaux hématomes s'étaient ajoutés à ceux qui commençaient à peine à guérir, mais qu'importait ? C'était son frère et elle l'aimait, quel que fût son aspect.

— Je pense que oui, répondit-il.

— Mais tu n'en es pas absolument sûr.

Il secoua la tête et vida son verre.

— Thornton est un menteur-né. Impossible de dire s'il a une responsabilité dans le massacre ou non. Il ne le sait peut-être pas lui-même. Les menteurs ont tendance à croire en leurs mensonges. J'ai peur que nous n'ayons jamais de certitude.

— Mais, Sam, tu as traversé la moitié du monde pour découvrir la vérité, pour que ce massacre ne te perturbe plus. Cela ne te dérange donc pas que Thornton ne soit peut-être pas le coupable ?

— Non. C'est fini.

— Je ne comprends pas.

Un sourire effleura les lèvres de Sam.

— J'en suis arrivé à la conclusion que, quoi que je fasse, jamais je ne pourrai effacer Spinner's Falls de ma mémoire. Cela m'est impossible.

— Mais c'est affreux ! Comment...

Il leva la main, et Rebecca se tut.

— J'ai appris que je pouvais vivre avec ce souvenir, Becca, car il fait partie de moi.

— Oh, Sam, quelle tristesse... Ce cauchemar va rester dans ta mémoire ta vie durant...

— Ce n'est pas si dur que tu l'imagines. J'ai déjà passé six années à me battre contre mes fantômes. Je crois que ce sera plus facile maintenant que je sais qu'ils font partie de l'homme que je suis, qu'ils m'ont fait tel que je suis.

— Je ne comprends pas, mais si tu es en paix, c'est tout ce qui compte, et j'en suis heureuse.

— Je suis en paix.

Un silence empreint de chaleur s'installa. Rebecca s'abandonna à une douce léthargie. Une bûche crépita soudain, et elle se rappela qu'il leur fallait discuter d'autre chose, quelque chose de très important.

— Elle t'aime, tu sais.

Sam ne répondant rien, elle ouvrit les yeux et le regarda. Il fixait le feu, les mains jointes sur les genoux.

— J'ai dit qu'elle t'aimait, Sam.

— J'ai entendu.

— Et alors ? Ne vas-tu rien faire à ce sujet ? Notre navire quitte le port demain.

Il se leva, s'étira et grimaça en se frottant le flanc.

— Je sais. Tu vas finir par t'endormir dans ce fauteuil et je serai obligé de te porter jusqu'à ton lit comme une petite fille. Viens.

Il lui tendit la main. Elle lui donna la sienne, mais répliqua en se levant :

— Je ne suis pas une petite fille.

— Je le sais aussi. Tu es ma petite sœur devenue une femme adorable et intéressante, déclara Sam en attirant Rebecca contre lui. Je te ramènerai bientôt en Angleterre si tu le souhaites, ma chérie. Ainsi, tu pourras revoir M. Green ou n'importe quel autre gentilhomme qui te plairait. Je n'ai pas l'intention de mettre un terme aux espérances que tu as conçues ici.

— Je n'en ai guère.

— Si tu te désoles à cause de notre absence de lignée, je...

— Non, ce n'est pas cela, Sam.

Elle baissa les yeux sur leurs mains nouées. Celle de Sam, malgré des semaines sous le climat anglais, était encore bronzée.

— Alors, qu'est-ce que c'est ?

— J'apprécie M. Green, et si tu souhaites que je continue à le voir, je...

— Pourquoi voudrais-je que tu continues ou non à voir M. Green, Becca ?

— Je pensais... Oh, comme c'est embarrassant... Je pensais que tu désirais que je l'encourage. Lui ou un gentilhomme de son rang. Que tu étais content qu'il fasse partie de la haute société anglaise, même s'il a un rire idiot. Cela m'est difficile de comprendre ce que tu désires, Sam.

— Que tu sois heureuse, évidemment ! J'émettrais certainement des objections si tu jetais ton dévolu sur un chasseur de rats ou un vieillard de quatre-vingts ans, mais sinon, ton choix sera le mien. Tu épouseras qui tu voudras.

Rebecca se mordilla la lèvre.

— Je veux ton approbation, Sam !

— Tu l'as déjà. Maintenant, à toi de décider *qui* je vais devoir approuver.

— Voilà qui complique les choses, marmonna Rebecca.

Elle soupira, mais sourit. Il cala sa main au creux de son bras.

— Non. Voilà qui est réglé. Et tu n'es pas obligée de prendre une décision à la hâte.

Ils se dirigèrent vers l'escalier.

— Mmm... Sam, j'ai une faveur à te demander.

— Oui ?

— Pourrais-tu donner du travail à O'Hare ?

Il la regarda, perplexe.

— En Amérique, je veux dire, Sam.

Dans l'attente de la réponse de son frère, elle retint son souffle.

— Eh bien... je suppose que je le peux, oui. Mais rien ne garantit qu'il acceptera.

— Oh, il acceptera. Merci, Sam.

— Je t'en prie.

Ils étaient arrivés devant la porte de la chambre de la jeune fille.

— Bonne nuit, ma chérie.

— Bonne nuit. Mais... Sam, tu vas parler à lady Emeline, n'est-ce pas ? demanda-t-elle tandis qu'il s'éloignait.

Il ne sembla pas avoir entendu.

Lorsque Emeline se réveilla le lendemain matin, le soleil entrait à flots par les fenêtres, qu'elle fixa un long moment avant de revenir à la réalité.

— Ô mon Dieu ! s'écria-t-elle en sautant à bas du lit pour aller sonner sa camériste.

Puis, craignant que celle-ci ne mît trop longtemps à venir, elle ouvrit la porte et hurla dans l'escalier comme une harengère. Cela fait, elle regagna sa chambre en trombe, trouva un sac de voyage et commença à le remplir à la va-vite de divers effets.

— Emeline ! s'exclama tante Cristelle depuis le seuil, l'air horrifié. Mais quel démon te possède donc ?

— Sam, répliqua laconiquement la jeune femme en regardant le sac : elle n'avait même pas le temps de faire ses bagages.

— Oui, eh bien ?

— Sam… Son navire largue les amarres ce matin. Il est peut-être déjà parti. Il faut que je l'en empêche !

— Mais, grands dieux, pourquoi ?

— Je dois lui dire que je l'aime !

Elle abandonna le sac, ouvrit son armoire et en sortit sa robe la plus simple. Harris apparut à cet instant.

— Vite ! Aidez-moi à m'habiller !

Tante Cristelle se laissa tomber sur le lit.

— Pourquoi tant de hâte ? Si cet homme ne sait pas déjà que tu as un penchant pour lui, c'est un fieffé imbécile.

Emeline émergeait des multiples plis de coton de sa robe.

— Oui, il le sait, mais je lui ai dit que je ne voulais pas l'épouser.

— Et alors ?

— Alors je *veux* l'épouser !

— Par exemple ! C'était donc fort stupide que tu te fiances à lord Vale.

— J'en suis bien consciente, tante Cristelle !

Mais pourquoi perdait-elle de précieuses minutes à discuter avec sa tante, alors que le navire de Sam descendait peut-être déjà la Tamise ?

— Où sont mes chaussures ?

— Les voilà, madame, répondit Harris, imperturbable. Mais vous n'avez pas enfilé vos bas.

— Peu importe !

Tante Cristelle leva les mains comme pour implorer Dieu de venir en aide à sa nièce qui avait perdu l'esprit. Emeline glissa ses pieds nus dans ses escarpins et se rua vers la porte, manquant heurter Daniel qui entrait.

— Où vas-tu, maman ? s'enquit-il en baissant les yeux sur les chevilles de sa mère. Sais-tu que tu ne portes pas de bas ?

— Oui, mon chéri, répondit Emeline en embrassant son fils sur le front. Mais nous partons aux Amériques, et là-bas, les dames n'en portent pas.

Emeline laissa derrière elle un Daniel qui poussait des hourras, et une tante Cristelle et une Harris qui tentaient de le calmer. Elle dévala l'escalier tout en appelant Crabs à tue-tête. L'impassible majordome surgit dans le vestibule, puis s'immobilisa, interloqué.

— Madame ?

— Amenez la voiture. Vite !

— Mais...

— Et ma cape. J'ai besoin d'une cape. Quelle heure est-il ?

Elle regardait fiévreusement autour d'elle en quête d'une pendule.

— Un peu plus de neuf heures, madame.

— Oh, non !

Emeline se plaqua les mains sur le visage. Le bateau devait être parti. Déjà en mer. Qu'allait-elle faire ? Il n'y avait aucun moyen de rattraper Sam, rien qui...

— Emeline ?

Cette voix grave, pleine d'assurance, si familière...

Lentement, elle abaissa ses mains, n'osant y croire.

Sam se tenait sur le seuil du salon, ses yeux couleur café plissés par un sourire destiné à elle seule. Elle se précipita vers lui. Il ferma les bras autour d'elle et elle agrippa les pans de sa redingote.

— Je pensais que tu étais parti… Je pensais qu'il était trop tard.

Il lui constella le visage de petits baisers, puis s'attarda sur sa bouche.

— Je suis là, souffla-t-il en l'entraînant dans le salon.

— Je croyais t'avoir perdu…

De nouveau il l'embrassa, cette fois avec passion.

— Je t'aime, Sam ! dit-elle quand il mit, manifestement à regret, un terme au baiser.

— Je sais. Je m'apprêtais à rester dans ton salon jusqu'à ce que tu l'admettes.

— Vraiment ?

— Mmm.

— Tu as fait preuve d'intelligence.

— Pas tant que cela.

Il recula la tête pour la contempler.

— C'était une question de survie, Emeline. Sans toi, je suis glacé. Tu es la flamme qui me garde chaud à l'intérieur. Si je te quittais, je me pétrifierais, je me muerais en bloc de glace.

— Alors mieux vaut que tu ne me quittes pas, dit tendrement Emeline en attirant son visage vers le sien.

Il redressa immédiatement le menton.

— Veux-tu m'épouser ?

Le souffle soudain court, la gorge nouée, elle répondit après avoir dégluti avec peine :

— Oh, oui !

— Viendras-tu avec moi en Amérique ? Je pourrais vivre en Angleterre, mais pour mon travail, ce serait plus facile si nous habitions dans les colonies.

— Et Daniel ?

— J'aimerais qu'il vienne aussi.

Emeline ferma les yeux pour contenir les larmes qui affluaient.

— Pardonne-moi, Sam. Il n'est pas dans mes habitudes de pleurer. Je ne pleure jamais !

— Bien sûr que non.

— Dans mon milieu, il n'est pas courant qu'une mère garde son fils auprès d'elle, tu sais. Mais je serais heureuse d'avoir Daniel avec moi.

— Voilà qui est réglé : Daniel nous accompagne. Et ta tante est la bienvenue, si d'aventure...

— Je reste ici !

Emeline se retourna. Tante Cristelle se tenait dans l'encadrement de la porte.

— Tu vas avoir besoin de quelqu'un sur place pour gérer tes domaines, mon petit, ton argent, bref, ce genre de choses.

— Eh bien, oui, mais...

— C'est décidé. Bien entendu, tu traverseras l'océan assez souvent pour que je puisse voir mon petit-neveu.

Sur ces mots, qu'elle ponctua d'un hochement de tête empreint de la satisfaction du devoir accompli, la vieille dame quitta royalement la pièce et referma la porte derrière elle.

Emeline s'aperçut alors que Sam l'observait.

— Es-tu sûre que cela ira ? Que tu supporteras de tout laisser ? De rencontrer des gens nouveaux ? De vivre dans un pays qui est loin d'être aussi sophistiqué que celui-ci ?

— L'endroit où je vivrai n'aura guère d'importance, dans la mesure où je serai avec toi. Et puis, j'ai des projets : je vais essayer d'instiller à la bonne société de Boston quelques éléments de sophistication anglaise. Après tout, personne, là-bas, n'a participé à l'un de mes bals.

Sam sourit de toutes ses dents. Avec son visage tout couturé, il avait l'air d'un pirate.

— Ils ne comprendront même pas ce qui leur arrive, n'est-ce pas ?

Emeline se renfrogna, mais cela ne dura que le temps d'un battement de cœur. Elle posa la main sur la nuque de Sam et l'obligea à incliner la tête vers elle pour l'embrasser. Avec douceur, tendresse et allégresse.

Et elle murmura contre ses lèvres :

— Je t'aime.

Épilogue

— Je t'aime.

Lorsque la déclaration sortit de la bouche de Cœur de Fer, le méchant sorcier poussa un grand cri.

— Non ! Non ! Ce n'est pas possible !

La vilaine figure du petit homme rougit, jusqu'à ce que de la vapeur commence à s'échapper de ses narines.

— J'ai attendu sept longues années pour voler votre cœur de fer et faire mienne votre force ! poursuivit-il. Si vous aviez parlé au cours de ces sept ans, je l'aurais obtenu et votre femme et vous auriez été damnés ! Ce n'est pas honnête !

Le sorcier se mit à tourner sur lui-même, fou de rage que son mauvais sort ait été déjoué. Il tourna de plus en plus vite, jusqu'à ce que des étincelles jaillissent de son corps, que de la fumée noire sorte de ses oreilles, que le sol se craquelle sous ses pieds. Dans un grand fracas, la terre s'ouvrit et il disparut, englouti.

La colombe attachée à son poignet s'envola, sa chaîne d'or brisée. L'oiseau redescendit du ciel, se posa et se transforma en bébé vagissant : le fils de Cœur de Fer.

La joie s'empara de la Ville brillante. Les gens applaudirent, fous de bonheur que leur prince leur eût été rendu.

Mais qu'advenait-il de Cœur de Fer et de son cœur brisé ? La princesse Solace regarda son mari immobile dans ses bras, effrayée qu'il ne fût mort, et s'aperçut qu'il était indemne et lui souriait. Elle fit alors la seule chose qu'une princesse pût faire dans ces circonstances : elle l'embrassa.

On dit encore de nos jours, dans la Ville brillante, que le cœur de Cœur de Fer guérit spontanément quand le sort du méchant sorcier fut rompu. Je n'en suis pas certaine. Ce que je crois, c'est que l'amour de la princesse Solace l'a ressuscité.

Car qu'est-ce qui peut réparer un cœur brisé, à part l'amour ?

Séduire un séducteur

Traduit de l'anglais (États-Unis)
par Daniel Garcia

J'AI LU

Titre original
TO SEDUCE A SINNER

Déjà paru sous le titre :
La légende des quatre soldats – 2 – Séduire un séducteur

À mon père, Robert G. McKinnell,
qui m'a toujours soutenue
pour que je devienne écrivaine
– mais tu ne pourras encore pas
lire ce livre, papa !

Je remercie chaleureusement
mon éditrice, Amy Pierpont,
ainsi que toute son équipe.
Merci à vous tous !

Prologue

Il était une fois un soldat qui revenait de la guerre. La guerre à laquelle il avait participé avait commencé bien avant sa naissance. En vérité, elle avait même duré si longtemps que les belligérants avaient fini par oublier pourquoi ils se battaient. Un jour, les soldats des deux camps adverses se regardèrent et réalisèrent qu'ils ne savaient pas pourquoi ils voulaient s'entretuer. Les officiers mirent plus longtemps pour arriver à la même conclusion, mais la raison finit par l'emporter. On déposa les armes, et la paix fut décrétée.

Voici pourquoi notre soldat retournait chez lui. Mais, la guerre ayant duré si longtemps, il n'avait plus de chez-lui où retourner. Il marchait donc sans but précis. Le soleil brillait généreusement dans le ciel, il avait des vivres dans sa besace, et la route lui ouvrait les bras. Cela suffisait à son bonheur.

Il s'appelait Jack le Rieur.

Jack le Rieur marchait sur la route en sifflotant. Il ne se connaissait aucun souci…

1

Londres, Angleterre, mai 1765

Existait-il quelque chose de plus vexant que de se faire répudier par sa fiancée le jour même de ses noces ? se demandait Jasper Renshaw, vicomte Vale. Pour corser le tout, il souffrait d'une atroce migraine, conséquence d'une nuit de beuverie. C'était beaucoup pour un seul homme…

— Je suis tellement, tellement désolée ! assurait Mlle Mary Templeton – la fiancée en question – d'une voix si aiguë que Jasper avait l'impression que son crâne allait exploser. Je n'ai jamais voulu vous tromper !

— À la bonne heure.

Jasper refrénait une irrésistible envie de plonger la tête dans ses mains, dans l'espoir de calmer sa migraine. Mais il avait l'intuition qu'une telle attitude manquerait de gravité pour la circonstance. Après tout, Mlle Templeton vivait l'un des moments les plus mélodramatiques de son existence. Au moins était-il assis : la sacristie de l'église abritait une vieille chaise en bois, et Jasper se l'était appropriée sans se soucier de la galanterie dès qu'ils s'étaient enfermés là tous les deux.

De toute façon, Mlle Templeton ne semblait pas avoir remarqué son geste.

— Oh, mon Dieu ! s'exclama-t-elle, sans que Jasper puisse déceler si elle s'adressait à elle-même, à lui, ou à une présence céleste – ce qui aurait été possible, eu égard au lieu où ils se trouvaient. Je n'ai pas pu lutter, ajouta-t-elle. C'était impossible. Une femme est trop frêle pour s'opposer au souffle de la passion.

Le souffle de la passion, rien que ça !

— Je m'en doute, marmonna Jasper.

Il regrettait de ne pas avoir eu le temps d'avaler un verre de vin, peut-être même deux. Cela lui aurait éclairci l'esprit, et il aurait été plus en état de comprendre ce qu'essayait de lui dire sa fiancée – en dehors du fait qu'elle ne souhaitait plus devenir la quatrième vicomtesse Vale. Il s'était levé, ce matin, convaincu qu'il allait se marier et ensuite partager un repas de noces avec les invités – deux perspectives déjà affligeantes en soi. Mais les événements l'avaient pris au dépourvu. M. et Mme Templeton l'avaient accueilli à l'église avec de drôles de mines – lui, grimaçant, et elle paraissant très nerveuse. Puis sa fiancée s'était avancée. Des traces de larmes marquaient ses joues. Jasper avait aussitôt deviné qu'il ne mangerait pas de pièce montée aujourd'hui.

Réprimant un soupir, il se tourna vers son « ex-future épouse ». Mary Templeton était une jeune femme ravissante. De beaux cheveux noirs lustrés, des yeux d'un bleu parfait, un teint crémeux du plus noble effet, et une paire de seins rebondis à souhait. Pour être tout à fait honnête, Jasper s'était réjoui à l'idée de goûter à ces deux petites merveilles. Savoir qu'il en serait privé le rendit tout à coup morose.

— Oh, Julius ! s'écria soudain Mlle Templeton, lançant en l'air ses deux bras qu'elle avait joliment galbés. Si seulement je ne t'aimais pas autant !

Jasper cligna des yeux. Il devait avoir raté quelque chose, car ce Julius ne lui disait rien.

— Julius… ?

Mlle Templeton écarquilla les yeux – ils étaient définitivement magnifiques.

— Julius Fernwood. Le vicaire du village où papa possède une propriété.

Jasper n'était pas sûr de bien comprendre. Elle le répudiait pour un *vicaire* ?

— Oh, si vous pouviez le voir, avec ses yeux d'ambre, ses cheveux couleur miel et ses gestes posés, je suis sûre que vous réagiriez comme moi.

Jasper en doutait fort.

— Je l'aime ! psalmodia Mlle Templeton. Je l'aime de toute mon âme !

Elle se laissa tomber à genoux devant Jasper, les mains jointes en signe d'imploration.

— Je vous en supplie, milord ! Je vous en supplie ! Affranchissez-moi de ce lien cruel ! Rendez-moi ma liberté, que je puisse voler vers mon véritable amour. L'homme que je chérirai toujours plus que tout, quand bien même je serais contrainte de vous épouser, quand bien même je serais forcée de subir vos assauts bestiaux, quand bien même…

— Oui, oui, la coupa Jasper avant qu'elle ne dresse de lui le portrait d'un pervers lubrique et esclavagiste. Je vois que je ne peux pas soutenir la comparaison avec votre vicaire aux cheveux miel. Je me retire de la course. Allez rejoindre votre *véritable amour*. Avec toutes mes félicitations en prime.

— Oh, merci milord ! s'exclama-t-elle, lui prenant les mains pour les embrasser. Je vous serai éternellement reconnaissante. Considérez-moi comme votre débitrice. Si jamais…

— J'ai compris. Si j'ai besoin un jour d'un vicaire aux cheveux miel, je saurai où m'adresser, grommela Jasper.

Saisi d'une inspiration, il fouilla dans sa poche et en sortit une pleine poignée de couronnes – elles étaient destinées à être jetées aux badauds à la sortie de l'église.

— Prenez ça, ajouta-t-il. C'est mon cadeau de mariage. Je vous souhaite tout le bonheur possible avec votre M. Fernwood.

Il glissa les pièces dans sa main.

— Oh ! fit Mlle Templeton, les yeux écarquillés. Oh, merci beaucoup !

Après un dernier baiser mouillé sur ses mains, elle s'empressa de quitter la sacristie. Sans doute s'imaginait-elle qu'il lui avait donné cet argent sur une impulsion, et qu'il pourrait revenir sur sa générosité si elle restait trop longtemps.

Jasper soupira encore, et sortit son mouchoir pour s'essuyer les mains. La sacristie était bâtie avec les mêmes pierres grises que l'église. Des étagères en bois sombre couvraient tout un mur, servant à entreposer des chandelles, des vieilles bibles et différents papiers. Une petite fenêtre permettait d'entrevoir un ciel bleu à peine voilé par quelques nuages d'altitude. C'était l'endroit idéal pour goûter à un peu de solitude. Jasper rangea son mouchoir, s'aperçut au passage qu'il manquait un bouton à son veston, puis appuya son bras sur la table à côté de sa chaise et ferma les yeux.

Pynch, son valet, connaissait la recette d'un remontant très efficace contre la gueule de bois. Une fois rentré chez lui, Jasper en commanderait un verre, avant probablement de retourner se coucher. Mais pour l'instant, son crâne lui faisait si mal qu'il ne se sentait pas l'énergie de bouger. Des voix résonnaient sous la voûte de l'église, parvenant jusqu'à ses oreilles. À en juger par leur intensité, Mlle Templeton rencontrait quelques difficultés à convaincre son père de se ranger à ses projets romantiques.

Jasper soupira derechef. C'étaient six mois de travail réduits à néant – le temps qu'il lui avait fallu pour amener Mlle Templeton jusqu'à l'autel. D'abord un mois pour se trouver une fiancée convenable, c'est-à-dire issue d'une bonne famille, ni trop jeune ni trop vieille, et assez mignonne pour qu'il ait envie de coucher avec elle. Ensuite, trois mois pour la courtiser dans les règles : promenades en calèche, bals, réceptions diverses et petits cadeaux. Après quoi, il lui avait officiellement demandé sa main. Elle avait accepté, bien sûr, et Jasper avait déposé un chaste baiser sur ses joues virginales. Les deux derniers mois avaient été consacrés à la préparation des noces.

Comment expliquer un tel échec ? Mlle Templeton avait paru souscrire pleinement à ses projets. À aucun moment avant aujourd'hui, elle n'avait exprimé la moindre réticence. D'où venait, alors, ce soudain besoin d'épouser un vicaire aux cheveux miel ?

Pareille histoire ne serait jamais arrivée à son frère aîné Richard – à supposer, bien sûr, que Richard ait vécu assez longtemps pour se trouver une vicomtesse. Jasper en conclut qu'il était sans doute l'unique responsable de ce désastre. C'était à croire qu'une malédiction pesait sur ses rapports avec le beau sexe – du moins, lorsqu'on en venait à parler mariage. Car c'était quand même la deuxième fois, en l'espace d'un an, qu'il se faisait ainsi répudier. Certes, la première fois, c'était avec Emeline, qui était pour lui davantage une sœur qu'une maîtresse. Il n'empêche que...

Le grincement de la porte de la sacristie le tira de ses pensées. Jasper rouvrit les yeux.

Une jeune femme, grande et mince, hésita sur le seuil. C'était une amie d'Emeline, mais Jasper ne se souvenait plus de son nom.

— Je suis désolée, dit-elle. Je vous ai réveillé ?

— Non, pas du tout. Je me reposais, simplement.

Elle hocha la tête, jeta un coup d'œil derrière elle et repoussa le battant pour s'enfermer avec lui. Ce qui était bien sûr tout à fait inconvenant.

Jasper haussa les sourcils.

Elle se tenait droite, très raide, les épaules carrées, le menton légèrement relevé. C'était une jeune femme ordinaire, qui ne pouvait pas frapper l'imagination. Ses cheveux, noués sur la nuque, balançaient entre le blond et le châtain. Ses yeux étaient d'un marron commun. Sa robe tirait sur le gris, avec un décolleté sage qui ne mettait pas en valeur une poitrine de toute façon assez plate. En revanche, elle avait la peau très fine. S'il s'approchait d'elle, Jasper était persuadé qu'il pourrait distinguer les veines courant sous la surface.

Elle ne bougeait toujours pas, mais elle avait légèrement rougi sous son examen.

— Que puis-je pour vous, mademoiselle ? demanda-t-il un peu sèchement.

Elle lui répondit par une autre question :

— Est-il vrai que Mary ne veut plus vous épouser ?

Jasper soupira.

— Il semblerait qu'elle ait jeté son dévolu sur un vicaire. Le modeste vicomte que je suis n'est pas en mesure de lutter.

Son trait d'humour ne la fit pas sourire.

— Vous ne l'aimiez pas, dit-elle.

— C'est vrai. Même si ce n'est pas à mon honneur de l'avouer.

— Dans ce cas, j'ai une proposition à vous faire.

— Ah ?

Elle se raidit un peu plus, si c'était possible.

— Que diriez-vous de m'épouser, à la place ?

Melisande Fleming planta son regard droit dans celui de lord Vale. Après tout, elle n'était plus une gamine. À vingt-huit ans, elle avait largement dépassé l'âge des mariages romantiques. En vérité, elle avait même laissé filer derrière elle toute chance de bonheur. Ce qui ne l'empêchait pas de se raccrocher à un ultime espoir.

Elle avait bien conscience, toutefois, du ridicule de sa proposition. Lord Vale était riche. Et titré. Il pouvait aspirer à tout un flot de prétendantes plus jeunes et plus belles qu'elle. Même s'il s'était fait répudier devant l'autel au profit d'un vicaire.

Aussi Melisande s'attendait-elle à ce qu'il sourie, qu'il éclate de rire – ou pire : qu'il la prenne en pitié.

Mais lord Vale se contentait de la regarder. Peut-être n'avait-il pas entendu ? Ses beaux yeux bleus semblaient fatigués et, à en juger par la façon dont il se tenait la tête lorsqu'elle était entrée, Melisande aurait été prête à jurer qu'il avait un peu trop fêté sa dernière nuit de célibataire.

Il s'adossa à son siège, étirant ses jambes devant lui. Ses yeux restaient braqués sur elle. Leur luminosité était extraordinaire, mais c'était bien la seule chose que l'on pouvait trouver belle chez lui. Il avait le visage étiré, le nez trop long – et aussi trop large. Ses paupières tombantes lui donnaient un air endormi. Ses cheveux, en revanche, ne manquaient pas de charme : longs, bouclés, soyeux, d'un brun sombre tirant sur le roux.

Melisande avait bien failli ne pas venir à ce mariage. Mary n'était qu'une cousine éloignée, qu'elle n'avait pas dû rencontrer plus de deux fois dans sa vie. Mais Gertrude, la belle-sœur de Melisande, s'était sentie malade ce matin, et elle avait insisté pour que celle-ci la remplace, afin de représenter leur branche de la famille.

Et voilà comment elle s'était retrouvée à formuler cette demande improbable.

Le destin était décidément imprévisible.

Lord Vale se passa une main sur le visage, et contempla quelques instants ses doigts.

— Pardonnez-moi, mais je ne me souviens pas de votre nom, dit-il.

Melisande aurait dû s'y attendre. Elle avait toujours été incapable d'attirer l'attention sur elle. Dans une foule, elle faisait partie de ceux qu'on ne remarquait jamais. Tout le contraire de lui, en somme.

Elle prit une profonde inspiration.

— Je m'appelle Melisande Fleming. Mon père était Ernest Fleming, de la branche des Fleming du Northumberland.

Sa famille était si ancienne et respectée qu'elle ne jugea pas utile de rentrer dans les détails.

— Mon père est mort, précisa-t-elle cependant. Mais j'ai deux frères, Ernest et Harold. Ma mère était une immigrée prussienne. Elle est morte également. Vous devez savoir que je suis une amie de lady Emeline et que je...

— Oui, oui, bien sûr, la coupa-t-il. Je sais *qui* vous êtes, mais j'avais un mal de chien à me rappeler...

— Mon nom.

Il acquiesça.

— Encore une fois, pardonnez-moi.

Melisande déglutit péniblement, avant de risquer :

— Pourrais-je connaître votre réponse ?

— C'est..., commença-t-il, avant de secouer la tête. Je sais que j'ai trop bu cette nuit, et que je suis encore un peu secoué par le refus de Mlle Templeton pour avoir les idées claires. Mais franchement, je n'arrive pas à voir pourquoi vous voudriez m'épouser.

— Vous êtes vicomte, milord. La fausse modestie vous sied mal.

Il esquissa un sourire.

— Voilà une réponse bien crue, de la part d'une jeune femme qui espère obtenir la main d'un gentleman.

Melisande sentit le feu lui monter aux joues. Elle dut lutter contre une irrépressible envie de s'enfuir en courant.

— Pourquoi tenez-vous absolument à m'épouser, moi ? insista-t-il. Il existe beaucoup d'autres vicomtes sur terre.

— Vous êtes un homme d'honneur. Je le sais par Emeline, répondit Melisande. Et, à en juger par la brièveté de vos fiançailles avec Mary, j'en déduis que vous êtes pressé de vous marier. Ai-je tort ?

Il hocha la tête.

— Certes.

— Pour ma part, j'aimerais tenir ma propre maison, plutôt que d'avoir à dépendre de la générosité de mes frères.

Ce n'était pas faux, mais ce n'était qu'une partie de la vérité.

— Vous n'avez pas d'argent en propre ?

— Je dispose d'une rente confortable qui m'assure largement de quoi vivre. Mais une lady digne de ce nom ne saurait habiter toute seule.

— C'est vrai.

Il la regarda encore un moment, puis se releva, et Melisande fut obligée de lever les yeux : elle avait beau être grande, il était encore plus grand qu'elle.

— Pardonnez-moi d'être direct, dit-il, mais c'est le meilleur moyen d'éviter tout malentendu. Je veux un vrai mariage. Un mariage qui nous donnera – si Dieu le veut – des enfants que nous aurons conçus dans un même lit. Est-ce cela que vous cherchez ?

Elle soutint son regard, n'osant se réjouir trop vite.

— Oui.

Il inclina la tête.

— Dans ce cas, je serai ravi d'accepter votre proposition, mademoiselle Fleming.

Melisande crut que sa poitrine allait exploser de joie.

— Merci, milord !

Elle lui tendit la main. Il la contempla en souriant, avant de se décider à s'en saisir. Mais, au lieu de la serrer pour conclure leur accord, il la porta à ses lèvres. La jeune femme en ressentit un frisson dans tout le corps.

— J'espère, dit-il en se redressant, que vous aurez encore envie de me remercier le lendemain de notre mariage.

Melisande voulut répondre, mais il partait déjà vers la porte.

— J'ai une migraine épouvantable, lança-t-il pour s'excuser. Je rendrai visite à vos frères dans trois jours. En attendant, je jouerai les amoureux éconduits. Trois jours, c'est suffisant, non ? Un délai plus court serait insultant pour Mlle Templeton.

Et, avec un sourire ironique, il referma la porte derrière lui.

Les épaules de Melisande s'affaissèrent en même temps que sa tension retombait. Elle regarda un moment la porte, avant de s'intéresser au reste de la pièce. La sacristie était exiguë, quelconque, mal rangée. Pourtant, c'était dans ce décor banal à pleurer qu'en l'espace d'un quart d'heure, sa vie venait de prendre une direction totalement inattendue.

La jeune femme examina le dos de sa main. Aucune marque visible ne permettait de voir l'endroit où il avait posé les lèvres. Elle porta sa main à sa bouche, et tenta d'imaginer ce qu'elle ressentirait quand il l'embrasserait. Un nouveau frisson la saisit à cette perspective.

Laissant retomber sa main, elle arrangea les plis de sa robe, puis s'assura que sa coiffure était en ordre. Elle était prête à ressortir lorsque son pied heurta un petit objet métallique. Elle baissa les yeux et découvrit un bouton en argent, qui avait été caché jusque-là par les jupes de sa robe. Se penchant pour le ramasser, elle s'aperçut que la lettre V était gravée dans l'argent. Melisande le contempla quelques instants, avant de le glisser dans le revers de sa manche.

Puis elle quitta la sacristie.

— Pynch, as-tu déjà entendu parler d'un homme qui, le même jour, perd sa future femme et se trouve une autre fiancée ? demanda Jasper, dans l'après-midi de ce jour-là.

Il était à moitié allongé dans sa vaste baignoire, fabriquée sur mesure.

Pynch s'affairait à ranger du linge dans la penderie.

— Non, milord, répondit-il sans se retourner.

— Alors, je suis peut-être le premier, dans l'histoire, à vivre cela. La municipalité londonienne devrait songer à m'ériger une statue.

— Certainement, milord, répliqua Pynch d'un ton monocorde.

La voix de Pynch – douce à l'oreille, mais capable de sonorités profondes – était digne d'un serviteur stylé. Pour le reste, il ne présentait aucune des caractéristiques de l'emploi. Il était grand, d'abord. Très grand, même. Avec ça, un cou et des épaules de taureau, des mains larges comme des battoirs et un énorme crâne chauve. Pynch ressemblait à un grenadier, ces géants de l'infanterie utilisés par l'armée pour ouvrir des brèches dans les lignes ennemies.

Du reste, Pynch avait effectivement servi comme grenadier dans l'armée de Sa Majesté. Mais c'était avant qu'il n'ait une petite divergence avec son sergent, et ne décide de l'exprimer ouvertement. Ce qui lui avait valu de passer quelques jours au trou. Jasper, impressionné par le courage de Pynch, lui avait offert, à sa libération, de devenir son ordonnance. Pynch avait aussitôt accepté. Deux ans plus tard, lorsque Jasper avait quitté l'armée, il avait proposé à Pynch de racheter son engagement auprès des autorités militaires, afin qu'il puisse le suivre dans le civil. Depuis, Jasper n'avait eu qu'à se féliciter de son choix.

— As-tu envoyé ma lettre à Mlle Fleming ? questionna-t-il.

Dans cette courte missive, Jasper se contentait de rappeler à la jeune femme qu'il comptait demander sa main à ses frères d'ici trois jours, si elle n'avait pas entre-temps changé d'avis.

— Oui, milord.

— Parfait. Je crois que cette fois, ça va marcher. J'ai comme un bon pressentiment.

— Un pressentiment, milord ?

— Oui. Exactement comme l'autre jour, quand j'ai parié une guinée sur cette jument alezane.

Pynch s'éclaircit la voix.

— Je crois me souvenir que la jument en question est arrivée bonne dernière.

— Ah ? fit Jasper. Peu importe, grommela-t-il avec un geste vague de la main pour balayer l'argument. J'ai eu tort de comparer une lady à une jument. Ce que je voulais dire, c'est que nous sommes fiancés depuis plus de trois heures, et Mlle Fleming ne m'a toujours pas répudié. C'est impressionnant, non ?

— Pour le moins encourageant, milord, acquiesça Pynch. Mais puis-je vous rappeler que Mlle Templeton a attendu le jour de vos noces pour rompre son engagement ?

— Oui, mais là, c'est Mlle Fleming elle-même qui a proposé le mariage.

— Vraiment, milord ?

— Je compte sur toi pour que cette précision ne sorte pas de cette pièce.

Pynch se raidit.

— Bien sûr que non, milord.

Jasper grimaça en comprenant qu'il venait d'insulter son valet.

— Il est inutile d'écorcher l'orgueil de cette jeune femme. Même si elle s'est pratiquement jetée à mes pieds.

— À vos pieds, milord ?

— C'est une manière de parler, corrigea Jasper. Elle a cru que je cherchais désespérément à me marier, et elle a voulu en profiter pour tenter sa chance.

Pynch haussa les sourcils.

— Vous n'avez pas cherché à la détromper, milord ?

— Pynch ! Combien de fois t'ai-je dit qu'il ne fallait jamais contredire une lady ? Outre que c'est inconvenant de la part d'un gentleman, c'est de toute façon une perte de temps. Et puis, il faut bien que je me marie un jour, pour continuer l'œuvre de mes ancêtres. Un ou deux garçons, de préférence dotés d'un minimum de cervelle, ne seront pas de trop pour perpétuer le nom des Vale.

— Et pour cela, vous jugez que n'importe quelle lady pourra convenir, milord ?

— Oui, répondit Jasper, avant de changer aussitôt d'avis. Non. Bon sang, Pynch, il faut toujours que tu poses les mauvaises questions ! En fait, il y a quelque chose qui m'attire chez cette Mlle Fleming. Je ne saurais comment te le décrire. C'est vrai que ce n'est pas forcément la femme que j'aurais choisie dans l'idéal, mais quand je l'ai vue devant moi, si courageuse et en même temps sur la défensive, j'ai été... sous le charme. Enfin, je crois. À moins que ce soit la conséquence de tout le whisky que j'ai ingurgité la nuit dernière.

— Probablement, milord, murmura Pynch.

— Peu importe. L'essentiel, c'est que mes fiançailles débouchent enfin sur un mariage. Sinon, je finirai par avoir une réputation de fruit pourri.

— Certainement, milord.

Jasper fronça les sourcils.

— Pynch, tu n'es pas censé acquiescer lorsque je me compare à un fruit pourri.

— Non, milord.

— Merci.

— De rien, milord.

— Il ne reste plus à espérer que Mlle Fleming ne rencontrera pas de vicaire dans les prochaines semaines. Et surtout pas de vicaire aux cheveux miel.

— En effet, milord.

— Je crois..., commença Jasper, les yeux rivés au plafond – il réfléchissait tout en parlant. Je crois que je n'ai jamais croisé un seul vicaire qui m'ait plu.

— Non, milord ?

— Ils m'ont toujours paru manquer de volonté, dit-il, se massant le menton. Mais peut-être est-ce pour cela qu'ils sont entrés dans l'Église ?

— Peut-être, milord, répliqua distraitement Pynch. Serez-vous à la maison ce soir ?

— Non. J'ai un rendez-vous.

— Avec cet homme enfermé à la prison de Newgate ?

Jasper abandonna sa contemplation du plafond pour se tourner vers son valet. Le visage d'ordinaire impassible de Pynch semblait trahir l'inquiétude.

— Oui. Thornton va être bientôt jugé. Et sa condamnation à mort ne fait aucun doute. Ce qu'il sait mourra avec lui.

Pynch s'approcha de la baignoire, un grand drap de bain à la main.

— Parce que vous restez convaincu qu'il détient des informations ?

Jasper sortit de la baignoire et s'empara du drap pour se frictionner.

— Oui.

Pynch le regarda s'essuyer, l'air toujours soucieux.

— Pardonnez-moi, milord, je n'aime pas parler quand ce n'est pas mon rôle de le faire, mais...

— Mais cela ne t'arrête jamais pour autant, marmonna Jasper.

Son valet continua comme s'il n'avait pas entendu :

— Je m'inquiète de votre obsession pour cet homme. C'est un menteur notoire. Qu'est-ce qui vous fait penser qu'il pourrait vous dire la vérité ?

Jasper jeta le drap de bain et se dirigea vers la chaise où étaient posés ses vêtements.

— Rien, avoua-t-il, commençant à s'habiller. C'est un menteur, en effet, doublé d'un violeur et d'un assassin. Et Dieu sait quels autres crimes il a pu commettre. Il faudrait être idiot pour croire à ce qu'il raconte. Mais je ne peux me résoudre à le voir mourir sans avoir au moins essayé de lui arracher la vérité.

— Je crains qu'il ne s'amuse à vous manipuler.

— Tu as sans doute raison, Pynch. Comme toujours, concéda encore Jasper en enfilant sa chemise.

Il avait rencontré Pynch après le massacre du 28e régiment des colonies, à Spinner's Falls. Pynch n'avait pas livré cette bataille, et n'était donc pas aussi tenaillé que lui par le désir de savoir qui avait trahi leur régiment.

— Mais, ajouta-t-il, la raison ne doit pas toujours nous gouverner.

Pynch soupira, et lui apporta ses souliers.

— Comme vous voudrez, milord.

Jasper s'assit pour se chausser.

— Cesse de t'inquiéter, Pynch. N'oublie pas que Thornton sera mort d'ici quelques jours.

— Si vous le dites, milord, marmonna Pynch en ramassant le drap de bain abandonné par son maître.

Jasper finit de s'habiller en silence, puis il se planta devant le miroir de sa penderie pour coiffer ses cheveux en arrière.

Pynch lui tendit ensuite son manteau.

— J'espère que vous n'avez pas oublié, milord, que M. Dorning vous attend dans vos terres de l'Oxfordshire ?

Dorning était le régisseur de Jasper. Il lui avait écrit plusieurs fois pour réclamer sa présence afin de régler un litige délicat entre fermiers. Jasper l'avait fait attendre afin d'épouser Mlle Templeton, et maintenant...

— Tant pis ! Dorning peut patienter quelques jours de plus. Je ne peux pas quitter Londres sans avoir parlé aux frères de Mlle Fleming. Ni sans avoir revu Mlle Fleming elle-même.

Jasper se glissa dans son manteau, attrapa son chapeau et quitta la pièce avant que Pynch ait pu protester. Il dévala l'escalier, traversa le hall, salua au passage son majordome de la tête, et sortit de sa maison. L'un de ses palefreniers l'attendait avec Belle, sa grande jument baie. Jasper remercia le garçon, monta en selle et partit vers l'ouest, le dôme de Saint Paul se détachant devant lui au-dessus des immeubles.

Les rues encombrées l'obligeaient à conduire sa monture au pas. L'agitation londonienne était bien éloignée du pays à peine civilisé où toute cette histoire avait commencé. Mais Jasper se souvenait parfaitement des arbres immenses encadrant les chutes d'eau, du rugissement de la cascade se mêlant aux cris des hommes agonisant. Voici bientôt sept ans, il servait comme capitaine dans l'armée de Sa Majesté, combattant les Français dans les colonies. Le 28e régiment revenait de Québec, où il avait remporté une victoire décisive. La longue file de soldats serpentait sur un sentier étroit, lorsqu'ils avaient été attaqués par des Indiens wyandots. Ils n'avaient pas eu le temps de se regrouper en position défensive. La quasi-totalité du régiment, son colonel y compris, avait été massacrée en moins d'une demi-heure. Les quelques survivants, neuf hommes en tout, dont Jasper, avaient été faits prisonniers et conduits au campement des Wyandots. Puis...

Même après toutes ces années, Jasper avait du mal à repenser à la tragédie. D'autant que des zones d'ombre se mélangeaient à ses souvenirs. Pourtant il avait cru, à un moment, que le passé était définitivement enterré. Mais, il y a six mois, lors d'un bal, il était sorti prendre l'air sur une terrasse, et il était tombé sur Samuel Hartley.

Hartley était caporal, à l'époque. Et il avait été du petit nombre des survivants au massacre. Samuel était convaincu, depuis le début, qu'un traître au sein du régiment avait informé les Français et leurs alliés indiens de leur itinéraire. Lorsque Jasper s'était joint à Samuel pour rechercher ce fameux traître, ils avaient découvert un assassin qui avait endossé l'identité de l'une des victimes du massacre de Spinner's Falls : Dick Thornton. Thornton – Jasper était incapable de l'appeler autrement, bien qu'il sût que ce n'était pas son vrai nom – était à présent enfermé à Newgate, dans l'attente de son jugement. Mais la nuit où ils l'avaient capturé, Thornton avait clamé qu'il n'était pas le traître.

Jasper donna une pichenette dans les flancs de sa jument, pour lui faire contourner une carriole croulant sous les fruits.

— Vous ne voulez pas m'acheter quelques prunes, monsieur ? lui proposa la vendeuse avec une pose suggestive. Elles sont délicieuses.

Jasper lui sourit.

— Mais sans doute pas aussi délicieuses que vos petites pommes.

Le rire de la fille le suivit tandis qu'il continuait son chemin parmi la foule. Mais Jasper était déjà replongé dans sa mission. Ainsi que Pynch l'avait souligné, Thornton mentait comme il respirait. C'est pourquoi Hartley n'avait jamais émis le moindre doute quant à sa culpabilité. Cependant Hartley avait mieux à penser, ces derniers temps : il avait épousé lady Emeline Gordon, la première fiancée de Jasper. Emporté par ses songes, Jasper s'aperçut qu'il était arrivé dans Skinner Street, qui débouchait directement dans Newgate Street. La porte monumentale de la prison se profilait devant lui. Newgate avait été reconstruite après le Grand Incendie, et sa façade était ornée de statues figurant des valeurs pieuses, comme la Paix ou la Miséricorde. Mais plus on s'approchait du bâtiment, plus l'atmosphère devenait oppressante.

Jasper mit pied à terre devant la loge du concierge.

Le garde en faction redressa l'échine.

— Vous revoilà, milord ?

— Eh oui, McGinnis.

McGinnis était un vétéran de l'armée, et il avait perdu un œil lors d'une campagne sur le continent. Un bandeau lui barrait le visage pour cacher sa cicatrice.

Il se tourna vers la loge.

— Eh, Bill ! Lord Vale est de retour ! cria-t-il. Bill sera là dans une minute, milord.

Jasper hocha la tête et donna au garde une demi-couronne, pour s'assurer que sa jument serait toujours là lorsqu'il reviendrait. Il avait très vite compris, lors de sa première visite à Newgate, que graisser la patte des gardiens simplifiait beaucoup de choses.

Bill, un type courtaud et chétif aux cheveux gris, sortit de la loge. Il tenait dans sa main droite l'attribut de son grade : un énorme trousseau de clés. Il salua Jasper de la tête et se dirigea vers l'entrée principale de la prison. La grande porte en fer était décorée de menottes entrelacées et surmontée d'une devise latine empruntée à la Bible : *Venio sicut fur* – « Je suis venu comme un voleur. » Bill adressa un signe aux gardes qui encadraient le portail et continua son chemin.

L'odeur, dans l'enceinte du bâtiment, était pestilentielle. Bill trottinait devant Jasper. Il emprunta un long couloir, qui débouchait sur une cour où des prisonniers se promenaient sans but. Ils traversèrent la cour, suivirent un autre couloir, puis Bill s'engagea dans l'escalier qui descendait au quartier des condamnés à mort. Celui-ci avait été aménagé en sous-sol, comme pour donner aux prisonniers un avant-goût de ce qui les attendait dans l'au-delà – une plongée directe vers les enfers. Les marches de pierre, humides, étaient usées en leur centre par des siècles d'allées et venues.

Le couloir était plongé dans l'obscurité : ici, les prisonniers payaient pour avoir des chandelles, et les prix étaient prohibitifs. On entendait une voix fredonner une complainte. Quelqu'un toussait. Et deux ou trois prisonniers semblaient se quereller à voix basse. Mais pour le reste, le sous-sol était tranquille. Bill s'arrêta devant une cellule qui comptait quatre occupants. L'un, allongé sur sa paillasse, paraissait dormir. Deux autres jouaient aux cartes à la lumière d'une maigre bougie.

Le quatrième était adossé au mur. Il s'en détacha en les voyant.

— Bel après-midi, n'est-ce pas, Thornton ? l'interpella Bill.

Thornton haussa les épaules.

— Qu'est-ce que j'en sais ? Bill s'esclaffa.

— Désolé, mon gars. J'oubliais que tu ne peux pas voir le ciel.

Thornton s'approcha des barreaux de la porte.

— Que me voulez-vous ? demanda-t-il à Jasper.

Thornton était un homme au physique ordinaire, de taille moyenne. Son seul trait distinctif était ses cheveux d'un roux flamboyant.

— Ce que je veux ? Rien, bien sûr, ironisa Jasper. Je passais par là, c'est tout.

Thornton savait pertinemment ce qu'il désirait : il le lui avait fait comprendre lors de leurs précédentes entrevues.

Le prisonnier grimaça nerveusement – un tic qu'il ne pouvait pas contrôler.

— Vous devez me prendre pour un imbécile, dit-il.

— Pas du tout, assura Jasper, qui sortit une demi-couronne de sa poche. Vous êtes un brigand, un violeur, un assassin, mais certainement pas un imbécile.

Thornton se pourlécha les babines en voyant Jasper tourner la pièce d'argent entre ses doigts.

— Que voulez-vous savoir ?

Jasper regarda distraitement le plafond.

— Je crois me souvenir qu'il pleuvait lorsque nous vous avons mis la main dessus, Hartley et moi. Vous vous rappelez ?

— Évidemment, je me rappelle.

— Alors, vous devez aussi vous rappeler avoir prétendu que vous n'étiez pas le traître.

Une lueur s'alluma dans les yeux de Thornton.

— Je ne *prétends* pas. Je ne suis pas le traître, un point c'est tout.

Jasper abandonna sa contemplation du plafond pour regarder Thornton droit dans les yeux.

— Vraiment ? Je crois que vous mentez.

— Si je mens, je mourrai pour mes péchés.

— Vous allez mourir, de toute façon. Et dans moins d'un mois.

— Je ne serai exécuté que si je suis reconnu coupable à mon procès.

— Oh, vous le serez. Ne vous inquiétez pas pour cela.

— Dans ce cas, pourquoi m'abaisserais-je à vous raconter ce que je sais ?

Jasper haussa les épaules.

— Il vous reste quelques semaines à vivre. Vous n'aimeriez pas les passer plus confortablement, le ventre plein, avec des vêtements propres ?

— Moi, je vous avoue n'importe quoi pour une chemise neuve, intervint l'un des deux joueurs de cartes.

Jasper l'ignora.

— Eh bien, Dick ?

Thornton le regardait, impavide. Soudain, il grimaça avant de coller son visage aux barreaux.

— Si vous voulez découvrir le traître, je vous conseille de regarder du côté de ceux qui ont été capturés avec vous.

Jasper recula vivement, comme si un serpent l'avait menacé.

— C'est impossible.

Thornton le dévisagea quelques instants en silence, avant d'éclater de rire. Son rire résonna dans tout le couloir.

— La ferme ! cria un prisonnier depuis une cellule voisine.

Thornton, cependant, riait toujours, ses yeux rivés malicieusement sur Jasper. Ce dernier comprit qu'il n'en apprendrait pas davantage. Il soutint quelques instants le regard de Thornton, avant de laisser tomber la pièce sur le carrelage. Elle roula jusqu'au milieu du couloir, hors de portée de la main du prisonnier.

Thornton cessa de ricaner, mais Jasper avait déjà tourné les talons.

2

Jack le Rieur croisa un vieil homme assis sur le bord de la route. Le vieil homme était pieds nus, il portait des vêtements élimés et courbait le dos, comme si tout le poids du monde reposait sur ses épaules.

— Mon bon monsieur ! s'écria-t-il. Auriez-vous un quignon de pain à partager ?

— J'ai mieux que ça, répondit Jack.

Il s'arrêta auprès du vieil homme, ouvrit sa besace et en tira la moitié d'une tourte à la viande, soigneusement enveloppée dans un linge. Il la mangea avec le vieillard, accompagnée d'un gobelet d'eau fraîche puisée dans un ruisseau voisin. Ce fut un repas de rois...

Ce soir-là, Melisande se vit servir une assiette de bœuf accompagné de carottes et de petits pois – le plat préféré de son frère Harold.

La jeune femme occupait l'un des côtés d'une longue table en bois noir. À l'une des extrémités de la table, trônait Harold. À l'autre, sa femme, Gertrude. La pièce, éclairée par quelques chandelles, était sombre. Ils auraient pu s'offrir des bougies à la cire, bien sûr, mais Gertrude tenait sa maison à l'économie et considérait les bougies à la cire comme une dépense inutile. Harold l'approuvait entièrement sur ce chapitre. Melisande avait toujours pensé que Harold et Gertrude formaient un couple merveilleusement assorti : ils partageaient les mêmes goûts et les mêmes idées, et sécrétaient tous deux le même ennui insondable.

Contemplant son assiette d'un œil morne, la jeune femme se demandait comment annoncer à son frère et à sa belle-sœur le marché qu'elle avait conclu avec lord Vale. Elle coupa un morceau de viande, le prit entre ses doigts et le glissa discrètement sous la table. Un petit museau froid vint chatouiller ses doigts, et le morceau de viande disparut.

— Je suis vraiment navrée d'avoir raté le mariage de Mlle Templeton, assura Gertrude. Ou plutôt, son non-mariage. Je suis sûre que sa mère aurait apprécié ma présence dans ces circonstances. On m'a toujours dit que je n'avais pas mon pareil pour réconforter les gens qui jouent de malchance. Et c'est précisément le cas de cette pauvre Mme Templeton.

Elle posa sa fourchette, attendant le verdict de son mari.

Harold secoua la tête. Il avait les bajoues de leur père, et des cheveux bruns très fins, cachés présentement sous une perruque grise.

— Sa fille aurait dû être mise au pain sec et à l'eau jusqu'à ce qu'elle recouvre son bon sens. Répudier un vicomte ! C'est de la pure folie !

Gertrude acquiesça.

— Je crois en effet qu'elle est folle.

Harold s'anima. Il était passionné par les maladies.

— Y a-t-il déjà eu des fous, dans leur famille ?

Melisande sentit le petit museau se frotter contre ses jambes. Elle découpa un autre morceau de viande, qui disparut tout aussi rapidement que le premier sous la nappe.

— Je l'ignore, mais je n'en serais pas surprise si c'était le cas, répondit Gertrude.

Melisande repoussa, du bout de sa fourchette, les pois bouillis vers le bord de son assiette. Elle éprouvait de la sympathie pour Mary : après tout, elle n'avait fait qu'écouter son cœur.

— Je crois que Mary Templeton est très amoureuse du vicaire, risqua-t-elle.

Gertrude écarquilla les yeux.

— Je ne vois pas le rapport. Qu'en penses-tu, Harold ?

— Il n'y a aucun rapport, confirma Harold. Mary Templeton était promise à un beau parti, et elle a tout gâché.

Il mastiqua pensivement sa viande quelques instants, avant d'ajouter :

— C'est aussi bien que Vale soit débarrassé d'elle. Il n'avait pas besoin d'une folle dans sa famille. Mieux vaut qu'il se trouve une autre fiancée.

— Puisqu'on en parle..., commença Melisande, qui voyait là une ouverture inespérée. J'ai quelque chose à vous annoncer.

— Oui, ma chérie ? fit Gertrude, sans même lever les yeux de son assiette.

Melisande prit une profonde inspiration avant de se lancer :

— Lord Vale et moi avons décidé de nous marier.

Gertrude laissa tomber sa fourchette.

Harold s'étrangla avec son vin.

— J'ai pensé que je devais vous en avertir, précisa Melisande.

— Te marier à lord Vale ? s'exclama Gertrude. Jasper Renshaw, vicomte Vale ? insista-t-elle, comme s'il existait plusieurs lord Vale en Angleterre.

— Oui.

Harold et Gertrude échangèrent un regard. Gertrude semblait provisoirement muette. Harold se tourna vers Melisande :

— Es-tu sûre de toi ? N'as-tu pas mal interprété...

Il laissa sa phrase en suspens, comme s'il réalisait qu'il était impossible de se méprendre sur une demande en mariage.

— Sûre et certaine, répliqua Melisande d'une voix claire. Lord Vale viendra te rendre visite dans trois jours, pour conclure l'affaire.

— Je vois, murmura Harold, qui contemplait son assiette d'un air consterné. Eh bien, toutes mes félicitations, petite sœur. Je te souhaite d'être heureuse avec lord Vale. Si tu es bien sûre de le vouloir.

Il n'avait jamais su comprendre Melisande. Mais elle savait qu'il tenait beaucoup à elle. Et Melisande aimait son frère. Elle lui sourit.

— Je le suis.

Il hocha la tête.

— Dans ce cas, j'adresserai un mot à lord Vale pour l'informer que je serai heureux de le recevoir, dit-il, bien que son regard trahît toujours son scepticisme.

Melisande croisa sa fourchette et son couteau sur son assiette.

— Merci, Harold. Maintenant, si vous voulez bien m'excuser, la journée a été longue...

Elle se leva de table, consciente qu'à l'instant où elle aurait quitté la pièce, Harold et Gertrude discuteraient avec animation de la nouvelle. Leur stupéfaction n'avait rien d'étonnant, du reste. Voilà des années que Melisande n'avait plus témoigné d'intérêt pour le mariage – très exactement depuis ses fiançailles avortées avec Timothy. Avec le recul, elle s'étonnait presque d'avoir autant souffert quand Timothy l'avait abandonnée. Sur le coup, elle avait cru mourir. Et elle s'était promis de ne plus jamais connaître le même chagrin.

Le couloir était aussi mal éclairé que la salle à manger : le sens de l'économie de Gertrude s'étendait à toute la maison. Mais la jeune femme n'eut pas besoin de se retourner pour s'assurer qu'elle était suivie : des griffes raclaient le carrelage. Elle se dirigea vers l'escalier.

Après Timothy, elle avait eu quelques prétendants, mais aucun vraiment sérieux. Harold et Gertrude s'étaient probablement résignés à ce qu'elle vive chez eux pour le restant de ses jours. Et elle leur savait gré de n'avoir jamais manifesté la moindre hostilité à sa présence sous leur toit, ni même de lui avoir fait sentir qu'elle était un fardeau. Toutes les vieilles filles n'étaient pas logées à la même enseigne.

Parvenue à l'étage, Melisande gagna sa chambre et referma la porte après le passage de Mouse, son petit terrier. Le chien grimpa sur le lit, tourna trois fois sur lui-même avant de s'installer sur la courtepointe et de regarder sa maîtresse.

— Pour toi aussi, la journée a été longue ? lui demanda Melisande.

Le chien pencha la tête de côté, ses yeux – deux perles noires – en alerte, et ses oreilles, l'une blanche, l'autre marron, dressées bien droites. Le feu couvait dans la cheminée, et Melisande alluma plusieurs chandelles pour éclairer la pièce. Sa chambre n'avait rien de luxueux, mais chaque élément du mobilier avait été choisi avec soin. Le lit, quoique étroit, avait beaucoup d'allure avec ses montants en bois sculpté, et si la courtepointe était blanche, sans la moindre broderie, les draps étaient en pure soie. Il n'y avait qu'un seul fauteuil, face à la cheminée, mais avec des accoudoirs dorés et un magnifique tissu or et pourpre recouvrant le dossier et le siège. Cette chambre était son refuge : Melisande pouvait y être elle-même.

Elle s'approcha de son bureau, encombré d'une pile de papiers. Sa traduction d'un conte de fées était presque terminée, mais...

Quelqu'un frappa à la porte. Mouse bondit aussitôt du lit en aboyant, comme si un maraudeur cherchait à entrer.

— Chut ! lui intima Melisande, le repoussant du pied avant d'ouvrir.

Une soubrette apparut. Elle fit la révérence.

— Pourrais-je vous parler, mademoiselle, s'il vous plaît ?

Melisande, intriguée, hocha la tête. Elle s'effaça pour laisser entrer la soubrette, qui contourna prudemment Mouse. Refermant la porte, Melisande détailla sa visiteuse. C'était une fille plutôt mignonne, avec des cheveux blonds et des joues colorées. Elle portait une robe de calicot vert qui ne manquait pas d'une certaine élégance.

— Que puis-je pour toi, Sally ?

La soubrette fit une nouvelle révérence.

— Je... J'ai appris...

Elle ferma les yeux, reprit son souffle et lâcha d'une traite :

— J'ai appris que vous alliez épouser lord Vale, mademoiselle. Si c'est vrai, vous quitterez cette maison pour vivre avec lui. Vous serez vicomtesse, et il vous faudra une chambrière, car une vicomtesse a besoin que ses robes et ses cheveux soient toujours parfaits, et pardonnez-moi, mademoiselle, mais ce n'est pas vraiment le cas pour l'instant.

Elle rouvrit brusquement les yeux, affolée, comme si elle redoutait d'avoir insulté Melisande.

— Il n'y a rien de mal avec vos cheveux, ni avec vos robes, mademoiselle, s'empressa-t-elle de rectifier. Simplement... simplement...

— Ma toilette n'est pas forcément digne d'une vicomtesse, ironisa Melisande.

— Eh bien, non, en effet, mademoiselle, si vous ne m'en voulez pas de dire ça. Et ce que je voulais vous demander – croyez bien que si vous acceptez, je vous en serai éternellement reconnaissante –, c'est de me prendre comme votre chambrière personnelle.

Sally se tut, attendant, bouche bée, la réponse de Melisande comme si elle allait décider de son destin.

Ce qui n'était pas faux, car la différence de condition entre une soubrette ordinaire et une chambrière attitrée était considérable.

— Oui, acquiesça Melisande.

Sally cligna des yeux. Elle semblait redouter de ne pas avoir compris.

— Oui, répéta Melisande. Je veux bien te prendre comme chambrière.

— Oh ! s'exclama Sally, tendant les mains comme si elle voulait serrer Melisande dans ses bras. Oh, merci, merci, mademoiselle ! Vous ne le regretterez pas ! Je serai la meilleure chambrière dont vous puissiez rêver. Vous verrez !

— Je n'en doute pas, répliqua Melisande, rouvrant sa porte. Nous discuterons des détails de tes nouvelles fonctions demain matin. Bonne nuit.

— Oui, mademoiselle. Merci, mademoiselle. Bonne nuit, mademoiselle.

Sally sortit dans le couloir, fit une révérence et recula d'un pas. Elle faisait encore la révérence quand Melisande referma la porte.

— Je crois que c'est une brave fille, dit-elle à Mouse.

L'intéressé émit un grognement qui pouvait passer pour un acquiescement, et retourna s'allonger sur le lit. Melisande le gratifia d'une petite tape affectueuse sur le museau, puis elle ouvrit sa penderie. Une vieille tabatière en étain trônait sur une étagère. La jeune femme en caressa le couvercle, avant de sortir le bouton qu'elle avait caché dans sa manche. Le V gravé en argent étincela à la lumière des chandelles.

Voilà six ans – six longues années – qu'elle était amoureuse de Jasper Renshaw. Tout avait commencé peu après qu'il fut rentré en Angleterre. Ils s'étaient rencontrés dans une soirée, mais bien sûr, il n'avait pas prêté attention à elle. Ses magnifiques yeux bleu-vert regardaient ailleurs lorsqu'ils avaient été présentés, et quelques secondes plus tard, il s'était excusé pour aller flirter avec Mme Redd, une veuve affriolante. Assise sur une chaise en lisière de la piste de bal, Melisande les avait regardés danser. À un moment, il avait basculé la tête en arrière, éclatant de rire avec un total abandon. Elle l'avait trouvé fascinant. Mais sans doute serait-il sorti rapidement de son esprit s'il ne s'était produit un événement quelques heures plus tard.

Minuit était largement passé, et Melisande n'en pouvait plus. Elle serait même rentrée depuis longtemps si cela n'avait pas froissé son amie, lady Emeline. Emeline avait beaucoup insisté pour qu'elle assiste à cette soirée, car un an après son fiasco avec Timothy, Melisande n'avait guère retrouvé le moral. Mais le bruit, la chaleur et la cohue lui étaient vite devenus insupportables. Aussi Melisande avait-elle fini par quitter la salle de bal. Ne connaissant pas la demeure de leurs hôtes, elle avait pensé se diriger vers le salon destiné aux femmes, mais des voix masculines provenaient du couloir dans lequel elle s'était engagée. Elle aurait dû logiquement faire demi-tour, bien sûr, mais l'une des voix avait attiré son attention. En fait, on aurait juré que l'homme *pleurait*. Mue par la curiosité, elle s'était tapie dans la pénombre d'un recoin… et n'avait pas été déçue du spectacle.

Un jeune homme, qu'elle n'avait encore jamais vu, était adossé au mur du couloir. Il portait une perruque blanche encadrant un visage aux traits réguliers, qui aurait sans doute été très beau s'il n'incarnait pas, en cet instant précis, l'image du désespoir le plus affligeant. L'une de ses mains serrait une bouteille de vin. Lord Vale se tenait à côté de lui. Mais un lord Vale totalement différent de celui qu'elle avait vu flirter un peu plus tôt avec Mme Redd.

La mine grave, il écoutait ce que l'autre homme murmurait entre deux sanglots.

— Avant, ils me hantaient dans mes rêves, Vale. Mais maintenant, je les vois même en plein jour. Je vois leurs têtes. Leurs rictus sanguinaires. Et j'ai l'impression que l'un d'entre eux va se jeter sur moi pour me scalper. J'ai beau savoir que je ne crains plus rien ici, c'est plus fort que moi. L'autre soir, j'ai failli étrangler mon valet parce qu'il m'avait fait sursauter. Je ne sais pas quoi faire. Est-ce que ça finira un jour ? Je n'en peux plus de ne pas dormir.

— Chuuut, lui avait murmuré Vale, comme une mère le ferait avec un enfant. Chut, avait-il répété, le regard triste. Ça finira un jour. Je te le promets.

— Qu'en sais-tu ?

— N'oublie pas que j'y étais, moi aussi, avait répondu Vale, tout en récupérant délicatement la bouteille de vin de la main du jeune homme.

J'ai survécu, et toi aussi. Tourne tes yeux vers la lumière. Chasse les démons qui te poursuivent. Refuse les pensées morbides. Sinon, elles finiront par s'emparer complètement de ta raison.

Le jeune homme paraissait toujours aussi malheureux, mais son regard s'était légèrement éclairé.

— Toi, tu sais me comprendre, Vale. Tu es le seul.

Un valet apparut à l'autre extrémité du couloir. Vale lui adressa un signe de tête, et posa une main sur l'épaule de son compagnon.

— Ta voiture t'attend au bas du perron. Cet homme va te montrer le chemin, dit-il. Rentre chez toi et repose-toi. Je viendrai te voir demain matin et nous irons faire du cheval dans Hyde Park.

Le jeune homme avait soupiré, et s'était laissé conduire par le valet.

Lord Vale les avait suivis des yeux jusqu'à ce qu'ils aient tourné dans le couloir, puis il avait renversé la tête en arrière et bu à même le goulot de la bouteille.

— Par l'enfer, avait-il murmuré en abaissant la bouteille, alors qu'un rictus de colère et de douleur mêlées déformait ses lèvres. Par l'enfer !

Une demi-heure plus tard, Melisande l'avait revu dans la salle de bal. Il chuchotait à l'oreille de Mme Redd, et Melisande n'aurait jamais cru que ce séducteur impénitent était le même homme qui réconfortait tout à l'heure son ami, si elle ne l'avait vu de ses propres yeux. Malgré son expérience désastreuse avec Timothy, et la terrible leçon qu'elle en avait retirée sur la réalité de l'amour, elle n'avait pu s'empêcher de tomber éperdument amoureuse du vicomte – même si c'était sans espoir.

Cela faisait donc maintenant six ans qu'elle l'aimait, alors qu'il la connaissait à peine. Elle avait vu Emeline se fiancer à lui sans manifester la moindre humeur. À quoi bon se chagriner inutilement, alors qu'elle savait qu'elle ne pourrait jamais l'avoir ? Puis il s'était fiancé à l'insipide Mary Templeton. Mais à l'instant où elle avait réalisé, dans l'église, que ce mariage ne se ferait pas, une pulsion incontrôlable l'avait poussée à agir. Pourquoi pas moi ? s'était-elle demandé. Pourquoi ne pas tenter ma chance ?

Et elle l'avait tentée.

À présent, il lui faudrait procéder prudemment avec lord Vale. L'amour, ainsi qu'elle l'avait appris à ses dépens, était son talon d'Achille. Elle devrait donc prendre garde à ce que son futur mari ne puisse deviner la profondeur de ses sentiments.

Elle ouvrit la tabatière et y déposa le bouton.

Puis elle se déshabilla, et souffla les chandelles avant de se mettre au lit. Mouse se glissa sous les couvertures, contre ses jambes.

Melisande resta un long moment à contempler l'obscurité, les yeux grands ouverts. Bientôt, ce ne serait plus avec Mouse qu'elle partagerait son lit. Serait-elle capable de coucher avec Jasper sans lui révéler l'amour qui la consumait ? Cette idée la fit frémir, et elle ferma les paupières pour s'obliger à dormir.

Une semaine plus tard, Jasper arrêta son phaéton devant la demeure de Harold Fleming. Un phaéton flambant neuf, qui lui avait coûté une fortune. Mais le véhicule était confortable, élégant, et ses roues étaient gigantesques. Jasper était impatient de conduire Mlle Fleming à leur après-midi musical. Non qu'il eût très envie d'assister au concert proprement dit, mais ce n'était pas tout de piloter un phaéton : il fallait lui trouver une destination.

Penchant son tricorne de côté, de façon désinvolte comme le voulait la mode, il gravit le perron et frappa à la porte. Dix minutes plus tard, introduit dans une bibliothèque dépourvue du moindre intérêt, il attendait toujours que sa fiancée daigne apparaître. Il avait déjà pu visiter cette bibliothèque quatre jours plus tôt, lorsqu'il était venu rendre visite à M. Fleming pour discuter du mariage. La conversation avait été horriblement ennuyeuse, et Jasper n'en avait retiré qu'un seul souvenir positif : Mlle Fleming n'avait pas menti, elle jouissait d'une dot conséquente. Comme le voulait l'usage, la jeune femme ne s'était pas montrée durant cette visite. Jasper l'avait déploré : sa présence aurait constitué une distraction bienvenue.

Pour tromper son attente, il se décida à inspecter les rayonnages qui recouvraient les murs. La plupart des livres étaient en latin, et Jasper se demandait si M. Fleming était réellement capable de lire le latin, ou s'il avait acheté ces livres uniquement pour décorer la pièce, quand Mlle Fleming fit son entrée. Il ne l'avait pas revue depuis leur rencontre dans la sacristie, mais elle affichait la même expression : un mélange inattendu de détermination et de retenue. Jasper trouva cela charmant.

Il s'inclina poliment.

— Ma chère, dit-il avec un grand sourire, vous êtes aussi resplendissante qu'un jour d'été. Cette robe souligne votre beauté comme le ferait un anneau d'or d'un rubis.

— La comparaison manque de véracité, milord. Ma robe n'a pas la couleur de l'or, et je ne suis pas un rubis.

Le sourire de Jasper s'élargit, jusqu'à révéler ses dents parfaites.

— Mais je suis sûr que votre vertu vous fera passer pour un rubis parmi les autres femmes.

— Je vois, fit Melisande. Et pour la couleur de ma robe, comment comptez-vous vous en tirer ?

— Eh bien, elle n'est peut-être pas d'or, mais...

Jasper se trouva soudain à court d'imagination. Car la robe de Mlle Fleming était en réalité de la couleur des... déjections chevalines.

La jeune femme haussa un sourcil.

— Sa couleur... est terriblement exotique, lâcha-t-il. Et mystérieuse.

— Pour ma part, je dirais plutôt qu'elle est marron foncé.

Jasper lui avait pris la main, pour l'escorter jusqu'à la sortie.

— Pas du tout ! se récria-t-il. Elle m'évoque le pelage d'un écureuil.

— Le pelage d'un écureuil ? Dois-je le prendre comme un compliment, milord ?

— Dans ma bouche, c'est un compliment. Mais bien sûr, tout dépend de ce que vous pensez des écureuils.

Ils étaient arrivés devant le phaéton.

— Les écureuils sont des petits animaux charmants.

— Ah, vous voyez ! C'était à n'en pas douter un compliment.

Il lui tint le bras pour l'aider à monter dans le véhicule. La sentant se raidir, il crut qu'elle s'inquiétait d'être assise en hauteur.

— Tenez-vous bien au rebord, dit-il. Mais n'ayez pas peur. Et nous ne sommes pas très loin de chez lady Edding.

— Je n'ai pas peur, répliqua-t-elle d'un ton cinglant.

— Non, bien sûr.

Il contourna le véhicule, pour monter de l'autre côté et s'emparer des rênes. La jeune femme se tenait droite et raide, une main posée sur ses jupes, l'autre solidement accrochée au rebord de la portière. Quoi qu'elle prétendît, sa fiancée n'était pas rassurée. Jasper en éprouva une bouffée de tendresse à son endroit. De toute évidence, elle détestait montrer ses faiblesses.

— Vous devez beaucoup aimer les écureuils, lança-t-il.

— Pourquoi dites-vous cela ?

— Parce que vous portez souvent cette couleur. J'en déduis que vous aimez les écureuils. Peut-être en avez-vous eu un quand vous étiez petite ?

— Quelle imagination, milord ! Ma robe est marron, comme je vous l'ai déjà dit. Et je ne sais pas si j'aime le marron, mais je suis habituée à en porter.

Il jeta un coup d'œil dans sa direction. La jeune femme regardait droit devant elle.

— Ils sont ainsi pour ne pas être vus, murmura-t-il.

Elle écarquilla les yeux.

— J'ai peur de ne pas vous suivre, milord.

— Les écureuils. Leur pelage est de cette couleur pour qu'ils se fondent dans la végétation. Si vous ne vous décidez pas à lancer la conversation sur un autre sujet, je crains que nous ne parlions d'écureuils jusqu'à notre arrivée.

Elle sourit.

— Parce que vous estimez que je devrais me fondre dans la végétation ?

— Peut-être. Peut-être aimeriez-vous sauter d'arbre en arbre en évitant les autres animaux, et les humains. Qu'en pensez-vous ?

— Je pense que vous me connaissez bien mal, milord.

Il se tourna vers elle. Leurs regards se croisèrent. Elle semblait amusée – mais sa main droite se cramponnait toujours au rebord de la portière.

— Vous avez sans doute raison, dit-il, réalisant qu'il avait soudain très envie de mieux connaître cette créature qui refusait de montrer sa peur. Êtes-vous satisfaite de l'arrangement que j'ai conclu avec votre frère ?

Les premiers bans avaient été publiés la veille, et le mariage était prévu pour dans trois semaines. Très peu de ladies auraient accepté des fiançailles aussi courtes.

— Je suis pleinement satisfaite, répondit-elle.

— Parfait.

Et, s'éclaircissant la gorge :

— Je dois vous prévenir que je quitte Londres demain.

— Ah ? fit-elle d'un ton apparemment détaché.

Mais sa main libre se crispa sur sa jupe.

— Je n'ai pas le choix. Le régisseur de mes terres me réclame depuis un moment pour régler une querelle entre fermiers.

Il y eut un silence, pendant qu'il engageait le phaéton dans une rue plus étroite.

— Savez-vous quand vous reviendrez ?

— Dans une semaine, peut-être deux.

— Je vois.

Jasper coula un regard vers elle. Elle serrait les lèvres. Désirait-elle le voir rester ? Cette femme était aussi peu déchiffrable que le Sphinx.

— Je serai de retour pour notre mariage, se crut-il obligé de préciser.

— Naturellement, murmura-t-elle.

Ils étaient arrivés à destination. Jasper arrêta les chevaux et lança les rênes à un laquais, avant de sauter sur le trottoir. Le temps qu'il contourne le véhicule, Mlle Fleming s'était déjà levée, ce qui l'irrita passablement.

— Laissez-moi vous aider, dit-il, lui tendant la main.

Elle l'ignora superbement et, se cramponnant toujours au rebord de la portière, entreprit de descendre toute seule.

Jasper ne l'entendait pas de cette oreille. Elle pouvait manifester tout le courage qu'elle désirait, il n'était pas question qu'elle rejette son aide. Il lui prit le bras d'autorité. La jeune femme tressaillit, mais n'eut d'autre choix que de le laisser faire.

— C'était inutile, maugréa-t-elle, une fois sur le trottoir, lissant les plis de sa robe.

— Je ne suis pas de cet avis, répliqua-t-il, l'escortant jusqu'à l'imposant perron des Edding. Un concert ! ajouta-t-il, changeant délibérément de sujet. Quelle merveilleuse façon de passer l'après-midi ! J'espère qu'on nous jouera des ballades romantiques, parlant de demoiselles qui se jettent dans des puits par désespoir.

Mlle Fleming lui adressa un regard incrédule, mais un imposant majordome leur ouvrait déjà la porte. Jasper sourit à sa fiancée, et la suivit à l'intérieur. Son sang bouillait dans ses veines, et ce n'était pas l'impatience d'assister à ce concert – même en compagnie de Mlle Fleming, si intéressante fût-elle. Il espérait retrouver ici Matthew Horn. Un vieil ami, un vétéran de l'armée et, pardessus tout, l'un des rares survivants du massacre de Spinner's Falls.

Melisande prit une chaise et tenta de se concentrer sur la jeune femme qui chantait. Si elle s'asseyait bien droit et fermait les yeux, sa panique finirait par refluer. Elle n'avait pas prévu que l'annonce de ses fiançailles précipitées avec Jasper Renshaw susciterait une telle excitation dans la bonne société. À peine étaient-ils entrés chez lady Edding qu'ils avaient été l'objet de tous les regards. Elle détestait attirer l'attention sur elle. Cela la rendait moite. Ses mains se mettaient à trembler, sa gorge se serrait. Et, pire que tout, elle perdait tout esprit de repartie. Elle était restée muette lorsque cette infecte Mme Pendleton avait insinué que lord Vale devait être bien désespéré pour lui avoir proposé de l'épouser. Tout à l'heure, de retour chez elle, une bonne demi-douzaine de réponses cinglantes lui viendraient à l'esprit, mais sur le coup, elle n'avait rien trouvé d'intelligent à rétorquer.

Assis à côté d'elle, lord Vale se pencha pour lui demander :

— Est-elle supposée interpréter une bergère ?

Melisande haussa les sourcils.

— Qui cela ?

Il leva les yeux au plafond.

— Mais, *elle,* enfin ! répliqua-t-il, désignant la cadette de lady Edding qui se tenait à côté du clavecin.

Elle chantait plutôt bien, mais la malheureuse était affublée d'une ridicule robe à paniers, d'un chapeau mou et d'un seau d'eau qu'elle tenait à la main.

— Elle n'incarne quand même pas une femme de chambre ! objecta lord Vale, qui s'agitait sur sa chaise comme un collégien obligé d'assister à la messe. Si elle était femme de chambre, elle porterait un seau de charbon à la place.

— C'est une laitière, chuchota Melisande.

Il fronça les sourcils.

— Une laitière ? Avec une robe à paniers ?

— Chut ! pesta quelqu'un derrière eux.

— Franchement, poursuivit lord Vale en baissant à peine la voix, des jupes aussi larges ne doivent pas être pratiques pour traire les vaches. Cela dit, je ne m'y connais pas spécialement en vaches. Mais j'aime bien le fromage.

Melisande se mordit la lèvre pour ne pas pouffer. C'était la première fois depuis longtemps qu'elle avait envie de rire ainsi. Elle coula discrètement un regard vers lord Vale. Il lui sourit et se pencha un peu plus vers son oreille :

— J'adore manger du fromage avec du raisin. Du raisin noir, sucré, et bien juteux en bouche. Aimez-vous le raisin ?

Bien que sa question fût tout à fait innocente, il avait employé un ton qui fit rougir la jeune femme. Elle réalisa qu'elle l'avait déjà vu se conduire ainsi – chuchoter à l'oreille d'une femme – d'innombrables fois, dans d'innombrables réceptions. Et avec d'innombrables femmes. Mais cette fois, c'était différent.

Cette fois, c'était avec *elle* qu'il flirtait.

Elle baissa timidement les yeux.

— J'aime le raisin, mais je préfère les framboises.

Quand elle releva les yeux, elle vit qu'il la dévisageait d'un air pensif, comme s'il se demandait quoi faire d'elle. Elle soutint son regard – par défi, ou pour le mettre en garde, elle n'aurait su le dire. Il ne souriait plus. Et une lueur étrange – grave, presque solennelle – s'était allumée dans ses yeux.

L'assistance éclata soudain en applaudissements. Melisande sursauta. Lord Vale détourna le regard, et l'enchantement disparut.

— Voulez-vous que je vous apporte un verre de punch ? proposa-t-il.

— Oui, merci.

Elle le regarda se frayer un chemin parmi la foule. Dans son dos, la jeune femme qui avait dit « chut » échangeait maintenant des ragots avec une amie. Melisande surprit le mot « enceinte », mais elle s'empressa de tourner la tête dans une autre direction pour ne pas entendre la suite. La fille de lady Edding se faisait féliciter pour sa prestation. Un jeune homme boutonneux s'était posté près d'elle et lui tenait bravement son seau. Melisande lissa ses jupes, heureuse que personne ne soit venu lui faire la conversation. Si elle pouvait rester tranquillement assise sur sa chaise, à observer ce qui se passait autour d'elle, elle serait ravie de son après-midi.

Lord Vale se trouvait maintenant dans l'attroupement se pressant devant le buffet des rafraîchissements. Il n'était pas difficile à repérer, dépassant les autres gentlemen d'une bonne demi-tête, et riant à gorge déployée avec ses voisins. Melisande sourit – elle aimait le voir manifester cette gaieté. Mais soudain, son expression se modifia. Le changement fut très subtil – un léger plissement des yeux, son rire qui baissa d'une octave – et sans doute Melisande fut-elle la seule à s'en apercevoir. Elle suivit son regard. Un jeune homme à perruque blanche venait d'entrer dans la pièce. Il saluait leur hôtesse, un sourire poli aux lèvres. Ses traits parurent familiers à Melisande, bien qu'elle fût incapable de le replacer. Il était de taille moyenne, mais affichait une prestance qui trahissait l'ancien militaire.

Melisande reporta son attention sur lord Vale. Il s'était détaché du buffet, un verre de punch à la main. Le nouvel arrivant l'aperçut et s'excusa auprès de lady Edding pour se porter à sa rencontre. Melisande vit les deux hommes se serrer la main, et son fiancé chuchoter quelques mots à l'inconnu. Puis il regarda autour de lui et, inévitablement, croisa le regard de la jeune femme. Sa bonne humeur s'était évanouie. Il arborait un visage indéchiffrable.

Il s'éloigna, entraînant le jeune homme à sa suite. En scrutant celui-ci, Melisande le reconnut.

C'était lui qu'elle avait vu pleurer, six ans plus tôt.

3

Quand la dernière bouchée de tourte à la viande fut avalée, le vieil homme se leva, et il se produisit une chose extraordinaire. Ses hardes glissèrent à terre, et soudain apparut devant Jack le Rieur un très beau jeune homme, vêtu d'un magnifique costume blanc.

— Tu as été bon pour moi, lui dit l'ange (car c'était un ange de Dieu), et je veux t'en récompenser.

L'ange produisit une petite boîte en étain et la posa sur la paume de Jack.

— Regarde dedans ce que tu cherches, et tu seras exaucé, dit-il.

Il disparut sur ces mots.

Jack resta un moment interdit, avant de risquer un coup d'œil à l'intérieur de la boîte. Et il rit, car il n'y avait rien, sinon quelques feuilles de tabac. Rangeant la tabatière dans son sac, il reprit son chemin.

Trois semaines plus tard, Melisande cachait le tremblement de ses mains dans les jupes de sa robe de mariée. Derrière elle, Sally Suchlike, sa nouvelle chambrière, procédait à des arrangements de dernière minute sur sa toilette.

— Vous êtes absolument ravissante, lui dit Sally sans lever les yeux de sa tâche.

Les deux femmes se tenaient sous le porche de l'église, à l'entrée de la nef. L'organiste avait commencé de jouer, et bientôt Melisande devrait remonter la travée centrale, au milieu de tous les invités. Cette perspective l'effrayait un peu.

— Quand vous avez choisi ce gris, j'étais très déçue, bavardait Sally. Mais en fait, il brille comme de l'argent.

— Ce n'est pas un peu trop ? s'inquiéta Melisande.

Sa robe était plus ornée qu'elle ne l'avait initialement prévu. Des rubans jaunes noués en papillons couraient tout le long de son décolleté, et ses jupes s'évasaient à l'arrière pour révéler une deuxième épaisseur de tissu, brodée de rouge et de jaune.

— Oh non, c'est parfait, assura Sally, qui tournait maintenant autour d'elle, l'examinant comme une cuisinière face à un rôti. Lord Vale sera stupéfait, vous verrez. D'autant que cela fait une éternité qu'il ne vous a pas vue.

Une éternité, c'était beaucoup dire. Mais tout de même trois semaines. Lord Vale avait quitté Londres le lendemain du concert chez lady Edding, et il n'était rentré que la veille. Au point que Melisande s'était demandé s'il ne cherchait pas à l'éviter. Le jour du concert, il avait paru avoir l'esprit ailleurs après sa rencontre avec son ami – d'ailleurs, il n'avait même pas pris la peine de le présenter à Melisande. Les deux hommes avaient échangé quelques mots en aparté, puis l'inconnu avait disparu.

Tout cela n'avait pas d'importance, voulut se persuader Melisande. Lord Vale était bien là, aujourd'hui. Il l'attendait près de l'autel, et le reste ne comptait pas.

— Es-tu prête ? vint s'enquérir Gertrude, surgissant de la nef. Mon Dieu, je n'aurais jamais cru que ce jour finirait par arriver, ma chérie ! Mariée – et à un vicomte ! Les Renshaw sont une excellente famille. Oh, Melisande… !

À son grand étonnement, Melisande vit des larmes mouiller les yeux de sa flegmatique belle-sœur.

— Je suis si heureuse pour toi ! ajouta celle-ci, la serrant un instant dans ses bras. Es-tu prête ?

Melisande redressa l'échine et prit une profonde inspiration.

— Je suis prête.

Jasper contemplait le morceau de canard rôti déposé dans son assiette en méditant sur l'absurdité de ces repas de noces. Amis et famille étaient réunis autour d'une même table sous le prétexte de célébrer l'amour, alors qu'en réalité, c'est la fertilité qui aurait dû être honorée. Car, après tout, les mariages comme celui-ci ne poursuivaient qu'un seul but : engendrer.

Mais il était finalement marié, et c'était le principal. Hier, en rentrant à Londres, il s'était demandé s'il n'était pas resté absent trop longtemps. Mlle Fleming aurait pu se sentir délaissée et renoncer elle aussi à cette union – sans même prendre la peine d'aller jusqu'à l'église, comme Mlle Templeton, pour lui signifier son congé. Il avait pensé rentrer plus tôt, mais son départ avait sans cesse été différé pour de multiples raisons : une route qui avait besoin d'être réparée, un champ que voulait lui montrer son régisseur… Pour être tout à fait honnête, Jasper avait surtout craint d'affronter le regard de sa fiancée. Mlle Fleming semblait, sinon lire dans ses pensées, du moins deviner ce qui se cachait sous sa façade souriante. Chez lady Edding, il avait eu un moment de panique en croisant son regard alors qu'il parlait avec Matthew Horn – il s'était imaginé qu'elle avait compris sur quoi portait leur conversation.

Pourtant, elle ne pouvait pas savoir, voulut-il se rassurer en buvant une gorgée de vin. Mlle Fleming ignorait tout de ce qui s'était passé à Spinner's Falls, et, grâce à Dieu, il en serait toujours ainsi.

— Beau mariage, n'est-ce pas ? lui cria presque un vieil homme, assis à quelques places de lui.

Jasper ne le connaissait pas – c'était sans doute un parent de sa femme. Il lui sourit cependant, et leva son verre à son intention.

— Merci, monsieur. J'avoue que je suis très heureux.

Le vieil homme grimaça hideusement.

— Et attendez d'avoir passé votre nuit de noces ! s'exclama-t-il, avant de partir d'un éclat de rire qui faillit faire tomber sa perruque.

La vieille femme assise face à lui roula des yeux d'un air las.

— Ça suffit, William.

Jasper sentit son épouse se tendre, et il pesta contre la grivoiserie de ce soi-disant gentleman. C'était d'autant plus de malchance que la jeune femme avait fini par retrouver un peu de couleurs. Tout à l'heure, durant la cérémonie religieuse, elle était si pâle que Jasper s'était préparé à la recevoir dans ses bras, au cas où elle serait tombée en pâmoison. Mais elle ne s'était pas évanouie. Elle avait récité ses vœux sans faillir, avec la détermination d'un soldat affrontant la mitraille.

À présent, la jeune femme jouait avec sa fourchette, sans toucher au contenu de son assiette.

— Mangez un peu, lui murmura Jasper. Le canard n'est pas mauvais. Cela vous redonnera des forces.

— Je me sens très bien, répliqua-t-elle, sans le regarder.

Quel satané caractère !

— Je n'en doute pas. Mais vous étiez blanche comme un linge dans l'église. Pendant quelques secondes, vous étiez même verte. Alors, faites-moi plaisir et avalez une bouchée.

Elle ne put retenir un sourire. Et tandis qu'elle découpait un morceau de canard pour le porter à ses lèvres, Jasper héla un serviteur :

— Remplissez le verre de la vicomtesse !

Le serviteur reparti, la jeune femme avala une gorgée de vin. Jasper la regarda déglutir, s'émerveillant de la finesse de sa gorge. Cette nuit, il coucherait avec cette femme qu'il connaissait à peine. Il la posséderait, et ferait d'elle véritablement son épouse.

Cette perspective lui paraissait à la fois déroutante et terriblement excitante. Le mariage, chez les personnes de leur rang, était décidément une chose étrange. Un peu comme l'appariement des chevaux. On prenait le meilleur étalon et la meilleure jument, en se basant sur leur lignée, puis on laissait faire la nature, en espérant obtenir des poulains dignes du sang de leurs géniteurs. C'était pareil avec les aristocrates.

Il aurait aimé savoir ce que son épouse penserait de cette comparaison entre les chevaux et les nobles, mais il préféra s'abstenir de lui poser la question. Le sujet était sans doute trop osé pour ses oreilles virginales.

— Le vin est-il à votre goût, milady ? préféra-t-il demander.

— Oui. Il est à l'équilibre entre l'acidité et le sucré. C'est parfait.

— Vous m'en voyez ravi. Sachez que mon devoir de mari est de pourvoir à tous vos désirs.

— Vraiment ?

— Vraiment.

— Et quel est mon devoir d'épouse ?

De porter mes héritiers, songea instantanément Jasper. Mais il était bien conscient qu'une telle réplique serait trop abrupte. Pour l'instant, l'heure était à la séduction.

— Milady, vous n'avez pas d'autre devoir que d'être ravissante, et d'illuminer ma maison et mon cœur.

— Je crains de vite me lasser de ces fonctions lumineuses, rétorqua-t-elle, avant de boire une autre gorgée de vin et de reposer son verre.

Une goutte s'échappa de ses lèvres, qu'elle récupéra avec le bout de sa langue. Puis elle ajouta :

— Peut-être trouverez-vous des tâches plus concrètes à me confier ?

Jasper avait suivi le mouvement de sa langue avec fascination.

— Sans doute, mais je n'en vois pas, pour l'instant. Suggérez-moi donc un exemple, milady.

Elle sourit.

— Oh, ce ne sont pas les exemples qui manquent. Ne suis-je pas supposée vous obéir et vous servir en tout point ?

— Ce sont là des « fonctions lumineuses ». Vous parliez de tâches plus concrètes…

— Je ne suis pas certaine que vous obéir sera toujours une fonction lumineuse, murmura-t-elle.

— Avec moi, si. Je ne vous demanderai jamais autre chose que de me sourire, et de rendre mes journées plus agréables. Voudrez-vous bien m'obéir en cela ?

— Très volontiers.

— Alors, je m'estimerai comblé sur l'obéissance. Mais je crois me souvenir que vous avez aussi prononcé un autre vœu, devant l'autel.

— De vous aimer, dit-elle, baissant soudain les yeux, si bien que Jasper ne put déchiffrer son regard.

— Oui, c'est exact. Et j'ai peur que m'aimer ne soit une tâche plus redoutable. Je ne suis pas forcément quelqu'un qu'on a envie d'aimer. Peut-être pourriez-vous vous contenter de m'admirer ?

— Mais j'ai formulé le vœu de vous aimer, et je suis une femme d'honneur.

Jasper l'étudiait, essayant de deviner ses vrais sentiments.

— Alors, vous m'aimerez ?

Elle haussa les épaules.

— Bien sûr.

Il leva son verre à son intention.

— Dans ce cas, je serai le plus heureux des hommes.

Mais elle sourit à peine, comme si elle se lassait déjà de leur joute verbale.

Jasper s'interrogeait. Était-elle impatiente de le retrouver pour leur nuit de noces, ou redoutait-elle ce moment ? La deuxième hypothèse paraissait hélas plus vraisemblable. Même à son âge – supérieur à celui de la plupart des nouvelles épousées –, elle ne devait pas savoir grand-chose de l'union charnelle entre un homme et une femme. Jasper se promit d'y mettre les formes et de ne rien faire, pour cette première nuit, qui puisse l'effrayer ou la dégoûter. Malgré son esprit de repartie, c'était une femme réservée, presque timide. À la réflexion, peut-être ferait-il mieux d'attendre un ou deux jours avant de consommer leur mariage, afin qu'elle s'habitue à cette idée.

L'ennui, c'est que la perspective d'un tel délai le rendait, lui, morose.

Il s'empressa de boire une gorgée de vin, et de chasser toute idée déprimante de son esprit. Après tout, c'était le jour de ses noces.

— C'était un mariage magnifique, milady, s'extasia Sally tandis qu'elle aidait Melisande, ce soir-là, à quitter sa robe. Et lord Vale avait fière allure dans son manteau écarlate. Il est si beau, et si grand ! Vous avez vu comment ses épaules sont larges ?

— Hmm, fit Melisande.

Les épaules de lord Vale étaient l'une des choses qu'elle préférait chez lui. Mais il lui semblait inconvenant de discuter des mérites physiques de son mari avec sa chambrière.

Sally plia la robe sur une chaise, puis entreprit de lui délacer son corset.

— Et quand lord Vale a jeté des pièces à la foule ! Quel homme généreux ! Savez-vous, milady, qu'il a donné une guinée à tous les domestiques de la maison ? Même au petit cireur de chaussures !

— Ah oui ?

Melisande retint difficilement un sourire attendri. Mais elle n'était pas du tout surprise : elle connaissait la générosité de lord Vale. Et elle le soupçonnait d'être un peu sentimental.

Débarrassée de son corset, elle s'assit à sa coiffeuse, en camisole, et ôta elle-même ses bas.

— La cuisinière dit que lord Vale est un maître très plaisant à servir, continua Sally. Il paie les gages rubis sur l'ongle, et il ne crie jamais après ses domestiques. C'est rare, conclut-elle, récupérant les bas de Melisande pour les ranger dans la penderie.

Les appartements de la vicomtesse à Renshaw House étaient restés fermés depuis la mort du père de lord Vale, sa femme ayant alors déménagé dans une demeure plus modeste. Mais Mme Moore, la gouvernante, était une femme très compétente. Elle avait ordonné un nettoyage général avant les noces. La chambre, meublée de bois clair, sentait la cire et le propre. Les tentures bleu et or avaient été brossées, et les tapis semblaient avoir été battus au grand air.

La pièce n'était pas très grande, mais confortable. Les murs étaient peints en beige clair, et les tapis faisaient écho aux rideaux avec leur fond bleu roi, émaillé de touches d'or et de rubis. La cheminée, carrelée de bleu cobalt et surmontée d'un manteau de bois blanc, était tout simplement ravissante. Devant, trônaient deux fauteuils séparés par une table basse en marbre. Dans l'un des murs s'ouvrait une porte communiquant avec la chambre du vicomte – Melisande essayait de ne pas regarder dans cette direction. Une autre porte lui répondait sur le mur d'en face, pour accéder au dressing. Des grattements se faisaient régulièrement entendre contre cette porte, mais Melisande les ignorait.

— Tu as donc rencontré les autres domestiques ? demanda-t-elle.

Sally s'attaqua à sa coiffure.

— Oui, milady. Le majordome, M. Oaks, est un peu austère, mais je crois qu'il a un bon fond. Mme Moore dit qu'il respecte toujours son opinion. Il y a six soubrettes au rez-de-chaussée, et cinq à l'étage. En revanche, j'ignore le nombre des valets.

— J'en ai compté sept, murmura Melisande.

Elle avait été présentée au personnel en fin d'après-midi, mais il lui faudrait plusieurs jours avant de pouvoir mettre un nom sur chaque visage.

— J'espère qu'ils ont été gentils avec toi ? ajouta-t-elle.

— Oh, oui, milady.

Il y eut un silence, pendant lequel Sally ôta une à une la myriade d'épingles qui retenaient le chignon de Melisande.

— Quoique...

Melisande croisa le regard de sa chambrière dans le miroir de la coiffeuse.

— Quoique ?

— Oh, ce n'est rien, milady. Enfin... c'est ce M. Pynch. Vous savez, celui qui a un grand nez. Pendant que M. Oaks faisait les présentations, il m'a lancé que j'étais bien jeune pour être chambrière. Franchement, de quoi se mêle-t-il ?

Melisande n'en revenait pas. Elle n'avait jamais vu Sally s'emporter contre qui que ce soit.

— Qui est ce M. Pynch ?

— Le valet de lord Vale, répondit Sally, qui s'était emparée d'une brosse avec laquelle elle donnait de vigoureux coups dans la chevelure de Melisande. Un vrai physique de bête sauvage, si vous voulez mon avis. La cuisinière dit qu'il a servi avec lord Vale, dans les colonies.

— Alors, il doit connaître lord Vale depuis des années.

— Peut-être. Ça n'empêche pas qu'il est très vilain. Pourtant, il a l'air content de lui. On jurerait qu'il est fier de son gros nez. Franchement, il n'y a pas de quoi !

Melisande sourit, mais un petit bruit l'alerta et son sourire s'évanouit sur-le-champ.

La porte communiquant avec les appartements du vicomte s'ouvrit. Lord Vale apparut, vêtu d'un peignoir écarlate enfilé sur sa chemise et son pantalon.

— Ah, j'arrive trop tôt. Voulez-vous que je revienne plus tard ?

— Ce n'est pas nécessaire, milord, répliqua Melisande en contrôlant sa voix.

Elle avait les pires difficultés à ne pas le dévorer des yeux. Sa chemise était déboutonnée au col, et le peu de chair que révélait cette ouverture suffisait à l'affoler.

— Ce sera tout, Sally, merci.

La domestique fit une révérence et s'éclipsa.

Lord Vale la suivit des yeux jusqu'à ce que la porte se soit refermée derrière elle.

— J'espère que je n'ai pas effrayé votre chambrière ?

— Pas du tout. Elle est simplement un peu nerveuse de servir dans une maison qu'elle ne connaît pas encore.

Melisande le regardait, à travers le miroir de la coiffeuse, faire les cent pas dans la pièce comme un fauve en cage. Désormais, elle était *sa femme*. Et elle se retenait de crier sa joie.

Il s'immobilisa devant l'horloge qui trônait sur le manteau de la cheminée.

— Je ne voulais pas vous déranger dans votre toilette. Mais je n'ai jamais la bonne notion de l'heure. Je peux revenir dans une demi-heure, si vous préférez.

— Non, je suis prête.

Elle prit sa respiration, se leva de sa chaise et se tourna vers lui.

Il la fixa, son regard détaillant sa camisole – ou ce qui se cachait dessous. Melisande frissonna : elle sentait ses yeux la caresser.

— Voulez-vous du vin ? proposa-t-il, détournant finalement le regard.

Melisande s'obligea à masquer sa déception. Elle hocha la tête.

— Volontiers.

Il se dirigea vers le guéridon où attendaient une bouteille et deux verres. Il les remplit, et lui en tendit un.

— Merci, dit Melisande, qui porta le verre à ses lèvres.

Était-il nerveux, lui aussi ? Son verre à la main, il contemplait le feu d'un regard vide. Melisande se laissa choir dans l'un des fauteuils, et lui désigna l'autre :

— Asseyez-vous donc, milord.

— Oui...

Il s'assit, vida la moitié de son verre d'un seul trait, puis se pencha soudain en avant :

— Écoutez, j'ai réfléchi tout l'après-midi à la meilleure façon de vous le dire, mais je n'ai toujours pas trouvé, et pourtant il faut que je vous le dise. Alors, voilà : nous nous sommes mariés très rapidement, et j'ai été absent pendant presque toutes nos courtes fiançailles – par ma seule faute, j'en conviens. Du coup, nous nous connaissons à peine. Et j'ai pensé...

— Oui ?

— Que peut-être vous préféreriez attendre, termina-t-il en levant vers Melisande un regard où elle crut lire de la pitié. Mais je m'en remets à votre décision.

Une idée atroce traversa l'esprit de la jeune femme. Et s'il ne la trouvait pas suffisamment attirante pour désirer coucher avec elle ? Après tout, cela n'aurait rien d'étonnant. Elle était trop grande, trop maigre, et son visage n'avait rien de remarquable. Que faire ? Que répondre ?

Cependant, il continuait de parler pendant qu'elle réfléchissait :

— ... nous pourrions attendre un mois ou deux. Même plus, si vous le souhaitez. Je...

— Non.
— Pardon ?
S'ils attendaient, il existait un risque que leur mariage ne soit jamais consommé. Et Melisande s'y refusait absolument. Elle reposa son verre sur la table basse.
— Je ne veux pas attendre.
— Je… je vois.
Elle se leva, pour se planter devant lui. Il termina son verre, le reposa et se leva à son tour.
— Vous êtes sûre ?
Elle se contenta de le fixer. Elle refusait de l'implorer.

Il hocha la tête, les lèvres serrées, et lui prit la main pour la conduire jusqu'au lit. Elle tremblait déjà – le simple contact de sa main sur la sienne y avait suffi – mais elle ne se souciait plus de le cacher. Il défit les couvertures et, d'un signe de tête, l'invita à grimper sur les draps. Elle s'allongea sur le dos, toujours vêtue de sa camisole. Il sortit une petite boîte de la poche de son peignoir et la plaça sur la table de nuit. Puis il se débarrassa de son peignoir et de ses chaussures.

Le matelas plia sous son poids lorsqu'il s'allongea à côté d'elle. Melisande se risqua à toucher sa manche de chemise – pas plus, car elle craignait que son cœur n'explose si elle s'aventurait à frôler une quelconque partie de son anatomie. Il se pencha vers elle, approchant ses lèvres des siennes. Elle ferma les yeux, au comble du ravissement. Enfin, songea-t-elle. Elle avait l'impression de goûter à un nectar délicieux après avoir traversé, pendant d'interminables années, un désert aride. Ses lèvres avaient gardé un léger goût de vin qui monta jusqu'à ses narines. Il posa une main sur ses seins. Sa paume, chaude et puissante à travers la fine étoffe de la camisole, la fit tressaillir.

Elle écarta les lèvres, prête à s'offrir à son baiser. Mais il se redressa.

— Vale..., murmura-t-elle.

— Chut, dit-il, déposant un baiser sur son front. Ce sera bientôt fini.

Il attrapa la boîte posée sur la table de nuit, et l'ouvrit. Elle contenait une sorte d'onguent. Il trempa un doigt dedans, puis sa main disparut entre eux, au niveau de ses cuisses.

Melisande fronça les sourcils. Elle n'espérait pas du tout que ce soit « bientôt fini ».

— Je...

Il retroussa sa camisole jusqu'à la taille, et elle fut distraite par le contact de ses mains sur ses hanches. Sans doute réfléchissait-elle trop. Il suffisait qu'elle se laisse porter par...

— Laissez-moi faire, intima-t-il tendrement.

Il lui écarta les cuisses et se positionna au milieu. Melisande réalisa qu'il avait ouvert sa braguette : elle sentait son membre érigé se presser contre son bas-ventre. Un frisson d'excitation la saisit.

— Cela risque de faire un peu mal, dit-il, mais je vais me dépêcher. Et ça ne fait mal que la première fois. Vous pouvez fermer les yeux, si vous voulez.

Quoi ?

Et il la pénétra.

Au lieu de fermer les yeux, elle les écarquilla, voulant partager avec lui chaque seconde de cette expérience. Mais lui-même gardait les paupières closes, et il fronçait les sourcils, comme s'il était à la peine.

Melisande noua les bras à son cou, mais il l'obligea à les rabattre sur les draps.

— Ne bougez plus, s'il vous plaît.

Il se redressa sur les coudes. Puis il poussa de toute la force de ses reins. Une fois. Deux fois.

Trois fois. En serrant les dents. Finalement, un cri étouffé s'échappa de ses lèvres, et il s'écroula sur elle.

Pour être « bientôt fini », cela avait été très vite fini...

La jeune femme voulut de nouveau nouer les bras à son cou, pour au moins le garder un peu contre elle, mais il roula sur le côté.

— Excusez-moi, dit-il. J'espère que je ne vous ai pas écrasée.

Il lui tournait le dos, à présent. Melisande, ravalant une envie de pleurer, rabattit sa camisole sur ses cuisses. Il se releva d'un bond, bâilla, s'étira, puis récupéra son peignoir et ses chaussures.

— Ça va ? dit-il, lui caressant les cheveux. Dormez bien, à présent. Je demanderai aux domestiques de vous monter un bain chaud, demain matin. Cela vous aidera à vous sentir mieux.

— Je...

— N'hésitez pas à boire d'autre vin, si vous avez un peu mal, conclut-il. Bonne nuit.

Et il repartit vers sa chambre.

Melisande, hébétée, fixa un long moment la porte qui s'était refermée derrière lui. Puis, les paupières closes, elle tenta d'ignorer les grattements qui se faisaient de nouveau entendre depuis le dressing. Glissant une main sous sa camisole, elle sentit la semence de son mari coller entre ses cuisses. Elle approcha ses doigts de sa féminité. Sa chair palpitait d'un désir frustré.

Les grattements redoublèrent. Et cette fois, ils étaient assortis de petits couinements.

La jeune femme rouvrit les yeux.

— Oh, s'il te plaît, un peu de patience !

Melisande bondit hors de son lit dans un mouvement d'exaspération. Sentant la semence couler le long de sa cuisse, elle se dirigea d'abord vers la table de toilette, pour se nettoyer avec un linge qu'elle trempa dans la cuvette d'eau. Puis elle alla ouvrir la porte du dressing.

Mouse en surgit, avec un aboiement indigné. Il sauta sur le lit, tourna trois fois sur lui-même, comme à son habitude, avant de se laisser tomber sur un oreiller, tournant délibérément le dos à la jeune femme. Il détestait rester enfermé.

Melisande le rejoignit. Elle se sentait d'humeur aussi renfrognée que le chien. Durant plusieurs minutes, elle contempla le dais du baldaquin, se demandant quelle erreur elle pouvait bien avoir commise pour justifier une aussi brève étreinte. Finalement, après un soupir, elle décida qu'elle y verrait sans doute plus clair demain matin. Elle souffla sa chandelle et ferma les yeux.

Juste avant de s'endormir, une dernière pensée lui traversa l'esprit : heureusement qu'elle n'était plus vierge...

Jasper était parfaitement conscient que sa prestation de ce soir ne resterait pas dans les annales. Assis dans un fauteuil devant la cheminée de sa chambre, il se désolait de ne pas avoir montré à Melisande ce qu'était le plaisir. Tout s'était passé si vite. D'un autre côté, il se félicitait de ne pas l'avoir trop bousculée. Et encore moins de lui avoir fait mal. Or, c'était là son intention première : ne pas effrayer sa jeune épousée.

Il termina son verre de brandy et jeta un regard à son propre lit, immense et intimidant. Il avait bien fait de lui rendre visite dans sa chambre, plutôt que de l'amener ici. La taille de son lit aurait effrayé la plus intrépide des candidates à l'initiation aux plaisirs de la chair. Sans compter qu'ensuite, il aurait dû trouver un moyen de congédier la jeune femme – ce qui n'aurait pas été une tâche plaisante.

Tout bien considéré, les choses s'étaient donc plutôt bien passées. Il serait toujours temps, plus tard, de lui montrer tout le plaisir qu'on pouvait retirer de l'union de deux corps. À supposer, bien sûr, qu'elle le souhaite. Beaucoup de ladies ne manifestaient aucun intérêt pour l'amour physique avec leur mari.

Bizarrement, cette idée le chagrinait. Pourtant, jusqu'ici, il n'avait jamais songé à critiquer la vie maritale, telle qu'on la concevait dans son monde. On se mariait pour faire un ou deux enfants, puis chacun vivait de son côté – aussi bien socialement que sexuellement. C'était, du reste, ce genre de mariage qu'il avait prévu pour lui-même. Mais à présent, cette perspective lui paraissait… glaciale.

Jasper secoua la tête. Son nouveau statut matrimonial lui égarait l'esprit. Il se releva et posa son verre vide à côté de la carafe de brandy. Sa chambre était au moins deux fois plus grande que celle de son épouse, mais tout cet espace avait un inconvénient : c'était difficile à éclairer. Des zones d'ombre envahissaient les recoins, les abords de la penderie et même le pourtour du lit.

Il se déshabilla et se lava avec l'eau froide de sa table de toilette. Il aurait pu faire monter de l'eau chaude, mais il détestait que quiconque entre dans ses appartements après la nuit tombée. Même la présence de Pynch le mettait mal à l'aise. Puis il souffla les chandelles, à l'exception d'une seule. S'en emparant, il se rendit dans son dressing où se trouvait un autre lit, comme ceux qu'on destinait aux valets. Mais Pynch ne s'en servait jamais : il avait sa propre chambre. À côté de ce deuxième lit, il y en avait encore un troisième – ou plus exactement, une planche sur pieds, à mi-chemin entre la vulgaire paillasse et le lit de camp.

Jasper plaça sa chandelle au pied de ce troisième lit et vérifia, comme tous les soirs, que tout était en ordre : le paquetage avec les vêtements de rechange, la gourde remplie d'eau, une miche de pain. Pynch renouvelait l'eau et le pain tous les deux jours, bien que Jasper n'ait jamais discuté avec lui de ce paquetage. Il s'assit sur le lit, enroula l'unique couverture sur ses épaules nues, puis s'allongea, dos au mur. Il contempla quelques minutes les ombres projetées par la chandelle sur le plafond, avant de fermer les yeux.

4

Chemin faisant, Jack le Rieur croisa un autre vieillard, pareillement vêtu de haillons et assis au bord de la route.

— Pourrais-tu me donner à manger ? le héla le vieillard d'une voix désagréable.

Jack posa son sac et en sortit un morceau de fromage. Le vieillard le lui arracha des mains et le goba d'une seule bouchée. Jack sortit ensuite une miche de pain. Le vieillard la mangea en entier, puis tendit les mains pour réclamer encore. Jack fouilla au fond de son sac, pour en tirer une pomme. Le vieillard dévora la pomme, et dit :

— C'est tout ce que tu as à m'offrir ?

La patience de Jack avait des limites.

— Enfin, quoi ! Vous avez mangé toutes mes provisions et vous n'avez même pas eu un mot pour me remercier. Allez donc au diable !

Sally Suchlike n'avait jamais vu de maison aussi grande ni aussi magnifique que Renshaw House, et elle en était encore tout ébaubie. Mazette ! Des sols de marbre rose et blanc ; des meubles en bois sculptés aux formes si délicates que leurs pieds ne semblaient pas plus épais que des cure-dents ; des soies, des velours, des brocarts partout ! Oh, la maison de M. Fleming était bien jolie, sans doute, mais ici, c'était comme vivre dans un palais royal.

Et quel chemin parcouru, depuis la masure misérable où elle avait grandi ! Elle y était restée jusqu'à l'âge de douze ans. Mais quand son père avait parlé de la marier à l'un de ses amis, Pinky, un gros homme sale qui avait perdu toutes ses dents de devant, Sally s'était sentie condamnée à la misère perpétuelle. Elle s'était vue mourir jeune, prématurément usée par une vie de labeur harassant, sans avoir pu connaître d'autres horizons.

Alors, elle s'était enfuie. Et elle avait commencé à gagner sa vie comme fille de cuisine. Séduite par sa vivacité et son énergie, la cuisinière qui l'avait recrutée lui avait offert de la suivre lorsqu'elle avait trouvé une meilleure maison : celle de M. Fleming. Sally avait travaillé dur, refusant de s'accorder la moindre liberté avec un valet ou un garçon d'écurie – elle n'avait aucune envie de tomber enceinte. Et surtout, elle avait ouvert grands ses yeux et ses oreilles. Elle avait écouté comment parlaient les Fleming et la nuit, sur son petit lit à côté de celui d'Alice, une femme de chambre qui ronflait comme un bûcheron, elle s'était entraînée à répéter inlassablement les mêmes phrases, jusqu'à obtenir presque les mêmes inflexions de voix que Mlle Fleming.

Le moment venu – c'est-à-dire quand Bob, l'un des valets, avait déboulé tout essoufflé dans les cuisines pour annoncer que Mlle Fleming allait épouser un vicomte –, Sally s'était sentie prête. Elle avait rangé son raccommodage et s'était précipitée pour formuler sa requête à Mlle Fleming.

Et voilà comment elle avait encore grimpé d'une marche ! Chambrière d'une vicomtesse ! Dès qu'elle parviendrait à se repérer dans cette immense demeure, où elle ne comptait plus les étages, les couloirs ou les pièces, tout irait pour le mieux dans le meilleur des mondes possibles.

Sally tira sur les plis de son tablier, et poussa doucement la porte du corridor réservé aux domestiques. Si elle avait bien calculé son coup, elle devrait déboucher, par un panneau dérobé, dans le couloir passant devant la chambre du maître. Elle risqua un coup d'œil. Le couloir était large, lambrissé de bois sombre, et un tapis rouge et noir courait sur toute sa longueur. L'ennui, c'est que tous les couloirs se ressemblaient, dans cette maison. Mais, tournant la tête à droite, Sally aperçut la scandaleuse statue de marbre figurant un gentleman assaillant une lady dénudée. Elle l'avait déjà repérée – difficile de la manquer – et savait que cette statue trônait juste en face de la porte des appartements du vicomte. Satisfaite, Sally referma le panneau dérobé et s'approcha de la statue pour l'examiner plus en détail.

En fait, les deux protagonistes étaient nus. Et la dame ne semblait pas si effrayée que cela – elle avait même passé un bras au cou du gentleman. Celui-ci avait une drôle d'allure, avec de longs poils sur les flancs – un peu comme les chèvres – et deux petites cornes sur le front. À bien y regarder, sa figure évoquait le valet du vicomte, M. Pynch – à supposer que M. Pynch ait eu des cheveux, des poils sur les flancs et des cornes sur le front. Baissant les yeux, elle se demanda si M. Pynch avait aussi une très grande…

Quelqu'un s'éclaircit la gorge dans son dos.

Sally lâcha un petit cri et se retourna en sursaut. M. Pynch se tenait juste derrière elle, comme si elle l'avait fait apparaître en pensant à lui. Elle se sentit violemment rougir, mais elle masqua sa confusion en plaquant fermement les mains sur ses hanches.

— Quelle idée, de me faire peur ainsi ! Vous ne savez pas que c'est dangereux ? J'ai connu une dame qui est morte parce qu'un garnement s'était planté dans son dos et lui avait crié « Bouh ! ». Qu'auriez-vous dit à votre maître si je m'étais effondrée raide morte sur ce tapis ? Le lendemain de ses noces, en plus ! Hein, vous auriez été bien embêté !

M. Pynch s'éclaircit encore la gorge – le bruit évoquait un roulement de rochers.

— Si vous n'aviez pas été aussi absorbée par la contemplation de cette statue, mademoiselle Suchlike...

— M'accuseriez-vous d'avoir lorgné cette statue, monsieur Pynch ?

Le valet haussa les sourcils.

— Je voulais simplement...

— Sachez que j'inspectais la poussière, monsieur Pynch.

— La poussière ?

— La poussière, répéta Sally avec un hochement de tête très sec. Ma maîtresse déteste la poussière.

— Je vois, répliqua M. Pynch. Et je saurai m'en souvenir.

— Je l'espère, monsieur.

Elle tira encore sur les plis de son tablier, puis jeta un regard vers la porte de sa maîtresse. Il était huit heures du matin. D'ordinaire, milady était déjà levée. Mais la nouvelle lady Vale avait vécu sa nuit de noces...

— Je vous suggère de frapper, lui dit M. Pynch, qui l'observait.

Sally roula des yeux.

— Je sais comment réveiller ma maîtresse, merci.

— Alors, où est le problème ?

— Elle n'est peut-être pas toute seule, dit-elle, se sentant de nouveau rougir. Si jamais *il* est là... je ne me vois pas faire irruption dans la chambre, et qu'ils... Ce serait horriblement embarrassant.

— Non.

— Non, quoi ?

— Il n'y est pas, déclara M. Pynch, avec assurance, avant d'entrer dans la chambre de son maître.

Sally le suivit du regard, avec l'envie de lui tirer la langue. Quel diable d'homme, décidément ! Elle lissa une dernière fois son tablier et se dirigea vers la porte de sa maîtresse.

Melisande était assise à son bureau, occupée à sa traduction, lorsqu'on frappa à sa porte. Mouse, couché à ses pieds, se redressa d'un bond et grogna.

— Entrez, fit Melisande, qui ne fut pas surprise de voir apparaître Sally.

La pendule de la cheminée indiquait un peu plus de huit heures, mais Melisande était réveillée depuis deux bonnes heures. Elle dormait rarement après l'aube. Sally connaissait ses habitudes et, d'ordinaire, elle se présentait beaucoup plus tôt pour l'habiller. Mais sans doute avait-elle hésité ce matin, en raison du nouveau statut marital de sa maîtresse. Melisande était mortifiée. Bientôt, toute la maisonnée saurait qu'elle avait passé sa nuit de noces en faisant chambre à part avec son mari. Mais puisqu'elle ne pouvait rien y changer, autant affronter l'épreuve la tête haute.

— Bonjour, milady, la salua sa chambrière avec un regard méfiant pour Mouse.

— Bonjour. Mouse, tiens-toi tranquille !

L'intéressé renifla Sally avec circonspection, avant de revenir s'asseoir à ses pieds.

Melisande avait déjà tiré les rideaux de la fenêtre derrière le bureau. Sally s'occupait maintenant des autres croisées.

— La journée est ravissante, dit-elle. Pas un nuage dans le ciel, presque pas de vent, rien que du beau soleil. Que désirez-vous porter aujourd'hui, milady ?

— J'ai pensé à ma robe grise, murmura Melisande d'une voix distraite.

Elle butait sur un mot allemand. Le recueil de contes de fées avait appartenu à son amie Emeline - c'était pour elle un souvenir d'enfance, qu'elle avait hérité de sa nounou prussienne. Avant de partir pour l'Amérique avec son mari, M. Hartley, Emeline avait laissé le livre à Melisande pour qu'elle le traduise. Melisande avait accepté, sachant pertinemment qu'il ne s'agissait pas seulement d'une simple histoire de traduction. En lui confiant ce livre qu'elle chérissait, Emeline avait voulu lui signifier que leur amitié survivrait à cette séparation. Melisande avait été très touchée par son geste.

Elle s'était promis de traduire rapidement l'ouvrage, puis de le faire imprimer et relier, pour l'offrir à Emeline lorsqu'elle reviendrait en Angleterre. Hélas, Melisande avait sous-estimé la difficulté. Le recueil contenait quatre parties, chacune racontant l'histoire d'un soldat rentrant de la guerre. Elle avait réussi à traduire les trois premières sans trop de difficultés. Mais la quatrième lui posait un véritable défi.

— La grise, milady ? répéta Sally, indécise.

— Oui, la grise.

Melisande avait appris l'allemand avec sa mère. Sa connaissance de la langue était donc essentiellement orale. S'attaquer à un texte écrit était une autre affaire. Mais elle aimait ce travail, qui lui rappelait son amie. Elle aurait tellement aimé qu'Emeline soit là pour son mariage ! Et plus encore, qu'elle soit là maintenant, afin de pouvoir lui confier ses doutes et ses interrogations. Pourquoi son mari…

— *Quelle* grise ?

— Quoi ? fit Melisande et, levant les yeux de sa copie, elle constata que Sally s'impatientait.

— Quelle grise ? répéta la chambrière, ouvrant les portes de la penderie pour découvrir une rangée de robes qui, il faut bien l'avouer, affichaient toutes des coloris assez ternes.

— La gris-bleu.

Sally sortit la robe concernée en marmonnant. Melisande préféra ignorer ses récriminations. Abandonnant son bureau, elle alla se rincer le visage à sa table de toilette puis attendit, debout, que sa chambrière l'habille.

Une demi-heure plus tard, vêtue et coiffée, Melisande congédia Sally et descendit au rez-de-chaussée. Mais elle hésita au pied des marches : comment savoir dans quelle pièce serait servi le petit déjeuner ? Il y avait tellement de portes ! Hier, en faisant la connaissance du personnel, elle n'avait pas songé à poser la question.

Quelqu'un s'éclaircit la gorge, tout près d'elle. Tournant la tête, la jeune femme avisa Oaks, le majordome. C'était un homme trapu, avec des épaules rondes et des mains trop grandes pour ses poignets. Il portait une perruque poudrée à la taille un peu démesurée.

— Puis-je vous aider, milady ?

— Oui, volontiers. Pourriez-vous demander à l'un des valets de promener Mouse, mon petit chien, dans le jardin ? Et merci de m'indiquer où est servi le petit déjeuner.

— Mais bien sûr, milady.

Oaks claqua des doigts, et aussitôt un jeune valet accourut. Le majordome lui désigna Mouse. Le valet voulut se pencher vers le chien, mais se figea en voyant Mouse retrousser les babines et gronder d'un air menaçant.

— Oh, Mouse, sois gentil ! le tança Melisande, avant de le soulever de terre pour le confier au valet.

Mouse grondant toujours, celui-ci le tint à bout de bras, comme s'il voulait protéger son visage.

Melisande donna une petite tape sur le museau du terrier :

— Ça suffit, maintenant !

Mouse cessa ses grognements, mais il jetait à son porteur des regards mauvais. Le valet partit vers l'arrière de la maison en tenant toujours le chien à bout de bras.

— La salle à manger des petits déjeuners se trouve par là, indiqua Oaks.

Il conduisit Melisande dans une pièce très élégante, qui ouvrait sur les jardins. La jeune femme put voir Mouse baptiser chaque arbre qu'il croisait sur son chemin, tandis que le valet suivait à distance.

— C'est la pièce qu'utilise le vicomte pour les petits déjeuners lorsqu'il a des invités, précisa Oaks, lui tendant une chaise. Mais bien sûr, vous pouvez en décider autrement. Il vous suffira de m'en avertir.

— Non, c'est très bien ici. Merci beaucoup, Oaks.

Elle s'assit à la grande table de bois verni.

— Les œufs brouillés de la cuisinière sont excellents, mais si vous préférez...

— Des œufs brouillés me conviendront parfaitement. J'aimerais aussi quelques toasts, et une tasse ou deux de chocolat chaud.

Le majordome s'inclina.

— Je vais demander à une servante de vous apporter cela.

— Non, pas tout de suite. Je vais d'abord attendre mon mari.

Oaks battit des cils.

— Le vicomte se lève souvent tard...

— Ça ne fait rien. J'attendrai.

Melisande regarda Mouse terminer ses petites affaires, puis revenir en trottinant vers la maison. Quelques minutes plus tard, il faisait son entrée dans la salle à manger, toujours suivi du valet. Le terrier se précipita vers sa maîtresse et se coucha à ses pieds.

— Merci, dit Melisande au valet, qui semblait vraiment très jeune. Comment vous appelez-vous ?

— Sprat, milady, répondit-il en rougissant.

Melisande hocha la tête.

— Très bien, Sprat. Désormais, vous serez en charge de M. Mouse. Il devra sortir une deuxième fois après le déjeuner, et encore ce soir, avant de se coucher. Puis-je compter sur vous pour vous en souvenir ?

— Oui, milady, fit Sprat avec une esquisse maladroite de révérence. Merci, milady.

Melisande se retint de sourire. Sprat devait se demander si c'était vraiment une gratification : tapi sous la chaise de la jeune femme, Mouse continuait de lui montrer les dents.

— Merci, dit-elle. Ce sera tout.

Sprat s'éclipsa, et Melisande se retrouva de nouveau seule. Elle resta assise une bonne minute, jusqu'à ce que ses nerfs ne puissent plus supporter l'inaction. Elle se releva et fit les cent pas devant la fenêtre. Comment affronterait-elle son mari ? Avec sérénité, bien sûr. Mais n'était-il pas envisageable de lui faire comprendre – très discrètement – qu'elle avait éprouvé une certaine... déception de ce qui s'était passé cette nuit ? La jeune femme grimaça. Ce n'était pas une bonne idée de mettre le sujet au menu du petit déjeuner. Les hommes avaient la réputation d'être susceptibles sur ce point – et ils se montraient rarement raisonnables de bon matin. Toutefois, il lui faudrait bien aborder la question d'une manière ou d'une autre, à un moment ou à un autre. Après tout, lord Vale était connu pour être un amant fantastique ! Ou toutes les femmes qui avaient couché avec lui mentaient, ou il était capable de *beaucoup mieux* que la nuit dernière.

Une horloge, quelque part, sonna neuf heures. Mouse se releva, s'étira et bâilla à s'en décrocher la mâchoire. Melisande, renonçant à attendre davantage, rejoignit le hall. Sprat s'y trouvait, les yeux rivés au plafond, qu'il s'empressa de baisser dès qu'il la vit.

— Dites aux servantes de m'apporter mon petit déjeuner, dit-elle, avant de retourner dans la salle à manger.

Lord Vale dormait-il vraiment si tard, ou n'avait-il pas plutôt déjà quitté la maison ?

Après un repas solitaire, partagé seulement avec Mouse, Melisande décida de s'occuper. Elle convoqua la cuisinière, et trouva un adorable salon jaune et blanc pour élaborer avec elle les menus de la semaine.

La cuisinière était une petite femme noueuse, à l'air grave, avec des cheveux blancs coiffés en chignon sévère. Elle s'assit au bord de sa chaise, hochant la tête à tout ce que lui disait Melisande, sans jamais sourire – peut-être ne savait-elle pas sourire ? Mais les plis de ses lèvres se détendirent quelque peu quand Melisande la félicita pour l'excellence de ses œufs brouillés et de son chocolat chaud. Pour tout dire, Melisande pensait avoir établi de bons rapports avec elle, lorsqu'un grand fracas interrompit leur échange. Puis elle entendit aboyer, dans un brouhaha de voix masculines.

Bonté divine ! Elle se dressa et sourit poliment à la cuisinière :

— Si vous voulez bien m'excuser…

Elle regagna la salle à manger, où elle découvrit une pantomime burlesque. Sprat était figé sur place, la bouche grande ouverte. Oaks, sa perruque de travers, parlait à toute vitesse mais d'une voix à peine audible, tandis que lord Vale criait, pestait et agitait les bras comme les ailes d'un moulin à vent. La cause de sa colère se tenait à ses pieds, et aboyait férocement.

— D'où sort ce monstre ? grondait lord Vale. Qui l'a laissé entrer ? N'est-il pas possible, dans cette maison, de prendre son petit déjeuner sans avoir à défendre son bacon contre la vermine ?

— Mouse, appela Melisande d'une voix calme, mais assez forte pour être entendue du terrier.

Après un dernier « ouarf ! » dominateur, Mouse vint se planter à côté d'elle.

— Connaissez-vous ce fauve ? demanda lord Vale, stupéfait. D'où sort-il, bon sang ?

Oaks tentait de remettre sa perruque d'aplomb, tandis que Sprat dansait d'un pied sur l'autre.

— Mouse est mon chien, répliqua Melisande, furieuse.

C'était donc tout ce qu'il trouvait à lui dire ? Après l'avoir fait attendre plus d'une heure ?

Lord Vale cligna des yeux, et elle ne put s'empêcher de remarquer qu'ils étaient décidément magnifiques. Nous avons couché ensemble cette nuit, songea-t-elle avec un frisson. Nos deux corps se sont unis. Il est enfin mon mari.

— Ce monstre a mangé mon bacon.

Melisande baissa les yeux. Mouse la regardait avec adoration, et ses babines semblaient esquisser un sourire.

— M. Mouse n'est pas un monstre. C'est un gentleman toutou. Et il adore le bacon. Alors, ne le tentez pas avec.

Là-dessus, elle claqua des doigts et quitta la pièce, Mouse sur ses talons.

— Un gentleman toutou ? répéta Jasper en regardant la porte se fermer sur son épouse. Un *gentleman toutou* ? Avez-vous déjà entendu une chose pareille ? demanda-t-il aux deux domestiques restés dans la pièce.

Le valet se gratta le front.

— Milady semble beaucoup tenir à lui.

Oaks avait recouvré sa dignité. Il écarta le sujet d'un ton sans appel :

— La vicomtesse a donné des instructions très précises au sujet de cet animal quand elle a pris son petit déjeuner, il y a une heure de cela.

Jasper réalisa qu'il s'était conduit comme un idiot. Il n'avait jamais été brillant de bon matin, mais quand même : hurler après son épouse le lendemain de leurs noces n'était pas vraiment de bon aloi.

— Je vais demander à la cuisinière de vous préparer une autre assiette de bacon, ajouta Oaks.

Jasper soupira.

— Ce n'est pas la peine. Je n'ai plus faim.

Il jeta un regard pensif vers la porte, avant de décider qu'il ne possédait pas l'éloquence, à cette heure-ci, pour s'excuser convenablement auprès de Melisande. Il avait appris que la prudence était une vertu à cultiver quand il s'agissait des femmes.

— Faites seller mon cheval, ordonna-t-il.

— Oui, milord.

Oaks s'esquiva sans bruit. Jasper était toujours stupéfait par la légèreté avec laquelle son majordome se mouvait.

Le valet, cependant, s'attardait. Il semblait vouloir dire quelque chose.

Jasper soupira encore.

— Oui ?

— Dois-je avertir milady que vous allez sortir ? s'enquit le valet.

Jasper se sentit encore un peu plus honteux. Même ses valets savaient mieux que lui comment se conduire avec une femme.

— Oui, faites, répondit-il.

Et il quitta à son tour la pièce, en évitant de croiser le regard du domestique.

Un peu plus d'une demi-heure plus tard, Jasper chevauchait dans les rues encombrées de Londres, pour rallier une maison sur Lincoln's Inn Fields. Le soleil était au rendez-vous et la population de la ville semblait vouloir en profiter. Des vendeurs de rues s'étaient positionnés à tous les coins stratégiques, des femmes à la mode marchaient bras dessus bras dessous, et les attelages glissaient comme des navires au milieu de la foule.

Six mois plus tôt, quand Jasper et Sam Hartley avaient entrepris d'interroger les survivants du massacre de Spinner's Falls, ils n'avaient pu retrouver la trace de tous les soldats. Certains paraissaient avoir purement et simplement disparu. D'autres, tombés dans la misère et réduits à la mendicité, étaient impossibles à localiser.

Et puis, il y avait les survivants, comme sir Alistair Munroe. Munroe n'avait pas directement servi dans le 28e : c'était un naturaliste de Sa Majesté, attaché au régiment pour dresser l'inventaire de la faune et de la flore rencontrées dans les colonies. Mais bien sûr, lorsque le régiment était tombé dans l'embuscade tendue par les Wyandots, ceux-ci n'avaient pas fait la différence entre les militaires et les civils. Munroe s'était retrouvé, avec Jasper, dans leur petit groupe de prisonniers, et il avait subi le même sort qu'eux, avant qu'ils ne puissent recouvrer la liberté en échange d'une rançon. Ce souvenir arracha un frisson à Jasper. Tous les captifs, forcés de marcher d'interminables heures dans des forêts immenses et sombres infestées de moustiques, n'avaient pas survécu. Et ceux qui s'en étaient tirés n'étaient plus les mêmes hommes. Parfois, Jasper avait le sentiment d'avoir laissé une partie de son âme dans ces forêts d'Amérique.

Il s'ébroua mentalement pour chasser ces noires pensées, et guida Belle dans le très chic carré de Lincoln's Inn Fields. Sa destination était une élégante demeure de brique rouge, avec de larges moulures blanches autour des portes et des fenêtres. Jasper mit pied à terre et confia ses rênes à un laquais, avant de gravir le perron et d'actionner le heurtoir. Deux minutes plus tard, le majordome l'introduisait dans la bibliothèque.

— Vale ! s'exclama Matthew Horn, se levant d'un imposant bureau et tendant la main. Je ne t'attendais pas le lendemain de tes noces !

Jasper lui serra la main. Horn portait une perruque blanche et il avait le teint pâle des rouquins. Son menton, carré et un peu lourd, contrebalançait un visage presque poupin. Des petites rides se distinguaient au coin de ses yeux – d'un bleu magnifique –, bien qu'il n'eût pas encore fêté ses trente ans.

— Je sais, je suis un gredin d'abandonner déjà ma femme, mais l'affaire est urgente, répliqua Jasper.

— Assieds-toi, je t'en prie.

Jasper écarta les pans de son manteau et se laissa choir dans un fauteuil.

— Comment va ta mère ?

Horn leva les yeux, comme s'il pouvait voir la chambre de sa mère à travers le plafond.

— J'ai peur qu'elle ne reste clouée au lit pour le restant de ses jours, mais elle a toujours toute sa tête. Je prends le thé les après-midi avec elle, du moins si je suis en ville, et elle me réclame assidûment les derniers potins.

Jasper sourit.

— Tu as évoqué Spinner's Falls lorsque nous nous sommes croisés chez les Edding, reprit Horn.

— En effet. Te rappelles-tu Sam Hartley ? Le caporal Hartley ? Il avait été dépêché auprès de notre régiment pour nous conduire jusqu'à Fort Edward.

— Oui, je m'en souviens. Et alors ?

— Il est venu à Londres, au mois de septembre.

Horn tendit le bras pour tirer le cordon de la sonnette.

— Pendant que j'étais en Italie, donc. Je regrette de l'avoir manqué.

— Il m'a montré une lettre qui était tombée entre ses mains.

— Quel genre de lettre ?

— Elle détaillait la marche du 28e régiment, depuis Québec jusqu'à Fort Edward. Y compris l'itinéraire exact que nous devions emprunter, et le moment précis où nous atteindrions Spinner's Falls.

— *Quoi ?* s'exclama Horn.

Jasper se pencha en avant.

— Nous avons été trahis. Les Français et leurs alliés indiens avaient connaissance de notre position. Le régiment s'est engouffré dans un piège.

La porte s'ouvrit, et le majordome fit son apparition.

— Oui, monsieur ?

Horn cligna des paupières.

— Ah... oui. Demandez à la cuisinière de nous préparer du thé.

Le majordome salua et se retira.

Horn attendit que la porte se fût refermée avant de parler.

— Mais qui aurait pu faire une chose pareille ? Les seuls hommes qui connaissaient notre route étaient les guides, et les officiers. Tu es sûr de toi ? As-tu vu cette lettre de tes propres yeux ? Hartley a pu se tromper.

Jasper secoua la tête.

— J'ai vu la lettre. Il n'y a pas d'erreur possible. Nous avons bel et bien été trahis. Et avec Hartley, nous avons d'abord pensé qu'il s'agissait de Thornton.

— As-tu pu lui parler dans sa prison ?

— Oui.

— Et alors ?

— Thornton jure de son innocence. Il m'a laissé entendre que le traître appartenait au petit groupe capturé par les Indiens.

D'abord, Horn le regarda avec une totale incrédulité. Puis il partit d'un grand éclat de rire.

— Pourquoi irais-tu croire cet assassin de Thornton ?

Jasper contemplait ses mains croisées sur ses genoux. Il s'était posé plusieurs fois cette question.

— Thornton sait qu'il va mourir. Il n'avait aucune raison de me mentir.

— Mais c'est un fou. Et un fou n'a pas de raison du tout.

Jasper haussa les épaules.

— Je sais. Mais quand nous marchions à travers la forêt, Thornton était en bout de file. Il a pu entendre ou voir quelque chose qui nous aurait échappé.

— Admettons que tu croies aux accusations de Thornton. Où cela te mène-t-il ?

Jasper ne répondit rien.

Horn leva les mains.

— Quoi ! Crois-tu que j'aie trahi, Vale ? Crois-tu que j'aie demandé à être torturé, jusqu'à ce que ma voix ne fût plus qu'une longue plainte ? Tu sais ce que j'ai enduré. Tu ne...

— Chut, l'interrompit Jasper. Je ne pense évidemment pas que tu...

— Alors, qui ? grommela Horn, les yeux brillants de larmes. Qui, parmi nous, aurait été trahir un régiment entier ? Nate Growe ? Ils lui ont tranché la moitié des doigts. Munroe ? Ils ne lui ont crevé qu'un œil. Ce n'est pas beaucoup, en récompense de...

— Matthew...

— Alors, Saint Aubyn ? Ah, non, il est mort. Peut-être a-t-il mal calculé son coup, et il se sera laissé carboniser pour...

— Arrête, Matthew, le coupa Jasper d'une voix calme, mais suffisamment impérieuse pour interrompre Horn dans sa litanie. Je sais. Je sais tout cela.

Horn ferma les yeux.

— Alors tu sais aussi qu'aucun de nous n'a pu trahir.

— Pourtant, nous avons été trahis. Quelqu'un nous a tendu un piège, et a délibérément conduit quatre cents hommes à l'abattoir.

Horn grimaça.
— Bon sang...

Une servante entra, avec le thé. Les deux hommes gardèrent le silence pendant qu'elle déposait son plateau sur un coin du bureau. Puis elle s'éclipsa et la porte se referma doucement sur elle.

Jasper croisa le regard de son ami – celui qui avait été son frère d'armes à l'époque du massacre.

— Qu'attends-tu de moi ? questionna Horn.

— Je veux que tu m'aides à découvrir le traître, répondit Jasper. Et ensuite, que tu m'aides à le tuer.

Le dîner était depuis longtemps terminé quand lord Vale rentra enfin. Melisande avait pu compter les heures, car le grand salon à l'avant de la maison était doté d'une affreuse pendule trônant sur la cheminée. Des nymphes plantureuses – pour ne pas dire grasses – se contorsionnaient autour du cadran dans des poses qui se voulaient probablement érotiques. Mais l'artisan qui avait réalisé cette pendule ne devait pas connaître grand-chose à l'érotisme. Mouse, assis aux pieds de la jeune femme occupée à broder, alla renifler vers la porte dès qu'il entendit arriver lord Vale.

Melisande avait été furieuse de devoir encore une fois attendre son mari. Oh, ses sentiments à son égard n'avaient pas varié, et elle était toujours impatiente de retrouver sa compagnie, mais pour l'instant ce désir était supplanté par l'exaspération. Elle ne l'avait pas vu depuis le petit déjeuner – qu'ils n'avaient pas pris ensemble – et il ne l'avait même pas avertie qu'il ne serait pas rentré pour dîner. Leur mariage avait beau être de pure convenance, cela n'interdisait pas de respecter les règles de la plus élémentaire courtoisie.

À présent, elle l'entendait converser tranquillement dans le hall, avec le majordome et des valets. Avait-il donc déjà oublié qu'il avait une femme ? Oaks semblait quelqu'un de parfaitement sensé. Avec un peu de chance, le majordome saurait rappeler à son maître l'existence de Melisande.

L'horrible pendule sonna le quart avec une sonorité plate. Le petit salon jaune et blanc était plus agréable, mais Melisande avait préféré s'installer dans celui-ci, car Vale serait obligé de passer devant pour gagner l'escalier conduisant à ses appartements.

La porte s'ouvrit finalement, surprenant Mouse qui fit un bond en arrière, avant de se reprendre et d'aboyer sur lord Vale. Celui-ci baissa les yeux en direction du chien, et Melisande eut le sentiment qu'il n'hésiterait pas à lui donner un coup de pied pour l'écarter.

— Mouse, ici ! l'appela-t-elle.

Le chien aboya une dernière fois, avant de la rejoindre et de sauter sur le sofa, à côté d'elle.

Lord Vale s'approcha.

— Bonsoir, madame mon épouse. Je m'excuse pour mon absence au dîner.

Melisande, posant sa broderie, lui désigna un fauteuil :

— J'imagine que les affaires qui vous ont retenu dehors étaient de première importance.

Lord Vale s'installa confortablement dans le fauteuil.

— Importantes, en effet, murmura-t-il.

Il paraissait éteint, comme si son habituelle joie de vivre l'avait déserté. Melisande sentit sa colère retomber. Elle se demandait ce qui avait bien pu l'assombrir ainsi.

Lord Vale fronça les sourcils en toisant Mouse.

— Ce canapé est couvert de satin.

Mouse posa la tête sur les genoux de la jeune femme. Melisande lui caressa le museau.

— Oui, je sais.

Lord Vale ouvrit la bouche, puis la referma. Son regard errait dans la pièce, et Melisande devina qu'il avait envie de bondir de son siège pour faire les cent pas. Mais il se contenta de tapoter des doigts les accoudoirs du fauteuil. Il semblait fatigué et, sa bonne humeur ayant déserté son regard, vieilli.

Melisande détestait le voir dans cet état – cela lui retournait le cœur.

— Désirez-vous un verre de brandy ? proposa-t-elle. Ou quelque chose de la cuisine ? Il doit rester de la tourte à la viande.

Il secoua la tête.

La jeune femme l'observa un moment, perplexe. Elle aimait cet homme depuis des années, mais au fond, elle le connaissait à peine. Et elle ne savait pas quoi faire pour lui quand il était triste. Elle reprit sa broderie et se saisit, dans son panier à ouvrage, d'une bobine de soie rose.

Lord Vale cessa de tambouriner sur ses accoudoirs.

— Votre broderie ressemble à un lion.

— C'est parce que c'est un lion, répondit-elle, attaquant avec son aiguille la langue du fauve.

Il sourit.

— C'est très joli.

— Merci.

Il recommença à tambouriner.

Melisande appréciait d'être assise en sa compagnie, même s'ils ne savaient quoi se dire.

Lord Vale lâcha les accoudoirs.

— Ah ! J'ai failli oublier. Je vous ai ramené quelque chose, annonça-t-il, fouillant dans sa poche.

Melisande posa sa broderie de côté, pour accepter l'écrin qu'il lui tendait.

— Acceptez-le en manière d'excuse pour m'être emporté ce matin, dit-il. Je me suis conduit comme le pire des maris.

Melisande esquissa un sourire.

— Pas si pire que cela.

Il secoua la tête.

— Ce n'est pas bien de crier ainsi après sa femme. Je vous promets de ne pas recommencer.

Elle ouvrit l'écrin. Il contenait deux gouttes de grenat montées en pendentifs.

— C'est ravissant !

— Vous aimez ?

— Oui ! Merci beaucoup !

Il se releva.

— Alors, c'est parfait. Je vous souhaite une bonne nuit.

Melisande sentit ses lèvres effleurer ses cheveux et, l'instant d'après, il était déjà à la porte. Il tourna la poignée, et lui lança par-dessus son épaule :

— Au fait, inutile de m'attendre, cette nuit.

Elle haussa un sourcil.

Il grimaça.

— Je veux dire que je ne viendrai pas vous visiter dans votre chambre. Ce serait un peu trop tôt après notre nuit de noces, pas vrai ? Dormez bien, ma chère.

Melisande inclina la tête, se mordant les lèvres pour contenir ses larmes, mais il avait déjà disparu.

La jeune femme cligna des yeux, puis reporta son attention sur l'écrin aux pendentifs. Ils étaient réellement ravissants, mais elle n'en portait jamais – ses oreilles n'étaient même pas percées. Elle caressa l'un des grenats, se demandant s'il l'avait jamais regardée – vraiment regardée.

5

Le second mendiant se redressa, et ses haillons s'envolèrent, révélant une hideuse créature, moitié bête moitié homme.

— Aller au diable, dis-tu ? s'écria le démon – car bien sûr, c'en était un. Mais c'est toi qui seras damné !

Jack vit ses bras et ses jambes rétrécir, et il se retrouva bientôt de la taille d'un enfant. Dans le même temps, son nez s'allongea et se recourba, jusqu'à toucher pratiquement son menton, qui avait poussé vers l'avant.

Le démon rugit de rire, avant de disparaître dans un nuage de fumée. Jack demeura seul sur la route, les manches de son uniforme de soldat traînant dans la poussière...

— Ah, excellent ! commenta Jasper au dîner, trois jours plus tard. Bœuf rôti avec sa sauce, et Yorkshire pudding[1]. L'essence même du dîner anglais !

Il but une gorgée de vin, et regarda par-dessus son verre si sa femme réagirait à son jugement définitif et parfaitement crétin. Mais, comme d'habitude, elle portait un masque poli.

1. Sorte de pâte à crêpes cuite, qui accompagne traditionnellement les viandes en sauce. *(N.d.T.)*

— La cuisinière sait très bien faire le Yorkshire pudding, se contenta-t-elle de murmurer.

Jasper l'avait à peine croisée, ces trois derniers jours, et c'était le premier dîner qu'ils prenaient en commun. Cependant elle ne manifestait ni satisfaction, ni colère, ni émotion d'aucune sorte. Il reposa son verre, cherchant à comprendre pourquoi il était déçu. Après tout, n'était-ce pas ce qu'il avait désiré : une épouse complaisante, qui ne lui ferait jamais de scènes ? Il avait pensé, au début, lui rendre visite quelques nuits, l'accompagner de temps en temps à des réceptions, puis, quand il aurait été certain qu'elle était enceinte, il aurait pris une maîtresse.

Mais ce dessein ne le satisfaisait plus.

— Nous sommes invités au bal masqué de lady Graham, dit-il, coupant sa tranche de rôti. Je déteste porter un masque, ça me donne chaud et envie d'éternuer. Mais j'ai pensé que vous aimeriez peut-être y aller ?

Elle grimaça légèrement.

— Merci de me le proposer, mais je ne crois pas, non.

— Ah, fit-il, de nouveau déçu. Si c'est le masque qui vous pose aussi problème, on peut s'arranger. Que diriez-vous d'un simple loup sur les yeux ? Avec quelques plumes noires et des pierreries ?

Elle sourit.

— J'aurais l'air d'une corneille dans une assemblée de paons. Non, merci.

— Je comprends.

— Mais n'hésitez pas à vous y rendre, si cela vous chante. Je ne voudrais pas gâcher votre plaisir.

Jasper songeait à ces nuits interminables, qu'il essayait de meubler en s'enivrant avec des inconnus.

— Voilà qui est gentil. C'est toujours amusant de voir des gentlemen et des ladies d'ordinaire très dignes se cacher sous un masque – même si c'est un peu puéril, j'en conviens.

Elle ne répondit rien.

— Vous êtes ravissante ce soir, reprit-il pour changer de sujet. La lumière des chandelles vous met particulièrement en valeur.

— Je suis très désappointée, avoua la jeune femme. Je me trouve assise face à l'un des séducteurs les plus célèbres de la ville, et il me parle de la lumière des chandelles.

— Préférez-vous que je vous complimente sur vos yeux ?

Elle les plissa.

— Laissez-moi deviner : vous allez les comparer à des miroirs qui reflètent mon âme.

Jasper ne put s'empêcher d'éclater de rire.

— Vous avez l'esprit très critique, madame. Dois-je plutôt vous parler de votre sourire ravageur ?

— Vous pouvez, mais je risque de bâiller.

— Je pourrais louer le modelé de votre visage. Et décrire ensuite ce qui se cache derrière.

— Cela vous serait difficile. Vous ne savez rien de moi.

— Non ?

Elle détourna les yeux, comme si elle regrettait de l'avoir mis au défi. Ce qui aiguisa un peu plus la curiosité de Jasper.

— Parce que vous ne m'avez pas beaucoup donné l'occasion de vous connaître.

Elle haussa les épaules, une main posée sur son ventre, l'autre serrant son verre de vin.

— Peut-être est-ce à moi de mener l'exploration ? poursuivit Jasper. Je vais commencer par le plus simple : qu'aimez-vous manger ?

Elle désigna le bœuf en sauce et le Yorkshire pudding qui refroidissaient dans son assiette :

— Ceci me convient très bien.

— Vous ne me facilitez pas les choses, fit valoir Jasper, dérouté.

La plupart des dames de sa connaissance adoraient parler d'elles-mêmes – c'était même leur sujet de prédilection. Pourquoi sa femme seraitelle différente des autres ?

— Il n'existe vraiment aucun mets que vous préférez par-dessus tout ? insista-t-il.

Elle croisa son regard.

— Non, je ne pense pas.

Jasper contenait difficilement son impatience.

— Comment pourriez-vous ne pas avoir de plat préféré ? Tout le monde en a un.

Elle haussa les épaules.

— Je n'avais jamais réfléchi à la question.

— Le jambon fumé ? Les tartes aux framboises ? Les sabayons ? interrogea Jasper, au bord de l'exaspération.

— Les sabayons ?

— Il y a forcément quelque chose que vous aimez. Ou plutôt, que vous *adorez*. Quelque chose pour lequel vous seriez capable de vous relever la nuit.

— Si votre théorie est fondée, vous avez vous-même un plat préféré, lui retourna la jeune femme.

Il sourit.

— Le pâté au pigeon, le jambon fumé, les tartes aux framboises, les poires du verger, les muffins qui sortent tout chauds du four, un bon steak, ou du fromage. N'importe quelle variété de fromage.

Elle porta son verre à ses lèvres, mais ne but pas.

— C'est toute une liste, milord. Vous ne m'avez pas dit quel était votre plat préféré.

— Peut-être, mais au moins, j'ai une liste.

Ses lèvres esquissèrent une amorce de sourire, et Jasper remarqua, pour la première fois, qu'elles étaient finement dessinées et ne manquaient pas de charme.

— Cependant, vous semblez incapable de déterminer lequel est votre préféré.

Jasper se redressa sur son siège.

— M'accuseriez-vous de frivolité, madame ?

Son sourire s'élargit.

— C'est vous qui avez prononcé le mot.

Il éclata de rire.

— Me voilà insulté à ma propre table, et par ma propre femme !

Elle souriait toujours, et Jasper refréna l'envie de se lever pour passer son pouce sur ses lèvres.

— Pardonnez-moi, mais comment appelleriez-vous un homme qui aime tant de mets différents qu'il ne peut en distinguer un du lot ? Un homme qui a récolté et perdu deux fiancées en moins d'un an ?

— Oh, voilà un méchant coup bas ! protesta Jasper en riant.

— Un homme que je n'ai jamais vu porter deux fois le même costume ?

— Ah...

— Et qui est l'ami de tous les hommes qu'il rencontre, mais qui n'a pas véritablement de meilleur ami ?

Jasper cessa de rire. Il avait eu un meilleur ami, autrefois. Reynaud Saint Aubyn. Mais Reynaud était mort lors du massacre de Spinner's Falls. Désormais, Jasper passait ses nuits en compagnie de camarades de fortune, croisés au hasard de ses beuveries. Sa femme avait hélas raison : il connaissait beaucoup de monde, mais il n'était intime avec personne.

Il déglutit, et demanda :

— Dites-moi, madame, en quoi serait-il pire de fréquenter une multitude de ses semblables plutôt que de prendre le risque de n'en retenir qu'un seul ?

Elle reposa son verre sur la nappe.

— Je crois que je commence à me lasser de cette conversation.

Il y eut un silence, qui s'étira pendant plusieurs longues secondes. Puis Jasper soupira et recula sa chaise.

— Si vous voulez bien m'excuser...

Elle hocha la tête et il quitta la pièce, en donnant l'apparence de reconnaître sa défaite. Mais ce n'était pas une défaite, voulait-il se persuader : juste une retraite stratégique, le temps de fourbir ses arguments. Beaucoup de généraux considéraient qu'il était souvent préférable de reculer, plutôt que de se jeter tête baissée dans la bataille.

Melisande s'en voulait. Elle avait bien failli, ce soir, en révéler trop sur elle-même. Et, pire que tout, elle avait été à deux doigts de trahir ses sentiments pour lord Vale.

La jeune femme gardait une main pressée sur son ventre tandis que Sally lui brossait les cheveux. Savoir que quelqu'un désirait percer votre personnalité avait de quoi séduire – et plus encore s'il s'agissait de lord Vale. Durant tout le dîner, il ne s'était intéressé qu'à elle. Si Melisande n'y prenait pas garde, elle risquait de succomber à tant d'attentions. C'était trop dangereux. Une seule fois, elle avait laissé ses émotions la gouverner – avec Timothy, et cela ne lui avait pas réussi. Aimer quelqu'un aussi fort n'était pas une bénédiction, mais plutôt une malédiction. Il lui avait fallu des années pour surmonter la perte de Timothy, et elle entretenait soigneusement le souvenir de ce chagrin d'amour comme une mise en garde indispensable contre toute rechute. Sa santé mentale en dépendait.

Mais dans l'immédiat, une autre douleur la travaillait au corps. La jeune femme s'agrippa aux rebords de la coiffeuse pour laisser passer l'onde de choc. Voilà maintenant quinze ans qu'elle endurait cette souffrance une fois par mois, et il était inutile de vouloir s'emporter : la nature devait parler.

— Vos cheveux sont encore plus jolis quand ils sont défaits, milady, commenta Sally dans son dos. Ils sont tellement fins et soyeux !

— Ils sont bruns, répondit Melisande.

— Oui, concéda Sally. Mais c'est un beau brun. Un peu comme le bois de chêne lorsqu'il vieillit.

Melisande croisa le regard de sa chambrière dans le miroir.

— Tu n'as pas besoin de me flatter.

Sally parut sincèrement offensée.

— Ce n'est pas de la flatterie, milady, c'est la vérité ! La vérité vraie. J'aime beaucoup la façon dont vos cheveux bouclent autour de votre visage. C'est dommage que vous les portiez toujours en chignon.

— Je n'ai pas envie de ressembler à une harpie.

— Une harpie ? Mais, milady...

Melisande ferma les yeux. Un nouvel élancement, dans son ventre, menaçait de la plier en deux.

— Ça ne va pas, milady ?

— Si, très bien, mentit Melisande. Ne t'inquiète pas.

Sa chambrière paraissait sceptique. Probablement se doutait-elle de quelque chose, puisque c'était elle qui ramassait les sous-vêtements de sa maîtresse.

Mais Melisande détestait parler à quiconque de choses aussi intimes.

— Voulez-vous que je vous fasse monter une brique chaude ? proposa Sally.

Melisande voulut refuser, mais un nouveau pic de douleur la fit se raviser. Elle hocha la tête. Après tout, une brique chaude enveloppée dans un linge la soulagerait peut-être.

Sally s'éclipsa pour chercher la brique, et Melisande gagna son lit. Tandis qu'elle se lovait sous les draps, elle eut l'impression que la douleur lançait ses tentacules jusque dans ses cuisses. Mouse grimpa sur les couvertures et posa la tête contre son épaule.

— Oh, Mouse, murmura-t-elle, lui caressant le museau. Tu es mon plus loyal compagnon.

Sally revint avec la brique enveloppée dans de la flanelle.

— Voilà, milady, dit-elle, glissant la brique sous les draps. On va voir si ça vous fait du bien.

— Merci.

Melisande pressa le linge chaud sur son ventre. Un nouvel élancement lui fit se mordre les lèvres.

— Désirez-vous autre chose ? s'enquit Sally, qui se tenait au pied du lit, le regard soucieux. Du thé chaud avec du miel ? Une couverture supplémentaire ?

— Non, répondit Melisande, le plus gentiment qu'elle put. Merci, ce sera tout pour ce soir.

Sally s'inclina et referma doucement la porte derrière elle.

Melisande, paupières closes, tentait d'ignorer la douleur. Elle sentit Mouse s'insinuer sous les couvertures, pour s'allonger contre ses hanches. Il soupira, puis ce fut le silence dans la chambre.

Quelques secondes plus tard, cependant, Melisande entendit frapper à la porte communiquant avec les appartements de lord Vale. Sans attendre de réponse, celui-ci poussa le battant et entra.

Melisande garda les yeux fermés. Pourquoi fallait-il qu'il eût choisi ce soir pour honorer son devoir conjugal ? Il avait gardé ses distances depuis leur nuit de noces, sous le prétexte de la laisser récupérer, et voilà qu'il revenait alors qu'elle n'était absolument pas en état de le recevoir. Mais comment le lui dire ?

— Vous êtes déjà couchée ? commença-t-il.

Il fut interrompu par Mouse, qui surgit des couvertures pour lui aboyer dessus.

Lord Vale recula d'un pas. Mouse, perdant l'équilibre, tomba sur le ventre de Melisande, qui ne put retenir un gémissement.

— Il vous a fait mal ? s'inquiéta lord Vale, s'approchant du lit.

Ce qui eut pour effet de redoubler les aboiements du chien.

— Mouse, tais-toi ! gémit la jeune femme.

Lord Vale jeta au terrier un regard glacial. Puis, avant que Melisande ait pu protester, il l'attrapa par la peau du cou et alla l'enfermer dans le dressing.

— Où avez-vous mal ? questionna-t-il, revenant vers le lit.

Melisande n'en revenait toujours pas qu'il ait expulsé Mouse de la sorte.

— Nulle part.

Il fronça les sourcils.

— Ne me racontez pas d'histoires. Votre chien vous a fait mal quelque part. Dites-moi…

— Ce n'est pas Mouse, le coupa Melisande, fermant les yeux, car elle se sentait incapable de le regarder pour préciser : J'ai… j'ai mes règles.

Le silence fut tel qu'elle rouvrit les yeux. Lord Vale la contemplait avec des yeux ronds.

— Vous... Ah, d'accord.

Il regarda autour de lui, comme s'il cherchait l'inspiration. Melisande attendait qu'il s'en aille.

— Avez-vous... (Il s'éclaircit la gorge.) Avez-vous besoin de quelque chose ?

— Non, rien, merci.

— Dans ce cas...

— J'aimerais que...

Leurs phrases s'étaient télescopées. Il s'interrompit et, d'un geste gracieux de la main, invita Melisande à terminer la sienne.

— J'aimerais que vous fassiez revenir Mouse.

— Oui, bien sûr.

Il alla rouvrir la porte du dressing. Mouse bondit aussitôt sur le lit et recommença d'aboyer contre lord Vale, comme si l'intermède du dressing n'avait même pas eu lieu.

Lord Vale s'approcha.

— Pardonnez-moi, mais je crois qu'il est préférable que nous réglions cette affaire maintenant, dit-il à Melisande.

Son geste fut aussi rapide que tout à l'heure. Mais cette fois, il referma la main sur la gueule du terrier pour le bâillonner. Mouse, surpris, couina très fort.

Melisande ouvrit la bouche pour protester, mais lord Vale, d'un regard, la réduisit au silence. Après tout, il était chez lui. Et il était son mari.

Sans lâcher la gueule de Mouse, il se pencha vers lui et le fixa droit dans les yeux.

— *Non !* assena-t-il d'une voix sèche.

L'homme et le chien s'observèrent un moment, puis l'homme secoua fermement la gueule du chien, avant de le relâcher. Mouse s'assit alors contre Melisande, et se lécha le museau.

Lord Vale reporta son attention sur la jeune femme.

— Bonne nuit, madame.

— Bonne nuit, murmura-t-elle.

Et il regagna ses appartements.

Mouse leva les yeux vers sa maîtresse, qui lui caressa le crâne.

— Franchement, tu l'avais bien mérité, lui dit-elle.

Mouse soupira bruyamment, puis gratta le bord des couvertures. Melisande les souleva pour qu'il puisse reprendre sa place, tout contre elle.

Après quoi, la jeune femme ferma les yeux. Ah, les hommes ! Comment lord Vale avait-il pu conquérir tant de maîtresses et ne pas savoir quoi faire de son épouse ? Melisande avait beau très peu fréquenter le grand monde, elle avait toujours été avertie, par la rumeur, lorsque Vale se liait avec une nouvelle femme. Et, chaque fois, c'était comme si un petit morceau de verre lui avait égratigné le cœur, pour le faire saigner en silence. Maintenant, lord Vale était à elle. Rien qu'à elle. Mais il se révélait posséder la sensibilité… d'un gros balourd.

D'une certaine manière, c'était assez comique. L'homme de ses rêves était fait de plomb ! Cependant, il ne pouvait posséder la réputation d'être un amant hors pair sans de bonnes raisons. Certaines de ses maîtresses étaient restées avec lui plusieurs mois – et elles avaient elles-mêmes la réputation de pouvoir séduire autant d'hommes qu'elles le désiraient.

Cette idée, d'ailleurs, n'avait rien de réjouissant. Son mari était habitué aux maîtresses expertes. Peut-être comptait-il ne rien changer à son mode de vie, et ne se servir de son épouse que pour lui donner des enfants ? Dans ce cas, il devait juger inutile de dépenser de l'énergie pour qu'elle prenne du plaisir au devoir conjugal.

Melisande retourna son oreiller et lui donna une tape impatiente. S'ils continuaient ainsi, elle aurait à subir un mariage sans amour et sans sexe. L'amour, elle pouvait s'en passer – elle *devait* s'en passer, si elle voulait garder toute sa présence d'esprit. Elle n'avait pas plus envie que Vale découvre la nature de ses sentiments à son endroit, que de sauter du toit d'un immeuble. Mais se passer de sexe, c'était une autre histoire. Il lui faudrait parvenir à séduire son mari de manière à être comblée au lit, sans qu'il puisse deviner qu'elle l'aimait comme une folle.

Le lendemain après-midi, Jasper se promenait à cheval dans Hyde Park, avec Matthew Horn. Mais chaque fois qu'il regardait son ami, il éprouvait un sentiment de culpabilité. Se pouvait-il que Matthew ressentît la même chose à son endroit ? C'était probable. Tous les survivants de Spinner's Falls devaient plus ou moins nourrir les mêmes pensées.

— J'ai oublié de te congratuler pour ton mariage, lui dit Horn. J'avais fini par croire que tu resterais éternellement célibataire.

— Tu n'étais pas le seul, répliqua Jasper.

Melisande n'était pas encore levée lorsqu'il avait quitté la maison, et il en avait conclu qu'elle passerait probablement la journée au lit. En vérité, il ne connaissait pas grand-chose aux cycles féminins. Certes, il avait fréquenté beaucoup de maîtresses, mais aucune n'avait jamais abordé ce sujet devant lui. Jasper découvrait que le mariage était plus compliqué, à maints égards, qu'il ne l'avait imaginé.

— Comment t'y es-tu pris ? demanda Horn. As-tu attaché un bandeau aux yeux de la malheureuse pour la conduire jusqu'à l'autel ?

— Non, elle est venue de son plein gré, figure-toi. Mais elle voulait un mariage très discret. Sans quoi, tu aurais été invité, bien sûr.

Ils guidèrent leurs montures pour contourner un attelage à l'arrêt. Son conducteur se grattait le crâne, sous sa perruque, pendant que la femme assise à côté de lui s'était penchée pour échanger quelques potins avec deux ladies à pied. Jasper et Matthew soulevèrent leurs chapeaux en passant. Le gentleman hocha la tête d'un air distrait. Les dames saluèrent poliment, avant de reprendre leurs ragots.

— N'y as-tu pas songé pour toi-même ? s'enquit Jasper.

Horn tourna vers lui un regard interrogateur.

— Au mariage, précisa Jasper.

Horn grimaça.

— J'aurais dû m'y attendre.

— À quoi ?

— Les nouveaux mariés éprouvent toujours le besoin de convertir leur entourage. La prochaine fois, tu voudras me présenter à une créature de ta connaissance, en me faisant valoir tout l'intérêt que j'aurais à lier mon sort au sien.

— Puisque tu en parles, j'ai une cousine vieille fille qui pourrait t'intéresser. Bon, d'accord, elle a dépassé les quarante ans, mais sa dot est considérable.

Horn le dévisagea avec une expression d'horreur.

Jasper s'esclaffa joyeusement.

— Oh, moque-toi de moi ! gronda Horn. Mais pas plus tard que le mois dernier, j'ai reçu une offre de ce genre. Et là, ce n'était pas pour rire.

— Serait-ce par aversion pour le beau sexe que tu as séjourné aussi longtemps sur le continent ?

— Pas du tout. J'ai voyagé en Italie et en Grèce pour visiter les ruines antiques, et rapporter quelques statues.

Jasper haussa les sourcils.

— J'ignorais que tu cultivais un goût pour l'art.

Horn haussa les épaules.

Jasper regarda devant lui. Ils approchaient de l'extrémité du parc.

— As-tu retrouvé Nate Growe ?

Horn secoua la tête.

— Non. Quand je suis retourné dans le café où je pensais l'avoir aperçu, personne ne m'a dit le connaître. J'ai pu me tromper. Ce n'était peut-être pas lui. Je suis désolé, Vale.

— Tu n'as pas à l'être. Au moins, tu auras essayé.

— Qui reste-t-il d'autre, sur la liste ?

— Nous n'étions que huit à avoir été capturés. Toi, moi, Alistair Munroe, Maddock, le sergent Coleman, John Cooper, Growe et Saint Aubyn. Cooper est mort pendant que nous marchions. Coleman et Saint Aubyn ont été tués par les Indiens. Et Maddock a fini par succomber à ses blessures reçues lors de l'embuscade.

— Ce qui ne laisse plus que quatre survivants, compléta Horn. Toi, moi, Munroe et Growe. Munroe ne dira rien, et Growe a disparu.

Jasper regardait d'un air morose l'allée qui s'étirait sous les sabots de leurs chevaux.

Horn soupira.

— Tu as toi-même reconnu que Thornton mentait probablement, reprit-il. Tu ferais mieux de renoncer, Vale.

— Impossible.

Il devait découvrir la vérité. Trop d'hommes – *ses* hommes – étaient morts à Spinner's Falls pour qu'il puisse tirer un trait dessus. Regardant autour de lui, il se demanda ce que les promeneurs de ce parc londonien pouvaient bien connaître des forêts d'Amérique, avec leurs arbres immenses qui cachaient le soleil, et le silence régnant sous leurs ramures. Un silence tellement assourdissant que les cris de terreur de ses hommes s'y étaient noyés. Souvent, la nuit, il se demandait si tout cela n'avait pas été un cauchemar, une hallucination dont il ne parviendrait toujours pas à se débarrasser, des années après. Avait-il vraiment vu son régiment se faire massacrer ? Et son colonel se faire tirer à bas de son cheval, pour être pratiquement décapité ? Saint Aubyn avait-il réellement péri crucifié vivant ? La nuit, la réalité se mêlait si bien à ses rêves qu'il n'arrivait plus à déterminer le vrai du faux.

— Vale...

— L'autre jour, tu m'as fait remarquer que seuls les officiers connaissaient notre route, le coupa Jasper.

— Oui, et alors ?

— Alors, concentrons-nous sur les officiers.

— Ils sont tous morts, en dehors de nous deux.

— Nous devrions peut-être essayer de parler à leurs proches – parents, amis... Peut-être existe-t-il une lettre, quelque part, qui nous apprendrait des choses.

Horn le regarda d'un air presque apitoyé.

— Le sergent Coleman était quasiment illettré. Je doute fort qu'il ait pu envoyer une lettre à sa famille.

— Et Maddock ?

Horn soupira.

— Je n'en sais rien. Son frère est lord Hasselthorpe, et...

— *Quoi* ? s'exclama Jasper.

— Lord Hasselthorpe, répéta Horn. Tu n'étais pas au courant ?

— Non, répondit Jasper, secouant la tête.

Il avait été l'invité de Hasselthorpe, à l'automne dernier, mais il ignorait que son hôte était parent de Maddock.

— Je vais lui parler, ajouta-t-il.

— Je ne vois pas comment il pourrait savoir quelque chose, objecta Horn. Hasselthorpe se trouvait également aux colonies, à ce que j'ai cru comprendre. Mais dans un tout autre régiment.

— Quoi qu'il en soit, je veux lui parler.

— Très bien.

Ils avaient atteint les grilles du parc. Horn arrêta son cheval.

— Bonne chance, Vale. N'hésite pas à me faire signe, si tu as besoin de moi.

Jasper acquiesça et serra la main de son compagnon. Il le regarda quelques instants s'éloigner, avant de reprendre lui-même le chemin de la maison. Melisande serait peut-être levée, à présent, et il pourrait s'asseoir un moment avec elle pour converser. La perspective de badiner avec sa femme lui paraissait étrangement plaisante – elle l'aiderait, en tout cas, à chasser ses idées noires.

Mais quand il arriva chez lui, Oaks l'informa que sa femme était sortie. Jasper remercia son majordome et lui confia son tricorne, avant de monter à l'étage.

Un sentiment bizarre l'assaillit. La jeune femme ne vivait ici que depuis une semaine, et elle avait déjà imprimé sa présence sur les lieux. Elle n'avait pourtant rien changé à la décoration, ni remplacé les domestiques. Mais cette maison était désormais indubitablement la sienne. Cela se sentait à des petits détails : son parfum qui flottait dans le salon, le feu qui y était désormais toujours entretenu...

Jasper remonta le couloir en direction de ses appartements, mais il s'arrêta au moment de passer devant la porte de la jeune femme. Ses doigts approchèrent de la poignée, et il poussa la porte sans même réfléchir.

La chambre était si impeccable qu'elle pouvait paraître inhabitée. Bien sûr, tout avait été nettoyé de fond en comble pour l'arrivée de la nouvelle vicomtesse. Mais le mobilier demeurait celui déjà en place du temps de la mère de Jasper. Il réalisa, pour la première fois, que Melisande n'avait rien apporté avec elle en venant vivre ici.

Il ouvrit la penderie, découvrant une pleine rangée de robes aux coloris impersonnels. La table de nuit ne portait qu'un chandelier : nulle trace de livre de chevet. Il repéra, sur la coiffeuse, une petite boîte en ivoire qui devait contenir ses bijoux, et l'ouvrit : quelques épingles à cheveux, un rang de perles, et les pendentifs qu'il lui avait offerts. Il referma la boîte, pour s'intéresser au tiroir de la coiffeuse. Mais il ne renfermait que des rubans, et d'autres épingles à cheveux. Jasper regarda autour de lui : elle devait bien avoir rangé quelque part un objet personnel, qui aurait une valeur particulière à ses yeux.

Si c'était le cas, elle l'avait bien caché. Il fouilla une commode, dont les tiroirs ne contenaient que du linge. Dans le dernier tiroir, cependant, il crut avoir trouvé quelque chose : une petite tabatière en étain, glissée sous des vêtements. Jasper la prit pour l'examiner. Où avait-elle pu dénicher un objet pareil ? Son père et ses frères, s'ils prisaient, devaient posséder des tabatières autrement plus luxueuses.

Il souleva le couvercle. À l'intérieur se trouvaient un minuscule chien en porcelaine, une violette séchée et un bouton. Jasper, intrigué, s'empara du bouton. Il devait lui appartenir – comme semblait l'attester le V gravé dessus – mais il ne se souvenait pas de l'avoir perdu. Les autres objets lui demeuraient mystérieux : il ignorait ce qu'ils pouvaient signifier aux yeux de Melisande, et pourquoi elle les tenait enfermés dans cette boîte. Elle avait raison, au fond : il ne connaissait pas sa femme.

Jasper referma la tabatière et la replaça dans sa cachette. Puis il jeta de nouveau un regard circulaire à la chambre. Il n'en apprendrait pas davantage ici. La seule façon de connaître Melisande était de l'étudier en personne.

Sa décision prise, il quitta la pièce.

6

Ce qui lui arrivait était effroyable, mais Jack n'avait d'autre choix que de poursuivre sa route. Après avoir marché encore toute une journée, il arriva dans une grande et belle ville. À peine en eut-il franchi les portes que les habitants se massèrent sur son passage en riant. Des gamins le suivirent, se moquant de son grand nez et de son menton en galoche.

Jack posa son sac et plaqua les mains sur ses hanches.

— Vous me trouvez drôle ? lança-t-il.

Derrière lui, quelqu'un rit encore, mais cette fois c'était un petit rire à la sonorité délicieuse. Jack se retourna et découvrit la plus belle femme qui se puisse rêver. Elle était auréolée d'une magnifique chevelure blonde.

Elle se pencha vers lui et dit :

— Tu es le petit homme le plus drôle que j'aie jamais rencontré. Veux-tu devenir mon bouffon ?

Et c'est ainsi que Jack devint le bouffon de la fille du roi.

Le lendemain matin, Melisande savourait comme d'habitude ses œufs brouillés et ses toasts, à l'heure habituelle – huit heures trente –, quand quelque chose de tout à fait *inhabituel* se produisit. Son mari fit son apparition dans la salle à manger.

La jeune femme s'apprêtait à porter sa tasse de chocolat chaud à ses lèvres. Elle suspendit son geste et vérifia l'heure à la pendule. Les aiguilles indiquaient bien huit heures trente-deux.

Finalement, elle but une gorgée de chocolat et reposa sa tasse sur la soucoupe.

— Bonjour, milord.

Lord Vale lui sourit. Les petites rides au coin de ses lèvres se creusèrent, lui donnant cet air qu'elle trouvait irrésistible.

— Bonjour, ma chère et tendre épouse.

Mouse, assis aux pieds de la jeune femme, se redressa, et pendant quelques instants homme et chien se jaugèrent du regard. Puis Mouse accepta sagement de s'incliner, et reprit sa position initiale sans broncher.

Lord Vale s'approcha du buffet, et fronça les sourcils.

— Il n'y a pas de bacon.

— Je sais. C'est parce que je n'en mange pas, répondit Melisande.

Et, faisant signe au valet planté près de la porte :

— Dites à la cuisinière de préparer du bacon, des toasts, du beurre frais et du thé pour lord Vale. Et qu'elle n'oublie pas la marmelade !

Le valet salua et sortit.

Vale revint vers la table et s'assit en face d'elle.

— Bravo ! Vous connaissez mes goûts en matière de petit déjeuner.

— Évidemment. Cela fait partie de mes devoirs d'épouse.

— Vos devoirs, répéta-t-il avec une grimace, comme s'il trouvait le mot parfaitement désagréable. Et est-ce le *devoir* d'un mari de savoir ce qu'aime manger sa femme ?

Comme Melisande venait juste d'engloutir une bouchée d'œufs brouillés, elle ne put répondre.

Il hocha la tête.

— Je suppose que oui. Je vais donc en prendre bonne note. Des œufs brouillés, des toasts, des muffins et du chocolat chaud. Mais pas de confiture ni de miel, apparemment.

— Non, en effet. Contrairement à vous, je n'aime pas spécialement la confiture.

— J'avoue nourrir un penchant pour les douceurs. Étalez du miel sur n'importe quoi, et je le lécherai.

Melisande en frissonna.

— Vraiment ?

— Vraiment. Voulez-vous que je vous énumère tous les endroits où il serait possible d'étaler du miel ?

— Non, merci. Ce ne sera pas nécessaire.

— Dommage.

Melisande se sentait déconcertée. Elle était heureuse qu'il l'ait rejointe, bien sûr, mais elle ne comprenait rien à son humeur enjouée.

— Avez-vous un rendez-vous ?

— Non, pourquoi ?

— Je ne vous avais encore jamais vu vous lever avant onze heures du matin.

— C'est parce que nous ne sommes mariés que depuis une semaine. Qui vous dit qu'il ne m'arrive pas de me lever au chant du coq ?

— Cela vous est déjà arrivé ?

— En fait, non.

— Alors, pourquoi êtes-vous si matinal, aujourd'hui ?

— Peut-être avais-je faim de marmelade.

La jeune femme le considéra en silence.

— Ou peut-être désirais-je simplement prendre mon petit déjeuner en compagnie de mon épouse.

Melisande ignorait si elle devait se réjouir ou s'inquiéter du soudain intérêt qu'il lui portait.

— Pourquoi seriez-vous…

Deux servantes entrèrent au même instant, apportant le petit déjeuner de lord Vale, et la jeune femme ravala sa question. Ils restèrent silencieux pendant que les servantes disposaient les plats et attendaient l'approbation de Melisande. Elle hocha la tête, et elles repartirent.

— Pourquoi…, reprit-elle.

Mais il parla en même temps, et ils s'interrompirent tous les deux. Puis il fit signe à Melisande de parler.

— Non, je vous en prie, dit-elle. Continuez votre phrase.

— Je souhaitais simplement m'enquérir de vos projets pour la journée.

Elle s'empara de la théière et lui remplit sa tasse.

— J'avais l'intention de rendre visite à ma grand-tante, Mlle Rockwell.

— Du côté de votre mère ? demanda-t-il en se beurrant un toast.

— Non. C'est la sœur de la mère de mon père. Elle est très âgée, et j'ai appris qu'elle avait fait une chute, la semaine dernière.

— Comme c'est triste. Je vais venir avec vous.

Elle cligna des paupières.

— Quoi ?

Il mordit dans son toast et leva un doigt pour lui signifier de patienter, le temps qu'il avale sa bouchée. Elle le regarda mastiquer, puis avaler une gorgée de thé.

— Ouh, c'est chaud ! s'exclama-t-il. Je crois bien que je me suis brûlé la langue.

— Vous n'étiez pas sérieux en parlant de m'accompagner chez ma tante ? s'enquit Melisande.

— Mais si !

— Comme je vous l'ai dit, elle est très âgée, et...

— J'ai toujours beaucoup aimé les vieilles dames. C'est l'une de mes faiblesses, figurez-vous.

— Vous allez mourir d'ennui.

— C'est impossible, en votre compagnie, répliqua-t-il. À moins, bien sûr, que vous ne désiriez pas ma présence ?

Il mangeait son bacon, confortablement assis dans sa chaise, à la manière d'un chat savourant son repas. Mais une étincelle brillait dans ses yeux, et Melisande avait le sentiment de marcher tout droit dans un piège. S'il était le chat, n'était-elle pas la souris ?

Peut-être, cependant, se faisait-elle des idées.

— Je serais ravie que vous m'accompagniez, murmura-t-elle.

Il sourit.

— Parfait. Nous prendrons mon phaéton. Et il mordit à nouveau dans son toast.

Melisande plissa les yeux. Elle était certaine, à présent, que son mari mijotait quelque chose.

Ç'aurait pu être pire, songeait Jasper, manœuvrant les rênes du phaéton. Elle aurait pu rendre visite à... Non, tout bien considéré, il n'y avait pas pire qu'une vieille dame. Mais tant pis, ce n'était pas grave. Il avait expédié Pynch se renseigner pour savoir si lord Hasselthorpe était en ville. En attendant, Jasper n'avait rien de pressé à faire. La journée était belle, il avait toujours autant de plaisir à conduire son nouveau phaéton, et sa ravissante épouse était à son côté. Tôt ou tard, elle serait bien obligée de desserrer les dents pour dire quelque chose.

Il coula un regard dans sa direction. La jeune femme était assise raide sur son siège, sa colonne vertébrale ne touchant même pas le dossier, et bien que son expression parût sereine, elle se cramponnait encore au rebord de la portière. Du moins n'affichait-elle plus ce visage douloureux qu'il lui avait vu l'autre nuit.

Jasper détourna le regard. Il s'était rarement senti aussi démuni que cette nuit-là. Comment les autres hommes se débrouillaient-ils avec cette facette du mariage ? Possédaient-ils un remède contre les problèmes féminins de leurs épouses, ou se contentaient-ils de fermer les yeux ?

Un groupe de ladies traversait devant eux. Il ralentit le phaéton.

— Vous avez meilleure mine, ce matin, dit-il.

Elle se raidit, et il comprit tout de suite qu'il avait gaffé.

— Je ne vois pas à quoi vous faites allusion.

— Mais si, vous voyez, assura-t-il, la regardant.

— Je suis en pleine forme.

Un fond de perversité l'empêchait de clore le sujet.

— Vous n'étiez pas en pleine forme, l'autre nuit. Et hier, je n'ai fait que vous apercevoir.

Elle gardait les lèvres serrées.

— C'est toujours comme ça ? demanda-t-il. Je veux dire, je sais que ça se produit tous les mois, mais est-ce toujours aussi douloureux ? Et est-ce que ça dure longtemps ?

Une pensée lui traversant soudain l'esprit, il ajouta :

— J'espère que ce n'est pas à cause de...

— Je vais très bien, je vous assure, le coupa-t-elle d'une voix impatiente. Et, en effet, je suis habituée à subir cela tous les mois.

— Mais au bout de combien de temps la douleur reflue-t-elle ?

Elle lui décocha un regard de pure exaspération.

— Pourquoi voulez-vous le savoir ?

— Parce que, ma chère femme, si je connais la fin de votre période, je saurai à quelle date revenir vous rendre visite dans votre lit.

Cette réponse la laissa silencieuse un long moment. Puis elle murmura :

— D'ordinaire, cela ne dure pas plus de cinq jours.

Jasper réfléchit. On en était au troisième jour. Ce qui voulait dire que d'ici trois nuits, il pourrait de nouveau coucher avec elle. Et pour tout avouer, cette perspective l'enchantait. Il voulait lui montrer toute l'étendue de son savoir en matière charnelle.

— Merci de l'information, dit-il. Mais est-il normal que vous souffriez autant ?

— Je n'en crois pas mes oreilles, marmonna-t-elle.

Pourquoi me posez-vous toutes ces questions ?

— Parce que vous êtes ma femme, désormais. Je suis sûr que tous les hommes désirent connaître ces détails auprès de leur épouse.

— J'en doute fort.

— Eh bien, *moi,* j'ai envie de savoir, déclara Jasper.

Leur conversation n'avait rien d'orthodoxe, il en convenait, mais il y prenait sincèrement plaisir.

— Pourquoi ?

— Parce que vous êtes ma femme, répéta-t-il, conscient tout à coup qu'il parlait avec son cœur. Ma femme que je dois protéger. Si quoi que ce soit vous fait du mal, je veux – non : je dois – le savoir.

— Mais ce n'est pas un domaine dans lequel vous pouvez intervenir.

Il haussa les épaules.

— J'ai quand même besoin de savoir. Je ne voudrais pas que vous gardiez le moindre secret pour moi.

— J'ignore si j'arriverai à comprendre les hommes un jour, murmura-t-elle.

— Nous sommes une drôle de race, convint-il, amusé. Les femmes ont bien du mérite de s'intéresser à nous.

Elle leva les yeux au ciel, puis s'adossa à son siège et, sans même en avoir conscience, plaça sa main sur le bras de Jasper :

— Tournez à droite. Ma grand-tante habite dans cette rue.

— Vos désirs sont des ordres, répliqua Jasper, parfaitement conscient, pour sa part, qu'elle lui tenait le bras.

Elle le lâcha cependant au bout de quelques secondes, et il en conçut aussitôt du regret.

— Nous sommes arrivés, dit-elle.

Il immobilisa le phaéton devant une demeure sans prétention, et sauta sur la chaussée. Malgré son empressement, le temps qu'il contourne le véhicule, la jeune femme s'apprêtait déjà à descendre par ses propres moyens.

Il la saisit par la taille et riva son regard au sien :

— Permettez-moi.

Ce n'était pas une sollicitation, plutôt un ordre, pourtant elle acquiesça. À l'instant où Jasper la souleva dans ses bras, il sentit un frisson lui parcourir tout le corps. Les pieds de la jeune femme ne touchant plus terre, elle se retrouvait entièrement en son pouvoir. Il aurait aimé que ce moment dure une éternité.

Mais elle haussa un sourcil interrogateur :

— Pourriez-vous me reposer, à présent ?

Il sourit.

— Bien sûr.

Il la reposa doucement. Dès que ses pieds touchèrent le trottoir, elle recula d'un pas et secoua ses jupes.

— Ma grand-tante est un peu dure d'oreille, prévint-elle. Et elle n'aime pas beaucoup les hommes.

Jasper lui offrit son bras.

— Je sens que nous allons bien nous amuser.

Elle lui fit les gros yeux, mais accepta son bras. Il sentit à nouveau un frisson le parcourir.

Ils gravirent le perron, et Jasper actionna le heurtoir. L'attente fut exagérément longue.

Il se tourna vers la jeune femme :

— Vous m'avez dit qu'elle était dure d'oreille, mais ses domestiques sont-ils également sourds ?

Elle plissa les lèvres – ce qui eut pour effet de lui donner l'envie de l'embrasser.

— Ils ne sont pas sourds mais ils sont âgés, et...

La porte s'entrebâilla enfin. Un œil chassieux apparut.

— Oui ?

— Lord et lady Vale souhaiteraient voir..., commença Jasper, avant de murmurer à l'oreille de Melisande : Rappelez-moi son nom, au fait ?

— Mlle Rockwell, répondit la jeune femme.

Et au majordome, elle expliqua :

— Je viens voir ma grand-tante.

— Ah, mademoiselle Fleming ! fit le vieil homme en souriant. Entrez donc.

— C'est lady Vale, corrigea Jasper.

Le majordome plaça une main derrière son oreille :

— Je vous demande pardon ?

— Lady Vale ! cria Jasper. Ma femme !

Le majordome ouvrit grande la porte.

— Oui, monsieur, certainement, dit-il avant de tourner les talons.

— Je ne crois pas qu'il m'ait compris, grommela Jasper.

— Chut ! fit Melisande, lui tirant la manche.

Ils entrèrent.

Mlle Rockwell détestait sans doute user des chandelles. Ou elle possédait un don pour voir dans l'obscurité, car le hall était quasiment plongé dans le noir.

— Où a-t-il disparu ? chuchota Jasper.

— Par là, répondit Melisande, qui avançait avec la sûreté de quelqu'un connaissant parfaitement les lieux.

Après une enfilade de couloirs et une volée de marches, ils arrivèrent devant une pièce éclairée.

— Qui est là ? bougonna une voix.

— Mlle Fleming, accompagnée d'un gentleman, répliqua le majordome.

— Lady Vale ! gronda Jasper tandis qu'ils pénétraient dans la pièce.

— Quoi ? fit une vieille dame couverte de rubans et à moitié allongée sur une méridienne.

Elle plaquait contre son oreille un cornet en laiton, qu'elle pointa dans leur direction :

— Quoi ? répéta-t-elle.

Jasper se pencha pour parler dans le cornet :

— Lady Vale.

Mlle Rockwell abaissa son cornet dans un geste d'impatience.

— Melisande, ma chérie, je suis bien contente de te voir. Mais qui est ce monsieur ? Il prétend être une lady. C'est impossible.

Jasper sentit un tremblement parcourir Melisande, comme si elle réprimait un éclat de rire. Il n'en avait que plus envie de l'embrasser.

— C'est mon mari, lord Vale, expliqua-t-elle.

— Ton mari ? répéta la vieille femme, qui ne semblait pas particulièrement enchantée par cette nouvelle. Pourquoi l'as-tu amené avec toi ?

— Je voulais faire votre connaissance, déclara Jasper, irrité qu'on parle de lui comme s'il n'était pas là.

— Quoi ?

— Je me suis laissé dire que vous aviez de très bons gâteaux ! cria-t-il.

— Mes chapeaux ! s'exclama la vieille dame, caressant les rubans de celui qu'elle portait. Qui vous en a parlé ?

— Oh, tout le monde, répondit Jasper.

Il s'installa sur un canapé et attira Melisande pour qu'elle s'asseye à son côté.

— Ma cuisinière fait de très bons gâteaux, se vanta Mlle Rockwell, avant de faire un signe à son majordome qui comprit l'ordre.

— Magnifique ! approuva Jasper, croisant les jambes. Et maintenant, je compte sur vous pour me raconter toutes les sottises que faisait ma femme lorsqu'elle était petite fille.

— Lord Vale ! se récria Melisande.

Il la regarda. Ses joues avaient rosi, ses yeux brillaient d'irritation. Il la trouva ravissante. Absolument ravissante.

— Je m'appelle Jasper, lui dit-il.

Elle plissa les lèvres.

— Jasper, insista-t-il.

Ses lèvres tremblaient légèrement. Jasper remercia son veston de masquer son érection.

— Jasper, murmura-t-elle dans un souffle.

À cet instant, il sut qu'il était perdu. Perdu sans aucun espoir de retour, et cependant il n'en avait cure. Il voulait tout connaître de cette femme. Percer le moindre de ses secrets. Découvrir ce que cachait son cœur.

Et chérir tout cela comme le plus précieux des trésors.

Minuit avait depuis longtemps sonné quand Melisande entendit son mari rentrer, cette nuit-là.

Elle avait fini par s'assoupir dans son lit, à force de l'attendre, mais un bruit de voix provenant du hall la réveilla. Elle se redressa, impatiente et nerveuse, alors que Mouse extirpait la tête de sous les couvertures.

— Ne bouge pas, lui intima sa maîtresse.

Elle sortit du lit et se saisit du peignoir posé sur un fauteuil. Il était en satin violet, taillé sur le modèle des peignoirs masculins, sans les rubans et les nœuds qui ornaient d'ordinaire leur version féminine. Melisande l'enfila par-dessus sa chemise de nuit. À chacun de ses mouvements, le satin prenait des nuances différentes de violet. Puis elle alla à sa coiffeuse pour appliquer une goutte de parfum sur sa gorge. Le liquide froid termina sa course entre ses seins, la faisant frissonner, tandis qu'une fragrance d'orange amère s'évaporait dans l'air.

Ainsi parée, elle se dirigea vers la porte communiquant avec les appartements de son mari, et l'ouvrit. Elle ne s'était encore jamais aventurée dans le domaine de lord Vale. La première chose qu'elle remarqua fut l'immense lit, couvert d'une courtepointe d'un rouge si foncé qu'il paraissait presque noir. Puis elle vit M. Pynch. Le valet de son mari se tenait, immobile, près du lit.

Melisande ne lui avait jamais adressé la parole - elle n'en avait pas eu l'occasion.

— Vous pouvez disposer, lui dit-elle.

Pynch ne bougea pas.

— Milord aura besoin de moi pour se déshabiller.

— Non, je ne crois pas.

Les yeux de Pynch brillèrent d'une sorte d'amusement. Puis il s'inclina, et s'éclipsa.

Melisande sentit un poids s'ôter de ses épaules. Le premier obstacle était franchi. Vale l'avait peut-être surprise ce matin, mais elle était bien décidée à lui retourner la pareille.

Elle s'intéressa au reste de la chambre, chauffée par un grand feu qui crépitait dans la cheminée. L'abondance des chandelles la surprit : il faisait presque aussi clair qu'en plein jour. Quelle dépense extravagante ! Melisande s'avança dans la pièce, soufflant au passage quelques mèches. Une odeur de fumée et de cire brûlée monta dans l'air, mais elle ne réussit pas à recouvrir un autre parfum, plus excitant. Melisande ferma les yeux et inspira à pleins poumons. *Vale*. L'odeur de son mari emplissait la pièce. Un mélange de bois de santal, de citron, de brandy et de tabac.

Elle essayait de maîtriser sa nervosité quand la porte s'ouvrit. Vale entra, se défaisant de son manteau tout en marchant.

— As-tu commandé l'eau chaude ? demanda-t-il, jetant le manteau sur un fauteuil.

— Oui.

Il pivota au son de la voix de Melisande, le visage indéchiffrable, mais les yeux en alerte. Si elle n'avait pas rassemblé tout son courage, la jeune femme se serait probablement enfuie sur-le-champ. Il était si grand, si large, si intimidant...

Mais, tout à coup, il sourit.

— Ma chère femme. Pardonnez-moi, je ne m'attendais pas à votre présence.

Melisande se contenta de hocher la tête.

Vale lança un regard vers son dressing.

— Pynch n'est pas là ?

— Non.

Sprat apparut au même instant, portant un broc d'eau fumante. Une servante le suivait avec un plateau garni de pain, de fromage et de fruits.

Les domestiques se défirent de leur fardeau, puis Sprat se tourna vers Melisande :

— Milady ?

— Ce sera tout, merci.

Ils ressortirent de la pièce, qui sombra un moment dans le silence.

Puis Vale désigna le plateau :

— Comment avez-vous su ?

Melisande n'avait eu aucune peine à apprendre des domestiques qu'il aimait dévorer un petit en-cas lorsqu'il rentrait tard le soir. Elle haussa les épaules.

— Je ne voulais pas vous contrarier dans vos habitudes.

— C'est... euh...

Il semblait avoir perdu le fil de sa phrase – peut-être parce que Melisande avait commencé de lui déboutonner sa veste. Elle se concentrait sur sa tâche, s'efforçant d'ignorer les emballements de son pouls. Vale était si près d'elle qu'elle pouvait sentir la chaleur de son corps. Mais une pensée lui traversa soudain l'esprit : combien de femmes, avant elle, avaient eu le privilège de le dévêtir ?

Elle leva les yeux.

— Oui ?

Il s'éclaircit la gorge.

— Euh... c'est très gentil à vous.

Melisande reporta son attention sur les boutons. Avait-il été voir une autre femme, ce soir ? Il était réputé pour son grand appétit sexuel – un appétit qu'elle ne pouvait satisfaire en ce moment.

Le dernier bouton se dégagea de sa boutonnière.

— S'il vous plaît...

Il écarta les bras pour l'aider à faire glisser la veste sur ses épaules. Puis Melisande s'attaqua au nœud de cravate. Son haleine sentait un peu l'alcool. Elle ignorait où il se rendait lorsqu'il disparaissait ainsi toute une soirée. Sans doute fréquentait-il un club, où il pouvait retrouver d'autres gentlemen avec qui boire et jouer aux cartes. Mais il n'était pas exclu qu'il hante des lieux moins recommandables... et mixtes. Melisande s'aperçut qu'elle en éprouvait de la jalousie. Et cette découverte la stupéfia. Elle savait, bien avant de l'épouser, qui il était – et quelle était sa réputation. Elle s'était imaginé qu'elle se satisferait de l'attention, grande ou petite, qu'il voudrait bien lui accorder. Quant aux autres femmes, elle les ignorerait.

Mais c'était impossible. Elle le voulait pour elle, rien que pour elle.

La cravate dénouée, elle passa aux boutons de la chemise. La chaleur de son épiderme traversait l'étoffe et se communiquait à ses doigts. Son odeur – il sentait le savon au citron – lui emplissait les narines.

Sa voix résonna soudain dans le silence :

— Je ne vous oblige pas à...

— Je sais, coupa-t-elle.

Le dernier bouton atteint, il se courba, afin qu'elle puisse faire passer sa chemise par-dessus sa tête. Quand il se redressa, Melisande faillit en oublier de respirer. Il était merveilleusement bâti. Avec sa chemise, on aurait pu le croire un peu maigrichon. Sans elle, l'erreur n'était plus possible. Melisande savait qu'il montait à cheval tous les jours, ou presque, et le résultat se voyait ! Une fine toison, plus claire que ses cheveux, courait sur ses pectoraux, s'arrêtait au niveau de ses abdominaux et reprenait après son nombril. Elle mourait d'envie de suivre, du bout des doigts, le tracé de cette ligne qui disparaissait dans son pantalon...

Elle releva les yeux et constata qu'il la regardait avec solennité. Pour une fois, toute grimace ironique avait disparu de son expression.

— Asseyez-vous, dit-elle, désignant la chaise de la table de toilette.

Il s'assit, les yeux rivés sur le broc d'eau chaude.

— Auriez-vous décidé de jouer les barbiers ?

Elle trempa un linge dans l'eau chaude.

— Laissez-vous faire.

Il ne répondit rien, et Melisande commença de lui frictionner les joues avec le linge humide. Elle avait appris, par Sprat, que Vale aimait se faire raser le soir – et aussi prendre son bain. Elle ne se sentait pas encore mûre pour le bain, mais elle était capable de le raser. Quand son père était malade, elle était la seule, vers la fin, à pouvoir l'approcher pour s'occuper de sa toilette – c'était d'autant plus étrange qu'il ne lui avait jamais porté une très grande affection.

Elle ouvrit le tiroir où Pynch renfermait le nécessaire à rasage, prit le rasoir et en testa le tranchant avec son pouce.

— J'ai eu l'impression que vous avez beaucoup aimé les histoires de ma grand-tante.

— Oui. Notamment lorsqu'elle a raconté comment vous aviez coupé tous vos cheveux, à quatre ans.

— Ah oui ?

Melisande avait reposé le rasoir, le temps d'ouvrir le pot de savon et d'y tremper un autre linge, pour lui barbouiller le visage. Une odeur de citron embauma l'air.

— Hmm, fit-il, les yeux fermés, la tête légèrement renversée en arrière, comme un chat qui se laisserait caresser. Et aussi l'histoire avec l'encre.

Melisande avait dessiné à l'encre sur son bras, et elle était restée tatouée un mois entier.

— Je suis ravie de vous avoir procuré une source d'amusement, dit-elle.

Il ouvrit un œil. Elle lui sourit, et approcha le rasoir de sa joue.

— Je me suis souvent demandé où vous alliez le soir.

— Je..., commença-t-il.

Mais elle posa un doigt sur ses lèvres :

— Chut ! Vous ne voudriez pas que je vous coupe ?

Jasper ferma la bouche.

Elle donna le premier coup de lame.

— Je me demandais si vous alliez voir des femmes, quand vous sortez ainsi.

Il voulut encore répondre, mais Melisande lui bascula la tête en arrière pour attaquer son cou. Elle pouvait le voir déglutir, sa pomme d'Adam tres-sautant dans sa gorge. Mais son regard prouvait qu'il n'avait pas peur.

— Je ne fais rien de spécial, déclara-t-il lorsqu'elle éloigna le rasoir pour frotter la lame sur le cuir d'affûtage. Sinon me rendre à des bals, des soirées... Vous pourriez m'accompagner, si vous le souhaitiez. Je crois me rappeler vous avoir parlé du bal masqué de lady Graham, demain soir.

— Hmm.

Sa réponse avait quelque peu apaisé la jalousie de Melisande. Elle se concentra sur son menton – la partie la plus délicate. Elle détestait les réceptions, car il fallait constamment sourire et avoir une repartie sur le bout de la langue.

— Vous devriez m'accompagner de temps en temps, insista-t-il. Ne serait-ce que pour vous montrer.

— Pourquoi ne resteriez-vous pas plutôt à la maison, avec moi ?

— Non, répliqua-t-il avec un sourire un peu triste. Je suis sans doute trop superficiel pour trouver du plaisir à contempler toute une soirée le feu dans la cheminée. J'ai besoin de voir de l'animation, d'entendre des gens rire autour de moi.

Tout ce qu'elle détestait, en somme.

— Mais je ne vais pas rendre visite à d'autres femmes, précisa-t-il.

— Non ? fit Melisande en passant de nouveau le rasoir sur sa peau.

— Non, confirma-t-il, soutenant son regard sans ciller.

Elle reposa le rasoir. Ses joues étaient parfaitement lisses, à présent. Et il ne restait plus qu'un peu de mousse à la commissure de ses lèvres, qu'elle essuya avec son pouce.

— Vous m'en voyez ravie, milord. Bonne nuit.

Elle plaqua un baiser furtif sur ses lèvres. Jasper voulut l'attirer dans ses bras, mais elle lui échappa comme une anguille.

7

La princesse était magnifique. Sa beauté dépassait l'entendement : ses yeux brillaient comme des étoiles, et sa peau était aussi douce que la soie. Mais elle était pleine de morgue, et n'avait pas encore trouvé l'homme qu'elle consentirait à épouser. L'un était trop vieux, l'autre trop jeune, celui-ci parlait trop fort, celui-là avait tel défaut...

Alors qu'elle s'apprêtait à fêter ses vingt et un ans, la princesse était donc toujours célibataire et le roi, son père, perdit patience. Il décida d'organiser une série d'épreuves en l'honneur de l'anniversaire de la princesse, et décréta que celui qui les remporterait toutes gagnerait également la main de sa fille.

Le lendemain matin, Melisande fut très déçue de prendre son petit déjeuner en solitaire. Vale avait déjà quitté la maison, prétextant quelque affaire importante, et probablement ne rentrerait-il qu'à la nuit tombée.

La jeune femme se résigna donc à vaquer à ses propres occupations. Elle discuta avec la gouvernante et la cuisinière pour veiller au bon fonctionnement de la maisonnée, déjeuna sur le pouce, partit ensuite faire les magasins et, pour finir, se rendit à la garden-party de sa belle-mère. Où, contre toute attente, elle retrouva lord Vale.

— Je ne crois pas me souvenir d'avoir jamais vu mon fils assister à l'un de mes thés, lui expliqua la vicomtesse douairière. C'est probablement votre influence qui l'aura attiré jusqu'ici. Étiez-vous au courant qu'il viendrait ?

Melisande secoua la tête. Elle-même n'en revenait pas que son mari ait décidé d'honorer de sa présence une garden-party parfaitement ennuyeuse. Elle en éprouvait une grande excitation, qu'elle s'efforçait cependant de cacher sous un masque de sérénité.

Elle était assise, avec sa belle-mère, dans le grand jardin de cette dernière, magnifique écrin de verdure en pleine ville qui resplendissait de toute sa luxuriance estivale. La vicomtesse douairière avait fait disposer des tables et des chaises sur la terrasse, afin que ses invités puissent jouir de la vue. Ceux-ci s'étaient rassemblés par petits groupes. La plupart avaient atteint la soixantaine.

Vale était resté debout. Il discutait avec trois messieurs – âgés, eux aussi. Melisande le vit rire à une plaisanterie que fit l'un des trois hommes, et son cœur se serra d'émotion. Dans mille ans, elle s'extasierait toujours autant de le voir rire avec une telle spontanéité.

Cependant, elle détourna prestement le regard pour qu'il ne puisse la surprendre à le couver des yeux.

— Votre jardin est ravissant, milady.

— Merci. Il peut, avec l'armée de jardiniers que j'emploie !

Melisande masqua son sourire derrière sa tasse de thé. Elle aimait déjà la mère de Vale avant son mariage. La vicomtesse douairière était une toute petite femme : son fils passait pour un géant, à côté d'elle. Pourtant, elle ne semblait éprouver aucune difficulté à lui imposer son autorité d'un seul regard – et c'était vrai également avec n'importe quel autre gentleman. Ses yeux étaient du même bleu turquoise que ceux de son fils, et il était facile de deviner qu'elle avait été très belle dans sa jeunesse. Elle en avait d'ailleurs gardé une superbe assurance.

Lady Vale contemplait les petits-fours disposés sur un plateau, devant elles. La voyant se pencher vers la table, Melisande crut qu'elle allait en prendre un, mais la vicomtesse douairière détourna finalement le regard.

— J'ai été très contente que Jasper choisisse de vous épouser, plutôt que Mlle Templeton, dit-elle. Elle était mignonne, certes, mais un peu trop frivole. Elle n'aurait jamais su tenir mon fils. Jasper se serait vite ennuyé avec elle.

Et, baissant la voix, elle ajouta sur le ton de la confidence :

— Je crois qu'il s'était surtout amouraché de sa poitrine.

Melisande réprima l'envie de jeter un coup d'œil à sa propre poitrine – qui n'avait pas l'opulence, loin s'en fallait, de celle de Mlle Templeton.

Lady Vale lui tapota la main.

— Ne vous inquiétez pas pour cela. Une belle poitrine ne dure pas. Au contraire d'une conversation attrayante. C'est dommage que si peu de gentlemen en soient conscients.

Melisande ne trouva pas quoi répondre à cela – mais pareil verdict n'appelait peut-être pas de commentaire.

Lady Vale tendit la main vers le plateau des petits-fours, mais elle se ravisa une nouvelle fois et préféra reprendre sa tasse de thé.

— Savez-vous que le père de Mlle Templeton a fini par lui donner sa permission pour qu'elle épouse son vicaire ?

Melisande secoua la tête.

— Non, je n'étais pas au courant.

La vicomtesse douairière reposa sa tasse sans avoir bu.

— Pauvre homme. Elle va ruiner sa vie.

— Oh, quand même pas, répliqua Melisande, distraite par Vale qui venait de quitter ses interlocuteurs et s'approchait.

— Je vous fiche mon billet que si, assura la vicomtesse douairière, qui finalement s'empara d'un petit-four.

Elle le posa dans son assiette et le contempla un instant, avant d'accrocher le regard de Melisande :

— Mon fils a besoin de réconfort. Il n'est plus le même, depuis qu'il est rentré des colonies.

Melisande n'eut qu'une petite seconde pour enregistrer cette information : Vale les rejoignait.

— Ma chère mère, dit-il avec un grand sourire, puis-je vous emprunter ma femme, le temps d'une promenade dans le jardin ? Je voudrais lui montrer les iris.

— Quelle drôle d'idée : voilà un moment que les iris ne sont plus en fleur, ironisa lady Vale. Mais c'est d'accord. Je vais en profiter pour faire la conversation avec lord Kensington.

— Vous êtes la gentillesse personnifiée, la remercia Vale, offrant son bras à Melisande.

Ils descendirent de la terrasse et s'engagèrent dans une allée gravillonnée.

— Votre mère considère que je vous ai sauvé d'un sort funeste. Elle aurait été très chagrinée de vous voir épouser Mlle Templeton.

— Ma mère a toujours été pleine de bon sens. J'avoue que je ne comprends pas bien ce que j'ai pu trouver à Mlle Templeton.

— Votre mère croit savoir que vous étiez attirée par sa poitrine.

— Ah…, fit-il, et Melisande sentit son regard peser sur elle, bien qu'elle-même ne quittât pas l'allée des yeux. Nous sommes, nous les hommes, de malheureuses créatures terrestres, faciles à égarer. J'ai bien peur qu'en effet, une poitrine rebondie suffise à me distraire l'esprit.

Melisande songeait aux maîtresses dont il avait fait collection. Avaient-elles toutes possédé une « poitrine rebondie » ?

— Je ne serais pas le premier à confondre quantité et qualité, enchaîna-t-il, se penchant vers son oreille. Et à lorgner sur un gros gâteau sucré alors qu'un adorable petit-four serait plus à mon goût.

Elle tourna la tête vers lui. Il la regardait avec un sourire amusé.

— Dois-je comprendre que vous me comparez à un petit-four ?

— Prenez-le comme un compliment, répliqua-t-il, avant de s'immobiliser devant un parterre. Voici les iris. Ma mère avait raison, ils ne sont plus en fleur.

Melisande contempla les plantes ornant le parterre.

— Ce sont des pivoines, dit-elle. Et les iris sont là-bas.

— Vous êtes sûre ? Comment pouvez-vous le savoir, puisqu'il n'y a plus de fleurs ?

— Par la forme du feuillage.

— Diable ! Mais c'est quasiment de la divination ! Quels autres talents m'avez-vous cachés ? Chantez-vous comme un rossignol ? J'ai toujours rêvé d'épouser une femme sachant chanter.

— Alors, vous auriez dû me poser la question avant le mariage. Je n'ai qu'un tout petit filet de voix.

— Tant pis. Je surmonterai ma déception.

Melisande coula un regard vers lui. À quoi s'amusait-il ? À lui faire la cour ? Mais pourquoi irait-il courtiser sa femme ? Elle craignait de s'imaginer trop de choses. Si elle commençait à croire qu'il la désirait, la déception n'en serait que plus terrible lorsqu'il lui tournerait le dos.

— Peut-être préférez-vous la danse ? reprit-il. Savez-vous danser ?

— Bien sûr.

— Me voilà rassuré. Et le piano ? Savez-vous jouer du piano ?

— Pas très bien, hélas.

— Mes rêves de soirées musicales au coin du feu s'écroulent. Je vous ai vue broder – c'était assez joli, d'ailleurs. Savez-vous dessiner ?

— Un peu ?

— Et peindre ?

— Également.

Ils étaient arrivés près d'un banc. Il sortit un mouchoir de sa poche pour en essuyer la surface, avant d'inviter Melisande à s'asseoir.

La jeune femme s'exécuta, sur la défensive. Un grand rosier poussait près du banc : lord Vale voulut cueillir une rose.

— Ouille ! fit-il, s'étant piqué à une épine.

Il porta son pouce à ses lèvres, et Melisande préféra détourner le regard de ce spectacle troublant.

— C'est bien fait, marmonna-t-elle. Vous ne devez pas chaparder les roses de votre mère.

— Cela en valait la peine, rétorqua-t-il, s'asseyant à côté d'elle, la rose à la main. Les piqûres d'épines n'en rendent les roses que plus attrayantes.

Elle pivota vers lui. Il lui caressa la joue avec la rose. La douceur des pétales fit frissonner la jeune femme.

— Pourquoi faites-vous cela ?

— Quoi ?

Melisande lui prit la main.

— Vous vous conduisez comme si vous cherchiez à me courtiser.

— Moi ? répliqua-t-il, ses lèvres à quelques centimètres des siennes.

— Je suis déjà votre femme. Vous n'avez pas besoin de me faire la cour, murmura-t-elle.

Il libéra aisément sa main.

— Oh, je crois au contraire que c'est tout à fait indispensable.

Ses lèvres avaient la même texture que les pétales de rose, songeait Jasper, qui promenait la fleur sur la joue de la jeune femme. Si douces, si tendres… Il brûlait d'envie d'y goûter de nouveau. Cinq jours, avait-elle dit. Ce qui laissait encore un jour d'attente.

La scène du rasage, hier soir, avait constitué pour lui une révélation. La créature qui avait envahi son domaine avec autant d'autorité aurait fait rêver n'importe quel homme. Où donc avait-elle appris à se montrer si sensuelle et désirable – Jasper n'en était toujours pas revenu de la façon dont elle lui avait glissé entre les mains, lorsqu'il avait essayé de l'attirer à lui.

Il ne comprenait pas comment il avait pu ignorer cette jeune femme alors qu'il l'avait si souvent croisée, des années durant, dans les bals et les réceptions. Certes, il n'était pas le seul dans ce cas : les autres gentlemen s'étaient montrés tout aussi idiots. Pas un seul n'avait pris le temps de s'intéresser à elle.

Mais maintenant, elle était à lui. Et à lui seul.

Il s'obligea à surveiller son sourire, qu'il redoutait trop carnassier. Qui se serait douté que courtiser sa propre femme pourrait se révéler aussi excitant ?

— J'ai tous les droits de vous faire la cour, reprit-il. Après tout, nous n'avons pas eu le temps avant de nous marier. Alors, rattrapons-nous maintenant.

— Pourquoi se donner ce souci ? rétorqua-t-elle.

Jasper lui chatouillait les lèvres avec la rose.

— Pourquoi s'en priver ? Un mari se doit de connaître la femme qu'il chérit et possède.

Elle sursauta à ce mot.

— Parce que vous me possédez ?

— Légalement, oui. Et charnellement. Mais je ne suis pas sûr de vous posséder moralement. Qu'en pensez-vous ?

Il éloigna la rose pour la laisser répondre.

— Non, en effet. Et je ne crois pas que vous y parviendrez jamais, répliqua-t-elle, soutenant son regard en manière de défi.

Jasper hocha la tête.

— Sans doute. Mais cela ne m'empêchera pas d'essayer.

Elle fronça les sourcils.

— Je ne...

Il promena son pouce sur ses lèvres.

— Quels secrets me cachez-vous ?

— Je n'ai pas de secrets, dit-elle, ses lèvres effleurant son pouce comme un baiser tandis qu'elle parlait. Vous aurez beau regarder, vous ne trouverez rien.

— Vous mentez, assura-t-il d'une voix douce. Et je me demande bien pourquoi.

Elle baissa les paupières, voilant son regard. Jasper pouvait sentir sa langue contre son pouce. Il retint son souffle.

— Seriez-vous une fée, venue d'un autre monde ?

— Mon père était un Anglais tout simple. Il ne croyait pas aux contes de fées.

— Et votre mère ?

— C'était une Prussienne. Elle était encore plus pragmatique que lui. Détrompez-vous, je n'ai rien d'une créature romantique.

Jasper n'en était pas convaincu.

— Où avez-vous grandi ? À Londres, ou à la campagne ?

— Principalement à la campagne. Mais nous venions à Londres au moins une fois par an.

— Aviez-vous des amies ?

— Emeline.

Emeline vivait en Amérique, à présent.

— Elle vous manque ?

— Beaucoup.

Jasper promenait distraitement la rose sur le cou de la jeune femme.

— Pourtant, vous ne l'avez connue qu'assez tard, n'est-ce pas ? Notre propriété familiale était voisine de la leur. Emeline, son frère Reynaud et moi avons pratiquement grandi ensemble. Je me souviendrais de vous, si vous aviez été avec Emeline dès cette époque-là.

— Vraiment ? s'enquit-elle, les prunelles luisant soudain de colère.

Mais elle enchaîna avant qu'il ait eu le temps de se défendre :

— J'ai connu Emeline quand j'avais quatorze ans.

Jasper descendit la rose jusqu'à la naissance de sa gorge.

— Et avant ? Qui étaient vos camarades de jeu ? Vos frères ?

Melisande haussa les épaules. La rose la chatouillait un peu, mais elle s'abstint de la repousser.

— Mes frères sont plus âgés que moi. Ils étaient déjà partis à l'école quand j'étais à la nursery.

— Alors, vous étiez toute seule, dit-il, soutenant son regard tandis que la rose s'approchait de ses seins.

— J'avais une nounou.

— Ce n'est pas la même chose qu'une camarade de jeu.

— Sans doute, concéda-t-elle.

Elle respira. Ses seins se pressèrent contre la rose. Heureuse fleur !

— Vous étiez une enfant calme, devina-t-il.

Les histoires racontées hier par sa grand-tante ne changeaient rien à sa certitude : elle avait été une fillette solitaire et silencieuse. En grandissant, elle était demeurée effacée : sa voix ne portait jamais très haut, elle ne se mettait pas au premier plan… Que s'était-il passé, durant son enfance, pour qu'elle s'ingénie ainsi à ne pas se faire remarquer ?

Jasper se pencha vers elle et, bien que l'odeur de la rose embaumât l'air, il put sentir une note d'orange amère – son parfum.

— Vous étiez une fillette qui gardait soigneusement ses pensées pour elle.

— Qu'en savez-vous ? Vous ne me connaissez pas.

— Non, en effet. Mais je ne demande qu'à vous connaître. J'aimerais que le fonctionnement de votre esprit me devienne aussi familier que le mien.

Elle se recula, comme effrayée.

— Je ne…

Il posa un doigt sur ses lèvres, mais l'ôta presque aussitôt et se redressa : il avait entendu des voix dans l'allée. La seconde d'après, un couple apparaissait au détour d'un bosquet.

— Pardon, Vale, fit Matthew Horn. J'ignorais que tu étais ici.

Jasper eut un sourire ironique.

— J'ai toujours trouvé très instructif de me promener dans le jardin de ma mère. Cet après-midi, par exemple, j'ai pu enseigner à ma femme la différence entre des iris et des pivoines.

Une exclamation étouffée fit écho à ces paroles. Horn s'approcha.

— C'est ta femme, n'est-ce pas ?

— Oui, répondit Jasper, se tournant vers Melisande. Ma chère, permettez-moi de vous présenter Matthew Horn, un ancien officier, comme moi, du 28e régiment. Horn, voici mon épouse, lady Vale.

Melisande tendit la main, et Horn s'inclina pour la baiser. Dans le plus pur respect des convenances. Cependant, Jasper se crut obligé de poser une main sur l'épaule de la jeune femme, comme pour signifier qu'elle lui appartenait.

Matthew Horn se redressa.

— Puis-je vous présenter Mlle Béatrice Corning ? Mademoiselle Corning, lord et lady Vale.

Jasper baisa la main de la jeune femme en réprimant difficilement un sourire. Il n'était nul besoin d'être grand clerc pour deviner que Matthew avait les mêmes raisons que lui de se trouver dans ce bosquet : il voulait lutiner la demoiselle.

— Habitez-vous Londres, mademoiselle Corning ? demanda-t-il.

— Non, milord. Je reste la plupart du temps à la campagne, chez mon oncle. Vous devez le connaître, car je crois que nous sommes plus ou moins voisins. C'est le comte de Blanchard.

Elle ajouta autre chose, mais Jasper n'y prêta pas attention. Blanchard était le titre de famille de Reynaud – celui dont il aurait dû hériter à la mort de son père. Mais Reynaud avait été capturé et tué par les Indiens, après l'attaque de Spinner's Falls.

Jasper observa la jeune femme, qui bavardait à présent avec Melisande. Elle avait l'allure d'une belle campagnarde, les cheveux d'une jolie couleur ambrée et les joues mangées par des taches de rousseur. Elle-même ne possédait aucun titre, mais cela n'empêchait pas Matthew de viser haut en la courtisant. Les Horn étaient certes une très ancienne famille, mais ne disposant d'aucun titre. Alors que les Blanchard se transmettaient leur comté depuis des générations. Et cette jeune femme était la nièce de l'actuel comte. Elle avait même précisé vivre sous son toit.

Dans la demeure de Reynaud, donc.

Jasper sentit sa poitrine se contracter, et il détourna le regard de Mlle Corning. Pourtant, la pauvre n'y était pour rien. Elle devait encore être au collège quand Reynaud avait succombé aux tortures des Indiens. Ce n'était pas sa faute si son oncle avait hérité du titre, et qu'elle habitait maintenant le manoir qui aurait dû revenir à Reynaud.

Il prit le bras de Melisande, interrompant la conversation des deux femmes.

— Venez. Nous avons un rendez-vous qui nous attend.

Ils dirent au revoir à Matthew Horn et Mlle Corning. Quoique Jasper prît bien garde à ne pas se tourner vers Melisande, il était conscient qu'elle le regardait avec curiosité. Aucun rendez-vous ne les attendait – elle le savait parfaitement. Jasper réalisait tout à coup qu'en voulant percer les secrets de la jeune femme, il risquait d'exposer les siens. Et cela, c'était tout bonnement inenvisageable.

Il l'entraîna à sa suite, serrant sa main dans la sienne, dans un geste qui aurait pu sembler très banal entre un mari et sa femme, mais qu'il savait instinctif. Une façon de se rassurer. Il n'était pas question qu'il lui parle de Reynaud, ni de ce qui s'était passé dans les forêts d'Amérique, et comment il en était revenu brisé. En revanche, il tenait à la garder près de lui.

Et il s'y emploierait.

— ... J'peux vous dire qu'il avait fière allure, avec les fesses à l'air ! s'exclama Mme Moore, la gouvernante de lord Vale, en frappant du poing sur la table de la cuisine.

Les trois soubrettes gloussèrent à l'unisson. Les deux valets riaient, M. Oaks s'esclaffa sobrement et même la cuisinière, d'ordinaire si sévère, s'autorisa un sourire.

Sally Suchlike était ravie. Le personnel de lord Vale n'avait vraiment rien à voir avec celui de M. Fleming. Les domestiques étaient certes beaucoup plus nombreux, mais ils étaient aussi – grâce à l'autorité bienveillante de M. Oaks et de Mme Moore – plus proches les uns des autres. Au point de constituer comme une petite famille. En seulement quelques jours de service, Sally avait réussi à se lier d'amitié avec Mme Moore et avec la cuisinière – qui, sous ses dehors revêches, cachait une grande timidité. Ses craintes de ne pas être aimée, ni même acceptée, s'étaient envolées.

Lord et lady Vale avaient déjà dîné. C'était maintenant au tour des domestiques de partager leur repas.

— Et que s'est-il passé ensuite, madame Moore ? s'enquit Sally.

— Eh bien, commença la gouvernante, qui n'attendait qu'un encouragement pour terminer son histoire grivoise.

Mais elle fut interrompue par l'arrivée de M. Pynch. Aussitôt, M. Oaks se recomposa une attitude très digne, les valets se redressèrent sur leur siège, l'une des soubrettes pouffa – mais ses deux consœurs lui intimèrent le silence – et Mme Moore piqua un fard. Sally ne put réprimer un soupir de frustration. L'entrée de M. Pynch avait eu, comme d'habitude, l'effet d'une douche froide.

— Désirez-vous quelque chose, monsieur Pynch ? demanda le majordome.

— Non, merci. Je suis simplement venu chercher Mlle Suchlike. Sa maîtresse la réclame.

Son ton solennel fit encore glousser la soubrette. Elle s'appelait Gussy, et c'était le genre de fille à pouffer pour un rien. Elle s'arrêta net, cependant, en voyant M. Pynch darder sur elle un regard glacial.

Un vrai tyran ! songea Sally, se levant de table.

— Merci, madame Moore, pour cette histoire délectable, dit-elle.

Mme Moore rougit, cette fois de plaisir.

Sally salua tout le monde d'un sourire, avant de courir derrière M. Pynch. Car bien sûr, il ne l'avait pas attendue.

Elle le rattrapa dans l'escalier.

— Pourquoi êtes-vous toujours si désagréable ?

— Je ne vois pas à quoi vous faites allusion, mademoiselle Suchlike, rétorqua-t-il sans même se retourner.

Sally roula des yeux, exaspérée.

— Vous ne mangez jamais avec les autres domestiques, et quand vous vous montrez à l'office, on croirait que vous faites exprès de plomber l'ambiance.

Pynch s'immobilisa si brusquement sur une marche que Sally manqua lui rentrer dedans et perdit l'équilibre. Il la rattrapa par le bras.

— Et moi, je trouve que vous usez d'un langage un peu trop leste, mademoiselle Suchlike, lâcha-t-il. Et que vous vous montrez trop familière avec le reste du personnel.

Puis il reprit son ascension.

Sally se retint de lui tirer la langue dans son dos. Malheureusement, M. Pynch avait raison. En tant que chambrière de lady Vale, elle devrait se placer au-dessus des autres serviteurs – à l'exception de M. Oaks et de Mme Moore. En d'autres termes, elle ferait mieux de s'abstenir de manger avec eux et de rire à leurs plaisanteries. Mais alors, elle se retrouverait bien seule, sans personne à qui parler. M. Pynch se satisfaisait peut-être de vivre comme un ermite, mais Sally ne se voyait pas du tout partager son sort.

— Vous pourriez au moins vous montrer un tout petit peu plus chaleureux, marmonna-t-elle alors qu'ils atteignaient le palier.

Pynch soupira.

— Mademoiselle Suchlike, une jeune fille comme vous ne devrait pas...

— Je ne suis pas si jeune que cela, coupa Sally.

Il s'immobilisa de nouveau et, cette fois, elle lut de l'amusement dans ses yeux. C'était presque un exploit !

— J'aurai bientôt vingt ans, figurez-vous, ajouta-t-elle fièrement.

Il se retenait presque de sourire !

— Et vous, quel âge avez-vous, grand-père ? railla-t-elle.

— Trente-deux ans.

Sally recula vivement, feignant d'être choquée.

— Mon Dieu ! C'est un miracle que vous teniez encore debout !

Il secoua la tête, débonnaire :

— Allez voir votre maîtresse, jeune insolente.

Sally se retint de répliquer, et courut vers la porte de sa maîtresse.

Un peu plus tard ce soir-là, à son arrivée au bal masqué de lady Graham, Melisande enfouit les mains dans les replis de sa toilette pour cacher leur tremblement. La jeune femme avait dû rassembler tout son courage pour venir. Et encore, elle s'était décidée à la dernière minute. Elle détestait ce genre de mondanités, où une foule compacte d'invités se pressaient pour s'épier ou échanger les derniers ragots. Elle s'y était toujours sentie exclue. Vale, en revanche, s'y mouvait comme un poisson dans l'eau. Mais Melisande devait l'affronter sur son terrain, si elle voulait lui démontrer qu'elle pouvait remplacer le cortège habituel de ses maîtresses.

Le fait que cette soirée soit un bal masqué l'aidait à surmonter sa nervosité. Elle arborait un loup de satin pourpre, si foncé qu'il paraissait presque noir. Cela ne suffisait pas à cacher son identité – d'ailleurs, ce n'était pas le propos – mais elle en retirait une plus grande assurance.

La plupart des dames, ayant préféré se montrer dans des robes chatoyantes, se contentaient d'ailleurs d'un loup. Mais quelques-unes, dont Melisande, s'étaient enveloppées dans un domino. Le sien était pourpre également, et la soie qui le composait bruissait à chacun de ses mouvements tandis qu'elle se frayait un chemin dans la foule, à la recherche de Vale. Elle ne l'avait plus revu depuis la garden-party chez sa mère : ils s'étaient séparés au moment de partir, lui sur son cheval, elle en voiture. Mais, pour avoir discrètement questionné M. Pynch, elle savait que son mari portait lui aussi un domino – noir. Comme à peu près la moitié des hommes présents à cette réception.

Une lady la dépassa, la bousculant légèrement à l'épaule. Se retournant, l'inconnue lui jeta un regard dédaigneux. Melisande batailla contre l'envie de s'enfuir. D'abandonner la soirée et se réfugier dans sa voiture. Mais si Vale avait pu braver une assemblée de vieilles dames prenant le thé pour la retrouver chez sa mère, alors elle devait être capable d'affronter sa terreur des bals.

Elle le reconnut à son rire, avant de l'avoir repéré visuellement. Ce n'était pourtant pas très difficile : il dépassait d'une bonne tête tous ceux qui l'entouraient – en l'occurrence, un petit groupe de gentlemen et de ladies. Tous étaient très beaux, parfaitement sûrs de la place qu'ils occupaient dans le monde. Melisande redoutait de s'inviter parmi eux : et s'ils lui tournaient le dos en riant ?

Elle était sur le point de renoncer quand la femme à gauche de Vale, une blonde à la poitrine généreuse, posa la main sur la manche de celui-ci. Melisande reconnut Mme Redd, l'une des anciennes maîtresses de Jasper.

Mais à présent, il était son mari. *Et l'homme qu'elle aimait*. Elle rassembla son courage et se dirigea vers le groupe.

Vale la vit approcher, et se raidit. Ses yeux bleus étaient parfaitement reconnaissables, derrière son loup de satin noir. Melisande accrocha son regard.

Les autres s'écartèrent sur son passage, jusqu'à ce qu'elle se retrouve devant lui.

— M'inviterez-vous à danser ? s'enquit-elle d'une voix qu'elle aurait aimée plus assurée.

Il s'inclina.

— Ma chère femme. Pardonnez mon impardonnable négligence.

Melisande accepta le bras qu'il lui tendait, toute triomphante d'avoir supplanté Mme Redd aussi facilement. Jasper l'entraîna jusqu'à la piste de danse, où ils prirent leurs places dans le rang réservé à chaque sexe.

L'orchestre attaqua les premières mesures. Lorsque le mouvement les obligea à se rapprocher, Jasper lui murmura :

— Je n'espérais pas vous voir ici.

— Non ?

— Je crois que vous préférez le jour.

— Vraiment ?

La danse les sépara, et Melisande eut tout loisir de réfléchir. Dès qu'ils furent de nouveau proches, elle répliqua :

— Peut-être confondez-vous habitude et préférence ?

Ses yeux, derrière son loup, marquèrent la surprise.

— Expliquez-vous.

— Mes sorties ont plutôt lieu le jour, c'est vrai. Les vôtres, la nuit. Mais cela ne veut pas forcément dire que vous aimez la nuit, et moi le jour.

Il fronça les sourcils.

— Peut-être vivez-vous davantage la nuit parce que vous y êtes habitué, précisa-t-elle. Alors qu'au fond de vous-même, vous préférez le jour.

— Et vous ? demanda-t-il avant qu'ils ne soient encore séparés.

— Je crois que mon vrai domaine est la nuit, lâcha-t-elle dans un souffle.

Ils exécutèrent leurs figures, puis revinrent l'un vers l'autre, et Jasper se saisit de sa main, la faisant frissonner.

Il sourit, comme s'il savait l'effet que produisait son geste.

— Que comptez-vous faire de moi, ma reine de la nuit ? questionna-t-il alors qu'ils se contournaient, se tenant seulement par le bout des doigts. M'apprendre les mystères nocturnes ? M'ensorceler ?

Puis, comme ils revenaient face à face, il se pencha pour lui chuchoter à l'oreille :

— Auriez-vous l'intention de séduire un pécheur tel que moi ?

Melisande sentit sa respiration s'accélérer. Mais elle s'obligea à rester sereine.

— Et vous, milord, vous laisseriez-vous séduire par votre épouse ?

L'orchestre s'arrêta. La danse était finie. Melisande s'inclina devant son mari, puis se redressa, les yeux rivés aux siens. Il lui prit la main et la baisa :

— Avec grand plaisir.

Ils quittèrent le parquet de danse. Un gentleman en domino rouge vint se placer au côté de Melisande.

— Qui est cette délectable créature, Vale ?

— Ma femme, répondit Jasper, en faisant adroitement passer Melisande à son autre bras. Et je vous serais reconnaissant de vous en souvenir, Fowler.

Fowler éclata de rire, et s'éloigna. Melisande sentait d'autres regards peser sur elle. En revanche Mme Redd avait disparu, ce dont elle ne pouvait que se féliciter. Mais maintenant qu'elle avait eu le courage d'aller trouver Vale et qu'elle avait dansé avec lui, elle n'avait plus qu'une envie : rentrer à la maison.

Vale, cependant, l'entraînait à travers la foule des invités.

— Où allons-nous ? demanda la jeune femme.

— Lord Hasselthorpe vient d'arriver, et je voudrais m'entretenir avec lui. Ça ne vous dérange pas ?

— Bien sûr que non.

Ils rejoignirent un groupe de gentlemen à l'entrée de la salle de bal.

— Hasselthorpe ! s'exclama Vale. Quelle surprise de vous trouver ici !

Lord Hasselthorpe était un homme de taille moyenne, le visage entaillé par des rides profondes et affublé de grosses paupières qui retombaient lourdement sur ses yeux. Il avait la posture un peu solennelle commune à tous les membres éminents du Parlement. À côté de lui se tenait le duc de Lister, grand, corpulent et coiffé d'une perruque grise. Un peu en retrait, sa maîtresse de longue date, Mme Fitzwilliam, semblait s'ennuyer à cette réception.

— Bonsoir, Vale, répondit Hasselthorpe. Serait-ce votre femme ?

— Précisément. La nouvelle vicomtesse Vale.

Hasselthorpe baisa la main de Melisande, mais sans cesser de regarder Vale, comme si elle n'était pas là. Et Vale, tout à coup, ne souriait plus. Melisande comprit qu'ils avaient à parler de choses importantes – et qui ne la concernaient pas.

Elle sourit à son mari :

— Je crains d'être fatiguée, milord. M'en voudrez-vous si je rentre tôt ?

Vale parut hésiter, mais finalement il inclina la tête.

— Je serai terriblement déçu, ma chère. Mais rassurez-vous, je ne vous en voudrai pas.

— Dans ce cas, bonsoir, répliqua-t-elle, avant de saluer Hasselthorpe et le duc.

Puis elle chuchota à l'oreille de Vale :

— Souvenez-vous, milord, plus qu'une nuit !

Et elle tourna les talons. Mais tandis qu'elle s'éloignait, elle entendit quelques mots résonner sinistrement dans la conversation qui s'était engagée entre les trois hommes :

Spinner's Falls.

8

Comme on pouvait s'y attendre, la proclamation du roi eut un retentissement considérable. Une foule de prétendants arrivant des quatre coins du royaume, et même au-delà, se présenta bientôt au palais. Quelquesuns étaient des princes de haut rang, accompagnés d'une escouade de gardes et de laquais. D'autres étaient des chevaliers sans fortune, qui cherchaient à redorer leur blason. Mais il y avait aussi de simples particuliers, venus à pied, et même des mendiants.

Tous partageaient l'espoir de remporter les épreuves et d'épouser en récompense la princesse.

Pour une reine de la nuit, son épouse était plutôt matinale, constata Jasper le lendemain, en se présentant encore tout ensommeillé à la porte de la salle à manger des petits déjeuners. Certes, la jeune femme avait quitté le bal assez tôt – mais pas avant une heure du matin. Or, elle était déjà levée, et mangeait de grand appétit. Pour sa part, il était resté environ une heure de plus, à discuter avec lord Hasselthorpe. En vain. Celui-ci avait rejeté violemment l'idée que le régiment de son frère ait pu être trahi. Jasper avait donc décidé d'attendre quelques jours, avant de lui en reparler.

Il pénétra dans la pièce.

— Bonjour, ma chère femme, dit-il.

Elle était assise droite sur sa chaise, les cheveux sagement noués en chignon sur son crâne. Personne n'aurait pu deviner qu'il s'agissait de la même femme qui était apparue hier soir, nimbée de mystère et vêtue d'un domino pourpre, au bal de lady Graham.

— Bonjour, répondit-elle avec un hochement de tête.

Son petit chien sortit de ses jupes, prêt à aboyer. Mais Jasper fixa l'animal, qui battit promptement en retraite sous la chaise. Ce chien de toute évidence le détestait, mais au moins ils étaient tombés d'accord sur la question de savoir qui était le maître dans cette maison.

— Avez-vous bien dormi ? demanda Jasper, se dirigeant vers le buffet.

— Oui. Et vous ?

Il contemplait les plats étalés devant lui, en songeant à sa paillasse posée sur le plancher de son dressing.

— Comme un mort.

Il remplit une assiette, et revint vers la table.

— Avez-vous des projets pour aujourd'hui, ma chère femme ?

— Oui, mais aucun susceptible de vous intéresser.

Bien entendu, une telle réponse eut pour effet de piquer sa curiosité. Il s'assit en face d'elle.

— Vraiment ?

Melisande lui servit une tasse de thé.

— J'ai prévu de faire les magasins avec ma chambrière.

— Magnifique !

Melisande s'interrogea. Simulait-il son enthousiasme ?

— Vous n'envisagez quand même pas de m'accompagner, dit-elle, et c'était davantage un constat qu'une question.

Il sourit.

— Je ne vois pas divertissement plus merveilleux qu'une matinée de shopping.

— Et moi, je ne connais pas beaucoup d'hommes qui prétendraient cela.

— C'est bien la preuve que vous avez beaucoup de chance de m'avoir épousé, non ?

Au lieu de répondre, elle reprit une tasse de chocolat chaud.

— Ce fut un plaisir de vous voir au bal, hier soir, enchaîna-t-il, se beurrant un toast.

— Je n'avais encore jamais rencontré votre ami, Matthew Horn. Êtes-vous très proches ?

— J'ai connu Horn à l'armée. C'était un très bon ami, à l'époque. Mais nos chemins ont un peu divergé, depuis.

— Vous ne m'avez jamais parlé de votre séjour à l'armée.

Il haussa les épaules.

— J'en suis sorti il y a déjà six ans.

— Combien de temps avez-vous servi sous les drapeaux ?

— Sept ans.

— Vous étiez capitaine, n'est-ce pas ?

— En effet.

— Vous avez donc vu de l'action.

Jasper ne savait quoi répondre à cela. *De l'action* ? Un bien faible mot pour décrire le carnage de Spinner's Falls. Le vacarme de la fusillade, la fumée, les cris, le sang, les cadavres répandus par terre… Pour ça, oui, il avait vu de l'action.

Il but une gorgée de thé pour faire passer le goût de cendre qui lui était monté dans la gorge.

— Un jour, dit-il, je raconterai à nos petits-enfants ma première impression de Québec, lorsque nous avons atteint cette ville.

Elle détourna le regard.

— Ce n'est pas là que le frère d'Emeline – lord Saint Aubyn – est mort.

— Non. Mais croyez-vous que ce soit une conversation plaisante pour un petit déjeuner ?

— Une femme ne doit-elle pas tout connaître de son mari ?

— Ma personnalité ne se résume pas à mes sept années passées dans l'armée.

— Certes. Mais je suis convaincue que c'est une partie importante de votre existence.

De nouveau, Jasper ne sut quoi répondre. Elle avait raison, bien sûr. Probablement avait-elle deviné qu'il était revenu changé d'Amérique. Il n'avait pourtant pas l'impression de lui avoir donné le moindre indice. Mais peut-être portait-il les stigmates de Spinner's Falls en évidence sur le front ? Et peut-être, aussi, soupçonnait-elle ce dont il avait le plus honte ?

Non, c'était impossible. Car, dans ce cas, elle ne manquerait pas de le mépriser, et cela se verrait à son regard.

Il baissa les yeux sur son toast.

— Voulez-vous toujours m'accompagner ce matin ? s'enquit-elle.

Jasper releva les yeux. Sa femme était décidément redoutable.

— Il en faut plus pour m'effrayer qu'une matinée à courir les boutiques.

Il y eut un silence. Puis elle demanda :

— Pourquoi ne voulez-vous pas me parler de l'armée ?

— Parce qu'il n'y a pas grand-chose à en dire, mentit Jasper. J'étais capitaine au 28e régiment des colonies.

— Lord Saint Aubyn également. J'imagine que vous l'avez bien connu ?

— Oui, répliqua sobrement Jasper.

— Pour ma part, je ne l'ai rencontré qu'une ou deux fois. Comment était-il ?

Jasper termina son toast, dans l'espoir de gagner du temps. Il songeait au sourire de Reynaud, à ses beaux yeux noirs.

— Reynaud savait qu'il hériterait un jour du titre de comte, et il se préparait depuis toujours à cette échéance.

— Qu'entendez-vous par là ?

— Petit garçon, il était un peu trop sérieux. Comme s'il portait déjà le fardeau des responsabilités sur ses épaules. Richard était pareil.

— Votre frère aîné ?

— Oui. Richard et Reynaud partageaient beaucoup de points communs. C'est même étonnant que Reynaud m'ait pris comme ami, plutôt que mon frère.

— Peut-être aimait-il chez vous un trait de caractère qu'il aurait aimé posséder ?

Il sourit.

— Quoi, par exemple ?

— Votre joie de vivre.

Jasper n'en revenait pas. Comment pouvait-elle encore discerner chez lui de la joie de vivre, après ce qu'il avait vécu ?

— Ma joie de vivre ? Vous dites n'importe quoi. Vous ne me connaissez même pas.

Elle se leva de table.

— Ah oui ? Vous seriez surpris de voir à quel point je vous connais. Dans dix minutes, c'est bon ?

Il sursauta.

— Quoi ? Elle sourit.

— Je serai prête dans dix minutes.

Et elle quitta la pièce, le laissant plus dérouté que jamais.

Melisande attendait devant la voiture, avec Sally, quand Vale sortit de la maison. Il dévala le perron pour les rejoindre.

— Nous pouvons y aller ? s'enquit Melisande.

Il lui offrit son bras.

— Je suis tout à vous, ma chère femme.

Et, se tournant vers Sally, il lui lança :

— Vous pouvez disposer.

La chambrière rougit, et interrogea Melisande du regard. D'ordinaire, Sally l'accompagnait toujours pour faire les magasins, car elle l'aidait à choisir ses robes et à porter les paquets.

Vale l'observait, attendant lui aussi sa réponse. Finalement, elle hocha la tête et sourit à sa chambrière :

— Tu en profiteras pour faire un peu de couture, Sally.

Celle-ci salua et rentra dans la maison.

Lorsque Melisande reporta son attention sur Vale, il observait Mouse qui se tenait dans ses jupes. Elle prit les devants, afin qu'il ne congédie pas également son chien :

— Mouse m'accompagne partout.

— Ah.

Ce point établi, elle monta en voiture, et Mouse bondit à côté d'elle. Vale prit la banquette d'en face. L'habitacle avait d'abord paru immense à la jeune femme, mais la stature de son mari eut tôt fait de réduire l'espace.

Il frappa contre la paroi pour donner au cocher le signal du départ.

Melisande regarda par la vitre de la portière. Elle éprouvait un vague malaise à se retrouver dans cette voiture en sa compagnie. C'était trop intime. Pourtant, elle avait couché avec lui, dansé avec lui, et elle avait même eu l'audace de lui enlever sa chemise et de le raser. Mais tout cela s'était passé la nuit, à la lumière vacillante des chandelles. La pénombre lui avait donné du courage. Peut-être était-elle vraiment cette « reine de la nuit » qu'il avait évoquée la veille au soir ?

Mais lui, quel était donc son royaume ? La nuit ou le jour ?

Melisande l'observa à la dérobée. Elle s'apercevait, tout à coup, qu'il lui consacrait l'essentiel de son temps durant la journée. Il disait aimer fréquenter les bals, les réceptions ou les clubs de jeu, mais c'était pendant la journée qu'il s'ingéniait à vouloir percer les secrets de la jeune femme. Parce qu'il la sentait alors plus vulnérable ? Ou parce qu'il se sentait lui-même plus fort à ce moment-là ?

Ou bien les deux ?

— L'emportez-vous partout ?

Elle sursauta.

— Quoi donc ?

— Votre chien, dit-il en désignant, du menton, Mouse lové sur la banquette à côté d'elle. Vous suit-il où que vous alliez ?

— Oui, j'emmène sir Mouse partout où cela lui plaît d'aller.

Vale haussa les sourcils.

— Parce que les chiens aiment faire du shopping ?

— Il aime les promenades en voiture, précisa Melisande qui caressait le museau du terrier. N'avez-vous jamais eu d'animal ?

— Non. Enfin si, un chat, lorsque j'étais petit garçon. Mais il ne venait jamais quand je l'appelais, et il griffait quand il n'était pas content. Le problème, c'est qu'il était souvent de mauvaise humeur.

— Comment s'appelait-il ?

— Le Chat.

Son visage était impassible, mais une lueur diabolique illuminait ses yeux bleus.

— Et vous ? enchaîna-t-il. Aviez-vous des animaux ?

— Non, répliqua Melisande, reportant son regard vers la vitre.

Elle n'avait aucune envie d'évoquer son enfance solitaire. Sans doute avait-il deviné son aversion car, pour une fois, il n'insista pas. Après un silence, il murmura :

— En fait, ce chat appartenait à Richard.

Elle se tourna vers lui, intriguée.

Les lèvres de Vale s'ourlèrent légèrement, comme s'il se moquait de lui-même.

— Ma mère ne nourrissait pas d'affection particulière pour les chats, mais comme Richard était souvent malade, le jour où il a ramené un chaton des écuries, elle a fait une exception pour lui.

— Votre frère était beaucoup plus âgé que vous ?

— Non, de deux ans seulement.

— Il est mort jeune...

— Avant d'avoir pu fêter ses trente ans, acquiesça Vale, qui ne souriait plus. Il était demeuré fragile, même en grandissant, et il souffrait de problèmes respiratoires. Pendant mon séjour dans les colonies, il a contracté une mauvaise fièvre qui a fini par l'emporter. Quand je suis rentré, ma mère est restée plus d'un an sans sourire une seule fois.

— Je suis désolée.

Vale examinait ses mains.

— C'était il y a longtemps.

— Votre père était déjà mort, à cette époque ?

— Oui.

— Cela a dû être très dur pour vous.

— Je n'avais jamais pensé devenir vicomte, malgré la santé précaire de Richard, répliqua-t-il, la fixant dans les yeux. Tout le monde, dans la famille, croyait qu'il vivrait assez longtemps pour engendrer un héritier. Mon frère n'avait peut-être pas le corps solide, mais il avait l'âme bien trempée. Et il se comportait comme un vrai vicomte. Il était capable de commander à des hommes.

— Comme vous, lui rappela Melisande.

Il secoua la tête.

— Pas de la même façon. Richard était un meilleur chef que moi. Reynaud aussi, d'ailleurs.

Melisande avait du mal à le croire. Vale se conduisait parfois en plaisantin, mais les autres hommes l'écoutaient. Dès qu'il entrait dans une pièce, sa présence physique s'imposait à toute l'assistance – féminine aussi bien que masculine. Cependant, Melisande préféra ne pas relever ce point. Elle avait trop peur de dévoiler du même coup ce qu'elle ressentait à son égard.

La voiture ralentit. Un coup d'œil par la vitre de la portière informa la jeune femme qu'ils étaient arrivés dans Bond Street.

Dès que l'attelage se fut immobilisé, Vale ouvrit la portière, sauta à terre et se retourna pour offrir son bras à son épouse. Elle l'accepta volontiers, cette fois, et elle descendit de voiture, sa main reposant sur celle de Vale. Mouse bondit dans son sillage.

La rue était bordée de magasins à la mode, et des attroupements de gentlemen et de ladies en admiraient les vitrines.

— Par où voulez-vous commencer ? demanda Vale. Ouvrez la marche et je vous suivrai, ma chère femme.

— Par là, répondit-elle, partant vers la droite. Je voudrais d'abord aller chez un buraliste, acheter du tabac à priser.

— Auriez-vous pris l'habitude de priser, pour imiter notre reine ?

Elle grimaça à cette idée.

— Oh non, pas du tout ! C'est pour Harold. Je lui offre toujours une boîte de son tabac préféré pour son anniversaire.

— Ah, il est bien gâté, ce Harold.

Elle se tourna vers lui.

— Aimez-vous priser ?

Il sourit.

— Non. Je voulais simplement dire que Harold avait beaucoup de chance d'avoir une sœur aussi prévenante. Si j'avais su...

Il fut interrompu par les aboiements de Mouse. Le terrier traversait la rue encombrée de circulation.

— Mouse ! cria Melisande, qui s'apprêtait à se lancer à sa poursuite.

Vale la retint par le bras.

— Restez ici !

La jeune femme tentait de libérer son bras.

— Lâchez-moi ! Il va lui arriver malheur !

Vale la tira en arrière, juste au moment où un chariot de marchandises surgissait à vive allure.

— Mais à vous aussi, et je ne préfère pas.

Mouse aboyait toujours. Cependant, des grognements sinistres couvraient presque ses aboiements. Melisande plaqua la main sur la poitrine de Vale.

— Mais, Mouse...

Vale grommela quelque chose d'inintelligible, avant de lâcher :

— Je vais vous le chercher.

Il laissa passer une voiture, avant de traverser. Melisande apercevait Mouse sur le trottoir d'en face : il se battait avec un mastiff gros quatre fois comme lui. Plusieurs badauds – principalement des hommes ou des jeunes garçons – s'étaient arrêtés pour regarder, et quelques-uns criaient même des encouragements au mastiff.

— Mouse ! appela Melisande, avant de traverser à son tour, en prenant soin de guetter les véhicules qui roulaient dans les deux sens.

Vale arriva sur les lieux alors que le mastiff refermait ses mâchoires sur la nuque de Mouse. Melisande, horrifiée, vit l'horrible chien commencer à secouer le terrier. Elle voulut crier, mais aucun son ne sortit de sa gorge. S'il continuait ainsi, le mastiff allait rompre le cou de Mouse.

Vale tapa violemment du poing le museau du mastiff. Lequel recula d'un pas, sans pour autant lâcher prise.

— Oh ! lui cria Vale. Lâche-le, sale brute !

Il le frappa de nouveau, et cette fois le mastiff relâcha Mouse. L'espace d'un instant, on aurait pu croire qu'il allait changer de proie et s'attaquer à Vale. Mais celui-ci lui décocha un coup de pied dans le flanc, qui sonna définitivement l'issue du combat. Le mastiff détala en courant, à la grande déception des badauds. Mouse voulut s'élancer à ses trousses, mais Vale le rattrapa par l'encolure.

— Oh non, pas question, espèce d'imbécile !

Melisande les rejoignait. À son grand effroi, elle vit Mouse se retourner vers Vale et lui mordre la main.

— Mouse, non ! protesta-t-elle, voulant se saisir du terrier.

Vale l'en empêcha avec son autre main.

— Ne vous en mêlez pas. Il est fou de rage, et il pourrait vous mordre aussi.

— Mais…

Elle s'interrompit. Le bleu de ses yeux s'était assombri, virant presque au cobalt. Elle ne lui avait jamais vu un visage aussi dur. Elle songea qu'il affichait sans doute la même expression lorsqu'il combattait en Amérique.

— Écoutez-moi bien, dit-il d'une voix aussi froide que la mer Baltique, alors que Mouse tenait toujours sa main dans sa mâchoire. Vous êtes ma femme, et il n'est pas question que je vous laisse vous blesser, même si cela vous déplaît. J'ajoute qu'aucun compromis n'est possible sur le sujet.

La jeune femme déglutit et hocha la tête.

Il la dévisagea un instant.

— Parfait. Maintenant, reculez et laissez-moi faire.

Melisande croisa les mains, pour ne pas être tentée de s'emparer de Mouse. Elle adorait son chien, même si elle était consciente qu'il avait mauvais caractère et que personne, en dehors d'elle, ne l'aimait. Mouse était *à elle,* et il lui retournait son adoration. Mais Vale était son mari, et elle ne pouvait décemment contredire l'autorité de ce dernier.

Vale posa son pouce, resté libre, sur la gorge du chien, et pressa. Mouse lâcha aussitôt prise. D'un geste vif comme l'éclair, Vale lui emprisonna alors la gueule dans sa main. Mouse se mit à grogner furieusement. Mais Vale l'empoigna à l'encolure avec l'autre main.

— Venez, dit-il à Melisande, tenant le chien.

Les badauds, déçus, se dispersèrent. Vale repartit vers la voiture.

Un valet se précipita.

— Êtes-vous blessé, milord ?

— Ce n'est rien. Y a-t-il une boîte, ou un sac, à l'intérieur ?

— Il y a un panier sous le siège du cocher.

— Il ferme ?

— Oui, milord.

— Apportez-le-moi.

Le valet courut vers la voiture.

— Qu'allez-vous faire ? s'inquiéta Melisande.

— Rien de grave. Il a besoin d'être maté, jusqu'à ce qu'il se soit calmé.

Mouse ne grognait plus. Mais il gigotait pour tenter de se libérer.

Quand ils arrivèrent à la voiture, le valet tenait déjà le panier grand ouvert.

— Fermez le couvercle dès que je l'aurai mis dedans, lui ordonna Vale. Prêt ?

— Oui, milord.

Ce fut fait en un clin d'œil. Mouse se retrouva enfermé dans le panier.

— Replacez-le sous le siège du cocher, dit Vale au valet.

Puis, prenant la main de Melisande :

— Et maintenant, rentrons à la maison.

Le trajet de retour commença sous les pires auspices. Jasper redoutait d'avoir heurté la jeune femme. Peut-être même le haïssait-elle, à présent. Mais cela avait été plus fort que lui. Elle se tenait raide sur sa banquette, sans rien dire. Vale profita de ce qu'elle gardait obstinément les yeux baissés pour l'observer. Ce n'était pas ce qu'on pouvait appeler une belle femme – il était parfaitement lucide sur ce point. Et elle s'habillait sans grâce, portant des robes quelconques. Tout au long de sa vie amoureuse, il avait eu maintes fois l'occasion de coucher avec des femmes beaucoup plus séduisantes.

Et cependant, il désirait plus que jamais percer les mystères de son épouse. La forteresse derrière laquelle elle avait barricadé son âme l'intriguait, et il n'avait de cesse de monter à son assaut. Même si c'était folie de sa part, elle le fascinait comme une créature venue d'un monde surnaturel.

— À quoi pensez-vous ? s'enquit-elle soudain, brisant le silence.

— Je me demandais si vous n'étiez pas une sorte de fée.

Elle haussa délicatement un sourcil.

— Vous moqueriez-vous de moi ?

— Hélas, non.

Elle le dévisagea quelques instants, avant de baisser les yeux sur sa main. Il avait enroulé un mouchoir sur la morsure dès qu'ils s'étaient installés dans la voiture.

— Ça vous fait mal ?

Il secoua la tête, bien que sa main eût commencé d'enfler.

— Pas du tout.

— J'aimerais que M. Pynch vous fasse un bandage plus convenable, à notre arrivée. Les morsures de chien peuvent être redoutables. Assurez-vous qu'il nettoie bien la plaie.

— C'est entendu.

Elle regarda par la vitre de la portière.

— Je suis navrée que Mouse vous ait mordu.

— S'en est-il déjà pris à vous ? questionna Jasper, qui était prêt à étrangler l'animal en cas de réponse positive.

La jeune femme écarquilla les yeux.

— Oh, non ! Mouse est très affectueux avec moi. Pour tout vous avouer, il n'avait encore jamais mordu personne.

Jasper eut un sourire ironique.

— Alors, je devrais me sentir honoré d'être le premier.

— Qu'allez-vous faire de lui ?

— Le laisser mariner un peu dans son panier.

Elle ne fit aucun commentaire. Mais Jasper savait à quel point ce chien comptait pour elle. Il avait deviné qu'il était son seul véritable ami.

— Comment l'avez-vous eu ?

Elle garda le silence si longtemps qu'il crut qu'elle ne répondrait pas. Mais elle finit par soupirer.

— Il appartenait à une portée découverte dans les écuries de mon frère. Le palefrenier voulait les noyer. Il avait glissé toute la portée dans un sac, le temps de remplir un baquet d'eau. Je suis arrivée dans les écuries juste au moment où les chiots se sont échappés du sac. Ils se sont éparpillés dans toutes les directions, et Mouse a couru droit vers moi, pour mordiller le bas de ma robe.

— Vous lui avez sauvé la vie.

Elle haussa les épaules.

— Je ne me voyais pas faire autrement. Mais Harold n'était pas très content.

Jasper pouvait comprendre que l'austère Harold n'ait pas apprécié d'avoir un tel monstre sous son toit. Mais Melisande avait dû superbement ignorer ses récriminations, et le pauvre Harold avait fini par capituler. Jasper réalisait que sa femme pouvait se montrer terriblement obstinée, lorsqu'elle avait une idée en tête.

— Nous sommes arrivés, dit-elle.

Il jeta un coup d'œil par la vitre. L'attelage s'immobilisa presque au même instant.

— Je vais demander au valet de porter le panier à l'intérieur, dit-il, accrochant le regard de la jeune femme. Ne touchez pas Mouse, ou ne le laissez pas vous toucher tant que je ne vous en aurai pas donné l'autorisation.

Elle hocha la tête avec la dignité d'une reine, avant d'ouvrir la portière et descendre de voiture sans attendre son aide. Puis elle gravit le perron, le dos toujours très raide.

Jasper la suivit en marmonnant un juron dans sa barbe. Il avait peut-être gagné une bataille, mais il n'était pas sûr d'avoir remporté la guerre.

9

La princesse était montée sur les remparts du château pour assister à l'arrivée des prétendants. Jack le Rieur se tenait à son côté. Elle l'avait pris en amitié, et il l'accompagnait où qu'elle aille. À cause de sa petite taille, il avait dû grimper sur une pierre qui dépassait.

— Pauvre de moi ! soupira la jeune fille.

— Quelque chose vous troublerait-il, noble princesse ? s'enquit Jack.

— Oui. J'aurais aimé que mon père me laisse choisir un mari à ma convenance. Hélas, cela me paraît désormais impossible.

— Aussi impossible que le rêve d'un bouffon qui voudrait épouser une belle princesse, admit Jack le Rieur.

Mouse aboyait.

Melisande, assise devant sa coiffeuse et livrée aux bons soins de Sally, grimaça. Le bruit lui parvenait étouffé, car il provenait de deux étages plus bas. Vale avait enfermé le terrier dans une petite pièce de la cave. Mouse s'était mis à aboyer presque aussitôt – sans doute dès qu'il avait compris qu'il ne sortirait pas tout de suite de sa prison. Cela datait de la fin de la matinée. Nous étions maintenant le soir, et il n'avait pratiquement pas cessé d'aboyer, ne s'interrompant que de temps à autre pour écouter si quelqu'un venait à son secours. À chaque heure qui passait, Melisande avait l'impression que ses aboiements résonnaient plus violemment.

— Pour un petit chien, il fait beaucoup de bruit, commenta Sally, qui ne semblait pas spécialement troublée par le vacarme.

— Il n'avait encore jamais été enfermé, expliqua Melisande.

— Alors, la punition devrait lui faire de l'effet, répliqua Sally. M. Pynch dit qu'il va devenir fou, avec ces aboiements.

À son ton, on aurait pu jurer que Sally se délectait de cette perspective.

— Lord Vale est-il rentré ?

— Oui, milady. Il y a environ une demi-heure.

Sally piqua une dernière épingle dans la chevelure de sa maîtresse, recula pour juger de l'effet, puis elle entreprit de ranger le dessus de la coiffeuse.

Melisande se leva. Au même instant, Mouse cessa d'aboyer. La jeune femme retint son souffle.

Mais il reprit ses aboiements.

Vale lui avait interdit de descendre voir son chien, mais si ce supplice devait durer encore longtemps, elle n'était pas sûre de ne pas désobéir. La détresse du terrier était trop dure à supporter.

On frappa à la porte.

— Entrez, dit Melisande.

Vale poussa le battant. Il n'était pas rentré depuis longtemps, mais il avait eu le temps de se laver – à en juger par ses cheveux humides – et de se changer.

— Bonsoir, ma chère femme. Souhaitez-vous m'accompagner pour rendre visite au prisonnier ?

Melisande lissa les plis de sa robe.

— Oui, s'il vous plaît.

Les aboiements se firent plus sonores dès qu'ils descendirent les marches.

— J'aurais une faveur à vous demander, milady.

— Laquelle ?

— Que vous restiez en arrière, pour me laisser m'occuper de votre chien.

Melisande s'inquiéta. Mouse lui avait toujours obéi. Cependant, il n'était pas exclu qu'il veuille encore mordre Vale. Son mari semblait assez tolérant, mais sa gentillesse pourrait avoir des limites.

— Melisande ?

Elle se retourna. Il s'était arrêté dans l'escalier, attendant sa réponse.

Elle hocha la tête.

— Si vous voulez.

En bas de l'escalier, Vale lui prit la main pour la conduire vers les cuisines.

C'était le quartier des domestiques. La cuisine elle-même était une vaste pièce dominée, sur tout un mur, par une arche de brique qui abritait la cheminée. Deux fenêtres, ouvrant sur l'arrière de la maison, apportaient la lumière du jour. Mais à cette heure-ci, les chandelles étaient allumées.

La cuisinière, ses aides, le majordome et les valets s'activaient aux préparatifs du dîner. À leur entrée, la cuisinière lâcha sa cuiller de bois, qui tomba dans un chaudron de soupe, et tous les autres serviteurs se figèrent. Les aboiements de Mouse résonnèrent dans le silence.

— Milord..., commença Oaks.

— Je vous en prie, ne vous interrompez pas dans votre tâche, le coupa Vale. Je viens juste voir le chien de milady. Ah, Pynch...

Le valet s'était levé d'une chaise installée face à la cheminée.

— M'avez-vous trouvé un morceau de viande ? lui demanda Vale.

— Oui, milord. La cuisinière a bien voulu me donner un reste du rôti de bœuf d'hier soir.

Melisande s'éclaircit la voix.

En fait...

Vale se tourna vers elle :

— Oui, ma chère ?

— Si c'est pour Mouse, il préfère le fromage, expliqua-t-elle sur le ton de l'excuse.

— Je m'en remets à votre science, répliqua Vale, qui interpella la cuisinière. Auriez-vous du fromage à nous donner ?

— Bien sûr, milord. Annie, va me chercher la tomme que j'ai rangée dans la réserve.

Une fille de cuisine s'éclipsa quelques instants, et revint avec une tomme au diamètre conséquent. Elle la déposa sur la table et déplia soigneusement le linge qui l'enveloppait.

La cuisinière s'empara d'un grand couteau pour trancher un morceau.

— Cela suffira-t-il, milord ?

— Ce sera parfait, merci, répondit Vale, avec un sourire qui fit rosir les joues de la cuisinière. Maintenant, si vous voulez bien nous ouvrir la cave, Oaks ?

Le majordome les fit traverser la réserve, puis descendre une volée de marches qui conduisaient à une porte en chêne.

— Faites attention à votre tête, milady, la mit en garde Vale, qui était lui-même obligé de se courber presque en deux dans l'escalier.

Le majordome leur ouvrit la porte.

— Merci, Oaks. Vous pouvez disposer.

La cave, voûtée, était humide. Les murs étaient couverts d'étagères supportant des bouteilles de vin. Dans un coin, une autre porte, plus petite, les séparait de Mouse. Il avait cessé d'aboyer en les entendant, et Melisande se le représentait, guettant derrière la porte, les oreilles dressées.

Vale pivota vers elle et posa un doigt sur ses lèvres, pour lui recommander de se taire.

Elle acquiesça.

Vale tira le verrou de la petite porte et entrouvrit le battant. Aussitôt, un museau apparut. Vale rompit un morceau de fromage entre ses doigts.

— Maintenant, sir Mouse, dit-il, approchant le fromage du museau, avez-vous bien médité vos péchés ?

Le museau remua, puis Mouse prit doucement le fromage entre ses crocs, et disparut dans sa prison.

Melisande pensait que Vale ouvrirait la porte en grand, mais il resta à attendre tranquillement, comme s'il avait tout son temps.

Moins d'une minute plus tard, le museau réapparut. Vale prit un autre morceau de fromage, mais cette fois, il le tint à quelques centimètres de l'entrebâillement de la porte.

Melisande retint son souffle. Mouse pouvait se montrer très obstiné. Toutefois, il adorait le fromage. Le museau poussa sur le battant, pour l'écarter. Le chien et Vale s'observèrent quelques instants. Sortant de sa prison, Mouse s'empara du fromage qu'il lui tendait, puis recula aussitôt et se tourna pour le manger.

Vale, pendant ce temps, prépara un autre morceau. Il le posa sur sa paume et s'accroupit. Mouse hésita un peu, avant de finalement s'avancer vers lui.

Dès qu'il se saisit du morceau de fromage, Vale lui caressa le crâne. Mouse, occupé à manger, ne parut pas s'offusquer de ce geste – ni même vraiment le remarquer. Puis Vale sortit une corde de sa poche. L'une des extrémités formait une boucle. Tandis que Mouse terminait d'avaler le fromage, il passa la boucle à son cou. Après quoi, il présenta au chien un nouveau morceau de fromage.

Quand il eut utilisé tout le fromage donné par la cuisinière, Mouse se laissait caresser sur tout le corps.

Vale se releva.

— Suis-moi, dit-il au chien.

Et il partit vers l'escalier.

Mouse jeta un regard interloqué à Melisande mais, comme Vale tirait sur la corde, il fut bien obligé de suivre.

Melisande, estomaquée, ferma la marche. Vale retraversa la réserve, puis la cuisine. Il sortit dans le jardin par la porte de derrière, et laissa courir assez de corde pour que Mouse puisse faire ses besoins.

L'opération terminée, il tira de nouveau sur la corde et se tourna vers Melisande :

— Si nous dînions, à présent ?

La jeune femme ne pouvait qu'acquiescer. Vale avait dressé Mouse sans lui faire de mal. Bien peu d'hommes auraient réussi un tel exploit sans se croire obligés de frapper le chien. L'attitude de Vale ne réclamait pas seulement de l'intelligence et de la patience, mais aussi dc la compassion. De la compassion pour un chien qui l'avait mordu quelques heures plus tôt. Melisande se sentait éperdue de gratitude envers son mari. Si elle ne l'avait pas déjà follement aimé, elle serait tombée amoureuse aussitôt.

Mouse était couché sous la table aux pieds de Jasper, sa laisse toujours autour du cou, l'autre extrémité accrochée au poignet de Jasper. Le terrier avait tenté deux ou trois fois de s'approcher de sa maîtresse, mais il avait dû renoncer, faute d'une longueur de corde suffisante. Il s'était donc allongé, la tête posée entre ses pattes de devant, et il se contentait de pousser de temps à autre un soupir théâtral. Jasper s'amusait de ce petit cirque, et il comprenait maintenant pourquoi Melisande aimait autant son chien.

— Avez-vous l'intention de sortir ce soir, milord ? demanda Melisande, assise à l'autre bout de la table.

Il haussa les épaules d'un air détaché.

— C'est possible, dit-il, baissant les yeux sur la tranche de rôti dans son assiette.

Que pouvait-elle imaginer ? s'interrogeait-il. Le prenait-elle pour un ivrogne avide de soûleries ? Quelle perspective peu réjouissante ! D'autant qu'il ne prenait plus aucun plaisir aux réceptions ou aux parties de cartes. La vérité, c'est qu'il n'arrivait pas à trouver le sommeil.

— Vous pourriez rester à la maison, lui suggéra Melisande.

Il releva les yeux. Elle beurrait un morceau de pain, le visage indéchiffrable.

— Aimeriez-vous que je reste ? s'enquit-il.

Elle haussa les sourcils, les yeux rivés sur son morceau de pain.

— Peut-être.

Sa réponse toute simple contenait une invitation qui n'échappa pas à Jasper. Il en frissonna d'excitation.

— Et que ferions-nous, ma chère femme, si je restais ici avec vous ?

Elle haussa les épaules.

— Oh, nous pourrions faire beaucoup de choses.

— Mais encore ?

— Nous pourrions jouer aux cartes.

— Jouer aux cartes, à deux ? La partie ne serait pas très intéressante.

— Alors, nous pourrions jouer aux petits chevaux. Ou aux échecs.

Jasper se contenta de lever un sourcil.

— Nous pourrions aussi parler, ajouta Melisande.

Jasper but une gorgée de vin. Bizarrement, la perspective de passer la soirée en sa compagnie, à parler, le mettait mal à l'aise. Peut-être parce que ses fantômes revenaient surtout le hanter après le coucher du soleil.

— Et de quoi voudriez-vous parler ?

Un valet apporta un plateau garni de fromage et de fraises du jardin, qu'il déposa sur la table. Melisande ne bougea pas – elle affichait, comme d'habitude, un dos aussi raide que celui d'un militaire –, cependant Jasper eut l'impression qu'elle était attirée par les fraises.

— Vous pourriez me raconter votre jeunesse.

— J'ai peur qu'il n'y ait pas grand-chose à raconter. Sauf, peut-être, la fois où Reynaud et moi avons failli nous noyer dans l'étang des Saint Aubyn.

Elle n'avait toujours pas touché aux fraises.

— J'aimerais beaucoup entendre cette histoire, assura-t-elle.

— Nous étions très jeunes à cette époque, commença Jasper. Onze ans, pour être précis. C'était notre dernier été avant d'être envoyés au collège.

— Ah ? fit-elle, sélectionnant une fraise pour la déposer dans son assiette.

Elle n'avait pris ni la plus grosse ni la plus petite, mais son choix s'était porté sur une fraise d'un rouge uniforme, et bien mûre. Elle la caressa du bout du doigt, comme si elle anticipait le plaisir de la manger.

Jasper but une autre gorgée de vin : sa bouche était devenue brusquement sèche.

— Ce jour-là, j'avais échappé à la surveillance de mon tuteur.

— Échappé ? Comment cela ?

— Mon tuteur était un homme âgé. Il me suffisait de courir un peu vite pour le semer.

— Pauvre homme, murmura-t-elle, avant de mordre dans la fraise.

Jasper la regardait, hypnotisé, incapable de la moindre pensée logique. Finalement, il s'éclaircit la gorge.

— Euh, sans doute, dit-il, la voix légèrement enrouée. D'autant que Reynaud avait également faussé compagnie au sien.

— Que s'est-il passé ?

— Le malheur a voulu que nous nous soyons retrouvés au bord de l'étang.

— Le malheur ? Ce n'était pas prémédité ?

Jasper grimaça.

— En fait, nous avions projeté de construire un radeau, avoua-t-il.

Après s'être coupé un morceau de fromage avec la pointe de son couteau, et l'avoir avalé, il continua :

— Nous avons vite réalisé que construire un radeau avec des branches d'arbres était plus compliqué que nous ne l'avions imaginé.

— Je sens la tragédie arriver, dit-elle d'une voix grave, mais les yeux pétillant d'humour.

— En effet.

Il prit une fraise, qu'il fit tournoyer entre ses doigts par la queue.

— À la fin de l'après-midi, nous avions quand même réussi, au prix de beaucoup d'efforts, à construire une vague plate-forme d'environ un mètre sur un mètre.

— Et... ? demanda-t-elle.

Jasper, sans lâcher la fraise, posa son coude sur la table et afficha une expression solennelle.

— Avec le recul, je suis à peu près persuadé que notre esquif aurait été incapable de flotter par lui-même. Mais évidemment, l'idée de l'essayer d'abord tout seul sur l'eau, avant de grimper dessus pour naviguer avec, ne nous avait même pas effleurés.

Elle souriait à présent, et Jasper en éprouva un frisson de ravissement.

— L'issue était inévitable, enchaîna-t-il, tendant le bras afin d'approcher la fraise de ces lèvres souriantes.

Elle les écarta légèrement pour mordre dans le fruit, et Jasper sentit ses sens s'échauffer.

— Le désastre fut très rapide, ajouta-t-il, mais l'instabilité de notre radeau nous a en quelque sorte sauvés.

— Comment cela ?

Il reposa la queue de la fraise sur la table et croisa les bras.

— Nous ne nous étions même pas éloignés d'une dizaine de mètres du rivage quand nous avons coulé. Nous avons fini dans les roseaux. L'eau nous arrivait à la poitrine.

— C'est tout ?

Jasper sourit à son tour.

— L'histoire se serait arrêtée là, si Reynaud n'avait pas eu la mauvaise idée d'atterrir sur le nid d'une oie.

— Bonté divine !

— Comme vous dites. Le jars était si furieux de notre intrusion qu'il nous a pourchassés jusqu'à Vale Manor. C'est alors que mon tuteur m'a aperçu, et il m'a donné une telle correction que je suis resté huit jours sans pouvoir m'asseoir. Depuis, je déteste manger de l'oie.

Les yeux de la jeune femme riaient toujours. Jasper les contemplait, fasciné. Il avait le sentiment de se trouver au bord d'un précipice, mais il n'aurait pas su en préciser la nature exacte : un tournant dans son existence ? une nouvelle façon de sentir les choses ? de penser ? ou un mélange de tout cela ? Ce dont il était sûr en revanche, c'est que ce précipice se trouvait bel et bien sous ses pieds. Et qu'il n'avait qu'à faire un pas pour y sombrer.

Melisande recula sa chaise et se leva.

— Je vous remercie, milord, pour cette plaisante histoire, dit-elle, et elle se dirigea vers la porte.

Jasper cligna des yeux.

— Me quittez-vous si tôt ?

Elle s'immobilisa, lui tournant le dos.

— J'ai pensé que vous pourriez me rejoindre à l'étage.

Et, lui jetant un regard par-dessus son épaule, elle précisa :

— Ma période est terminée.

Là-dessus, elle sortit et referma doucement la porte derrière elle.

Melisande entendit un juron doublé d'un aboiement ulcéré, tandis qu'elle s'éloignait de la salle à manger. Elle sourit. Vale avait de toute évidence oublié la laisse de Mouse attachée à son poignet.

La jeune femme monta rapidement l'escalier. Elle était convaincue que son mari allait la suivre.

Elle ne s'était pas trompée. À peine fut-elle dans le couloir qu'elle entendit un pas résonner sur les marches. Il devait monter l'escalier quatre à quatre. Elle atteignit sa porte le cœur battant, la respiration saccadée par l'excitation. Pénétrant dans sa chambre, elle se dirigea tout droit vers la cheminée, puis se retourna.

Vale entra la seconde d'après.

— Qu'avez-vous fait de Mouse ? demanda-t-elle, s'obligeant à garder une voix détachée.

— Je l'ai confié à un valet.

Il ferma la porte à clé et la considéra, le regard interrogatif. Il semblait attendre qu'elle fasse le premier pas.

Melisande prit une profonde inspiration et se porta à sa rencontre.

— Il est habitué à dormir avec moi, dit-elle, écartant les pans de son veston pour le faire glisser sur ses bras.

— Dans cette chambre ?

— Dans mon lit.

Elle posa le veston sur un fauteuil.

— Ah..., murmura-t-il, comme si cette information l'avait plongé dans un abîme de réflexion.

Melisande lui dénoua sa cravate. Ses mains tremblaient.

— Dans votre lit..., répéta-t-il.

— Oui.

Elle s'attaqua à sa chemise.

— Je me disais..., commença-t-il avant de s'interrompre, comme s'il avait perdu le fil de sa pensée.

— Oui ? le pressa Melisande en le débarrassant de sa chemise, qui rejoignit le veston sur le fauteuil.

Il s'éclaircit la gorge.

— Nous pourrions peut-être nous asseoir.

— Pour quoi faire ? s'enquit-elle, lui dégrafant à présent son pantalon.

— Euh...

— Oui ? le pressa-t-elle encore, tandis que son pantalon s'ouvrait.

— Ah…

Elle glissa une main dans ses sous-vêtements, et trouva son membre érigé, prêt à l'honorer. Elle en frissonna : cette nuit, il serait à lui. Et il n'était pas question qu'elle laisse les choses se dérouler comme lors de leur nuit de noces.

Il ferma les yeux, manifestement à l'agonie.

Melisande enfonça un peu plus la main dans les profondeurs de ses sous-vêtements. Bizarrement, elle ne tremblait plus, maintenant qu'elle touchait la partie la plus intime de son anatomie. Elle poursuivit son exploration avec délectation, s'émerveillant de le sentir aussi dur sous ses doigts.

— Par Dieu…, murmura Vale d'une voix presque implorante.

Elle sourit – un sourire de triomphe, purement féminin.

— Embrassez-moi, ordonna-t-elle, sans lâcher son membre.

Il rouvrit les yeux. Son regard avait quelque chose de sauvage. Et tout à coup, il l'attira dans ses bras et l'embrassa avec un mélange de fougue et de désespoir – exactement ce qu'elle espérait. Leurs langues se mêlèrent fiévreusement, et Melisande sentit un gémissement de plaisir monter dans sa gorge.

Vale rompit soudain leur étreinte.

— Nous devrions…

Non. Elle lui baissa son pantalon et ses sous-vêtements, se repaissant du spectacle de son membre tendu.

— Melisande…

Elle posa un doigt sur l'extrémité de son sexe, là où la peau paraissait le plus sensible.

— Quoi ? dit-elle, refermant les lèvres sur son téton gauche.

Il sursauta sous cette caresse inattendue. Melisande, relâchant sa prise, le poussa dans un fauteuil. Il se débarrassa de ses chaussures, de ses chaussettes, et enfin de son pantalon et de ses sous-vêtements. Désormais entièrement nu, il parut s'apercevoir qu'elle était encore tout habillée.

— Mais...

— Chut ! dit-elle, plaquant un doigt sur les lèvres de Vale pour le réduire au silence.

Puis elle recula d'un pas, et entreprit de dégrafer sa robe. Vale la regardait faire. Un silence impressionnant régnait dans la pièce, à peine troublé par le crépitement des bûches dans l'âtre, et le bruit de leurs respirations. La lueur dansante du feu de cheminée soulignait la musculature de son corps. Ses larges épaules couvraient tout le dossier du fauteuil, et ses longs doigts s'accrochaient aux accoudoirs, comme s'il avait besoin de s'agripper à quelque chose. Et plus bas...

Ses cuisses puissantes encadraient son membre fièrement érigé. Ce spectacle fascinait tellement Melisande qu'elle faillit trébucher en s'extirpant de ses jupes. À présent, elle ne portait plus qu'une fine camisole de soie. Elle s'approcha de Vale, qui voulut se lever, mais elle posa une main sur son épaule.

— Me laisserez-vous faire ? demanda-t-elle.

— Si... si vous voulez, répondit-il, se raclant la gorge.

Melisande releva sa camisole jusqu'à la taille et grimpa sur le fauteuil pour s'asseoir à califourchon sur Vale, puis elle laissa retomber les pans de la camisole et savoura la chaleur des cuisses de son mari contre ses fesses.

— M'embrasserez-vous encore ? dit-elle, nouant les bras à son cou.

— Avec grand plaisir, ma chère femme.

Il l'attira contre son torse, ses bras puissants se refermant sur le dos de la jeune femme. Et il s'empara de ses lèvres avec la ferveur d'un homme affamé qui goûterait à son premier mets depuis des semaines. En même temps, il la caressait avec une telle fougue qu'elle se demanda si elle n'aurait pas des bleus le lendemain matin.

Elle remua légèrement les hanches pour se rapprocher de son membre. Il se raidit, sans relâcher ses lèvres, comme s'il attendait de voir ce qu'elle allait faire.

Melisande commença à se frotter sur son membre, fermant les yeux de plaisir au contact de sa verge contre sa féminité.

Vale rompit leur baiser et tenta d'immiscer une main.

— Non, dit-elle, rouvrant les paupières.

Il plaça les deux mains sur ses seins et lui caressa les tétons. Elle s'arqua de plaisir.

— Alors, vas-y complètement, gronda-t-il.

Elle se redressa pour s'empaler sur lui. Mais son membre glissa de côté. Melisande le rattrapa par la main, et l'empoigna fermement pour le diriger vers sa cible.

Vale, pendant ce temps, tira sur sa camisole afin de libérer ses seins. Puis il emprisonna l'un de ses tétons entre ses lèvres humides, tandis qu'il lui caressait le dos. Melisande chavira de plaisir, mais ce n'était pas suffisant : son désir de le sentir en elle devenait chaque seconde plus urgent.

Sans qu'ils aient besoin d'échanger un mot, Vale se chargea de l'exaucer. L'empoignant par la taille, il la souleva légèrement pour la positionner juste au-dessus de son membre. Melisande accrocha son regard : il était implacable. Toujours sans un mot, Vale la fit doucement asseoir sur sa verge.

Elle s'empala dessus avec un sentiment aigu de libération.

Leurs regards restaient rivés l'un à l'autre, et la jeune femme se demandait ce qu'il pouvait bien penser. Mais peut-être n'était-il pas plus capable qu'elle de la moindre pensée cohérente. De toute façon, il n'aurait servi à rien de penser. Seules comptaient, à cet instant précis, les sensations charnelles.

Une goutte de sueur perla sur le front de Vale, entre les sourcils. Melisande tendit la langue pour la laper.

Elle avait presque envie de rire, de chanter. Elle était enfin libre de faire l'amour avec l'homme de ses rêves !

Les mains accrochées aux solides épaules de son amant, la jeune femme ondulait au rythme de ses coups de reins, tandis que leurs lèvres se mêlaient, se séparaient, se mêlaient de nouveau.

Soudain, tous les muscles de Vale se raidirent. Il serra les dents, et Melisande sentit le jet chaud de sa semence l'envahir. Puis il eut un soubresaut, et encore un autre, avant d'expirer violemment comme si ses poumons se vidaient d'un coup.

Melisande fit courir une traînée de baisers sur le visage de son mari. Le corps de celui-ci se relâchait graduellement, et il bascula la nuque sur le dossier du fauteuil. La jeune femme continua de l'embrasser – dans le cou, sur l'épaule, l'oreille. Des petits baisers saccadés. *Vale. Vale. Vale.* Si elle ne pouvait prononcer à voix haute ce que ressentait son cœur, au moins pouvait-elle l'imprimer avec ses lèvres.

Elle ne s'était jamais sentie aussi heureuse de sa vie. Comme libérée et pacifiée. Elle aurait pu rester ainsi une éternité.

Mais Vale se redressa et leurs corps, encore soudés l'un à l'autre, se séparèrent. La jeune femme voulut protester, mais il la portait déjà vers le lit. Il l'allongea dans les draps et posa un baiser sur ses lèvres. Puis il se détourna et quitta la chambre par la porte qui communiquait avec ses appartements.

Il ne vit même pas le bras qu'elle tendait désespérément vers lui.

10

Le jour prévu pour le début des épreuves, des centaines de prétendants s'étaient massés, emplis d'espérance, devant les murailles du château. Une estrade avait été construite pour le roi, afin que tous puissent l'entendre. De cette estrade, le souverain expliqua ce qui allait se passer.

Il y aurait trois épreuves en vue de sélectionner celui qui remporterait la main de la princesse. La première épreuve consistait à trouver et rapporter un anneau de bronze. Cet anneau gisait au fond d'un lac glacé. Et dans ce lac vivait un serpent géant...

Melisande se réveilla seule dans son lit. Enfin, pas tout à fait seule. Sally avait dû laisser entrer Mouse durant la nuit, car le terrier était lové à ses pieds. La jeune femme, perdue dans ses pensées, contempla un moment d'un œil vide le dais du baldaquin. Leur étreinte de cette nuit avait été merveilleuse – du moins l'avait-elle vécue ainsi. Mais alors, pourquoi Jasper avait-il déserté sa couche ? Peut-être avait-il été choqué par son audace ? Ou bien il ne s'agissait pour lui que d'un acte purement physique, et il n'avait pas éprouvé le besoin de rester dormir avec son épouse. Après tout, Melisande n'aurait pas dû s'en plaindre :

n'était-ce pas ce qu'elle avait désiré – partager avec Vale l'aspect charnel du mariage, sans engager ses émotions ? Pourtant, elle ressentait une vague frustration. La vérité, c'est qu'elle ne savait plus très bien ce qu'elle voulait.

Mouse s'étira et s'approcha d'elle. Melisande lui caressa les oreilles.

— Et toi, qu'en penses-tu, sir Mouse ?

Pour toute réponse, le terrier s'ébroua, puis sauta à bas du lit et partit gratter à la porte.

Melisande soupira, et rejeta ses couvertures.

— De toute façon, ce n'est pas en restant au lit que je trouverai les réponses à mes questions.

Elle sonna Sally, et se débarbouilla avec le broc d'eau froide posé sur sa table de toilette. Sa chambrière l'aida ensuite à s'habiller, puis elle descendit avec Mouse, qu'elle confia à Sprat. Après quoi, elle se dirigea vers la salle à manger des petits déjeuners, s'armant de courage pour affronter Vale.

La salle à manger était déserte. La table avait été vidée, mais quelques miettes oubliées sur la nappe attestaient que son mari était déjà passé. Pourquoi ne l'avait-il pas attendue ?

— Désirez-vous que je vous apporte votre chocolat, milady ? demanda Sprat, de retour avec Mouse.

— Oui, s'il vous plaît, murmura-t-elle par automatisme, avant de se retourner vers le valet. Non. Faites-moi plutôt avancer la voiture, s'il vous plaît.

— Bien, milady, acquiesça le valet, surpris.

— Et dites à Sally de me retrouver dans le hall.

Le valet salua et s'éclipsa. Melisande s'approcha du buffet, prit quelques muffins qu'elle enveloppa dans une serviette, avant de ressortir, Mouse sur ses talons.

Sally l'attendait déjà dans le hall.

— Où allons-nous, milady ?

— J'ai pensé qu'une promenade dans Hyde Park nous ferait du bien, répondit Melisande.

Et, avisant Mouse qui la regardait d'un air d'innocence, elle ajouta pour Sprat :

— Je crois que nous aurons besoin de sa laisse.

Le valet s'empressa d'aller quérir la laisse dans la cuisine et, la minute d'après, Melisande, Sally et le terrier roulaient vers Hyde Park.

— C'est une belle journée, vous ne trouvez pas, milady ? commenta Sally. Du grand soleil dans un ciel bleu. M. Pynch dit que nous devrions en profiter, car il va bientôt pleuvoir. (Elle fronça les sourcils.) De toute façon, M. Pynch annonce toujours du mauvais temps.

Melisande, amusée, regarda sa chambrière.

— C'est un homme bien austère, n'est-ce pas ?

— Austère ?

— Sombre et sévère.

— Oh pour ça, il est sombre, oui. Et il regarde toujours les gens de haut, si vous voyez ce que je veux dire.

Melisande hocha la tête.

— Il ne se prend pas pour rien, c'est ça ?

— C'est exactement ça, milady ! s'exclama Sally. On jurerait que personne n'est à sa hauteur. Ou que quelqu'un de plus jeune en sait forcément moins long que lui.

Sally continua de déblatérer sur M. Pynch et ses airs supérieurs. Melisande l'écoutait avec intérêt, car Sally était une fille au grand cœur, toujours portée à la générosité. Elle ne l'avait encore jamais vue dénigrer quelqu'un avec autant de ferveur.

— Nous voici à Hyde Park, fit remarquer la chambrière, s'interrompant dans ses récriminations.

Melisande jeta un regard par la vitre de la portière. Ils venaient en effet de passer les grilles du parc. À cette heure matinale, les allées n'étaient pas encore encombrées par le flot d'attelages qui viendraient parader plus tard. Pour l'instant, il n'y avait que deux ou trois voitures, quelques cavaliers et une poignée de promeneurs à pied.

La voiture s'immobilisa, et un valet ouvrit la portière.

— Cet endroit vous convient-il, milady ?

Ils s'étaient arrêtés à quelque distance d'une petite mare. Melisande hocha la tête.

— C'est parfait. Dites au cocher de nous attendre ici, pendant que nous marcherons un peu.

— Bien, milady.

Le valet aida Melisande à descendre en premier, puis Sally. Mouse bondit joyeusement du véhicule, et commença par lever la patte sur un buisson.

— Allons-nous vers la mare ? suggéra Melisande.

— Comme vous voudrez, milady, répliqua Sally qui marchait deux pas derrière sa maîtresse.

Melisande soupira. Certes, les convenances imposaient à sa chambrière de la suivre, plutôt que d'avancer de front avec elle. Malheureusement, cela ne facilitait pas les conversations. Mais la journée était effectivement magnifique, et Melisande avança d'un pas déterminé. Pourquoi rester à attendre à la maison un mari qui menait sa propre vie de son côté ? Non, elle profiterait de cette belle journée, savourerait cette promenade en plein air, et ne penserait pas *une seule fois* à Vale – et surtout, elle s'interdirait de se demander pourquoi il n'avait pas pris son petit déjeuner avec elle.

Mais la jeune femme découvrit bientôt qu'il n'était pas évident de vouloir garder l'esprit serein en se promenant avec Mouse. Le terrier tirait sur sa laisse, traînant des quatre fers, et manquait s'étrangler à force de regimber.

— Quel idiot ! s'exclama Melisande en le voyant tousser théâtralement. Si tu arrêtais de tirer, tu respirerais mieux !

Mouse, trop occupé à se battre avec sa laisse, ne daigna même pas lever les yeux sur elle.

Melisande soupira. Cette partie du parc était pratiquement déserte, à l'exception d'une femme et deux enfants au bord de la mare. Or, Mouse adorait les enfants. Elle se pencha pour lui retirer sa laisse.

L'animal, collant son museau au sol, se mit aussitôt à courir en dessinant de grands cercles.

— Mouse ! l'appela Melisande.

Il s'immobilisa et se tourna vers elle, les oreilles dressées.

— C'est bien, le félicita la jeune femme avec un sourire.

Le terrier remua la queue, et partit explorer le pied d'un grand chêne.

— Il a l'air d'apprécier la liberté, commenta Sally.

— Oui, cela faisait longtemps qu'il n'avait pas été ainsi à la fête.

Melisande marchait beaucoup plus facilement, maintenant que Mouse n'entravait plus ses mouvements. Elle ouvrit la serviette enveloppant les muffins et en offrit un à Sally.

— Merci, milady.

Mouse revint vers elle, et eut droit à sa part de gâteau, avant de repartir explorer un autre bosquet.

Les deux enfants s'amusaient au bord de la mare, ou plutôt l'un des deux remuait un bâton dans la vase tandis que l'autre le regardait faire. La femme qui les accompagnait se tenait un peu en retrait.

Mouse, apercevant un canard, fila vers la mare en aboyant joyeusement. Le canard s'envola, mais le terrier bondit en l'air, comme s'il espérait pouvoir l'attraper.

Les enfants avaient assisté au spectacle, et l'un d'eux cria quelque chose. Prenant cela pour une invitation, Mouse trotta dans leur direction pour faire connaissance.

Comme Melisande s'approchait également, elle constata que les deux enfants étaient un garçon et une fille. Le garçon devait avoir cinq ou six ans, et la fillette huit ans. Le garçon portait un très joli costume, mais il s'était agenouillé pour serrer Mouse contre lui, et Melisande grimaça à l'idée que son chien allait le salir. La fillette se montrait moins enthousiaste envers le terrier – et c'était tant mieux, car elle avait une robe blanche.

— Madame ! Madame ! la héla le garçon. Comment s'appelle votre chien ?

— Tu ne devrais pas crier, commenta sa sœur sur le ton de la réprobation.

Melisande leur sourit.

— Il s'appelle Mouse.

Mouse partit, museau au ras du sol, vers le bord de la mare. Le garçon lui emboîta le pas.

Melisande hésita. Elle n'avait pas beaucoup d'expérience avec les enfants, mais sans doute convenait-il tout bonnement de commencer par les présentations ?

— Et toi, comment t'appelles-tu ? demanda-t-elle à la fillette.

Cette dernière rougit et baissa les yeux.

— Abigail Fitzwilliam, murmura-t-elle à ses orteils.

— Ah, fit Melisande qui, jetant un regard discret en direction de la mère de la fillette, se souvint qu'elle l'avait aperçue l'autre soir au bal masqué de lady Graham.

Helen Fitzwilliam était la maîtresse du duc de Lister. Le duc était un personnage puissant, mais dans ce genre de situation, quelle que soit la personnalité du protecteur, sa maîtresse était toujours une disgraciée sociale.

— Je suis lady Vale, répondit-elle à la fillette, avec un grand sourire. Tu passes une bonne matinée ?

La fillette fixait toujours ses pieds.

— Abigail, intervint sa mère. Fais la révérence à la dame, s'il te plaît.

La fillette s'exécuta avec grâce. Melisande jeta un nouveau regard à la mère. C'était une magnifique blonde aux yeux bleus, avec des lèvres sensuelles. Elle devait être un peu plus âgée que Melisande, mais elle était capable d'éclipser des femmes plus jeunes. Le duc de Lister avait bien choisi sa maîtresse.

Melisande savait qu'elle aurait dû s'éloigner sans adresser la parole à la courtisane, ni même daigner lui accorder un regard. Et, à en juger par la raideur de Mme Fitzwilliam, cette dernière s'attendait visiblement à ce qu'elle l'ignore avec ostentation. Quant à la fillette, elle contemplait obstinément ses pieds. Combien de fois avait-elle vu sa mère se faire mépriser ?

— Comment allez-vous ? demanda Melisande à la femme. Je suis Melisande Renshaw, vicomtesse Vale.

Le visage de Mme Fitzwilliam refléta d'abord la surprise, puis la gratitude.

— Oh ! s'exclama-t-elle, marquant une révérence appuyée. C'est un honneur de vous rencontrer, milady. Je suis Helen Fitzwilliam.

Melisande lui retourna sa révérence. Quand elle se redressa, elle constata que la fillette avait relevé les yeux.

— Comment s'appelle ton frère ?

La fillette jeta un coup d'œil à son frère. Il remuait, avec un bâton, quelque chose que reniflait Mouse. Melisande se demanda ce qu'ils pouvaient bien avoir trouvé.

— Jamie, répondit Abigail. Il aime tout ce qui est sale et qui sent mauvais.

— Hmm, fit Melisande. Mouse aussi, j'en ai peur.

— Je peux aller voir, mère ? s'enquit Abigail.

— Oui, acquiesça Mme Fitzwilliam. Mais évite de te salir comme ton frère.

Abigail parut offensée.

— Oh, certainement pas ! répliqua-t-elle, avant de rejoindre le bord de la mare.

— C'est une belle enfant, commenta Melisande.

D'ordinaire, elle détestait discuter avec des inconnus, mais si elle ne faisait pas d'effort, Mme Fitzwilliam prendrait son silence pour une rebuffade.

— Oui, n'est-ce pas ? Je sais qu'une mère est toujours mauvais juge, mais je la trouve vraiment ravissante. Ils sont la lumière de ma vie, tous les deux.

Melisande hocha la tête. Elle ignorait depuis quand Mme Fitzwilliam était la maîtresse de Lister, mais ces enfants étaient probablement ceux du duc. Une maîtresse n'avait jamais droit qu'à une demi-vie. Lister était marié officiellement, et il avait eu une bonne demi-douzaine de garçons et de filles avec son épouse légitime. Consentirait-il un jour à reconnaître Abigail et Jamie comme ses héritiers ?

— Ils adorent le parc, continua Mme Fitzwilliam. J'essaie de les y conduire le plus souvent possible, mais ce n'est pas toujours facile. Je n'aime pas venir lorsqu'il y a trop de monde.

Elle avait dit cela très simplement, sans la moindre trace d'amertume.

— Je me demande bien pourquoi les petits garçons et les chiens aiment autant jouer dans la boue, déclara Melisande, regardant vers la mare.

Abigail gardait ses distances, mais Jamie et Mouse s'en donnaient à cœur joie – Mouse aboyant pour témoigner de sa satisfaction.

— Et pourquoi les petites filles détestent autant ça, ajouta Mme Fitzwilliam avec un sourire.

Melisande se surprit à rêver d'inviter Mme Fitzwilliam à prendre le thé. La maîtresse de Lister n'était pas du tout comme elle l'avait imaginée. Elle ne réclamait aucune compassion, ne semblait pas se plaindre de son sort, et elle paraissait avoir de l'esprit. Elle aurait pu devenir une excellente amie.

Malheureusement, il était tout à fait exclu d'inviter une courtisane à prendre le thé.

— Je crois savoir que vous êtes mariée depuis peu, reprit Mme Fitzwilliam. Permettez-moi de vous féliciter.

— Merci, murmura Melisande, qui s'assombrit en repensant à la manière dont Jasper l'avait quittée, hier soir.

— Je me dis souvent qu'il doit être difficile de vivre au quotidien avec un homme, commenta Mme Fitzwilliam.

Melisande la regarda.

Mme Fitzwilliam rougit.

— J'espère que je ne vous ai pas offensée ?

— Oh, pas du tout.

— Les hommes sont parfois si distants, reprit Mme Fitzwilliam. Comme s'ils redoutaient toute intrusion dans leur vie. Mais tous les hommes ne sont peut-être pas identiques ?

— Je n'en sais rien, répondit Melisande. Je n'ai qu'un mari.

— Bien sûr, acquiesça Mme Fitzwilliam, les yeux baissés. Mais je me demande s'il est vraiment possible qu'un homme et une femme puissent partager une authentique intimité sur le plan spirituel. Nous venons de planètes tellement différentes !

Melisande se sentait partagée. D'un côté, elle avait envie d'approuver le cynisme de Mme Fitzwilliam sur le mariage. Mais de l'autre, elle voulait s'y opposer fermement.

— J'ai déjà vu des couples très amoureux, assura-t-elle. Ils étaient si proches qu'ils devinaient mutuellement leurs pensées.

— Avez-vous un tel lien avec votre mari ? s'enquit Mme Fitzwilliam.

La question était osée, à la limite de l'inconvenance, mais Mme Fitzwilliam semblait sincèrement curieuse.

— Non, avoua Melisande.

N'était-ce pas ce qu'elle désirait, au fond ? Elle avait été amoureuse une fois, et en avait récolté un tel chagrin qu'elle n'avait aucune envie de revivre pareille expérience. Cependant, la tristesse la submergea soudain. Elle réalisait qu'elle ne connaîtrait jamais un mariage d'amour.

— Ah, fit simplement Mme Fitzwilliam.

Les deux femmes s'abîmèrent dans le silence, à contempler les enfants et Mouse.

Puis Mme Fitzwilliam se tourna vers Melisande et lui sourit. Son sourire était si magnifique que la jeune femme en eut le souffle coupé.

— Merci de les avoir laissés jouer avec votre chien.

Comme Melisande allait répliquer, elle entendit une voix crier dans son dos :

— Ma chère femme ! Quelle joie de vous trouver ici !

Elle se retourna. Vale arrivait à cheval, en compagnie d'un autre cavalier.

De loin, Jasper avait aperçu Melisande converser avec une jeune femme. Cette dernière s'éloignait déjà, mais il eut le temps de reconnaître Mme Fitzwilliam, la maîtresse du duc de Lister depuis bientôt une dizaine d'années.

Que faisait donc Melisande avec cette courtisane ?

— Votre épouse a de drôles de relations, commenta lord Hasselthorpe, son compagnon. Certaines jeunes ladies s'imaginent qu'elles seront à la mode en flirtant avec les limites de la respectabilité. Vous feriez mieux de la mettre en garde, Vale.

Jasper ravala la réplique cinglante qu'il avait sur les lèvres. Ce n'était pas le moment de se fâcher avec Hasselthorpe.

— Merci du conseil, se contenta-t-il de répondre.

— De rien, fit Hasselthorpe, arrêtant son cheval avant qu'ils aient rejoint Melisande. Je vais vous laisser ici, pour que vous puissiez discuter tranquillement avec votre femme. Vous m'avez donné assez de grain à moudre comme cela.

— Est-ce à dire que vous consentez à nous aider à démasquer le traître ? le pressa Jasper.

Hasselthorpe hésita.

— Votre hypothèse est plausible, Vale. Mais je déteste me décider à la légère. Si mon frère

Thomas a bel et bien été massacré à cause d'un traître, je vous aiderai, soyez-en sûr. Cependant, je préfère réfléchir avant de m'engager.

— Très bien. Puis-je vous revoir demain ?

— Plutôt après-demain.

Jasper hocha la tête, bien qu'il pestât contre ce délai supplémentaire. Il serra la main de Hasselthorpe, avant de pousser son cheval en direction de Melisande. La jeune femme l'attendait, les mains croisées sur ses jupes, le dos aussi raide qu'à l'accoutumée. Elle ne ressemblait plus à la nymphe qui l'avait séduit hier soir avec beaucoup d'expérience.

Mouse, l'apercevant, se rua vers lui en aboyant. Heureusement, Belle n'était pas facilement impressionnable, et elle ignora superbement le chien qui s'agitait entre ses sabots.

— Mouse ! Assis ! ordonna Jasper.

Par miracle, le terrier posa son derrière dans l'herbe.

Jasper descendit de sa jument et fit un pas en direction du chien. Mouse remua la queue. Jasper riva son regard sur lui jusqu'à ce qu'il baisse la tête, sa queue remuant toujours si vigoureusement que tout son arrière-train bougeait avec. Finalement, Mouse se coucha à plat ventre, les babines avachies dans une attitude de soumission.

— Je n'en demandais pas tant, marmonna Jasper.

Un spectateur non averti aurait pu jurer que le chien venait de se faire battre.

Mouse interpréta ces paroles comme une permission pour se relever. Il trotta jusqu'à lui et s'assit à ses pieds.

Un gloussement alerta Jasper. Il releva les yeux et vit que Melisande, une main devant sa bouche, se retenait d'éclater de rire.

— Je crois qu'il vous aime, déclara-t-elle.

— Mais moi, est-ce que je l'aime ?

Elle s'approcha.

— Ce n'est pas la question. Il vous aime, et cela lui suffit.

— Hmm..., fit Jasper.

Le chien, à présent, penchait la tête de côté comme s'il attendait ses instructions.

— Va te promener ! gronda-t-il.

Mouse émit un aboiement et se mit à courir en cercle autour de Jasper, Melisande et la jument.

La jeune femme se pencha pour ramasser un bout de bois.

— Tenez, dit-elle, le tendant à Jasper.

Le morceau de bois était couvert de boue. Jasper haussa les sourcils.

— Votre générosité me confond, milady.

Melisande leva les yeux au ciel.

— Ce n'est pas pour vous, idiot ! Lancez-le à Mouse.

— Pour quoi faire ?

— Il adore aller chercher les bouts de bois, expliqua-t-elle patiemment, comme si elle parlait à un enfant.

— Ah.

Jasper s'empara du bâton. Mouse cessa aussitôt de courir, tous ses sens en alerte. Jasper jeta le bâton aussi loin qu'il put.

Mouse s'élança. Il ramassa le bâton dans sa gueule, le secoua vigoureusement, et partit vers le bord de la mare.

Jasper fronça les sourcils.

— Je pensais qu'il me l'aurait ramené.

— J'ai dit qu'il adorait ramasser les bouts de bois. Pas qu'il les rapportait.

Jasper contempla sa femme. La brise matinale avait donné de la couleur à ses joues ordinairement pâles ; ses yeux brillaient d'un éclat particulier et... elle était tout simplement ravissante.

— Il ne va quand même pas le manger ?

— Non, ce n'est pas son genre.

— Ah, fit encore Jasper, et il ne sut pas quoi ajouter – ce qui lui arrivait rarement.

Il aurait aimé lui demander ce dont elle avait parlé avec Mme Fitzwilliam, mais il butait sur la bonne manière de poser la question. « Avez-vous pris des leçons de séduction auprès de cette courtisane ? » ne lui semblait pas la formulation la plus appropriée. Et puis, Mme Fitzwilliam et ses enfants paraissaient avoir quitté le parc. Du moins, il ne les voyait plus.

— Pourquoi ne m'avez-vous pas attendue pour le petit déjeuner ? s'enquit-elle, rompant le silence.

Ils marchaient autour de la mare, Jasper tirant son cheval par les rênes.

— Je n'en sais trop rien. J'ai pensé qu'après cette nuit...

Quoi ? Qu'elle aurait désiré un peu de solitude ? Non. C'était plutôt lui qui avait éprouvé le besoin d'être seul. Mais s'il l'avouait, il craignait de trop en révéler sur lui-même.

— Vous ai-je choqué, milord ?

Il fut si surpris par sa question qu'il s'arrêta. Pourquoi s'imaginait-elle une chose pareille ?

— Non, pas du tout. Vous ne pourriez pas me choquer, même si vous le vouliez.

Elle l'observait attentivement, comme si elle cherchait à s'assurer de sa sincérité.

— Vous m'intriguez, lui chuchota-t-il à l'oreille. Vous me tentez. Vous m'incendiez les sens. Mais me choquer, jamais de la vie, ma chère femme.

— Cependant... vous ne vous attendiez pas à cela, j'imagine ?

Jasper se rappela avec quelle assurance elle s'était saisie de son membre. Et la détermination qu'il avait lue dans ses yeux.

— Certes, convint-il d'une voix rauque. Je ne m'attendais pas à cela. Mais, Melisande...

Une détonation retentit au loin. Jasper attira instinctivement la jeune femme dans ses bras. Mouse se mit à aboyer avec frénésie. Puis on entendit des cris, et le galop d'un cheval. Mais les arbres leur cachaient ce qui se passait.

— Qu'est-ce que ça peut être ? s'étonna Melisande.

— Je n'en sais fichtre rien.

Un gentleman chevauchant un cheval noir surgit au galop de l'endroit d'où provenaient les bruits.

Jasper se plaça devant Melisande.

— Eh, vous là ! Que se passe-t-il ?

L'homme ralentit à peine.

— Je vais chercher un docteur ! Je n'ai pas le temps de m'arrêter.

— Quelqu'un a reçu une balle ?

— On a voulu tuer lord Hasselthorpe ! cria l'homme en éperonnant son cheval.

— Pourquoi quelqu'un aurait-il voulu tuer lord Hasselthorpe ? s'enquit Melisande, dans la soirée.

Après le coup de feu, Vale l'avait poussée jusqu'à la voiture et avait ordonné au cocher de la ramener à la maison, tandis que lui-même partait vers la scène du drame. Il était resté absent depuis, et n'était rentré qu'après le dîner. Voilà pourquoi la jeune femme n'avait pu lui poser la question plus tôt.

— Je l'ignore.

Son mari l'avait retrouvée dans sa chambre, où il faisait les cent pas à la manière d'un animal en cage.

— Peut-être s'agit-il d'un accident, reprit-il. Un quelconque imbécile aura voulu s'entraîner au tir.

— Dans Hyde Park ?

— Je n'en sais rien ! s'exclama-t-il brutalement, avant de lui jeter un regard de contrition. Pardonnez-moi, ma chère femme. Mais si c'était un assassin, il est sacrément mauvais tireur. Hasselthorpe n'a qu'une vilaine égratignure au bras. Il sera vite rétabli.

— C'est au moins une bonne nouvelle, soupira Melisande.

Elle s'assit dans l'un des deux fauteuils faisant face à la cheminée – très précisément celui dans lequel ils avaient fait l'amour la nuit précédente.

— Vous ne me parlez jamais de la guerre, lui dit-elle.

— Non ? répliqua-t-il d'un ton vague.

Vêtu d'un peignoir noir passé sur son pantalon et sa chemise, il se tenait devant la coiffeuse, tapotant du doigt un pot d'épingles à cheveux.

— Il n'y a pas grand-chose à dire, éluda-t-il.

— Pourtant, vous avez servi six ans sous les drapeaux.

— Sept.

Il se dirigea vers la penderie et l'ouvrit, inspectant l'intérieur comme s'il pensait découvrir les secrets du cosmos au milieu de ses robes.

— Pourquoi vous étiez-vous engagé ?

Il pivota vers elle, le regard indécis, avant d'éclater de rire.

— Pour devenir un homme. Du moins, c'était l'ambition de mon père. Il me trouvait trop paresseux, trop alangui. Et comme je ne servais à rien à la maison…

— Votre meilleur ami, Reynaud Saint Aubyn, s'est engagé en même temps que vous, n'est-ce pas ?

— Oui. Nous étions très excités à l'idée de rejoindre le 28e régiment. Qu'il repose en paix.

Il referma la penderie et s'approcha de la fenêtre, l'air méditatif.

Peut-être aurait-elle dû ne pas insister. Le laisser garder ses secrets. Cependant, elle ne parvenait pas à s'y résoudre. Le moindre aspect de sa vie la fascinait – et, plus encore, ce qu'il s'ingéniait à cacher. Elle se leva de son fauteuil avec un soupir. Elle portait un peignoir de satin par-dessus sa camisole, dont elle se défit pour le poser sur le dossier du fauteuil.

— Aimiez-vous la vie de garnison ? demanda-t-elle à son reflet qu'elle pouvait voir, grâce à la nuit, sur la vitre de la fenêtre.

Il haussa les épaules.

— Oui et non. Beaucoup se plaignent de la nourriture exécrable, des longues marches, de la vie sous les tentes. Mais il y a aussi de bons moments autour des feux de camp. Et de franches rigolades quand on s'essaie à la cuisine.

Melisande avait retiré sa camisole, tout en l'écoutant. Il se tut brusquement. Elle s'avança, nue, et posa les mains sur son dos. Ses muscles étaient raides comme du granit.

— Et les batailles ?

— C'était un avant-goût de l'enfer, murmura-t-il.

La jeune femme lui caressa le dos. *Un avant-goût de l'enfer*. Elle souffrait pour lui de ce qu'il avait vécu.

— Avez-vous participé à beaucoup de batailles ?

— Quelques-unes, soupira-t-il.

Elle lui tapota l'épaule.

— Ôtez ceci.

Il se défit de son peignoir et de sa chemise, mais quand il voulut se retourner, elle l'obligea à rester dans la même position et entreprit de lui masser le dos, décrivant avec ses pouces des cercles concentriques autour de sa colonne vertébrale. Il se laissa faire, s'appuyant même au cadre de la fenêtre pour être plus détendu.

— Vous étiez à Québec, dit-elle.

— Oui. Ce fut notre seule vraie bataille, en fait. Le reste tenait davantage de l'escarmouche. Certaines ne duraient que quelques minutes.

— Et Spinner's Falls ?

Ses épaules se raidirent brusquement, comme si elle l'avait frappé, mais il ne dit pas un mot. Melisande savait que Spinner's Falls avait été un massacre. Elle était auprès d'Emeline, et elle l'avait réconfortée lorsque son amie avait appris que Reynaud n'avait pas survécu. Melisande aurait pu pousser Jasper dans ses derniers retranchements – elle avait compris avoir touché là son point faible –, mais elle s'interdisait cette brutalité.

C'est pourquoi elle préféra lui prendre la main et l'entraîner vers le lit. Il se laissa faire tandis qu'elle le débarrassait de ses derniers vêtements. Puis elle l'invita à monter sur le lit et le suivit, s'allongeant à son côté et lui caressant le torse.

Elle entendait savourer ce moment, et faire de lui tout ce qu'elle désirait.

Elle le caressa sur tout le corps, ignorant ses gémissements – de protestation ou d'encouragement, elle n'aurait su le dire. Mais son véritable objectif était sa virilité, lourde, épaisse, et parfaitement dressée. Elle en taquina l'extrémité avec son doigt puis, approchant ses lèvres, elle y déposa un baiser.

Il lui tira légèrement les cheveux, pour l'obliger à le regarder.

— Ne te sens pas obligée, dit-il. Je ne le mérite pas.

Je ne le mérite pas. Quelle étrange expression. Melisande l'enregistra dans un coin de sa mémoire pour l'examiner plus tard, à tête reposée. Dans l'immédiat, elle avait d'autres priorités.

— J'en ai envie, se contenta-t-elle de rétorquer.

Il ne répondit rien, et relâcha sa poigne – peut-être sous l'effet de la surprise. Elle en profita pour prendre son membre dans sa bouche. Il tira de nouveau sur ses cheveux, mais Melisande était prête à parier que cette fois, ce n'était plus pour l'arrêter.

En même temps qu'elle l'avait en bouche, elle caressait la base de son membre. N'ayant pas d'expérience, elle ignorait si elle s'y prenait bien – mais il semblait apprécier, marmonnant des mots incompréhensibles entre ses lèvres. Satisfaite, la jeune femme s'amusa à faire des petits bruits de succion.

Il se redressa soudain.

— Me prendriez-vous pour un jouet, milady ?

— Peut-être, répliqua-t-elle, écartant lascivement les cuisses. Mais le jouet, c'est surtout votre membre, et je…

Elle n'eut pas le temps de terminer sa phrase. Vale l'attira à lui et la pénétra avec force.

— Ma petite sorcière…, murmura-t-il.

Elle rit, arquant les reins pour l'inviter plus profondément en elle. Il la chevauchait à présent avec une telle énergie qu'elle eut l'impression de voir des étoiles danser au plafond. Et elle riait encore lorsque le plaisir la submergea en une vague immense.

Mais quand Vale s'écroula dans ses bras, pantelant, elle décela sur son visage un masque de désespoir.

11

Tous les prétendants se lancèrent à la recherche de l'anneau de bronze et la princesse rentra dans le château, le cœur lourd.

Jack, pendant ce temps, s'isola dans un coin tranquille et ouvrit sa petite tabatière en étain. Elle lui fournit ce dont il avait besoin : une armure de vent, et l'épée la plus tranchante du monde. Jack revêtit l'armure et s'empara de l'épée. Whoosh ! *En un éclair, il se retrouva au bord d'un lac. Et alors qu'il se demandait s'il s'agissait du bon lac, un énorme serpent surgit de l'eau. Une farouche bataille s'engagea. Le serpent était très grand, et Jack très petit, mais il possédait la meilleure épée au monde, et son armure lui était d'un grand secours. À la fin, le serpent expira, et Jack put mettre la main sur l'anneau.*

Ainsi, il avait épousé une libertine ! songeait Jasper, le lendemain matin. Mais loin de s'en offusquer, il s'en félicitait au contraire. Quand la jeune femme était venue lui proposer de l'épouser, dans la sacristie, il avait été loin de se douter qu'il prendrait autant de plaisir à partager avec elle le lit conjugal.

Et pourtant, cela ne l'empêchait pas, une fois de plus, de quitter la maison de bon matin, sans avoir partagé le petit déjeuner avec elle. Cette façon de s'échapper ressemblait de plus en plus à de la couardise. En vérité, il se posait des questions sur son épouse. Il avait beau apprécier leurs étreintes nocturnes, il se demandait où elle avait pu acquérir une telle maîtrise des choses charnelles. Probablement avait-elle déjà eu un amant – sinon plusieurs – mais il préférait ne pas trop s'appesantir sur le sujet. L'image d'un autre homme lui enseignant comment prendre une verge dans sa bouche…

Jasper s'empressa de penser à autre chose, et remonta son col. Le soleil de la veille n'avait pas duré : Londres avait renoué, ce matin, avec un brouillard froid et poisseux.

Sa femme devait le prendre pour un imbécile – ou un lâche. Il l'avait quittée, hier soir, aussitôt après qu'ils avaient fait l'amour, sans même lui souhaiter bonne nuit. Et il avait dormi sur sa paillasse. Sans doute était-il un imbécile, en effet. Mais que faire ? Il avait bien sûr gardé le silence lorsqu'elle lui avait parlé de Spinner's Falls. Elle ignorait quel homme elle avait vraiment épousé, et c'était peut-être aussi bien qu'il lui montre autant de goujaterie. Ainsi, elle n'irait pas espérer quelque chose qu'il était incapable de lui donner.

La maison de Matthew Horn se profila bientôt. Tant mieux. Il allait pouvoir chasser ses idées noires.

La minute d'après, il était introduit dans la bibliothèque de son ami, attendant que le maître de maison descende de ses appartements.

Il venait juste d'ouvrir un gros volume poussiéreux, quand la voix de Horn se fit entendre depuis le seuil :

— Tu cherches une lecture légère ?

— Je me demandais plutôt qui pouvait s'intéresser à une *Histoire des mines de cuivre*.

Horn grimaça.

— Mon père. Mais ça ne lui a pas porté chance. La mine dans laquelle il avait investi a fait faillite.

Il s'installa dans un grand fauteuil et croisa les jambes, avant d'ajouter :

— Les Horn n'ont jamais été réputés pour leur sens des affaires. Bah ! N'en parlons plus. Tu veux du thé ? Il est un peu tôt pour boire de l'alcool.

— Non, merci, répondit Jasper, qui s'était posté devant une vieille carte du monde encadrée au mur, et contemplait la silhouette caractéristique de l'Italie.

— Tu es revenu me parler de Spinner's Falls ? s'enquit Horn.

— Hmm, fit Jasper, observant toujours la carte. Es-tu au courant de ce qui est arrivé à Hasselthorpe ?

— Oui, on a tiré sur lui dans Hyde Park. Une tentative d'assassinat, apparemment.

— Le plus étrange, c'est qu'il a reçu ce coup de feu juste après avoir accepté de m'aider.

Il y eut un court silence, rompu par l'éclat de rire de Horn.

— Tu ne vois quand même pas une relation entre ces deux choses ?

Jasper haussa les épaules. Il ne pouvait jurer de rien, mais la coïncidence n'en était pas moins troublante.

— Je pense toujours que tu ferais mieux de laisser tomber Spinner's Falls, reprit Horn.

Jasper ne répondit pas.

Son ami soupira.

— Bon, j'y ai aussi réfléchi, de mon côté.

Jasper se retourna vers lui.

— Et alors ?

Horn eut un geste vague de la main.

— Ce que je n'arrive pas à comprendre, c'est pourquoi l'un d'entre nous aurait trahi le régiment tout entier. Quel intérêt aurait-il eu à cela ? Puisque ceux qui n'ont pas été massacrés tout de suite ont été faits prisonniers, et que même les captifs pouvaient perdre la vie ?

Jasper secoua la tête.

— À mon avis, le traître n'imaginait pas être capturé. Il croyait sans doute pouvoir éviter la bataille d'une manière ou d'une autre.

— Tous ceux qui ont été capturés s'étaient battus comme de beaux diables.

— C'est vrai, concéda Jasper, reprenant son examen de la carte.

— Alors, quelle raison aurait eue le traître de vouloir se débarrasser du régiment ? Je pense que tu fais fausse route, Vale. Spinner's Falls ne fut que de la malchance, rien de plus.

— Peut-être, fit Jasper, qui regardait la carte de si près que son nez touchait presque le parchemin. Cependant, je vois une bonne raison qui aurait pu motiver le traître.

— Laquelle ?

Jasper pivota vers son ami.

— L'argent. Les Français avaient fait savoir qu'ils étaient prêts à payer cher toute information utile.

— Un espion ? résuma Horn, qui ne paraissait toujours pas convaincu.

— Pourquoi pas ?

Matthew bondit de son siège, comme s'il ne pouvait plus rester assis.

— S'il y avait eu un espion dans nos rangs, nous l'aurions massacré.

— Raison de plus pour qu'il ait désiré ne pas être démasqué.

Matthew regardait à présent par la fenêtre. Il haussa vaguement les épaules.

— Cette idée ne me plaît pas plus qu'à toi, reprit Jasper. Mais si nous avons été trahis par cupidité, nous devons démasquer cet homme et le traduire devant la justice. Qu'il paie enfin pour son crime.

— Et Hasselthorpe ? As-tu pu le voir, depuis son agression ?

— Non, il a refusé. Je lui ai adressé un message, lui demandant un entretien, mais il m'a fait répondre qu'il voulait se retirer à la campagne, le temps de récupérer.

— Zut.

— C'est aussi mon avis, commenta Jasper, qui s'intéressait de nouveau à la carte.

— Tu devrais parler à Alistair Munroe, suggéra Matthew.

Jasper se retourna.

— Tu penses qu'il pourrait être le traître ?

Matthew secoua la tête.

— Non. Mais il était là, avec nous. Il se rappelle peut-être quelque chose qui nous aurait échappé.

— Je lui ai écrit, expliqua Jasper sans chercher à cacher sa frustration. Mais il ne m'a pas répondu.

— Dans ces conditions, je crois qu'il faudra que tu te rendes en Écosse.

Melisande vit son mari, ce jour-là, à dîner. Elle commençait sérieusement à se demander s'il ne cherchait pas à l'éviter. Cependant, il paraissait tout à fait détendu en mangeant ses légumes.

— Comment s'est passée votre journée, ma chère femme ? osa-t-il même s'enquérir.

— J'ai déjeuné avec votre mère.

Il fit signe à un valet de lui redonner du vin.

— Ah bon ?

— Hmm. Nous nous sommes régalées d'artichauts et de viande froide.

Il fronça les sourcils.

— Je n'ai jamais su comment manger des artichauts.

— C'est pourtant très facile.

Il fit la moue.

— Manger des feuilles... Je parierais que les artichauts ont été découverts par une femme.

— Les Romains les adoraient.

— Alors, c'était une Romaine. Elle a dû servir un plat de ces feuilles à son malheureux mari, en lui souhaitant bon appétit. Le pauvre...

Melisande rit.

— Quoi qu'il en soit, les artichauts de votre mère étaient excellents.

— Je suppose qu'elle vous a abondamment parlé de toutes les bêtises que j'ai pu commettre dans mon enfance ?

— Vous supposez bien.

Il grimaça.

— Rien de grave, j'espère ?

— Apparemment, vous baviez beaucoup quand vous étiez bébé.

— Je pense avoir surmonté ce handicap, marmonna-t-il.

— Et vous avez flirté avec une jeune laitière à l'âge de seize ans.

— Ah oui, j'avais complètement oublié cette histoire ! s'exclama Vale. Agnès était ravissante. Agnès... ou Alice ? Non, c'était plutôt Arabella...

— Je doute fort qu'une laitière ait pu s'appeler Arabella.

— Elle avait un teint de pêche, et les plus gros...

Sa phrase se termina dans une quinte de toux.

— Les plus gros pieds ? suggéra Melisande.

— Oui, ses pieds étaient vraiment étonnants.

— Hmm, fit Melisande, qui se retenait cependant d'éclater de rire. Qu'avez-vous fait, aujourd'hui ?

Jasper se coupa un morceau de viande, qu'il mâcha longuement avant de répondre.

— Je me suis rendu chez Matthew Horn. Vous vous souvenez de lui, j'imagine ? Vous l'avez rencontré à la garden-party de ma mère.

— Je m'en souviens.

Melisande avala une bouchée de carottes. Elles étaient excellentes – la cuisinière avait dû y ajouter une note sucrée, sans doute du miel. Elle se promit de la féliciter.

— Et de quoi avez-vous discuté avec M. Horn ?

— Nous avons parlé d'un ami commun, qui vit en Écosse.

Vale semblait parfaitement détaché. Mais la curiosité de la jeune femme était piquée au vif.

— Ah ? Et comment s'appelle-t-il ?

— Alistair Munroe. Il faisait partie de mon régiment, mais il n'était pas soldat. Il avait été envoyé par la Couronne pour rassembler de la documentation sur la faune et la flore américaines.

— Vraiment ? Ce doit être un homme passionnant.

— Il l'est, en effet, si vous aimez parler de plantes pendant des heures.

Melisande goûta à son vin.

— J'adore parler de plantes.

— Quoi qu'il en soit, j'envisage de monter jusqu'en Écosse pour lui rendre une petite visite.

Il y eut un silence. Melisande contemplait son assiette, intriguée. Cherchait-il à la fuir ? Elle aimait vivre dans cette maison, près de lui, même s'il était absent presque toute la journée. Au moins, elle était assurée de le retrouver le soir. Mais s'il partait en Écosse, ce serait terminé.

Vale s'éclaircit la gorge.

— Pour être précis, Munroe vit au nord d'Édimbourg, dit-il, triturant sa nourriture avec le bout de sa fourchette. Le voyage est assez éprouvant. Il dure plus d'une semaine en voiture, et les routes sont mauvaises. Sans parler des auberges qui laissent à désirer, de la nourriture exécrable, et du risque de croiser des bandits de grands chemins.

Melisande restait silencieuse. Pourquoi voulait-il s'engager dans un aussi long voyage afin de rendre visite à un homme que, de son propre aveu, il n'appréciait pas forcément ?

— Malgré tous ces inconvénients, enchaîna-t-il, je me demandais si vous accepteriez de m'accompagner...

La jeune femme était tellement absorbée dans ses pensées, qu'elle mit quelques secondes à comprendre ce qu'il venait de lui proposer. Un immense soulagement libéra alors sa poitrine.

— Quand comptez-vous partir ?

— Demain.

Elle écarquilla les yeux.

— Si vite ?

— Je dois m'entretenir d'un sujet important avec Munroe, et ça ne peut pas attendre. Vous pourrez emmener Mouse. Avec sa laisse, bien entendu. Mais je vous préviens : ce ne sera pas confortable, et vous risquez...

— Oui.

Il cligna des yeux.

— Oui, quoi ?

— Oui, répéta Melisande. J'accepte de vous accompagner.

— Ils partent pour l'Écosse, annonça Bernie, l'un des valets, en rapportant le plat de légumes dans la cuisine.

Sally faillit en lâcher sa cuiller dans son bol de bouillon. L'Écosse ? Cette terre de sauvages ? On racontait que les hommes y portaient des barbes si fournies qu'on pouvait à peine voir leurs yeux. Et tout le monde savait que les Écossais ne prenaient jamais de bains.

La cuisinière paraissait partager son sentiment.

— Dire qu'ils viennent tout juste de se marier ! se lamenta-t-elle, posant une tarte au citron sur un plateau. Quel dommage !

Elle fit signe à Bernie d'emporter le plateau, mais elle le rattrapa par la manche :

— Ont-ils dit combien de temps ils comptaient rester ?

— Non. Mais je suppose que ce sera plusieurs semaines. Sinon, des mois. Et ils partent dès demain.

Sally voulut déglutir, mais elle n'avait plus de salive. Elle serait obligée de suivre lady Vale en Écosse. C'était le rôle d'une chambrière. Tout à coup sa nouvelle position, et l'augmentation des gages qui en découlait, ne lui paraissaient plus aussi merveilleuses. L'Écosse, c'était le bout du monde.

— L'Écosse n'est pas si terrible, déclara M. Pynch, comme s'il avait lu dans ses pensées.

— Y êtes-vous déjà allé, monsieur Pynch ? s'enquit Sally.

Après tout, s'il en était revenu, c'était effectivement la preuve que ce n'était pas si terrible.

— Non, répondit M. Pynch, annihilant tous ses espoirs. Mais j'ai connu des Écossais, à l'armée. Ils sont comme nous, à part qu'ils ont un drôle d'accent.

— Ah.

Sally contempla son bouillon, fait avec les os du gibier préparé par la cuisinière pour le dîner des maîtres. C'était un excellent bouillon, et Sally l'appréciait la minute d'avant. Mais à présent, son estomac se nouait à la vue du gras nageant à la surface. Connaître des Écossais et se rendre en Écosse étaient deux choses différentes, et Sally en voulait à M. Pynch de ne pas le comprendre. Comment savoir comment les Écossais se comportaient sur leurs terres ? Peut-être étaient-ils très friands de jeunes filles blondes arrivées de Londres. Et si elle était kidnappée dans son lit, pour être livrée à...

— Allons, allons, lui dit M. Pynch, s'asseyant en face d'elle.

Sally releva les yeux. Les filles de cuisine s'étaient remises à l'ouvrage pendant qu'elle broyait du noir. Personne ne prêtait attention à eux.

M. Pynch la fixait. Sally réalisa brusquement qu'il avait de très beaux yeux verts.

Le valet posa les coudes sur la table. Il tenait sa pipe en terre à la main.

— L'Écosse n'a rien d'inquiétant. C'est une région comme les autres.

Sally remua son bouillon, qui refroidissait.

— Je n'ai jamais été plus loin que Greenwich, avoua-t-elle.

— Non ? Où êtes-vous née ?

— À Seven Dials, répliqua-t-elle, attendant de voir s'il grimacerait d'apprendre qu'elle avait vu le jour dans l'un des quartiers les plus pauvres de Londres.

Mais il se contenta de hocher la tête, en tirant sur sa pipe.

— Y avez-vous toujours de la famille ?

— Juste mon père. Enfin, je crois. Mais je ne l'ai pas revu depuis des années. Il a pu déménager.

— Votre père vous a maltraitée ?

— Non. Il me battait rarement, et il me nourrissait autant qu'il en avait les moyens. Mais je voulais partir. J'étouffais, là-bas.

Il hocha de nouveau la tête, et tira encore sur sa pipe. Une bouffée de fumée bleutée monta vers le plafond.

— Et votre mère ?

— Morte à ma naissance. Je n'ai ni frères ni sœurs. Du moins, pas que je connaisse.

Il hocha une troisième fois la tête.

— Et vous, monsieur Pynch, d'où venez-vous ?

— Oh, de beaucoup plus loin. Je suis né en Cornouailles.

— C'est vrai ? s'exclama-t-elle. (Les Cornouailles lui semblaient aussi exotiques que l'Écosse.) Pourtant, vous n'avez pas d'accent.

Il haussa les épaules.

— Je suis né dans un village de pêcheurs. Mais quand l'armée est venue enrôler, avec ses tambours et ses uniformes, j'ai cédé à l'appel.

— Quel âge aviez-vous ?

— Quinze ans.

Sally baissa les yeux sur son bouillon. Elle essaya de se représenter l'imposant M. Pynch en jeune homme de quinze ans, mais elle n'y parvint pas. Il était si viril, à présent, qu'on pouvait douter qu'il ait jamais été enfant.

— Avez-vous encore de la famille là-bas ?

— Ma mère, ainsi qu'une demi-douzaine de frères et sœurs. Mon père est mort pendant que j'étais aux colonies. Je ne l'ai appris qu'à mon retour en Angleterre, deux ans plus tard. Ma mère avait payé un écrivain public pour qu'on m'envoie une lettre, mais elle ne m'est jamais parvenue.

— Ça a dû être bien triste, de rentrer chez vous et de découvrir que votre père n'était plus là.

— C'est la vie. Il faut bien continuer son chemin.

— Sans doute, murmura Sally, qui songeait à une cohorte d'Écossais aux visages mangés par la barbe.

M. Pynch lui tapota la main.

— Vous n'avez rien à redouter de l'Écosse, insista-t-il. Mais si jamais il devait arriver quelque chose, je serais là pour vous protéger.

Sally ne répondit rien. Elle était comme hypnotisée par les yeux verts de M. Pynch. L'idée qu'il puisse la protéger lui réchauffait le ventre.

Voyant qu'il n'était toujours pas venu dans sa chambre à minuit, Melisande partit à la recherche de Vale. Peut-être s'était-il directement couché, sans daigner lui rendre une petite visite nocturne, mais elle en doutait, car elle n'avait entendu aucun bruit dans la chambre de son mari.

Quoi qu'il en soit, elle était fatiguée de l'attendre. Elle quitta sa chambre – en grand désordre depuis que Sally avait commencé de préparer leurs bagages. Jasper n'était pas dans la bibliothèque, ni dans aucun des salons, aussi fut-elle obligée de demander à Oaks s'il savait où se trouvait son époux. Le majordome lui apprit qu'il était sorti, sans songer à la prévenir.

Elle aurait voulu donner un coup de poing dans quelque chose, mais comme une lady n'était pas supposée se conduire avec une telle brutalité, elle se contenta de remercier Oaks et remonta l'escalier. Pourquoi Vale se comportait-il ainsi ? D'abord, il lui proposait de l'accompagner en Écosse, et ensuite il la fuyait ! Dans ces conditions, Melisande redoutait leur voyage. Resterait-il toute la durée du trajet sur le toit de la voiture, avec les bagages, pour ne pas partager l'habitacle avec elle ? C'était décidément bien étrange.

La jeune femme hésita devant sa chambre. Celle de Vale était juste à droite, et la tentation trop grande. Elle se dirigea vers la porte de son mari, et l'ouvrit. La chambre était vide, mais M. Pynch était passé par là : des piles de chemises, de vestons, de cravates étaient posées sur le lit, en attente d'être rangées dans des valises. Melisande entra et referma la porte derrière elle.

Elle gagna d'abord le lit, et posa une main sur la courtepointe de velours. Son mari se glisserait tout à l'heure dessous. Dormait-il sur le dos ou sur le ventre ? Elle l'imaginait se couchant entièrement nu, bien qu'il possédât un plein tiroir de chemises de nuit. Partager sa nuit avec quelqu'un était un acte très intime : toutes vos barrières s'annihilaient et vous laissaient aussi vulnérable qu'un enfant. Melisande espérait que Vale finirait par accepter de dormir avec elle.

Avec un soupir, elle s'approcha d'un guéridon où trônait un portrait encadré de sa mère, puis elle examina le livre sur la table de chevet – *Histoire des rois anglais* –, avant de se planter devant la fenêtre. La vue sur les jardins était la même que dans sa chambre. La jeune femme se retourna, examinant la pièce avec un sentiment de frustration. Divers objets traînaient ici et là, mais rien qui aurait pu lui apprendre quelque chose de significatif sur son mari. C'était idiot, d'ailleurs, d'avoir pensé qu'en s'invitant dans sa chambre, elle pourrait en savoir davantage sur son compte.

C'est alors que son regard tomba sur la porte du dressing. Un dressing n'était pas l'endroit le plus évident pour renfermer des objets intimes, mais après tout, puisqu'elle était là, pourquoi ne pas y jeter un coup d'œil ?

Melisande poussa la porte. Le dressing était meublé, comme c'était prévisible, de tringles surchargées de vêtements, et de tiroirs contenant également diverses pièces d'habillement – chaussettes, sous-vêtements... Mais il y avait aussi, dans un coin, une banquette à une place et, juste à côté, un autre lit, rudimentaire, et une couverture. La jeune femme haussa les sourcils. Bizarre. Que faisaient là ces deux couchettes ? Une seule aurait suffi à M. Pynch. Et pourquoi ce lit de fortune ? Vale n'aurait pas imposé à son valet de dormir sur quelque chose d'aussi inconfortable.

Melisande se glissa dans le dressing et s'approcha du petit lit. Une chandelle était posée à côté, et le coin d'un livre pointait sous la couverture froissée. En revanche, la banquette était nue, dépourvue de draps et de couvertures, comme si personne ne dormait jamais dessus. La jeune femme souleva la couverture, pour lire le titre du livre. C'était un recueil de poèmes de John Donne. De plus en plus étrange. Elle ne s'imaginait pas un valet lisant des poèmes de John Donne. Puis elle remarqua les cheveux, sur l'oreiller. Ils étaient d'un brun presque roux.

Quelqu'un, dans son dos, s'éclaircit la gorge.

Melisande se retourna. M. Pynch l'observait, les sourcils dressés.

— Puis-je vous aider, milady ? Cherchez-vous quelque chose ?

— Non, répondit-elle, cachant le tremblement de ses mains dans ses jupes.

Dieu merci, ce n'était pas Vale qui l'avait découverte ! Elle redressa le menton et s'apprêta à sortir, mais elle se ravisa.

— Vous servez mon mari depuis longtemps, n'est-ce pas, monsieur Pynch ?

— Oui, milady.

— A-t-il toujours dormi sur ce petit lit ?

— Oui, milady. Depuis que je le connais, du moins.

— Savez-vous pourquoi ?

— Certains hommes n'ont pas besoin de beaucoup de confort.

Melisande le regardait avec insistance. Il soupira.

— Parfois, les soldats ont du mal à s'endormir. Surtout aux pires heures de la nuit.

— Aurait-il peur du noir ?

Pynch grimaça.

— J'ai reçu une balle dans la jambe, durant la guerre.

Melisande ne s'attendait pas à ce qu'il change aussi brutalement de sujet.

— Je suis désolée.

Le valet eut un geste vague de la main.

— Ce n'est rien. Ma blessure se rappelle à moi lorsque le temps est très humide. Mais le jour où je l'ai reçue, j'ai bien failli y passer. La balle m'avait jeté à terre, et un Français était prêt à m'achever avec sa baïonnette, quand lord Vale a chargé. Il y avait plein de Français prêts à tirer, qui s'interposaient entre lui et moi. Mais cela ne l'a pas arrêté. Il a foncé dans le tas. Comment il a réussi à passer entre les balles, c'est un mystère. Ce que je sais, c'est qu'il les a tous anéantis, milady. Il n'en restait plus un seul debout.

Melisande expira bruyamment.

— Je vois.

— De ce jour-là, j'ai décidé que je suivrais lord Vale où qu'il aille. Et même jusqu'en enfer, s'il me le demandait.

Melisande repassa dans la chambre.

— Merci de m'avoir raconté cette histoire, monsieur Pynch. Et soyez gentil d'informer lord

Vale que je serai prête à partir, dès huit heures du matin.

Pynch s'inclina.

— Oui, milady.

Melisande regagna sa chambre, au comble de la perplexité. Tout le temps que M. Pynch était resté avec elle, il s'était tenu dans une posture quasi militaire, comme s'il gardait jalousement le dressing de son maître.

12

Quand Jack rentra au château, il fit une chose bien étrange. Reprenant ses hardes de bouffon, il se rendit aux cuisines. Les domestiques s'affairaient pour préparer le souper royal. Profitant de l'agitation, Jack s'approcha d'un marmiton qui touillait une soupe au-dessus du feu.

— Je te donnerai une pièce d'argent si tu me laisses m'occuper de la soupe de la princesse, lui dit Jack.

Le marmiton accepta le marché avec enthousiasme. Il eut à peine le dos tourné que Jack jeta l'anneau de bronze dans la soupe.

L'attelage roula dans un nid-de-poule et tangua violemment. Melisande tangua elle aussi, ayant appris dès la première journée de leur périple qu'il était préférable d'accompagner les mouvements de la voiture, plutôt que de vouloir rester le dos droit. Au bout du troisième jour, elle commençait à être habituée.

Sally, assise contre elle, s'était assoupie. Mouse, couché sur la banquette d'en face, dormait également. De temps en temps, il lâchait même un ronflement.

Melisande regarda par la fenêtre. Ils étaient au milieu de nulle part. Des collines verdoyantes ondulaient à l'horizon, la lumière du jour déclinait.

— N'aurions-nous pas déjà dû nous arrêter ? demanda-t-elle à son mari.

Vale était à moitié allongé sur la banquette opposée. Bien qu'il eût les yeux fermés, il répondit immédiatement.

— Vous avez raison. Nous étions censés nous arrêter à Birkham, mais l'auberge était fermée. Le cocher a donc continué sa route jusqu'à la suivante, mais je me demande s'il ne s'est pas égaré.

Vale ouvrit les yeux et jeta un regard par la vitre. Il ne semblait pas spécialement anxieux de voir la nuit tomber, alors qu'ils avaient peut-être perdu leur chemin.

— Nous avons quitté la route principale, observa-t-il. Mais qui sait ? L'auberge se trouve peut-être au milieu d'une pâture ?

Melisande soupira et reposa le conte qu'elle avait emporté avec elle, pour en achever la traduction. Elle avait pratiquement terminé, à présent. Le soldat revenu de la guerre avait été transformé en nain et en bouffon – mais un nain très courageux. Il n'avait pas précisément le profil d'un héros de conte de fées, mais aucun des héros du livre d'Emeline n'était conforme à la tradition. Melisande reprendrait sa traduction demain : il faisait trop sombre pour écrire.

— Ne ferions-nous pas mieux de rebrousser chemin ? suggéra-t-elle. Une auberge close constituera toujours un meilleur abri que des collines inhabitées.

— Vous avez encore raison, ma chère femme. Mais je crains que nous ne puissions retourner à Birkham avant la nuit complète. Mieux vaut poursuivre.

Et il referma les yeux.

La jeune femme regarda de nouveau par la vitre, jeta un coup d'œil à Sally, toujours assoupie, et risqua en baissant la voix :

— J'avais promis à Sally que nous ne voyagerions pas de nuit. Elle n'avait encore jamais quitté Londres.

— Dans ce cas, son voyage sera très instructif, rétorqua Vale sans rouvrir les paupières. Et ne craignez rien. Le cocher et les valets sont armés.

Melisande croisa les bras et décida de changer de sujet.

— Que savez-vous de M. Munroe ?

Elle avait déjà tenté à plusieurs reprises, depuis leur départ, de découvrir pourquoi son mari voulait absolument s'entretenir avec cet Écossais. À chaque fois, il avait dévié la conversation.

— Sir Alistair Munroe, corrigea-t-il.

Il avait dû deviner son exaspération car, sans rouvrir les yeux, il esquissa un sourire.

— Munroe a été anobli pour services rendus à la Couronne, enchaîna-t-il. Son livre sur la faune et la flore du Nouveau Monde fait autorité. C'est un gros volume, difficile à manier, mais les gravures sont d'une qualité exceptionnelle. Elles ont toutes été coloriées à la main, d'après ses dessins. Le roi George était tellement impressionné qu'il a invité Munroe à prendre le thé.

Melisande ne l'était pas moins. Ce n'était pas tous les jours qu'un naturaliste buvait le thé avec le roi.

— Il a dû séjourner longtemps dans les colonies, afin de réunir les matériaux nécessaires à son livre. Était-il attaché à votre régiment ?

— Non. Il passait d'un régiment à l'autre, en fonction de nos ordres de marche. En tout, il n'est pas resté plus de trois mois avec le 28e. Il nous avait rejoints avant notre départ pour Québec.

Vale semblait sur le point de s'endormir, ce qui alerta Melisande. Par deux fois, déjà, il s'était dérobé à ses questions en simulant le sommeil.

— Quel genre d'homme est-il ?

— Oh, très écossais. Taciturne, ne parlant jamais beaucoup. Ce qui ne l'empêchait pas d'avoir un solide sens de l'humour. Et même, de l'humour noir.

Il y eut un silence. Melisande contempla les collines qui se paraient de teintes pourpres avec le couchant.

— Je me souviens, reprit Vale, qu'il possédait une grosse malle en cuir avec des armatures de fer, confectionnée spécialement sur ses ordres. Elle était divisée en dizaines et dizaines de compartiments. C'était très ingénieux. Il y avait des petites boîtes ou des fioles de verre pour héberger des insectes, des presses pour sécher les feuilles des plantes ou les fleurs. Il l'avait ouverte une fois devant nous. Vous auriez dû voir tous ces soldats aguerris, que plus rien n'étonnait, tourner autour de sa malle comme des gamins à la foire !

— Ce devait être un beau spectacle, murmura Melisande.

— Oui, confirma-t-il, d'une voix de plus en plus lointaine.

— Peut-être acceptera-t-il de me la montrer quand nous serons chez lui ?

— C'est impossible. Les Indiens la détruisirent lorsqu'ils nous attaquèrent. La malle fut réduite en pièces, et tous les beaux spécimens qu'elle contenait se retrouvèrent dispersés aux quatre vents.

— Mon Dieu, le pauvre homme ! Ça a dû être terrible de voir sa collection anéantie !

Pas de réponse.

— Jasper ? le pressa Melisande.

La voix de Jasper résonna soudain sinistrement dans l'habitacle gagné par l'obscurité.

— Il n'a rien vu. Ses blessures... Il n'est jamais retourné sur le lieu du massacre. Moi non plus, d'ailleurs. Je n'ai appris ce qui était arrivé à sa malle que plusieurs mois plus tard.

— Je suis navrée, murmura Melisande, mais elle n'aurait su dire pour quoi elle exprimait le plus de compassion : la malle détruite, le massacre, ou le fait qu'aucun des survivants de Spinner's Falls n'ait plus jamais été le même homme. Quel âge a sir Alistair ?

Vale hésita.

— Un peu plus âgé que moi, je pense. Vous...

— Regardez ! l'interrompit Melisande, qui croyait avoir vu un mouvement par la vitre de la portière.

Une détonation retentit au-dehors. Melisande tressaillit. Sally se réveilla en sursaut et cria. Mouse bondit sur ses pattes et se mit à aboyer.

— La bourse ou la vie ! hurla une voix menaçante.

Et l'attelage s'immobilisa.

— Damnation ! s'exclama Vale.

Jasper redoutait cela depuis la tombée de la nuit. Il savait qu'ils traversaient un territoire dangereux. La perte de sa bourse ne l'inquiétait pas outre mesure, en revanche il n'était pas question qu'il laisse un bandit toucher à un cheveu de Melisande.

— Que se... ? commença-t-elle, mais il s'empressa de lui couvrir la bouche de sa main.

C'était une femme intelligente, et elle comprit aussitôt qu'il était préférable de se taire. Attirant Mouse dans son giron, elle lui cloua le museau pour qu'il cesse d'aboyer.

La chambrière pressait une main sur sa bouche, les yeux affolés et ronds comme des soucoupes. Elle n'émettait aucun son mais Jasper, par prudence, plaça un doigt sur ses propres lèvres afin de la réduire au silence.

Pourquoi le cocher n'avait-il pas tenté d'accélérer, pour échapper aux bandits ? se demanda-t-il. Mais la réponse lui vint presque aussitôt : avec l'obscurité, il avait craint de faire verser l'attelage dans une ornière.

— Sortez de là ! cria une autre voix.

Ils étaient donc au moins deux. Sans doute davantage. De son côté, Jasper pouvait aligner deux valets de pied, le cocher et deux cavaliers, dont Pynch. Six hommes en tout, avec lui. Mais combien de brigands en face ?

— Vous m'avez entendu ? Sortez de là ! répéta la deuxième voix.

Son complice devait tenir le cocher en joue. Le troisième, s'il y en avait un, aurait probablement la charge de les délester de leurs objets de valeur.

— Nom de Dieu ! Sortez de là, ou c'est moi qui entre. Et si j'entre, je tire !

La chambrière de Melisande laissa échapper un gémissement de terreur. Mouse se débattait, mais sa maîtresse tenait bon.

Un bandit malin commencerait par tuer les domestiques à l'extérieur, avant de forcer les occupants de la voiture à sortir. Mais celui-ci devait être assez stupide pour...

La portière de la voiture s'ouvrit à la volée, et un homme armé d'un pistolet fit irruption. Jasper attrapa le canon de son arme, et tira violemment. Le pistolet alla voltiger à l'autre bout de l'habitacle. La chambrière hurla. L'homme bondit pour récupérer son arme, mais Jasper fut plus rapide et s'en empara.

— Ne regardez pas, conseilla-t-il à Melisande.

Il abattit la crosse du pistolet sur la tempe de l'agresseur. Et il répéta son geste trois fois, avec férocité, pour s'assurer que sa victime était morte, puis il jeta le pistolet. Il détestait brandir une arme.

Un cri retentit à l'extérieur, suivi d'une détonation.

— Couchez-vous ! ordonna Jasper à Melisande et sa domestique, car une balle pouvait traverser la paroi du véhicule.

Les deux femmes s'aplatirent sur la banquette.

Puis on entendit quelqu'un courir en direction de la voiture. Jasper se plaça devant les deux femmes, pour faire rempart.

— Milord ! s'exclama Pynch, passant la tête dans l'habitacle. Vous n'êtes pas blessés ?

— Je crois que non, répondit Jasper. Tout va bien, ma chère femme ?

— Ou... oui, fit-elle, se redressant.

Sa chambrière tremblait violemment. Melisande lâcha son chien et l'attira dans ses bras, lui tapotant le dos pour la réconforter.

— C'est fini, dit-elle. Lord Vale et M. Pynch nous ont sauvé la vie.

Mouse sauta sur le plancher de la voiture et gronda après le cadavre du bandit.

— Nous avons capturé l'un de ses comparses, milord. Le troisième s'est enfui.

Jasper hocha la tête avec un sourire reconnaissant.

— Aide-moi à sortir celui-ci de la voiture. Melisande, restez à l'intérieur pour l'instant, tant que les abords ne sont pas sûrs.

Elle acquiesça.

— Entendu.

Malgré la présence de deux témoins – Pynch et la chambrière –, Jasper ne put résister à l'envie de lui donner un baiser. Tout s'était passé tellement vite ! Si les choses avaient mal tourné…

Jasper sauta hors de la voiture, impatient de se confronter au gredin qui avait mis la vie de sa femme en danger. Mais d'abord, il aida Pynch à sortir le cadavre. Il espérait que Melisande n'avait pas trop regardé, car le crâne du bandit était à moitié fracassé.

Mouse descendit aussi de voiture.

— Où est l'autre ? demanda Jasper à Pynch.

— Par ici, milord.

Pynch lui désigna un arbre, au pied duquel on distinguait une silhouette étendue par terre. Les autres valets l'entouraient.

— Personne n'a été touché ? s'enquit Jasper, se dirigeant vers le petit groupe.

— Bob a une éraflure au bras, mais nous n'avons rien d'autre à déplorer.

— Parfait. Demande à un valet d'allumer des lanternes. La lumière fait toujours fuir la vermine.

— Bien, milord, acquiesça Pynch qui repartit vers la voiture.

— Voilà l'autre bandit, milord, annonça Bob quand Jasper l'eut rejoint.

Bob avait noué un linge à son bras droit, mais le pistolet qu'il pointait sur le gredin ne tremblait pas. Pynch revint avec une lanterne, et ils se penchèrent tous pour examiner l'homme. Ce n'était qu'un gamin – sans doute avait-il à peine vingt ans. Sa poitrine saignait abondamment. Mouse le renifla quelques secondes, puis s'en désintéressa et alla lever la patte contre un arbre.

— Vit-il encore ? questionna Jasper.

— À peine, répondit Pynch, impassible.

C'était probablement lui qui avait tiré sur le garçon, mais il n'en éprouvait aucun remords. Après tout, ce gamin avait failli attenter à leur vie.

— Qu'on l'abandonne ici, décida Jasper.

— Non !

Il se retourna. Melisande était sortie de voiture, bravant son ordre de rester à l'intérieur.

— Madame ?

Elle ne tressaillit pas, malgré son ton glacial.

— Emmenons-le avec nous, Jasper.

La lumière d'une lanterne, brandie près d'elle par un valet, lui donnait une silhouette éthérée et fragile. Trop fragile.

— Il aurait pu vous tuer, rétorqua Jasper.

— Mais il ne l'a pas fait.

Elle paraissait peut-être fragile, mais son caractère était trempé dans le meilleur acier.

— Pynch, enveloppe-le dans une couverture, ordonna-t-il, sans quitter la jeune femme des yeux. Et prends-le sur ton cheval.

Melisande fronça les sourcils.

— La voiture serait…

— Je ne veux pas le voir près de vous.

Comprenant qu'il ne céderait pas sur ce point, elle hocha la tête.

Il se tourna vers Pynch :

— Tu banderas sa blessure à l'auberge. Je n'ai pas envie de m'attarder ici.

— Bien, milord.

Jasper rejoignit sa femme et lui prit la main.

— J'ai fait cela pour vous, mon cœur, lui chuchota-t-il à l'oreille. Rien que pour vous.

Elle leva les yeux vers lui.

— Vous l'avez fait aussi pour vous. Ce n'est pas bien de laisser mourir quelqu'un tout seul, quel que soit son crime.

Jasper préféra ne pas répondre. Autant la laisser s'imaginer qu'il avait en effet ce genre de préoccupations. Il l'aida à remonter en voiture, la suivit dans l'habitacle et referma la portière. Même si le bandit vivait encore quelques heures, il ne pourrait plus faire de mal à Melisande, et c'était la seule chose qui importait.

Melisande ne put réprimer un soupir lorsque la porte de sa chambre d'auberge se referma derrière elle. Depuis leur départ, Vale avait toujours réservé deux chambres partout où ils avaient dormi, et ce soir n'avait pas fait exception. Malgré l'attaque de tout à l'heure ; malgré la présence dans l'auberge du jeune bandit agonisant – il avait été transporté dans une pièce à l'arrière ; et malgré le fait que la petite auberge affichât pratiquement complet, Melisande se retrouvait seule.

Elle s'approcha de la petite cheminée, bien garnie en bûches grâce à un pourboire généreux à la femme de l'aubergiste. Les flammes dansaient devant elle, mais ses doigts demeuraient glacés. Les domestiques faisaient-ils des gorges chaudes de voir leurs maîtres dormir séparément juste après leur mariage ? Melisande avait vaguement honte de cette situation, comme si elle s'estimait coupable d'avoir failli quelque part dans son devoir d'épouse.

Mouse bondit sur le lit, tourna trois fois sur lui-même et se coucha avec un soupir.

Au moins Sally s'abstenait-elle de tout commentaire sur ces dispositions nocturnes. Sa chambrière continuait de l'habiller et la déshabiller avec le même enthousiasme – sauf ce soir, où elle n'avait pas complètement récupéré de son choc après l'attaque des brigands. Melisande avait eu pitié d'elle et l'avait envoyée se coucher.

Du coup, la jeune femme se retrouvait vraiment toute seule. Elle n'avait guère fait honneur au dîner préparé par la femme de l'aubergiste. Pourtant, son poulet avait paru délicieux, mais comment trouver l'appétit alors qu'un jeune homme se mourait non loin de vous ? Elle s'était donc retirée rapidement. À présent, elle regrettait sa précipitation : elle aurait dû rester plus longtemps dans la petite salle à manger privée que Vale leur avait réservée. Mais il était trop tard pour redescendre, maintenant qu'elle était déshabillée.

Puisqu'il ne servait à rien de rester éveillée, la jeune femme tira les couvertures du lit, constata avec satisfaction la propreté des draps, et se glissa dedans. Puis elle souffla la chandelle et contempla les flammes dans l'âtre, songeant à tout et à rien, jusqu'à ce que ses paupières s'alourdissent.

Mais soudain, elle prit conscience d'une présence à son côté. Deux bras puissants l'entourèrent.

— Jasper ? murmura-t-elle, à moitié endormie.

— Chut, mon cœur.

Elle entrouvrit les lèvres et il en profita pour s'en emparer, l'embrassant fougueusement. Elle gémit, toutes ses défenses réduites à néant. Elle sentit qu'il tirait sur sa camisole et la faisait passer par-dessus sa tête, pour l'en débarrasser. Puis ses mains explorèrent ses seins, titillant ses tétons.

— Jasper..., gémit-elle, lui caressant le dos.

Il était nu. Sa peau était brûlante sous ses paumes. Ses muscles roulaient sous ses doigts.

— Chut, lui intima-t-il encore.

Il lui écarta les cuisses, et la pénétra.

Jasper comprit qu'elle n'était pas vraiment prête à le recevoir – elle dormait à moitié. Il s'obligea à la douceur, mesurant ses coups de reins, avant de s'enfoncer complètement en elle. En même temps, il lui caressait les seins.

Il lui souleva les jambes. La jeune femme, les yeux toujours fermés, voulut arquer les reins mais, les jambes repliées, elle en fut empêchée. Jasper contrôlait totalement la situation : il voulait lui faire l'amour de la manière dont il l'entendait, et elle n'avait d'autre choix que de se soumettre.

À présent, ses mouvements étaient plus rapides. La respiration de Jasper devenait haletante. Melisande ne rouvrit pas les paupières : elle voulait rester comme dans un rêve.

Il glissa la main entre leurs deux corps soudés, et lui caressa le clitoris avec son pouce.

— Viens avec moi, chuchota-t-il, la voix rauque. Viens avec moi...

Elle ouvrit enfin les yeux. Ses prunelles turquoise brillaient dans la pénombre.

— Viens avec moi, répéta-t-il.

Son pouce la caressait avec dextérité, et il murmura encore :

— Viens avec moi.

Comment aurait-elle pu refuser sa requête ? Melisande sentait le plaisir monter, monter...

— Viens avec moi.

Elle renversa la tête sur l'oreiller et poussa un long gémissement, qu'il cueillit avec ses lèvres, comme le trophée de la victoire. Son pouce continuait ses caresses, de plus en plus vite, son membre s'enfonçait en elle toujours plus profondément. Alors, le plaisir la submergea. Elle n'avait encore jamais connu pareil orgasme, presque douloureux dans son intensité.

Elle le contempla. Il se redressa sur ses bras pour la pilonner encore plus fort, et planta son regard dans le sien. Ses yeux brillaient de désir, mais aussi de quelque chose d'autre.

— Par Dieu..., grogna-t-il. Oh, mon Dieu !

Il s'arqua magnifiquement, et Melisande sentit sa semence se répandre en elle. Elle en éprouva une joie immense.

Leur étreinte avait eu quelque chose de sacré.

Il se tenait toujours dressé sur les bras, la tête en arrière. Mais soudain, la jeune femme sentit une goutte tomber sur son sein gauche.

— Jasper, chuchota-t-elle, enserrant dans ses mains son visage mouillé de larmes. Jasper...

Il se retira d'elle – la séparation de leurs corps fut comme une torture pour la jeune femme – et descendit du lit.

— Le gamin est mort, dit-il, ramassant son peignoir tombé à terre.

Et il quitta la chambre.

13

Ce soir-là, la cour bruissait de rumeurs. Le serpent était mort, mais personne n'avait rapporté l'anneau de bronze. Qui était le brave qui avait eu raison du monstre et s'était emparé de l'anneau ?

Jack, comme à son habitude, se tint derrière la princesse pendant tout le dîner. Celle-ci lui jeta un drôle de regard en s'asseyant à table.

— Où étais-tu passé, Jack ? Tes cheveux sont mouillés.

— J'ai rendu visite à un petit poisson argenté de mes amis, répondit Jack, avant d'effectuer une cabriole.

La princesse sourit et commença à manger, mais une surprise de taille l'attendait au fond de son assiette de soupe : l'anneau de bronze !

Ce fut un beau remue-ménage. Le cuisinier en chef fut convoqué sur-le-champ, et interrogé devant toute la cour. Mais le pauvre homme ignorait complètement comment l'anneau avait pu atterrir dans la soupe de la princesse.

Le mystère demeura entier.

Sa femme devait le prendre pour un monstre, après ce qui s'était passé hier soir, songeait Jasper. Et cette perspective lui gâchait son petit déjeuner

– pourtant agrémenté d'excellents œufs brouillés préparés par la femme de l'aubergiste. En revanche, le thé n'était pas de première qualité.

Sa tasse à la main, Jasper observait son épouse, assise en face de lui. Elle n'avait pas du tout l'air d'une femme qui avait été séduite pendant son sommeil : elle était apparue fraîche, reposée, impeccablement coiffée. Ce qui, bizarrement, le rendait encore plus mal à l'aise.

— Avez-vous bien dormi ? demanda-t-il, faute d'imagination pour une meilleure entrée en matière.

— Oui, merci. Mais ne pourrions-nous pas nous tutoyer, désormais ?

Il sourit.

— Avec plaisir.

Elle glissa un morceau de tartine à Mouse, assis à ses pieds.

— Nous entrerons en Écosse aujourd'hui, expliqua-t-il. Et nous devrions atteindre Édimbourg demain après-midi.

— Ah ?

Jasper se beurra une tranche de pain.

— J'ai une tante, à Édimbourg.

La jeune femme but une gorgée de thé, avant de répondre :

— Vraiment ? Tu ne m'en avais jamais parlé. Est-elle écossaise de naissance ?

— Non. Mais son premier époux était écossais. Si je compte bien, elle en est à son troisième mari. Elle s'appelle Esther Whippering. Nous passerons une nuit chez elle.

— Très bien.

— Elle a vieilli, bien sûr, mais c'est toujours une forte femme. Quand j'étais petit, elle me tirait les oreilles plus souvent qu'à mon tour. Et je peux t'assurer que c'était douloureux.

Elle reposa sa tasse.

— Quelles bêtises commettais-tu pour mériter une telle punition ?

— Aucune. Mais elle prétendait que ça ne pouvait pas me faire de mal.

— Elle n'avait pas tort.

Il allait répondre, mais quelque chose lui gratta la jambe. Il souleva la nappe.

— Je parie que c'est Mouse, devina la jeune femme.

— Que veut-il ?

— Ta tartine.

— Il n'est pas question que je la lui donne.

— Il se contentera d'un petit morceau.

— Je ne vois pas pourquoi j'irais récompenser un comportement mal élevé.

— Hmm. Si nous demandions à la femme de l'aubergiste de nous préparer un panier pour le déjeuner ? Elle a l'air de bien cuisiner.

— Bonne idée, acquiesça Jasper, alors que Mouse lui grattait de nouveau la jambe. Nous ne croiserons peut-être pas d'autre auberge d'ici l'heure du déjeuner.

La jeune femme hocha la tête, et se leva de table pour aller avertir l'aubergiste.

Dès qu'elle eut le dos tourné, Jasper détacha un bout de sa tartine et le glissa sous la nappe. Une petite langue humide s'en empara aussitôt.

Melisande revenait déjà. Elle lui jeta un regard soupçonneux, mais ne dit rien.

Une demi-heure plus tard, les chevaux étaient harnachés, et la chambrière se trouvait assise à côté du cocher – pour changer. Melisande et Mouse attendaient dans la voiture, pendant que Jasper s'entretenait une dernière fois avec l'aubergiste. Puis il monta à son tour en voiture et donna l'ordre au cocher de démarrer.

— Que lui as-tu dit ? s'enquit Melisande.

Jasper regardait par la portière. Le brouillard enveloppait les collines.

— À qui ?

— À l'aubergiste.

— Je l'ai remercié pour la propreté de son auberge. Il a convenu avec moi que des puces dans les draps auraient gâché notre nuit d'amour.

La jeune femme le regarda, bouche bée.

Il soupira.

— En fait, je lui ai donné de l'argent pour payer l'enterrement du gamin. Et un supplément pour la gentillesse de son accueil. Il n'était pas obligé de fournir un lit à un bandit, même agonisant. J'ai pensé que tu serais d'accord avec mon geste.

— En effet. Merci.

Il s'adossa à la banquette et croisa les jambes.

— Tu as le cœur bien généreux, ma chère femme.

Elle secoua la tête.

— Non, je crois simplement avoir le cœur juste.

— Un cœur, en tout cas, qui te fait compatir pour un gredin qui t'aurait tuée sans hésitation.

— Tu ne peux pas l'affirmer.

Jasper contempla de nouveau le paysage qui défilait par la vitre.

— S'il n'avait pas prévu de se servir de son arme, il ne l'aurait pas chargée.

— Pourquoi n'as-tu pas tiré toi-même ? M. Pynch m'a appris, ce matin, qu'il y avait des pistolets sous les sièges.

Le diable emporte Pynch et sa langue trop bien pendue ! Mais le regard de la jeune femme trahissait davantage la curiosité qu'une forme d'accusation.

Il soupira.

— Je suppose que je devrais te montrer leur maniement, pour que tu sois capable de t'en servir le cas échéant. Mais, de grâce, n'en prends pas un si tu n'as pas expressément besoin de t'en servir ! Et pointe-le toujours vers le sol.

Elle arqua les sourcils, mais ne fit aucun commentaire.

Jasper changea de banquette pour s'asseoir à côté d'elle, et retira le coussin de la sienne, découvrant un petit compartiment secret dont il souleva le couvercle. À l'intérieur était rangée une paire de pistolets.

— Les voilà.

Melisande les contempla. Mouse, qui dormait à moitié, se leva pour regarder également.

— Pourquoi ne les as-tu pas sortis hier soir ? demanda-t-elle.

Jasper ferma le compartiment, reposa le coussin dessus et reprit sa place sur la banquette.

— Je ne les ai pas sortis parce que je n'aime pas les armes à feu, si tu veux tout savoir.

— Cela a dû constituer un handicap, aux colonies.

— Oh, il m'est souvent arrivé de tirer au pistolet ou même à la carabine lorsque j'étais dans l'armée. Et j'étais plutôt bon tireur. Mais je n'ai plus touché à une arme depuis que je suis rentré en Angleterre.

— Pourquoi les détestes-tu maintenant ?

— Je n'aime pas avoir un pistolet dans la main. C'est une question de sensation, voilà tout. Mais s'il n'y avait pas eu d'autre solution, je les aurais sortis, bien sûr. Il n'était pas question que je mette ta vie en danger.

— Je sais, dit-elle.

Cette simple réponse l'emplit d'un sentiment qu'il n'avait plus connu depuis longtemps : le bonheur. Il la contempla. La jeune femme paraissait ne pas douter un seul instant de son courage.

Je vous en supplie, Seigneur, songea-t-il, faites qu'elle ne découvre jamais la vérité...

Melisande aurait voulu dire à Vale qu'elle n'aimait pas dormir séparée de lui, mais elle n'osait pas. Ce soir-là, ils firent étape dans une nouvelle auberge. Malheureusement, l'établissement était presque complet, leur annonça l'aubergiste venu les accueillir dans la cour, et il ne restait plus qu'une seule chambre. La jeune femme assista, impuissante, aux tractations entre Vale et l'aubergiste : au lieu de partager cette unique chambre avec elle, il la destinait à son intention, tandis que lui-même dormirait dans la salle commune. À condition que l'aubergiste veuille bien lui fournir une paillasse – et c'était là l'essentiel de leur marchandage.

Résignée, la jeune femme s'intéressa à Mouse, qu'un valet promenait en laisse dans la cour. Ou plutôt, c'était Mouse qui tirait le valet avec sa laisse. Il entraînait le malheureux de pilier en pilier, levant à chaque fois la patte, avant de s'élancer gaiement vers le pilier suivant.

— Es-tu prête ? demanda Vale.

La jeune femme sursauta. Perdue dans ses pensées, elle n'avait pas vu qu'il en avait terminé avec l'aubergiste.

— Oui, dit-elle, prenant son bras.

— Mouse va finir par arracher l'épaule de ce pauvre valet, commenta Vale alors qu'ils se dirigeaient vers la porte de l'auberge. Sais-tu qu'ils jouent aux dés chaque jour, pour savoir qui va le promener ?

— Et le gagnant remporte la laisse ?

— Non, le perdant, rectifia Vale, ouvrant la porte.

Il se figea sur le seuil, sourcils froncés.

L'auberge était ancienne. De grandes poutres noircies par l'âge et la fumée soutenaient le plafond. Sur la gauche s'ouvrait la salle commune, avec un feu qui rugissait dans l'immense cheminée. Toutes les tables affichaient complet. Les clients, pour l'essentiel des hommes, dînaient en buvant de la bière et en parlant bruyamment.

— Par là, dit Vale, guidant Melisande vers la droite, dans une salle plus petite qui leur servirait de salle à manger.

Des assiettes en terre cuite avaient déjà été disposées sur la table à leur intention, ainsi qu'une miche de pain frais.

— Merci, murmura la jeune femme tandis qu'il lui avançait une chaise.

À peine fut-elle assise que le valet revenait avec Mouse. Le terrier se précipita vers elle pour recevoir une caresse.

— Alors, sir Mouse, as-tu fait bonne promenade ?

— Il a bien failli attraper un rat, milady, expliqua le valet. Dans les écuries. Il est petit, mais il est rapide.

Melisande sourit à son chien et lui tapota le crâne.

— Bien joué, sir Mouse.

L'aubergiste arriva sur ces entrefaites, avec une bouteille de vin. Une servante le suivait, apportant un ragoût de mouton. La petite salle à manger se retrouva subitement très encombrée, et cinq bonnes minutes passèrent avant que Vale et Melisande se retrouvent enfin seuls.

— Demain..., commença-t-il, avant d'être interrompu par un éclat de voix plus fort que les autres, en provenance de la grande salle.

Vale fronça les sourcils.

— Ferme ta porte à clé, et ne sors pas de ta chambre, ordonna-t-il à Melisande. Je n'aime pas cette clientèle.

La jeune femme hocha la tête. De toute façon, elle verrouillait toujours sa porte ou, à défaut de verrou, elle calait une chaise sous la poignée. Mais les autres nuits, Vale dormait dans la chambre voisine.

— Je demanderai à un valet de monter la garde devant ta porte, ajouta-t-il comme s'il avait deviné ses pensées.

Ils finirent de dîner en silence. Dix heures du soir avaient sonné quand Melisande gagna sa chambre, avec Mouse. Sally l'y attendait pour l'aider à se déshabiller. La chambre était petite, mais propre. Outre le lit, une table et deux fauteuils devant la cheminée complétaient le mobilier. Enfin, deux gravures représentant des chevaux ornaient l'un des murs.

Melisande s'approcha de la fenêtre et constata que la vue donnait sur la cour des écuries.

— As-tu bien dîné ? demanda-t-elle à sa chambrière.

— C'était très bon, répondit Sally. Et pourtant, je n'aime pas beaucoup le mouton.

— Non ? fit Melisande qui déboutonnait sa robe.

— Laissez-moi faire, milady, intervint Sally.

Et pendant qu'elle s'affairait sur la robe de sa maîtresse, elle expliqua :

— Donnez-moi une bonne pièce de bœuf, et je serai la plus heureuse des femmes. Quand je pense que M. Pynch préfère le poisson ! Quelle idée, vraiment !

— Beaucoup de gens aiment le poisson, suggéra Melisande, diplomate.

Sally paraissait sceptique.

— Sans doute, milady. M. Pynch dit que s'il aime le poisson, c'est parce qu'il est né au bord de la mer.

— M. Pynch est né au bord de la mer ?

— Oui, milady. Dans les Cornouailles !

Melisande observa attentivement sa chambrière alors que celle-ci achevait de la déshabiller. Elle aurait pensé que le valet de Jasper était trop vieux et trop austère pour elle, mais Sally semblait beaucoup aimer parler de lui. Melisande voulait espérer que M. Pynch ne s'amusait pas avec les sentiments de la jeune domestique. Elle se promit, en tout cas, d'en toucher un mot à Vale.

— Voilà, milady ! s'exclama Sally après avoir boutonné sa chemise de nuit. Vous êtes ravissante, dans cette chemise. J'ai glissé une bouillotte dans vos draps et monté un pichet d'eau fraîche. Il y a aussi une carafe de vin, au cas où vous voudriez boire un remontant avant de vous coucher. Voulez-vous que je vous brosse les cheveux ?

— Non merci, Sally. Je le ferai moi-même. Tu peux disposer, à présent.

La chambrière salua et partit vers la porte.

— Sally, la rappela Melisande.

— Oui, milady ?

— Sois prudente. Lord Vale n'aime pas beaucoup les clients assemblés dans la grande salle.

— M. Pynch non plus. Il a promis de veiller sur mon sommeil.

Melisande eut une pensée reconnaissante pour le valet. Au moins, il se montrait protecteur envers Sally.

— Je suis ravie de l'entendre. Bonne nuit.

— Bonne nuit, milady. Dormez bien.

Après le départ de sa chambrière, Melisande se servit un verre de vin et le goûta. Il ne pouvait pas prétendre à la même qualité que les grands crus que Vale gardait dans sa cave, mais il n'en était pas moins plaisant à boire. Puis elle ôta les épingles retenant sa chevelure et les posa sur la table.

Pendant qu'elle se brossait les cheveux, elle entendit un grand bruit au rez-de-chaussée. Elle s'approcha de la porte pour écouter, sa brosse toujours à la main, mais après quelques éclats de voix, tout sembla rentrer dans l'ordre. La jeune femme termina de se brosser les cheveux, vida son verre de vin et se mit au lit.

Elle resta quelque temps éveillée, se demandant si Vale viendrait ou non lui rendre visite. Pour cela, il devrait réclamer la clé de sa chambre à l'aubergiste : elle avait pris soin, une fois Sally partie, de verrouiller sa porte ainsi qu'il le lui avait conseillé. Ensuite, elle dut s'endormir, car elle rêva de Jasper à la guerre : il riait au milieu de la canonnade, et refusait de dégainer son pistolet. Dans son rêve, la jeune femme l'implorait de se défendre. Elle fut réveillée en sursaut par des cris et des coups frappés à sa porte.

Le temps qu'elle se redresse dans son lit, la porte s'ouvrit à la volée, et quatre gaillards ivres morts firent irruption dans la pièce.

Melisande sursauta d'horreur. Mouse bondit sur ses pattes et aboya.

— Mais c'est qu'elle est mignonne ! commenta l'un des intrus, désignant la jeune femme à ses acolytes.

Il n'eut pas le loisir d'en dire davantage. Vale s'était jeté sur lui, le frappant avec sauvagerie, sans prononcer un mot. Il était pieds nus et ne portait sur lui que son pantalon. Agrippant l'homme par les cheveux, il lui écrasa le visage sur le plancher. Du sang gicla.

Deux des autres ivrognes se figèrent devant ce déchaînement de violence. Mais le troisième voulut défendre leur comparse. Il en fut empêché par M. Pynch, qui l'entraîna dans le couloir. Un bruit mat ébranla le mur, et l'une des gravures accrochées dans la chambre de Melisande tomba par terre.

Son adversaire neutralisé, Vale se releva pour faire face aux autres. Melisande retint un cri d'angoisse. Ils avaient beau être soûls, ils étaient deux contre un. M. Pynch était toujours occupé avec le quatrième, dans le couloir.

— On voulait juste s'amuser un peu, expliqua l'un des gredins en tentant un sourire.

Vale lui décocha un coup de poing en plein visage. L'homme recula sous la force de l'impact, avant de s'effondrer comme un arbre foudroyé. Se tournant ensuite vers le dernier intrus qui essayait de s'esquiver, Vale le rattrapa par la manche et le projeta violemment contre le mur. Il s'effondra à son tour, tandis que la deuxième gravure rejoignait sa sœur jumelle sur le plancher. Intrépide, Mouse s'attaqua à son cadre.

M. Pynch apparut sur le seuil.

— Tout va bien ? lui demanda Vale.

Pynch hocha la tête. Mais son œil gauche était rouge et commençait d'enfler.

— J'ai réveillé les valets. Ils passeront le reste de la nuit dans le couloir, pour prévenir tout autre incident.

— Et Bob ? Il était supposé monter la garde devant la porte de ma femme.

— Je vais voir ce qui s'est passé, milord.

— Et dis aux autres de me débarrasser de ces gredins.

— Oui, milord.

Dès que Pynch eut disparu, Vale se tourna vers Melisande. Son regard était encore féroce et une coupure, sur sa joue, laissait échapper un peu de sang.

— Tu n'es pas blessée ? s'enquit-il.

La jeune femme secoua la tête.

Cependant, il abattit son poing contre le mur.

— Je t'avais promis qu'il ne t'arriverait rien.

— Jasper...

— Par le diable ! s'écria-t-il.

— Jasper...

M. Pynch revint à cet instant, avec les autres valets. Ils débarrassèrent la pièce des intrus, en prenant garde de ne pas risquer un regard vers la jeune femme, toujours assise dans son lit, les draps remontés jusqu'au menton. Puis Bob apparut, très pâle, et tenta d'expliquer qu'il avait eu mal au ventre. Vale, serrant les poings, préféra lui tourner le dos. M. Pynch fit alors signe au pauvre Bob de s'éclipser discrètement.

La chambre redevint calme. M. Pynch était sorti à son tour, et il ne restait plus que Vale, qui faisait les cent pas tel un lion en cage. Mouse aboya une dernière fois à la porte, puis revint sur le lit quémander une récompense pour son héroïsme. Melisande lui caressa les oreilles, pendant que Vale coinçait une chaise contre le battant. Les ivrognes avaient défoncé la serrure et abîmé le chambranle, si bien qu'elle ne fermait plus correctement.

Melisande observa un moment son mari, qui avait repris ses tours sur le tapis, puis elle soupira et se décida à quitter son lit pour lui offrir un verre de vin.

Il l'accepta sans un mot, et en vida la moitié d'un trait.

La jeune femme aurait voulu lui dire que ce n'était pas de sa faute. Il avait posté un garde devant la porte et, malgré la défection de celui-ci, il était quand même arrivé à temps. Mais elle savait que rien de ce qu'elle pourrait dire ne l'empêcherait de s'accuser. Peut-être pourrait-elle lui parler demain matin. Pour l'instant, c'était exclu.

Après un long silence, il termina son verre et le reposa doucement sur la table, comme s'il craignait de le briser.

— Retourne te coucher, dit-il. Je vais passer le restant de la nuit ici.

Il s'installa dans l'un des deux fauteuils face à la cheminée, alors que la jeune femme se glissait à nouveau entre les draps. C'était un fauteuil rudimentaire, à dossier droit, qui manquait de confort. Il étira ses longues jambes devant lui et croisa les bras sur sa poitrine.

Melisande le regardait avec tristesse. Elle aurait tant aimé qu'il vienne dormir avec elle ! Elle finit cependant par fermer les yeux.

Au bout d'un moment, elle entendit une voix murmurer derrière la porte. Vale se releva et alla ouvrir. Il y eut un petit bruit dans la pièce, puis tout redevint calme.

Melisande se risqua à entrouvrir les paupières. Son mari s'était couché dans un coin, sur une sorte de lit de camp, semblable à celui qu'elle avait vu dans son dressing. Il était allongé sur le côté, dos au mur. Melisande l'épia discrètement, jusqu'à ce que sa respiration ralentisse et devienne régulière. Puis elle attendit encore un peu.

Finalement, n'en pouvant plus, elle se glissa hors de ses draps et marcha, sur la pointe des pieds, jusqu'au lit de camp. Elle resta plantée devant quelques instants, à regarder son mari dormir, avant de passer à l'action. Son intention était de se lover entre Vale et le mur. Mais à l'instant où elle levait le pied pour l'enjamber, il tendit la main et lui saisit la cheville.

— Retourne te coucher, dit-il, la relâchant.

— Non.

— Melisande...

Ignorant son ton implorant, la jeune femme souleva la couverture et s'allongea à son côté.

— Bon sang, Melisande...

— Chut.

Elle posa une main sur sa taille et se lova contre son dos, s'enivrant de son odeur et de la chaleur de son corps. Elle soupira de contentement. Il commençait à se détendre, comme s'il consentait à lui accorder ce moment de tendresse. La jeune femme sourit. Elle avait dormi seule toute sa vie. Mais c'était terminé.

Elle avait enfin trouvé son port d'attache.

Jasper fut réveillé par une main féminine qui lui caressait le dos. D'abord, il eut honte. Honte qu'elle ait découvert qu'il dormait sur une paillasse, comme un mendiant. Honte d'être incapable de dormir dans un vrai lit, comme les autres hommes. Honte qu'elle connaisse désormais son secret. Mais la main de son épouse descendit plus bas, et le désir eut raison de tout le reste.

Il ouvrit les yeux et constata qu'il faisait toujours nuit. Le feu s'étant éteint dans la cheminée, la chambre était plongée dans le noir. D'ordinaire, il aurait préféré allumer une chandelle, mais pour une fois, l'obscurité ne le dérangeait pas.

La main de la jeune femme se referma sur son membre, lui arrachant un gémissement. Puis elle se mit à le caresser vigoureusement.

Il se retourna.

— Grimpe sur moi.

Elle se redressa et passa une jambe par-dessus ses hanches, pour s'asseoir bien droit sur lui.

— Prends-moi en toi, maintenant, murmura-t-il. Prends-moi et chevauche-moi !

Elle se redressa légèrement sur les genoux et s'empara de son membre pour s'empaler dessus. Jasper la saisit par les fesses pour la maintenir bien en place.

La jeune femme plaqua les mains sur son torse et commença à le chevaucher, les yeux fermés. Dès que Jasper entreprit de lui caresser les seins, elle renversa la tête en arrière.

— Jasper…, murmura-t-elle, pantelante. Jasper…

— Oui, mon amour ?

— Caresse-moi.

— Mais je te caresse, mon amour.

— Non, pas comme ça. Tu sais comment.

Il secoua la tête.

— Je veux te l'entendre dire.

Elle s'enferma dans le silence.

Jasper aurait dû prendre pitié d'elle, mais c'était plus fort que lui : il voulait qu'elle exprime son désir.

— Dis-le.

— Oh, mon Dieu… caresse-moi la chatte !

Le pouvoir de certains mots était immense. À peine eut-il entendu ceux-là que Jasper sentit le plaisir le submerger. Il arqua les reins et s'empara des lèvres de la jeune femme pour étouffer son cri de jouissance.

14

Le lendemain, le roi annonça la deuxième épreuve : rapporter un anneau d'argent caché au sommet d'une montagne gardée par un troll.

Comme la première fois, Jack attendit que tous les prétendants aient quitté le château, puis il ouvrit sa tabatière en étain. L'armure de vent et l'épée magique réapparurent. Jack revêtit l'armure, se saisit de l'épée. Whoosh ! *En un éclair, il se retrouva devant le vilain troll. L'affrontement dura un peu plus longtemps qu'avec le serpent, mais le résultat fut identique. Jack détenait à présent l'anneau d'argent…*

Quand Melisande se réveilla le lendemain matin, Vale avait déjà quitté la chambre. Elle glissa la main sur l'oreiller qu'il avait occupé. Il était encore chaud, et portait la marque de sa tête. Bien qu'elle se retrouvât seule comme les autres matins depuis son mariage, cette fois était différente. Elle avait enfin pu passer la nuit dans les bras de son mari. Elle s'était réchauffée contre son corps, avait été bercée par le bruit de sa respiration et les battements de son cœur.

Elle s'attarda un moment dans les draps, un sourire aux lèvres, avant de se décider à appeler Sally.

Une demi-heure plus tard, elle descendait au rez-de-chaussée pour le petit déjeuner. Mais son mari avait disparu.

— Lord Vale est parti faire du cheval, milady, lui révéla un valet. Il a dit qu'il serait de retour pour notre départ.

— Merci.

Melisande gagna la salle à manger où ils avaient dîné la veille, et prit son petit déjeuner en solitaire. Il était inutile de vouloir rattraper Vale. De toute façon, il la rejoindrait tout à l'heure.

Mais il préféra chevaucher à côté de la voiture ce jour-là, et la jeune femme n'eut que sa chambrière pour compagnie.

Ils arrivèrent à Édimbourg en fin d'après-midi et se rendirent chez la tante de Vale, qui occupait une belle maison stylée en centre-ville. Mme Whippering était une petite femme replète, vêtue d'une ample robe jaune canari. Elle avait les joues roses, un sourire permanent et une voix haut perchée, dont elle faisait grand usage.

— Voici Melisande, mon épouse, lui dit Vale lorsqu'elle reprit sa respiration après avoir abreuvé son neveu de formules de bienvenue.

— Ravie de vous rencontrer, ma chère, s'enthousiasma Mme Whippering. Appelez-moi tante Esther.

Elle les conduisit à l'intérieur. Les pièces avaient toutes été redécorées à l'occasion de son troisième mariage.

— Nouveau mari, nouvelle maison ! lança-t-elle joyeusement à Melisande.

Jasper souriait.

C'était une ravissante maison, au demeurant. Avec de superbes dallages en marbre noir et blanc.

— M. Whippering est impatient de faire votre connaissance, assura-t-elle, avant de les introduire dans un petit salon rouge aux murs surchargés de tableaux représentant des natures mortes.

Un homme, si grand et si fin qu'il ressemblait à un bâton de marche, était assis sur le canapé. Il s'apprêtait à mordre dans un muffin.

Tante Esther vola jusqu'à lui, ses jupes virevoltant autour d'elle.

— Pas de muffins, monsieur Whippering ! Vous savez bien que vous ne les digérez pas !

Le pauvre homme renonça à son muffin, et se leva pour les présentations. Il était encore plus grand que Vale, mais il avait un sourire très doux, et son regard brillait derrière ses lunettes.

— Voici Horatio Whippering, mon mari, annonça fièrement tante Esther.

M. Whippering salua Vale, et porta la main de Melisande à ses lèvres.

Tante Esther se laissa choir sur le canapé.

— Asseyez-vous, asseyez-vous, dit-elle à ses hôtes. Et racontez-moi votre voyage.

— Nous avons été attaqués par des bandits de grands chemins, commença Vale.

Melisande haussa les sourcils, mais il lui adressa discrètement un clin d'œil amusé.

— Pas possible ! s'exclama tante Esther, les yeux ronds comme des soucoupes. Avez-vous entendu cela, monsieur Whippering ? Des bandits de grands chemins s'attaquant à mon neveu et à son épouse ! Quelle histoire !

Elle versa le thé, avant de reprendre :

— J'espère que vous leur avez donné la leçon qu'ils méritaient !

— Oui, répondit Vale modestement.

— Vous avez de la chance d'avoir un mari aussi brave, dit tante Esther à Melisande.

Celle-ci préféra éviter de croiser le regard de Jasper, de peur d'éclater de rire.

— Ils auraient mérité d'être pendus, si vous voulez mon avis, poursuivit tante Esther.

Elle donna une tasse à Jasper, à Melisande, ainsi qu'à son mari :

— Ne mettez pas de lait, chéri, c'est mauvais pour votre estomac.

Puis, s'emparant d'un muffin, elle lança à Jasper :

— Je dois te gronder, mon cher neveu.

— À quel sujet ? s'étonna Jasper.

— Eh bien, à propos de ton mariage précipité. Il n'y avait aucune raison de se hâter ainsi... (Elle les regarda soudain tous deux avec suspicion.) Enfin, j'espère qu'il n'y avait *pas* de raison ?

Melisande fit non de la tête.

— Tant mieux, se félicita tante Esther. Mais alors, pourquoi cette précipitation ? Je venais à peine de recevoir la nouvelle que tu avais changé de fiancée, que dans la lettre suivante – c'était bien la lettre suivante, n'est-ce pas, monsieur Whippering ? pressa-t-elle son mari de confirmer.

Comme il se contentait de hocher la tête, sans doute rompu à ce rôle muet dans les monologues de son épouse, elle reprit :

— C'est bien ce que je disais, la lettre suivante. Dans laquelle ta mère m'apprenait que tu étais déjà marié. Rends-toi compte ! M. Whippering m'a courtisée pendant trois ans. N'est-ce pas, monsieur Whippering ?

L'intéressé hocha obligeamment la tête.

— Et je l'ai fait attendre neuf mois supplémentaires, avant de passer devant l'autel. Franchement, je ne te comprends pas, mon neveu.

— Mais, tante Esther, j'avais de bonnes raisons de vouloir épouser rapidement Melisande, répliqua Vale de l'air le plus sincère. J'avais trop peur de me la faire voler. Elle était assaillie de prétendants, que j'étais obligé de frapper à coups de bâton pour l'approcher. Dès que j'ai eu son consentement, je me suis empressé de convoquer un prêtre.

Il termina ses mensonges par un sourire innocent.

Mme Whippering applaudit avec enthousiasme.

— Tu as rudement bien fait ! Bravo ! Je suis contente que tu aies pu épouser une aussi jolie jeune femme. En plus, elle a l'air d'avoir la tête sur les épaules. Cela ne te fera pas de mal d'avoir quelqu'un de sensé à tes côtés.

Vale plaqua une main sur son cœur dans un geste théâtral.

— Ma tante, vous me faites de la peine.

— Peuh ! fit Esther. Tu n'es qu'un grand coquin. Mais tous les hommes sont ainsi, surtout lorsqu'il s'agit des femmes. Même mon cher M. Whippering.

Tous se tournèrent vers M. Whippering, qui fit de son mieux pour afficher un air polisson.

— Quoi qu'il en soit, enchaîna tante Esther, je vous souhaite un long et heureux mariage.

Elle mordit dans son muffin avant de préciser :

— Et un mariage fructueux !

Melisande baissa les yeux face à cette allusion parfaitement limpide. Elle aussi rêvait d'avoir des enfants. Un bébé d'elle et de Jasper…

— Merci, tante Esther, répondit Vale avec gravité. Je compte donner à père une douzaine, au moins, de petits-enfants.

— Ne te moque pas de moi. La famille, c'est très important. *Très* important. Nous en parlons souvent, avec M. Whippering, et nous sommes d'avis que les enfants aident toujours les hommes à s'assagir. Or, mon cher neveu, tu aurais précisément besoin de t'assagir. Je me souviens d'une époque où…

Elle s'interrompit brusquement en voyant la pendule.

— Monsieur Whippering ! s'exclama-t-elle d'une voix suraiguë. Regardez l'heure. Regardez l'heure ! Pourquoi ne m'avez-vous pas prévenue qu'il était déjà si tard ?

Le pauvre M. Whippering semblait effondré.

Tante Esther, alourdie par ses jupes volumineuses et encombrée par sa tasse de thé, tentait péniblement de se relever.

— Nous avons des invités à dîner. Et je dois me préparer. Oh, aidez-moi, à la fin !

M. Whippering se leva pour aider sa femme à s'extraire du canapé.

Elle alla aussitôt sonner une servante.

— Nous recevons sir Angus, et c'est un homme très pointilleux, confia-t-elle à Melisande. Mais ne vous inquiétez pas : il se détend après son deuxième verre de vin, et vous raconte les histoires les plus délicieuses. Je vais demander à Meg de vous montrer vos chambres. Vous pourrez faire votre toilette, si vous le souhaitez. Mais soyez redescendus à sept heures, pour l'arrivée de sir Angus, car il n'aura pas une seconde de retard. Il nous faudra trouver un sujet de conversation pour meubler le temps avec lui, pendant que nous attendrons les autres. Oh, j'ai invité des gens charmants !

Elle battit des mains comme une fillette tout excitée, et M. Whippering lui sourit avec adoration. Melisande se leva à son tour, mais tante Esther comptait à présent ses invités sur ses doigts.

— M. et Mme Flowers – je vous placerai à côté de M. Flowers, car il est très galant et donne volontiers raison aux dames. Mlle Charlotte Stewart, qui connaît toujours les derniers ragots. Le capitaine Pickering et sa femme – il a longtemps navigué, et il a vu des choses incroyables, vous savez. Et… Oh, voilà Meg !

Une soubrette venait d'entrer dans le salon. Tante Esther vola dans sa direction.

— Montrez leur chambre à mon neveu et à son épouse – la chambre bleue, *pas* la verte ! La verte est plus grande, mais la bleue est plus chaleureuse. En fait, je n'ai pas terminé de décorer la verte, confia-t-elle à Melisande. Et surtout n'oubliez pas : sept heures !

Vale, qui était resté assis à manger d'autres muffins, se décida à se lever.

— Ne vous inquiétez pas, tante Esther. Nous serons redescendus à sept heures précises, et dans nos plus beaux atours.

— Parfait ! approuva sa tante.

Melisande se contenta de sourire, car il semblait vain de vouloir placer un mot, et elle suivit Meg hors du salon.

— Ah, j'oubliais ! la rappela tante Esther. Il y aura un autre couple.

Vale et Melisande se retournèrent poliment.

— M. Timothy Holden et sa femme, lady Caroline, annonça tante Esther. Ils ont habité Londres avant de s'installer à Édimbourg, et vous serez sans doute ravis de les rencontrer. M. Holden est un gentleman fort séduisant. Peut-être le connaissez-vous ?

Melisande était si stupéfaite qu'elle ne sut quoi répondre.

Au dîner, ce soir-là, Jasper eut la conviction que quelque chose clochait avec Melisande. Tante Esther les avait séparés : la jeune femme était assise à l'autre bout de la table, entre M. Flowers et sir Angus. Ce dernier en était à son troisième verre de vin, et sa langue commençait sérieusement à se délier. Melisande portait une robe couleur chocolat, agrémentée de fleurs et de feuillages brodés sur les manches et autour du décolleté. Elle était ravissante, bien sûr, et son visage paraissait parfaitement serein. Jasper était convaincu que personne d'autre que lui, autour de la table, n'avait décelé le malaise de son épouse.

Son verre à la main, prêtant une oreille distraite aux propos que lui tenait Mme Flowers, Jasper tentait de comprendre. Peut-être la compagnie de toutes ces nouvelles têtes embarrassait-elle la jeune femme ? Il la savait timide. Elle détestait les mondanités.

Cette fois, cependant, il avait l'intuition que c'était différent. Quelque chose la tracassait, et il pestait de ne pas savoir quoi.

La soirée était pourtant plaisante, l'assemblée agréable, et la chère délicieuse : la cuisinière de tante Esther était un véritable cordon-bleu. L'éclairage conférait une note chaleureuse à la salle à manger. Et les valets se montraient généreux avec le vin.

Mlle Stewart était assise à la droite de Jasper. C'était une femme d'âge mûr, avec des joues très poudrées et une immense perruque, poudrée elle aussi.

— Je crois savoir que vous arrivez de Londres ? lui dit-elle, se penchant vers lui, si bien qu'il put sentir son parfum écœurant.

— En effet, répondit Jasper. Nous sommes arrivés aujourd'hui, sous le soleil.

— Vous avez bien fait de ne pas venir en hiver. Le voyage devient vite éprouvant après les premières neiges. Et les rues de la ville sont impraticables. Avez-vous vu le château ?

— Non, pas encore.

— Vous devriez, assura Mlle Stewart avec un mouvement de tête vigoureux qui fit ballotter son double menton. Il est magnifique. C'est dommage que les Anglais apprécient si peu les charmes de l'Écosse, ajouta-t-elle, fixant Jasper avec un regard appuyé.

Il avala une bouchée du délicieux gigot d'agneau, avant de répliquer :

— Ma femme et moi avons été très impressionnés par la beauté des paysages.

— Alors, vous aimerez aussi notre ville, promit Mlle Stewart. Les Holden sont venus s'installer ici il y a huit ou neuf ans, et ils ne l'ont pas regretté. N'est-ce pas, monsieur Holden ? fit-elle à l'adresse du gentleman assis en face d'elle.

Timothy Holden était très bel homme – enfin, si l'on aimait les hommes avec des traits un peu féminins et des lèvres incarnat. Mais apparemment, beaucoup de femmes appréciaient, à en juger par les regards qu'il s'attirait autour de la table. Il portait une perruque poudrée de blanc et une veste de velours rouge, brodée d'or et de vert aux manches.

— Avec ma femme, nous sommes tombés amoureux d'Édimbourg, déclara-t-il.

Son regard parcourut la table mais, bizarrement, ce n'est pas à sa propre femme qu'il parut le plus s'intéresser… mais à celle de Jasper.

Celui-ci, intrigué, plissa les yeux.

— La société, ici, est très agréable, renchérit lady Caroline.

Elle était nettement plus âgée que son bellâtre de mari. Et très titrée, également. Elle avait des cheveux blond pâle et une peau diaphane. Ses yeux bleus, heureusement, lui donnaient un peu de couleur. Mais ils étaient ourlés de rouge, si bien qu'elle avait l'apparence d'un lapin blanc.

— Notre jardin est ravissant à cette époque de l'année, ajouta-t-elle à l'intention de Jasper. Nous serions très heureux que vous nous fassiez l'honneur de venir prendre le thé, avec lady Vale.

Du coin de l'œil, Jasper vit Melisande se figer.

— J'ai peur de devoir décliner votre invitation, répliqua-t-il avec un sourire poli. Nous ne resterons qu'une nuit à Édimbourg, avant de nous rendre chez un ami qui réside plus au nord.

— Ah oui ? Qui est-ce ? s'enquit Mlle Stewart.

— Sir Alistair Munroe. Le connaissez-vous ?

Mlle Stewart secoua la tête.

— J'ai bien sûr entendu parler de lui. Malheureusement, je ne l'ai jamais rencontré.

— Son livre est magnifique, intervint sir Angus. Tout simplement magnifique. Les gravures sont superbes. Et c'est tellement instructif !

— Mais vous-même, l'avez-vous rencontré ? lui demanda tante Esther.

— Hélas, non.

— Je m'en doutais ! s'exclama tante Esther d'un air de triomphe. Je ne connais personne, ici, qui l'ait rencontré. À part toi, mon cher neveu. Mais je parierais que tu ne l'as pas revu depuis des années ?

Jasper acquiesça.

— Dans ce cas, qui nous dit qu'il est encore vivant ? reprit Esther.

— J'ai entendu dire qu'il correspondait avec l'université, fit valoir Mme Flowers. J'ai un oncle conférencier là-bas, et il assure que sir Alistair y est très respecté.

— Munroe est l'un des plus grands intellectuels écossais, trancha sir Angus.

— C'est bien pourquoi je m'étonne qu'il ne se montre jamais en ville, insista tante Esther. Beaucoup de gens l'ont invité à dîner, ou dans des réceptions, mais il a toujours refusé de venir. Que peut-il bien cacher, je vous le demande ?

— Ses cicatrices, répondit sir Angus.

— Oh, à mon avis, c'est une fausse rumeur, intervint lady Caroline.

Mme Flowers se pencha en avant.

— Il paraît qu'il est défiguré. Ses blessures reçues pendant la guerre en Amérique ont laissé de telles cicatrices qu'il est obligé de porter un masque, pour ne pas effrayer ceux qui le croisent.

— Peuh ! Billevesées que tout cela ! commenta Mlle Stewart.

— C'est vrai ! se défendit Mme Flowers. La fille d'une voisine de ma sœur a aperçu sir Alistair voici deux ans, alors qu'il sortait du théâtre, et elle est tombée en syncope. La fièvre la faisait délirer, et elle a dû rester alitée plusieurs semaines.

— Si c'est vrai, alors cette fille n'est qu'une pauvre idiote. Mais je doute fort de cette histoire.

Mme Flowers, visiblement offensée, se redressa avec raideur.

— Mon neveu doit savoir si oui ou non sir Alistair a gardé des cicatrices de la guerre, suggéra tante Esther. Après tout, ils ont fréquenté le même régiment, n'est-ce pas, Jasper ?

Jasper sentit que ses doigts commençaient à trembler – signe qu'il ressentait un malaise grandissant. Il s'empressa de reposer son verre avant de renverser du vin sur la table.

— Jasper ? le pressa sa tante.

Toutes les têtes s'étaient tournées dans sa direction. Il avait la gorge sèche.

— Oui, admit-il finalement. C'est exact. Sir Alistair a gardé des cicatrices.

Quand les derniers invités de tante Esther consentirent enfin à partir, Jasper n'était pas loin de tomber d'épuisement. Melisande s'était retirée tôt – au sortir de table –, aussi hésita-t-il devant la porte de la chambre que leur avait attribuée Esther. La jeune femme était probablement endormie.

Il tourna doucement la poignée pour ne pas risquer de la réveiller. Mais à peine eut-il pénétré dans la chambre qu'il put constater qu'elle ne dormait pas : elle installait un lit de fortune contre le mur, à même le plancher. Jasper ne sut s'il devait rire, ou pester.

Elle l'interpella :

— Peux-tu m'apporter une des couvertures du lit ?

Il hocha la tête, et délesta le lit d'une couverture, qu'il lui tendit. Que pouvait-elle bien penser de lui ? S'imaginait-elle avoir épousé un fou ?

— Merci, dit-elle, étalant la couverture sur les linges qu'elle avait pliés pour constituer une sorte de matelas.

La chambre était petite, mais agréable. Les murs étaient tendus d'un papier bleu-gris, le plancher était recouvert d'un épais tapis aux motifs bruns et vieux rose. Jasper s'approcha de la fenêtre et souleva un rideau, pour jeter un coup d'œil audehors. Mais la nuit était si noire qu'il ne put rien distinguer. Il laissa retomber le rideau.

La chambrière de son épouse était sans doute passée et repartie, car Melisande avait revêtu un peignoir.

Jasper se débarrassa de son veston.

— Charmant dîner, dit-il.

— Oui, en effet.

— J'ai trouvé lady Charlotte très amusante.

— Hmm.

Il se défit de sa cravate, qu'il garda à la main.

— C'est depuis l'armée, murmura-t-il.

Elle sursauta.

— Quoi ?

— Ça, fit-il en désignant le lit, sans oser croiser son regard. Tous ceux qui reviennent de la guerre ont leurs petites excentricités. Quelques-uns sursautent violemment au moindre bruit. D'autres ne supportent plus la vue du sang. Beaucoup ont des cauchemars qui les réveillent au milieu de la nuit. Et certains... (Il ferma les yeux.) Certains ne sont plus capables de dormir dans un vrai lit, de peur de se laisser prendre au piège. Ils ont besoin de se coucher dos au mur et d'avoir une chandelle allumée près d'eux, au cas où on viendrait les attaquer.

Il rouvrit les yeux et ajouta :

— C'est plus fort qu'eux, j'en ai peur.

— Je comprends.

Son regard était affectueux, comme si elle ne venait pas d'entendre la plus étrange des confessions. Puis elle finit d'installer la couverture, comme si elle comprenait *réellement*. Mais comment l'aurait-elle pu ? Comment aurait-elle pu accepter que son mari ne soit pas un vrai homme, alors que lui-même était incapable de l'accepter ?

Une carafe de vin attendait sur la table. Il se remplit un verre qu'il but debout, face à la cheminée, le regard perdu dans le vide. Puis il se rappela ce qui l'avait incité à pousser la porte de cette chambre. Il reposa son verre.

— Tu vas me prendre pour un idiot, commença-t-il en déboutonnant sa chemise, mais quand nous avons été présentés aux Holden, j'ai eu le sentiment que Timothy Holden te reconnaissait.

Elle ne répondit pas, fignolant le lit de fortune avec énergie.

— Melisande ?

Finalement, elle se redressa et le regarda, le dos raide, le menton fièrement relevé, comme si elle affrontait le peloton d'exécution.

— Nous avons été fiancés, autrefois.

Jasper se doutait qu'il y avait eu quelqu'un dans la vie de la jeune femme avant leur rencontre, mais elle était toujours restée muette à ce sujet. Maintenant qu'il savait... il sentait la jalousie le gagner. Avait-elle été amoureuse de ce bellâtre ?

— L'aimais-tu ? ne put-il s'empêcher de demander.

Elle baissa les yeux.

— C'était il y a dix ans. Je n'en avais que dix-huit.

Jasper haussa un sourcil. Elle n'avait pas vraiment répondu à sa question.

— Comment vous étiez-vous rencontrés ?

— Dans un dîner, comme celui de ce soir. Il était assis à côté de moi, et il s'est montré très gentil.

Jasper ôta sa chemise, attendant la suite.

— Nous nous sommes revus. Il m'accompagnait en promenade dans Hyde Park, dansait avec moi dans les bals... enfin, toutes ces choses que fait un gentleman courtisant une lady. Au bout de quelques mois, il demanda ma main à mon père. Et naturellement, papa accepta.

Jasper s'assit sur le lit pour enlever ses chaussures.

— Alors, pourquoi ne l'as-tu pas épousé ?

Elle haussa les épaules.

— Il avait fait sa demande en octobre. Nous projetions de nous marier au mois de juin suivant.

Il s'approcha d'elle, l'aida à se défaire de son peignoir, puis il s'allongea avec elle sur le petit lit. La jeune femme abandonna sa tête contre son épaule.

— J'avais déjà acheté mon trousseau, reprit-elle. Tout était organisé pour la cérémonie, les invitations envoyées. Et puis, un beau matin, Timothy m'a annoncé qu'il en aimait une autre. Je l'ai bien sûr laissé partir.

— Bien sûr, grommela Jasper.

Holden était un fieffé coquin. Un gentleman digne de ce nom n'abandonnait pas une lady à quelques jours de passer devant l'autel. Il caressa tendrement les cheveux de Melisande, comme si cela pouvait apaiser la douleur qu'elle avait connue dix ans plus tôt.

— Et il était ton amant, murmura-t-il.

Ce n'était pas une question. Cependant, il fut surpris qu'elle ne cherche pas à nier.

— Oui.

Jasper fronça les sourcils.

— Il ne t'avait pas forcée, j'espère ?

— Non.

— Ni menacée de quelque manière ?

— Non. Il était très doux.

Jasper ferma les yeux. Un mauvais pressentiment le taraudait. Réalisant que sa main s'était figée dans les cheveux de la jeune femme, il prit une profonde inspiration pour s'obliger à se détendre.

— J'ai l'impression que tu ne m'as pas tout dit, mon cœur.

Il y eut un long silence. Jasper commençait à se demander s'il ne s'était pas laissé abuser par son imagination, ou par sa jalousie, quand elle soupira tristement.

— Peu de temps après notre rupture, j'ai découvert que j'étais enceinte.

15

Lorsque Jack revint avec l'anneau d'argent, il commença par se changer, avant de se faufiler dans les cuisines du palais. Le même marmiton touillait la soupe de la princesse. Jack lui demanda à nouveau la permission de donner quelques coups de cuiller dans le potage royal. Plop ! L'anneau disparut au fond de la marmite, et Jack s'éclipsa avant que personne ait pu remarquer son manège. Puis il rejoignit la princesse.

— Où étais-tu encore passé ? s'enquit-elle dès qu'elle le vit.

— Je me suis promené par monts et par vaux, belle dame.

— Et qu'as-tu fait à ton bras ?

Jack baissa les yeux et constata que l'épée du troll lui avait entaillé le bras.

— Oh, ma princesse, je me suis battu avec un énorme moucheron en votre honneur, répondit Jack.

Et il exécuta une cabriole, sous les éclats de rire de toute la cour.

Melisande sentait la main de Vale immobilisée dans ses cheveux. Allait-il la répudier ? Ne plus jamais lui parler ? Elle attendit, retenant son souffle.

Mais il reprit ses caresses.

— Raconte-moi, dit-il.

Elle ferma les yeux et s'exécuta, revivant les heures noires qui l'avaient ravagée dix ans plus tôt.

— J'ai tout de suite compris ce qui m'arrivait en ayant des nausées chaque matin au réveil. Je savais que c'était un signe qui ne trompait pas.

— Avais-tu peur ? demanda-t-il d'une voix neutre, si bien qu'il était difficile de savoir ce qu'il pensait.

— Non. Enfin, peut-être oui, au début, quand j'ai réalisé mon état. Mais j'ai très vite décidé que je voulais cet enfant.

— L'as-tu annoncé à ta famille ?

— Non. Je n'en ai parlé à personne, pas même à Emeline. Je craignais qu'ils ne cherchent à m'enlever mon bébé.

Elle prit une profonde inspiration, résolue à tout lui raconter maintenant, de peur de ne plus avoir le courage ensuite.

— J'avais un plan, révéla-t-elle. Je comptais aller vivre chez mon frère aîné, Ernest. Puis, quand ma grossesse deviendrait impossible à cacher, je me retirerais dans un petit cottage à la campagne, avec ma vieille nurse. Elle m'aiderait à accoucher et à élever mon bébé. C'était un plan très puéril, j'en conviens, mais à l'époque je pensais vraiment que ça marcherait. Du moins, j'avais désespérément envie que ça marche.

Sa voix se troublait, et elle sentit des larmes couler sur ses joues. Mais Jasper lui caressait toujours les cheveux, et elle trouva la force de continuer.

— Peu après mon arrivée chez Ernest, je me suis réveillée une nuit avec du sang entre les cuisses. J'ai saigné pendant cinq jours. Le cinquième jour, tout était terminé. J'étais guérie, je ne saignais plus. Mais mon bébé était mort.

Melisande s'arrêta là, la gorge nouée par l'émotion. Elle sanglota encore un peu, puis ses larmes se tarirent, et elle resta simplement avec le poids de son chagrin. C'était une vieille blessure, mais elle se ravivait de temps à autre, sans prévenir.

— Je suis désolé, murmura Vale. Je suis désolé que tu aies perdu ton bébé.

Elle hocha la tête, toujours incapable de parler.

Il lui souleva le menton pour l'obliger à croiser son regard.

— Je t'en donnerai un autre, mon cœur. Plusieurs autres, même. Autant de bébés que tu voudras.

Melisande était bouleversée. Elle n'avait pas honte de ce qu'elle avait fait, mais elle avait redouté sa réaction, craignant sa colère et ne s'attendant pas à autant de compassion.

Vale l'embrassa, et ce fut comme un serment sacré qu'ils échangèrent par ce baiser. Puis il tira la couverture sur eux et serra la jeune femme dans ses bras.

— Dors à présent, mon cœur.

Melisande ferma les yeux. Elle s'endormit, bercée par les battements du cœur de son mari.

Le lendemain matin, ils partirent dans la grisaille. Le ciel était bas, et il bruinait. Tante Esther ne consentit à les relâcher qu'après leur avoir fait avaler un solide petit déjeuner, et elle sortit sur son perron pour les saluer avec de grands gestes. Mais dès que leur voiture eut tourné le coin de la rue, Melisande s'écarta de la vitre.

— Quand arriverons-nous chez sir Alistair ? s'enquit-elle.

— J'espère aujourd'hui, si nous roulons bien, répliqua Vale.

Depuis leur réveil, il n'avait guère desserré les lèvres, et la jeune femme s'inquiétait de ce qu'il pouvait penser d'elle. Sa confession de la veille n'avait-elle pas fini par l'ébranler, à force d'y repenser ? Un mari ne pouvait certainement pas apprendre de gaieté de cœur que sa jeune épousée avait eu autrefois un amant – et pire : qu'elle s'était fait engrosser par lui. Cependant, elle n'osait pas aborder le sujet.

Ils s'arrêtèrent pour déjeuner en bordure d'une rivière, et ils dévorèrent les victuailles que leur avait préparées la cuisinière de tante Esther. Mouse courut aboyer après des vaches dans une pâture, jusqu'à ce que Vale lui crie d'arrêter. Le terrier revint alors vers eux et se coucha pour ronger un os.

Puis ils reprirent leur voyage, et roulèrent tout l'après-midi. Lorsque la nuit commença à tomber, Melisande remarqua que Vale s'agitait sur sa banquette.

— Aurions-nous perdu notre route ? s'étonna-t-elle.

— Le cocher m'a assuré qu'il connaissait le chemin.

— Mais toi-même, tu n'as jamais été chez sir Alistair ?

— Non.

Ils roulèrent encore une bonne demi-heure. Sally dormait à côté de Melisande, malgré les cahots. Finalement, alors que la nuit était presque entièrement tombée, l'un des valets leur cria quelque chose. Melisande sortit la tête par la vitre de la portière et aperçut une bâtisse imposante.

— Votre ami vit-il dans un château ? questionna le valet.

Vale avait aussi sorti la tête au-dehors.

— Je crois, oui.

L'attelage ralentit pour s'engager dans une allée conduisant au manoir. Sally se réveilla en sursaut.

— Sir Alistair est-il au courant de notre arrivée ? demanda Melisande, étonnée de ne voir aucune lumière.

— Je lui ai écrit.

Melisande jeta un regard soupçonneux à son mari.

— T'a-t-il répondu ?

Vale feignit de ne pas avoir entendu. La voiture s'immobilisa sur ces entrefaites, on entendit des appels, puis la portière s'ouvrit.

M. Pynch apparut, brandissant une lanterne.

— Personne ne répond à la porte, milord.

— Eh bien, nous allons frapper plus fort, répliqua Vale.

Il sauta hors de la voiture, puis aida Melisande à faire de même. Sally les suivit, et Mouse se précipita sur un arbuste pour se soulager. La nuit était très noire, et une bise glaciale soufflait dans l'allée.

Vale récupéra un manteau dans la voiture, pour Melisande qui frissonnait. Après quoi, il lui offrit son bras.

— Qu'allons-nous faire si sir Alistair n'est pas chez lui ? s'enquit-elle.

— Oh, il y aura bien quelqu'un pour nous recevoir, ne t'inquiète pas.

Ils gravirent le perron de pierre, dont les marches étaient tellement usées par le temps qu'elles s'étaient creusées en leur centre, là où chacun posait les pieds. La porte, particulièrement massive, devait mesurer trois mètres de haut.

Vale frappa violemment au battant.

— Holà ! Ouvrez à de pauvres voyageurs qui ont froid et sommeil. Munroe ! Montrez-vous, et laissez-nous entrer !

Il continua ainsi pendant près de cinq minutes, avant de cesser brutalement, le poing en l'air.

Melisande haussa les sourcils.

— Que...

— Chut !

C'est alors qu'elle entendit à son tour. Un bruit qui provenait de très loin dans la maison, comme si quelque créature souterraine s'était soudain réveillée.

Vale abattit de nouveau son poing sur le battant, faisant sursauter la jeune femme.

— Holà, là-dedans ! Ouvrez donc !

Le bruit caractéristique d'une clé tournant dans une serrure leur parvint. Puis la porte s'entrouvrit, et un petit homme replet apparut dans l'entrebâillement. Le sommet de son crâne était chauve, mais ses tempes étaient couvertes de longs cheveux filasse, et il portait un peignoir qui lui tombait jusqu'aux pieds.

— Que voulez-vous ?

Vale lui offrit son sourire le plus charmant.

— Je suis le vicomte Vale, et voici ma femme. Nous sommes venus voir votre maître.

— C'est impossible, rétorqua la créature qui refermait déjà la porte.

Vale repoussa le battant de la main.

— C'est très possible, au contraire.

Le petit homme voulut forcer sur la porte, mais elle ne bougeait plus.

— Nous n'attendons aucune visite. Les chambres ne sont pas prêtes, et nous n'avons pas de vivres pour des bouches supplémentaires. Passez votre chemin.

Cette fois, le sourire de Vale se figea.

— Laissez-nous entrer, et nous parlerons plus tard de l'intendance.

Le petit homme ouvrit la bouche, probablement pour refuser une nouvelle fois, mais Mouse les rejoignit sur ces entrefaites. Au premier coup d'œil, le terrier jugea que le serviteur de sir Alistair était un ennemi. Il aboya si furieusement contre lui que ses quatre pattes décollèrent presque du sol. Le petit homme, effrayé, recula. Vale en profita : il poussa le battant et entra, Pynch à son côté.

— Reste près de la voiture pour l'instant, ordonna Melisande à Sally, avant de suivre les deux hommes à l'intérieur.

— Vous ne pouvez pas entrer ! C'est interdit ! glapissait le petit homme.

— Où est sir Alistair ? interrogea Vale.

— Dehors. Il est parti faire du cheval, et il ne rentrera que dans plusieurs heures.

— Il fait du cheval en pleine nuit ? s'étonna Melisande.

Mais le petit homme courait maintenant dans un couloir. Ils le suivirent, et s'arrêtèrent lorsqu'il ouvrit une porte.

— Si vous y tenez absolument, patientez ici.

Il tournait déjà les talons, mais Vale le retint par le col.

— Pas si vite, dit-il.

Et, s'adressant à Melisande :

— Peux-tu nous attendre ici avec Mouse, pendant que Pynch et moi cherchons des chambres et de quoi manger ?

La jeune femme jeta un coup d'œil à l'intérieur. La pièce était sombre et peu accueillante.

— Oui, répondit-elle cependant.

— Je reconnais bien là ma petite femme courageuse, murmura Vale, posant un baiser sur sa joue. Pynch, allume des chandelles pour milady.

Ensuite, nous demanderons à monsieur de nous faire visiter le manoir.

— Bien, milord.

Pynch alluma quatre chandelles – les seules dont disposait la pièce – avec sa lanterne, puis les trois hommes repartirent.

Melisande écouta leurs pas s'éloigner, avant de s'intéresser au décor qui l'entourait. Elle se trouvait dans une sorte de salon, mais l'ensemble était assez déplaisant. Des fauteuils – très laids – étaient éparpillés çà et là. Le plafond à caissons était effroyablement haut, et les chandelles ne suffisaient pas à percer toute l'obscurité, mais la jeune femme crut apercevoir des toiles d'araignées accrochées aux poutres. Les murs étaient ornés de trophées de chasse – têtes de cerfs, de sangliers ou de renards. Leurs yeux de verre luisaient sinistrement dans la pénombre.

Réprimant un frisson, Melisande s'approcha de la grande cheminée en pierre. Une bûche et quelques morceaux de petit-bois semblaient attendre, sur un côté. Elle les installa dans l'âtre, s'efforçant de ne pas penser aux araignées. Mouse vint s'intéresser quelques instants à ce qu'elle faisait, avant de repartir explorer la pièce.

La jeune femme se redressa et s'essuya les mains. Puis elle avisa, sur le manteau de la cheminée, une boîte poussiéreuse remplie de minuscules bougies. Elle en alluma une à une chandelle et l'approcha du petit bois. Mais celui-ci ne voulait pas prendre, et la bougie finit par se consumer entièrement. Melisande allait en allumer une autre, quand Mouse aboya.

La jeune femme se retourna. Un homme se tenait derrière elle. Grand, mince, de longs cheveux lui retombant sur le visage. Il regardait Mouse à ses pieds, mais finit par redresser la tête vers elle.

La moitié gauche de son visage était mangée de cicatrices, et l'orbite de son œil était vide.

Melisande laissa tomber sa bougie.

Le serviteur de Munroe leur expliquait qu'il n'y avait pas un seul drap propre dans tout le manoir, et Jasper, furieux, s'apprêtait à le secouer comme un prunier lorsqu'il entendit Mouse aboyer. Il échangea un regard avec Pynch, et les deux hommes, sans prononcer un mot, se précipitèrent pour redescendre l'escalier. Jasper pestait contre lui-même. Il n'aurait jamais dû laisser Melisande seule.

Mouse avait cessé d'aboyer. Jasper poussa doucement la porte du salon. La jeune femme se tenait dos à la cheminée, son chien devant elle. Et, face à eux, un grand gaillard vêtu d'un vieux manteau de chasse.

Jasper se raidit instinctivement. Mais quand Munroe pivota vers lui, il ne put s'empêcher de tressaillir. La dernière fois qu'il l'avait vu, ses blessures étaient encore fraîches. Le temps les avait cicatrisées, mais elles demeuraient horribles.

— Renshaw ! s'exclama Munroe de son timbre si reconnaissable.

Il avait toujours eu la voix un peu éraillée, mais c'était pire depuis Spinner's Falls, comme si ses cordes vocales avaient été endommagées d'avoir trop crié.

— Non, c'est vrai, corrigea-t-il, vous êtes lord Vale à présent.

— En effet, acquiesça Jasper, pénétrant dans la pièce. Et voici ma femme, Melisande.

Munroe hocha la tête, sans un regard pour la jeune femme.

— Je croyais vous avoir écrit de ne pas venir.

— Je n'ai pas reçu votre lettre, répondit Jasper, sincère.

— Mon silence aurait dû suffire à vous décourager, fit valoir Munroe.

— Je voulais vous entretenir d'un sujet pressant. Au sujet de Spinner's Falls.

Munroe eut un mouvement de recul, avant de se reprendre.

— D'accord. Mais il est tard, et votre femme est fatiguée, j'imagine. Wiggins va vous montrer vos chambres. À défaut de grand confort, je puis au moins vous promettre qu'elles seront bien chauffées. Nous parlerons demain matin. Et ensuite, vous repartirez.

— J'ai votre parole ? insista Jasper, qui craignait que Munroe ne se volatilise jusqu'à leur départ.

— Vous avez ma parole.

Jasper hocha la tête.

— Alors, c'est parfait.

Munroe quitta la pièce avec un haussement d'épaules. Le petit homme – Wiggins, donc – qui avait tout écouté depuis la porte, lâcha à contrecœur :

— Bon, je vais faire du feu dans votre chambre.

Et il tourna les talons.

Jasper s'adressa à Pynch :

— Occupe-toi des autres domestiques. Trouveleur de quoi dormir, et vois s'il y a quelque chose à manger dans les cuisines.

— Bien, milord.

Pynch s'éclipsa à son tour, laissant Jasper seul avec son épouse. Elle n'avait pas bougé. Beaucoup de femmes, dans la même situation, se seraient évanouies. Mais pas Melisande.

Elle accrocha son regard.

— Que s'est-il passé à Spinner's Falls ?

Sally ranima le feu avec un tisonnier, avant de fixer une marmite au crochet de la cheminée. Elle n'avait encore jamais vu de cheminée aussi vaste – assez haute pour qu'un homme puisse se tenir debout sous sa voûte. Pourquoi s'était-on fatigué à construire une telle cheminée ?

Dès que l'eau dans la marmite commença à bouillir, elle y jeta les morceaux de lapin que M. Pynch avait trouvés dans le garde-manger. Une chambrière était au-dessus des autres domestiques, et ce n'était pas son rôle de servir de fille de cuisine, mais puisqu'il n'y avait personne d'autre pour préparer le dîner, Sally s'était dévouée.

Elle ajouta des carottes et des oignons, et touilla. Pour l'instant, son ragoût n'avait pas fière allure, mais cela s'arrangerait sans doute quand le mélange aurait mariné un peu. En attendant, Sally s'assit sur une chaise et resserra son châle sur ses épaules. La vérité, c'est qu'elle n'y connaissait rien en cuisine. À ses débuts comme domestique, elle s'était contentée de laver la vaisselle. De toute façon, il n'y avait rien à attendre de l'étrange M. Wiggins, qui rappelait à Sally les trolls des contes de fées : il avait disparu, laissant les serviteurs de lord Vale se débrouiller dans une maison qui leur était inconnue.

Au bout d'un moment, Sally se releva pour jeter un œil à son ragoût. Peut-être manquait-il quelque chose ? Du sel ! M. Pynch la prendrait pour une idiote, si elle n'était même pas capable de saler un ragoût. Elle ouvrit un grand placard et fouilla dedans. Il était presque vide, mais elle trouva du sel. Et aussi de la farine.

Dix minutes plus tard, elle était occupée à mélanger de la farine, du sel, du beurre et de l'eau dans un saladier, lorsque M. Pynch entra dans la cuisine. Il posa sa lanterne sur la table et s'approcha d'elle.

Sally lui adressa un regard noir.

— C'est des boulettes de pâte pour le ragoût, expliqua-t-elle, sur la défensive. J'essaie d'imiter la cuisinière des maîtres, mais ce n'est pas évident. On dirait de la glu ! Je suis chambrière, pas cuisinière. Vous devrez vous contenter de mes efforts, et si ça ne vous plaît pas, tant pis. Je ne veux pas entendre de récriminations.

— Je ne me plaignais pas.

— Vous n'avez pas intérêt.

— Et j'aime les boulettes de pâte.

Sally, soudain intimidée, chassa une mèche de cheveux tombée devant ses yeux.

— Ah ?

M. Pynch hocha la tête.

— Et celles-ci m'ont l'air parfaites. Voulez-vous que je vous apporte le saladier près du feu, pour que vous puissiez les ajouter au ragoût ?

Sally acquiesça. Pendant qu'elle se frottait les mains pour les nettoyer du mélange eau, farine et beurre, le valet approcha le saladier de la cheminée. Puis il aida Sally à verser des cuillerées de pâte dans le ragoût. Après quoi, elle recouvrit la marmite avec un couvercle.

— Voilà. Il n'y a plus qu'à attendre que ça cuise.

M. Pynch se pencha vers elle et murmura :

— Je suis sûr que ce sera délicieux.

Et il lui donna un baiser.

Melisande préparait une paillasse sur le plancher avec des couvertures, tandis que son mari faisait les cent pas dans la pièce, un verre de whisky à la main. Il semblait particulièrement nerveux ce soir, comme s'il rongeait son frein et rêvait de s'enfuir de la chambre pour battre la campagne. Elle songea aux chevauchées nocturnes de sir Alistair. Les deux hommes essayaient-ils ainsi d'échapper à leurs démons ?

Vale, Dieu merci, s'obligeait à rester – et Melisande lui en était reconnaissante. En revanche, il n'avait toujours pas répondu à sa question sur Spinner's Falls.

— C'était après Québec, lâcha-t-il soudainement.

Il se tenait face à la fenêtre, et Melisande se demanda si c'était bien à elle qu'il parlait – quoiqu'il n'y eût personne d'autre dans la pièce.

— Le mois de septembre s'achevait et nous avions reçu l'ordre de rallier Fort Edward, pour y passer l'hiver. Nous avions déjà perdu une bonne centaine d'hommes dans la bataille de Québec, et nous devions en abandonner quelques dizaines de plus derrière nous, car ils étaient trop gravement blessés pour supporter une aussi longue marche. Bref, le régiment était décimé, mais nous avions la conviction que le pire était derrière nous. Nous avions remporté la bataille, Québec était tombé entre nos mains, la fin de la guerre se profilait. La victoire ne pouvait plus nous échapper.

Il s'interrompit pour boire une gorgée de whisky, avant de reprendre :

— Nous étions emplis d'espérance. Si la guerre se terminait bientôt, nous pourrions tous rentrer chez nous. Et c'est ce que nous désirions le plus : revoir nos familles, et nous reposer un peu.

Melisande plaça un drap sur le lit qu'elle venait de confectionner. Il sentait vaguement le moisi, mais tant pis. Pendant qu'elle s'affairait, elle essayait de se représenter Jasper à la tête de ses hommes, dans les lointaines forêts d'Amérique.

— Ce jour-là, nous devions emprunter une piste étroite, enserrée entre une falaise et une rivière. Les hommes ne pouvaient pas marcher à plus de deux de front. Du coup, le régiment s'étirait sur près de huit cents mètres. C'est alors qu'ils nous sont tombés dessus.

Melisande s'accroupit pour l'écouter. Il se tenait toujours face à la fenêtre, la nuque raide. Elle aurait voulu le rejoindre et le prendre dans ses bras, mais elle craignait de briser son élan. Elle pressentait qu'il avait besoin d'aller jusqu'au bout de son histoire.

— On ne réfléchit plus, au milieu d'une bataille. L'instinct prend le dessus. La première image dont j'ai le souvenir, c'est Johnny Smith recevant une flèche. Puis les Indiens ont attaqué de tous les côtés. Les hommes tombaient comme des mouches. Mon cheval a été tué sous moi…

Il but une autre gorgée de whisky. Melisande sentit son pouls s'accélérer.

— Nous nous sommes battus comme des braves, poursuivit-il. Chacun défendait pied à pied son petit bout de terrain. Mais quand j'ai vu Darby, notre commandant, être jeté à bas de son cheval, j'ai compris que la bataille était perdue. Et que nous allions tous mourir.

Il s'esclaffa, mais le son résonna sinistrement dans la pièce.

— J'aurais dû avoir peur à ce moment-là, et pourtant, non. J'étais debout au milieu des cadavres, et j'agitais toujours mon épée. J'ai tué quelques Indiens. Mais pas assez, hélas. Pas assez.

Sa voix était si triste que Melisande en eut les larmes aux yeux.

— À la fin, les Indiens m'ont encerclé. J'ai reçu un coup à la tête et je suis tombé. Pour être plus précis, je suis tombé sur le cadavre de Tommy Pace.

Il quitta la fenêtre pour aller remplir son verre, et but une nouvelle gorgée.

— Je ne sais toujours pas pourquoi ils ne m'ont pas tué, moi aussi. Quand j'ai repris conscience, une corde me reliait, par le cou, à Matthew Horn et Nate Growe. En regardant un peu plus loin, j'ai vu que Reynaud faisait également partie de leur butin. Au moins, ce fut un soulagement. Reynaud avait survécu.

— Et ensuite, que s'est-il passé ? murmura Melisande.

Il la regarda bizarrement, comme s'il avait oublié qu'elle se trouvait avec lui dans la pièce.

— Ils nous ont obligés à marcher avec eux dans la forêt. Des jours et des jours de marche, avec très peu d'eau et de nourriture, alors que certains d'entre nous étaient blessés. Matthew Horn s'était pris une balle dans le bras. Quand John Cooper fut incapable d'avancer davantage à cause de ses blessures, ils l'ont abandonné. Aussi, lorsque j'ai vu Matthew trébucher, j'ai appuyé mon épaule contre son dos pour l'obliger à continuer. Je ne pouvais pas me permettre de perdre un autre homme.

Melisande frissonna d'horreur.

— Étais-tu blessé toi-même ?

— Non, répliqua-t-il avec un sourire amer. J'étais en parfaite santé. Nous avons marché jusqu'au campement des Indiens, en territoire français.

Il but une nouvelle gorgée de whisky, et ferma les yeux.

Melisande comprit que l'histoire ne s'arrêtait pas là. Les cicatrices de sir Alistair ne dataient pas de la bataille.

— Qu'est-il arrivé, dans ce campement ?

— Ils avaient un petit jeu qu'ils appelaient « passer par les baguettes ». C'était leur façon d'accueillir les prisonniers de guerre. Les Indiens formaient deux lignes parallèles, hommes et femmes mélangés, et ils faisaient passer leurs prisonniers entre ces deux lignes, les frappant au passage avec des bâtons. Si l'un d'eux tombait, il était battu à mort. Mais aucun d'entre nous n'est tombé.

— Mon Dieu..., gémit Melisande, de plus en plus horrifiée.

Il haussa les épaules et se laissa choir dans un fauteuil, soudain silencieux.

— Jasper ? le pressa Melisande, qui n'était pourtant pas sûre de vouloir entendre la suite. Jasper ?

Il contemplait son verre et ne paraissait pas l'entendre.

— Ils avaient d'autres amusements, reprit-il brusquement. Ils ont attaché Horn et Munroe à des pieux, puis ils se sont approchés avec des bâtons enflammés et ils...

Sa respiration devint oppressée. Il ferma quelques instants les yeux, déglutit, mais les mots ne franchissaient toujours pas sa gorge.

— Non, non ! chuchota Melisande. Tu n'es pas obligé de me raconter.

Il lui jeta un regard d'une tristesse insondable.

— Ils les ont torturés. Ils ont planté les bâtons dans leurs chairs. Même les femmes participaient ! Puis ils ont approché un bâton rougeoyant de l'œil de Munroe. C'était insoutenable. Je leur ai crié d'arrêter, mais ils m'ont craché à la figure et ils ont continué, lui crevant l'œil. J'ai compris, alors, qu'il était préférable que je garde le silence. Sinon, ce serait pire encore... Quand ils lui ont tranché les doigts, je n'ai rien dit.

— Oh, mon chéri, mon chéri, murmura Melisande, qui ne put s'empêcher de le rejoindre pour le prendre dans ses bras.

Et elle ne pouvait davantage retenir ses larmes.

— Le deuxième jour, ils nous ont conduits à la sortie du campement. C'est là qu'ils ont crucifié Reynaud, puis l'ont brûlé. Je pense qu'il était déjà mort quand les flammes ont commencé à le lécher, car il ne bougeait plus. Ce fut ma seule consolation : que mon meilleur ami soit enfin délivré de ses souffrances.

— Chut, l'implora Melisande. Chut...

Mais il ne pouvait plus s'arrêter.

— Et ensuite, ils s'en sont de nouveau pris à Munroe et à Horn.

— Mais vous avez fini par être sauvés ! s'exclama Melisande, au désespoir.

Elle voulait qu'il renonce à ces images terrifiantes pour se concentrer sur l'essentiel : ils s'en étaient sortis vivants.

— Au bout de deux semaines, oui. On m'a raconté que le caporal Hartley était venu nous récupérer avec son escorte, en échange d'une rançon. Mais sur le coup, je ne me suis rendu compte de rien. J'étais comme absent.

— Tu souffrais. Tu étais blessé. Et tu étais malheureux, le réconforta Melisande. C'est compréhensible, après ce que tu avais vécu.

Il se libéra brutalement de son étreinte.

— Non ! Non ! Je ne souffrais pas. Je n'étais pas blessé. J'étais intact !

Elle sursauta.

— Mais, les tortures...

Il ouvrit sa chemise pour montrer son torse.

— Tu m'as déjà vu nu, n'est-ce pas ? As-tu remarqué la moindre cicatrice sur mon corps ?

La jeune femme contemplait son torse parfait.

— Non...

— Parce qu'ils ne m'ont pas touché. Pendant tout ce temps, ils ont torturé les autres, mais ils n'ont pas touché à un seul de mes cheveux.

Bonté divine ! Pour un homme comme Vale, se retrouver épargné avait dû être plus difficile à vivre que d'être torturé.

Elle prit une inspiration, et formula la question qu'il attendait de toute évidence :

— Mais pourquoi ?

— Parce qu'ils voulaient un témoin. Et qu'après la mort de Reynaud, j'étais l'officier le plus gradé. Ils me faisaient assister à tout et, si je tressaillais, ils se montraient encore plus cruels.

Il souriait bizarrement, une lueur démoniaque dans les yeux.

— Comprends-tu, Melisande ? Ils ont torturé mes compagnons pendant que je restais assis, à regarder.

16

La princesse mangea sa soupe, et que trouva-t-elle au fond de son assiette ? L'anneau d'argent, bien sûr ! Aussitôt, le roi convoqua son chef cuisinier. Mais on eut beau le questionner, il jura mordicus qu'il ignorait comment l'anneau d'argent avait pu se retrouver dans la soupe de la princesse. Finalement, le roi n'eut d'autre choix que de le renvoyer dans ses cuisines. Mais tout le monde, à la cour, s'interrogeait sur ce prodige, et se demandait qui avait bien pu s'emparer de l'anneau d'argent.

Seule la princesse demeurait silencieuse. Elle observait, songeuse, son bouffon...

Melisande fut réveillée, le lendemain matin, par les grattements de Mouse à la porte. La jeune femme pivota vers son mari. Il était couché sur le côté, les couvertures à moitié repoussées sur lui. Depuis qu'elle partageait sa couche, elle avait découvert qu'il avait le sommeil très agité. Il se tournait et se retournait dans les draps, bougeait bras et jambes, et parfois même roulait hors du lit, emportant la couverture avec lui. Mais la jeune femme ne songeait pas à s'en offusquer. C'était un prix bien modique à payer, en échange du plaisir de dormir avec lui.

Cependant, après sa confession d'hier soir, elle jugea qu'il avait besoin de repos. Elle se leva donc sans bruit, s'enveloppa d'un manteau et quitta la chambre avec Mouse. Ils descendirent au rez-de-chaussée et gagnèrent d'abord les cuisines.

Melisande s'arrêta sur le seuil. La cuisine était une immense pièce voûtée, à l'air vieillot. Dans un coin, on avait aménagé deux lits de fortune. Sally en occupait un – elle dormait encore profondément. Sur l'autre, M. Pynch releva la tête à l'arrivée de la jeune femme. Melisande lui adressa un signe de tête et s'éclipsa discrètement, refermant la porte derrière elle.

Dehors, Mouse décrivit joyeusement de grands cercles en courant, avant de stopper au pied d'un arbre pour faire ses petites affaires. Une grande pelouse en pente était laissée à l'abandon. Plus loin, on apercevait des jardins qui, autrefois, avaient dû être magnifiques. Melisande partit dans cette direction. La journée s'annonçait radieuse. Le soleil matinal chassait peu à peu le brouillard humide. La jeune femme se retourna pour contempler le château. À la lumière du jour, il ne paraissait plus aussi inquiétant. Bâti en pierres rose pâle patinées par le temps, flanqué de tours rondes à ses quatre coins, sa toiture hérissée de grandes cheminées, il dégageait une impression de solidité à toute épreuve. Probablement datait-il de la fin du Moyen Âge. En revanche, il devait être glacial en hiver.

— Ce château a près de cinq cents ans, dit une voix dans son dos.

À l'instant où Melisande se retournait, Mouse se mit à aboyer.

Sir Alistair était accompagné d'un chien si grand que sa tête atteignait les hanches de son maître. Son pelage était grisâtre. Mouse s'était planté devant, et aboyait avec frénésie. Le gros chien ne bougea pas d'un poil. Il se contenta d'abaisser le museau vers Mouse, comme s'il se demandait quelle était cette étrange petite créature qui lui criait ainsi dans les oreilles.

Ce matin, sir Alistair avait recouvert son œil blessé d'un bandeau noir. Et il portait ses cheveux tirés en arrière. Il fronça les sourcils à l'intention de Mouse, puis se pencha et tendit la main. Mouse cessa d'aboyer et s'approcha pour renifler. Melisande remarqua, avec un frisson horrifié, que sir Alistair avait perdu deux doigts à la main droite.

— Tu es un brave garçon, dit-il au terrier. Comment s'appelle-t-il ?

— Mouse.

Il se redressa, détournant le regard vers l'extrémité de la pelouse. Son gros chien soupira et se coucha à ses pieds.

— Je ne voulais pas vous effrayer hier soir, milady.

Melisande l'observait attentivement. Vu de trois quarts, ses cicatrices se dérobant au regard, il paraissait plutôt bel homme avec son long nez, un rien arrogant, et son menton volontaire.

— Vous ne m'avez pas effrayée. J'ai simplement été surprise de vous voir, alors que je ne vous avais pas entendu entrer.

Il tourna lentement son visage vers elle, comme s'il la mettait au défi de ne pas ciller.

— Ne mentez pas. Je sais que vous avez eu peur.

Melisande redressa le menton.

— Jasper est persuadé que vous lui en voulez, pour vos cicatrices. C'est vrai ?

La jeune femme retint son souffle. Elle n'en revenait pas de s'être montrée aussi abrupte. Du reste, elle n'aurait jamais été capable de lui poser une telle question si le sujet n'avait concerné qu'elle-même. Mais elle avait besoin de savoir si cet homme risquait de faire du mal à Jasper.

Il soutint son regard, paraissant lui-même surpris d'une question aussi franche. Melisande était prête à parier que personne n'osait jamais lui parler ouvertement de ses cicatrices.

Finalement, il détourna de nouveau le regard - cette fois, en direction des jardins en ruine.

— Si vous le souhaitez, milady, je parlerai à votre mari de mes cicatrices.

Jasper se réveilla seul. Après seulement quelques nuits, c'était une étrange impression. Une impression désagréable. Il aurait dû avoir sa femme à son côté. Dormir avec elle lui faisait l'effet d'un élixir régénérant - il avait d'ailleurs le sentiment que son sommeil était plus profond. Bon sang ! Où diable était-elle passée ?

Il se leva et s'habilla à la hâte, pestant après les boutons de sa chemise.

— Melisande ! appela-t-il dans le couloir tandis qu'il terminait d'enfiler son veston.

Le manoir était si vaste qu'elle n'avait aucune chance de l'entendre, à moins qu'elle ne se trouvât à proximité. Ce qui ne l'empêcha pas de renouveler son appel :

— Melisande !

Parvenu au rez-de-chaussée, il se dirigea droit vers les cuisines, où il trouva Pynch, occupé à ranimer le feu. La chambrière de Melisande dormait dans un coin. Jasper se contenta de hausser les sourcils et Pynch, comprenant sa question muette, lui désigna la porte de derrière.

Jasper sortit aussitôt. Le soleil l'aveugla un instant, puis il aperçut Melisande. Elle conversait avec Munroe, et les voir ensemble suffit à le rendre jaloux. Munroe avait beau être défiguré, il savait s'y prendre avec les femmes. Et puis, elle se tenait beaucoup trop près de lui.

Il marcha dans leur direction. Mouse annonça son arrivée en aboyant une fois, avant de trottiner à sa rencontre.

— Enfin levé, Renshaw ? le héla Munroe.

— Je m'appelle Vale, désormais, lui rappela Jasper, enlaçant Melisande à la taille.

Munroe avait suivi son geste du regard.

— Bien sûr, dit-il.

— As-tu pris ton petit déjeuner, mon cœur ? demanda Jasper à sa femme.

— Pas encore. Je vais aller voir ce que nous réserve le garde-manger.

— J'ai envoyé Wiggins s'approvisionner en œufs et en pain frais dans une ferme du voisinage, expliqua Munroe, les joues soudain colorées, comme si son manque d'hospitalité avait fini par lui faire honte. Quand vous vous serez restaurés, je vous conduirai au sommet de la plus haute tour. Le panorama y est splendide.

Jasper se rappela comment Melisande s'agrippait aux bordures de son phaéton.

— Une autre fois, peut-être.

Melisande se libéra de son étreinte.

— Si vous voulez bien m'excuser, messieurs, j'aimerais trouver quelque chose à donner à Mouse. Je serai dans les cuisines.

Jasper n'eut d'autre choix que de laisser sa femme retourner vers le manoir.

Munroe la regarda s'éloigner, l'air songeur.

— Votre femme est charmante, dit-il. Et intelligente, en prime.

— Hmm, marmonna Jasper. Je crois qu'elle a le vertige.

— Ah, fit Munroe.

Et, après un silence :

— Je n'aurais jamais imaginé qu'elle serait votre genre.

Jasper s'esclaffa.

— Vous ne savez rien de mon genre de femme.

— Détrompez-vous. Il y a six ans de cela, je crois me souvenir que vous aviez un net penchant pour les créatures bien en chair, mais parfaitement dénuées d'intelligence et de morale.

— C'était il y a six ans, comme vous venez de le préciser. Beaucoup d'eau a coulé sous les ponts, depuis.

— Certes, acquiesça Munroe.

Il s'était mis à marcher, et Jasper le suivit.

— Vous êtes devenu vicomte, reprit Munroe. Saint Aubyn est mort, et j'ai perdu la moitié de mon visage. Mais si cela peut vous rassurer, je ne vous en tiens pas grief.

Jasper détourna le regard.

— Comment pourriez-vous ne pas m'en vouloir ? Ils vous ont crevé l'œil parce que j'ai crié d'horreur devant les supplices qu'ils vous infligeaient.

Munroe resta silencieux un long moment. Jasper n'osait pas le regarder. L'Écossais avait été très bel homme, autrefois. Et, quoique taciturne de nature, il n'avait jamais vécu en reclus. Depuis le drame, lui arrivait-il de sourire encore ?

— Nous étions en enfer, lâcha-t-il finalement.

Jasper crispa les mâchoires.

— Si je n'avais pas crié...

Munroe soupira.

— Si vous n'aviez pas crié, ils m'auraient quand même crevé l'œil. J'y ai beaucoup réfléchi, depuis. La torture est chez les Wyandots un comportement normal envers les prisonniers de guerre.

Aussi normal, pour nous, que de pendre un pauvre garçon qui a détroussé un gentleman.

— Je ne comprends pas que vous puissiez juger cela avec une telle sérénité. N'êtes-vous donc pas en colère ?

Munroe haussa les épaules.

— Mon métier, c'est d'observer. Quoi qu'il en soit, je ne vous en veux pas. Votre femme s'inquiétait à ce sujet.

— Merci.

— Je crois qu'aux qualités de votre épouse, il faut encore ajouter la loyauté et le courage. Je me demande bien où vous l'avez trouvée.

Jasper grommela dans sa barbe.

— Je suppose que vous avez conscience qu'un coquin comme vous ne la mérite pas ? enchaîna Munroe.

— Ce n'est pas parce que je ne la mérite pas, que je ne me battrai pas bec et ongles pour la garder.

— Vous avez bien raison, acquiesça Munroe.

Ils reprirent leur promenade. Dans un silence que Jasper trouva bizarrement amical. Pourtant, ils n'avaient jamais été amis – leurs centres d'intérêt étaient trop divergents, leurs personnalités trop opposées. Mais ils avaient vu mourir leurs compagnons et traversé ensemble des épreuves qu'ils ne pourraient jamais oublier.

Ils étaient arrivés sur d'anciennes terrasses construites en escalier, laissées à l'abandon. Munroe s'arrêta pour admirer la vue. Une rivière serpentait au loin, entre des boqueteaux. C'était une belle contrée.

Le gros chien qui les avait suivis exhala un soupir et se laissa tomber aux pieds de son maître.

— C'est pour ça que vous êtes venu ? s'enquit-il brusquement. Pour quémander mon pardon ?

— Non, répondit d'abord Jasper.

Mais, repensant à sa confession de la nuit précédente, il se reprit :

— Enfin, peut-être. Mais ce n'était pas la raison première.

Munroe pivota vers lui.

— De quoi s'agit-il, alors ?

Jasper lui raconta tout. Samuel Hartley et cette maudite lettre. Dick Thornton assurant, dans sa cellule de Newgate, que le traître se comptait parmi les prisonniers. Et enfin, la tentative d'assassinat contre lord Hasselthorpe.

Munroe écouta jusqu'au bout, en silence. Mais lorsque Jasper eut terminé, il secoua la tête.

— Tout cela n'a aucun sens.

— Vous ne croyez pas à une trahison ?

— Oh, ça, je n'en doute pas un instant. De toute évidence, les Wyandots nous attendaient. Mais je ne peux pas croire que le traître se trouvait parmi notre groupe de prisonniers. Qui d'entre nous aurait pu faire cela ? Moi ?

— Non, répliqua Jasper sans hésiter, et il était sincère : il n'avait jamais soupçonné Munroe.

— Ce qui ne laisse plus que Horn, Growe et vous. À moins que vous ne pensiez que le traître était parmi ceux qui ont été tués ? Mais franchement, voyez-vous vraiment l'un d'entre nous trahir ?

— J'ai du mal, en effet, avoua Jasper. Pourtant, quelqu'un a renseigné les Français et leurs alliés indiens sur notre route.

— C'est d'accord. Mais pour nous suspecter, vous n'avez que la parole d'un condamné à mort à moitié fou. Abandonnez, Vale. Thornton s'est moqué de vous.

— Je ne peux pas. Je n'oublierai jamais, et je ne renoncerai jamais.

Munroe soupira.

— Considérez l'affaire sous un autre angle, alors. Pourquoi l'un d'entre nous aurait-il fait cela ?

— Vous voulez dire, nous trahir ?

— Oui. Il y avait forcément une raison. Une sympathie pour la cause des Français, par exemple.

Jasper secoua la tête.

— La mère de Reynaud Saint Aubyn était française, fit remarquer Munroe.

— Ne soyez pas ridicule. Reynaud est mort. Il a péri le lendemain de notre arrivée au campement. Et puis, je ne connaissais pas d'Anglais plus loyal que lui.

— Ne vous emportez pas, plaida Munroe, levant la main pour l'apaiser.

— Personnellement, je vois une explication à la trahison : l'argent, lança Jasper avec un regard appuyé en direction du manoir.

Il doutait que Munroe fût le traître, mais ses allégations contre Reynaud l'avaient ulcéré.

Munroe suivit son regard et s'esclaffa.

— Ne croyez-vous pas que, si je nous avais vendus aux Français, mon château serait moins délabré ?

— Vous avez pu cacher l'argent quelque part, et attendre avant de le dépenser.

— Le seul argent que je possède me vient de l'héritage ou du fruit de mon travail. Si le traître a agi par cupidité, c'est qu'il avait des dettes à rembourser. Ou alors, il est beaucoup plus riche aujourd'hui qu'il y a six ans. Comment se portent vos finances, Vale ? Je crois me souvenir que vous aimiez jouer aux cartes.

— Je l'ai déjà expliqué à Hartley, et je vous le dis également : j'ai réglé depuis longtemps toutes mes dettes de jeu.

— Avec quoi ?

— Mon héritage. Mes avocats sont en possession de tous les documents qui le prouvent.

Munroe haussa les épaules, et reprit sa promenade. Jasper marchait à son côté.

— Vous êtes-vous intéressé aux finances de Horn ?

— Il vit avec sa mère, dans leur maison londonienne.

— La rumeur a couru que son père avait perdu beaucoup d'argent dans un investissement malheureux. Où habite-t-il ?

— Sur Lincoln's Inn Fields.

— Un quartier bien dispendieux, pour un homme sans héritage.

— Il avait assez d'argent pour voyager en Italie et en Grèce, en tout cas, se souvint Jasper.

— Ainsi qu'en France.

Jasper s'immobilisa.

— Quoi ?

Munroe continua d'avancer quelques pas, comme s'il ne s'était pas rendu compte que Jasper ne suivait plus. Puis il s'arrêta à son tour, et se retourna.

— Matthew Horn était à Paris, l'automne dernier.

— Comment le savez-vous ?

— Je vis peut-être en reclus, mais j'entretiens une correspondance régulière avec les plus grands naturalistes d'Angleterre et du continent. J'ai reçu une lettre d'un botaniste français, cet hiver. Il m'y décrivait un dîner auquel il avait assisté à Paris. Un certain Horn, ancien militaire aux colonies, était également invité. Je suis convaincu qu'il s'agit de notre Matthew Horn.

— Mais qu'aurait-il été faire à Paris ?

— Du tourisme.

— Alors que nous sommes en guerre contre la France ?

Munroe haussa les épaules.

— Certains pourraient considérer ma correspondance scientifique avec des Français comme antipatriotique.

Jasper soupira.

— C'est insoluble. Je ne peux me raccrocher à aucun indice tangible. Mais je ne peux pas non plus oublier le massacre. Vous non plus, j'imagine ?

Munroe eut un rire amer.

— Alors que son souvenir est gravé sur mon visage ? Non, je ne risque pas de l'oublier.

— Pourquoi ne viendriez-vous pas nous rendre visite à Londres ? Lady Vale serait ravie de vous recevoir.

— Les enfants se mettent à pleurer en me voyant, rétorqua Munroe d'un ton presque détaché.

— Vous rendez-vous parfois à Édimbourg ?

— Non, je ne vais plus nulle part.

— Vous vous êtes emprisonné dans ce château.

— À vous entendre, ce serait tragique. Or, ça ne l'est pas. J'ai accepté mon sort. J'ai mes livres, mes études, mes écritures… je me contente de cela.

Jasper le dévisageait avec scepticisme. Se contenter de cette existence morne, dans un château délabré, avec pour seuls compagnons un gros chien et un domestique revêche ?

Munroe fit demi-tour vers le manoir.

— Venez. Nous n'avons pas encore pris notre petit déjeuner, et votre femme doit impatiemment vous attendre.

— Il aurait bien besoin d'une gouvernante, commenta Melisande, alors que leur voiture quittait le manoir de sir Alistair.

Sally, assise dans son coin, acquiesça vigoureusement.

Vale lui décocha un sourire.

— Si je comprends bien, vous avez trouvé à redire à la tenue de sa maison ?

— Un peu ! s'exclama Sally. Les draps sentent le moisi, il y a de la poussière partout, les placards de la cuisine sont vides... Et je ne parle pas de son horrible serviteur !

Vale s'esclaffa.

— Oubliez cela. Nous dormirons dans des draps moelleux ce soir. Tante Esther nous attend sur le chemin du retour. J'imagine qu'elle est impatiente d'entendre le compte rendu de notre visite chez Munroe.

— C'est aussi mon avis, approuva Melisande, amusée.

La jeune femme prit son panier à ouvrage et s'absorba dans sa broderie. Mais quand elle fut convaincue que Sally s'était endormie, elle demanda à Jasper, qui regardait par la vitre :

— Sir Alistair t'a-t-il dit tout ce que tu désirais savoir ?

— D'une certaine façon, oui. Il a convenu avec moi que nous avions été trahis. Et je me suis promis de démasquer le traître.

Elle fronça les sourcils.

— Crois-tu qu'il pourrait s'agir de lui ?

— Non. Mais j'avais espéré qu'il m'aiderait à avancer dans mon enquête.

— Et alors ? T'a-t-il aidé ?

— Je ne sais pas trop.

La réponse aurait pu paraître décevante, mais Jasper n'avait pas l'air soucieux outre mesure.

Melisande s'absorba un moment dans sa broderie, soulagée. Son entretien avec sir Alistair semblait avoir apaisé son mari.

— Du blanc-manger, lâcha-t-elle brusquement.

Il haussa les sourcils.

— Pardon ?

— Tu m'avais demandé, un jour, quel était mon mets favori. Tu te souviens ?

— Oui, en effet.

— Eh bien, du blanc-manger. Quand j'étais petite, nous en mangions à Noël. La cuisinière le colorait en rose et le décorait avec des amandes. Comme j'étais la plus jeune, j'avais la plus petite part, mais c'était délicieux, crémeux à souhait. J'avais hâte, tous les ans, de renouer avec cette tradition.

— Si tu veux, nous pourrons déguster du blanc-manger rose à tous les dîners.

Melisande rit.

— Non, ça gâcherait l'essence même de ce moment de fête. Seulement à Noël.

Elle frissonna d'excitation à l'idée d'organiser son premier Noël avec lui. Et il y en aurait encore beaucoup d'autres ensuite. Cette perspective la comblait de bonheur.

— D'accord, seulement à Noël, acquiesça-t-il d'un ton solennel, comme s'il scellait quelque affaire d'importance. Mais tu auras la plus grosse part.

— Et toi, alors ?

— J'en mangerai aussi, bien sûr. Mais je tiens à ce que tu aies la plus grosse part. Il ne sera pas dit que je ne suis pas un mari généreux.

Melisande leva les yeux au plafond, mais ne put s'empêcher de sourire. Elle était décidément très impatiente de vivre son premier Noël avec Jasper.

Ils arrivèrent chez tante Esther bien avant l'heure du dîner. Au moment où leur voiture s'immobilisait devant la porte, tante Esther disait au revoir sur son perron à un couple, qu'elle avait probablement reçu pour le thé. Melisande mit quelques secondes à reconnaître Timothy et son épouse. Timothy. Son premier amour...

Il fut un temps où, dès qu'elle l'apercevait, son cœur battait la chamade. Et elle avait mis des années à se remettre de leur rupture. Mais à présent, la blessure s'était refermée. Sa mésaventure était arrivée à une jeune fille naïve qui n'était plus elle. En regardant aujourd'hui Timothy, elle remerciait le Ciel de ne pas l'avoir épousé.

Vale sauta brusquement hors de la voiture.

— Tante Esther ! cria-t-il, ignorant délibérément l'autre couple.

Et, bondissant sur le perron, il bouscula Timothy Holden. Celui-ci vacilla sur les marches. Vale parut vouloir se porter à sa rescousse mais il le heurta encore, et cette fois Timothy s'écroula sur le trottoir.

— Oh, mon Dieu ! s'exclama Melisande, qui s'empressa de sortir de voiture avant que son mari n'assassine son premier amant.

Mouse bondit à sa suite et se mit à aboyer après Timothy, toujours à terre.

Avant que Melisande ait pu intervenir, Vale lui offrait déjà son bras pour l'aider à se relever. Timothy, cet idiot, s'en empara, et Melisande se couvrit les yeux avec sa main. Vale tira un peu trop fort et Timothy fut littéralement aspiré du sol, pour venir s'écraser sur le torse de Jasper. Celui-ci lui fit les gros yeux et chuchota quelques mots à son oreille. Puis il le relâcha. Timothy, blême, se hâta d'entraîner son épouse vers leur voiture, sans demander son reste.

Mouse lui lança un dernier aboiement satisfait, heureux d'avoir chassé par son autorité cet importun.

Vale se pencha vers lui et murmura quelque chose qui dut beaucoup plaire au terrier, car il agita la queue.

— Qu'as-tu dit à Timothy ? questionna Melisande, les rejoignant.

Vale lui décocha un regard parfaitement innocent.

— Pardon ?

— Jasper !

— Oh, je lui ai simplement suggéré de ne plus rendre visite à ma tante.

— *Suggéré* ?

Il esquissa un sourire entendu.

— Je ne pense pas que nous reverrons M. Holden et sa femme de sitôt.

Melisande soupira. Mais elle était secrètement ravie qu'il ait laissé parler sa jalousie.

— Était-ce vraiment nécessaire ?

Il lui prit le bras.

— Oh oui, mon cœur. Absolument nécessaire.

Et ils gravirent ensemble le perron.

— Nous voilà de retour, tante Esther ! lança-t-il. Et nous apportons des nouvelles de l'ermite Munroe !

17

Le lendemain, le roi annonça l'ultime épreuve. Un anneau d'or était caché dans une caverne, gardée par un dragon crachant le feu. Jack revêtit son armure de vent, se saisit de son épée tranchante, et il se retrouva bientôt devant l'entrée de la caverne. Le dragon sortit défendre son antre, et Jack dut se battre vaillamment car le monstre était gigantesque. La lutte, féroce, dura toute la journée. Le soir tombait quand le dragon s'écroula finalement, et Jack put serrer l'anneau d'or dans sa main.

Une semaine plus tard, Melisande se promenait dans Hyde Park avec Mouse. Ils n'étaient rentrés à Londres que la veille, en fin de journée. Le voyage de retour s'était déroulé sans encombre – à part ce repas effroyable qu'on leur avait servi dans une auberge, le troisième jour. La veille au soir, Melisande avait confectionné une paillasse dans sa propre chambre, et Vale avait dormi avec elle toute la nuit. C'était un arrangement un peu bizarre, certes, mais elle était si heureuse de partager ses nuits avec son mari qu'elle n'en avait cure. Si elle devait dormir par terre pour le restant de sa vie, elle s'en accommoderait, pourvu que Vale soit à ses côtés. Sally avait jeté un regard étonné à la paillasse, mais elle n'avait rien dit. M. Pynch l'avait sans doute informée des habitudes de son maître en matière de sommeil.

Le vent soulevait ses jupes tandis que la jeune femme déambulait dans les allées, sans but précis. Vale était parti rendre visite à Matthew Horn – sans doute pour lui parler encore de Spinner's Falls. Cette idée la chagrinait un peu. Elle avait espéré qu'après leur visite à sir Alistair, il avait fini par trouver l'apaisement et renoncerait à sa quête. Elle s'était trompée : il était toujours aussi désireux de découvrir celui qui les avait trahis. Il avait même passé une bonne partie de leur voyage de retour à ressasser devant elle ses hypothèses. Melisande, sa broderie à la main, l'avait écouté sans rien dire, malgré son inquiétude. Quelles chances avait-il de démasquer le traître, après autant d'années ? S'il demeurait bredouille, en garderait-il une immense frustration pour le restant de ses jours ?

Une exclamation la tira de ses pensées. Elle releva les yeux et vit Jamie, le fils de Mme Fitzwilliam, embrasser Mouse. Le terrier, en retour, le léchait avec enthousiasme – preuve qu'il l'avait reconnu. La sœur du garçon, moins téméraire, s'était cependant approchée pour caresser le chien.

— Bonjour ! lança Mme Fitzwilliam qui se tenait derrière ses enfants. C'est une belle journée, n'est-ce pas ?

— Oui, sourit Melisande.

Elles firent quelques pas chacune, et se retrouvèrent côte à côte pour regarder les enfants jouer avec Mouse.

Puis Mme Fitzwilliam soupira.

— J'aimerais acheter un chien à Jamie. Il me le réclame depuis longtemps. Mais Sa Grâce n'aime ni les chiens ni les chats. Ils le font éternuer. Et il prétend que les chiens sont sales.

Melisande fut un peu surprise d'entendre Mme Fitzwilliam évoquer son protecteur d'un ton aussi détaché, mais elle préféra n'en rien montrer.

— C'est vrai que les chiens sont parfois sales.

— Hmm. Mais les petits garçons aussi, répondit Mme Fitzwilliam avec un froncement de nez qui rendit son beau visage encore plus irrésistible. Et puis, ce n'est pas comme s'il venait nous voir très souvent. À peine une fois par mois, ces derniers temps. J'ai l'impression qu'il s'est trouvé une autre femme, comme un sultan ottoman. Ils gardent leurs femmes dans un enclos – je veux dire, les sultans ottomans – qu'ils appellent *harem*.

Melisande se sentit rougir.

— Oh, je suis navrée ! s'exclama Mme Fitzwilliam. Je vous ai embarrassée, n'est-ce pas ? Il faut toujours que je parle à tort et à travers. Sa Grâce m'a pourtant souvent conseillé de garder les lèvres fermées. Cela gâche l'illusion quand je les ouvre, disait-il.

— Quelle illusion ?

— De leur perfection.

Melisande sursauta.

— Quelle goujaterie !

Mme Fitzwilliam balança légèrement la tête, comme si elle méditait l'argument.

— Oui, vous avez sans doute raison. Je ne l'avais pas réalisé, jusqu'ici. Vous savez, j'étais en admiration devant lui lorsque nous nous sommes rencontrés. Mais j'étais si jeune, aussi ! Je n'avais que dix-sept ans.

Melisande aurait voulu savoir comment elle était devenue la maîtresse du duc de Lister à cet âge-là, cependant elle redoutait la réponse.

— L'aimiez-vous ? se contenta-t-elle de demander.

Mme Fitzwilliam s'esclaffa. Elle avait un petit rire délicieux, mais teinté de tristesse.

— Aime-t-on le soleil ? Il est là, et nous sommes heureux qu'il nous prodigue sa chaleur et sa lumière, mais l'aime-t-on vraiment pour autant ?

Melisande préféra demeurer silencieuse : tout ce qu'elle aurait pu répondre n'aurait fait qu'ajouter à la tristesse de cette femme.

— Je pense que, pour connaître véritablement l'amour, il faut se présenter à égalité devant lui, poursuivit Mme Fitzwilliam. Et je ne parle pas d'égalité de richesse, ni de statut social. Je connais des femmes qui sont follement amoureuses de leur protecteur, et réciproquement. Mais ils sont égaux sur un plan... spirituel, si vous comprenez ce que je veux dire.

— Je crois comprendre, répliqua Melisande. Si l'un des deux partenaires garde ses émotions pour lui, ils ne pourront pas sincèrement s'aimer. Il faut apprendre à ouvrir son cœur, et savoir se montrer vulnérable.

— Je n'avais pas réfléchi en ces termes, mais vous avez tout à fait raison. L'amour est une reddition. Et il faut beaucoup de courage pour consentir à une telle reddition.

Melisande hocha la tête.

— Malheureusement, je crains de ne pas être très courageuse, enchaîna Mme Fitzwilliam. J'ai toujours été guidée par la peur.

Melisande lui jeta un regard intrigué.

— Pourtant, beaucoup de gens pourraient penser que vous avez choisi une voie qui réclame un certain courage.

— Alors, c'est qu'ils me connaissent mal. Mais je déteste me laisser influencer par mes peurs. Ce n'est pas la vie que je souhaitais.

— Je suis désolée.

— Je pensais que je serais capable de changer...

Moi aussi, songea Melisande. Et pendant un moment, les deux femmes s'absorbèrent dans un silence mélancolique.

Puis Jamie poussa un cri, et elles regardèrent dans sa direction. Le garçon était tombé dans une flaque d'eau.

— Bonté divine ! s'exclama Mme Fitzwilliam. Je n'ai plus qu'à le ramener à la maison. Ma femme de chambre sera furieuse quand elle verra ses vêtements.

Elle appela ses enfants, qui revinrent à contrecœur.

— Merci, dit-elle à Melisande.

— Merci de quoi ?

— D'avoir parlé avec moi. J'apprécie nos conversations.

Melisande se demanda soudain s'il arrivait à Mme Fitzwilliam de parler avec d'autres ladies. Son statut de femme entretenue la disgraciait socialement, mais d'un autre côté elle était la maîtresse d'un duc, ce qui la plaçait au-dessus des femmes de sa condition. Mme Fitzwilliam évoluait dans une sphère très particulière.

— Moi aussi, j'apprécie beaucoup, répondit-elle sans réfléchir. J'espère que nous aurons l'occasion de nous revoir.

Mme Fitzwilliam eut un sourire timide.

— Je l'espère également.

Puis elle salua et s'éloigna avec ses enfants. Melisande rebroussa chemin. La voiture l'attendait un peu plus loin. Elle songea à sa conversation avec Mme Fitzwilliam. L'amour, avaient-elles convenu, réclamait une certaine vulnérabilité. Mais Melisande n'était pas sûre d'avoir à nouveau le courage d'exposer sa vulnérabilité.

— Munroe t'a-t-il éclairé sur l'identité du traître ? interrogea Matthew Horn, ce même jour.

Jasper haussa les épaules. Les deux hommes chevauchaient tranquillement dans Hyde Park, mais Jasper rongeait son frein. Il avait l'impression d'être arrivé à un point de rupture. Comme s'il ne pourrait plus avancer dans l'existence tant qu'il n'aurait pas démasqué le traître.

C'est peut-être pour cela qu'il répliqua d'un ton sec :

— Munroe m'a suggéré de regarder du côté de l'argent.

— Comment cela ?

— Celui qui nous a trahis travaillait probablement pour les Français. Soit par conviction politique, soit parce qu'il en retirait un profit. D'après Munroe, je ferais bien de m'intéresser aux finances de ceux qui ont été capturés.

— Quel homme serait assez fou pour encaisser de l'argent, et ensuite se jeter dans la gueule du loup et risquer sa vie par la même occasion ?

Jasper haussa les épaules.

— Probablement le traître n'avait-il pas prévu de se faire capturer.

— Non, fit Horn, secouant la tête. Ça ne tient pas debout. Le traître aurait pris ses précautions pour ne pas se retrouver à Spinner's Falls. Il se serait fait porter malade... ou il aurait tout simplement déserté.

— Mais peut-être ne l'a-t-il pas pu ? S'il était un officier, par exemple. Et n'oublie pas que seuls les officiers connaissaient la route que nous devions emprunter.

Horn s'esclaffa.

— Je parie qu'une partie des hommes étaient au courant. Tu sais bien que les secrets ne se gardent jamais très longtemps, dans l'armée.

— C'est vrai, concéda Jasper. Mais je continue à pencher pour la thèse de l'officier.

Horn arrêta son cheval.

— Et tu comptes enquêter sur les finances de tous ceux qui furent capturés ?

Jasper le regarda droit dans les yeux.

— Munroe m'a aussi dit autre chose.

Horn cligna des yeux.

— Quoi ?

— Que tu étais à Paris, à l'automne dernier.

— Pardon ?

— L'un de ses amis lui a écrit avoir rencontré un certain Horn, dans un dîner parisien.

— Voilà qui est bien péremptoire ! s'exclama Matthew, le visage soudain congestionné. Horn est un nom fréquent. Il s'agissait d'un autre.

— Alors, tu n'étais pas à Paris à ce moment-là ?

— Non. Comme je te l'ai déjà raconté, j'ai voyagé en Italie et en Grèce. Point.

Jasper garda le silence.

Furieux, Horn agrippa ses rênes pour se pencher vers lui.

— Mettrais-tu mon honneur en doute ? Soupçonnerais-tu ma loyauté envers mon pays ? Comment oses-tu, Vale ? S'il ne s'agissait pas de toi, je t'aurais déjà provoqué en duel.

— Matthew..., commença Jasper, mais Horn éperonna son cheval et partit au galop.

Jasper le regarda s'éloigner. Il venait d'offenser gravement un homme qu'il considérait comme son ami. Quand Horn eut disparu, il rebroussa chemin, tâchant de comprendre pourquoi il s'en était pris à quelqu'un qui ne lui avait jamais fait aucun mal. Matthew avait raison : l'ami de Munroe avait très bien pu croiser un autre Horn.

De retour chez lui, l'esprit toujours aussi agité, il apprit que Melisande n'était pas encore rentrée

– ce qui ne fit qu'assombrir un peu plus son humeur. Il avait été impatient de la retrouver, pour discuter avec elle de son entrevue malheureuse avec Matthew. Ravalant un juron, il se dirigea vers son bureau.

Il avait à peine eu le temps de se servir un verre de brandy, que Pynch frappa à la porte et entra.

— J'avais raison, milord, dit-il, s'avançant au milieu de la pièce. Le majordome de M. Horn est bien le frère d'un soldat avec qui j'ai servi.

— T'a-t-il parlé ?

— Oui, milord. Il avait son après-midi de congé, et nous nous sommes retrouvés dans une taverne. Nous avons bu quelques verres en échangeant nos souvenirs sur son frère. Le malheureux est mort à la bataille de Québec.

Jasper hocha la tête. Beaucoup d'hommes étaient morts lors de cette bataille.

— Après son quatrième verre, le majordome de M. Horn a commencé à se montrer très loquace. J'ai alors pu engager la conversation sur son maître.

Jasper vida son verre d'un trait. Il n'était pas sûr de vouloir entendre la suite. Mais c'était lui qui avait tout déclenché, en envoyant Pynch aux renseignements dès leur retour d'Écosse.

— Que t'a-t-il raconté ?

Le regard du valet s'assombrit.

— D'après son majordome, les finances des Horn étaient très mal en point après la mort du père de M. Matthew. Sa mère fut d'ailleurs obligée de renvoyer la plupart de leurs serviteurs. Il se murmurait qu'elle finirait un jour par vendre la maison. Et puis, M. Matthew est rentré des colonies. Les domestiques furent réengagés, on acheta une nouvelle voiture et Mme Horn put parader dans de nouvelles robes.

Jasper contemplait son verre vide.

— Quand est mort son père ?

— L'été 1758.

L'été qui avait précédé la chute de Québec. Et Spinner's Falls.

— Merci, murmura Jasper.

Pynch hésita.

— Il aurait pu hériter d'un autre parent, suggéra-t-il. Ou gagner de l'argent d'une manière parfaitement légale.

Jasper haussa les sourcils.

— Un héritage qu'ignorerait son majordome ? Cela me paraît peu probable.

Pynch, ne voyant plus rien à ajouter, salua et sortit.

Jasper se resservit un verre, et se planta devant la cheminée. Si Horn était le traître, devait-il le déférer devant les autorités sans plus attendre ? Il ferma les yeux et avala une gorgée de brandy. Maintenant qu'il avait mis cette enquête en branle, il n'était plus certain de pouvoir contrôler les événements.

Lorsqu'il rouvrit les yeux, Melisande se tenait sur le seuil.

Jasper vida son verre.

— Melisande ! Où étais-tu passée ?

— J'étais partie me promener dans Hyde Park.

Il retourna à la carafe de brandy, pour remplir une nouvelle fois son verre.

— Vraiment ? fit-il. Histoire de converser avec des cocottes ?

Le visage de la jeune femme devint glacial.

— Je crois que je ferais mieux de te laisser.

— Non, non, assura-t-il, levant son verre avec un grand sourire. Tu sais bien que je déteste être seul. Et puis, nous devons fêter quelque chose. Je suis sur le point d'accuser un ami de trahison.

— Cette perspective n'a pas l'air de t'enchanter.
— Au contraire, je suis ravi. Absolument ravi.
— Jasper… je sais que tu es obsédé par ce qui s'est passé à Spinner's Falls, mais j'ai peur que cette quête ne finisse par te faire du mal. Ne crois-tu pas que tu ferais mieux d'abandonner ?
— Pourquoi abandonnerais-je ? Pourquoi renoncerais-je à venger ce massacre, où j'ai vu mourir mon meilleur ami ? Si j'étais mort à sa place, Reynaud n'aurait pas connu le repos tant qu'il n'aurait pas démasqué le traître.
Melisande ne répondit rien.
— Reynaud n'aurait jamais renoncé, insista-t-il.
— Reynaud est mort.
Il se raidit.
— Reynaud est mort, répéta-t-elle. Et tu n'es pas lui.

Ce soir-là, Melisande se brossa les cheveux en solitaire. Après leur petite dispute de l'après-midi, Vale avait quitté le bureau sans un mot. Dans la chambre, tout était prêt pour le recevoir : le lit était fait sur le plancher, et la carafe de vin avait été remplie. Mais son mari n'était pas là.
Et il était déjà plus de dix heures.
Cependant, ils avaient dîné ensemble. Melisande doutait donc qu'il ait pu ressortir sans l'en avertir. Certes, il en avait eu l'habitude aux premiers temps de leur mariage, mais les choses avaient changé. Du moins le croyait-elle.
Melisande resserra son peignoir sur elle et prit sa décision. Si son mari ne venait pas à elle, elle irait le trouver ! Traversant sa chambre d'un pas déterminé, elle se dirigea vers la porte qui séparait leurs deux appartements, et tourna la poignée.
Rien ne se passa.

La jeune femme contempla un moment la poignée, incrédule. La porte était verrouillée. Mais peut-être s'agissait-il d'une erreur ? Après tout, elle n'avait pas l'habitude de passer de sa chambre dans celle de son mari : d'ordinaire, c'était lui qui effectuait le trajet inverse.

Melisande opta donc pour une autre tactique. Elle sortit dans le couloir et gagna la porte de Vale. Mais celle-ci aussi était verrouillée. Là, c'était déjà moins normal. Elle frappa au battant et attendit. Et attendit encore, puis frappa de nouveau.

Il s'écoula bien cinq minutes avant que la vérité ne s'impose à elle : son mari ne la laisserait pas entrer.

18

La nuit était tombée quand Jack rentra enfin au château. Il eut tout juste le temps de se défaire de son armure et de son épée, avant de courir aux cuisines pour soudoyer le marmiton. Puis il gagna la salle des banquets, où la cour s'était déjà assemblée pour le souper.

— Eh bien, Jack ? lui demanda la princesse. Tu avais encore disparu ! Et qu'est-il arrivé à ta jambe ?

Jack baissa les yeux et s'aperçut que le dragon lui avait brûlé la cuisse.

— J'ai fait une mauvaise rencontre avec une salamandre, expliqua-t-il.

Le lendemain matin, Melisande ne vit pas son mari dans la salle à manger des petits déjeuners. Cette fois, elle eut franchement le sentiment qu'il la boudait. Sans doute avait-elle eu tort de se montrer brutale avec lui. Mais pourquoi ne voulait-il pas comprendre que son obsession de Spinner's Falls lui ravageait l'existence ? Et que son épouse avait le droit de lui en faire la remarque ?

Après avoir avalé son petit déjeuner, la jeune femme décida qu'elle ne voulait plus rester cloîtrée dans cette maison. Elle claqua dans ses doigts, invitant Mouse à la suivre jusqu'à la porte d'entrée.

— J'emmène Mouse en promenade, informa-t-elle le majordome.

— Bien, milady, répondit Oaks, faisant signe à un valet de l'accompagner.

Melisande faillit protester. Elle aurait préféré marcher seule, mais ce n'était pas convenable. Elle remercia Oaks, qui lui ouvrit la porte.

Le soleil était masqué par d'épais nuages, si bien qu'on se serait déjà cru au crépuscule. Mais ce n'est pas cela qui fit stopper Melisande : Mme Fitzwilliam et ses deux enfants se tenaient au bas du perron. La jeune femme portait un sac dans chaque main.

— Bonjour, leur dit Melisande.

Mouse dévala les marches pour faire la fête aux enfants.

— Oh, mon Dieu..., murmura Mme Fitzwilliam, qui semblait se retenir de pleurer. Je... Je n'aurais pas dû venir vous embêter. Pardonnez-moi.

Elle tourna les talons, mais Melisande descendit le perron pour la rattraper.

— Non, restez, je vous en prie. Que diriez-vous d'une tasse de thé ?

— Oh, fit Mme Fitzwilliam, et cette fois une larme roula sur sa joue, qu'elle essuya d'un revers de main comme une petite fille. Oh... Vous devez me prendre pour une bécasse.

— Pas du tout, assura Melisande, lui prenant le bras. Je crois que ma cuisinière préparait des scones. Entrez donc.

Les enfants, entendant parler de scones, affichèrent des mines extatiques, ce qui parut décider Mme Fitzwilliam. Elle laissa Melisande l'entraîner à l'intérieur. Celle-ci opta pour un petit salon, à l'arrière de la maison, dont la porte-fenêtre ouvrait sur le jardin.

— Merci, dit Mme Fitzwilliam en s'asseyant. Je me demande ce que vous devez bien penser de moi.

— C'est un plaisir de profiter de votre compagnie, répondit Melisande.

Une servante apporta le thé et les scones. Melisande la remercia. Après son départ, elle s'adressa à Jamie et à Abigail :

— Cela vous dirait-il d'emmener vos scones dans le jardin, pour les manger avec Mouse ?

Les deux enfants se retinrent de bondir de joie. Ils se continrent jusqu'à ce qu'ils soient dehors. Là, Jamie poussa un cri de pur bonheur et courut sur la pelouse.

— Vos enfants sont charmants, commenta Melisande avec un sourire.

Elle remplit une tasse de thé, qu'elle tendit à son invitée.

— Merci, fit Mme Fitzwilliam, avant de boire une gorgée.

Le thé parut lui redonner des forces, car elle regarda Melisande droit dans les yeux :

— J'ai quitté Sa Grâce, annonça-t-elle.

Melisande, qui saisissait sa tasse, suspendit son geste.

— Vraiment ?

— En fait, il m'a jetée, avoua Mme Fitzwilliam.

— Je suis désolée, murmura Melisande.

Ce devait être horrible, d'être ainsi « jetée » comme du vulgaire linge sale.

Son invitée haussa les épaules.

— Ce n'est pas la première fois. Ni même la seconde. Sa Grâce a mauvais caractère. Il s'emporte, me crie qu'il ne veut plus de moi, et m'ordonne de partir. Mais il ne me frappe jamais : je ne voudrais pas que vous imaginiez des choses...

Melisande avala une gorgée de thé. Elle se demandait si dire à quelqu'un qu'on ne voulait plus de lui n'était pas aussi violent que de le frapper.

— Et cette fois ?

Mme Fitzwilliam carra les épaules.

— Cette fois, j'ai décidé de le prendre au mot. Je suis partie.

Melisande hocha la tête.

— Vous avez eu raison.

— Mais... mais il réclamera mon retour. J'en suis convaincue.

— L'autre jour, vous m'avez laissé entendre qu'il avait peut-être une autre maîtresse, lui rappela Melisande.

— Oui. J'en suis quasi certaine. Mais ça n'a pas d'importance. Sa Grâce n'abandonne pas facilement ce qu'il considère comme sa propriété. Il garde les choses – et les gens – simplement parce qu'il estime qu'ils sont à lui.

En disant cela, Mme Fitzwilliam s'était tournée vers la porte-fenêtre, et Melisande suivit son regard. Les enfants, dans le jardin, jouaient avec Mouse.

Elle comprit instantanément l'inquiétude de Mme Fitzwilliam.

— Je vois, dit-elle.

— Il ne tient pas réellement à eux, expliqua Mme Fitzwilliam. Et il ne s'est d'ailleurs jamais montré très gentil à leur égard. Je dois les protéger de lui, ajouta-t-elle, reportant son attention sur Melisande. J'ai un peu d'argent de côté, mais il me fera suivre. Il me faut trouver un refuge sûr, quelque endroit où il ne songera pas à me chercher. J'ai pensé à l'Irlande, ou à la France. Sauf que je ne parle pas le français et que je ne connais personne en Irlande.

Melisande se leva pour aller fouiller dans le tiroir d'un bureau qui occupait l'un des coins du salon.

— Seriez-vous disposée à travailler ?

Mme Fitzwilliam écarquilla les yeux.

— Bien sûr. Malheureusement, je ne vois pas bien ce que je pourrais faire. J'ai une belle écriture. Mais aucune famille ne m'embauchera comme préceptrice, avec mes deux enfants.

Melisande trouva du papier, de l'encre et une plume. Elle s'assit au bureau avec un sourire résolu.

— Pensez-vous être capable de tenir une maison ?

— Tenir une maison ? répéta Mme Fitzwilliam, se levant à son tour pour arpenter le tapis. Vous voulez dire, être gouvernante ? Mon Dieu, je ne suis pas sûre d'être capable de...

— Ne vous inquiétez pas, la coupa Melisande, qui avait terminé d'écrire son mot et sonna un valet. La personne que j'ai en tête sera ravie de vous avoir, et vous ne serez pas obligée de rester éternellement à son service. Juste le temps que le duc perde votre trace.

— Mais...

Un valet fit son apparition. Melisande lui confia le mot :

— Portez ceci à la vicomtesse douairière. Dites-lui que c'est urgent, et que j'aurais grand besoin de son aide.

— Oui, milady.

Le valet s'empressa de s'éclipser.

— Vous voulez faire de moi la gouvernante de la vicomtesse douairière ? s'exclama Mme Fitzwilliam, incrédule. J'ai peur que...

Melisande lui prit la main.

— Non, je lui ai simplement demandé l'autorisation d'emprunter sa voiture. Vous m'avez dit redouter d'être suivie. La voiture attendra à l'arrière de la maison. Vous y monterez avec vos enfants, déguisés en domestiques. Le duc – ou ses sbires – se laisseront facilement abuser. Faites-moi confiance, madame Fitzwilliam.

— Je vous en prie, appelez-moi Helen. Je... je ne sais pas comment vous remercier.

Melisande réfléchit deux secondes.

— Vous m'avez dit posséder une belle écriture ?

— C'est vrai.

— Alors, je vois ce que vous pourriez faire pour moi, si ça ne vous dérange pas.

Elle retourna au bureau, ouvrit un autre tiroir et en sortit un épais carnet.

— Je viens de finir de traduire un livre de contes pour une amie, expliqua-t-elle. Mais mon écriture est déplorable. Pourriez-vous le recopier afin que je le fasse relier avant de l'offrir à mon amie ?

— Mais certainement, assura Mme Fitzwilliam, s'emparant du carnet pour en caresser la couverture. Mais... où m'envoyez-vous ?

Melisande sourit encore. Elle était vraiment contente de son idée.

— En Écosse.

Melisande était sortie lorsque Jasper rentra à la maison, un peu plus tard dans l'après-midi. Et il en conçut une vive irritation. Il avait pourtant soigneusement évité son épouse depuis vingt-quatre heures, mais maintenant qu'il désirait la voir, elle n'était pas là. Diable de femme !

Ignorant la petite voix de sa conscience lui murmurant qu'il se comportait comme un idiot, il monta à l'étage, la mine renfrognée, avec l'idée de s'enfermer dans ses appartements. Mais, dans le couloir, son regard fut attiré par la porte de la jeune femme et, sur une impulsion, il décida de la pousser. Un mois plus tôt, il était déjà entré dans cette chambre en plein jour, avec l'intention d'en savoir un peu plus sur Melisande. Il en était ressorti bredouille. Depuis, il s'était rendu avec elle en Écosse, il avait appris qu'elle avait eu un amant et perdu un bébé, découvert qu'elle savait merveilleusement faire l'amour… et cependant, il gardait la conviction qu'elle lui cachait *encore* quelque chose. Bon sang ! Il ignorait toujours pourquoi elle avait tenu à l'épouser.

Jasper rôda dans la chambre, sans but précis. Le jour où elle lui avait proposé de l'épouser, il s'était imaginé qu'elle n'avait pas d'autre choix. Que faute de prétendants elle risquait de finir vieille fille, et qu'elle avait sauté sur cette occasion inespérée. Mais à présent, il réalisait la fausseté de ce jugement. C'était une femme intelligente, à l'esprit vif, et volcanique au lit. Le genre de femme qu'un homme pouvait désirer garder toute sa vie.

Aussi était-il persuadé qu'elle aurait très bien pu, si elle l'avait voulu, en épouser un autre. La question était donc de savoir pourquoi elle l'avait choisi, lui.

Il fouilla le tiroir où il avait découvert, la première fois, une petite tabatière en étain. Elle était toujours là. Il la prit dans sa main et l'ouvrit. Le même bouton, et le même petit chien de porcelaine s'y trouvaient. En revanche, la violette séchée avait disparu. Mais d'autres petits objets l'avaient remplacée : un minuscule brin de bruyère, et une mèche de cheveux. La bruyère provenait d'Écosse, il en était convaincu. Et les cheveux… ressemblaient diablement aux siens.

Jasper contemplait encore le contenu de la tabatière, intrigué, quand la porte s'ouvrit dans son dos.

Il ne chercha même pas à cacher ce qu'il avait trouvé. Au contraire : il était ravi de la confrontation qui s'annonçait.

— Bonsoir, mon cœur, dit-il en se retournant.

Melisande referma la porte derrière elle.

— Que fais-tu ?

— J'essaie de découvrir quelque chose.

— Quoi ?

— Pourquoi tu m'as épousé.

Melisande n'en revenait pas. Vale, sa boîte de secrets à la main, venait de lui poser la question la plus stupide qu'elle ait entendue de sa vie.

— Je ne comprends pas, dit-elle, s'obligeant à masquer sa colère.

— Je veux savoir pourquoi tu m'as épousé, mon cœur, répéta-t-il.

— Serais-tu idiot ?

Il haussa un sourcil.

— Non, pourquoi ?

— Alors, peut-être as-tu reçu un choc sur la tête lorsque tu étais petit ? Ou bien auras-tu hérité de la folie d'un membre de ta famille ?

— Pas à ma connaissance.

— Dans ce cas, tu es l'unique responsable de ton idiotie.

Il s'approcha d'elle.

— Je ne me sens pas plus idiot que n'importe qui.

— Oh que si, rétorqua-t-elle, le repoussant sans ménagement. Tu es un bel idiot !

Pour toute réponse, il fourra la tabatière – *sa* tabatière ! – dans sa poche, et l'attira brusquement à lui.

— Dis-moi ! souffla-t-il sur un ton d'autorité.

La jeune femme tambourina des poings sur son torse.

— Tu es le pire idiot que la terre ait jamais porté !

Il semblait indifférent aux coups qu'elle lui assenait.

— Dis-moi, répéta-t-il encore, mais cette fois d'une voix tendre. Dis-moi, mon cœur.

— Je t'ai épié pendant des années, lâcha Melisande. Des années ! Je t'ai vu flirter avec des femmes. Je t'ai vu les séduire. Je t'ai vu t'en lasser, et courir après d'autres.

Il dégrafa les boutons de sa robe et tira sur la camisole, pour libérer ses seins. Puis, prenant l'un dans sa main, il referma les lèvres sur le téton du deuxième.

Melisande laissa échapper un cri de volupté.

Il releva la tête :

— Dis-moi !

La jeune femme était partagée entre plaisir et chagrin. Elle croisa son regard.

— J'observais comment tu chuchotais à leurs oreilles. Et je savais, quand tu quittais une réception au bras d'une femme, que tu allais ensuite coucher avec elle.

Il la regarda sans un mot. Melisande se sentait craquer. Toutes les émotions qu'elle avait contenues tant d'années menaçaient à présent de la submerger.

Soudain, il la souleva dans ses bras pour la porter jusqu'au lit, la jetant presque sur le matelas. Et, avant qu'elle ait pu réagir, il s'allongea sur elle et lui emprisonna les poignets d'une seule main.

On frappa à la porte.

— Ce n'est pas le moment ! cria-t-il, les yeux rivés à ceux de la jeune femme.

— Milord ! Milady !

— Que personne n'ouvre cette porte ! C'est entendu ?

— Milord…

— Bon sang ! *Laissez-nous tranquilles !*

Ils écoutèrent les pas du valet s'éloigner. Puis Jasper se pencha pour lécher le cou de la jeune femme.

— Dis-moi.

Elle voulut arquer les reins, mais il l'écrasait de tout son poids, lui interdisant le moindre mouvement.

— Toutes ces années…

Il défit sa cravate, et s'en servit pour lui attacher les poignets aux montants du lit.

— Toutes ces années, quoi ? Dis-moi, Melisande.

— Je t'observais, murmura-t-elle, haletante, tirant en vain sur la cravate. Je ne te quittais jamais des yeux.

— Cesse de te débattre. Tu vas te faire du mal.

— Me faire du mal ! se moqua-t-elle, avant de partir d'un éclat de rire hystérique.

Jasper sortit un coutelas de sa poche, et entreprit de lui lacérer ses vêtements.

— Dis-moi.

— Tu courtisais les femmes les unes après les autres, répondit-elle, se souvenant du chagrin et de la jalousie qu'elle éprouvait alors. Elles étaient si nombreuses que je ne parvenais même plus à compter. Toi non plus, je suis sûre.

— Non, en effet.

Il jeta les lambeaux de vêtements par terre. Puis il lui ôta ses chaussures, qu'il balança pareillement.

— Je ne me rappelle même pas leurs noms, ajouta-t-il.

Elle était nue, à présent. Mais si ses mains étaient entravées, ses jambes étaient provisoirement libres.

— Le diable t'emporte ! gronda-t-elle, lui donnant un coup de genou entre les cuisses.

Il retomba sur elle de tout son poids, ses lèvres prêtes à se refermer sur un sein tandis que, d'une main, il la caressait entre les cuisses.

— Dis-moi !

— Je t'ai épié pendant des années, souffla-t-elle, les larmes coulant sur ses joues, en même temps qu'elle sentait une onde de chaleur monter en elle. Mais toi, tu ne me voyais pas.

— Je te vois, à présent, assura-t-il, décrivant avec sa langue des cercles autour d'un téton, puis de l'autre.

— Tu ne savais même pas mon nom.

— Je le sais, maintenant.

Il ne se contentait plus de lui lécher les tétons : il les mordillait. Et sa main courait toujours entre ses cuisses. Melisande s'arqua sous lui, dans un mouvement d'imploration.

— Tu... ignorais jusqu'à mon existence.

— Je la connais, désormais.

Il se laissa glisser le long de son corps et lui écarta les cuisses, puis il l'obligea à les relever.

Melisande voulut l'arrêter, mais elle était bel et bien prisonnière.

Il approcha sa langue de sa féminité.

La jeune femme tressaillit, tira vainement sur la cravate, avant de fermer les yeux et de s'abandonner au plaisir. Il commença par des petits mouvements de langue autour de son clitoris, qui ne tardèrent pas à la rendre folle de désir.

Elle haletait, impatiente qu'il poursuive son exploration.

Puis il referma les lèvres directement sur son bouton de rose, et le suça. Melisande gémissait, au comble de la torture, mais il poursuivait ses caresses insensées.

Que Dieu lui vienne en aide, elle était devenue une créature de plaisir...

Il immisça deux doigts dans sa féminité. Melisande retint son souffle. Puis il reprit ses caresses avec sa langue, et commença de mouvoir ses doigts. Lentement d'abord, puis de plus en plus vite. La jeune femme sentit les muscles de son bassin se contracter violemment. Sa jouissance explosa avec une telle force qu'elle resta un moment pantelante, les yeux clos, attendant de pouvoir reprendre sa respiration.

Quand elle rouvrit les yeux, Jasper lui dépliait les jambes afin qu'elle puisse les reposer sur le lit. Il la contempla quelques instants, avant de se relever.

— Je ne peux rien changer au passé, dit-il en se déshabillant. Il est trop tard pour annuler toutes les femmes avec qui j'ai couché avant de te connaître. Mais je peux te jurer une chose, ajouta-t-il, rivant son regard au sien : je ne coucherai plus jamais avec une autre femme. Tu incarnes tout ce que je désire.

Il se défit de son pantalon. Son membre érigé pointait vers le plafond.

— Détache-moi, ordonna-t-elle.

Il grimpa sur le lit.

— Non, répliqua-t-il tendrement, avant de lui mordiller le lobe de l'oreille.

Elle frissonna.

Il lui écarta les cuisses. Son membre se pressait contre son bas-ventre.

— Tu es mouillée, constata-t-il. Tu es impatiente de me recevoir, n'est-ce pas ?

La jeune femme déglutit.

— N'est-ce pas, Melisande ? répéta-t-il, frottant l'extrémité de son membre contre l'entrée de sa féminité.

— Ou... oui.

— Oui, quoi ?

— Oui, je suis mouillée pour toi, murmura-t-elle.

Elle voulut bouger, mais il était trop lourd.

— Je vais te faire l'amour, Melisande. Et ce ne sera que toi et moi. Les autres ne comptent plus. Même leur souvenir n'a plus d'importance. Mais avant, je veux que tu me dises quelque chose.

— Que... Quoi ?

— Je veux la vérité.

Il poussa légèrement des reins, et son membre commença de la pénétrer.

— Je t'ai déjà dit la vérité.

— Non, pas toute la vérité. Je veux connaître ton secret.

— Je n'ai pas de secret.

Il s'enfonça en elle. Elle frissonna. Il la remplissait totalement. C'était le paradis.

Mais il s'immobilisa.

— Dis-moi.

Elle enroula les jambes à ses hanches, pour le maintenir bien en elle.

— Je... ne...

Il se retira. Melisande comprit qu'elle ne pouvait pas l'empêcher de bouger.

— Tu la veux ? demanda-t-il. Tu veux ma queue ?

— Oui ! s'écria Melisande, qui le désirait tellement qu'elle était prête à jeter toute fierté et toute pudeur aux orties. Oui, je la veux !

— Alors, dis-moi pourquoi tu m'as épousé.

La jeune femme riva son regard au sien.

— Prends-moi, implora-t-elle.

Elle savait qu'il la désirait autant qu'elle le désirait. Il ne pourrait se retenir encore très longtemps, et elle voulait jouer là-dessus.

— Non, mon cœur. Je ne vais pas te prendre. Je vais te faire l'amour.

Il plongea de nouveau en elle, la pilonnant sauvagement comme s'il avait soudain perdu tout contrôle. La jeune femme renversa la tête en arrière et ferma les yeux, le laissant s'emparer de ses lèvres. Tout à coup, il se figea. Elle rouvrit les paupières.

Son visage était contracté par une grimace de pur plaisir.

— Melisande ! cria-t-il.

Et il s'écroula sur elle. Il l'écrasait presque, mais elle n'en avait cure. Approchant ses lèvres de son oreille, elle finit par lui donner ce qu'il désirait :

— Je t'aime. Je t'aime depuis longtemps. Voilà pourquoi je t'ai épousé.

19

On servit son potage à la princesse. Quand elle l'eut terminé, que trouva-t-elle au fond de son assiette ? L'anneau d'or, bien sûr ! Pour la troisième fois, le chef cuisinier fut convoqué séance tenante. Mais le roi eut beau tempêter et le menacer, le pauvre homme ne savait rien.

La princesse, qui tournait et retournait l'anneau entre ses doigts, prit alors la parole :

— Qui épluche les légumes de mon potage ? demanda-t-elle.

Le cuisinier bomba le torse.

— Moi, princesse !

— Qui place la marmite sur le feu ?

— Moi, princesse !

— Et qui touille la soupe pendant qu'elle cuit ?

Le cuisinier écarquilla les yeux.

— Un marmiton, princesse.

Cette réponse causa un grand émoi parmi toute la cour.

— Qu'on m'amène ce marmiton ! s'exclama le roi. Et tout de suite !

Lorsque Jasper se réveilla le lendemain matin, il sut, avant même d'ouvrir les yeux, qu'il était seul. Une sensation de froid l'alerta. Le parfum de

Melisande flottait encore dans la pièce, mais elle n'était plus là. Il soupira, puis étira ses muscles endoloris. La jeune femme l'avait épuisé, mais il avait fini par lui soutirer l'aveu qu'il réclamait. Elle l'aimait.

Melisande l'aimait.

Probablement ne méritait-il pas un tel amour. Melisande était belle, intelligente, sensible, alors qu'il avait laissé mourir son meilleur ami sous ses yeux. En un sens, ses cicatrices étaient plus profondes que celles de ses compagnons ayant enduré les tortures des Indiens. Ses plaies étaient dans son âme, et elles saignaient encore. Cependant, bien qu'il eût conscience de ne pas mériter la jeune femme, il se refusait à l'idée de la laisser partir. L'amour de Melisande lui était un baume merveilleux, le seul, sans doute, qui pourrait un jour l'aider à guérir. Voilà pourquoi il voulait la garder auprès de lui jusqu'à son dernier souffle.

Il bondit hors du lit, se débarbouilla et s'habilla rapidement, sans même sonner Pynch. Puis il descendit au rez-de-chaussée. Oaks lui apprit que Melisande était sortie rendre visite à la vicomtesse douairière, et qu'elle ne serait pas rentrée avant une bonne heure.

Jasper fut déçu. Mais aussi, soulagé. La découverte de l'amour de Melisande était encore trop fraîche pour qu'il se sente en état d'affronter la jeune femme. Il fit une incursion dans la salle à manger des petits déjeuners, le temps de se beurrer une tartine. Trop agité pour s'asseoir, il la dévora debout, puis décida de sortir. Melisande demeurerait peut-être absente toute la matinée. En outre, il lui restait une dernière question à régler avec Matthew. Si cette nouvelle piste ne conduisait à rien, comme il le pensait, peut-être finirait-il par renoncer.

Melisande avait raison. Il était grand temps de tourner la page de Spinner's Falls, et de laisser Reynaud reposer en paix.

— Dites à Pynch de me rejoindre, demanda-t-il à son majordome. Et faites-nous seller deux chevaux.

Pynch apparut deux minutes plus tard.

— Je vais rendre une petite visite à Matthew Horn, expliqua-t-il à son valet. J'aurais besoin que tu m'accompagnes, au cas où...

Il conclut sa phrase d'un geste vague de la main. Le valet hocha la tête.

— Bien sûr, milord.

Un palefrenier avança les chevaux au bas du perron. Les deux hommes montèrent en selle, et Jasper lança sa monture au trot. Le temps était gris, de gros nuages bas obscurcissant le ciel et laissant présager de la pluie.

— Je n'aime pas cela, marmonna-t-il. Horn est un gentleman de très bonne famille. Et c'est un ami. Malheureusement, si nos soupçons sont avérés... cela finira forcément mal. Très mal.

Pynch ne répondit rien, et ils poursuivirent leur route en silence. Jasper détestait la mission qu'il s'était fixée, mais il ne pouvait s'y dérober. Si Horn était le traître, il devrait rendre des comptes à la justice.

Moins d'une demi-heure plus tard, il immobilisait son cheval devant la demeure de Matthew Horn. Contemplant la façade, il songea à la famille qui vivait depuis des générations derrière ces murs. La mère de Matthew, désormais invalide, était confinée dans sa chambre. La tâche qui attendait Jasper était décidément bien pénible...

Il mit pied à terre, gravit le perron et frappa à la porte. Pynch, resté en retrait, se tenait quelques marches plus bas.

L'attente fut longue. La maison, silencieuse, semblait déserte. Jasper recula pour jeter un œil aux fenêtres de l'étage. Rien ne bougeait. Il fronça les sourcils et frappa de nouveau. Où étaient donc passés les domestiques ? Horn leur avait-il ordonné de ne pas les laisser entrer ?

Il s'apprêtait à frapper une troisième fois lorsque le battant s'entrouvrit enfin. Un jeune valet montra sa figure.

— Votre maître est-il là ? demanda Jasper.

— Je crois, oui.

— Dans ce cas, laissez-nous entrer, s'impatienta Jasper. Je désire le voir.

Le valet rougit.

— Bien sûr, monsieur. Si vous voulez bien attendre dans la bibliothèque, je vais prévenir M. Horn.

— Merci.

Jasper entra, Pynch sur ses talons, et se dirigea tout droit vers la bibliothèque.

La pièce était telle que dans son souvenir. La carte qu'il avait admirée lors de sa précédente visite était toujours accrochée au mur. Il allait s'en approcher, quand une sorte de gémissement le fit s'immobiliser.

Contournant un canapé, il découvrit deux personnes sur le plancher – une femme berçant un homme dans ses bras. La femme se balançait d'avant en arrière, un murmure inaudible filtrant de ses lèvres. La chemise de l'homme était rougie de sang. Le manche d'un poignard, fiché dans sa poitrine, brillait à la lumière. Il était mort, de toute évidence.

— Que s'est-il passé, ici ? questionna Jasper.

La femme leva les yeux. Elle était plutôt jolie, avec de beaux yeux bleus. Mais son visage était livide, et ses lèvres avaient perdu toute couleur.

— Il disait qu'il allait gagner une petite fortune, gémit-elle. De quoi nous installer à la campagne et ouvrir une taverne. Il disait qu'il allait m'épouser, et que nous serions riches.

Elle baissa de nouveau les yeux sur le cadavre, qu'elle berçait toujours.

— C'est le majordome, milord, souffla Pynch dans le dos de Jasper. Celui avec qui j'ai bu un verre.

— Pynch, va chercher de l'aide, lui ordonna Jasper. Et assure-toi que Horn va bien.

— Aller bien ? s'esclaffa la femme tandis que Pynch quittait la pièce. Mais c'est lui qui a fait ça ! C'est lui qui l'a tué !

Jasper sursauta.

— Quoi ?

— Il avait trouvé une lettre, expliqua-t-elle, désignant le cadavre. Une lettre à un gentleman français. Elle prouvait que M. Horn avait vendu des secrets aux Français. Il voulait rendre la lettre au maître, en échange d'une grosse somme d'argent. Et ensuite, nous serions partis vivre à la campagne.

Jasper s'était accroupi à côté d'elle.

— Il a tenté de faire chanter Horn ?

La femme hocha la tête.

— Je m'étais cachée derrière le rideau quand il a fait venir M. Horn pour lui parler de la lettre. Mais le maître...

Le reste de sa phrase se perdit dans un sanglot.

— C'est Matthew qui l'a tué ? s'exclama Jasper, mesurant soudain toute l'horreur de la situation.

— Milord..., appela Pynch dans son dos.

Jasper se retourna.

— Quoi ?

— Les autres domestiques disent que M. Horn a disparu.

— Il voulait récupérer la lettre, intervint la femme.

Jasper fronça les sourcils.

— Je croyais que votre compagnon l'avait en sa possession ?

La femme secoua la tête.

— Il était trop malin pour la garder sur lui.

— Où est-elle, dans ce cas ?

— Le maître ne la trouvera jamais. Je l'ai bien cachée : je l'ai envoyée à ma sœur, à la campagne.

— Bonté divine ! gronda Jasper. Où vit votre sœur ? Elle est probablement en danger.

— Non, il ne cherchera pas dans cette direction. Mon homme ne lui a jamais parlé d'elle. Il lui a juste avoué qui lui avait donné l'idée de fouiller dans les papiers de son bureau.

— Qui ? s'étonna Jasper.

La femme releva les yeux et sourit.

— M. Pynch.

Pynch était devenu blanc comme un linge.

— Milord, M. Horn sait que je suis votre valet. S'il est au courant que…

Jasper avait bondi sur ses pieds et courait déjà vers la porte. Mais il entendit quand même la fin de la phrase de son valet :

— … alors, il pensera que vous détenez la lettre.

La lettre. La lettre qu'il n'avait pas. Mais la lettre que Matthew s'imaginerait pouvoir retrouver chez lui, où sa femme avait probablement dû rentrer, à l'heure qu'il était. Sa femme qui ne se doutait de rien…

Juste Ciel. *Melisande.*

— Ma mère est invalide, expliqua Matthew Horn.

Melisande, ne sachant quoi répondre, se contenta de hocher la tête.

— Elle ne peut pas sortir de la maison, enchaîna-t-il. Alors, encore moins fuir jusqu'en France.

Melisande déglutit.

— Je suis désolée, murmura-t-elle prudemment.

Mais apparemment, ce n'était pas la bonne chose à dire, car Matthew Horn enfonça un peu plus le pistolet dans ses côtes. La jeune femme ne put s'empêcher de tressaillir. Elle avait toujours détesté les armes, le bruit des détonations, et elle frissonnait à l'idée de recevoir une balle. Cela devait faire horriblement mal.

Elle mourait de peur.

Matthew Horn lui avait paru bizarre lorsqu'il avait frappé à la porte, quelques minutes plus tôt. Il semblait très agité. En l'introduisant dans son salon, la jeune femme s'était demandé s'il n'avait pas abusé de la boisson – bien qu'il ne fût pas encore midi.

Il avait demandé à voir Vale. Quand elle lui avait répondu que son mari n'était pas à la maison, il avait insisté pour qu'elle le conduise dans son bureau. Sa requête avait paru étrange à Melisande, qui avait commencé à suspecter un problème. Le voyant fouiller dans les tiroirs de Jasper, elle avait voulu courir à la porte, dans l'intention d'appeler Oaks pour qu'il congédie M. Horn. C'est alors qu'il avait tiré ce pistolet de sa poche et l'avait obligée à rester près de lui. Fixant le canon de l'arme, Melisande s'était aperçue que du sang tachait sa manche de veston.

La jeune femme s'était obligée à se calmer. D'abord, elle n'était pas certaine qu'il s'agissait bien de sang. Et puis, Vale rentrerait bientôt et prendrait la situation en main. Sauf que Vale ignorait que M. Horn était venu armé. Il risquait de passer la porte et de se laisser cueillir à froid. D'autant que M. Horn semblait en avoir après lui.

— Que cherchez-vous ? demanda-t-elle, voyant qu'il fouillait de nouveau dans les tiroirs.

M. Horn extirpa une liasse de papiers, qu'il étala sur le bureau.

— Une lettre. *Ma* lettre. Vale me l'a volée. Où est-elle ?

— Je... je ne...

Horn lui tira les cheveux pour la contraindre à le regarder. Des larmes mouillaient ses yeux.

— C'est un voleur doublé d'un maître chanteur. Et moi qui le croyais mon ami !

Il cligna des yeux pour retenir ses larmes, avant de reprendre d'une voix raffermie :

— Mais je ne le laisserai pas me détruire ! Dites-moi où il a pu cacher cette maudite lettre, sinon je n'hésiterai pas un instant à vous tuer.

Melisande frémit d'horreur. Il la tuerait, elle ne se faisait aucune illusion là-dessus. Mais si Jasper arrivait sur ces entrefaites, il le tuerait également. Et cette perspective lui redonna le goût d'agir. Plus M. Horn serait loin de la porte d'entrée, plus Vale aurait le temps de mesurer le danger lorsqu'il rentrerait à la maison.

Elle s'humecta les lèvres.

— Dans... sa chambre, je pense.

Sans un mot, Horn la saisit par la nuque et la poussa devant lui, son arme plaquée dans le dos de la jeune femme. Ils traversèrent le hall, heureusement désert. Melisande craignait la réaction de Horn face à un domestique. Il était capable de tirer sur quiconque se mettrait en travers de son chemin.

Ils gravirent l'escalier, Horn tenant toujours Melisande par la nuque, sans se soucier de lui faire mal. Parvenue sur le palier, elle crut défaillir. Sally sortait au même moment de sa chambre.

— Milady ? fit la servante, interloquée, en découvrant M. Horn juste derrière sa maîtresse.

— Que faites-vous là, stupide fille ? rétorqua Melisande avant que M. Horn puisse dire un mot. Je croyais pourtant vous avoir demandé de nettoyer mon habit d'équitation avant midi !

Sally écarquilla les yeux. Melisande ne lui avait jamais parlé sur ce ton. Mais la situation menaçait d'empirer : Mouse pointa son museau derrière la chambrière. Dès qu'il vit M. Horn se tenir trop près de sa maîtresse, il se précipita dans leur direction en aboyant furieusement.

Melisande agit promptement. Elle donna un violent coup de pied au pauvre Mouse et l'envoya bouler dans le couloir. Le malheureux terrier hurla de douleur et d'incompréhension.

— Descendez ce chien à l'office, ordonna-t-elle à Sally. Immédiatement. Et occupez-vous ensuite de ma tenue d'équitation. Si elle n'est pas prête à temps, je vous renvoie aujourd'hui même.

Sally s'empressa de prendre le terrier dans ses bras. Elle passa furtivement à côté de Melisande et M. Horn, les larmes aux yeux, et dévala l'escalier.

Melisande soupira de soulagement.

— Bien joué, souffla Horn dans son dos. Maintenant, conduisez-moi à la chambre de Vale.

Au moment d'ouvrir la porte, Melisande eut une nouvelle inquiétude : et si M. Pynch se trouvait à l'intérieur ? Elle ignorait où était le valet de son mari.

Par chance, la chambre se révéla déserte.

Horn l'entraîna vers le dressing et commença d'ouvrir tous les tiroirs, jetant les cravates et les chemises par terre.

— Il était là, quand ils m'ont torturé. Ils l'obligeaient à regarder, et j'avais presque plus de peine pour lui que pour moi. Il pleurait en silence lorsqu'ils m'ont brûlé la poitrine. Il sait ce que j'ai enduré. Et il sait aussi que l'armée a mis deux longues semaines avant de racheter notre liberté. Deux semaines !

— Rendriez-vous Jasper responsable de vos blessures ? murmura Melisande.

— Ne soyez pas idiote. Vale ne pouvait rien faire. Mais je lui en veux de son attitude présente. Lui, plus que quiconque, devrait pouvoir comprendre pourquoi j'ai fait ce que j'ai fait. Il était là. Il a tout vu. Comment ose-t-il me juger aujourd'hui ?

Il fouillait toujours dans les vêtements de Vale. Son regard affichait une détermination sans faille. Melisande blêmit. M. Horn n'allait pas tarder à découvrir qu'elle lui avait menti.

Quand Jasper arriva enfin chez lui, son cœur menaçait d'exploser de sa poitrine. Il laissa les rênes de son cheval à un laquais, grimpa le perron sans attendre Pynch et s'engouffra dans le hall.

Et là, il s'arrêta.

La chambrière de Melisande serrait Mouse dans ses bras, en pleurant. Oaks et deux valets l'entouraient.

Oaks se tourna vers Jasper, le visage soucieux.

— Milord ! Nous craignons que lady Vale ne soit en danger.

— Où est-elle ?

— À l'étage, répondit la chambrière, qui tenait fermement Mouse pour l'empêcher de s'échapper. Avec un homme. Et je crois bien qu'il est armé !

Le sang de Jasper se glaça dans ses veines. *Non !*

— Où les as-tu vus, Sally ? demanda Pynch qui venait d'arriver.

— Sur le palier. J'ai eu l'impression qu'ils se dirigeaient vers la chambre de milord.

Mouse, à force de gigoter, réussit à se libérer. Il courut vers Jasper, aboya une fois, puis se rua vers l'escalier, stoppa sur la première marche et aboya encore une fois.

— Restez ici, ordonna Jasper aux serviteurs. S'il voit trop de monde...

Il n'alla pas jusqu'au bout de sa phrase, et se précipita à son tour vers l'escalier.

— Milord ? le héla Pynch.

Jasper se retourna.

Son valet brandissait deux pistolets. Il savait pourtant ce que Jasper pensait des armes à feu.

— Ne montez pas désarmé, plaida Pynch.

Jasper s'empara des pistolets, sans un mot, et reprit son ascension. Mouse montait les marches devant lui, aboyant avec excitation. Jasper s'arrêta sur le palier pour écouter. Mouse s'immobilisa également à ses pieds, attendant son verdict. Jasper pouvait entendre la chambrière sangloter tandis qu'une voix – probablement celle de Pynch – s'employait à la consoler. Pour le reste, c'était le silence absolu.

Il marcha jusqu'à la porte de sa chambre sur la pointe des pieds. Mouse le suivit sans bruit.

La porte était légèrement entrouverte. Jasper la poussa d'un coup.

Rien.

Jasper et Mouse pénétrèrent dans la pièce. Matthew était visiblement passé par là : des vêtements étaient éparpillés sur le plancher, ainsi que dans le dressing, lui aussi désert. La literie du grand lit, dont Jasper ne se servait jamais, avait en outre été retournée.

Mouse s'intéressa à un oreiller tombé par terre, et le renifla. Jasper s'agenouilla pour voir ce qui intriguait le terrier.

L'oreiller portait une petite tache de sang.

Jasper ferma les yeux. Non. *Non !* Elle n'était ni blessée ni morte. Il devait absolument se ressaisir. Rouvrant les yeux, il arma les pistolets. Puis il inspecta, une à une, les autres chambres de l'étage. Au bout d'un quart d'heure de vaines recherches, il commençait sérieusement à désespérer. Mouse l'avait suivi partout, reniflant sous les lits et dans les recoins, mais il n'avait rien décelé d'intéressant.

Jasper monta alors à l'étage du dessus, qui abritait les chambres des domestiques. Il n'y avait aucune raison que Matthew y ait entraîné Melisande – probablement s'était-il échappé par-derrière, entraînant la jeune femme avec lui – mais il voulait en avoir le cœur net.

Ils débouchaient sur le palier lorsque Mouse se figea, et aboya. Puis il courut à l'autre bout du couloir et gratta à une porte. Jasper, qui l'avait suivi, ouvrit prudemment le battant. Une volée de marches conduisait jusqu'au toit. Une sorte de plate-forme, bordée d'un parapet ornemental, couronnait la maison. Mais Jasper n'y était jamais monté.

Mouse grimpa les marches d'un air résolu. Jasper, serrant ses pistolets dans ses mains, le suivit encore. Une petite porte fermait l'escalier. Il poussa, du pied, le chien de côté.

— Reste ici. Et assieds-toi.

Mouse refusa de s'asseoir.

— Reste ici, répéta Jasper, ou je t'enferme dans une chambre.

Le terrier ne pouvait bien sûr pas comprendre ses paroles, en revanche, il savait interpréter le ton sur lequel elles étaient proférées. Il s'assit, les oreilles baissées en signe de soumission. Jasper ouvrit alors la porte et se glissa de l'autre côté.

Les nuages avaient fini par crever, libérant une pluie glaciale qui tambourinait sur le toit. Mais Jasper se moquait bien de la pluie. Devant lui, s'offrait un spectacle terrifiant.

Matthew pressait Melisande contre le parapet de la plate-forme – lequel arrivait à peine à hauteur de ses genoux, et ne pourrait la retenir de tomber et de s'écraser sur les pavés. Sachant combien sa femme était sujette au vertige, Jasper se douta qu'elle devait mourir de peur.

— N'avance pas ! lui cria Matthew, l'apercevant. N'avance pas, ou je la jette dans le vide ! ajouta-t-il, ses yeux bleus brillant de désespoir.

Les cheveux trempés de Melisande collaient à son visage. Mais quand Jasper croisa son regard, il se produisit quelque chose d'incroyable.

Elle lui sourit.

Courageuse Melisande. Il reconnaissait bien là sa femme. Brandissant le pistolet qu'il tenait dans sa main droite, il reporta son attention sur Horn :

— Lâche-la. Sinon, je te brûle la cervelle !

Matthew s'esclaffa.

— Redescends, Vale. Laisse-nous.

— Qu'espères-tu, Matthew ?

— Tu m'as détruit, Vale. Je n'ai plus d'avenir. Je refuse de fuir en France sans ma mère et, si je reste, ils me pendront pour trahison. Ma mère sera disgraciée, la Couronne saisira tous mes biens, et elle sera jetée à la rue.

— Alors, tu préfères te suicider ?

— Pourquoi pas ?

— Relâche Melisande, insista Jasper. Elle n'a rien à voir dans tout cela. Je te promets de poser mes pistolets si tu la relâches.

— Non ! se récria la jeune femme.

Mais aucun des deux hommes ne lui prêta attention.

— J'ai tout perdu, reprit Matthew. Pourquoi ne partirais-je pas en détruisant ta vie comme tu as détruit la mienne ?

Jasper fit un pas en avant.

— Non ! gronda-t-il. Je te rendrai la lettre.

Matthew hésita.

— J'ai fouillé partout. Tu ne l'as pas.

— Pas ici. Je l'ai cachée ailleurs.

C'était pur mensonge, bien sûr, mais Jasper avait employé le ton de la sincérité. S'il pouvait gagner un peu de temps et éloigner Melisande du parapet…

— C'est vrai ? rétorqua Matthew, qui semblait reprendre vaguement espoir.

— Oui, assura Jasper, qui continuait d'avancer lentement. Éloigne-toi du bord, et je te la donnerai.

— Non. Nous allons attendre ici que tu l'apportes.

L'argument paraissait raisonnable, mais Matthew avait déjà tué quelqu'un aujourd'hui. Jasper ne pouvait le laisser seul avec Melisande.

Il avança encore d'un pas.

— Je te la rendrai après. Et je te promets d'oublier toute cette histoire. Mais libère d'abord ma femme. Elle compte plus, à mes yeux, que Spinner's Falls.

Contre toute attente, Matthew éclata de rire.

— Spinner's Falls ? Bon Dieu ! Tu me crois donc le traître ? Tu te trompes complètement. Ce n'est pas moi qui ai trahi à Spinner's Falls. Ce n'est qu'après que l'armée nous a abandonnés aux Indiens pendant deux longues semaines que j'ai vendu des informations aux Français. Pourquoi m'en serais-je privé ? Ma loyauté se lit dans mes cicatrices.

— Mais tu as essayé de tuer Hasselthorpe.

— Non, Vale. C'est quelqu'un d'autre qui lui a tiré dessus dans Hyde Park.

— Qui ?

— Je l'ignore. Apparemment, Hasselthorpe savait quelque chose au sujet de Spinner's Falls, et quelqu'un a voulu l'empêcher de parler.

Jasper essuya d'un revers de main les gouttes de pluie sur ses yeux.

— Alors, tu n'aurais rien à voir avec...

— Bon sang, Vale ! Tu as détruit ma vie. Je pensais que toi, au moins, tu pourrais me comprendre. Pourquoi m'as-tu trahi ? Pourquoi ?

Jasper le vit avec horreur pointer son pistolet sur la tempe de Melisande. Il était trop loin pour les rejoindre : il n'arriverait jamais à temps. Par le Christ ! Il n'avait plus le choix. Il tira un coup de feu, et atteignit Matthew à la main. Du sang éclaboussa les cheveux de Melisande, qui tressaillit.

Matthew laissa tomber son pistolet avec un cri de douleur. Mais il poussa la jeune femme pardessus le parapet.

Jasper tira avec sa deuxième arme. La tête de Matthew bascula violemment en arrière. Jasper se précipita, un hurlement atroce résonnant dans sa tête. Il poussa le cadavre de Matthew sur le côté et regarda par-dessus le parapet, s'attendant à découvrir le corps de Melisande brisé sur le sol. Au lieu de quoi il vit son visage, à moins d'un mètre sous lui. Elle levait les yeux dans sa direction.

Il en resta un instant bouche bée, et le hurlement cessa sur-le-champ. C'est alors qu'il comprit que c'est lui qui avait crié. Il se pencha, et tendit le bras. La jeune femme s'était agrippée à une pierre d'ornement, en saillie de la façade.

— Attrape ma main !

Elle hésita un peu, avant de lâcher la pierre d'une main. Jasper s'en empara et tira de toutes ses forces pour la hisser sur la plate-forme.

Elle repassa par-dessus le parapet, et s'écroula dans ses bras. Il l'enlaça fiévreusement. Ils restèrent ainsi un moment dans les bras l'un de l'autre, puis Jasper s'aperçut qu'il tremblait.

La jeune femme se redressa tout à fait.

— Je croyais que tu détestais les armes à feu ?

Il se recula pour la contempler. Elle avait une égratignure sur la joue, et le sang de Matthew maculait ses cheveux, mais elle était plus belle que jamais.

— Je déteste les armes à feu.

— Alors, comment as-tu pu...

— Je t'aime, la coupa-t-il. Tu ne le sais donc pas ? Je serais prêt à traverser à genoux les flammes de l'enfer pour toi.

Elle demeurait interdite. Il lui caressa la joue et se pencha pour l'embrasser, avant de répéter :

— Je t'aime, Melisande.

20

Le marmiton fut amené, tout tremblant, devant le roi. Et il ne fut pas long à se confesser. Par trois fois, Jack le bouffon l'avait payé pour touiller la soupe de la princesse à sa place – et la troisième fois, pas plus tard que ce soir. Toute la cour s'exclama bruyamment, comme on peut s'en douter. La princesse, pour sa part, semblait songeuse. Mais le roi écumait de rage. Les gardes royaux forcèrent Jack à s'agenouiller devant le souverain, et l'un d'eux plaça son épée sous sa gorge.

— Parle ! lui intima le roi. Dis-nous à qui tu as volé les anneaux !

Car, bien sûr, personne ne pouvait croire que le pauvre bouffon, tout chétif, avait récupéré lui-même les anneaux.

— Parle ! répéta le roi. Ou je te fais trancher la tête !

Un mois plus tard...

Sally hésita devant la porte de sa maîtresse. La matinée était déjà bien avancée, mais elle ignorait si celle-ci se trouvait seule dans sa chambre. Incapable de se décider, elle porta son regard sur l'étrange statue représentant un homme à moitié chèvre avec une femme nue. L'homme lui faisait toujours autant penser à M. Pynch, et elle se surprit encore une fois à se demander s'il possédait, lui aussi, une énorme...

Quelqu'un s'éclaircit la gorge dans son dos.

Sally se retourna en sursaut. M. Pynch était si proche qu'elle pouvait presque sentir le souffle de sa respiration.

— Que faites-vous donc dans ce couloir, mademoiselle Sally ?

— Je me demandais si je devais entrer dans la chambre de milady.

— Et pourquoi non ?

— Parce qu'elle n'est peut-être pas seule, évidemment ! Quelle question !

M. Pynch eut une grimace amusée.

— Cela m'étonnerait beaucoup. Lord Vale dort toujours seul.

— Ah oui ? riposta Sally, plaquant les mains sur ses hanches. Si vous en êtes si sûr, allez donc voir dans sa chambre. Moi, je vous parie qu'il n'y est pas. Le valet ne daigna pas répondre. Il se contenta d'adresser à Sally un regard éloquent, avant d'entrer dans la chambre de lord Vale.

Sally s'éventa avec sa main pour se calmer, pendant qu'elle attendait.

Ce ne fut pas long. M. Pynch ressortit de la chambre de son maître, referma la porte derrière lui et revint vers Sally, s'approchant tellement qu'elle fut obligée de reculer vers le mur.

— La chambre est vide, dit-il, presque dans son oreille. J'ai perdu. Puis-je honorer ma dette de la même manière que d'habitude ?

— Ou... oui, bredouilla Sally.

M. Pynch s'empara de ses lèvres.

Puis, leur baiser terminé, il s'enquit :

— Que trouvez-vous donc de si fascinant à cette statue ? Chaque fois que je vous surprends dans ce couloir, vous la regardez.

Sally rougit.

— Je trouve que le monsieur vous ressemble.

M. Pynch jeta un regard à la statue, avant de reporter son attention sur Sally.

— Vraiment ?

— Hmm, confirma-t-elle. Et je me demandais...

— Oui ?

Il lui caressait la naissance de la gorge, si bien qu'elle avait toutes les peines du monde à se concentrer.

— Je me demandais... si vous lui ressemblez... de partout.

M. Pynch se raidit et Sally crut, un instant, qu'elle s'était montrée trop impertinente.

Mais une lueur s'alluma dans son regard.

— Eh bien, chère Sally, je serais ravi de répondre à votre question. Mais nous devrons d'abord passer par une étape.

Sally retint son souffle.

— Laquelle ?

Toute trace d'ironie disparut soudain de son regard. Sally ne l'avait jamais vu aussi sérieux.

— Je crois, mademoiselle, que vous devriez m'épouser, afin que nous puissions poursuivre cette intéressante discussion.

Sally le regarda, ahurie, incapable de proférer le moindre mot.

— Eh bien ? la pressa Pynch.

— Je croyais que vous étiez trop vieux pour moi ?

— J'ai dit cela, en effet.

— Et qu'il me manquait du plomb dans la cervelle ?

— Certainement.

— Et aussi que je ferais mieux de m'intéresser aux hommes de mon âge ? Comme Sprat, par exemple.

Il fronça les sourcils.

— Je ne crois pas me souvenir de vous avoir dit de vous intéresser à Sprat.

— Euh... non, c'est vrai, concéda Sally.

— Parfait, dit-il.

Elle lui sourit avec adoration.

— Eh bien ? la pressa encore Pynch. Vous n'avez pas répondu à ma question.

— Laquelle ?

Il soupira.

— Sally Suchlike, voulez-vous m'épouser ?

— Oh..., fit Sally, hésitante.

Elle avait évidemment très envie d'épouser M. Pynch, mais le mariage était une chose sérieuse, et elle voulait s'assurer de ne pas commettre d'erreur.

— Vous-même, pourquoi désirez-vous m'épouser ? questionna-t-elle.

Il se renfrogna, et sa mine sévère en aurait découragé plus d'une. Mais Sally avait appris à le connaître. Il ne l'impressionnait plus.

— Au cas où vous ne l'auriez pas remarqué, voilà déjà un moment que je vous embrasse tous les jours dans ce couloir. Et quoique vous soyez trop jeune et trop jolie pour moi, et que vous regrettiez sans doute un jour de vous être liée à un ours dans mon genre, je ne désire rien de mieux que vous épouser.

— Mais pourquoi ?

Il la regarda avec incrédulité et, s'il avait eu des cheveux, probablement se les serait-il arrachés de frustration.

— Mais parce que je t'aime, petite idiote !

— Ah, très bien, approuva Sally, nouant les bras au cou du valet. Dans ce cas, je consens à vous épouser. Mais sachez que vous vous trompez.

Pynch ne répondit pas tout de suite : il l'embrassa d'abord avec enthousiasme.

— En quoi je me trompe ?

Sally s'esclaffa.

— Je ne regretterai jamais de vous avoir épousé, assura-t-elle. Parce que moi aussi, je vous aime.

Ce qui lui valut un autre baiser, tout aussi enthousiaste.

Melisande s'étira langoureusement dans les draps, avant de se lover contre son mari.

— Bonjour, lord Vale, murmura-t-elle.

— Bonjour, marmonna-t-il d'une voix fatiguée.

Melisande lui cacha son sourire. Il s'était épuisé à lui faire l'amour, après l'avoir réveillée aux petites heures de l'aube.

Un grattement, suivi d'un couinement se firent entendre depuis le dressing.

Melisande donna un coup de coude à son mari.

— Fais-le sortir, maintenant !

Il soupira.

— Tu crois ?

— Sinon, il va gratter plus fort et se mettre à aboyer. Et Sprat viendra cogner à la porte, pour demander s'il doit le sortir.

— Qui croirait qu'un aussi petit chien peut causer autant de grabuge ! grommela Vale.

Mais il se leva, et traversa la chambre tout nu.

Melisande le suivit des yeux. Il avait des fesses magnifiques. Comment réagirait-il, si elle le lui disait ?

Jasper ouvrit la porte du dressing. Mouse en sortit, un os dans la gueule. Il sauta sur le lit de fortune, tourna trois fois sur lui-même avant de s'allonger, et mordilla consciencieusement son trophée. Leur « paillasse » s'était beaucoup améliorée, ces dernières semaines : il y avait d'abord eu l'adjonction d'un fin matelas, puis d'une ribambelle d'oreillers. Et l'ensemble était désormais disposé entre deux des fenêtres de la chambre de Melisande. La nuit, à la lumière de l'unique chandelle, la jeune femme s'imaginait coucher dans quelque palais ottoman.

— Ce chien devrait avoir son propre lit, commenta Vale.

— Il a son propre lit. Mais il ne veut jamais dormir dedans.

Vale fit les gros yeux au terrier, mais comme c'est lui qui avait donné l'os à Mouse, personne dans la chambre ne prit son froncement de sourcils au sérieux.

— Sois content qu'il ne dorme plus sous les couvertures, fit valoir Melisande.

— Je *suis* content, dit-il, fouillant dans les poches de son veston. Je n'ai pas envie de sentir un museau froid contre mes fesses.

— Oh, quel idiot !

Jasper la rejoignit au lit.

— Que me caches-tu ? demanda-t-elle, car il maintenait un bras dans son dos.

Il s'allongea sur un coude. Son expression devint solennelle.

— J'ai quelque chose pour toi.

— Ah ? fit Melisande, intriguée.

Il tendit la main, et l'ouvrit. Une tabatière en étain reposait sur sa paume. Elle ressemblait, à l'identique, à la tabatière dans laquelle Melisande renfermait ses trésors, sauf que celle-ci de toute évidence était neuve.

La jeune femme haussa les sourcils, dans un questionnement muet.

— Ouvre-la, dit-il.

Melisande prit la tabatière, et fut surprise de son poids. Elle regarda de nouveau Jasper. Il l'observait avec des yeux brillants.

Elle ouvrit la tabatière. Et poussa un cri.

L'enveloppe de la tabatière était en étain tout simple, sans la moindre ornementation, mais l'intérieur était en or, serti de pierres précieuses. Perles, rubis, diamants, émeraudes, saphirs, améthystes – et même des pierres dont elle ignorait le nom – projetaient sur les parois dorées un arc-en-ciel de couleurs.

— Pourquoi ? demanda-t-elle à Jasper, les larmes aux yeux. Qu'est-ce que ça veut dire ?

Il prit la main de la jeune femme et l'approcha de ses lèvres.

— C'est toi.

Elle fronça les sourcils.

— Comment cela ?

— Quand je t'ai rencontrée, j'étais un idiot. Et je l'étais depuis longtemps. Pendant des années, je n'ai vu que la tabatière en étain derrière laquelle tu te cachais. J'étais trop superficiel, et trop bête, pour avoir l'idée de regarder plus loin que le bout de mon nez, et découvrir ta beauté. Mais à présent, je te vois telle que tu es. Et sache que je ne te laisserai jamais partir. Je t'aime de toute mon âme, Melisande.

La jeune femme contempla la tabatière. C'était un magnifique travail d'orfèvrerie, et savoir que Jasper la voyait ainsi la bouleversait. Elle referma soigneusement le couvercle et déposa l'objet sur les draps. Jamais son mari ne pourrait lui faire plus beau cadeau.

Puis elle attira Jasper dans ses bras.

— Je t'aime, dit-elle simplement.

Et elle l'embrassa.

Épilogue

La lame de l'épée se pressait contre sa gorge, mais Jack parla courageusement.

— Je veux bien vous révéler qui a conquis les anneaux, Votre Altesse. Malheureusement, vous ne me croirez jamais.

Le roi s'impatienta. La cour s'agitait. Jack dut forcer la voix pour couvrir le brouhaha :

— Quoi qu'il en soit, peu importe de savoir qui les a conquis. L'important, c'est de les détenir.

À ces mots, le roi devint silencieux, et tous les courtisans tournèrent leur regard vers la princesse. Celle-ci, interloquée, ouvrit la petite bourse où elle avait glissé les deux premiers anneaux – celui de bronze et celui d'argent. Elle les plaça dans sa paume, à côté de l'anneau d'or.

— Désormais, c'est la princesse qui détient les anneaux, reprit Jack. Cela lui donne le droit de choisir elle-même son époux.

Le roi pesta, mais il fut obligé de convenir que Jack avait raison.

— Qui choisis-tu d'épouser, ma fille ? demanda-t-il à la princesse. Il y a, dans cette salle, des hommes venus de partout. Des riches, des courageux, des élégants. Lequel veux-tu pour mari ?

— Aucun, répliqua la princesse.

Et, aidant Jack à se lever sur ses petites jambes, elle ajouta :

— J'épouserai Jack, et personne d'autre. C'est peut-être un bouffon, mais il me fait rire, et je l'aime.

Et devant les yeux ébaubis de la cour et du roi, elle se pencha pour poser un baiser sur le grand nez de Jack.

C'est alors qu'il se produisit la chose la plus étrange à laquelle on ait jamais assisté. Jack se mit à grandir : ses bras et ses jambes s'allongeaient et grossissaient à vue d'œil, tandis que son nez et son menton revenaient à des proportions normales. Lorsque la transformation fut achevée, Jack avait retrouvé son allure d'antan. C'était un fort et beau jeune homme, et comme il avait revêtu l'armure de vent et portait la plus belle épée du monde, il fit grande impression.

Cependant, la princesse n'aima pas ce bel inconnu qui se tenait maintenant devant elle.

— Où est passé mon Jack ? se récria-t-elle, les larmes aux yeux. Où est mon bouffon adoré ?

Jack s'agenouilla devant la princesse, et prit ses mains délicates dans les siennes.

— Je suis toujours votre bouffon adoré, princesse, murmura-t-il afin de n'être entendu que d'elle seule. Celui qui dansait et faisait des cabrioles pour vous amuser. Je vous aime, et je reprendrais volontiers mon apparence difforme si cela pouvait vous rendre heureuse.

À ces mots, la princesse sourit. Et elle l'embrassa. Car si Jack avait changé physiquement, au point qu'elle ne le reconnaissait plus, sa voix était toujours la même. C'était la voix de Jack le Rieur, devenu Jack le Bouffon – l'homme qu'elle aimait.

Et celui qu'elle avait choisi *d'épouser.*

Composition
FACOMPO

Achevé d'imprimer en Italie
par GRAFICA VENETA
le 5 février 2025

Dépôt légal : mars 2024
EAN 9782290418079
L21EDDN001348-647970

ÉDITIONS J'AI LU
82, rue Saint-Lazare, 75009 Paris

Diffusion France et étranger : Flammarion